प्रेमचंद की प्रसिद्ध 31 कहानियाँ

प्रेमचंद

प्रभाकर प्रकाशन

HB ISBN: 978-93-67931-30-1
ISBN: 978-93-67935-47-7
eISBN: 978-93-67934-78-4

प्रकाशक: प्रभाकर प्रकाशन
प्लॉट नं.-63, प्रथम तल, मेन मदर डेयरी रोड
पांडव नगर, ईस्ट दिल्ली-110092
फोन: 011-40395855
व्हाट्स ऐप: +91 9319228272
ई-मेल: sales@pharosbooks.in
वेबसाइट: www.prabhakarprakashan.com

संस्करण: 2025

प्रेमचंद की प्रसिद्ध 31 कहानियाँ
प्रेमचंद

भूमिका

प्रेमचंद हिंदी साहित्य के एक महत्त्वपूर्ण लेखक हैं जिनकी कहानियाँ न केवल साहित्यिक दृष्टि से महत्त्वपूर्ण हैं, बल्कि समाज के विविध पहलुओं को प्रभावी रूप से उजागर करती हैं। उनकी लेखनी ने भारतीय समाज के अनेक आयामों को गहराई से छुआ है, और उनकी रचनाएँ आज भी पाठकों के दिलों में जीवित हैं। इस पुस्तक में सम्मिलित प्रेमचंद की 31 प्रसिद्ध कहानियाँ उनकी सामाजिक दृष्टि, जीवन के विभिन्न पहलुओं और मानवीय संवेदनाओं का जीवंत चित्रण प्रस्तुत करती हैं।

प्रेमचंद की कहानियाँ किसी एक विशेष वर्ग या कालखंड तक सीमित नहीं हैं। उन्होंने भारतीय समाज के विभिन्न वर्गों, जैसे गरीब किसान, मेहनतकश मजदूर, अशिक्षित स्त्री, और शोषित जातियों के जीवन की यथार्थवादिता को बखूबी चित्रित किया है। 'नमक का दरोगा', 'ईदगाह', 'कफन', 'मंत्र', 'पूस की रात', 'सद्‌गति', 'ठेठी' जैसी कहानियाँ समाज की बुनियादी सच्चाइयों को उजागर करती हैं और मानवीय मूल्यों की अडिग दीवारों का निर्माण करती हैं। प्रेमचंद की कहानियाँ, पात्रों की मानसिक स्थितियों को गहराई से विश्लेषण करती है, साथ ही समाज के सांस्कृतिक, राजनीतिक और आर्थिक ढांचे की भी बारीकी से पड़ताल करती है।

उनकी भाषा शैली सरल, प्रवाहमयी और सर्वजनप्रिय थी। प्रेमचंद ने हिंदी साहित्य को उच्चस्तरीय सामाजिक संवाद का माध्यम बनाया, और उन्होंने अपनी कहानियों में स्थानीय बोलचाल की भाषा का प्रयोग किया, जिससे वे हर वर्ग के पाठकों से सहजता से जुड़ सके। उनकी लेखनी में गहरी मानवीय संवेदनाएँ, संवेदनशीलता, और यथार्थवाद की झलक मिलती है, जो उस समय के समाज की सच्चाइयों को दर्शाती हैं। उनका विश्लेषण व्यक्ति विशेष तक सीमित नहीं रहा, बल्कि उन्होंने समाज के प्रचलित दमनात्मक संरचना, सामाजिक असमानताओं, और मानवीय त्रासदियों पर भी कड़ा प्रहार किया।

प्रेमचंद की रचनाओं में उत्प्रेरक शक्ति निहित है। उनकी कहानियाँ पाठकों को सामाजिक असमानताओं के प्रति जागरूक करती हैं, उन्हें अपने कर्तव्यों और जिम्मेदारियों का अहसास कराती हैं और व्यक्तिगत एवं सामाजिक सुधार की दिशा में प्रेरित करती हैं।

इस पुस्तक के माध्यम से पाठक प्रेमचंद के सामाजिक दृष्टिकोण को गहराई से समझ सकते हैं, उनकी लेखनी की विविधता का अनुभव कर सकते हैं, और समाज में व्याप्त असमानताओं एवं विकृतियों को पहचान सकते हैं।

पुस्तक में संकलित 31 कहानियाँ हमें केवल एक लेखक की दृष्टि से परिचित नहीं करातीं, बल्कि वे एक समाज सुधारक की भूमिका को भी स्थापित करती हैं। प्रेमचंद की रचनाएँ आज भी प्रासंगिक हैं, क्योंकि उन्होंने जिस सामाजिक संघर्ष को अपनी कहानियों में व्यक्त किया, वह आज भी समाज के विभिन्न हिस्सों में महसूस किया जाता है। इस पुस्तक को पढ़कर पाठक न केवल मनोरंजन प्राप्त करेंगे, बल्कि उन्हें अपने आसपास की दुनिया को बेहतर समझने की दिशा मिलेगी। यह कृति न केवल साहित्यिक दृष्टि से समृद्ध है, बल्कि एक महत्वपूर्ण सामाजिक संदेश भी देती है, जो आज के समय में अत्यंत प्रासंगिक है।

अतः, प्रेमचंद की 31 कहानियों का यह संग्रह एक अमूल्य धरोहर है, जो समाज के विविध पहलुओं को समझने और आत्मसात करने का अवसर प्रदान करता है। यह पुस्तक पाठकों को न केवल एक साहित्यिक अनुभव देती है, बल्कि उन्हें अपने समाज की सच्चाइयों और दायित्वों का भी बोध कराती है।

अनुक्रम

ईदगाह

रमजान के पूरे तीस रोज़ों के बाद ईद आयी है। कितना मनोहर, कितना सुहावना प्रभाव है। वृक्षों पर अजीब हरियाली है, खेतों में कुछ अजीब रौनक है, आसमान पर कुछ अजीब लालिमा है। आज का सूर्य देखो, कितना प्यारा, कितना शीतल है, यानी संसार को ईद की बधाई दे रहा है। गाँव में कितनी हलचल है ईदगाह जाने की तैयारियाँ हो रही हैं। किसी के कुरते में बटन नहीं है, पड़ोस के घर में सूई-धागा लेने दौड़ा जा रहा है। किसी के जूते कड़े हो गये हैं, उनमें तेल डालने के लिये तेली के घर पर भागा जाता है। जल्दी-जल्दी बैलों को सानी-पानी दे दें। ईदगाह से लौटते-लौटते दोपहर हो जाएगी। तीन कोस का पैदल रास्ता, फिर सैकड़ों आदमियों से मिलना-भेंटना, दोपहर के पहले लौटना असम्भव है। लड़के सबसे ज़्यादा प्रसन्न हैं। किसी ने एक रोज़ा रखा है, वह भी दोपहर तक, किसी ने वह भी नहीं, लेकिन ईदगाह जाने की ख़ुशी उनके हिस्से की चीज़ है। रोज़े बड़े-बूढ़ों के लिये होंगे। इनके लिये तो ईद है। रोज़ ईद का नाम रटते थे, आज वह आ गयी। अब जल्दी पड़ी है कि लोग ईदगाह क्यों नहीं चलते। इन्हें गृहस्थी चिन्ताओं से क्या प्रयोजन! सेवैयों के लिये दूध और शक्कर घर में है या नहीं, इनकी बला से, ये तो सेवैयाँ खाएँगे। वह क्या जानें कि अब्बाजान क्यों बदहवास चौधरी कायमअली के घर दौड़े जा रहे हैं। उन्हें क्या ख़बर कि चौधरी आँखें बदल लें, तो यह सारी ईद, मुहर्रम हो जाए। उनकी अपनी जेबों में तो कुबेर का धन भरा हुआ है। बार-बार जेब से अपना ख़जाना निकालकर गिनते हैं और ख़ुश होकर फिर रख लेते हैं। महमूद गिनता है, एक-दो, दस,-बारह, उसके पास बारह पैसे हैं। मोहसिन के पास एक, दो, तीन, आठ, नौ, पंद्रह पैसे हैं। इन्हीं अनगिनती पैसों में अनगिनती चीज़ें लाएँगें–खिलौने, मिठाइयाँ, बिगुल, गेंद और जाने क्या-क्या।

और सबसे ज़्यादा प्रसन्न है हामिद। वह चार-पाँच साल का ग़रीब सूरत, दुबला-पतला लड़का, जिसका बाप गत वर्ष हैज़े की भेंट हो गया और माँ न जाने क्यों पीली होती-होती एक दिन मर गयी। किसी को नहीं पता क्या बीमारी थी। कहती तो कौन सुनने वाला था? दिल पर जो कुछ बीतती थी, वह दिल में ही सहती थी और जब न सहा गया, तो संसार से विदा हो गयी। अब हामिद अपनी बूढ़ी दादी

अमीना की गोद में सोता है और उतना ही प्रसन्न है। उसके अब्बाजान रुपये कमाने गये हैं। बहुत सी थैलियाँ लेकर आयेंगे। अम्मीजान अल्लाह मियाँ के घर से उसके लिये बड़ी अच्छी-अच्छी चीज़ें लाने गयी हैं, इसलिये हामिद प्रसन्न है। आशा तो बड़ी चीज़ है, और फिर बच्चों की आशा! उनकी कल्पना तो राई का पर्वत बना लेती है। हामिद के पाँव में जूते नहीं हैं, सिर पर एक पुरानी-धुरानी टोपी है, जिसका गोटा काला पड़ गया है, फिर भी वह प्रसन्न है। जब उसके अब्बाजान थैलियाँ और अम्मीजान नियामतें लेकर आएँगी, तो वह दिल से अरमान निकाल लेगा। तब देखेगा, मोहसिन, नूरे और सम्मी कहाँ से उतने पैसे निकालेंगे। अभागिन अमीना अपनी कोठरी में बैठी रो रही है। आज ईद का दिन, उसके घर में दाना नहीं! आज आबिद होता, तो क्या इसी तरह ईद आती और चली जाती! इस अन्धकार और निराशा में वह डूबी जा रही है। किसने बुलाया था इस निगोड़ी ईद को? इस घर में उसका काम नहीं, लेकिन हामिद! उसे किसी के मरने-जीने से क्या मतलब? उसके अन्दर प्रकाश है, बाहर आशा। विपत्ति अपना सारा दलबल लेकर आए, हामिद की आनंद-भरी चितवन उसका विध्वंस कर देगी।

हामिद भीतर जाकर दादी से कहता है—तुम डरना नहीं अम्माँ, मैं सबसे पहले आऊँगा। बिलकुल न डरना। अमीना का दिल कचोट रहा है। गाँव के बच्चे अपने-अपने बाप के साथ जा रहे हैं। हामिद का बाप अमीना के सिवा और कौन है! उसे कैसे अकेले मेले जाने दे? उस भीड़-भाड़ से बच्चा कहीं खो जाए तो क्या हो? नहीं, अमीना उसे यों न जाने देगी। नन्ही-सी जान! तीन कोस चलेगा कैसे? पैर में छाले पड़ जायेंगे। जूते भी तो नहीं हैं। वह थोड़ी-थोड़ी दूर पर उसे गोद में ले लेती, लेकिन यहाँ सेवैयाँ कौन पकाएगा? पैसे होते तो लोटते-लोटते सब सामग्री जमा करके चटपट बना लेती। यहाँ तो घंटों चीज़ें जमा करने में लगेंगे। माँगे का ही तो भरोसा ठहरा। उस दिन फहीमन के कपड़े सिले थे। आठ आने पैसे मिले थे। उस अठन्नी को ईमान की तरह बचाती चली आती थी, इसी ईद के लिये लेकिन कल ग्वालन सिर पर सवार हो गयी तो क्या करती? हामिद के लिये कुछ नहीं है, तो दो पैसे का दूध तो चाहिए ही। अब तो कुल दो आने पैसे बच रहे हैं। तीन पैसे हामिद की जेब में, पाँच अमीना के बटुवें में। यही तो बिसात है और ईद का त्योहार, अल्ला ही बेड़ा पार लगाए। धोबन और नाइन और मेहतरानी और चुड़िहारिन सभी तो आएँगी। सभी को सेवैयाँ चाहिए और थोड़ा किसी को आँखों नहीं लगता। किस-किस से मुँह चुराएगी? और मुँह क्यों चुराए? साल-भर का त्योहार है। ज़िन्दगी खैरियत से रहे, उनकी तकदीर भी तो उसी के साथ है: बच्चे को ख़ुदा सलामत रखे, ये दिन भी कट जायेंगे।

गाँव से मेला चला। और बच्चों के साथ हामिद भी जा रहा था। कभी सब-के-सब दौड़कर आगे निकल जाते। फिर किसी पेड़ के नीचे खड़े होकर साथ वालों का इंतज़ार करते। यह लोग क्यों इतना धीरे-धीरे चल रहे हैं? हामिद के पैरों में तो जैसे पर लग गये हैं। वह कभी थक सकता है? शहर का दामन आ गया। सड़क के दोनों ओर

अमीरों के बगीचे हैं। पक्की चारदीवारी बनी हुई है। पेड़ों में आम और लीचियाँ लगी हुई हैं। कभी-कभी कोई लड़का कंकड़ी उठाकर आम पर निशान लगाता है। माली अन्दर से गाली देता हुआ निकलता है। लड़के वहाँ से एक फर्लांग पर हैं। ख़ूब हँस रहे हैं। माली को कैसा उल्लू बनाया है।

बड़ी-बड़ी इमारतें आने लगीं। यह अदालत है, यह कालेज है, यह क्लबघर है। इतने बड़े कालेज में कितने लड़के पढ़ते होंगे? सब लड़के नहीं हैं जी! बड़े-बड़े आदमी हैं, सच! उनकी बड़ी-बड़ी मूँछें हैं। इतने बड़े हो गये, अभी तक पढ़ने जाते हैं। न जाने कब तक पढ़ेंगे और क्या करेंगे इतना पढ़कर! हामिद के मदरसे में दो-तीन बड़े-बड़े लड़के हैं, बिलकुल तीन कौड़ी के। रोज़ मार खाते हैं, काम से जी चुराने वाले। इस जगह भी उसी तरह के लोग होंगे और क्या। क्लबघर में जादू होता है। सुना है, यहाँ मुर्दों की खोपड़ियाँ दौड़ती हैं। और बड़े-बड़े तमाशे होते हैं, पर किसी को अन्दर नहीं जाने देते। और वहाँ शाम को साहब लोग खेलते हैं। बड़े-बड़े आदमी खेलते हैं, मूँछों-दाढ़ी वाले। और मेमें भी खेलती हैं, सच! हमारी अम्माँ को यह दे दो, क्या नाम है, बैट, तो उसे पकड़ ही न सके। घुमाते ही लुढ़क जाएँ।

महमूद ने कहा–हमारी अम्मीजान का तो हाथ काँपने लगे, अल्लाह कसम।

मोहसिन बोला–चलो, मनों आटा पीस डालती हैं। ज़रा-सा बैट पकड़ लेगी, तो हाथ काँपने लगेंगे! सैकड़ों घड़े पानी रोज़ निकालती हैं। पाँच घड़े तो तेरी भैंस पी जाती है। किसी मेम को एक घड़ा पानी भरना पड़े, तो आँखों तक अँधेरी आ जाए।

महमूद–लेकिन दौड़ती तो नहीं, उछल-कूद तो नहीं सकतीं।

मोहसिन–हाँ, उछल-कूद तो नहीं सकतीं; लेकिन उस दिन मेरी गाय खुल गयी थी और चौधरी के खेत में जा घुसी थी, अम्माँ इतना तेज़ दौड़ीं कि मैं उन्हें न पा सका, सच।

आगे चले। हलवाइयों की दुकानें शुरू हुईं। आज ख़ूब सजी हुई थीं। इतनी मिठाइयाँ कौन खाता? देखो न, एक-एक दुकान पर मनों होंगी। सुना है, रात को जिन्नात आकर खरीद ले जाते हैं। अब्बा कहते थे कि आधी रात को एक आदमी हर दुकान पर जाता है और जितना माल बचा होता है, वह तुलवा लेता है और सचमुच के रुपये देता है, बिलकुल ऐसे ही रुपये।

हामिद को यक़ीन न आया–ऐसे रुपये जिन्नात को कहाँ से मिल जायेंगे?

मोहसिन ने कहा–जिन्नात को रुपये की क्या कमी? जिस ख़जाने में चाहें चले जाएँ। लोहे के दरवाज़े तक उन्हें नहीं रोक सकते जनाब, आप हैं किस फेर में! हीरे-जवाहरात तक उनके पास रहते हैं। जिससे ख़ुश हो गये, उसे टोकरों जवाहरात दे दिए। अभी यहीं बैठे हैं, पाँच मिनट में कलकत्ता पहुँच जाएँ।

हामिद ने फिर पूछा–जिन्नात बहुत बड़े-बड़े होते हैं?

मोहसिन–एक-एक सिर आसमान के बराबर होता है जी! ज़मीन पर खड़ा हो जाए तो उसका सिर आसमान से जा लगे, मगर चाहे तो एक लोटे में घुस जाए।

हामिद–लोग उन्हें कैसे ख़ुश करते होंगे? कोई मुझे यह मंतर बता दे तो एक जिन को ख़ुश कर लूँ।

मोहसिन–अब यह तो न जानता, लेकिन चौधरी साहब के काबू में बहुत-से जिन्नात हैं। कोई चीज़ चोरी हो जाए, चौधरी साहब उसका पता लगा देंगे ओर चोर का नाम बता देंगे। जुमराती का बछवा उस दिन खो गया था। तीन दिन हैरान हुए, कहीं न मिला तब झख मारकर चौधरी के पास गये। चौधरी ने तुरन्त बता दिया, मवेशीखाने में है और वहीं मिला। जिन्नात आकर उन्हें सारे जहान की ख़बर दे जाते हैं।

अब उसकी समझ में आ गया कि चौधरी के पास क्यों इतना धन है और क्यों उनका इतना सम्मान है।

आगे चले। यह पुलिस लाइन है। यहीं सब कानिसटिबिल कवायद करते हैं। रैटन! फाय फो! रात को बेचारे घूम-घूमकर पहरा देते हैं, कहीं चोरियाँ न हो जाएँ। मोहसिन ने प्रतिवाद किया–यह कानिसटिबिल पहरा देते हैं? तभी तुम बहुत जानते हो, अजी हज़रत, यह चोरी करते हैं। शहर के जितने चोर-डाकू हैं, सब इनसे मुहल्ले में जाकर 'जागते रहो! जागते रहो!' पुकारते हैं। तभी इन लोगों के पास इतने रुपये आते हैं। मेरे मामू एक थाने में कानिसटिबिल हैं। बीस रुपया महीना पाते हैं, लेकिन पचास रुपये घर भेजते हैं। अल्लाह कसम! मैंने एक बार पूछा था कि मामू, आप इतने रुपये कहाँ से पाते हैं? हँसकर कहने लगे–बेटा, अल्लाह देता है। फिर आप ही बोले–हम लोग चाहें तो एक दिन में लाखों मार लाएँ। हम तो इतना ही लेते हैं, जिसमें अपनी बदनामी न हो और नौकरी न चली जाए।

हामिद ने पूछा–यह लोग चोरी करवाते हैं, तो कोई इन्हें पकड़ता नहीं?

मोहसिन उसकी नादानी पर दया दिखाकर बोला–अरे, पागल! इन्हें कौन पकड़ेगा! पकड़ने वाले तो यह लोग ख़ुद हैं, लेकिन अल्लाह, इन्हें सज़ा भी ख़ूब देता है। हराम का माल हराम में जाता है। थोड़े ही दिन हुए, मामू के घर में आग लग गयी। सारी लेई-पूँजी जल गयी। एक बरतन तक न बचा। कई दिन पेड़ के नीचे सोए, अल्लाह कसम, पेड़ के नीचे! फिर न जाने कहाँ से एक सौ क़र्ज़ लाए तो बरतन-भाँड़े आए।

हामिद–एक सौ तो पचास से ज़्यादा होते हैं?

'कहाँ पचास, कहाँ एक सौ। पचास एक थैली-भर होता है। सौ तो दो थैलियों में भी न आएँ?

अब बस्ती घनी होने लगी। ईदगाह जाने वालों की टोलियाँ नज़र आने लगीं। एक से एक भड़कीले वस्त्र पहने हुए। कोई इक्के-ताँगे पर सवार, कोई मोटर पर, सभी इत्र में बसे, सभी के दिलों में उमंग। ग्रामीणों का यह छोटा-सा दल अपनी विपन्नता

से बेख़बर, सन्तोष और धैर्य में मगन चला जा रहा था। बच्चों के लिये नगर की सभी चीज़ें अनोखी थीं। जिस चीज़ की ओर ताकते, ताकते ही रह जाते और पीछे से आने की आवाज़ होने पर भी न चेतते। हामिद तो मोटर के नीचे जाते-जाते बचा।

सहसा ईदगाह नज़र आई। ऊपर इमली के घने वृक्षों की छाया है। नीचे पक्का फर्श है, जिस पर जाजम बिछा हुआ है। और रोज़ेदारों की पंक्तियाँ एक के पीछे एक न जाने कहाँ तक चली गयी हैं, पक्की जगत के नीचे तक, जहाँ जाजम भी नहीं है। नए आने वाले आकर पीछे की कतार में खड़े हो जाते हैं। आगे जगह नहीं है। यहाँ कोई धन और पद नहीं देखता। इस्लाम की निगाह में सब बराबर हैं। इन ग्रामीणों ने भी वजू किया और पिछली पंक्ति में खड़े हो गये। कितना सुन्दर संचालन है, कितनी सुन्दर व्यवस्था! लाखों सिर एक साथ सिजदे में झुक जाते हैं, फिर सब-के-सब एक साथ खड़े हो जाते हैं, एक साथ झुकते हैं और एक साथ खड़े हो जाते हैं, कई बार यही क्रिया होती है, जैसे बिजली की लाखों बत्तियाँ एक साथ प्रदीप्त हों और एक साथ बुझ जाएँ और यही क्रम चलता रहे। कितना अपूर्व दृश्य था, जिसकी सामूहिक क्रियाएँ, विस्तार और अनंतता हृदय को श्रद्धा, गर्व और आत्मानंद से भर देती थीं, मानो भ्रातृत्व का एक सूत्र इन समस्त आत्माओं को एक लड़ी में पिरोए हुए है।

2

नमाज़ खत्म हो गयी। लोग आपस में गले मिल रहे हैं। तब मिठाई और खिलौने की दुकानों पर धावा होता है। ग्रामीणों का यह दल इस विषय में बालकों से कम उत्साही नहीं है। यह देखो, हिंडोला है, एक पैसा देकर चढ़ जाओ। कभी आसमान पर जाते हुए मालूम होंगे, कभी ज़मीन पर गिरते हुए। यह चर्खी है, लकड़ी के हाथी, घोड़े, ऊँट, छड़ों में लटके हुए हैं। एक पैसा देकर बैठ जाओ और पच्चीस चक्करों का मजा लो। महमूद, मोहसिन, नूरे और सम्मी इन घोड़ों और ऊँटों पर बैठते हैं। हामिद दूर खड़ा है। तीन ही पैसे तो उसके पास हैं। अपने कोष का एक-तिहाई ज़रा-सा चक्कर खाने के लिये नहीं दे सकता।

सब चर्खियों से उतरते हैं। अब खिलौने लेंगे। उधर दुकानों की कतार लगी हुई है। तरह-तरह के खिलौने हैं—सिपाही और गुजरिया, राजा और वक़ील, भिश्ती और धोबिन और साधु। वाह! कितने सुन्दर खिलौने हैं। अब बोलना ही चाहते हैं। महमूद सिपाही लेता है, खाकी वर्दी और लाल पगड़ी वाला, कंधे पर बंदूक रखे हुए, मालूम होता है, अभी कवायद किए चला आ रहा है। मोहसिन को भिश्ती पसंद आया। कमर झुकी हुई है, ऊपर मशक रखे हुए है। मशक का मुँह एक हाथ से पकड़े हुए है। कितना प्रसन्न है! शायद कोई गीत गा रहा है। बस, मशक से पानी उँड़ेलना ही चाहता है। नूरे को वक़ील से प्रेम है। कैसी विद्वत्ता है उसके मुख पर! काला चोगा, नीचे सफेद अचकन, अचकन के सामने की जेब में घड़ी, सुनहरी जंजीर, एक हाथ

में क़ानून का पोथा लिये हुए। मालूम होता है, अभी किसी अदालत से जिरह या बहस किए चले आ रहे हैं। यह सब दो-दो पैसे के खिलौने हैं। हामिद के पास कुल तीन पैसे हैं, इतने महँगे खिलौने वह कैसे ले? खिलौना कहीं हाथ से छूट पड़े तो चूर-चूर हो जाए। ज़रा पानी पड़े तो सारा रंग घुल जाए। ऐसे खिलौने लेकर वह क्या करेगा, किस काम के!

मोहसिन कहता है—मेरा भिश्ती रोज़ पानी दे जाएगा साँझ-सबेरे।

महमूद—और मेरा सिपाही घर का पहरा देगा, कोई चोर आएगा, तो फौरन बंदूक से फैर कर देगा।

नूरे—और मेरा वक़ील ख़ूब मुक़दमा लड़ेगा।

सम्मी—और मेरी धोबिन रोज़ कपड़े धोएगी।

हामिद खिलौनों की निंदा करता है—मिट्टी ही के तो हैं, गिरे तो चकनाचूर हो जाएँ, लेकिन ललचाई हुई आँखों से खिलौनों को देख रहा है और चाहता है कि ज़रा देर के लिये उन्हें हाथ में ले सकता। उसके हाथ अनायास ही लपकते हैं, लेकिन लड़के इतने त्यागी नहीं होते हैं, विशेषकर जब अभी नया शौक है। हामिद ललचाता रह जाता है। खिलौने के बाद मिठाइयाँ आती हैं। किसी ने रेवड़ियाँ ली हैं, किसी ने गुलाबजामुन किसी ने सोहन-हलवा। मजे से खा रहे हैं। हामिद बिरादरी से पृथक् है। अभागे के पास तीन पैसे हैं। क्यों नहीं कुछ लेकर खाता? ललचाई आँखों से सबकी ओर देखता है।

मोहसिन कहता है—हामिद रेवड़ी ले जा, कितनी ख़ुशबूदार हैं!

हामिद को संदेह हुआ, ये केवल क्रूर विनोद है। मोहसिन इतना उदार नहीं है, लेकिन यह जानकर भी वह उसके पास जाता है। मोहसिन दोने से एक रेवड़ी निकालकर हामिद की ओर बढ़ाता है। हामिद हाथ फैलाता है। मोहसिन रेवड़ी अपने मुँह में रख लेता है। महमूद नूरे और सम्मी ख़ूब तालियाँ बजा-बजाकर हँसते हैं। हामिद खिसिया जाता है।

मोहसिन—अच्छा, अबकी ज़रूर देंगे हामिद, अल्लाह कसम, ले जा।

हामिद—रखे रहो। क्या मेरे पास पैसे नहीं हैं?

सम्मी—तीन ही पैसे तो हैं। तीन पैसे में क्या-क्या लोगे?

महमूद—हमसे गुलाबजामुन ले जाओ हामिद। मोहमिन बदमाश है।

हामिद—मिठाई कौन बड़ी नेमत है? किताब में इसकी कितनी बुराइयाँ लिखी हैं?

मोहसिन—लेकिन दिल में कह रहे होगे कि मिले तो खा लें। अपने पैसे क्यों नहीं निकालते?

महमूद—सब समझते हैं, इसकी चालाकी। जब हमारे सारे पैसे ख़र्च हो जायेंगे, तो हमें ललचा-ललचाकर खाएगा।

मिठाइयों के बाद कुछ दुकानें लोहे की चीज़ों की, कुछ गिलट और कुछ नकली गहनों की। लड़कों के लिये यहाँ कोई आकर्षण न था। वे सब आगे बढ़ जाते हैं, हामिद लोहे की दुकान पर रुक जाता है। कई चिमटे रखे हुए थे। उसे ख़याल आया, दादी के पास चिमटा नहीं है। तवे से रोटियाँ उतारती हैं, तो हाथ जल जाता है। अगर वह चिमटा ले जाकर दादी को दे दे तो वह कितना प्रसन्न होंगी! फिर उनकी उँगलियाँ कभी न जलेंगी। घर में एक काम की चीज़ हो जाएगी। खिलौने से क्या फायदा? व्यर्थ में पैसे खराब होते हैं। ज़रा देर ही तो ख़ुशी होती है। फिर तो खिलौने को कोई आँख उठाकर नहीं देखता। यह तो घर पहुँचते-पहुँचते टूट-फूटकर बराबर हो जायेंगे। चिमटा कितने काम की चीज़ है। रोटियाँ तवे से उतार लो, चूल्हे में सेंक लो। कोई आग माँगने आये तो चटपट चूल्हे से आग निकालकर उसे दे दो। अम्माँ बेचारी को कहाँ फ़ुर्सत है कि बाज़ार आएँ और इतने पैसे ही कहाँ मिलते हैं? रोज़ हाथ जला लेती हैं। हामिद के साथी आगे बढ़ गये हैं। सबील पर सब-के-सब शर्बत पी रहे हैं। देखो, सब कितने लालची हैं। इतनी मिठाइयाँ लीं, मुझे किसी ने एक भी न दी। उस पर कहते हैं, मेरे साथ खेलो। मेरा यह काम करो। अब अगर किसी ने कोई काम करने को कहा, तो पूछूँगा। खाएँ मिठाइयाँ, आप मुँह सड़ेगा, फोड़े-फुन्सियाँ निकलेंगी, आपकी जबान चटोरी हो जाएगी। तब घर से पैसे चुराएँगे और मार खाएँगे। किताब में झूठी बातें थोड़े ही लिखी हैं। मेरी जबान क्यों खराब होगी? अम्माँ चिमटा देखते ही दौड़कर मेरे हाथ से ले लेंगी और कहेंगी–मेरा बच्चा अम्माँ के लिये चिमटा लाया है। कितना अच्छा लड़का है। इन लोगों के खिलौनों पर कौन इन्हें दुआएँ देगा? बड़ों की दुआएँ सीधे अल्लाह के दरबार में पहुँचती हैं और तुरंत सुनी जाती हैं। मैं भी इनके मिज़ाज क्यों सहूँ? मैं ग़रीब सही, किसी से कुछ माँगने तो नहीं जाता। आख़िर अब्बाजान कभी-न-कभी आयेंगे। अम्माँ भी आएँगी ही। फिर इन लोगों से पूछूँगा, कितने खिलौने लोगे? एक-एक को टोकरियों खिलौने दूँ और दिखा दूँ कि दोस्तों के साथ इस तरह का सलूक किया जाता है। यह नहीं कि एक पैसे की रेवड़ियाँ लीं, तो चिढ़ा-चिढ़ाकर खाने लगे। सब-के-सब हँसेंगे कि हामिद ने चिमटा लिया है। हँसें! मेरी बला से! उसने दुकानदार से पूछा–यह चिमटा कितने का है?

दुकानदार ने उसकी ओर देखा और कोई आदमी साथ न देखकर कहा–तुम्हारे काम का नहीं है जी!

'बिकाऊ है कि नहीं?'

'बिकाऊ क्यों नहीं है? और यहाँ क्यों लाद लाए हैं?'

'तो बताते क्यों नहीं, कै पैसे का है?'

'छह पैसे लगेंगे।'

हामिद का दिल बैठ गया।

'ठीक-ठीक पाँच पैसे लगेंगे, लेना हो लो, नहीं चलते बनो।'

हामिद ने कलेजा मजबूत करके कहा तीन पैसे लोगे?

यह कहता हुआ व आगे बढ़ गया कि दुकानदार की घुड़कियाँ न सुने। लेकिन दुकानदार ने घुड़कियाँ नहीं दी। बुलाकर चिमटा दे दिया। हामिद ने उसे इस तरह कंधे पर रखा, मानो बंदूक है और शान से अकड़ता हुआ संगियों के पास आया। ज़रा सुनें, सब-के-सब क्या-क्या आलोचनाएँ करते हैं!

मोहसिन ने हँसकर कहा–यह चिमटा क्यों लाया पगले, इसे क्या करेगा?

हामिद ने चिमटे को ज़मीन पर पटक कर कहा–ज़रा अपना भिश्ती ज़मीन पर गिरा दो। सारी पसलियाँ चूर-चूर हो जाएँ बचा की।

महमूद बोला–तो यह चिमटा कोई खिलौना है?

हामिद–खिलौना क्यों नहीं है! अभी कंधे पर रखा, बंदूक हो गयी। हाथ में ले लिया, फकीरों का चिमटा हो गया। चाहूँ तो इससे मँजीरे का काम ले सकता हूँ। एक चिमटा जमा दूँ, तो तुम लोगों के सारे खिलौनों की जान निकल जाए। तुम्हारे खिलौने कितना ही ज़ोर लगाएँ, मेरे चिमटे का बाल भी बाँका नहीं कर सकते। मेरा बहादुर शेर है चिमटा। सम्मी ने खँजरी ली थी। प्रभावित होकर बोला–मेरी खँजरी से बदलोगे? दो आने की है।

हामिद ने खँजरी की ओर उपेक्षा से देखा–मेरा चिमटा चाहे तो तुम्हारी खँजरी का पेट फाड़ डाले। बस, एक चमड़े की झिल्ली लगा दी, ढब-ढब बोलने लगी। ज़रा-सा पानी लग जाए तो खत्म हो जाए। मेरा बहादुर चिमटा आग में, पानी में, आँधी में, तूफान में बराबर डटा खड़ा रहेगा।

चिमटे ने सभी को मोहित कर लिया, अब पैसे किसके पास धरे हैं? फिर मेले से दूर निकल आए हैं, नौ कब के बज गये, धूप तेज़ हो रही है। घर पहुँचने की जल्दी हो रही है। बाप से ज़िद भी करें, तो चिमटा नहीं मिल सकता। हामिद है बड़ा चालाक। इसीलिये बदमाश ने अपने पैसे बचा रखे थे।

अब बालकों के दो दल हो गये हैं। मोहसिन, महमूद, सम्मी और नूरे एक तरफ़ हैं, हामिद अकेला दूसरी तरफ़। शास्त्रार्थ हो रहा है। सम्मी तो विधर्मी हो गया! दूसरे पक्ष से जा मिला, लेकिन मोहसिन, महमूद और नूरे भी हामिद से एक-एक, दो-दो साल बड़े होने पर भी हामिद के आघातों से आतंकित हो उठे हैं। उसके पास न्याय का बल है और नीति की शक्ति। एक ओर मिट्टी है, दूसरी ओर लोहा, जो इस वक्त अपने को फ़ौलाद कह रहा है। वह अजेय है, घातक है। अगर कोई शेर आ जाए मियाँ भिश्ती के छक्के छूट जाएँ, जो मियाँ सिपाही मिट्टी की बंदूक छोड़कर भागे, वक़ील साहब की नानी मर जाए, चोगे में मुँह छिपाकर ज़मीन पर लेट जाएँ। मगर यह चिमटा, यह बहादुर, यह रुस्तमे-हिंद लपककर शेर की गर्दन पर सवार हो जाएगा और उसकी आँखें निकाल लेगा।

मोहसिन ने एड़ी-चोटी का ज़ोर लगाकर कहा–अच्छा, पानी तो नहीं भर सकता?

हामिद ने चिमटे को सीधा खड़ा करके कहा–भिश्ती को एक डाँट लगाएगा, तो दौड़ा हुआ पानी लाकर उसके द्वार पर छिड़कने लगेगा।

मोहसिन परास्त हो गया, पर महमूद ने कुमुक पहुँचाई–अगर बचा पकड़ जाएँ तो अदालत में बँधे-बँधे फिरेंगे। तब तो वक़ील साहब के पैरों पड़ेंगे।

हामिद इस प्रबल तर्क का जवाब न दे सका। उसने पूछा–हमें पकड़ने कौन आएगा?

नूरे ने अकड़कर कहा–यह सिपाही बंदूकवाला।

हामिद ने मुँह चिढ़ाकर कहा–यह बेचारे हम बहादुर रुस्तमे-हिंद को पकड़ेंगे! अच्छा लाओ, अभी ज़रा कुश्ती हो जाए। इसकी सूरत देखकर दूर से भागेंगे। पकड़ेंगे क्या बेचारे!

मोहसिन को एक नयी चोट सूझ गयी–तुम्हारे चिमटे का मुँह रोज़ आग में जलेगा।

उसने समझा था कि हामिद लाजवाब हो जाएगा, लेकिन यह बात न हुई। हामिद ने तुरंत जवाब दिया–आग में बहादुर ही कूदते हैं जनाब, तुम्हारे यह वक़ील, सिपाही और भिश्ती लौंडियों की तरह घर में घुस जायेंगे। आग में काम तो यह रुस्तमे-हिन्द ही कर सकता है।

महमूद ने एक ज़ोर लगाया–वक़ील साहब कुर्सी-मेज पर बैठेंगे, तुम्हारा चिमटा तो बाबरचीखाने में ज़मीन पर पड़ा रहने के सिवा और क्या कर सकता है?

इस तर्क ने सम्मी और नूरे को भी सही कर दिया! कितने ठिकाने की बात कही है पट्ठे ने! चिमटा बावरचीखाने में पड़ा रहने के सिवा और क्या कर सकता है?

हामिद को कोई फड़कता हुआ जवाब न सूझा, तो उसने धाँधली शुरू की–मेरा चिमटा बावरचीखाने में नहीं रहेगा। वक़ील साहब कुर्सी पर बैठेंगे, तो जाकर उन्हें ज़मीन पर पटक देगा और उनका क़ानून उनके पेट में डाल देगा। बात कुछ बनी नहीं। खाली गाली-गलौज थी, लेकिन क़ानून को पेट में डालने वाली बात छा गयी। ऐसी छा गयी कि तीनों सूरमा मुँह ताकते रह गये मानो कोई धेलचा कनकौआ किसी गंडेवाले कनकौए को काट गया हो। क़ानून मुँह से बाहर निकलने वाली चीज़ है। उसको पेट के अन्दर डाल दिया जाना बेतुकी-सी बात होने पर भी कुछ नयापन रखती है। हामिद ने मैदान मार लिया। उसका चिमटा रुस्तमे-हिन्द है। अब इसमें मोहसिन, महमूद, नूरे सम्मी किसी को भी आपत्ति नहीं हो सकती।

विजेता को हारने वालों से तो सत्कार मिलना स्वाभाविक है, वह हामिद को भी मिला। औरों ने तीन-तीन, चार-चार आने पैसे ख़र्च किए, पर कोई काम की चीज़ न ले सके। हामिद ने तीन पैसे में रंग जमा लिया। सच ही तो है, खिलौनों का क्या भरोसा? टूट-फूट जायेंगे। हामिद का चिमटा तो बना रहेगा बरसों?

संधि की शर्तें तय होने लगीं। मोहसिन ने कहा–ज़रा अपना चिमटा दो, हम भी देखें। तुम हमार भिश्ती लेकर देखो। महमूद और नूरे ने भी अपने-अपने खिलौने पेश किए।

हामिद को इन शर्तों को मानने में कोई आपत्ति न थी। चिमटा बारी-बारी से सबके हाथ में गया और उनके खिलौने बारी-बारी से हामिद के हाथ में आए। कितने खूबसूरत खिलौने हैं।

हामिद ने हारने वालों के आँसू पोंछे—मैं तुम्हें चिढ़ा रहा था, सच! यह चिमटा भला इन खिलौनों की क्या बराबरी करेगा, मालूम होता है, अब बोले, अब बोले।

लेकिन मोहसिन की पार्टी को इस दिलासे से संतोष नहीं होता। चिमटे का सिलिका ख़ूब बैठ गया है। चिपका हुआ टिकट अब पानी से नहीं छूट रहा है।

मोहसिन—लेकिन इन खिलौनों के लिये कोई हमें दुआ तो न देगा?

महमूद—दुआ को लिये फिरते हो। उल्टे मार न पड़े। अम्माँ ज़रूर कहेंगी कि मेले में यही मिट्टी के खिलौने मिले?

हामिद को स्वीकार करना पड़ा कि खिलौनों को देखकर किसी की माँ इतनी ख़ुश न होगी, जितनी दादी चिमटे को देखकर होंगी। तीन पैसों ही में तो उसे सब-कुछ करना था और उन पैसों के इस उपयोग पर पछतावे की बिलकुल ज़रूरत न थी। फिर अब तो चिमटा रुस्तमे-हिन्द है और सभी खिलौनों का बादशाह।

रास्ते में महमूद को भूख लगी। उसके बाप ने केले खाने को दिये। महमूद ने केवल हामिद को साझी बनाया। उसके अन्य मित्र मुँह ताकते रह गये। यह उस चिमटे का प्रसाद था।

3

ग्यारह बजे गाँव में हलचल मच गयी। मेले वाले आ गये। मोहसिन की छोटी बहन दौड़कर भिश्ती उसके हाथ से छीन लिया और मारे ख़ुशी के जा उछली, तो मियाँ भिश्ती नीचे आ रहे और सुरलोक सिधारे। इस पर भाई-बहन में मार-पीट हुई। दोनों ख़ूब रोए। उसकी अम्माँ यह शोर सुनकर बिगड़ी और दोनों को ऊपर से दो-दो चाँटे और लगाए। मियाँ नूरे के वक़ील का अंत उनके प्रतिष्ठानुकूल इससे ज़्यादा गौरवमय हुआ। वक़ील ज़मीन पर या ताक पर तो नहीं बैठ सकता। उसकी मर्यादा का विचार तो करना ही होगा। दीवार में खूँटियाँ गाड़ी गईं। उन पर लकड़ी का एक पटरा रखा गया। पटरे पर काग़ज़ का कालीन बिछाया गया। वक़ील साहब राजा भोज की भाँति सिंहासन पर विराजे। नूरे ने उन्हें पंखा झलना शुरू किया। अदालतों में खर की टट्टियाँ और बिजली के पंखे रहते हैं। क्या यहाँ मामूली पंखा भी न हो! क़ानून की गर्मी दिमाग़ पर चढ़ जाएगी कि नहीं? बाँस का पंखा आया और नूरे हवा करने लगे। मालूम नहीं, पंखे की हवा से या पंखे की चोट से वक़ील साहब स्वर्गलोक से मृत्युलोक में आ रहे और उनका माटी का चोला माटी में मिल गया! फिर बड़े ज़ोर-शोर से मातम हुआ और वक़ील साहब की अस्थि घूरे पर डाल दी गयी।

अब रहा महमूद का सिपाही। उसे चटपट गाँव का पहरा देने का चार्ज मिल गया, लेकिन पुलिस का सिपाही कोई साधारण व्यक्ति तो नहीं, जो अपने पैरों चले। वह पालकी पर चलेगा। एक टोकरी आई, उसमें कुछ लाल रंग के फटे-पुराने चिथड़े बिछाए गये, जिसमें सिपाही साहब आराम से लेटे। नूरे ने यह टोकरी उठाई और अपने द्वार का चक्कर लगाने लगे। उनके दोनों छोटे भाई सिपाही की तरह 'छोने वाले, जागते लहो' पुकारते चलते हैं। मगर रात तो अँधेरी होनी चाहिए, नूरे को ठोकर लग जाती है। टोकरी उसके हाथ से छूटकर गिर पड़ती है और मियाँ सिपाही अपनी बंदूक लिये ज़मीन पर आ जाते हैं और उनकी एक टाँग में विकार आ जाता है।

महमूद को आज ज्ञात हुआ कि वह अच्छा डाक्टर है। उसको ऐसा मरहम मिल गया है, जिससे वह टूटी टाँग को आनन-फानन जोड़ सकता है। केवल गूलर का दूध चाहिए। गूलर का दूध आता है। टाँग जवाब दे देती है। शल्य-क्रिया असफल हुई, तब उसकी दूसरी टाँग भी तोड़ दी जाती है। अब कम-से-कम एक जगह आराम से बैठ तो सकता है। एक टाँग से तो न चल सकता था, न बैठ सकता था। अब वह सिपाही संन्यासी हो गया है। अपनी जगह पर बैठा-बैठा पहरा देता है। कभी-कभी देवता भी बन जाता है। उसके सिर का झालरदार साफा खुरच दिया गया है। अब उसका जितना रूपांतर चाहो, कर सकते हो। कभी-कभी तो उससे बाट का काम भी लिया जाता है।

अब मियाँ हामिद का हाल सुनिए। अमीना उसकी आवाज़ सुनते ही दौड़ी और उसे गोद में उठाकर प्यार करने लगी। सहसा उसके हाथ में चिमटा देखकर वह चौंकी।

'यह चिमटा कहाँ था?'

'मैंने मोल लिया है।'

'कै पैसे में?

'तीन पैसे दिये।'

अमीना ने छाती पीट ली। यह कैसा बेसमझ लड़का है कि दोपहर हुआ, कुछ खाया न पिया। लाया क्या, चिमटा!

'सारे मेले में तुझे और कोई चीज़ न मिली, जो यह लोहे का चिमटा उठा लाया?'

हामिद ने अपराधी-भाव से कहा—तुम्हारी उँगलियाँ तवे से जल जाती थीं, इसलिये मैंने इसे लिया।

बुढ़िया का क्रोध तुरन्त स्नेह में बदल गया और स्नेह भी वह नहीं, जो प्रगल्भ होता है और अपनी सारी कसक शब्दों में बिखेर देता है। यह मूक स्नेह था, खूब ठोस, रस और स्वाद से भरा हुआ। बच्चे में कितना त्याग, कितना सद्भाव और कितना विवेक है! दूसरों को खिलौने लेते और मिठाई खाते देखकर इसका मन कितना

ललचाया होगा? इतना जब्त इससे हुआ कैसे? वहाँ भी इसे अपनी बुढ़िया दादी की याद बनी रही। अमीना का मन गद्गद हो गया।

और अब एक बड़ी विचित्र बात हुई। हामिद के इस चिमटे से भी विचित्र। बच्चे हामिद ने बूढ़े हामिद का पार्ट खेला था। बुढ़िया अमीना बालिका अमीना बन गयी। वह रोने लगी। दामन फैलाकर हामिद को दुआएँ देती जाती थी और आँसू की बड़ी-बड़ी बूँदें गिराती जाती थी। हामिद इसका रहस्य क्या समझता!

❑

माँ

आज बन्दी छूटकर घर आ रहा है। करुणा ने एक दिन पहले ही घर लीप-पोत रखा था। इन तीन वर्षों में उसने कठिन तपस्या करके जो दस-पाँच रुपये जमा कर रखे थे, वह सब पति के सत्कार और स्वागत की तैयारियों में ख़र्च कर दिए। पति के लिये धोतियों का नया जोड़ा लाई थी, नए कुरते बनवाए थे, बच्चे के लिये नए कोट और टोपी की आयोजना की थी। बार-बार बच्चे को गले लगाती और प्रसन्न होती। अगर इस बच्चे ने सूर्य की भाँति उदय होकर उसके अँधेरे जीवन को प्रदीप्त न कर दिया होता, तो कदाचित् ठोकरों ने उसके जीवन का अन्त कर दिया होता। पति के कारावास-दण्ड के तीन ही महीने बाद इस बालक का जन्म हुआ। उसी का मुँह देख-देखकर करुणा ने यह तीन साल काट दिए थे। वह सोचती–जब मैं बालक को उनके सामने ले जाऊँगी, तो वह कितने प्रसन्न होंगे! उसे देखकर पहले तो चकित हो जायेंगे, फिर गोद में उठा लेंगे और कहेंगे–करुणा, तुमने यह रत्न देकर मुझे निहाल कर दिया। क़ैद के सारे कष्ट बालक की तोतली बातों में भूल जायेंगे, उनकी एक सरल, पवित्र, मोहक दृष्टि हृदय की सारी व्यवस्थाओं को धो डालेगी। इस कल्पना का आनंद लेकर वह फूली न समाती थी।

वह सोच रही थी–आदित्य के साथ बहुत से आदमी होंगे। जिस समय वह द्वार पर पहुँचेंगे, 'जय-जयकार' की ध्वनि से आकाश गूँज उठेगा। वह कितना स्वर्गीय दृश्य होगा! उन आदमियों के बैठने के लिये करुणा ने एक फटा-सा टाट बिछा दिया था, कुछ पान बना दिए थे और बार-बार आशामय नेत्रों से द्वार की ओर ताकती थी। पति की वह सुदृढ़ उदार तेज़पूर्ण मुद्रा बार-बार आँखों में फिर जाती थी। उनकी वे बातें बार-बार याद आती थीं, जो चलते समय उनके मुख से निकलती थीं, उनका वह धैर्य, वह आत्मबल, जो पुलिस के प्रहारों के सामने भी अटल रहा था, वह मुस्कराहट जो उस समय भी उनके अधरों पर खेल रही थी; वह आत्माभिमान, जो उस समय भी उनके मुख से टपक रहा था, क्या करुणा के हृदय से कभी विस्मृत हो सकता था! उसका स्मरण आते ही करुणा के निस्तेज मुख पर आत्मगौरव की लालिमा छा गयी। यही वह अवलम्ब था, जिसने इन तीन वर्षों की घोर यातनाओं में भी उसके हृदय को आश्वासन दिया था। कितनी ही रातें फाकों से गुज़रीं, बहुधा घर में दीपक

जलने की नौबत भी न आती थी, पर दीनता के आँसू कभी उसकी आँखों से न गिरे। आज उन सारी विपत्तियों का अन्त हो जाएगा। पति के प्रगाढ़ आलिंगन में वह सब कुछ हँसकर झेल लेगी। वह अनंत निधि पाकर फिर उसे कोई अभिलाषा न रहेगी।

गगन-पथ का चिरगामी पथिक लपका हुआ विश्राम की ओर चला जाता था, जहाँ संध्या ने सुनहरा फर्श सजाया था और उज्ज्वल पुष्पों की सेज बिछा रखी थी। उसी समय करुणा को एक आदमी लाठी टेकता आता दिखाई दिया, मानो किसी जीर्ण मनुष्य की वेदना-ध्वनि हो। पग-पग पर रुककर खाँसने लगता था। उसका सिर झुका हुआ था, करुणा उसका चेहरा न देख सकती थी, लेकिन चाल-ढाल से कोई बूढ़ा आदमी मालूम होता था; पर एक क्षण में जब वह समीप आ गया, तो करुणा पहचान गयी। वह उसका प्यारा पति ही था, किन्तु शोक! उसकी सूरत कितनी बदल गयी थी। वह जवानी, वह तेज़, वह चपलता, वह सुगठन, सब प्रस्थान कर चुका था। केवल हड्डियों का एक ढाँचा रह गया था। न कोई संगी, न साथी, न यार, न दोस्त। करुणा उसे पहचानते ही बाहर निकल आई, पर आलिंगन की कामना हृदय में दबाकर रह गयी। सारे मंसूबे धूल में मिल गये। सारा मनोल्लास आँसुओं के प्रवाह में बह गया, विलीन हो गया। आदित्य ने घर में क़दम रखते ही मुस्कराकर करुणा को देखा। पर उस मुस्कान में वेदना का एक संसार भरा हुआ था। करुणा ऐसी शिथिल हो गयी, मानो हृदय का स्पंदन रुक गया हो। वह फटी हुई आँखों से स्वामी की ओर टकटकी बाँधे खड़ी थी, मानो उसे अपनी आँखों पर अब भी विश्वास न आता हो। स्वागत या दुःख का एक शब्द भी उसके मुँह से न निकला। बालक भी गोद में बैठा हुआ सहमी आँखों से इस कंकाल को देख रहा था और माता की गोद में चिपटा जाता था। आख़िर उसने कातर स्वर में कहा—यह तुम्हारी क्या दशा है? बिलकुल पहचाने नहीं जाते!

आदित्य ने उसकी चिन्ता को शांत करने के लिये मुस्कराने की चेष्टा करके कहा—कुछ नहीं, ज़रा दुबला हो गया हूँ। तुम्हारे हाथों का भोजन पाकर फिर स्वस्थ हो जाऊँगा।

करुणा—छी! सूखकर काँटा हो गये। क्या वहाँ भरपेट भोजन नहीं मिला? तुम कहते थे, राजनैतिक आदमियों के साथ बड़ा अच्छा व्यवहार किया जाता है और वह तुम्हारे साथी क्या हो गये, जो तुम्हें आठों पहर घेरे रहते थे और तुम्हारे पसीने की जगह खून बहाने को तैयार रहते थे?

आदित्य की त्योरियों पर बल पड़ गये। बोले—यह बड़ा ही कटु अनुभव है करुणा! मुझे न मालूम था कि मेरे क़ैद होते ही लोग मेरी ओर से यों आँखें फेर लेंगे, कोई बात भी न पूछेगा। राष्ट्र के नाम पर मिटने वालों का यही पुरस्कार है, यह मुझे न मालूम था। जनता अपने सेवकों को बहुत जल्द भूल जाती है, यह तो मैं जानता था, लेकिन अपने सहयोगी और सहायक इतने बेवफ़ा होते हैं, इसका मुझे यह पहला ही

अनुभव हुआ। लेकिन मुझे किसी से शिकायत नहीं। सेवा स्वयं अपना पुरस्कार है। मेरी भूल थी कि मैं इसके लिये यश और नाम चाहता था।

करुणा—तो क्या वहाँ भोजन भी न मिलता था?

आदित्य—यह न पूछो करुणा, बड़ी करुण कथा है। बस, यही गनीमत समझो कि जीता लौट आया। तुम्हारे दर्शन बदे थे, नहीं कष्ट तो ऐसे-ऐसे उठाए कि अब तक मुझे प्रस्थान कर जाना चाहिए था। मैं ज़रा लेटूँगा। खड़ा नहीं रहा जाता। दिन-भर में इतनी दूर आया हूँ।

करुणा—चलकर कुछ खा लो, तो आराम से लेटो। (बालक को गोद में उठाकर) बाबूजी हैं बेटा, तुम्हारे बाबूजी। इनकी गोद में जाओ, तुम्हें प्यार करेंगे।

आदित्य ने आँसू-भरी आँखों से बालक को देखा और उनका एक-एक रोम उनका तिरस्कार करने लगा। अपनी जीर्ण दशा पर उन्हें कभी इतना दुःख न हुआ था। ईश्वर की असीम दया से यदि उनकी दशा सँभल जाती, तो वह फिर कभी राष्ट्रीय आन्दोलन के समीप न जाते। इस फूल-से बच्चे को यों संसार में लाकर दरिद्रता की आग में झोंकने का उन्हें क्या अधिकार था? वह अब लक्ष्मी की उपासना करेंगे और अपना क्षुद्र जीवन बच्चे के लालन-पालन के लिये अर्पित कर देंगे। उन्हें इस समय ऐसा ज्ञात हुआ कि बालक उन्हें उपेक्षा की दृष्टि से देख रहा है, मानो कह रहा है—'मेरे साथ आपने कौन-सा कर्तव्य-पालन किया?' उनकी सारी कामना, सारा प्यार बालक को हृदय से लगा देने के लिये अधीर हो उठा, पर हाथ फैल न सके। हाथों में शक्ति ही न थी।

करुणा बालक को लिये हुए उठी और थाली में कुछ भोजन निकालकर लाई। आदित्य ने क्षुधापूर्ण, नेत्रों से थाली की ओर देखा, मानो आज बहुत दिनों के बाद कोई खाने की चीज़ सामने आई है। जानता था कि कई दिनों के उपवास के बाद और आरोग्य की इस गयी-गुज़री दशा में उसे जबान को काबू में रखना चाहिए पर सब्र न कर सका, थाली पर टूट पड़ा और देखते-देखते थाली साफ कर दी। करुणा सशंक हो गयी। उसने दोबारा किसी चीज़ के लिये न पूछा। थाली उठाकर चली गयी, पर उसका दिल कह रहा था—इतना तो कभी न खाते थे।

करुणा बच्चे को कुछ खिला रही थी कि एकाएक कानों में आवाज़ आई—करुणा!

करुणा ने आकर पूछा—क्या तुमने मुझे पुकारा है?

आदित्य का चेहरा पीला पड़ गया था और साँस ज़ोर-ज़ोर से चल रही थी। हाथों के सहारे वहीं टाट पर लेट गये थे। करुणा उनकी यह हालत देखकर घबरा गयी। बोली—जाकर किसी वैद्य को बुला लाऊँ?

आदित्य ने हाथ के इशारे से उसे मना करके कहा—व्यर्थ है करुणा! अब तुमसे छिपाना व्यर्थ है, मुझे तपेदिक हो गया है। कई बार मरते-मरते बच गया हूँ। तुम लोगों के दर्शन बदे थे, इसलिये प्राण न निकलते थे। देखो प्रिये, रोओ मत। करुणा ने सिसकियों को दबाते हुए कहा—मैं वैद्य को लेकर अभी आती हूँ।

आदित्य ने फिर सिर हिलाया–नहीं करुणा, केवल मेरे पास बैठी रहो। अब किसी से कोई आशा नहीं है। डाक्टरों ने जवाब दे दिया है। मुझे तो यह आश्चर्य है कि यहाँ पहुँच कैसे गया। न जाने कौन देवी-शक्ति मुझे वहाँ से खींच लाई। कदाचित् यह इस बुझते हुए दीपक की अन्तिम झलक थी। आह! मैंने तुम्हारे साथ बड़ा अन्याय किया। इसका मुझे हमेशा दुःख रहेगा! मैं तुम्हें कोई आराम न दे सका। तुम्हारे लिये कुछ न कर सका। केवल सोहाग का दाग़ लगाकर और एक बालक के पालन का भार छोड़कर चला जा रहा हूँ। आह!

करुणा ने हृदय को दृढ़ करके कहा–तुम्हें कहीं दर्द तो नहीं है? आग बना लाऊँ? कुछ बताते क्यों नहीं?

आदित्य ने करवट बदलकर कहा–कुछ करने की ज़रूरत नहीं प्रिये! कहीं दर्द नहीं। बस, ऐसा मालूम हो रहा है कि दिल बैठा जाता है, जैसे पानी में डूबा जाता हूँ। जीवन की लीला समाप्त हो रही है। दीपक को बुझते हुए देख रहा हूँ। कह नहीं सकता, कब आवाज़ बन्द हो जाए। जो कुछ कहना है, वह कह डालना चाहता हूँ, क्यों वह लालसा ले जाऊँ। मेरे एक प्रश्न का जवाब दोगी, पूछूँ?

करुणा के मन की सारी दुर्बलता, सारा शोक, सारी वेदना मानो लुप्त हो गयी और उनकी जगह उस आत्मबल का उदय हुआ, जो मृत्यु पर हँसता है और विपत्ति के साँपों से खेलता है। रत्नजड़ित मखमली म्यान में जैसे तेज़ तलवार छिपी रहती है, जल के कोमल प्रवाह में जैसे असीम शक्ति छिपी रहती है, वैसे ही रमणी का कोमल हृदय साहस और धैर्य को अपनी गोद में छिपाए रहता है। क्रोध जैसे तलवार को बाहर खींच लेता है, विज्ञान जैसे जल-शक्ति का उद्घाटन कर लेता है, वैसे ही प्रेम रमणी के साहस और धैर्य को प्रदीप्त कर देता है।

करुणा ने पति के सिर पर हाथ रखते हुए कहा–पूछते क्यों नहीं प्यारे!

आदित्य ने करुणा के हाथों के कोमल स्पर्श का अनुभव करते हुए कहा–तुम्हारे विचार में मेरा जीवन कैसा था? बधाई के योग्य? देखो, तुमने मुझसे कभी पर्दा नहीं रखा। इस समय भी स्पष्ट कहना। तुम्हारे विचार में मुझे अपने जीवन पर हँसना चाहिए या रोना चाहिए?

करुणा ने उल्लास के साथ कहा–यह प्रश्न क्यों करते हो प्रियतम? क्या मैंने तुम्हारी उपेक्षा कभी की है? तुम्हारा जीवन देवताओं का-सा जीवन था, निःस्वार्थ, निर्लिप्त और आदर्श! विघ्न-बाधाओं से तंग आकर मैंने तुम्हें कितनी ही बार संसार की ओर खींचने की चेष्टा की है; पर उस समय भी मैं मन में जानती थी कि मैं तुम्हें ऊँचे आसन से गिरा रही हूँ। अगर तुम माया-मोह में फँसे होते, तो कदाचित् मेरे मन को अधिक संतोष होता; लेकिन मेरी आत्मा को वह गर्व और उल्लास न होता, जो इस समय हो रहा है। मैं अगर किसी को बड़े-से-बड़ा आशीर्वाद दे सकती हूँ, तो वह यही होगा कि उसका जीवन तुम्हारे जैसा हो।

यह कहते-कहते करुणा का आभाहीन मुखमंडल ज्योतिर्मय हो गया, मानो उसकी आत्मा दिव्य हो गयी हो। आदित्य ने सगर्व नेत्रों से करुणा को देखकर कहा बस, अब मुझे संतोष हो गया, करुणा, इस बच्चे की ओर से मुझे कोई शंका नहीं है, मैं उसे इससे अधिक कुशल हाथों में नहीं छोड़ सकता। मुझे विश्वास है कि जीवन-भर यह ऊँचा और पवित्र आदर्श सदैव तुम्हारे सामने रहेगा। अब मैं मरने को तैयार हूँ।

2

सात वर्ष बीत गये।

बालक प्रकाश अब दस साल का रूपवान, बलिष्ठ, प्रसन्नमुख कुमार था, बल का तेज़, साहसी और मनस्वी। भय तो उसे छू भी नहीं गया था। करुणा का संतप्त हृदय उसे देखकर शीतल हो जाता। संसार करुणा को अभागिनी और दीन समझे। वह कभी भाग्य का रोना नहीं रोती। उसने उन आभूषणों को बेच डाला, जो पति के जीवन में उसे प्राणों से प्रिय थे और उस धन से कुछ गायें और भैंसें मोल ले लीं। वह कृषक की बेटी थी, और गो-पालन उसके लिये कोई नया व्यवसाय न था। इसी को उसने अपनी जीविका का साधन बनाया। विशुद्ध दूध कहाँ मयस्सर होता है? सब दूध हाथों-हाथ बिक जाता। करुणा को पहर रात से पहर रात तक काम में लगा रहना पड़ता, पर वह प्रसन्न थी। उसके मुख पर निराशा या दीनता की छाया नहीं, संकल्प और साहस का तेज़ है। उसके एक-एक अंग से आत्मगौरव की ज्योति-सी निकल रही है; आँखों में एक दिव्य प्रकाश है, गंभीर, अथाह और असीम। सारी वेदनाएँ-वैधव्य का शोक और विधि का निर्मम प्रहार-सब उस प्रकाश की गहराई में विलीन हो गया है।

प्रकाश पर वह जान देती है। उसका आनंद, उसकी अभिलाषा, उसका संसार उसका स्वर्ग सब प्रकाश पर न्योछावर है; पर यह मजाल नहीं कि प्रकाश कोई शरारत करे और करुणा आँखें बंद कर ले। नहीं, वह उसके चरित्र की बड़ी कठोरता से देख-भाल करती है। वह प्रकाश की माँ नहीं, माँ-बाप दोनों हैं। उसके पुत्र-स्नेह में माता की ममता के साथ पिता की कठोरता भी मिली हुई है। पति के अन्तिम शब्द अभी तक उसके कानों में गूँज रहे हैं। वह आत्मोल्लास, जो उनके चेहरे पर झलकने लगा था, वह गर्वमय लाली, जो उनकी आँखों में छा गयी थी, अभी तक उसकी आँखों में फिर रही है। निरंतर पति-चिन्तन ने आदित्य को उसकी आँखों में प्रत्यक्ष कर दिया है। वह सदैव उनकी उपस्थिति का अनुभव किया करती है। उसे ऐसा जान पड़ता है कि आदित्य की आत्मा सदैव उसकी रक्षा करती रहती है। उसकी यही हार्दिक अभिलाषा है कि प्रकाश जवान होकर पिता का पथगामी हो।

संध्या हो गयी थी। एक भिखारिन द्वार पर आकर भीख माँगने लगी। करुणा उस समय गउओं को पानी दे रही थी। प्रकाश बाहर खेल रहा था। बालक ही तो ठहरा!

शरारत सूझी। घर में गया और कटोरे में थोड़ा-सा भूसा लेकर बाहर निकला। भिखारिन ने अबकी झोली फैला दी। प्रकाश ने भूसा उसकी झोली में डाल दिया और ज़ोर-ज़ोर से तालियाँ बजाता हुआ भागा।

भिखारिन ने अग्निमय नेत्रों से देखकर कहा—वाह रे लाडले! मुझसे हँसी करने चला है! यही माँ-बाप ने सिखाया है! तब तो खूब कुल का नाम जगाओगे!

करुणा उसकी बोली सुनकर बाहर निकल आयी और पूछा—क्या है माता? किसे कह रही हो?

भिखारिन ने प्रकाश की तरफ़ इशारा करके कहा—वह तुम्हारा लड़का है न। देखो, कटोरे में भूसा भरकर मेरी झोली में डाल गया है। चुटकी-भर आटा था, वह भी मिट्टी में मिल गया। कोई इस तरह दुखियों को सताता है? सबके दिन एक-से नहीं रहते! आदमी को घमंड न करना चाहिए।

करुणा ने कठोर स्वर में पुकारा—प्रकाश?

प्रकाश लज्ज़ित न हुआ। अभिमान से सिर उठाए हुए आया और बोला—वह हमारे घर भीख क्यों माँगने आयी है? कुछ काम क्यों नहीं करती?

करुणा ने उसे समझाने की चेष्टा करके कहा—शर्म नहीं आती, उल्टे और आँख दिखाते हो।

प्रकाश—शर्म क्यों आए? यह क्यों रोज़ भीख माँगने आती है? हमारे यहाँ क्या कोई चीज़ मुफ़्त आती है?

करुणा—तुम्हें कुछ न देना था तो सीधे से कह देते; जाओ। तुमने यह शरारत क्यों की?

प्रकाश—उनकी आदत कैसे छूटती?

करुणा ने बिगड़कर कहा—तुम अब पिटोगे मेरे हाथों।

प्रकाश—पिटूँगा क्यों? आप जबरदस्ती पीटेंगी? दूसरे मुल्कों में अगर कोई भीख माँगे, तो क़ैद कर लिया जाए। यह नहीं कि उल्टे भिखमंगों को और शह दी जाए।

करुणा—जो अपंग है, वह कैसे काम करे?

प्रकाश—तो जाकर डूब मरे, जिन्दा क्यों रहती है?

करुणा निरुत्तर हो गयी। बुढ़िया को तो उसने आटा-दाल देकर विदा किया, किन्तु प्रकाश का कुतर्क उसके हृदय में फोड़े के समान टीसता रहा। उसने यह धृष्टता, यह अविनय कहाँ सीखी? रात को भी उसे बार-बार यही ख़याल सताता रहा। आधी रात के समीप एकाएक प्रकाश की नींद टूटी। लालटेन जल रही है और करुणा बैठी रो रही है। उठ बैठा और बोला—अम्माँ, अभी तुम सोई नहीं?

करुणा ने मुँह फेरकर कहा—नींद नहीं आई। तुम कैसे जग गये? प्यास तो नहीं लगी है?

प्रकाश—नहीं अम्माँ, न जाने क्यों आँख खुल गयी—मुझसे आज बड़ा अपराध हुआ, अम्माँ!

करुणा ने उसके मुख की ओर स्नेह के नेत्रों से देखा।

प्रकाश—मैंने आज बुढ़िया के साथ बड़ी नटखट की। मुझे क्षमा करो, फिर कभी ऐसी शरारत न करूँगा।

यह कहकर रोने लगा। करुणा ने स्नेहार्द्र होकर उसे गले लगा लिया और उसके कपोलों का चुम्बन करके बोली—बेटा, मुझे ख़ुश करने के लिये यह कह रहे हो या तुम्हारे मन में सचमुच पछतावा हो रहा है?

प्रकाश ने सिसकते हुए कहा—नहीं, अम्माँ, मुझे दिल से अफसोस हो रहा है। अबकी वह बुढ़िया आएगी, तो मैं उसे बहुत-से पैसे दूँगा।

करुणा का हृदय मतवाला हो गया। ऐसा जान पड़ा, आदित्य सामने खड़े बच्चे को आशीर्वाद दे रहे हैं और कह रहे हैं, करुणा, क्षोभ मत कर, प्रकाश अपने पिता का नाम रोशन करेगा। तेरी संपूर्ण कामनाएँ पूरी हो जाएँगी।

3

लेकिन प्रकाश के कर्म और वचन में मेल न था और दिनों के साथ उसके चरित्र का अंग प्रत्यक्ष होता जाता था। जहीन था ही, विश्वविद्यालय से उसे वज़ीफ़े मिलते थे, करुणा भी उसकी यथेष्ट सहायता करती थी, फिर भी उसका ख़र्च पूरा न पड़ता था। वह मितव्ययता और सरल जीवन पर विद्वत्ता से भरे हुए व्याख्यान दे सकता था, पर उसका रहन-सहन फैशन के अंधभक्तों से जौ-भर घटकर न था। प्रदर्शन की धुन उसे हमेशा सवार रहती थी। उसके मन और बुद्धि में निरंतर द्वन्द्व होता रहता था। मन जाति की ओर था, बुद्धि अपनी ओर। बुद्धि मन को दबाए रहती थी। उसके सामने मन की एक न चलती थी। जाति-सेवा ऊसर की खेती है, वहाँ बड़े-से-बड़ा उपहार जो मिल सकता है, वह है गौरव और यश; पर वह भी स्थायी नहीं, इतना अस्थिर कि क्षण में जीवन-भर की कमाई पर पानी फिर सकता है। अतएव उसका अन्तःकरण अनिवार्य वेग के साथ विलासमय जीवन की ओर झुकता था। यहाँ तक कि धीरे-धीरे उसे त्याग और निग्रह से घृणा होने लगी। वह दुरावस्था और दरिद्रता को हेय समझता था। उसके हृदय न था, भाव न थे, केवल मस्तिष्क था। मस्तिष्क में दर्द कहाँ? वहाँ तो तर्क हैं, मनसूबे हैं।

सिन्ध में बाढ़ आई। हज़ारों आदमी तबाह हो गये। विद्यालय ने वहाँ एक सेवा समिति भेजी। प्रकाश के मन में द्वन्द्व होने लगा—जाऊँ या न जाऊँ? इतने दिनों अगर वह परीक्षा की तैयारी करे, तो प्रथम श्रेणी में पास हो। चलते समय उसने बीमारी का बहाना कर दिया। करुणा ने लिखा, तुम सिन्ध न गये, इसका मुझे दुख है। तुम बीमार रहते हुए भी वहाँ जा सकते थे। समिति में चिकित्सक भी तो थे! प्रकाश ने पत्र का उत्तर न दिया।

उड़ीसा में अकाल पड़ा। प्रजा मक्खियों की तरह मरने लगी। कांग्रेस ने पीड़ितों के लिये एक मिशन तैयार किया। उन्हीं दिनों विद्यालयों ने इतिहास के छात्रों को ऐतिहासिक खोज के लिये लंका भेजने का निश्चय किया। करुणा ने प्रकाश को लिखा–तुम उड़ीसा जाओ। किन्तु प्रकाश लंका जाने को लालायित था। वह कई दिन इसी दुविधा में रहा। अंत को सीलोन ने उड़ीसा पर विजय पाई। करुणा ने अबकी उसे कुछ न लिखा। चुपचाप रोती रही।

सीलोन से लौटकर प्रकाश छुट्टियों में घर गया। करुणा उससे खिंची-खिंची रहीं। प्रकाश मन में लज्जित हुआ और संकल्प किया कि अबकी कोई अवसर आया, तो अम्माँ को अवश्य प्रसन्न करूँगा। यह निश्चय करके वह विद्यालय लौटा। लेकिन यहाँ आते ही फिर परीक्षा की फ़िक्र सवार हो गयी। यहाँ तक कि परीक्षा के दिन आ गये; मगर इम्तहान से फ़ुर्सत पाकर भी प्रकाश घर न गया। विद्यालय के एक अध्यापक कश्मीर सैर करने जा रहे थे। प्रकाश उन्हीं के साथ कश्मीर चल खड़ा हुआ। जब परीक्षा-फल निकला और प्रकाश प्रथम आया, तब उसे घर की याद आई! उसने तुरन्त करुणा को पत्र लिखा और अपने आने की सूचना दी। माता को प्रसन्न करने के लिये उसने दो-चार शब्द जाति-सेवा के विषय में भी लिखे–अब मैं आपकी आज्ञा का पालन करने को तैयार हूँ। मैंने शिक्षा-सम्बन्धी कार्य करने का निश्चय किया है इसी विचार से मैंने वह विशिष्ट स्थान प्राप्त किया है। हमारे नेता भी तो विद्यालयों के आचार्यों ही का सम्मान करते हैं। अभी तक इन उपाधियों के मोह से वे मुक्त नहीं हुए हैं। हमारे नेता भी योग्यता, सदुत्साह, लगन का उतना सम्मान नहीं करते, जितना उपाधियों का! अब मेरी इज़्ज़त करेंगे और जिम्मेदारी का काम सौंपेंगे, जो पहले माँगे भी न मिलता।

करुणा की आस फिर बँधी।

4

विद्यालय खुलते ही प्रकाश के नाम रजिस्ट्रार का पत्र पहुँचा। उन्होंने प्रकाश का इंग्लैंड जाकर विद्याभ्यास करने के लिये सरकारी वज़ीफ़े की मंज़ूरी की सूचना दी थी। प्रकाश पत्र हाथ में लिये हर्ष के उन्माद में जाकर माँ से बोला–अम्माँ, मुझे इंग्लैंड जाकर पढ़ने के लिये सरकारी वज़ीफ़ा मिल गया।

करुणा ने उदासीन भाव से पूछा–तो तुम्हारा क्या इरादा है?

प्रकाश–मेरा इरादा? ऐसा अवसर पाकर भला कौन छोड़ता है!

करुणा–तुम तो स्वयंसेवकों में भरती होने जा रहे थे?

प्रकाश–तो आप समझती हैं, स्वयंसेवक बन जाना ही जाति-सेवा है? मैं इंग्लैंड से आकर भी तो सेवा-कार्य कर सकता हूँ और अम्माँ, सच पूछो, तो एक मजिस्ट्रेट अपने देश का जितना उपकार कर सकता है, उतना एक हज़ार स्वयंसेवक मिलकर भी

नहीं कर सकते। मैं तो सिविल सर्विस की परीक्षा में बैठूँगा और मुझे विश्वास है कि सफल हो जाऊँगा। करुणा ने चकित होकर पूछा—तो क्या तुम मजिस्ट्रेट हो जाओगे?

प्रकाश—सेवा-भाव रखने वाला एक मजिस्ट्रेट कांग्रेस के एक हज़ार सभापतियों से ज़्यादा उपकार कर सकता है। अख़बारों में उसकी लम्बी-लम्बी तारीफ़ें न छपेंगी, उसकी वक्तृताओं पर तालियाँ न बजेंगी, जनता उसके जुलूस की गाड़ी न खींचेगी और न विद्यालयों के छात्र उसको अभिनंदन-पत्र देंगे; पर सच्ची सेवा मजिस्ट्रेट ही कर सकता है।

करुणा ने आपत्ति के भाव से कहा—लेकिन यही मजिस्ट्रेट तो जाति के सेवकों को सज़ाएँ देते हैं, उन पर गोलियाँ चलाते हैं?

प्रकाश—अगर मजिस्ट्रेट के हृदय में परोपकार का भाव है, तो वह नरमी से वही काम करता है, जो दूसरे गोलियाँ चलाकर भी नहीं कर सकते।

करुणा—मैं यह नहीं मानूँगी। सरकार अपने नौकरों को इतनी स्वाधीनता नहीं देती। वह एक नीति बना देती है और हर एक सरकारी नौकर को उसका पालन करना पड़ता है। सरकार की पहली नीति यह है कि वह दिन-दिन अधिक संगठित और दृढ़ हों। इसके लिये स्वाधीनता के भावों का दमन करना ज़रूरी है; अगर कोई मजिस्ट्रेट इस नीति के विरुद्ध काम करता है, तो वह मजिस्ट्रेट न रहेगा। वह हिन्दुस्तानी था, जिसने तुम्हारे बाबूजी को ज़रा-सी बात पर तीन साल की सज़ा दे दी। इसी सज़ा ने उनके प्राण लिये बेटा, मेरी इतनी बात मानो। सरकारी पदों पर न गिरो। मुझे यह मंज़ूर है कि तुम मोटा खाकर और मोटा पहनकर देश की कुछ सेवा करो, इसके बदले कि तुम हाकिम बन जाओ और शान से जीवन बिताओ। यह समझ लो कि जिस दिन तुम हाकिम की कुर्सी पर बैठोगे, उस दिन से तुम्हारा दिमाग़ हाकिमों का-सा हो जाएगा। तुम यही चाहोगे कि अफ़सरों में तुम्हारी नेकनामी और तरक्की हो। एक गँवारू मिसाल लो। लड़की जब तक मैके में क्वाँरी रहती है, वह अपने को उसी घर की समझती है, लेकिन जिस दिन ससुराल चली जाती है, वह अपने घर को दूसरों का घर समझने लगती है। माँ-बाप, भाई-बंद सब वही रहते हैं, लेकिन वह घर अपना नहीं रहता। यही दुनिया का दस्तूर है।

प्रकाश ने खीझकर कहा—तो क्या आप यही चाहती हैं कि मैं ज़िन्दगी-भर चारों तरफ़ ठोकरें खाता फिरूँ?

करुणा कठोर नेत्रों से देखकर बोली—अगर ठोकर खाकर आत्मा स्वाधीन रह सकती है, तो मैं कहूँगी, ठोकर खाना अच्छा है।

प्रकाश ने निश्चयात्मक भाव से पूछा—तो आपकी यही इच्छा है?

करुणा ने उसी स्वर में उत्तर दिया—हाँ, मेरी यही इच्छा है।

प्रकाश ने कुछ जवाब न दिया। उठकर बाहर चला गया और तुरन्त रजिस्ट्रार को इनकारी-पत्र लिख भेजा; मगर उसी क्षण से मानो उसके सिर पर विपत्ति ने आसन जमा लिया। विरक्त और विमन अपने कमरे में पड़ा रहता, न कहीं घूमने जाता, न

किसी से मिलता। मुँह लटकाए भीतर आता और फिर बाहर चला जाता, यहाँ तक महीना गुज़र गया। न चेहरे पर वह लाली रही, न वह ओज; आँखें अनाथों के मुख की भाँति याचना से भरी हुई, ओठ हँसना भूल गये, मानो उन इनकारी-पत्र के साथ उसकी सारी सजीवता और चपलता, सारी सरलता बिदा हो गयी। करुणा उसके मनोभाव समझती थी और उसके शोक को भुलाने की चेष्टा करती थी, पर रूठे देवता प्रसन्न न होते थे। आख़िर एक दिन उसने प्रकाश से कहा—बेटा, अगर तुमने विलायत जाने की ठान ही ली है, तो चले जाओ। मना न करूँगी। मुझे खेद है कि मैंने तुम्हें रोका। अगर मैं जानती कि तुम्हें इतना आघात पहुँचेगा, तो कभी न रोकती। मैंने तो केवल इस विचार से रोका था कि तुम्हें जाति-सेवा में मग्न देखकर तुम्हारे बाबूजी की आत्मा प्रसन्न होगी। उन्होंने चलते समय यही वसीयत की थी।

प्रकाश ने रूखाई से जवाब दिया—अब क्या जाऊँगा! इनकारी-खत लिख चुका। मेरे लिये कोई अब तक बैठा थोड़े ही होगा। कोई दूसरा लड़का चुन लिया होगा और फिर करना ही क्या है? जब आपकी मर्ज़ी है कि गाँव-गाँव की खाक छानता फिरूँ, तो वही सही।

करुणा का गर्व चूर-चूर हो गया। इस अनुमति से उसने बाधा का काम लेना चाहा था; पर सफल न हुई। बोली—अभी कोई न चुना गया होगा। लिख दो, मैं जाने को तैयार हूँ।

प्रकाश ने झुँझलाकर कहा—अब कुछ नहीं हो सकता। लोग हँसी उड़ाएँगे। मैंने तय कर लिया है कि जीवन को आपकी इच्छा के अनुकूल बनाऊँगा।

करुणा—तुमने अगर शुद्ध मन से यह इरादा किया होता, तो यों न रहते। तुम मुझसे सत्याग्रह कर रहे हो; अगर मन को दबाकर, मुझे अपनी राह का काँटा समझकर तुमने मेरी इच्छा पूरी भी की, तो क्या? मैं तो जब जानती कि तुम्हारे मन में आप-ही-आप सेवा का भाव उत्पन्न होता। तुम आप ही रजिस्ट्रार साहब को पत्र लिख दो।

प्रकाश—अब मैं नहीं लिख सकता।

'तो इसी शोक में तने बैठे रहोगे?'

'लाचारी है।'

करुणा ने और कुछ न कहा। ज़रा देर में प्रकाश ने देखा कि वह कहीं जा रही है; मगर वह कुछ बोला नहीं। करुणा के लिये बाहर आना-जाना कोई असाधारण बात न थी; लेकिन जब संध्या हो गयी और करुणा न आयी, तो प्रकाश को चिन्ता होने लगी। अम्माँ कहाँ गयीं? यह प्रश्न बार-बार उसके मन में उठने लगा।

प्रकाश सारी रात द्वार पर बैठा रहा। भाँति-भाँति की शंकाएँ मन में उठने लगीं। उसे अब याद आया, चलते समय करुणा कितनी उदास थी; उसकी आँखें कितनी लाल थीं। यह बातें प्रकाश को उस समय क्यों न नज़र आई? वह क्यों स्वार्थ में अंधा हो गया था?

हाँ, अब प्रकाश को याद आया—माता ने साफ-सुथरे कपड़े पहने थे। उनके हाथ में छतरी भी थी। तो क्या वह कहीं बहुत दूर गयी हैं? किससे पूछे? अनिष्ट के भय से प्रकाश रोने लगा।

श्रावण की अँधेरी भयानक रात थी। आकाश में श्याम मेघमालाएँ, भीषण स्वप्न की भाँति छाई हुई थीं। प्रकाश रह-रहकर आकाश की ओर देखता था, मानो करुणा उन्हीं मेघमालाओं में छिपी बैठी है। उसने निश्चय किया, सवेरा होते ही माँ को खोजने चलूँगा और अगर...

किसी ने द्वार खटखटाया। प्रकाश ने दौड़कर खोला, तो देखा, करुणा खड़ी है। उसका मुख-मंडल इतना खोया हुआ, इतना करुण था, जैसे आज ही उसका सोहाग उठ गया है, जैसे संसार में अब उसके लिये कुछ नहीं रहा, जैसे वह नदी के किनारे खड़ी अपनी लदी हुई नाव को डूबते देख रही है और कुछ कर नहीं सकती।

प्रकाश ने अधीर होकर पूछा—अम्माँ कहाँ चली गयी थीं? बहुत देर लगाई?

करुणा ने भूमि की ओर ताकते हुए जवाब दिया—एक काम से गयी थी। देर हो गयी।

यह कहते हुए उसने प्रकाश के सामने एक बंद लिफाफा फेंक दिया। प्रकाश ने उत्सुक होकर लिफाफा उठा लिया। ऊपर ही विद्यालय की मुहर थी। तुरन्त ही लिफाफा खोलकर पढ़ा। हलकी-सी लालिमा चेहरे पर दौड़ गयी। पूछा—यह तुम्हें कहाँ मिल गया अम्माँ?

करुणा—तुम्हारे रजिस्ट्रार के पास से लाई हूँ।

'क्या तुम वहाँ चली गयी थी?'

'और क्या करती।'

'कल तो गाड़ी का समय न था?'

'मोटर ले ली थी।'

प्रकाश एक क्षण तक मौन खड़ा रहा, फिर कुंठित स्वर में बोला—जब तुम्हारी इच्छा नहीं है तो मुझे क्यों भेज रही हो? करुणा ने विरक्त भाव से कहा—इसलिये कि तुम्हारी जाने की इच्छा है। तुम्हारा यह मलिन वेश नहीं देखा जाता। अपने जीवन के बीस वर्ष तुम्हारी हितकामना पर अर्पित कर दिए; अब तुम्हारी महत्त्वाकांक्षा की हत्या नहीं कर सकती। तुम्हारी यात्रा सफल हो, यही हमारी हार्दिक अभिलाषा है।

करुणा का कंठ रुँध गया और कुछ न कह सकी।

5

प्रकाश उसी दिन से यात्रा की तैयारियाँ करने लगा। करुणा के पास जो कुछ था, वह सब ख़र्च हो गया। कुछ ऋण भी लेना पड़ा। नए सूट बने, सूटकेस लिये

गये। प्रकाश अपनी धुन में मस्त था। कभी किसी चीज़ की फरमाइश लेकर आता, कभी किसी चीज़ का।

करुणा इस एक सप्ताह में इतनी दुर्बल हो गयी है, उसके बालों पर कितनी सफ़ेदी आ गयी है, चेहरे पर कितनी झुर्रियाँ पड़ गयी हैं, यह उसे कुछ न नज़र आता। उसकी आँखों में इंग्लैंड के दृश्य समाए हुए थे। महत्त्वाकांक्षा आँखों पर पर्दा डाल देती है।

प्रस्थान का दिन आया। आज कई दिनों के बाद धूप निकली थी। करुणा स्वामी के पुराने कपड़ों को बाहर निकाल रही थी। उनकी गाढ़े की चादरें, खद्दर के कुरते, पाजामें और लिहाफ अभी तक सन्दूक में संचित थे। प्रतिवर्ष वे धूप में सुखाये जाते और झाड़-पोंछकर रख दिए जाते थे। करुणा ने आज फिर उन कपड़ों को निकाला, मगर सुखाकर रखने के लिये नहीं ग़रीबों में बाँट देने के लिये। वह आज पति से नाराज़ है। वह लुटिया, डोर और घड़ी, जो आदित्य की चिरसंगिनी थीं और जिनकी बीस वर्ष से करुणा ने उपासना की थी, आज निकालकर आँगन में फेंक दी गयी; वह झोली जो बरसों आदित्य के कन्धों पर आरूढ़ रह चुकी थी, आप कूड़े में डाल दी गयी; वह चित्र जिसके सामने बीस वर्ष से करुणा सिर झुकाती थी, आज वही निर्दयता से भूमि पर डाल दिया गया। पति का कोई स्मृति-चिह्न वह अब अपने घर में नहीं रखना चाहती। उसका अन्त:करण शोक और निराशा से विदीर्ण हो गया है और पति के सिवा वह किस पर क्रोध उतारे? कौन उसका अपना है? वह किससे अपनी व्यथा कहे? किसे अपनी छाती चीरकर दिखाए? वह होते तो क्या आप प्रकाश दासता की जंजीर गले में डालकर फूला न समाता? उसे कौन समझाए कि आदित्य भी इस अवसर पर पछताने के सिवा और कुछ न कर सकते।

प्रकाश के मित्रों ने आज उसे विदाई का भोज दिया था। वहाँ से वह संध्या समय कई मित्रों के साथ मोटर पर लौटा। सफ़र का सामान मोटर पर रख दिया गया, तब वह अन्दर आकर माँ से बोला—अम्माँ, जाता हूँ। बम्बई पहुँचकर पत्र लिखूँगा। तुम्हें मेरी कसम, रोना मत और मेरे खतों का जवाब बराबर देना।

जैसे किसी लाश को बाहर निकालते समय सम्बन्धियों का धैर्य छूट जाता है, रुके हुए आँसू निकल पड़ते हैं और शोक की तरंगें उठने लगती हैं, वही दशा करुणा की हुई। कलेजे में एक हाहाकार हुआ, जिसने उसकी दुर्बल आत्मा के एक-एक अणु को कँपा दिया। मालूम हुआ, पाँव पानी में फिसल गया है और वह लहरों में बही जा रही है। उसके मुख से शोक या आशीर्वाद का एक शब्द भी न निकला। प्रकाश ने उसके चरण छुए, अश्रु-जल से माता के चरणों को पखारा, फिर बाहर चला। करुणा पाषाण मूर्ति की भाँति खड़ी थी।

सहसा ग्वाले ने आकर कहा—बहूजी, भइया चले गये। बहुत रोते थे।

तब करुणा की समाधि टूटी। देखा, सामने कोई नहीं है। घर में मृत्यु का-सा सन्नाटा छाया हुआ है, और मानो हृदय की गति बन्द हो गयी है।

सहसा करुणा की दृष्टि ऊपर उठ गयी। उसने देखा कि आदित्य अपनी गोद में प्रकाश की निर्जीव देह लिये खड़े हो रहे हैं। करुणा पछाड़ खाकर गिर पड़ी।

6

करुणा जीवित थी, पर संसार से उसका कोई नाता न था। उसका छोटा-सा संसार, जिसे उसने अपनी कल्पनाओं के हृदय में रचा था, स्वप्न की भाँति अनन्त में विलीन हो गया था। जिस प्रकाश को सामने देखकर वह जीवन की अँधेरी रात में भी हृदय में आशाओं की सम्पत्ति लिये जी रही थी, वह बुझ गया और सम्पत्ति लुट गयी। अब न कोई आश्रय था और न उसकी ज़रूरत। जिन गउओं को वह दोनों वक्त अपने हाथों से दाना-चारा देती और सहलाती थी, वे अब खूँटे पर बँधी निराश नेत्रों से द्वार की ओर ताकती रहती थीं। बछड़ों को गले लगाकर पुचकारने वाला अब कोई न था, जिसके लिये दूध दुहे, मट्ठा निकाले। खानेवाला कौन था? करुणा ने अपने छोटे से संसार को अपने ही अन्दर समेट लिया था। किन्तु एक ही सप्ताह में करुणा के जीवन ने फिर रंग बदला। उसका छोटा-सा संसार फैलते-फैलते विश्वव्यापी हो गया। जिस लंगर ने नौका को तट से एक केन्द्र पर बाँध रखा था, वह उखड़ गया। अब नौका सागर के अशेष विस्तार में भ्रमण करेगी, चाहे वह उद्दाम तरंगों के वक्ष में ही क्यों न विलीन हो जाए।

करुणा द्वार पर आ बैठती और मुहल्ले-भर के लड़कों को जमा करके दूध पि. लाती। दोपहर तक मक्खन निकालती और वह मक्खन मुहल्ले के लड़के खाते। फिर भाँति-भाँति के पकवान बनाती और कुत्तों को खिलाती। अब यही उसका नित्य का नियम हो गया। चिड़ियाँ, कुत्ते, बिल्लियाँ चींटे-चीटियाँ सब अपने हो गये। प्रेम का वह द्वार अब किसी के लिये बन्द न था। उस अंगुल-भर जगह में, जो प्रकाश के लिये भी काफी न थी, अब समस्त संसार समा गया था।

एक दिन प्रकाश का पत्र आया। करुणा ने उसे उठाकर फेंक दिया। फिर थोड़ी देर के बाद उसे उठाकर फाड़ डाला और चिड़ियों को दाना चुगाने लगी; मगर जब निशा-योगिनी ने अपनी धूनी जलायी और वेदनाएँ उससे वरदान माँगने के लिये विकल हो-होकर चलीं, तो करुणा की मनोवेदना भी सजग हो उठी—प्रकाश का पत्र पढ़ने के लिये उसका मन व्याकुल हो उठा। उसने सोचा, प्रकाश मेरा कौन है? मेरा उससे क्या प्रयोजन? हाँ, प्रकाश मेरा कौन है? हृदय ने उत्तर दिया, प्रकाश तेरा सर्वस्व है, वह तेरे उस अमर प्रेम की निशानी है, जिससे तू सदैव के लिये वंचित हो गयी। वह तेरा प्राण है, तेरे जीवन-दीपक का प्रकाश, तेरी वंचित कामनाओं का माधुर्य, तेरे अश्रू-जल में विहार करने वाला हंस। करुणा उस पत्र के टुकड़ों को जमा करने लगी, माना उसके प्राण बिखर गये हों। एक-एक टुकड़ा उसे अपने खोये हुए प्रेम का एक पदचिह्न-सा मालूम होता था। जब सारे पुरजे जमा हो गये, तो करुणा दीपक के सामने बैठकर उसे जोड़ने लगी, जैसे कोई वियोगी

हृदय प्रेम के टूटे हुए तारों को जोड़ रहा हो। हाय री ममता! वह अभागिन सारी रात उन पुरजों को जोड़ने में लगी रही। पत्र दोनों ओर लिखा था, इसलिये पुरजों को ठीक स्थान पर रखना और भी कठिन था। कोई शब्द, कोई वाक्य बीच में गायब हो जाता। उस एक टुकड़े को वह फिर खोजने लगती। सारी रात बीत गयी, पर पत्र अभी तक अपूर्ण था।

दिन चढ़ आया, मुहल्ले के लौंडे मक्खन और दूध की चाह में एकत्र हो गये, कुत्तों ओर बिल्लियों का आगमन हुआ, चिड़ियाँ आ-आकर आँगन में फुदकने लगीं, कोई ओखली पर बैठी, कोई तुलसी के चौंतरे पर; पर करुणा को सिर उठाने तक की फ़ुर्सत नहीं।

दोपहर हुआ, करुणा ने सिर न उठाया। न भूख थी, न प्यास। फिर संध्या हो गयी। पर वह पत्र अभी तक अधूरा था। पत्र का आशय समझ में आ रहा था–प्रकाश का जहाज़ कहीं-से-कहीं जा रहा है। उसके हृदय में कुछ उठा हुआ है। क्या उठा हुआ है, यह करुणा न सोच सकी? करुणा पुत्र की लेखनी से निकले हुए एक-एक शब्द को पढ़ना और उसे हृदय पर अंकित कर लेना चाहती थी।

इस भाँति तीन दिन गुज़र गये। संध्या हो गयी थी। तीन दिन की जागी आँखें ज़रा झपक गयी। करुणा ने देखा, एक लम्बा-चौड़ा कमरा है, उसमें मेजें और कुर्सियाँ लगी हुई हैं, बीच में ऊँचे मंच पर कोई आदमी बैठा हुआ है। करुणा ने ध्यान से देखा, प्रकाश था।

एक क्षण में एक क़ैदी उसके सामने लाया गया, उसके हाथ-पाँव में जंजीर थी, कमर झुकी हुई, यह आदित्य थे। करुणा की आँखें खुल गईं। आँसू बहने लगे। उसने पत्र के टुकड़ों को फिर समेट लिया और उसे जलाकर राख कर डाला। राख की एक चुटकी के सिवाय वहाँ कुछ न रहा, जो उसके हृदय में विदीर्ण किए डालती थी। इसी एक चुटकी राख में उसका गुड़ियोंवाला बचपन, उसका संतप्त यौवन और उसका तृष्णामय वैधव्य सब समा गया।

प्रातःकाल लोगों ने देखा, पक्षी पिंजड़े से उड़ चुका था! आदित्य का चित्र अब भी उसके शून्य हृदय से चिपटा हुआ था। भग्नहृदय पति की स्नेह-स्मृति में विश्राम कर रहा था और प्रकाश का जहाज़ योरप चला जा रहा था।

❑

ठाकुर का कुआँ

जोखू ने लोटा मुँह से लगाया तो पानी में सख्त बदबू आयी। गंगी से बोला–यह कैसा पानी है? मारे बास के पिया नहीं जाता। गला सूखा जा रहा है और तू सड़ा पानी पिलाये देती है!

गंगी प्रतिदिन शाम पानी भर लिया करती थी। कुआँ दूर था, बार-बार जाना मुश्किल था। कल वह पानी लायी, तो उसमें बू बिलकुल न थी, आज पानी में बदबू कैसी! लोटा नाक से लगाया, तो सचमुच बदबू थी। ज़रूर कोई जानवर कुएँ में गिरकर मर गया होगा, मगर दूसरा पानी आवे कहाँ से?

ठाकुर के कुएँ पर कौन चढ़ने देगा? दूर से लोग डाँट बतायेंगे। साहू का कुआँ गाँव के उस सिरे पर है, परंतु वहाँ भी कौन पानी भरने देगा? कोई तीसरा कुआँ गाँव में है नहीं।

जोखू कई दिन से बीमार है। कुछ देर तक तो प्यास रोके चुप पड़ा रहा, फिर बोला–अब तो मारे प्यास के रहा नहीं जाता। ला, थोड़ा पानी नाक बंद करके पी लूँ।

गंगी ने पानी न दिया। खराब पानी से बीमारी बढ़ जायगी, इतना जानती थी, परंतु यह न जानती थी कि पानी को उबाल देने से उसकी खराबी जाती रहती हैं। बोली–यह पानी कैसे पियोगे? न जाने कौन जानवर मरा है। कुएँ से मैं दूसरा पानी लाये देती हूँ।

जोखू ने आश्चर्य से उसकी ओर देखा–पानी कहाँ से लायेगी?

ठाकुर और साहू के दो कुएँ तो हैं। क्या एक लोटा पानी न भरने देंगे?

'हाथ-पाँव तुड़वा आयेगी और कुछ न होगा। बैठ चुपके से। ब्रह्म-देवता आशीर्वाद देंगे, ठाकुर लाठी मारेंगे, साहूजी एक के पाँच लेंगे। ग़रीबों का दर्द कौन समझता है! हम तो मर भी जाते हैं, तो कोई दुआर पर झाँकने नहीं आता, कंधा देना तो बड़ी बात है। ऐसे लोग कुएँ से पानी भरने देंगे?'

इन शब्दों में कड़वा सत्य था। गंगी क्या जवाब देती, किन्तु उसने वह बदबूदार पानी पीने को न दिया।

2

रात के नौ बजे थे। थके-माँदे मज़दूर तो सो चुके थे, ठाकुर के दरवाज़े पर दस-पाँच बेफ़िक्रे जमा थे। मैदानी बहादुरी का तो अब न ज़माना रहा है, न मौका। क़ानूनी बहादुरी की बातें हो रही थीं। कितनी होशियारी से ठाकुर ने थानेदार को एक खास मुक़दमे में रिश्वत दी और साफ निकल गये। कितनी अक्लमंदी से एक मार्के के मुक़दमे की नकल ले आये। नाजिर और मोहतमिम, सभी कहते थे, नकल नहीं मिल सकती। कोई पचास माँगता, कोई सौ। यहाँ बेपैसे-कौड़ी नकल उड़ा दी। काम करने का ढंग चाहिए।

इसी समय गंगी कुएँ से पानी लेने पहुँची।

कुप्पी की धुँधली रोशनी कुएँ पर आ रही थी। गंगी जगत की आड़ में बैठी मौके का इंतज़ार करने लगी। इस कुएँ का पानी सारा गाँव पीता है। किसी के लिये रोका नहीं, सिर्फ ये बदनसीब नहीं भर सकते।

गंगी का विद्रोही दिल रिवाज़ी पाबंदियों और मजबूरियों पर चोटें करने लगा—हम क्यों नीच हैं और ये लोग क्यों ऊँच हैं? इसलिये कि ये लोग गले में तागा डाल लेते हैं? यहाँ तो जितने हैं, एक-से-एक छँटे हैं। चोरी ये करें, जाल-फरेब ये करें, झूठे मुक़दमे ये करें। अभी इस ठाकुर ने तो उस दिन बेचारे गड़रिये की भेड़ चुरा ली थी और बाद में मारकर खा गया। इन्हीं पंडित के घर में तो बारहों मास जुआ होता है। यही साहू जी तो घी में तेल मिलाकर बेचते हैं। काम करा लेते हैं, मजूरी देते नानी मरती है। किस-किस बात में हमसे ऊँचे हैं, हम गली-गली चिल्लाते नहीं कि हम ऊँचे हैं, हम ऊँचे। कभी गाँव में आ जाती हूँ, तो रस-भरी आँख से देखने लगते हैं। जैसे सबकी छाती पर साँप लोटने लगता है, परंतु घमंड यह कि हम ऊँचे हैं!

कुएँ पर किसी के आने की आहट हुई। गंगी की छाती धक-धक करने लगी। कहीं देख लें तो गजब हो जाय। एक लात भी तो नीचे न पड़े। उसने घड़ा और रस्सी उठा ली और झुककर चलती हुई एक वृक्ष के अँधेरे साये में जा खड़ी हुई। कब इन लोगों को दया आती है किसी पर! बेचारे महँगू को इतना मारा कि महीनों लहू थूकता रहा। इसीलिये तो कि उसने बेगार न दी थी। इस पर ये लोग ऊँचे बनते हैं?

कुएँ पर स्त्रियाँ पानी भरने आयी थीं। इनमें बात हो रही थी।

'खाना खाने चले और हुक्म हुआ कि ताज़ा पानी भर लाओ। घड़े के लिये पैसे नहीं हैं।'

'हम लोगों को आराम से बैठे देखकर जैसे मरदों को जलन होती है।'

'हाँ, यह तो न हुआ कि कलसिया उठाकर भर लाते। बस, हुकुम चला दिया कि ताज़ा पानी लाओ, जैसे हम लौंडियाँ ही तो हैं।'

'लौंडियाँ नहीं तो और क्या हो तुम? रोटी-कपड़ा नहीं पातीं? दस-पाँच रुपये भी छीन-झपटकर ले ही लेती हो। और लौंडियाँ कैसी होती हैं!'

'मत जलाओ, दीदी! दिन-भर आराम करने को जी तरसकर रह जाता है। इतना काम किसी दूसरे के घर कर देती, तो इससे कहीं आराम से रहती। ऊपर से वह एहसान मानता! यहाँ काम करते-करते मर जाओ; पर किसी का मुँह ही सीधा नहीं होता।'

दोनों पानी भरकर चली गयीं, तो गंगी वृक्ष की छाया से निकली और कुएँ की जगत के पास आई। बेफ़िक्रे चले गये थे। ठाकुर भी दरवाज़ा बंद कर अन्दर आँगन में सोने जा रहे थे। गंगी ने क्षणिक सुख की साँस ली। किसी तरह मैदान तो साफ हुआ। अमृत चुरा लाने के लिये जो राजकुमार किसी ज़माने में गया था, वह भी शायद इतनी सावधानी के साथ और समझ-बूझकर न गया हो। गंगी दबे पाँव कुएँ की जगत पर चढ़ी, विजय का ऐसा अनुभव उसे पहले कभी न हुआ था।

उसने रस्सी का फंदा घड़े में डाला। दायें-बायें चौकन्नी दृष्टि से देखा जैसे कोई सिपाही रात को शत्रु के किले में सुराख कर रहा हो। अगर इस समय वह पकड़ ली गयी, तो फिर उसके लिये माफ़ी या रियायत की रत्ती-भर उम्मीद नहीं। अंत में देवताओं को याद करके उसने कलेजा मजबूत किया और घड़ा कुएँ में डाल दिया।

घड़े ने पानी में गोता लगाया, बहुत ही आहिस्ता। ज़रा भी आवाज़ न हुई। गंगी ने दो-चार हाथ जल्दी-जल्दी मारे। घड़ा कुएँ के मुँह तक आ पहुँचा। कोई बड़ा शहजोर पहलवान भी इतनी तेज़ी से न खींच सकता था।

गंगी झुकी कि घड़े को पकड़कर जगत पर रखे कि एकाएक ठाकुर साहब का दरवाज़ा खुल गया। शेर का मुँह इससे अधिक भयानक न होगा।

गंगी के हाथ से रस्सी छूट गयी। रस्सी के साथ घड़ा धड़ाम से पानी में गिरा और कई क्षण तक पानी में हिलकोरे की आवाज़ें सुनाई देती रहीं।

ठाकुर कौन है, कौन है? पुकारते हुए कुएँ की तरफ़ आ रहे थे और गंगी जगत से कूदकर भागी जा रही थी।

घर पहुँचकर देखा कि जोखू लोटा मुँह से लगाये वही मैला-गंदा पानी पी रहा है।

❑

पूस की रात

हल्कू ने आकर स्त्री से कहा—सहना आया है, लाओ, जो रुपये रखे हैं, उसे दे दूँ, किसी तरह गला तो छूटे।

मुन्नी झाड़ू लगा रही थी। पीछे फिरकर बोली—तीन ही तो रुपये हैं, दे दोगे तो कम्मल कहाँ से आवेगा? माघ-पूस की रात हार में कैसे कटेगी? उससे कह दो, फसल पर दे देंगे। अभी नहीं।

हल्कू एक क्षण अनिश्चित दशा में खड़ा रहा। पूस सिर पर आ गया, कम्मल के बिना हार में रात को वह किसी तरह नहीं जा सकता। मगर सहना मानेगा नहीं, घुड़कियाँ जमावेगा, गालियाँ देगा। बला से जाड़ों में मरेंगे, बला तो सिर से टल जाएगी। यह सोचता हुआ वह अपना भारी-भरकम डील लिये हुए (जो उसके नाम को झूठ सिद्ध करता था) स्त्री के समीप आ गया और ख़ुशामद करके बोला—ला दे दे, गला तो छूटे। कम्मल के लिये कोई दूसरा उपाय सोचूँगा।

मुन्नी उसके पास से दूर हट गयी और आँखें तरेरती हुई बोली—कर चुके दूसरा उपाय! ज़रा सुनूँ तो कौन-सा उपाय करोगे? कोई ख़ैरात में दे देगा कम्मल? न जाने कितनी बाकी है, जो किसी तरह चुकने ही नहीं आती। मैं कहती हूँ, तुम क्यों नहीं खेती छोड़ देते? मर-मर काम करो, उपज हो तो बाकी दे दो, चलो छुट्टी हुई। बाकी चुकाने के लिये ही तो हमारा जनम हुआ है। पेट के लिये मजूरी करो। ऐसी खेती से बाज आये। मैं रुपये न दूँगी, न दूँगी।

हल्कू उदास होकर बोला—तो क्या गाली खाऊँ?

मुन्नी ने तड़पकर कहा—गाली क्यों देगा, क्या उसका राज है?

मगर यह कहने के साथ ही उसकी तनी हुई भौंहें ढीली पड़ गयीं। हल्कू के उस वाक्य में जो कठोर सत्य था, वह मानो एक भीषण जंतु की भाँति उसे घूर रहा था।

उसने जाकर आले पर से रुपये निकाले और लाकर हल्कू के हाथ पर रख दिये। फिर बोली—तुम छोड़ दो अबकी से खेती। मजूरी में सुख से एक रोटी तो खाने को मिलेगी। किसी की धौंस तो न रहेगी। अच्छी खेती है! मजूरी करके लाओ, वह भी उसी में झोंक दो, उस पर धौंस।

हल्कू ने रुपये लिये और इस तरह बाहर चला मानो अपना हृदय निकालकर देने जा रहा हो। उसने मजूरी से एक-एक पैसा काट-कपटकर तीन रुपये कम्मल के लिये जमा किये थे। वह आज निकले जा रहे थे। एक-एक पग के साथ उसका मस्तक अपनी दीनता के भार से दबा जा रहा था।

2

पूस की अँधेरी रात! आकाश पर तारे भी ठिठुरते हुए मालूम होते थे। हल्कू अपने खेत के किनारे ऊख के पतों की एक छतरी के नीचे बाँस के खटोले पर अपनी पुरानी गाढ़े की चादर ओढ़े पड़ा काँप रहा था। खाट के नीचे उसका संगी कुत्ता जबरा पेट में मुँह डाले सर्दी से कूँ-कूँ कर रहा था। दो में से एक को भी नींद न आती थी।

हल्कू ने घुटनियों को गर्दन में चिपकाते हुए कहा—क्यों जबरा, जाड़ा लगता है? कहता तो था, घर में पुआल पर लेट रह, तो यहाँ क्या लेने आये थे? अब खाओ ठंड, मैं क्या करूँ? जानते थे, मैं यहाँ हलुवा-पूरी खाने आ रहा हूँ, दौड़े-दौड़े आगे-आगे चले आये। अब रोओ नानी के नाम को।

जबरा ने पड़े-पड़े दुम हिलायी और अपनी कूँ-कूँ को दीर्घ बनाता हुआ एक बार जम्हाई लेकर चुप हो गया। उसकी श्वान-बुद्धि ने शायद ताड़ लिया, स्वामी को मेरी कूँ-कूँ से नींद नहीं आ रही है।

हल्कू ने हाथ निकालकर जबरा की ठंडी पीठ सहलाते हुए कहा—कल से मत आना मेरे साथ, नहीं तो ठंडे हो जाओगे। यह राँड पछुआ न जाने कहाँ से बरफ लिये आ रही है। उठूँ, फिर एक चिलम भरूँ। किसी तरह रात तो कटे! आठ चिलम तो पी चुका। यह खेती का मजा है! और एक-एक भगवान ऐसे पड़े हैं, जिनके पास जाड़ा जाय तो गरमी से घबड़ाकर भागे। मोटे-मोटे गद्दे, लिहाफ-कम्मल। मजाल है, जाड़े का गुज़र हो जाय। तकदीर की ख़ूबी! मजूरी हम करें, मजा दूसरे लूटें!

हल्कू उठा, गड्ढ़े में से ज़रा-सी आग निकालकर चिलम भरी। जबरा भी उठ बैठा।

हल्कू ने चिलम पीते हुए कहा—पियेगा चिलम, जाड़ा तो क्या जाता है, ज़रा मन बदल जाता है।

जबरा ने उसके मुँह की ओर प्रेम से छलकती हुई आँखों से देखा।

हल्कू—आज और जाड़ा खा ले। कल से मैं यहाँ पुआल बिछा दूँगा। उसी में घुसकर बैठना, तब जाड़ा न लगेगा।

जबरा ने अपने पंजे उसकी घुटनियों पर रख दिये और उसके मुँह के पास अपना मुँह ले गया। हल्कू को उसकी गर्म साँस लगी।

चिलम पीकर हल्कू फिर लेटा और निश्चय करके लेटा कि चाहे कुछ हो अबकी सो जाऊँगा, पर एक ही क्षण में उसके हृदय में कम्पन होने लगा। कभी इस

करवट लेटता, कभी उस करवट, पर जाड़ा किसी पिशाच की भाँति उसकी छाती को दबाये हुए था।

जब किसी तरह न रहा गया तो उसने जबरा को धीरे से उठाया और उसके सिर को थपथपाकर उसे अपनी गोद में सुला लिया। कुत्ते की देह से जाने कैसी दुर्गंध आ रही थी, पर वह उसे अपनी गोद में चिपटाये हुए ऐसे सुख का अनुभव कर रहा था, जो इधर महीनों से उसे न मिला था। जबरा शायद यह समझ रहा था कि स्वर्ग यहीं है और हल्कू की पवित्र आत्मा में तो उस कुत्ते के प्रति घृणा की गंध तक न थी। अपने किसी अभिन्न मित्र या भाई को भी वह इतनी ही तत्परता से गले लगाता। वह अपनी दीनता से आहत न था, जिसने आज उसे इस दशा को पहुँचा दिया। नहीं, इस अनोखी मैत्री ने जैसे उसकी आत्मा के सब द्वार खोल दिये थे और उनका एक-एक अणु प्रकाश से चमक रहा था।

सहसा जबरा ने किसी जानवर की आहट पायी। इस विशेष आत्मीयता ने उसमें एक नयी स्फूर्ति पैदा कर दी थी, जो हवा के ठंडे झोंकों को तुच्छ समझती थी। वह झपटकर उठा और छपरी से बाहर आकर भूँकने लगा। हल्कू ने उसे कई बार चुमकारकर बुलाया, पर वह उसके पास न आया। हार में चारों तरफ़ दौड़-दौड़कर भूँकता रहा। एक क्षण के लिये आ भी जाता, तो तुरंत ही फिर दौड़ता। कर्तव्य उसके हृदय में अरमान की भाँति ही उछल रहा था।

3

एक घंटा और गुज़र गया। रात ने शीत को हवा से धधकाना शुरू किया। हल्कू उठ बैठा और दोनों घुटनों को छाती से मिलाकर सिर को उसमें छिपा लिया, फिर भी ठंड कम न हुई। ऐसा जान पड़ता था, सारा रक्त जम गया है, धमनियों में रक्त की जगह हिम बह रहा है। उसने झुककर आकाश की ओर देखा, अभी कितनी रात बाकी है! सप्तर्षि अभी आकाश में आधे भी नहीं चढ़े। ऊपर आ जायेंगे तब कहीं सबेरा होगा। अभी पहर से ऊपर रात है।

हल्कू के खेत से कोई एक गोली के टप्पे पर आमों का एक बाग़ था। पतझड़ शुरू हो गयी थी। बाग़ में पत्तियों का ढेर लगा हुआ था। हल्कू ने सोचा, चलकर पत्तियाँ बटोरूँ और उन्हें जलाकर खूब तापूँ। रात को कोई मुझे पत्तियाँ बटोरते देख तो समझे कोई भूत है। कौन जाने, कोई जानवर ही छिपा बैठा हो, मगर अब तो बैठे नहीं रहा जाता।

उसने पास के अरहर के खेत में जाकर कई पौधे उखाड़ लिये और उनका एक झाड़ू बनाकर हाथ में सुलगता हुआ उपला लिये बगीचे की तरफ़ चला। जबरा ने उसे आते देखा तो पास आया और दुम हिलाने लगा।

हल्कू ने कहा—अब तो नहीं रहा जाता जबरू। चलो बगीचे में पत्तियाँ बटोरकर तापें। टाँठे हो जायेंगे, तो फिर आकर सोयेंगें। अभी तो बहुत रात है।

जबरा ने कूँ-कूँ करके सहमति प्रकट की और आगे-आगे बगीचे की ओर चला।

बगीचे में खूब अँधेरा छाया हुआ था और अन्धकार में निर्दय पवन पत्तियों को कुचलता हुआ चला जाता था। वृक्षों से ओस की बूँदें टप-टप नीचे टपक रही थीं।

एकाएक एक झोंका मेहँदी के फूलों की ख़ुशबू लिये हुए आया।

हल्कू ने कहा—कैसी अच्छी महक आई जबरू! तुम्हारी नाक में भी तो सुगंध आ रही है?

जबरा को कहीं ज़मीन पर एक हड्डी पड़ी मिल गयी थी। उसे चिंचोड़ रहा था।

हल्कू ने आग ज़मीन पर रख दी और पत्तियाँ बटोरने लगा। ज़रा देर में पत्तियों का ढेर लग गया। हाथ ठिठुरे जाते थे। नंगे पाँव गले जाते थे। और वह पत्तियों का पहाड़ खड़ा कर रहा था। इसी अलाव में वह ठंड को जलाकर भस्म कर देगा।

थोड़ी देर में अलाव जल उठा। उसकी लौ ऊपर वाले वृक्ष की पत्तियों को छू-छूकर भागने लगी। उस अस्थिर प्रकाश में बगीचे के विशाल वृक्ष ऐसे मालूम होते थे, मानो उस अथाह अन्धकार को अपने सिरों पर सँभाले हुए हों। अन्धकार के उस अनंत सागर में यह प्रकाश एक नौका के समान हिलता, मचलता हुआ जान पड़ता था।

हल्कू अलाव के सामने बैठा आग ताप रहा था। एक क्षण में उसने दोहर उताकर बगल में दबा ली, दोनों पाँव फैला दिए, मानो ठंड को ललकार रहा हो, तेरे जी में जो आये सो कर। ठंड की असीम शक्ति पर विजय पाकर वह विजय-गर्व को हृदय में छिपा न सकता था।

उसने जबरा से कहा—क्यों जब्बर, अब ठंड नहीं लग रही है?

जब्बर ने कूँ-कूँ करके मानो कहा—अब क्या ठंड लगती ही रहेगी?

'पहले से यह उपाय न सूझा, नहीं इतनी ठंड क्यों खाते।'

जब्बर ने पूँछ हिलायी।

'अच्छा आओ, इस अलाव को कूदकर पार करें। देखें, कौन निकल जाता है। अगर जल गये बच्चा, तो मैं दवा न करूँगा।'

जब्बर ने उस अग्निराशि की ओर कातर नेत्रों से देखा!

मुन्नी से कल न कह देना, नहीं तो लड़ाई करेगी।

यह कहता हुआ वह उछला और उस अलाव के ऊपर से साफ निकल गया। पैरों में ज़रा लपट लगी, पर वह कोई बात न थी। जबरा आग के गिर्द घूमकर उसके पास आ खड़ा हुआ।

हल्कू ने कहा—चलो-चलो इसकी सही नहीं! ऊपर से कूदकर आओ। वह फिर कूदा और अलाव के इस पार आ गया।

4

पत्तियाँ जल चुकी थीं। बगीचे में फिर अँधेरा छा गया था। राख के नीचे कुछ-कुछ आग बाकी थी, जो हवा का झोंका आ जाने पर ज़रा जाग उठती थी, पर एक क्षण में फिर आँखें बंद कर लेती थी!

हल्कू ने फिर चादर ओढ़ ली और गर्म राख के पास बैठा हुआ एक गीत गुनगुनाने लगा। उसके बदन में गर्मी आ गयी थी, पर ज्यों-ज्यों शीत बढ़ती जाती थी, उसे आलस्य दबाये लेता था।

जबरा ज़ोर से भूँककर खेत की ओर भागा। हल्कू को ऐसा मालूम हुआ कि जानवरों का एक झुंड खेत में आया है। शायद नीलगायों का झुंड था। उनके कूदने-दौड़ने की आवाज़ें साफ कान में आ रही थीं। फिर ऐसा मालूम हुआ कि खेत में चर रही हैं। उनके चबाने की आवाज़ चर-चर सुनाई देने लगी।

उसने दिल में कहा—नहीं, जबरा के होते कोई जानवर खेत में नहीं आ सकता। नोच ही डाले। मुझे भ्रम हो रहा है। कहाँ! अब तो कुछ नहीं सुनाई देता। मुझे भी कैसा धोखा हुआ!

उसने ज़ोर से आवाज़ लगायी—जबरा, जबरा।

जबरा भूँकता रहा। उसके पास न आया।

फिर खेत के चरे जाने की आहट मिली। अब वह अपने को धोखा न दे सका। उसे अपनी जगह से हिलना ज़हर लग रहा था। कैसा दंदाया हुआ था। इस जाड़े-पाले में खेत में जाना, जानवरों के पीछे दौड़ना असह्य जान पड़ा। वह अपनी जगह से न हिला।

उसने ज़ोर से आवाज़ लगायी—लिहो-लिहो!लिहो!!

जबरा फिर भूँक उठा। जानवर खेत चर रहे थे। फसल तैयार है। कैसी अच्छी खेती थी, पर ये दुष्ट जानवर उसका सर्वनाश किये डालते हैं।

हल्कू पक्का इरादा करके उठा और दो-तीन क़दम चला, पर एकाएक हवा का ऐसा ठंडा, चुभने वाला, बिच्छू के डंक का-सा झोंका लगा कि वह फिर बुझते हुए अलाव के पास आ बैठा और राख को कुरेदकर अपनी ठंडी देह को गर्माने लगा।

जबरा अपना गला फाड़ डालता था, नीलगायें खेत का सफाया किए डालती थीं और हल्कू गर्म राख के पास शांत बैठा हुआ था। अकर्मण्यता ने रस्सियों की भाँति उसे चारों तरफ़ से जकड़ रखा था।

उसी राख के पास गर्म ज़मीन पर वह चादर ओढ़कर सो गया।

सबेरे जब उसकी नींद खुली, तब चारों तरफ़ धूप फैल गयी थी और मुन्नी कह रही थी—क्या आज सोते ही रहोगे? तुम यहाँ आकर रम गये और उधर सारा खेत चौपट हो गया।

हल्कू ने उठकर कहा—क्या तू खेत से होकर आ रही है?

मुन्नी बोली—हाँ, सारे खेत का सत्यानाश हो गया। भला, ऐसा भी कोई सोता है। तुम्हारे यहाँ मड़ैया डालने से क्या हुआ?

हल्कू ने बहाना किया—मैं मरते-मरते बचा, तुझे अपने खेत की पड़ी है। पेट में ऐसा दरद हुआ कि मैं ही जानता हूँ!

दोनों फिर खेत के डाँड़ पर आये। देखा, सारा खेत रौंदा पड़ा हुआ है और जबरा मड़ैया के नीचे चित लेटा है, मानो प्राण ही न हों।

दोनों खेत की दशा देख रहे थे। मुन्नी के मुख पर उदासी छायी थी, पर हल्कू प्रसन्न था।

मुन्नी ने चिंतित होकर कहा—अब मजूरी करके मालगुजारी भरनी पड़ेगी।

हल्कू ने प्रसन्न मुख से कहा—रात को ठंड में यहाँ सोना तो न पड़ेगा।

❑

गुल्ली डंडा

हमारे अंग्रेजी दोस्त मानें या न मानें मैं तो यही कहूँगा कि गुल्ली-डंडा सब खेलों का राजा है। अब भी कभी लड़कों को गुल्ली-डंडा खेलते देखता हूँ, तो जी लोट-पोट हो जाता है कि इनके साथ जाकर खेलने लगूँ। न लान की ज़रूरत, न कोर्ट की, न नेट की, न थापी की। मजे से किसी पेड़ से एक टहनी काट ली, गुल्ली बना ली, और दो आदमी भी आ जाए, तो खेल शुरू हो गया।

विलायती खेलों में सबसे बड़ा ऐब है कि उसके सामान महँगे होते हैं। जब तक कम-से-कम एक सैकड़ा न ख़र्च कीजिए, खिलाड़ियों में शुमार ही नहीं हो पाता। यहाँ गुल्ली-डंडा है कि बना हर्र-फिटकरी के चोखा रंग देता है; पर हम अंगरेजी चीज़ों के पीछे ऐसे दीवाने हो रहे हैं कि अपनी सभी चीज़ों से अरुचि हो गयी। स्कूलों में हरेक लड़के से तीन-चार रुपये सालाना केवल खेलने की फीस ली जाती है। किसी को यह नहीं सूझता कि भारतीय खेल खिलाएँ, जो बिना दाम-कौड़ी के खेले जाते हैं। अंगरेजी खेल उनके लिये हैं, जिनके पास धन है। ग़रीब लड़कों के सिर क्यों यह व्यसन मढ़ते हो? ठीक है, गुल्ली से आँख फूट जाने का भय रहता है, तो क्या क्रिकेट से सिर फूट जाने, तिल्ली फट जाने, टाँग टूट जाने का भय नहीं रहता! अगर हमारे माथे में गुल्ली का दाग़ आज तक बना हुआ है, तो हमारे कई दोस्त ऐसे भी हैं, जो थापी को बैसाखी से बदल बैठे। यह अपनी-अपनी रुचि है। मुझे गुल्ली ही सब खेलों से अच्छी लगती है और बचपन की मीठी स्मृतियों में गुल्ली ही सबसे मीठी है। वह प्रातःकाल घर से निकल जाना, वह पेड़ पर चढ़कर टहनियाँ काटना और गुल्ली-डंडे बनाना, वह उत्साह, वह खिलाड़ियों के जमघटे, वह पदना और पदाना, वह लड़ाई-झगड़े, वह सरल स्वभाव, जिससे छूत-अछूत, अमीर-ग़रीब का बिलकुल भेद न रहता था, जिसमें अमीराना चोचलों की, प्रदर्शन की, अभिमान की गुंजाइश ही न थी, यह उसी वक्त भूलेगा जब... जब...। घरवाले बिगड़ रहे हैं, पिताजी चौके पर बैठे वेग से रोटियों पर अपना क्रोध उतार रहे हैं, अम्माँ की दौड़ केवल द्वार तक है, लेकिन उनकी विचार-धारा में मेरा अन्धकारमय भविष्य टूटी हुई नौका की तरह डगमगा रहा है; और मैं हूँ कि पदाने में मस्त हूँ,

न नहाने की सुधि है, न खाने की। गुल्ली है तो ज़रा-सी, पर उसमें दुनिया-भर की मिठाइयों की मिठास और तमाशों का आनंद भरा हुआ है।

मेरे हमजोलियों में एक लड़का 'गया' नाम का था। मुझसे दो-तीन साल बड़ा होगा। दुबला, बंदरों की-सी लम्बी-लम्बी, पतली-पतली उँगलियाँ, बंदरों की-सी चपलता, वही झल्लाहट। गुल्ली कैसी ही हो, पर इस तरह लपकता था, जैसे छिपकली कीड़ों पर लपकती है। मालूम नहीं, उसके माँ-बाप थे या नहीं, कहाँ रहता था, क्या खाता था; पर था हमारे गुल्ली-क्लब का चैम्पियन। जिसकी तरफ़ वह आ जाए, उसकी जीत निश्चित थी। हम सब उसे दूर से आते देख, उसका दौड़कर स्वागत करते थे और अपना गोइयाँ बना लेते थे।

एक दिन मैं और गया दो ही खेल रहे थे। वह पदा रहा था। मैं पद रहा था, मगर कुछ विचित्र बात है कि पदाने में हम दिन-भर मस्त रह सकते हैं; पदना एक मिनट का भी अखरता है। मैंने गला छुड़ाने के लिये सब चालें चलीं, जो ऐसे अवसर पर शास्त्र-विहित न होने पर भी क्षम्य हैं, लेकिन गया अपना दाँव लिये बग़ैर मेरा पिंड न छोड़ता था।

मैं घर की ओर भागा। अनुनय-विनय का कोई असर न हुआ था।

गया ने मुझे दौड़कर पकड़ लिया और डंडा तानकर बोला—मेरा दाँव देकर जाओ। पदाया तो बड़े बहादुर बनके, पदने के बेर क्यों भागे जाते हो?

'तुम दिन-भर पदाओ तो मैं दिन-भर पदता रहूँ?'

'हाँ, तुम्हें दिन-भर पदना पड़ेगा।'

'न खाने जाऊँ, न पीने जाऊँ?'

'हाँ! मेरा दाँव दिये बिना कहीं नहीं जा सकते।'

'मैं तुम्हारा गुलाम हूँ?'

'हाँ, मेरे गुलाम हो।'

'मैं घर जाता हूँ, देखूँ मेरा क्या कर लेते हो!'

'घर कैसे जाओगे; कोई दिल्लगी है। दाँव दिया है, दाँव लेंगे।'

'अच्छा, कल मैंने अमरूद खिलाया था। वह लौटा दो।

'वह तो पेट में चला गया।'

'निकालो पेट से। तुमने क्यों खाया मेरा अमरूद?'

'अमरूद तुमने दिया, तब मैंने खाया। मैं तुमसे माँगने न गया था।'

'जब तक मेरा अमरूद न दोगे, मैं दाँव न दूँगा।'

मैं समझता था, न्याय मेरी ओर है। आख़िर मैंने किसी स्वार्थ से ही उसे अमरूद खिलाया होगा। कौन निःस्वार्थ किसी के साथ सलूक करता है। भिक्षा तक तो स्वार्थ

के लिये देते हैं। जब गया ने अमरूद खाया, तो फिर उसे मुझसे दाँव लेने का क्या अधिकार है? रिश्वत देकर तो लोग ख़ून पचा जाते हैं, यह मेरा अमरूद यों ही हज़म कर जाएगा? अमरूद पैसे के पाँच वाले थे, जो गया के बाप को भी नसीब न होंगे। यह सरासर अन्याय था।

गया ने मुझे अपनी ओर खींचते हुए कहा–मेरा दाँव देकर जाओ, अमरूद-समरूद मैं नहीं जानता।

मुझे न्याय का बल था। वह अन्याय पर डटा हुआ था। मैं हाथ छुड़ाकर भागना चाहता था। वह मुझे जाने न देता! मैंने उसे गाली दी, उसने उससे कड़ी गाली दी, और गाली-ही नहीं, एक चाँटा जमा दिया। मैंने उसे दाँत काट लिया। उसने मेरी पीठ पर डंडा जमा दिया। मैं रोने लगा! गया मेरे इस अस्त्र का मुकाबला न कर सका। मैंने तुरन्त आँसू पोंछ डाले, डंडे की चोट भूल गया और हँसता हुआ घर जा पहुँचा! मैं थानेदार का लड़का एक नीच जात के लौंडे के हाथों पिट गया, यह मुझे उस समय भी अपमानजनक मालूम हुआ; लेकिन घर में किसी से शिकायत न की।

2

उन्हीं दिनों पिताजी का वहाँ से तबादला हो गया। नयी दुनिया देखने की ख़ुशी में ऐसा फूला कि अपने हमजोलियों से बिछुड़ जाने का बिलकुल दुःख न हुआ। पिताजी दुःखी थे। वह बड़ी आमदनी की जगह थी। अम्माँजी भी दुःखी थीं, यहाँ सब चीज़ सस्ती थीं, और मुहल्ले की स्त्रियों से घराव-सा हो गया था, लेकिन मैं मारे ख़ुशी के फूला न समाता था। लड़कों में जीट उड़ा रहा था, वहाँ ऐसे घर थोड़े ही होते हैं। ऐसे-ऐसे ऊँचे घर हैं कि आसमान से बातें करते हैं। वहाँ के अँगरेजी स्कूल में कोई मास्टर लड़कों को पीटे, तो उसे जेहल हो जाए। मेरे मित्रों की फैली हुई आँखें और चकित मुद्रा बतला रही थी कि मुझसे उनकी निगाह में कितनी स्पर्धा हो रही थी! मानो कह रहे थे–तू भागवान हो भाई, जाओ। हमें तो इसी ऊजड़ ग्राम में जीना भी है और मरना भी।

बीस साल गुज़र गये। मैंने इंजीनियरी पास की और उसी जिले का दौरा करता हुआ उसी कस्बे में पहुँचा और डाकबँगले में ठहरा। उस स्थान को देखते ही इतनी मधुर बाल-स्मृतियाँ हृदय में जाग उठीं कि मैंने छड़ी उठाई और कस्बे की सैर करने निकला। आँखें किसी प्यासे पथिक की भाँति बचपन के उन क्रीड़ा-स्थलों को देखने के लिये व्याकुल हो रही थीं; पर उस परिचित नाम के सिवा वहाँ और कुछ परिचित न था। जहाँ खँडहर था, वहाँ पक्के मकान खड़े थे। जहाँ बरगद का पुराना पेड़ था, वहाँ अब एक सुन्दर बगीचा था। स्थान की काया-पलट हो गयी थी। अगर उसके नाम और स्थिति का ज्ञान न होता, तो मैं उसे पहचान भी न सकता। बचपन की संचित और अमर स्मृतियाँ बाँहें खोले अपने उन पुराने मित्रों से गले मिलने को अधीर हो रही थीं; मगर वह दुनिया बदल गयी थी। ऐसा जी होता

था कि उस धरती से लिपटकर रोऊँ और कहूँ, तुम मुझे भूल गयी! मैं तो अब भी तुम्हारा वही रूप देखना चाहता हूँ।

सहसा एक खुली जगह में मैंने दो-तीन लड़कों को गुल्ली-डंडा खेलते देखा। एक क्षण के लिये मैं अपने को बिलकुल भूल गया। भूल गया कि मैं एक ऊँचा अफ़सर हूँ, साहबी ठाठ में, रौब और अधिकार के आवरण में।

जाकर एक लड़के से पूछा—क्यों बेटे, यहाँ कोई गया नाम का आदमी रहता है?

एक लड़के ने गुल्ली-डंडा समेटकर सहमे हुए स्वर में कहा—कौन गया? गया चमार?

मैंने यों ही कहा—हाँ-हाँ वही। गया नाम का कोई आदमी है तो? शायद वही हो।

'हाँ, है तो।'

'ज़रा उसे बुला सकते हो?'

लड़का दौड़ता हुआ गया और एक क्षण में एक पाँच हाथ के काले देव को साथ लिये आता दिखाई दिया। मैं दूर से ही पहचान गया। उसकी ओर लपकना चाहता था कि उसके गले लिपट जाऊँ, पर कुछ सोचकर रह गया। बोला—कहो गया, मुझे पहचानते हो?

गया ने झुककर सलाम किया—हाँ मालिक, भला पहचानूँगा क्यों नहीं! आप मजे में हो?

'बहुत मजे में। तुम अपनी कहो।'

'डिप्टी साहब का साईस हूँ।'

'मतई, मोहन, दुर्गा सब कहाँ हैं? कुछ ख़बर है?

'मतई तो मर गया, दुर्गा और मोहन दोनों डाकिया हो गये हैं। आप?'

'मैं तो जिले का इंजीनियर हूँ।'

'सरकार तो पहले ही बड़े जहीन थे?

'अब कभी गुल्ली-डंडा खेलते हो?'

गया ने मेरी ओर प्रश्न-भरी आँखों से देखा—अब गुल्ली-डंडा क्या खेलूँगा सरकार, अब तो धंधे से छुट्टी नहीं मिलती।

'आओ, आज हम-तुम खेलें। तुम पदाना, हम पदेंगे। तुम्हारा एक दाँव हमारे ऊपर है। वह आज ले लो।'

गया बड़ी मुश्किल से राजी हुआ। वह ठहरा टके का मज़दूर, मैं एक बड़ा अफ़सर। हमारा और उसका क्या जोड़? बेचारा झेंप रहा था। लेकिन मुझे भी कुछ कम झेंप न थी; इसलिये नहीं कि मैं गया के साथ खेलने जा रहा था, बल्कि इसलिये कि लोग इस खेल को अजूबा समझकर इसका तमाशा बना लेंगे और

अच्छी-खासी भीड़ लग जाएगी। उस भीड़ में वह आनंद कहाँ रहेगा, पर खेले बग़ैर तो रहा नहीं जाता। आख़िर निश्चय हुआ कि दोनों जने बस्ती से बहुत दूर खेलेंगे और बचपन की उस मिठाई को ख़ूब रस ले-लेकर खायेंगे। मैं गया को लेकर डाकबँगले पर आया और मोटर में बैठकर दोनों मैदान की ओर चले। साथ में एक कुल्हाड़ी ले ली। मैं गंभीर भाव धारण किए हुए था, लेकिन गया इसे अभी तक मजाक ही समझ रहा था। फिर भी उसके मुख पर उत्सुकता या आनंद का कोई चिह्न न था। शायद वह हम दोनों में जो अंतर हो गया था, यही सोचने में मगन था।

मैंने पूछा–तुम्हें कभी हमारी याद आती थी गया? सच कहना।

गया झेंपता हुआ बोला–मैं आपको याद करता हुज़ूर, किस लायक हूँ। भाग में आपके साथ कुछ दिन खेलना बदा था; नहीं मेरी क्या गिनती?

मैंने कुछ उदास होकर कहा–लेकिन मुझे तो बराबर, तुम्हारी याद आती थी। तुम्हारा वह डंडा, जो तुमने तानकर जमाया था, याद है न?

गया ने पछताते हुए कहा–वह लड़कपन था सरकार, उसकी याद न दिलाओ।

'वाह! वह मेरे बाल-जीवन की सबसे रसीली याद है। तुम्हारे उस डंडे में जो रस था, वह तो अब न आदर-सम्मान में पाता हूँ, न धन में।'

इतनी देर में हम बस्ती से कोई तीन मील निकल आये। चारों तरफ़ सन्नाटा है। पश्चिम ओर कोसों तक भीमताल फैला हुआ है, जहाँ आकर हम किसी समय कमल पुष्प तोड़ ले जाते थे और उसके झूमक बनाकर कानों में डाल लेते थे। जेठ की संध्या केसर में डूबी चली आ रही है। मैं लपककर एक पेड़ पर चढ़ गया और एक टहनी काट लाया। चटपट गुल्ली-डंडा बन गया।

खेल शुरू हो गया। मैंने गुच्ची में गुल्ली रखकर उछाली। गुल्ली गया के सामने से निकल गयी। उसने हाथ लपकाया, जैसे मछली पकड़ रहा हो। गुल्ली उसके पीछे जाकर गिरी। यह वही गया है, जिसके हाथों में गुल्ली जैसे आप ही आकर बैठ जाती थी। वह दाहिने-बाएँ कहीं हो, गुल्ली उसकी हथेली में ही पहुँचती थी। जैसे गुल्लियों पर वशीकरण डाल देता हो। नयी गुल्ली, पुरानी गुल्ली, छोटी गुल्ली, बड़ी गुल्ली, नोकदार गुल्ली, सपाट गुल्ली सभी उससे मिल जाती थीं। जैसे उसके हाथों में कोई चुम्बक हो, गुल्लियों को खींच लेता हो; लेकिन आज गुल्ली को उससे वह प्रेम नहीं रहा। फिर तो मैंने पदाना शुरू किया। मैं तरह-तरह की धाँधलियाँ कर रहा था। अभ्यास की कसर बेईमानी से पूरी कर रहा था। चूक जाने पर भी डंडा खेले जाता था। हालाँकि शास्त्र के अनुसार 'गया' की बारी आनी चाहिए थी। गुल्ली पर ओछी चोट पड़ती और वह ज़रा दूर पर गिर पड़ती, तो मैं झपटकर उसे ख़ुद उठा लेता और दोबारा टाँड़ लगाता। गया यह सारी बे-कायदगियाँ देख रहा था; पर कुछ न बोलता था, जैसे उसे वह सब कायदे-क़ानून भूल गये। उसका निशाना कितना अचूक था। गुल्ली उसके हाथ से निकलकर टन से डंडे से आकर लगती थी। उसके हाथ से

छूटकर उसका काम था डंडे से टकरा जाना, लेकिन आज वह गुल्ली डंडे में लगती ही नहीं! कभी दाहिने जाती है, कभी बाएँ, कभी आगे, कभी पीछे।

आध घंटे पदाने के बाद एक गुल्ली डंडे में आ लगी। मैंने धाँधली की–गुल्ली डंडे में नहीं लगी। बिलकुल पास से गयी; लेकिन लगी नहीं।

गया ने किसी प्रकार का असंतोष प्रकट नहीं किया।

'न लगी होगी।'

'डंडे में लगती तो क्या मैं बेईमानी करता?'

'नहीं भैया, तुम भला बेईमानी करोगे?'

बचपन में मजाल था कि मैं ऐसा घपला करके जीता बचता! यही गया गर्दन पर चढ़ बैठता, लेकिन आज मैं उसे कितनी आसानी से धोखा दिए चला जाता था। गधा है! सारी बातें भूल गया।

सहसा गुल्ली फिर डंडे से लगी और इतनी ज़ोर से लगी, जैसे बंदूक छूटी हो। इस प्रमाण के सामने अब किसी तरह की धाँधली करने का साहस मुझे इस वक्त भी न हो सका, लेकिन क्यों न एक बार सबको झूठ बताने की चेष्टा करूँ? मेरा हरज ही क्या है। मान गया तो वाह-वाह, नहीं दो-चार हाथ पदना ही तो पड़ेगा। अँधेरा का बहाना करके जल्दी से छुड़ा लूँगा। फिर कौन दाँव देने आता है।

गया ने विजय के उल्लास में कहा–लग गयी, लग गयी। टन से बोली।

मैंने अनजान बनने की चेष्टा करके कहा–तुमने लगते देखा? मैंने तो नहीं देखा।

'टन से बोली है सरकार!'

'और जो किसी ईंट से टकरा गयी हो?

मेरे मुख से यह वाक्य उस समय कैसे निकला, इसका मुझे खुद आश्चर्य है। इस सत्य को झुठलाना वैसा ही था, जैसे दिन को रात बताना। हम दोनों ने गुल्ली को डंडे में ज़ोर से लगते देखा था; लेकिन 'गया' ने मेरा कथन स्वीकार कर लिया।

'हाँ, किसी ईंट में ही लगी होगी। डंडे में लगती तो इतनी आवाज़ न आती।'

मैंने फिर पदाना शुरू कर दिया; लेकिन इतनी प्रत्यक्ष धाँधली कर लेने के बाद गया की सरलता पर मुझे दया आने लगी; इसीलिये जब तीसरी बार गुल्ली डंडे में लगी, तो मैंने बड़ी उदारता से दाँव देना तय कर लिया।

गया ने कहा–अब तो अँधेरा हो गया है भैया, कल पर रखो।

मैंने सोचा, कल बहुत-सा समय होगा, यह न जाने कितनी देर पदाए, इसलिये इसी वक्त मुआमला साफ कर लेना अच्छा होगा।

'नहीं, नहीं। अभी बहुत उजाला है। तुम अपना दाँव ले लो।'

'गुल्ली सूझेगी नहीं।'

'कुछ परवाह नहीं।'

गया ने पदाना शुरू किया; पर उसे अब बिलकुल अभ्यास न था। उसने दो बार टाँड लगाने का इरादा किया; पर दोनों ही बार हुच गया। एक मिनिट से कम में वह दाँव खो बैठा। मैंने अपनी हृदय की विशालता का परिचय दिया।

'एक दाँव और खेल लो। तुम तो पहले ही हाथ में चूक गये।'

'नहीं भैया, अब अँधेरा हो गया।'

'तुम्हारा अभ्यास छूट गया। कभी खेलते नहीं?'

'खेलने का समय कहाँ मिलता है भैया!'

हम दोनों मोटर पर जा बैठे और चिराग जलते-जलते पड़ाव पर पहुँच गये। गया चलते-चलते बोला–कल यहाँ गुल्ली-डंडा होगा। सभी पुराने खिलाड़ी खेलेंगे। तुम भी आओगे? जब तुम्हें फ़ुर्सत हो, तभी खिलाड़ियों को बुलाऊँ।

मैंने शाम का समय दिया और दूसरे दिन मैच देखने गया। कोई दस-दस आदमियों की मंडली थी। कई मेरे लड़कपन के साथी निकले! अधिकांश युवक थे, जिन्हें मैं पहचान न सका। खेल शुरू हुआ। मैं मोटर पर बैठा-बैठा तमाशा देखने लगा। आज गया का खेल, उसका नैपुण्य देखकर मैं चकित हो गया। टाँड़ लगाता, तो गुल्ली आसमान से बातें करती। कल की-सी वह झिझक, वह हिचकिचाहट, वह बेदिली आज न थी। लड़कपन में जो बात थी, आज उसने प्रौढ़ता प्राप्त कर ली थी। कहीं कल इसने मुझे इस तरह पदाया होता, तो मैं ज़रूर रोने लगता। उसके डंडे की चोट खाकर गुल्ली दो सौ गज की ख़बर लाती थी।

पदने वालों में एक युवक ने कुछ धाँधली की। उसने अपने विचार में गुल्ली लपक ली थी। गया का कहना था–गुल्ली ज़मीन में लगकर उछली थी। इस पर दोनों में ताल ठोकने की नौबत आई है। युवक दब गया। गया का तमतमाया हुआ चेहरा देखकर डर गया। अगर वह दब न जाता, तो ज़रूर मार-पीट हो जाती।

मैं खेल में न था; पर दूसरों के इस खेल में मुझे वही लड़कपन का आनन्द आ रहा था, जब हम सब कुछ भूलकर खेल में मस्त हो जाते थे। अब मुझे मालूम हुआ कि कल गया ने मेरे साथ खेला नहीं, केवल खेलने का बहाना किया। उसने मुझे दया का पात्र समझा। मैंने धाँधली की, बेईमानी की, पर उसे ज़रा भी क्रोध न आया। इसलिये कि वह खेल न रहा था, मुझे खेला रहा था, मेरा मन रख रहा था। वह मुझे पदाकर मेरा कचूमर नहीं निकालना चाहता था। मैं अब अफ़सर हूँ। यह अफ़सरी मेरे और उसके बीच में दीवार बन गयी है। मैं अब उसका लिहाज़ पा सकता हूँ, अदब पा सकता हूँ, साहचर्य नहीं पा सकता। लड़कपन था, तब मैं उसका समकक्ष था। यह पद पाकर अब मैं केवल उसकी दया योग्य हूँ। वह मुझे अपना जोड़ नहीं समझता। वह बड़ा हो गया है, मैं छोटा हो गया हूँ।

❑

क़ैदी

चौदह साल तक निरंतर मानसिक वेदना और शारीरिक यातना भोगने के बाद आइवन ओखोटस्क जेल से निकला; पर उस पक्षी की भाँति नहीं, जो शिकारी के पिंजरे से पंखहीन होकर निकला हो, बल्कि उस सिंह की भाँति, जिसे कठघरे की दीवारों ने और भी भयंकर तथा और भी रक्त-लोलुप बना दिया हो। उसके अन्तस्तल में एक प्रचंड ज्वाला उमड़ रही थी, जिसने अपने ताप से उसके बलिष्ठ शरीर, सुडौल अंग-प्रत्यंग और लहराती हुई अभिलाषाओं को झुलसा डाला था और आज उसके अस्तित्व का एक-एक अणु एक-एक चिनगारी बना हुआ था–क्षुधित, चंचल और विद्रोहमय।

जेलर ने उसे तौला। प्रवेश के समय दो मन तीन सेर था, आज केवल एक मन पाँच सेर।

जेलर ने सहानुभूति दिखाकर कहा–'तुम बहुत दुर्बल हो गये हो, आइवन। अगर ज़रा भी कुपथ्य हुआ, तो बुरा होगा।'

आइवन ने अपनी हड्डियों के ढाँचे को विजय भाव से देखा और अपने अंदर एक अग्निमय प्रवाह का अनुभव करता हुआ बोला–'कौन कहता है कि मैं दुर्बल हो गया हूँ?'

'तुम ख़ुद देख रहे होंगे।'

'दिल की आग जब तक नहीं बुझेगी, आइवन नहीं मरेगा मि. जेलर, सौ वर्ष तक नहीं, विश्वास रखिए।'

आइवन इसी प्रकार बहकी-बहकी बातें किया करता था, इसलिये जेलर ने ज़्यादा परवाह न की। सब उसे अर्द्ध विक्षिप्त समझते थे। कुछ लिखा-पढ़ी हो जाने के बाद उसके कपड़े और पुस्तकें मँगवाईं गईं, पर वे सादे सूट अब उसे उतारे हुए–से लगते थे। कोट की जेबों में कई नोट निकले, कई नकद रूबल। उसने सब कुछ वहीं जेल के वार्डन और निम्न कर्मचारियों को दे दिया, मानो उसे कोई राज्य मिल गया है।

जेलर ने कहा–'यह नहीं हो सकता आइवन, तुम सरकारी आदमियों को रिश्वत नहीं दे सकते।'

आइवन साधु-भाव से हँसा, 'यह रिश्वत नहीं है, मि. जेलर! इन्हें रिश्वत देकर अब मुझे इनसे क्या लेना-देना है? अब ये अप्रसन्न होकर मेरा क्या बिगाड़ लेंगे और प्रसन्न होकर मुझे क्या देंगे? यह उन कृपाओं को धन्यवाद है, जिनके बिना चौदह साल तो क्या, मेरा यहाँ चौदह घंटे रहना असह्य हो जाता।'

जब वह जेल के फाटक से निकला तो जेलर और सारे अन्य कर्मचारी उसके पीछे उसे मोटर तक पहुँचाने चले।

2

पन्द्रह साल पहले आइवन मास्को के संपन्न और संभ्रांत कुल का दीपक था।

उसने विद्यालय में ऊँची शिक्षा पाई थी, खेल में अभ्यस्त था, निर्भीक था, उदार और सहृदय था। दिल आइने की भाँति निर्मल, शील का पुतला, दुर्बलों की रक्षा के लिये जान पर खेलने वाला, जिसकी हिम्मत संकट के सामने नंगी तलवार हो जाती थी। उसके साथ एक हेलेन नाम की युवती पढ़ती थी, जिस पर विद्यालय के सारे युवक प्राण देते थे। वह जितनी ही रूपवती थी, उतनी ही तेज़ थी। बड़ी कल्पनाशील पर अपने मनोभावों को ताले में बंद रखने वाली। आइवन में क्या देखकर वह उसकी ओर आकर्षित हो गई, यह कहना कठिन है। दोनों में लेश-मात्र भी सामंजस्य न था। आइवन सैर और शराब का प्रेमी था, हेलेन कविता एवं संगीत और नृत्य पर जान देती थी। आइवन की निगाह में रुपए केवल इसलिये थे कि दोनों हाथों से उड़ाए जायें, हेलेन अत्यन्त कृपण। आइवन को लेक्चर हाल कारागार-सा लगता था। हेलेन इस सागर की मछली थी। पर कदाचित् यह विभिन्नता ही उनमें स्वाभाविक आकर्षण बन गई, जिसने अन्त में विकल प्रेम का रूप लिया। आइवन ने उससे विवाह का प्रस्ताव किया और उसने स्वीकार कर लिया और दोनों किसी शुभ-मुहूर्त में पाणिग्रहण करके सुहागरात बिताने के लिये किसी पहाड़ी जगह में जाने के मनसूबे बाँध रहे थे कि सहसा राजनीतिक संग्राम ने उन्हें अपनी ओर खींच लिया। हेलन पहले से ही राष्ट्रवादियों की ओर झुकी हुई थी। आइवन भी उसी रंग में रँग उठा। खानदान का रईस था, उसके लिये प्रजा-पक्ष लेना एक महान् तपस्या थी, इसलिये जब कभी वह संग्राम में हताश हो जाता, तो हेलेन उसको हिम्मत बँधाती और आइवन उसके साहस और अनुराग से प्रभावित होकर अपनी दुर्बलता पर लज्जित हो जाता।

इन्हीं दिनों उकायन प्रांत की सूबेदारी पर रोमनाफ नाम का एक गवर्नर नियुक्त होकर आया। बड़ा ही कट्टर, राष्ट्रवादियों का जानी दुश्मन, दिन में दो-चार विद्रोहियों को जब तक जेल न भेज लेता उसे चैन न आता। आते-ही-आते उसने कई संपादकों पर राजद्रोह का अभियोग चलाकर उन्हें साइबेरिया भिजवा दिया, कृषकों की सभा तोड़ दीं, नगर की म्यूनिसिपैलिटी तोड़ दी और जब जनता ने अपना रोष प्रकट करने के लिये जलसे किए, तो पुलिस से भीड़ पर गोलियाँ चलवायीं, जिससे कई बेगुनाहों की जानें गईं। मार्शल-लॉ जारी कर दिया। सारे नगर में हाहाकार मच गया। लोग मारे

डर के घरों से न निकलते थे, क्योंकि पुलिस हर एक की तलाशी लेती थी और उसे पीटती थी।

हेलेन ने कठोर मुद्रा से कहा–'यह अंधेर तो अब नहीं देखा जाता, आइवन। इसका कुछ उपाय होना चाहिए।'

आइवन ने प्रश्न की आँखों से देखा–'उपाय! हम क्या कर सकते हैं?'

हेलेन ने उसकी जड़ता पर खिन्न होकर कहा–'तुम कहते हो, हम क्या कर सकते हैं? मैं कहती हूँ, हम सब कुछ कर सकते हैं। मैं इन्हीं हाथों से उसका अंत कर दूँगी।'

आइवन ने विस्मय से उसकी ओर देखा–'तुम समझती हो, उसे कत्ल करना आसान है? वह कभी खुली गाड़ी में नहीं निकलता। उसके आगे-पीछे सशस्त्र सवारों का एक दल हमेशा रहता है। रेलगाड़ी में भी वह रिजर्व डिब्बों में ही सफ़र करता है। मुझे तो असम्भव लगता है, हेलेन, बिलकुल असम्भव।'

हेलेन कई मिनट तक चाय बनाती रही। फिर दो प्याले मेज़ पर रखकर उसने प्याला मुँह में लगाया और धीरे-धीरे पीने लगी। वह किसी विचार में तन्मय हो रही थी। सहसा उसने प्याला मेज़ पर रख दिया और बड़ी-बड़ी आँखों में तेज़ भरकर बोली–'यह सब कुछ होते हुए भी मैं उसे कत्ल कर सकती हूँ, आइवन। आदमी एक बार अपनी जान पर खेलकर सब कुछ कर सकता है। जानते हो मैं क्या करूँगी?? मैं उससे राहो-रस्म पैदा करूँगी, उसका विश्वास प्राप्त करूँगी, उसे उस भ्रांति में डालूँगी कि मुझे उससे प्रेम है। मनुष्य कितना ही हृदयहीन हो, उसके हृदय के किसी-न-किसी कोने में पराग की भाँति रस छिपा ही रहता है–'मैं तो समझती हूँ कि रोमनाफ की यह दमन-नीति उसकी अवरुद्ध अभिलाषा की गाँठ है और कुछ नहीं। किसी मायाविनी के प्रेम में असफल होकर उसके हृदय का रस-स्रोत सूख गया है। वहाँ रस का संचार करना होगा और किसी युवती का एक मधुर शब्द, एक सरल मुस्कान भी जादू का काम करेगी। ऐसों को तो वह चुटकियों में अपने पैरों पर गिरा सकती है। तुम जैसे सैलानियों को रिझाना इससे कहीं कठिन है। अगर तुम यह स्वीकार करते हो कि मैं रूपहीन नहीं हूँ तो मैं तुम्हें विश्वास दिलाती हूँ कि मेरा कार्य सफल होगा। बतलाओ, मैं रूपवती हूँ या नहीं?'

उसने तिरछी आँखों से आइवन को देखा। आइवन इस भावविलास पर मुग्ध होकर बोला–'तुम यह मुझसे पूछती हो हेलेन? मैं तो तुम्हें संसार की...'

हेलेन ने उसकी बात काटकर कहा–'अगर तुम ऐसा समझते हो, तो तुम मूर्ख हो, आइवन? इसी नगर में, नहीं, हमारे विद्यालय में ही, मुझसे कहीं रूपवती बालिकाएँ मौज़ूद हैं। हाँ, तुम इतना ही कह सकते हो कि तुम कुरूपा नहीं हो। क्या तुम समझते हो, मैं तुम्हें संसार का सबसे रूपवान युवक समझती हूँ? कभी नहीं। मैं ऐसे एक नहीं, सौ नाम गिना सकती हूँ जो चेहरे-मोहरे में तुमसे कहीं बढ़कर हैं, मगर तुममें कोई ऐसी वस्तु है, जो तुम्हीं में है और वह मुझे और कहीं नज़र नहीं आती। तो मेरा

कार्यक्रम सुनो। एक महीना तो मुझे उससे मेल करते लगेगा। फिर वह मेरे साथ सैर करने निकलेगा और तब एक दिन हम और वह दोनों रात को पार्क में जायेंगे और तालाब के किनारे बेंच पर बैठेंगे। तुम उसी वक्त रिवाल्वर लिये आ जाओगे और वहीं पृथ्वी उसके बोझ से हलकी हो जायगी।

जैसा हम पहले कह चुके हैं, आइवन एक रईस का लड़का था और क्रांतिमय राजनीति से उसका हार्दिक प्रेम न था। हेलेन के प्रभाव से कुछ मानसिक सहानुभूति अवश्य पैदा हो गई थी और मानसिक सहानुभूति प्राणों को संकट में नहीं डालती। उसने प्रकट रूप से तो कोई आपत्ति नहीं की, लेकिन कुछ संदिग्ध भाव से बोला–'यह तो सोचो हेलेन, इस तरह की हत्या कोई मानुषीय कृति है।'

हेलेन ने तीखेपन से कहा–'जो दूसरों के साथ मानुषीय व्यवहार नहीं करता, उसके साथ हम क्यों मानुषीय व्यवहार करें? क्या यह सूर्य की भाँति प्रकट नहीं है कि आज सैकड़ों परिवार इस राक्षस के हाथों तबाह हो रहे हैं? कौन जानता है, इसके हाथ कितने बेगुनाहों के ख़ून से रँगे हुए हैं? ऐसे व्यक्ति के साथ किसी तरह की रिआयत करना असंगत है। तुम न जाने क्यों इतने ठण्डे हो। मैं तो उसके दुष्टाचरण देखती हूँ तो मेरा रक्त खौलने लगता है। मैं सच कहती हूँ जिस वक्त उसकी सवारी निकलती है, मेरी बोटी-बोटी हिंसा के आवेग से काँपने लगती है। अगर मेरे सामने कोई उसकी खाल भी खींच ले, तो मुझे दया न आए। अगर तुममें इतना साहस नहीं है, तो कोई हर्ज नहीं। मैं ख़ुद सब कर लूँगी। हाँ देख लेना, मैं कैसे उस कुत्ते को जहन्नुम पहुँचाती हूँ।'

हेलेन का मुखमण्डल हिंसा के आवेग से लाल हो गया। आइवन ने लज्जित होकर कहा–'नहीं-नहीं, यह बात नहीं है, हेलेन! मेरा आशय यह न था कि मैं इस काम में तुम्हें सहयोग न दूँगा। मुझे आज मालूम हुआ कि तुम्हारी आत्मा देश की दुर्दशा से कितनी विकल है, लेकिन मैं फिर भी यही कहूँगा कि यह काम उतना आसान नहीं है और हमें बड़ी सावधानी से काम लेना पड़ेगा।'

हेलेन ने उसके कंधे पर हाथ रखकर कहा–'तुम इसकी कुछ चिंता न करो, आइवन! संसार में मेरे लिये जो वस्तु सबसे प्यारी है, उसे दाँव पर रखते हुए क्या मैं सावधानी से काम न लूँगी? लेकिन तुमसे एक याचना करती हूँ, अगर इस बीच में मैं कोई ऐसा काम करूँ, जो तुम्हें बुरा मालूम हो, तो तुम मुझे क्षमा करोगे न?'

आइवन ने विस्मय-भरी आँखों से हेलेन के मुख की ओर देखा। उसका आशय उसकी समझ में न आया।

हेलेन डरी, आइवन कोई नई आपत्ति तो नहीं खड़ी करना चाहता। आश्वासन के लिये अपने मुख को उसके आतुर अधरों के समीप ले जाकर बोली–'प्रेम का अभिनय करने में मुझे वह सब कुछ करना पड़ेगा, जिस पर एकमात्र तुम्हारा ही अधिकार है। डरती हूँ कहीं तुम मुझ पर सन्देह न करने लगो।'

आइवन ने उसे कर-पाश में लेकर कहा–'यह असम्भव है हेलेन, विश्वास प्रेम की पहली सीढ़ी है।'

अन्तिम शब्द कहते-कहते उसकी आँखें झुक गईं। इन शब्दों में उदारता का जो आदर्श था, वह उस पर पूरा उतरेगा या नहीं, वह यही सोचने लगा।

इसके तीन दिन बाद नाटक का सूत्रपात हुआ। हेलेन अपने ऊपर पुलिस के निराधार सन्देह की फ़रियाद लेकर रोमनाफ से मिली और उसे विश्वास दिलाया कि पुलिस के अधिकारी उससे केवल इसलिये असंतुष्ट हैं कि वह उनके कलुषित प्रस्तावों को ठुकरा रही है। यह सत्य है कि विद्यालय में उसकी संगति कुछ उग्र युवकों से हो गई थी, पर विद्यालय से निकलने के बाद उसका उनसे कोई सम्बन्ध नहीं है।

रोमनाफ जितना चतुर था, उससे कहीं चतुर अपने को समझता था। अपने दस साल के अधिकारी जीवन में उसे किसी ऐसी रमणी से साबिका न पड़ा था, जिसने उसके ऊपर इतना विश्वास करके अपने को उसकी दया पर छोड़ दिया हो। किसी धन-लोलुप की भाँति सहसा यह धनराशि देखकर उसकी आँखों पर परदा पड़ गया। अपनी समझ में तो यह हेलेन से उग्र युवकों के विषय में ऐसी बहुत-सी बातों का पता लगाकर फूला न समाया, जो खुफिया पुलिस वालों को बहुत सिर मारने पर भी ज्ञात न हो सकी थी, पर इन बातों में मिथ्या का कितना मिश्रण है, यह वह न भाँप सका। इस आधा घण्टे में एक युवती ने एक अनुभवी अफ़सर को अपने रूप की मदिरा से उन्मत्त कर दिया था।

जब हेलेन चलने लगी तो रोमनाफ ने कुर्सी से खड़े होकर कहा–'मुझे आशा है, यह हमारी आख़िरी मुलाकात न होगी।'

हेलेन ने हाथ बढ़ाकर कहा–'हुज़ूर ने जिस सौजन्य से मेरी विपत्ति-कथा सुनी है, उसके लिये मैं आपको धन्यवाद देती हूँ।'

'कल आप तीसरे पहर यहीं चाय पिएँ।'

रब्त-जब्त बढ़ने लगा। हेलेन आकर रोज़ की बातें आइवन से कह सुनाती। रोमनाफ वास्तव में जितना बदनाम है, उतना बुरा नहीं। नहीं, वह बड़ा रसिक संगीत और कला का प्रेमी और शील तथा विजय की मूर्ति है। इन थोड़े ही दिनों में हेलेन से उसकी घनिष्ठता हो गई है और किसी अज्ञात रीति से नगर में पुलिस का अत्याचार कम होने लगा।

अंत में वह निश्चित तिथि आई। आइवन और हेलेन दिन-भर बैठे-बैठे इसी प्रश्न पर विचार करते रहे। आइवन का मन आज बहुत चंचल हो रहा था। वह कभी अकारण ही हँसने लगता, कभी अनायास से रो पड़ता। शंका, प्रतीक्षा और किसी अज्ञात चिंता ने उसके मनोसागर को इतना अशान्त कर दिया था कि उसमें भावों की नौकाएँ डगमगा रही थी–न मार्ग का पता था, न दिशा का। हेलेन भी आज बहुत चिंतित और गम्भीर थी। आज के लिये उसने पहले ही से सजीले वस्त्र बनवा रखे

थे। रूप को अलंकृत करने के न जाने किन-किन विधानों का प्रयोग कर रही थी, पर इस किसी योद्धा का उत्साह नहीं, कायर का कम्पन था।

सहसा आइवन ने आँखों में आँसू भरकर कहा–'तुम आज इतनी मायाविनी हो गई हो हेलेन कि मुझे न जाने क्यों तुमसे भय हो रहा है।'

हेलेन मुस्करायी। उस मुस्कान में करुणा भरी हुई थी–'मनुष्य को कभी-कभी कितने ही अप्रिय कर्तव्यों का पालन करना पड़ता है आइवन, आज मैं सुधा से विष का काम लेने जा रही हूँ। अलंकार का ऐसा दुरुपयोग तुमने कहीं और देखा है?'

आइवन उड़े हुए मन से बोला–'इसी को राष्ट्र-जीवन कहते हैं।'

'यह राष्ट्र-जीवन नहीं है–यह नरक है।'

'मगर संसार में अभी कुछ दिन और इसकी ज़रूरत रहेगी।'

'यह अवस्था जितनी जल्द बदल जाय, उतना ही अच्छा।'

पासा पलट चुका था, आइवन ने गर्म होकर कहा–'अत्याचारियों को संसार में फलने-फूलने दिया जाय, जिससे एक दिन इनके काँटों के मारे पृथ्वी पर कहीं पाँव रखने की जगह न रहे?'

हेलेन ने कोई जवाब न दिया; पर उसके मन में जो अवसाद उत्पन्न हो गया था, वह उसके मुख पर झलक रहा था। राष्ट्र उसकी दृष्टि में सर्वोपरि था, उसके सामने व्यक्तित्व का कोई मूल्य न था। अगर इस समय उसका मन किसी कारण से दुर्बल भी हो गया था, तो उसे खोल देने का उसमें साहस न था। दोनों गले मिलकर विदा हुए। कौन जाने, यह अन्तिम दर्शन हो! दोनों के दिल भारी थे और आँखें सजल।

आइवन ने उत्साह के साथ कहा–'मैं ठीक समय पर आ जाऊँगा।'

हेलेन ने कोई जवाब न दिया।

आइवन ने फिर सानुरोध कहा–'ख़ुदा से मेरे लिये दुआ करना हेलेन!' हेलेन ने जैसे रोते हुए गले से कहा–'मुझे ख़ुदा पर भरोसा नहीं है।'

'मुझे तो है।'

'कब से?'

'जब से मौत मेरी आँखों के सामने खड़ी हो गई।'

वह वेग के साथ चला गया। संध्या हो गई थी और दो घण्टे के बाद ही उस कठिन परीक्षा का समय आ जायगा, जिससे उसके प्राण काँप रहे थे। वह कहीं एकांत में बैठकर सोचना चाहता था। आज उसे ज्ञात हो रहा था कि वह स्वाधीन नहीं है। बड़ी मोटी जंजीर उसके एक-एक अंग को जकड़े हुए थी। इन्हें वह कैसे तोड़े?

दस बज गये थे। हेलेन और रोमनाफ पार्क के एक कुंज में बेंच पर बैठे हुए थे। तेज़ बर्फ़ीली हवा चल रही थी। चाँद किसी क्षीण आशा की भाँति बादलों में

छिपा हुआ था। हेलेन ने इधर-उधर सशंक नेत्रों से देखकर कहा–'अब तो देर हो गई, यहाँ से चलना चाहिए।'

रोमनाफ ने बेंच पर पाँव फैलाते हुए कहा–'अभी तो ऐसी देर नहीं हुई है, हेलेन! कह नहीं सकता, जीवन के यह क्षण स्वप्न हैं या सत्य, लेकिन सत्य भी है तो स्वप्न से अधिक मधुर और स्वप्न भी है तो सत्य से अधिक उज्ज्वल। हेलेन बेचैन होकर उठी और रोमनाफ का हाथ पकड़कर बोली–'मेरा जी आज कुछ चंचल हो रहा है। सिर में चक्कर-सा आ रहा है। चलो, मुझे मेरे घर पहुँचा दो।'

रोज़नाफ ने उसका हाथ पकड़कर अपनी बग़ल में बैठाते हुए कहा–'लेकिन मैंने मोटर तो ग्यारह बजे बुलायी है।'

हेलेन के मुख से एक चीख निकल गई–'ग्यारह बजे।'

'हाँ, अब ग्यारह बजने ही वाले हैं। आओ, तब तक और कुछ बातें हों। रात तो काली बला-सी मालूम होती है। जितनी ही देर उसे दूर रख सकूँ, उतना ही अच्छा। मैं तो समझता हूँ उस दिन तुम मेरे सौभाग्य की देवी बनकर आई थीं हेलेन, नहीं तो अब तक मैंने न जाने क्या-क्या अत्याचार किए होते। इस उदार नीति ने वातावरण में जो शुभ परिवर्तन कर दिया, उस पर मुझे स्वयं आश्चर्य हो रहा है। महीनों के दमन ने जो कुछ न कर पाया था, वह दिनों के आश्वासन ने पूरा कर दिखाया है और इसके लिये मैं तुम्हारा ऋणी हूँ हेलेन, केवल तुम्हारा। पर खेद यही है कि हमारी सरकार दया करना नहीं जानती, केवल मारना जानती है। जार के मंत्रियों में अभी से मेरे विषय में सन्देह होने लगा है और मुझे यहाँ से हटाने का प्रश्न हो रहा है।'

सहसा टार्च का चकाचौंध पैदा करने वाला प्रकाश बिजली की भाँति चमक उठा और रिवाल्वर छूटने की आवाज़ आई। उसी वक्त रोमनाफ ने उछलकर आइवन को पकड़ लिया और चिल्लाया–पकड़ो, पकड़ो! ख़ून! हेलेन, तुम यहाँ से भागो!

पार्क में कई सन्तरी थे। चारों ओर से दौड़ पड़े। आइवन गिर गया। एक क्षण में न जाने कहाँ से टाउन-पुलिस, सशस्त्र-पुलिस, गुप्त पुलिस और सवार पुलिस के जत्थे-के-जत्थे आ पहुँचे। आइवन गिरफ्तार हो गया।

रोमनाफ ने हेलेन से हाथ मिलाकर सन्देह के स्वर में कहा–'यह आइवन तो वही युवक है, जो तुम्हारे साथ विद्यालय में था?'

हेलेन ने क्षुब्ध होकर कहा–'हाँ, है, लेकिन मुझे इसका ज़रा भी अनुमान न था कि वह क्रांतिवादी हो गया है।'

'गोली मेरे सिर पर से सन्-सन् करती हुई निकल गई।'

'हे ईश्वर!'

'मैंने दूसरा फायर करने का अवसर ही न दिया। मुझे इस युवक की दशा पर दुःख हो रहा है, हेलेन! ये अभागे समझते हैं कि इन हत्याओं से वे देश का उद्धार

कर लेंगे। अगर मैं मर ही जाता तो क्या, मेरी जगह कोई मुझसे भी ज़्यादा कठोर मनुष्य न आ जाता? लेकिन मुझे ज़रा भी क्रोध, दुःख या भय नहीं है हेलेन, तुम बिलकुल चिन्ता न करना। चलो, मैं तुम्हें पहुँचा दूँ।'

रास्ते-भर रोमनाफ इस आघात से बच जाने पर अपने को बधाई और ईश्वर को धन्यवाद देता रहा और हेलेन विचारों में मग्न बैठी रही।

दूसरे दिन मजिस्ट्रेट के इजलास में अभियोग चला और हेलेन सरकारी गवाह थी। आइवन को मालूम हुआ कि दुनिया अंधेरी हो गई है और वह उसकी अथाह गहराई में धँसता जा रहा है।

3

चौदह साल के बाद।

आइवन रेलगाड़ी से उतरकर हेलेन के पास जा रहा है। उसे घरवालों की सुध नहीं है। माता और पिता उसके वियोग में मरणासन्न हो रहे हैं, इसकी उसे परवाह नहीं है। वह अपने चौदह साल के पाले हुए हिंसाभाव से उन्मत्त, हेलेन के पास जा रहा है पर उसकी हिंसा में रक्त की प्यास नहीं है, केवल गहरी दाहक दुर्भावना है। इन चौदह सालों में उसने जो यातनाएँ झेली हैं, उनका दो-चार वाक्यों में मानो सत्त निकालकर, विष के समान हेलेन की धमनियों में भरकर उसे तड़पते हुए देखकर, वह अपनी आँखों को तृप्त करना चाहता है और वह वाक्य क्या है? 'हेलेन, तुमने मेरे साथ जो दगा की है, वह शायद त्रिया-चरित्र के इतिहास में भी अद्वितीय है। मैंने अपना सर्वस्व तुम्हारे चरणों पर अर्पण कर दिया। मैं केवल तुम्हारे इशारों का गुलाम था। तुमने ही मुझे रोमनाफ की हत्या के लिये प्रेरित किया और तुमने ही मेरे विरुद्ध साक्षी दी, केवल अपनी कुत्सित काम-लिप्सा को पूरा करने के लिये। मेरे विरुद्ध कोई दूसरा प्रमाण न था। रोमनाफ और उसकी सारी पुलिस भी झूठी शहादतों-से मुझे परास्त न कर सकती थी, मगर तुमने केवल अपनी वासना को तृप्त करने के लिये, केवल रोमनाफ के विषाक्त आलिंगन का आनंद उठाने के लिये मेरे साथ यह विश्वासघात किया पर आँखें खोलकर देखो कि वही आइवन, जिसे तुमने पैर के नीचे कुचला था, आज तुम्हारी उन सारी मक्कारियों का पर्दा खोलने के लिये तुम्हारे सामने खड़ा है। तुमने राष्ट्र की सेवा का बीड़ा उठाया था। तुम अपने को राष्ट्र की वेदी पर होम कर देना चाहती थीं, किन्तु कुत्सित कामनाओं के पहले ही प्रलोभन में तुम अपने सारे बहुरूप को तिलांजलि देकर भोग-लालसा की गुलामी करने पर उतर गईं। अधिकार और समृद्धि के पहले ही टुकड़े पर तुम दुम हिलाती हुई टूट पड़ीं। धिक्कार है तुम्हारी भोग-लिप्सा को, तुम्हारे इस कुत्सित जीवन को।'

4

संध्या-काल था। पश्चिम के क्षितिज पर दिन की चिता जलकर ठंडी हो रही थी और रोमनाफ के विशाल भवन में हेलेन की अर्थी को ले चलने की तैयारियाँ

हो रही थीं। नगर के नेता जमा थे और रोमनाफ अपने शोक कम्पित हाथों से अर्थी को पुष्पहारों से सजा रहा था एवं उन्हें अपने आत्मजल से शीतल कर रहा था। उसी वक्त आइवन उन्मत्त वेश में, दुर्बल, झुका हुआ, सिर के बाल बढ़ाए, कंकाल-सा आकर खड़ा हो गया। किसी ने उसकी ओर ध्यान न दिया। समझे, कोई भिक्षुक होगा, जो ऐसे अवसरों पर दान के लोभ से आ जाया करते हैं।

जब नगर के विशप ने अन्तिम संस्कार समाप्त किया और मरियम की बेटियाँ नए जीवन के स्वागत का गीत गा चुकीं, तो आइवन ने अर्थी के पास जाकर आवेश से काँपते हुए स्वर में कहा–'यह दुष्टा है, जिसे सारी दुनिया की पवित्र आत्माओं की शुभकामनाएँ भी नरक की यातना से नहीं बचा सकती। वह इस योग्य थी कि उसकी लाश...

कई आदमियों ने दौड़कर उसे पकड़ लिया और उसे धक्के देते हुए फाटक की ओर ले चले। उसी वक्त रोमनाफ ने आकर उसके कंधे पर हाथ रख दिया और उसे अलग ले जाकर पूछा–'दोस्त, क्या तुम्हारा नाम क्लाडियस आइवनाफ है? हाँ, तुम वही हो, मुझे तुम्हारी सूरत याद आ गई। मुझे सब कुछ मालूम है–रत्ती-रत्ती मालूम है। हेलेन ने मुझसे कोई बात नहीं छिपाई। अब वह इस संसार में नहीं है, मैं झूठ बोलकर उसकी कोई सेवा नहीं कर सकता। तुम उस पर कठोर शब्दों का प्रहार करो या कठोर आघातों का, वह समान रूप से शान्त रहेगी, लेकिन अंत समय तक वह तुम्हारी याद करती रही। उस प्रसंग की स्मृति उसे सदैव रुलाती रहती थी। उसके जीवन की यह सबसे बड़ी कामना थी कि तुम्हारे सामने घुटने टेककर क्षमा की याचना करे। मरते-मरते उसने यह वसीयत की कि जिस तरह भी हो सके, उसकी यह विजय तुम तक पहुँचाऊँ कि वह तुम्हारी अपराधिनी है और तुमसे क्षमा चाहती है। क्या तुम समझते हो, जब यह तुम्हारे सामने आँखों में आँसू भरे आती, तो तुम्हारा हृदय पत्थर होने पर भी न पिघल जाता? क्या इस समय भी वह तुम्हें दीन-याचना की प्रतिमा-सी खड़ी नहीं दीखती? ज़रा चलकर उसका मुस्कराता हुआ चेहरा देखो। मोशियो आइवन, तुम्हारा मन अब भी उसका चुम्बन लेने के लिये विकल हो जायगा। मुझे ज़रा भी ईर्ष्या न होगी। उन फूलों की सेज पर लेटी हुई वह ऐसी लग रही है, मानो फूलों की रानी हो। जीवन में उसकी एक ही अभिलाषा अपूर्ण रह गई आइवन, वह तुम्हारी क्षमा है। प्रेमी हृदय बड़ा उदार होता है आइवन, वह क्षमा और दया का सागर होता है। ईर्ष्या और दंभ के गंदे नाले उसमें मिलकर उतने ही विशाल और पवित्र हो जाते हैं। जिसे एक बार तुमने प्यार किया, उसकी अन्तिम अभिलाषा की तुम उपेक्षा नहीं कर सकते।

उसने आइवन का हाथ पकड़ा और सैकड़ों कौतूहल-पूर्ण नेत्रों के सामने उसे लिये हुए अर्थी के पास आया और ताबूत का ऊपरी तख्ता हटाकर हेलेन का शांत मुख-मण्डल उसे दिखा दिया। उस निस्पंद, निश्चेष्ट, निर्विकार छवि को मृत्यु ने एक गरिमा-सी प्रदान कर दी थी, मानो स्वर्ग की सारी विभूतियाँ उसका स्वागत कर रही

हैं। आइवन की कुटिल आँखों में एक दिव्य ज्योति-सी चमक उठी और वह दृश्य सामने खिंच गया, जब उसने हेलेन को प्रेम से आलिंगन किया था और अपने हृदय के सारे अनुराग और उल्लास को पुष्पों में गूँथकर उसके गले में डाला था। उसे जान पड़ा, यह सब-कुछ, जो उसके सामने हो रहा है, स्वप्न है और एकाएक उसकी आँखें खुल गई हैं और वह उसी भाँति हेलेन को अपनी छाती से लगाए हुए है। उस आत्मानंद के एक क्षण के लिये क्या वह फिर चौदह साल का कारावास झेलने के लिये न तैयार हो जायगा। क्या अब भी उसके जीवन की सबसे सुखद घड़ियाँ वही न थीं, जो हेलेन के साथ गुज़री थीं और क्या उन घड़ियों के अनुपम आनंद को वह इन चौदह सालों में भी भूल सका था? उसने ताबूत के पास बैठकर श्रद्धा से काँपते हुए कंठ से प्रार्थना की-'ईश्वर, तू मेरी प्राणों से प्रिय हेलेन को अपनी क्षमा के दामन में ले!' और जब वह ताबूत कंधे पर लिये चला, तो उसकी आत्मा लज्जित थी, अपनी संकीर्णता पर, अपनी उद्विग्नता पर, अपनी नीचता पर और जब ताबूत क़ब्र में रख दिया गया तो वह वहाँ बैठकर न जाने कब तक रोता रहा। दूसरे दिन रोमनाफ जब फातिहा पढ़ने आया तो देखा, आइवन सजदे में सिर झुकाए हुए है और उसकी आत्मा स्वर्ग को प्रयाण कर चुकी है।

❑

दो बैलों की कथा

जानवरों में गधा सबसे मूर्ख समझा जाता है। हम जब किसी आदमी को पहले दर्ज़े का बेवकूफ़ कहना चाहते हैं तो उसे गधा कहते हैं। गधा सचमुच बेवकूफ़ है या उसके सीधेपन, उसकी हानिरहित सहनशीलता ने उसे यह पदवी दे दी है, इसका निश्चय नहीं किया जा सकता। गायें सींग मारती हैं, ब्याही हुई गाय तो एकाएक सिंहनी का रूप धारण कर लेती है। कुत्ता भी बहुत ग़रीब जानवर है, लेकिन कभी-कभी उसे भी क्रोध आ ही जाता है, लेकिन गधे को कभी क्रोध करते नहीं सुना, न देखा। जितना चाहे उस ग़रीब को मारो, चाहे जैसी खराब सड़ी हुई घास सामने डाल दो, उसके चेहरे पर कभी असंतोष का चिन्ह भी न दिखाई देगा। बैशाख में चाहे एकाध बार कुलेल कर लेता हो; पर हमने तो उसे कभी खुश होते नहीं देखा। उसके चेहरे पर दुःख स्थायी रूप से छाया रहता है। सुख-दुःख, हानि-लाभ किसी दशा में भी बदलते नहीं देखा। ऋषियों-मुनियों के जितने गुण हैं, वह सभी उसमें हैं, पर आदमी उसे मूर्ख कहता है। सद्गुणों का इतना अनाचार कहीं नहीं देखा। शायद सीधापन संसार के लिये उपयुक्त नहीं है। बेचारे शराब नहीं पीते, चार पैसे कुसमय के लिये बचाकर रखते हैं, जी-तोड़ काम करते हैं, किसी से लड़ाई-झगड़ा नहीं करते, चार बातें सुनकर गम खा जाते हैं। फिर भी बदमाश हैं। अगर वे ईंट का जवाब पत्थर से देना सीख जाते, तो शायद सभ्य कहलाने लगते।

लेकिन गधे का एक छोटा भाई और भी है, जो उससे कुछ ही कम गधा है और वह है 'बैल'। जिस अर्थ में हम 'गधा' का प्रयोग करते हैं, कुछ उसी से मिलते-जुलते अर्थ में 'बछिया के ताऊ' का प्रयोग भी करते हैं। कुछ लोग बैल को शायद मूर्खों में सबसे बड़ा कहेंगे, मगर हमारा विचार ऐसा नहीं। बैल कभी-कभी मारता भी है। कभी-कभी अड़ियल बैल भी देखने में आता है और भी कई प्रकार से वह अपना असंतोष प्रकट कर देता है; इसलिये उसका स्थान गधे से नीचा है।

झूरी काछी के दोनों बैलों के नाम हैं–हीरा और मोती। दोनों पछाहीं जाति के थे। देखने में सुंदर, काम में तत्पर, डील में ऊँचे। बहुत दिनों साथ रहते-रहते दोनों में भाई-चारा हो गया था। दोनों आमने-सामने या आस-पास बैठे हुए एक-दूसरे से मौन

भाषा में विचार-विनिमय करते थे। एक-दूसरे के मन की बात कैसे समझ जाते थे, हम नहीं कह सकते। अवश्य ही उनमें कोई ऐसी गुप्त शक्ति थी, जिससे जीवों में श्रेष्ठता का दावा करने वाला मनुष्य वंचित है। दोनों एक-दूसरे को चाटकर और सूँघकर अपना प्रेम प्रकट करते। कभी-कभी दोनों सींग भी मिला लिया करते थे, झगड़े के भाव से नहीं, केवल हास-परिहास के भाव से, अपनेपन के भाव से; जैसे दोस्तों में निकटता होते ही हाथापाई होने लगती है। इसके बिना दोस्ती कुछ फुसफुसी, कुछ हल्की-सी रहती है, जिस पर ज़्यादा विश्वास नहीं किया जा सकता। जिस समय ये दोनों बैल हल या गाड़ी में जोत दिए जाते थे और गरदनें हिला-हिलाकर चलते, तो हर एक की यही चेष्टा होती थी कि ज़्यादा बोझ मेरी ही गरदन पर रहे। दिन-भर के बाद दोपहर या संध्या को दोनों खुलते, तो एक-दूसरे को चाट-चूटकर अपनी थकान मिटा लिया करते। नाँद में खली-भूसा पड़ जाने के बाद दोनों साथ उठते, साथ नाँद में मुँह डालते और साथ ही बैठते थे। एक मुँह हटा लेता तो दूसरा भी हटा लेता था।

संयोग की बात, झूरी ने एक बार गोईं को ससुराल भेज दिया। बैलों को क्या मालूम, वे क्यों भेजे जा रहे हैं। समझे मालिक ने हमें बेच दिया। अपना यों बेचा जाना उन्हें अच्छा लगा या बुरा, कौन जाने; पर झूरी के साले गया को घर तक गोईं ले जाने में दाँतों पसीना आ गया। पीछे से हाँकता तो दोनों दाएँ-बाएँ भागते, पगहिया पकड़कर नीचे करके हुंकारते। अगर ईश्वर ने उन्हें वाणी दी होती, तो झूरी से पूछते, तुम हम ग़रीबों को क्यों निकाल रहे हो? हमने तो तुम्हारी सेवा करने में कोई कसर नहीं उठा रखी। अगर इतनी मेहनत से काम न चलता था तो और काम लेते। हमें तो तुम्हारी सेवा में मर जाना स्वीकार था। हमने दाने-चारे की शिकायत नहीं की। तुमने जो कुछ खिलाया, वह सिर झुकाकर खा लिया, फिर तुमने हमें इस अत्याचारी के हाथ क्यों बेच दिया?

संध्या समय दोनों बैल अपने नए स्थान पर पहुँचे। दिन-भर के भूखे थे, लेकिन जब नाँद में लगाए गये, तो एक ने भी उसमें मुँह न डाला। दिल भारी हो रहा था। जिसे उन्होंने अपना घर समझ रखा था वह आज उनसे छूट गया था। यह नया घर, नया गाँव, नए आदमी—सब उन्हें पराए-से लगे।

दोनों ने अपनी मूक भाषा में सलाह की, एक-दूसरे को चोरी-चोरी देखा और लेट गये। जब गाँव में सोता पड़ गया, तो दोनों ने ज़ोर मारकर रस्सियाँ तुड़ा डालीं और घर की तरफ़ चले। रस्सियाँ बहुत मज़बूत थीं। अनुमान नहीं हो सकता था कि कोई बैल उन्हें तोड़ सकेगा। पर इन दोनों में इस समय दूसरी शक्ति आ गई थी। एक-एक झटके में रस्सियाँ टूट गईं।

झूरी प्रातःकाल सोकर उठा तो देखा कि दोनों बैल चरनी पर खड़े हैं। दोनों की गरदनों में आधा-आधा गराँव (गले की रस्सी) लटक रहा है। घुटने तक पाँव कीचड़ से भरे हैं और दोनों की आँखों में विद्रोह से भरा हुआ प्यार झलक रहा है।

झूरी बैलों को देखकर स्नेह से गद्गद हो गया। दौड़कर उन्हें गले लगा लिया। प्रेमालिंगन और चुंबन का वह दृश्य बड़ा ही मनोहर था।

घर और गाँव के लड़के जमा हो गये और तालियाँ बजा-बजाकर उनका स्वागत करने लगे। गाँव के इतिहास में यह घटना अनोखी न होने पर भी महत्त्वपूर्ण थी। बाल-सभा ने निश्चय किया, दोनों पशुवीरों को अभिनंदन-पत्र देना चाहिए। कोई अपने घर से रोटियाँ लाया, कोई गुड़, कोई चोकर, कोई भूसी।

एक बालक ने कहा–'ऐसे बैल किसी के पास न होंगे।'

दूसरे ने समर्थन किया–'इतनी दूर से अकेले चले आए।'

तीसरे ने कहा–'बैल नहीं हैं वे, उस जन्म के आदमी हैं।'

इसका विरोध करने का किसी को साहस नहीं हुआ।

झूरी की पत्नी ने बैलों को द्वार पर देखा, तो जल उठी। बोली–'कैसे नमकहराम बैल हैं कि एक दिन भी वहाँ काम न किया। भाग खड़े हुए।'

झूरी अपने बैलों पर लगाया गया आरोप न सुन सका–'नमकहराम क्यों हैं? चारा-दाना दिया न होगा तो क्या करते?'

स्त्री ने रौब के साथ कहा, 'बस, तुम्हीं तो बैलों को खिलाना जानते हो और सभी पानी पिला-पिलाकर रखते हैं।'

झूरी ने चिढ़ाया–'चारा मिलता तो क्यों भागते?'

स्त्री चिढ़ी–'भागे इसलिये कि वे लोग तुम जैसे बुद्धुओं की तरह बैलों को सहलाते नहीं। खिलाते हैं तो रगड़कर जोतते भी हैं। ये दोनों ठहरे कामचोर, भाग निकले। अब देखूँ कहाँ से खली और चोकर मिलता है? सूखे भूसे के सिवा कुछ न दूँगी, खाएँ चाहे मरें।'

वही हुआ। मज़दूर को कड़ा निर्देश दिया कि बैलों को खाली सूखा भूसा दिया जाय।

बैलों ने नाँद में मुँह डाला तो फीका-फीका। न कोई चिकनाहट, न कोई रस। क्या खाएँ। आशा-भरी आँखों से द्वार की ओर ताकने लगे। झूरी ने मज़दूर से कहा–'थोड़ी-सी खली क्यों नहीं डाल देता रे?'

'मालकिन मुझे मार ही डालेंगी।'

'चुराकर डाल आ।'

'ना दादा, पीछे से तुम भी उन्हीं की-सी कहोगे।'

2

दूसरे दिन झूरी का साला फिर आया और बैलों को ले चला। अब की उसने दोनों को गाड़ी में जोता।

दो-चार बार मोती ने गाड़ी को सड़क की खाई में गिराना चाहा पर हीरा ने सँभाल लिया। वह ज़्यादा सहनशील था।

संध्या समय पर पहुँचकर उसने दोनों को मोटी रस्सियों से बाँधा और कल की शरारत का मज़ा चखाया। फिर वही सूखा भूसा डाल दिया। अपने दोनों बैलों को खली, चूनी, सब कुछ दी।

दोनों बैलों का ऐसा अपमान कभी न हुआ था। झूरी उन्हें फूल की छड़ी से भी न छूता था। उसकी टिटकार पर दोनों उड़ने लगते थे। यहाँ पर मार पड़ी। आहत सम्मान की पीड़ा तो थी ही, उस पर मिला सूखा भूसा। नाँद की तरफ़ आँख तक न उठायी।

दूसरे दिन गया ने बैलों को हल में जोता; पर इन दोनों ने जैसे पाँव न उठाने की क़सम खा ली थी। वह मारते-मारते थक गया; पर दोनों ने पाँव न उठाया। एक बार जब निर्दयी ने हीरा की नाक में ख़ूब डंडे जमाए तो मोती का गुस्सा काबू से बाहर हो गया। हल लेकर भागा। हल, रस्सी, जुआ, सब टूट-टाटकर बराबर हो गया। गले में बड़ी-बड़ी रस्सियाँ न होतीं तो दोनों पकड़ाई में न आते।

हीरा ने मूक भाषा में कहा–'भागना व्यर्थ है।'

मोती ने उसी भाषा में उत्तर दिया–'तुम्हारी तो इसने जान ही ले ली थी। अबकी बार मार पड़ेगी।'

'पड़ने दो, बैल का जन्म लिया है, तो मार से कहाँ तक बचेंगे?'

'गया दो आदमियों के साथ दौड़ा आ रहा है, दोनों के हाथ में लाठियाँ हैं।'

मोती बोला–'कहो तो दिखा दूँ कुछ मज़ा मैं भी। लाठी लेकर आ रहा है!'

हीरा ने समझाया–'नहीं भाई, खड़े हो जाओ।'

'मुझे मारेगा, तो मैं एक-दो को गिरा दूँगा।'

'नहीं, हमारी जाति का यह धर्म नहीं।'

मोती दिल में ऐंठकर रह गया। गया आ पहुँचा और दोनों को पकड़कर ले चला। कुशल हुई कि इस वक्त मार-पीट न की, नहीं मोती भी पलट पड़ता। उसके रंग-ढंग देखकर सहम गया और उसके सहायक समझ गये कि इस वक्त टाला जाना ही उचित है।

आज दोनों के सामने फिर वही सूखा भूसा लाया गया। दोनों चुपचाप खड़े रहे। घर के लोग भोजन करने लगे। उसी वक्त एक छोटी-सी लड़की दो रोटियाँ लेकर निकली और दोनों के मुँह में देकर चली गई। उस एक रोटी से इनकी भूख तो क्या शांत होती; पर दोनों के हृदय को मानो भोजन मिल गया। यहाँ भी किसी सज्जन का निवास है। लड़की भैरों की थी। उसकी माँ मर चुकी थी। सौतेली माँ उसे मारती थी, इसलिये इन बैलों से उसे एक प्रकार का अपनापन हो गया था।

दोनों दिन-भर जोते जाते, डंडे खाते। शाम को थान पर बाँध दिए जाते और रात को वही बालिका उन्हें दो रोटियाँ खिला जाती। प्रेम के इस प्रसाद की यह महिमा थी कि दो-दो गाल सूखा भूसा खाकर भी दोनों दुर्बल न होते थे, मगर दोनों की आँखों में, रोम-रोम में विद्रोह भरा हुआ था।

एक दिन मोती ने मूक भाषा में कहा–'अब तो सहा नहीं जाता हीरा।'

'क्या करना चाहते हो?'

'एकाध को सींगों पर उठाकर फेंक दूँगा।'

'लेकिन जानते हो वह प्यारी लड़की, जो हमें रोटियाँ खिलाती है, उसी की लड़की है, जो इस घर का मालिक है। यह बेचारी अनाथ हो जायगी।'

'तो मालकिन को न फेंक दूँ। वही तो उस लड़की को मारती है।'

'लेकिन औरत जात पर सींग चलाना मना है, वह भूले जाते हो।'

'तुम तो किसी तरह निकलने ही नहीं देते। तो आओ, आज तुड़ाकर भाग चलें।'

'हाँ, यह मैं स्वीकार करता हूँ; लेकिन इतनी मोटी रस्सी टूटेगी कैसे?'

'इसका उपाय है। पहले रस्सी को थोड़ा-सा चबा लो। फिर एक झटके में टूट जाती है।'

रात को जब बालिका रोटियाँ खिलाकर चली गई, तो दोनों रस्सियाँ चबाने लगे; मोटी रस्सी मुँह में न जाती थी। बेचारे बार-बार ज़ोर लगाकर रह जाते।

सहसा घर का द्वार खुला और वही लड़की निकली। दोनों सिर झुकाकर उसका हाथ चाटने लगे। दोनों की पूँछें खड़ी हो गईं। उसने उनके माथे सहलाए और बोली–'खोले देती हूँ चुपके से भाग जाओ, नहीं यहाँ के लोग मार डालेंगे। आज घर में सलाह हो रही है कि इनकी नाकों में नाथ डाल दी जाय।

उसने गरांव खोल दिया, पर दोनों चुपचाप खड़े रहे।

मोती ने अपनी भाषा में पूछा–'अब चलते क्यों नहीं?'

हीरा ने कहा–'चलें तो; लेकिन कल इस अनाथ पर आफत आएगी। सब इसी पर संदेह करेंगे। सहसा बालिका चिल्लाई, 'दोनों फूफा वाले बैल भागे जा रहे हैं। ओ दादा! दोनों बैल भागे जा रहे हैं। जल्दी दौड़ो।'

गया हड़बड़ाकर भीतर से निकला और बैलों को पकड़ने चला। वह दोनों भागे। गया ने पीछा किया। वह और भी तेज़ हुए। गया ने शोर मचाया। फिर गाँव के कुछ आदमियों को साथ लेने के लिये लौटा। दोनों मित्रों को भागने का मौका मिल गया। सीधे दौड़ते चले गये। यहाँ तक कि मार्ग का ज्ञान न रहा। जिस परिचित मार्ग से आए थे, उसका यहाँ पता न था। नए-नए गाँव मिलने लगे। तब दोनों एक खेत के किनारे खड़े होकर सोचने लगे, अब क्या करना चाहिए।

हीरा ने कहा–'मालूम होता है, राह भूल गये।'

'तुम भी तो तेज़ी से भागे। वहीं उसे मार गिराना था।'

'उसे मार गिराते, तो दुनिया क्या कहती? वह अपना धर्म छोड़ दें, लेकिन हम अपना धर्म क्यों छोड़ें!'

दोनों भूख से व्याकुल हो रहे थे। खेत में मटर खड़ी थी। चरने लगे। रह-रहकर आहट ले लेते थे, कोई आता तो नहीं।

जब पेट भर गया, दोनों ने आज़ादी का अनुभव किया तो मस्त होकर उछलने-कूदने लगे। पहले दोनों ने डकार ली। फिर सींग मिलाए और एक-दूसरे को ठेलने लगे। मोती ने हीरा को कई कदम पीछे हटा दिया, यहाँ तक कि वह खाई में गिर गया। तब उसे भी क्रोध आया। सँभलकर उठा और फिर मोती से भिड़ गया। मोती ने देखा, खेल में झगड़ा हुआ चाहता है, तो किनारे हट गये।

3

अरे! यह क्या! कोई साँड़ डौंकता हुआ चला आ रहा है। हाँ, साँड़ ही है। वह सामने आ पहुँचा। दोनों मित्र बग़लें झाँक रहे हैं। साँड़ पूरा हाथी है। उससे भिड़ना जान से हाथ धोना है; लेकिन न भिड़ने पर तो जान बचती नहीं नज़र आती। इन्हीं की तरफ़ आ रहा है। कितनी भयंकर सूरत है!

मोती ने मूक भाषा में कहा–'बुरे फँसे! जान कैसे बचेगी? कोई उपाय सोचो।'

हीरा ने चिंतित स्वर में कहा–'अपने घमंड में भूला हुआ है। आरज़ू-विनती न सुनेगा।'

'भाग क्यों न चलें?'

'भागना कायरता है।'

'तो फिर यहीं मरो। बंदा तो नौ-दो ग्यारह होता है।'

'और जो दौड़ाए?'

'तो फिर कोई उपाय सोचो जल्द!'

'उपाय यही है कि उस पर दोनों प्राणी एक साथ चोट करें। मैं आगे से दौड़ाता हूँ और तुम पीछे से दौड़ाओ, दोहरी मार पड़ेगी, तो भाग खड़ा होगा। ज्यों ही मेरी ओर झपटे तुम बग़ल से उसके पेट में सींग घुसा देना। जान को खतरा है, पर दूसरा उपाय नहीं है।'

दोनों मित्र जान हथेली पर लेकर लपके। साँड़ को भी संगठित शत्रुओं से लड़ने का तज़ुरबा न था। वह तो एक शत्रु से मल्लयुद्ध करने का आदी था। ज्यों-ही हीरा पर झपटा, मोती ने पीछे से दौड़ाया। साँड़ उसकी तरफ़ मुड़ा तो हीरा ने रगेदा। साँड़ चाहता था, कि एक-एक करके दोनों को गिरा ले, पर ये दोनों भी उस्ताद थे। उसे वह अवसर न देते थे। एक बार साँड़ झल्लाकर हीरा का अन्त कर देने के लिये चला कि

मोती ने बग़ल से आकर उसके पेट में सींग भोंक दिया। सांड़ क्रोध में आकर पीछे फिरा तो हीरा ने दूसरे पहलू में सींग चुभा दिया। आख़िर बेचारा जख्मी होकर भागा और दोनों मित्रों ने दूर तक उसका पीछा किया। यहाँ तक कि साँड़ बेदम होकर गिर पड़ा। तब दोनों ने उसे छोड़ दिया।

दोनों मित्र जीत के नशे में झूमते चले जाते थे।

मोती ने सांकेतिक भाषा में कहा–'मेरा जी चाहता था कि बचा को मार ही डालूँ।'

हीरा ने तिरस्कार किया–'गिरे हुए बैरी पर सींग न चलाना चाहिए।'

'यह सब ढोंग है। बैरी को ऐसा मारना चाहिए कि फिर न उठे।'

'पहले घर कैसे पहुँचोगे वह सोचो।'

सामने मटर का खेत था ही। मोती उसमें घुस गया। हीरा मना करता रहा; पर उसने एक न सुनी। अभी दो ही चार ग्रास खाये थे कि आदमी लाठियाँ लिये दौड़ पड़े और दोनों मित्र को घेर लिया, हीरा तो मेड़ पर था निकल गया। मोती सींचे हुए खेत में था। उसके खुर कीचड़ में धँसने लगे। न भाग सका। पकड़ लिया। हीरा ने देखा, संगी संकट में है तो लौट पड़ा। फँसेंगे तो दोनों फँसेंगे। रखवालों ने उसे भी पकड़ लिया।

प्रातःकाल दोनों मित्र कांजी हौस में बंद कर दिए गये।

4

दोनों मित्रों को जीवन में पहली बार ऐसा मौका आया कि सारा दिन बीत गया और खाने को एक तिनका भी न मिला। समझ में ही न आता था। यह कैसा स्वामी है। इससे तो गया फिर भी अच्छा था। वहाँ कई भैंसें थीं, कई बकरियाँ, कई घोड़े; कई गधे, पर किसी के सामने चारा न था, सब ज़मीन पर मुर्दों की तरह पड़े थे। कई तो इतने कमज़ोर हो गये थे कि खड़े भी न हो सकते थे। सारा दिन दोनों मित्र फाटक की ओर टकटकी लगाए ताकते रहे, पर कोई चारा लेकर आता न दिखाई दिया। तब दोनों ने दीवार की नमकीन मिट्टी चाटनी शुरू की, पर इससे क्या संतोष होगा?

रात को भी कुछ भोजन न मिला, तो हीरा के दिल में विरोध की ज्वाला दहक उठी। मोती से बोला, 'अब तो नहीं रह जाता, मोती!'

मोती ने सिर लटकाए हुए जवाब दिया, 'मुझे तो मालूम होता है प्राण निकल रहे हैं।'

'इतनी जल्द हिम्मत न हारो भाई! यहाँ से भागने का कोई उपाय निकालना चाहिए।'

'आओ दीवार तोड़ डालें।'

'मुझसे तो अब कुछ न होगा।'

'बस इसी बूते पर अकड़ते थे।'

'सारी अकड़ निकल गई।'

बाड़े की दीवार कच्ची थी। हीरा मज़बूत तो था ही, अपने नोंकदार सींग दीवार में गड़ा दिए और ज़ोर मारा, तो मिट्टी का एक चप्पड़ निकल आया। फिर तो उसका साहस बढ़ा। उसने दौड़-दौड़कर दीवार पर चोटें कीं और हर चोट में थोड़ी-थोड़ी मिट्टी गिराने लगा।

उसी समय कांजीहाउस का चौकीदार लालटेन लेकर, जानवरों की हाज़िरी लेने आ निकला। हीरा का यह उजड्डपन देखकर उसने उसे कई डंडे रसीद किए और मोटी-सी रस्सी से बाँध दिया।

मोती ने पड़े-पड़े कहा, 'आख़िर मार खाई, क्या मिला?'

'अपने बूते पर ज़ोर तो मार लिया।'

'ऐसा ज़ोर मारना किस काम का कि और बंधन में पड़ गये।'

'ज़ोर तो मारता ही जाऊँगा, चाहे कितने बंधन पड़ते जायें।'

'जान से हाथ धोना पड़ेगा।'

'कुछ परवाह नहीं। यों भी तो मरना ही है। सोचो, दीवार ख़ुद जाती, तो कितनी जानें बच जातीं। इतने भाई यहाँ बंद हैं। किसी की देह में जान नहीं है। दो-चार दिन और यही हाल रहा तो सब मर जायेंगे।'

'हाँ, यह तो बात है। अच्छा तो लो, फिर मैं भी ज़ोर लगाता हूँ।'

मोती ने भी दीवार में उसी जगह सींग मारा। थोड़ी-सी मिट्टी गिरी और हिम्मत बढ़ी। फिर तो वही दीवार में सींग लगाकर इस तरह ज़ोर करने लगा, मानो किसी विरोधी से लड़ रहा है। आख़िर दो घंटे की कोशिश के बाद दीवार ऊपर से लगभग एक हाथ गिर गई। उसने दूनी शक्ति से धक्का मारा, तो आधी दीवार गिर पड़ी।

दीवार का गिरना था कि अधमरे-से पड़े हुए सभी जानवर चेत उठे। तीनों घोड़ियाँ सरपट भाग निकलीं। फिर बकरियाँ निकलीं। इसके बाद भैंसें भी खिसक गईं; पर गधे अभी तक ज्यों-के-त्यों खड़े थे।

हीरा ने पूछा, 'तुम क्यों नहीं भाग जाते?'

एक गधे ने कहा, 'जो कहीं फिर पकड़ लिये जायें?'

'तो क्या हर्ज है? अभी तो भागने का अवसर है।'

'हमें तो डर लगता है। हम यहीं पड़े रहेंगे।'

आधी रात से ऊपर जा चुकी थी। दोनों गधे अभी तक खड़े सोच रहे थे, भागें या न भागें और मोती अपने मित्र की रस्सी तोड़ने में लगा हुआ था, जब वह हार गया तो हीरा ने कहा, 'तुम जाओ, मुझे यहीं पड़ा रहने दो। शायद कहीं भेंट हो जाय।'

मोती ने आँखों में आँसू लाकर कहा, 'तुम मुझे इतना स्वार्थी समझते हो हीरा! हम और तुम इतने दिनों एक साथ रहे। आज तुम मुसीबत में पड़ गये, तो मैं तुम्हें छोड़कर अलग हो जाऊँ?'

हीरा ने कहा, 'बहुत मार पड़ेगी। लोग समझ जायेंगे, यह तुम्हारी शरारत है।'

मोती गर्व से बोला, 'जिस अपराध के लिये तुम्हें गले में बंधन पड़ा, उसके लिये अगर मुझ पर मार पड़े, तो क्या चिंता। इतना तो हो ही गया कि नौ-दस प्राणियों की जान बच गई। ये सब तो आशीर्वाद देंगे।'

यह कहते हुए मोती ने दोनों गधों को सींगों से मार-मारकर बाड़े से बाहर निकाला और तब अपने बंधु के पास आकर सो रहा।

सुबह होते ही मुंशी और चौकीदार और अन्य कर्मचारियों में कैसी खलबली मची, इसके लिखने की ज़रूरत नहीं। बस, इतना ही काफी है कि मोती की ख़ूब मरम्मत हुई है और उसे भी मोटी रस्सी से बाँध दिया गया।

5

एक सप्ताह तक दोनों मित्र वहाँ बँधे पड़े रहे। किसी ने चारे का एक तिनका भी न डाला। हाँ, एक बार पानी दिखा दिया जाता था। यही उनका आधार था। दोनों इतने दुर्बल हो गये कि उठा तक न जाता था। ठठरियाँ निकल आई थीं।

एक दिन बाड़े के सामने डुग्गी बजने लगी और दोपहर होते-होते वहाँ पचास-साठ आदमी जमा हो गये। तब दोनों मित्र निकाले गये और उनकी देखभाल होने लगी। लोग आ-आकर उनकी सूरतें देखते और मन फीका करके चले जाते। ऐसे मृतक बैलों का कौन खरीदार होता?

सहसा एक दाढ़ी वाला आदमी, जिसकी आँखें लाल थीं और मुद्रा अत्यंत कठोर, आया और दोनों मित्रों के कूल्हों में उँगली गोदकर मुंशी जी से बातें करने लगा। उसका चेहरा देखकर दोनों मित्रों के दिल काँप उठे। वह कौन है, उन्हें क्यों टटोल रहा है, इस विषय में उन्हें कोई संदेह न हुआ। दोनों ने एक-दूसरे को भयभीत नेत्रों से देखा और सिर झुका लिया।

हीरा ने कहा, 'गया के घर से बेकार भागे। अब जान न बचेगी।'

मोती ने उत्तर दिया, 'कहते हैं, भगवान सबके ऊपर दया करते हैं। इन्हें हमारे ऊपर क्यों दया नहीं आती?'

'भगवान के लिये हमारा मरना-जीना दोनों बराबर हैं। चलो, अच्छा ही है, कुछ दिन उसके पास तो रहेंगे। एक बार भगवान ने उस लड़की के रूप में हमें बचाया था। क्या अब न बचाएँगे?'

'यह आदमी छुरी चलाएगा। देख लेना।'

'तो क्या चिंता है। मांस, खाल, सींग, हड्डी सब किसी-न-किसी काम आ जायेंगी।'

नीलाम हो जाने के बाद दोनों मित्र उस दढ़ियल के साथ चले। दोनों की बोटी-बोटी काँप रही थी। बेचारे पाँव तक न उठा सकते थे; पर भय के मारे गिरते-गिरते भागे जाते थे, क्योंकि वह ज़रा भी चाल धीमी हो जाने पर ज़ोर का डंडा जमा देता था।

राह में गाय-बैलों का झुंड हरे-भरे हार में चरता नज़र आया। सभी जानवर प्रसन्न थे, चिकने, चंचल। कोई उछलता था, कोई आनंद से बैठा जुगाली करता था। कितना सुखी जीवन था इनका, पर कितने स्वार्थी हैं सब। किसी को चिंता नहीं कि उनके दो भाई बधिक के हाथ पड़े कैसे दुःखी हैं।

अचानक दोनों को ऐसा मालूम हुआ, यह परिचित मार्ग है। हाँ, इसी रास्ते से गया उन्हें ले गया था। वही खेत, वही बाग़, वही गाँव मिलने लगे। पल-पल उनकी चाल तेज़ होने लगी। सारी थकान, सारी दुर्बलता गायब हो गई। अहा, यह लो! अपना ही घर आ गया। इसी कुएँ पर हम पुर चलाने आया करते थे। हाँ, यही कुआँ है।

मोती ने कहा, 'हमारा घर निकट आ गया।'

हीरा बोला, 'भगवान की दया है।'

'मैं तो अब घर भागता हूँ।'

'यह जाने देगा?'

'इसे मार गिराता हूँ।'

'नहीं-नहीं, दौड़कर थान पर ले चलो। वहाँ से हम आगे न जायेंगे।'

दोनों बछड़ों की भाँति प्रसन्नता प्रकट करते हुए घर की ओर दौड़े। वह हमारा थान है। दोनों दौड़कर अपने थान पर आए और खड़े हो गये। दढ़ियल भी पीछे-पीछे दौड़ा चला आता था।

झूरी द्वार पर बैठा धूप खा रहा था। बैलों को देखते ही दौड़ा और उन्हें बारी-बारी से गले लगाने लगा। मित्रों की आँखों से आनंद के आँसू बहने लगे। एक झूरी का हाथ चाट रहा था।

दढ़ियल ने जाकर बैलों की रस्सियाँ पकड़ लीं।

झूरी ने कहा, 'मेरे बैल हैं।'

'तुम्हारे बैल कैसे? मैं मवेशीखाने से नीलाम लिये आता हूँ।'

'मैं तो समझता हूँ, चुराए लिये आते हो। चुपके से चले जाओ। मेरे बैल हैं। मैं बेचूँगा, तो बिकेंगे। किसी को मेरे बैल नीलाम करने का क्या अधिकार है?'

'जाकर थाने में रपट कर दूँगा।'

'मेरे बैल हैं। इसका सबूत यह है कि मेरे द्वार पर खड़े हैं।'

दढ़ियल क्रोध करता हुआ बैलों को जबरदस्ती पकड़ ले जाने के लिये बढ़ा। उसी समय मोती ने सींग चलाया। दढ़ियल पीछे हटा। मोती ने पीछा किया। दढ़ियल भागा। मोती पीछे दौड़ा। गाँव के बाहर निकल जाने पर वह रुका, पर खड़ा दढ़ियल रास्ता देख रहा था। दढ़ियल दूर खड़ा धमकियाँ दे रहा था, गालियाँ निकाल रहा था, पत्थर फेंक रहा था और मोती विजयी बहादुर की भाँति उसका रास्ता रोके खड़ा था। गाँव के लोग तमाशा देखते थे और हँसते थे।

जब दढ़ियल हारकर चला गया, तो मोती अकड़ता हुआ लौटा।

हीरा ने कहा, 'मैं डर रहा था कि कहीं तुम गुस्से में आकर मार न बैठो।'

'अगर वह मुझे पकड़ता, तो मैं बिना मारे न छोड़ता।'

'अब न आएगा।'

'आएगा तो दूर ही से ख़बर लूँगा। देखूँ कैसे ले जाता है।'

'जो गोली मरवा दे?'

'मर जाऊँगा, उसके काम न आऊँगा।'

'हमारी जान को कोई जान ही नहीं समझता।'

'इसलिये कि हम इतने सीधे होते हैं।'

ज़रा देर में नाँद में खली, भूसा, चोकर, दाना भर दिया गया और दोनों मित्र खाने लगे। झूरी खड़ा दोनों को सहला रहा था और बीसों लड़के तमाशा देख रहे थे। सारे गाँव में उत्साह-सा मालूम होता था।

उसी समय मालकिन ने आकर दोनों के माथे चूम लिये।

❑

दूध का दाम

अब बड़े-बड़े शहरों में दाइयाँ, नर्सें और लेडी डाक्टर, सभी पैदा हो गयी हैं; लेकिन देहातों में जच्चेखानों पर अभी तक भंगिनों का ही प्रभुत्व है और निकट भविष्य में इसमें कोई तब्दीली होने की आशा नहीं। बाबू महेशनाथ अपने गाँव के ज़मींदार थे, शिक्षित थे और जच्चेखानों में सुधार की आवश्यकता को मानते थे, लेकिन इसमें जो बाधाएँ थीं, उन पर कैसे विजय पाते? कोई नर्स देहात में जाने पर राजी न हुई और बहुत कहने-सुनने से राजी भी हुई, तो इतनी लम्बी-चौड़ी फीस माँगी कि बाबू साहब को सिर झुकाकर चले आने के सिवा और कुछ न सूझा। लेडी डाक्टर के पास जाने की उन्हें हिम्मत न पड़ी। उसकी फीस पूरी करने के लिये तो शायद बाबू साहब को अपनी आधी जायदाद बेचनी पड़ती; इसलिये जब तीन कन्याओं के बाद वह चौथा लड़का पैदा हुआ, तो फिर वही गूदड़ था और वही गूदड़ की बहू। बच्चे अक्सर रात ही को पैदा होते हैं। एक दिन आधी रात को चपरासी ने गूदड़ के द्वार पर ऐसी हाँक लगायी कि पास-पड़ोस में भी जाग पड़ गयी। लड़की न थी कि मरी आवाज़ से पुकारता।

गूदड़ के घर में इस शुभ अवसर के लिये महीनों से तैयारी हो रही थी। भय था तो यही कि फिर बेटी न हो जाय, नहीं तो वही बँधा हुआ एक रुपया और एक साड़ी मिलकर रह जायगी। इस विषय में स्त्री-पुरुष में कितनी ही बार झगड़ा हो चुका था, शर्त लग चुकी थी। स्त्री कहती थी–अगर अबकी बेटा न हो तो मुँह न दिखाऊँ; हाँ-हाँ, मुँह न दिखाऊँ, सारे लच्छन बेटे के हैं और गूदड़ कहता था–देख लेना, बेटी होगी। बेटा निकले तो मूँछें मुड़ा लूँ, हाँ-हाँ, मूँछें मुँडा लूँ।

भूँगी बोली–अब मूँछ मुंडा ले। कहती थी, बेटा होगा। सुनता ही न था। अपनी ही रट लगाए जाता था। मैं आज तेरी मूँछें मूँडूँगी लूँ, खूँटी तक तो रखूँगी ही नहीं।

गूदड़ ने कहा–अच्छा मूँड़ लेना भलीमानस। मूँछें क्या फिर निकलेंगी ही नहीं? तीसरे दिन फिर ज्यों-की-त्यों होंगी, मगर जो कुछ मिलेगा, उसमें से आधा रख लूँगा, कहे देता हूँ।

भूँगी ने अँगूठा दिखाया और अपने तीन महीने के बालक को फूहड़ के सुपुर्द कर सिपाही के साथ चल खड़ी हुई।

गूदड़ ने पुकारा–अरी! सुन तो कहाँ भागी जाती है? मुझे भी बधाई बजाने जाना पड़ेगा। इसे कौन सँभालेगा?

भूँगी ने दूर ही से कहा–इसे वहीं धरती पर सुला देना। मैं आके दूध पिला जाऊँगी।

2

महेशनाथ के यहाँ अब भूँगी की ख़ूब ख़ातिरदारियाँ होने लगीं। सवेरे हरीरा मिलता, दोपहर को पूरियाँ और हलवा, तीसरे पहर को फिर और सत को फिर। गूदड़ को भी भरपूर परोसा मिलता था। भूँगी अपने बच्चे को दिन-रात में एक-दो बार से ज़्यादा दूध न पिला सकती थी। उसके लिये ऊपर के दूध का प्रबंध था। भूँगी का दूध बाबूसाहब का भाग्यवान बालक पीता था और यह सिलसिला बारहवें दिन भी बंद न हुआ। मालकिन मोटी-ताजी देवी थी; पर अब की कुछ ऐसा संयोग कि उन्हें दूध हुआ ही नहीं। भूँगी दाई भी थी और दूध-पिलाई भी।

मालकिन कहतीं–भूँगी, हमारे बच्चे को पाल दे फिर जब तक तू जिए, बैठी खाती रहना। पाँच बीघे माफी दिलवा दूँगी। नाती-पोते तक चैन करेंगे।

और भूँगी का लाडला ऊपर का दूध हजम न कर पाता और बार-बार उलटी करता और दिन-दिन दुबला होता जाता था।

भूँगी कहती–बहूजी, मुंडन में चूड़े लूँगी, कहे देती हूँ।

बहूजी उत्तर देती–हाँ-हाँ, लेना भाई धमकाती क्यों है? चाँदी के लेगी या सोने के?

'वाह बहूजी। चाँदी के पहन के किसे मुँह दिखाऊँगी और किसकी हँसी होगी?'

'अच्छा सोने के लेना भाई, कह तो दिया।'

'और ब्याह में कंठा लूँगी और चौधरी (गूदड़) के लिये हाथों के तोड़े।'

'वह भी लेना, भगवान वह दिन तो दिखावे।'

घर में मालकिन के बाद भूँगी का राज्य था। महरियाँ, महाराजिन, नौकर-चाकर सब उसका रोब मानते थे। यहाँ तक कि ख़ुद बहूजी भी उससे दब जाती थीं। एक बार तो उसने महेशनाथ को भी डाँटा था। वह हँसकर टाल गये। बात चली थी भंगियों की और महेशनाथ ने कहा था–दुनिया में और चाहे जो कुछ हो जाय, भंगी, भंगी ही रहेंगे। इन्हें आदमी बनाना कठिन है।

इस पर भूँगी ने कहा था–मालिक, भंगी तो बड़ों-बड़ों को आदमी बनाते हैं, उन्हें कोई क्या आदमी बनाए।

यह गुस्ताखी करके किसी दूसरे अवसर पर भला भूँगी के सिर के बाल बच सकते थे? लेकिन आज बाबूसाहब ठठाकर हँसे और बोले–भूँगी बात बड़े पते की कहती है।

3

भूँगी का शासनकाल सालभर से आगे न चल सका। देवताओं ने बालक के भंगिन का दूध पीने पर आपत्ति की। मोटेराम शास्त्री तो प्रायश्चित्त का प्रस्ताव कर बैठे। दूध तो छुड़ा दिया गया; लेकिन प्रायश्चित्त की बात हँसी में उड़ गई। महेशनाथ ने फटकारकर कहा—प्रायश्चित्त की ख़ूब कही, शास्त्रीजी, कल तक उसी भंगिन का ख़ून पीकर पला, अब उसमें छूत घुस गई। वाह रे आपका धर्म।

शास्त्रीजी शिखा फटकारकर बोले—यह सत्य है, वह कल तक भंगिन का रक्त पीकर पला। मांस खाकर पला, यह भी सत्य है; लेकिन कल की बात कल थी, आज की बात आज। जगन्नाथपुरी में छूत-अछूत सब एक पंगत में खाते हैं। पर यहाँ तो नहीं खा सकते। बीमारी में तो हम भी कपड़े पहने खा लेते हैं। खिचड़ी तक खा लेते हैं, बाबूजी; लेकिन अच्छे हो जाने पर तो नेम का पालन करना ही पड़ता है। आपद्धर्म की बात न्यारी है।

'तो इसका यह अर्थ है कि धर्म बदलता रहता है—कभी कुछ, कभी कुछ?'

'और क्या। राजा का धर्म अलग, प्रजा का धर्म अलग, अमीर का धर्म अलग, ग़रीब का धर्म अलग, राजे-महाराजे, जो चाहें खाएँ, जिसके साथ चाहें खाएँ, जिसके साथ चाहें शादी-ब्याह करें, उनके लिये कोई बंधन नहीं। समर्थ पुरुष हैं। बंधन तो मध्यवालों के लिये है।'

प्रायश्चित्त तो न हुआ; लेकिन भूँगी को गद्दी से उतरना पड़ा। हाँ, दान-दक्षिणा इतनी मिली कि वह अकेले ले न जा सकी और सोने के चूड़े भी मिले। एक की जगह दो नई, सुंदर साड़ियाँ—मामूली नहीं, जैसी लड़कियों की बार मिली थीं।

4

इसी साल प्लेग ने ज़ोर बाँधा और गूदड़ चपेट में आ गया। भूँगी अकेली रह गई; पर गृहस्थी ज्यों-की-त्यों चलती रही। पाँच साल बीत गये और उसका बालक मंगल, दुर्बल और सदा रोगी रहने पर भी दौड़ने लगा। सुरेश के सामने पिद्दी-सा लगता था।

एक दिन भूँगी महेशनाथ के घर का परनाला साफ कर रही थी। महीनों से गलीज जमा हो रहा था। आँगन में पानी भरा रहने लगा। परनाले में एक लंबा मोटा बाँस डालकर ज़ोर से हिला रही थी। पूरा दाहिना हाथ परनाले के अंदर था कि एकाएक उसने चिल्लाकर हाथ बाहर निकाल लिया और उसी वक्त एक काला साँप परनाले से निकलकर भागा। लोगों ने दौड़कर उसे मार तो डाला; लेकिन भूँगी को बचा न सके। लोग समझे पानी का साँप है, विषैला न होगा, इसलिये पहले कुछ गफलत की गई। जब विष देह में फैल गया और लहरें आने लगीं, तब पता चला कि वह पानी का साँप नहीं, गेहूँवन था।

मंगल अब अनाथ था। दिनभर महेशबाबू के द्वार पर मँडराया करता। घर में जूठन इतना बचता था कि ऐसे-ऐसे दस-पाँच बालक पल सकते थे। खाने की कोई कमी न थी। हाँ उसे तब बुरा ज़रूर लगता था, जब मिट्टी के कसोरों में उसे ऊपर से खाना दिया जाता था। सब लोग अच्छे-अच्छे बरतनों में खाते हैं, उसके लिये मिट्टी के कसोरे!

यों उसे इस भेदभाव का बिलकुल ज्ञान न होता था, लेकिन गाँव के लड़के चिढ़ा-चिढ़ाकर उसका अपमान करते रहते थे। कोई उसे अपने साथ खेलाता भी न था। यहाँ तक कि जिस टाट पर वह सोता था, वह भी अछूत था। मकान के सामने एक नीम का पेड़ था। इसी के नीचे मंगल का डेरा था। एक फटा-सा टाट का टुकड़ा, दो मिट्टी के कसोरे और एक धोती, जो सुरेश बाबू की उतारन थी। जाड़ा गरमी बरसात हरेक मौसम में वह जगह एक-सी आरामदेह थी और भाग्य का बली मंगल झुलसाती हुई लू, ग़लते हुए जाड़े और मूसलाधार वर्षा में जिंदा और पहले से कहीं स्वस्थ था। बस, उसका कोई अपना था तो गाँव का एक कुत्ता, जो अपने सहकर्मियों के जुल्म से दुखी होकर मंगल की शरण आ पड़ा था। दोनों एक ही खाना खाते, एक ही टाट पर सोते, तबीयत भी दोनों की एक-सी थी और दोनों एक-दूसरे के स्वभाव को जान गये थे। कभी आपस में झगड़ा न होता।

गाँव के धर्मात्मा लोग बाबूसाहब की इस उदारता पर आश्चर्य करते। ठीक द्वार के सामने पचास हाथ भी न होगा—मंगल का पड़ा रहना उन्हें सोलहों आने धर्म-विरुद्ध जान पड़ता। छि:! यही हाल रहा तो थोड़े ही दिनों में धर्म का अंत ही समझो। भंगी को भी भगवान ने ही रचा है, यह हम भी जानते हैं। उसके साथ हमें किसी तरह का अन्याय न करना चाहिए, यह किसे नहीं मालूम? भगवान का तो नाम ही पतित-पावन है; लेकिन समाज की मर्यादा भी कोई वस्तु है। उस द्वार पर जाते हुए संकोच होता है। गाँव के मालिक हैं, जाना तो पड़ता है; लेकिन बस यही समझ लो कि घृणा होती है।

मंगल और टामी में गहरी बनती थी। मंगल कहता—देखो भाई टामी ज़रा और खिसककर सोओ। आख़िर मैं कहाँ लेटूँ? सारा टाट तो तुमने घेर लिया।

टामी कूँ-कूँ करता, दुम हिलाता और खिसक जाने के बदले और ऊपर चढ़ आता एवं मंगल का मुँह चाटने लगता।

शाम को वह एक बार रोज़ अपना घर देखने और थोड़ी देर सोने जाता। पहले साल फूस का छप्पर गिर पड़ा, दूसरे साल एक दीवार गिरी और अब केवल आधी-आधी दीवारें खड़ी थीं। यही उसे स्नेह की संपत्ति मिली थी। वही स्मृति, वही आकर्षण, वही प्यार उसे एक बार उस उजाड़ में खींच ले जाती थी और टामी सदैव उसके साथ होता था। मंगल दीवार पर बैठ जाता और जीवन के बीते और आनेवाले स्वप्न देखने लगता। टामी बार-बार उछलकर उसकी गोद में बैठने की असफल चेष्टा करता।

5

एक दिन कुछ लड़के खेल रहे थे। मंगल भी वहाँ जाकर दूर खड़ा हो गया। या तो सुरेश को उस पर दया आई या खेलनेवालों की जोड़ी पूरी न पड़ती थी, कह नहीं सकते। जो कुछ भी हो, फैसला हुआ कि आज मंगल को भी खेल में शरीक़ कर लिया जाए। यहाँ कौन देखने आता है। क्यों मंगल खेलेगा?

मंगल बोला—ना भैया, कहीं मालिक देख लें, तो मेरी चमड़ी उधेड़ दी जायगी। तुम्हें क्या तुम तो अलग हो जाओगे।

सुरेश ने कहा—तो यहाँ कौन आता है देखने बे? चल हम लोग सवार-सवार खेलेंगे। तू घोड़ा बनेगा हम लोग तेरे ऊपर सवारी करके दौड़ाएँगे।

मंगल ने शंका प्रकट की—मैं बराबर घोड़ा ही बना रहूँगा कि सवारी भी करूँगा? यह बता दो।

यह प्रश्न टेढ़ा था। किसी ने इस पर विचार न किया था। सुरेश ने एक क्षण विचार करके कहा, 'तुझे कौन अपनी पीठ पर बिठाएगा, सोच? आख़िर तू भंगी है कि नहीं?

मंगल भी कड़ा हो। बोला—मैं कब कहता हूँ कि मैं भंगी नहीं हूँ, लेकिन तुम्हें मेरी ही माँ ने अपना दूध पिलाया पाला है। मुझे भी सवारी करने दो, नहीं तो मैं घोड़ा न बनूँगा।

सुरेश ने डाँटकर कहा—तुझे घोड़ा बनना पड़ेगा और मंगल को पकड़ने दौड़ा। मंगल भागा। सुरेश ने दौड़ाया। मंगल ने कदम और तेज़ किया। सुरेश ने भी ज़ोर लगाया; मगर वह बहुत खा-खाकर धुल-धुला हो गया था और दौड़ने में उसकी साँस फूलने लगती थी। आख़िर उसने रुककर कहा—आकर घोड़ा बनो मंगल। न तो कभी पा जाऊँगा तो बुरी तरह पीटूँगा।

'तुम्हें भी घोड़ा बनना पड़ेगा।'

'अच्छा हम भी? बन जायेंगे।'

'तुम पीछे से निकल जाओगे। पहले तुम घोड़ा बन जाओ, मैं सवारी कर लूँ, फिर मैं बनूँगा।'

सुरेश ने सचमुच चकमा देना चाहा था। मंगल की बात साथियों से बोला—देखो इसकी बदमाशी, भंगी है न!

तीनों ने मंगल को घेर लिया और जबरदस्ती घोड़ा बना दिया। सुरेश ने चटपट उसकी पीठ पर आसन जमा लिया और टिकटिक करके बोला—चल, घोड़े चल।

मंगल कुछ देर तक तो चला, लेकिन उस बोझ से उसकी कमर टूटी जाती थी। उसने धीरे से पीठ सिकोड़ी और सुरेश की रान के नीचे से सरक गया। सुरेश महोदय लद से गिर पड़े और भोंपू बजाने लगे।

माँ ने सुना, सुरेश कहीं रो रहा है। सुरेश कहीं रोए, तो तेज़ कानों में ज़रूर भनक पड़ जाती थी और उसका रोना भी बिलकुल निराला होता था, जैसे छोटी लाइन के इंजन की आवाज़।

महरी से बोली–देख तो, सुरेश कहीं रो रहा है, पूछ तो किसने मारा है?

इतने में सुरेश ख़ुद आँख मलता हुआ आया। उसे जब रोने का अवसर मिलता था, तो माँ के पास फ़रियाद लेकर ज़रूर आता था। माँ मिठाई या मेवे देकर आँसू पोंछ देती थी। आप थे तो आठ साल के, मगर थे बिलकुल गावदी। हद से ज़्यादा प्यार ने उसकी बुद्धि के साथ वही किया था, जो हद से ज़्यादा भोजन ने उसकी देह के साथ।

माँ ने पूछा–क्यों रोता है सुरेश किसने मारा?

सुरेश ने रोकर कहा–मंगल ने छू दिया।

माँ को विश्वास न आया। मंगल इतना निरीह था कि उससे किसी शरारत की शंका न होती थी; लेकिन जब सुरेश क़समें खाने लगा तो विश्वास करना स्वाभाविक था। मंगल को बुलाकर डाँटा–क्यों रे मंगल, अब तुझे बदमाशी सूझने लगी। मैंने तुझसे कहा था, सुरेश को कभी मत छूना, याद है कि नहीं, बोल।

मंगल ने दबी आवाज़ में कहा–याद क्यों नहीं है।

'तो फिर तूने उसे क्यों छुआ?'

'मैंने नहीं छुआ।'

'तूने नहीं छुआ, तो वह रोता क्यों था?'

'गिर पड़े इससे रोने लगे।'

चोरी और सीनाजोरी! देवीजी दाँत पीसकर रह गईं। मारती, तो उसी दम स्नान करना पड़ता। छड़ी तो हाथ में लेनी ही पड़ती और छूत का विद्युत-प्रवाह इस छड़ी से उनकी देह में पैवस्त हो जाता, इसीलिये जहाँ तक गालियाँ दे सकीं, दीं और हुक्म कि अभी-अभी यहाँ से निकल जा। फिर जो इस द्वार पर तेरी सूरत नज़र आई, तो ख़ून ही पी जाऊँगी। मुफ़्त की रोटियाँ खा-खाकर शरारत सूझती है, आदि।

मंगल में ग़ैरत तो क्या थी, हाँ, डर था। चुपके से टाट का टुकड़ा बग़ल में दबाया, धोती कंधे पर रखी और रोता हुआ वहाँ से चल पड़ा। क्या हर्ज है? इस तरह जीने का फायदा ही क्या? गाँव में उसका और कहाँ ठिकाना था? भंगी को कौन पनाह देता? उसी खंडहर की ओर चला, जहाँ भले दिनों स्मृतियाँ उसके आँसू पोंछ सकती थी और ख़ूब फूट-फूटकर रोया।

उसी क्षण टामी भी उसे ढूँढ़ता हुआ पहुँचा और दोनों फिर अपनी व्यथा भूल गये।

6

लेकिन ज्यों-ज्यों दिन का प्रकाश क्षीण होता मंगल की ग्लानि भी क्षीण होती थी। बचपन को बेचैन करने वाली भूख देह का रक्त पी-पीकर और भी

बलवान होती थी। कहाँ अब तक सुरेश की जूठी मिठाइयाँ मिल गई होतीं। यहाँ क्या धूल फाँकें?

उसने टामी से सलाह की–खाओगे क्या टामी? मैं तो भूखा लेटा रहूँगा।

टामी ने हूँ-हूँ करके शायद कहा–इस तरह का अपमान तो ज़िन्दगी-भर सहना है। यों हिम्मत हारोगे, तो कैसे काम चलेगा? मुझे देखो न, कभी किसी ने डंडा मारा, चिल्ला उठा। फिर ज़रा देर बाद दुम हिलाता हुआ उसके पास जा पहुँचा। हम-तुम दोनों इसीलिये बने हैं भाई।

मंगल ने कहा–तो तुम जाओ, जो कुछ मिले खा लो, मेरी परवाह न करो।

टामी ने अपनी भाषा में कहा–अकेला नहीं जाता, तुम्हें साथ लेकर चलूँगा।

'मैं नहीं जाता।'

'भूखे मर जाओगे।'

'तो क्या तुम जीते रहोगे?'

'मेरा कौन बैठा है, जो रोएगा?'

एक क्षण के बाद भूख ने एक दूसरी युक्ति सोच निकाली।

'मालकिन हमें खोज रही होंगी, क्या टामी?'

'और क्या? बाबूजी और सुरेश खा चुके होंगे। कहार उनकी थाली से जूठन निकालकर हमें पुकार रहा होगा।'

'बाबूजी और सुरेश दोनों की थालियों में घी ख़ूब रहता है और वह मीठी-मीठी चीज़–हाँ मलाई।'

'सब-का-सब घूरे पर डाल दिया जायगा।'

'देखें हमें खोजने कोई आता है?'

'खोजने कौन आएगा, क्या कोई पुरोहित हो? एक बार मंगल-मंगल होगा और बस, थाली परनाले में उड़ेल दी जायगी।'

'अच्छा, चलो। मगर मैं छिपा रहूँगा, अगर किसी ने मेरा नाम लेकर न पुकारा तो मैं लौट आऊँगा। यह समझ लो।'

दोनों वहाँ से निकले और आकर महेशनाथ के द्वार पर अँधेरे में दुबककर खड़े हो गये, मगर टामी को सब्र कहाँ? वह धीरे से अंदर घुस गया। देखा, महेशनाथ और सुरेश थाली पर बैठ गये हैं। मंगल बरोठे में धीरे से बैठ गया, मगर डर रहा था कि कोई डंडा न मार दे। एक नौकर ने कहा–आज मंगल नहीं दिखा। मालकिन ने डाँटा था, इससे भागा है शायद।

दूसरे ने जवाब दिया–अच्छा हुआ, निकाल दिया गया। सबेरे-सबेरे भंगी का मुँह देखना पड़ता था।

मंगल और अँधेरे में खिसक गया। उसकी आशा गहरे जल में डूब गई।

महेशनाथ थाली से उठ गये। नौकर हाथ बुला रहा था। अब हुक्का पीएँगे और सोएँगे। सुरेश अपनी माँ के पास बैठा कोई कहानी सुनता-सुनता सो जायगा। ग़रीब मंगल की किसे चिंता? इतनी देर हो गई, किसी ने भूल से भी न पुकारा।

कुछ देर तक वह निराश-सा खड़ा रहा, फिर एक लंबी साँस खींचकर जाना ही चाहता था कि कहार पत्तल में थाली का जूठन ले जाता नज़र आया। मंगल अँधेरे से निकलकर प्रकाश में आ गया। अब मन को कैसे रोके?

कहार ने कहा–अरे, तू यहाँ था? हमने समझा कि कहीं चला गया। ले, खा ले, मैं फेंकने जा रहा था।

मंगल ने दीनता से कहा–मैं तो कब से यहाँ खड़ा था!

'तो बोला क्यों नहीं?'

'मारे डर के।'

'अच्छा ले खा ले।'

उसने पत्तल को ऊपर उठाकर मंगल के फैले हुए हाथों में डाल दिया। मंगल ने उसकी ओर ऐसी आँखों से देखा, जिसमें दीन कृतज्ञता भरी हुई थी। टामी भी अंदर से निकल आया था। दोनों वहीं नीम के नीचे पत्तल में खाने लगे।

मंगल ने एक हाथ से टामी का सिर सहलाकर कहा–देखा, पेट की आग ऐसी होती है। यह लात की मारी हुई रोटियाँ भी न मिलतीं, तो क्या करते?

टामी ने दुम हिला दी।

'सुरेश को अम्मा ने पाला था।'

'लोग कहते हैं, दूध का दाम कोई नहीं चुका सकता और मुझे दूध का यह दाम मिल रहा है।'

टामी ने फिर दुम हिलाई।

❑

शतरंज के खिलाड़ी

वाज़िदअली शाह का समय था। लखनऊ विलासिता के रंग में डूबा हुआ था। छोटे-बड़े, अमीर-ग़रीब, सभी विलासिता में डूबे हुए थे। कोई नृत्य और गान की मज़लिस सजाता था, तो कोई अफ़ीम की पीनक ही के मज़े लेता था। जीवन के प्रत्येक विभाग में आमोद-प्रमोद का प्राधान्य था। शासन विभाग में, साहित्य क्षेत्र में, सामाजिक व्यवस्था में, कला-कौशल में, उद्योग-धन्धों में, आहार-विहार में, सर्वत्र विलासिता व्याप्त हो रही थी। कर्मचारी विषय-वासना में, कविगण प्रेम और विरह के वर्णन में, कारीगर कलाबत्तू और चिकन बनाने में, व्यावसायी सुर में, इत्र मिस्सी और उबटन का रोज़गार करने में लिप्त था। सभी की आँखों में विलासिता का मद छाया हुआ था। संसार में क्या हो रहा है, इसकी किसी को ख़बर न थी। बटेर लड़ रहे हैं। तीतरों की लड़ाई के लिये पाली बदी जा रही है। कही चौरस बिछी हुयी है। पौ-बारह का शोर मचा हुआ है। कही शतरंज का घोर संग्राम छिड़ा हुआ है। राजा से लेकर रंक तक इसी धुन में मस्त थे। यहाँ तक कि फ़क़ीरों को पैसे मिलते तो वे रोटियाँ न लेकर अफ़ीम खाते या मदक पीते। शतरंज़ ताश, गंज़ीफ़ा खेलने में बुद्धि तीव्र होती है, विचार-शक्ति का विकास होता है, पेचीदा मसलों को सुलझाने की आदत पड़ती है, ये दलील ज़ोर के साथ पेश की जाती थी। (इस सम्प्रदाय के लोगों से दुनिया अब भी खाली नहीं है।) इसलिये अगर मिर्जा सज्जाद अली और मीर रौशन अली अपना अधिकांश समय बुद्धि-तीव्र करने में व्यतीत करते थे, तो किसी विचारशील पुरुष को क्या आपत्ति हो सकती थी? दोनों के पास मौरूसी जाग़ीरें थी, जीविका की कोई चिन्ता न थी। घर बैठे चख़ोतियाँ करते। आख़िर और करते ही क्या?

प्रातःकाल दोनों मित्र नाश्ता करके बिसात बिछाकर बैठ जाते, मुहरे सज जाते और लड़ाई के दाँवपेच होने लगते थे। फिर ख़बर न होती थी कि कब दोपहर हुयी कब तीसरा पहर, कब शाम। घर के भीतर से बार-बार बुलावा आता था–'खाना तैयार है।' यहाँ से जबाव मिलता–'चलो आते हैं, दस्तर ख्वान बिछाओ।' यहाँ तक कि बावरची विवश होकर कमरे में ही खाना रख जाता था और दोनों मित्र दोनों काम साथ-साथ करते थे।

मिर्जा सज्जाद अली के घर में कोई बड़ा-बूढ़ा न था, इसलिये उन्हीं के दीवानखाने में बाजियाँ होती थी; मगर यह बात न थी कि मिर्जा के घर के और लोग उसके व्यवहार से खुश हों। घरवाली का तो कहना ही क्या, मुहल्ले वाले, घर के नौकर-चाकर तक नित्य द्वेषपूर्ण टिप्पणियाँ किया करते थे, 'बड़ा मनहूस खेल है। घर को तबाह कर देता है। खुदा न करे किसी को इसकी चट पड़े। आदमी दीन-दुनिया किसी के काम का नहीं रहता, न घर का न घाट का। बुरा रोग है, यहाँ तक कि मिर्जा की बेग़म साहिबा को इससे इतना द्वेष था कि अवसर खोज-खोज कर पति को लताड़ती थी। पर उन्हें इसका अवसर मुश्किल से मिलता था। वह सोचती रहती थी, तब तक उधर बाज़ी बिछ जाती थी और रात को जब सो जाती थी, तब कहीं मिर्जा जी भीतर आते थे। हाँ नौकरों पर वह अपना गुस्सा उतारती रहती थी-'क्या पान माँगे हैं ? कह दो आकर ले जायें। खाने की भी फ़ुर्सत नहीं हैं? ले जाकर खाना सिर पटक दो, खायें चाहे कुत्ते को खिलावें।' पर रूबरु वह कुछ न कह सकती थी। उनको अपने पति से उतना मलाल न था, जितना मीर साहब से। उन्होंने उसका नाम मीर बिगाड़ू रख छोड़ा था। शायद मिर्जा जी अपनी सफ़ाई देने के लिये सारा इलज़ाम मीर साहब ही के सिर थोप देते थे।

एक दिन बेग़म साहिबा के सिर में दर्द होने लगा। उन्होंने लौंडी से कहा-'जाकर मिर्जा साहब को बुला लो। किसी हक़ीम के यहाँ से दवा ले आयें। दौड़, जल्दी कर।'

लौंडी गयी तो मिर्जा ने कहा-'चल, अभी आते हैं।'

बेग़म का मिज़ाज़ गरम था। इतनी ताब कहाँ कि उनके सिर में दर्द हो और पति शतरंज खेलता रहे। चेहरा सुर्ख हो गया। लौंडी से कहा-'जाकर कह, अभी चलिये नहीं तो वह आप ही हक़ीम के यहाँ चली जायेंगी।'

मिर्जा जी बड़ी दिलचस्प बाज़ी खेल रहे थे, दो ही किश्तों में मीर साहब की मात हुयी जाती थी, झल्लाकर बोले-'क्या ऐसा दम लबों पर है? ज़रा सब्र नहीं होता?'

मीर-अरे, तो जाकर सुन ही आइये न। औरतें नाज़ुक-मिज़ाज़ होती हैं।

मिर्जा-जी हाँ, चला क्यों न जाऊँ। दो किश्तों में आपको मात होती है।

मीर-जनाब, इस भरोसे में न रहियेगा। वह चाल सोची है कि आपके मुहरे धरे रहें और मात हो जाये। पर जाइये, सुन आइये, क्यों ख़्वाहम-ख़्वाह उनका दिल दुखाइयेगा?

मिर्जा-इसी बात पर मात ही कर के जाऊँगा।

मीर-मैं खेलूँगा ही नहीं। आप जाकर सुन आइये।

मिर्जा-अरे यार जाना ही पड़ेगा हक़ीम के यहाँ। सिर-दर्द ख़ाक नहीं है, मुझे परेशान करने का बहाना है।

मीर-कुछ भी हो, उनकी ख़ातिर तो करनी ही पड़ेगी।

मिर्जा-अच्छा, एक चाल और चल लूँ।

मीर–हरगिज़ नहीं, जब तक आप सुन न आवेंगे, मैं मुहरे में हाथ न लगाऊँगा।

मिर्जा साहब मजबूर होकर अन्दर गये तो बेग़म साहबा ने त्योरियाँ बदलकर लेकिन कराहते हुए कहा–तुम्हें निगोड़ी शतरंज इतनी प्यारी है! चाहे कोई मर ही जाए, पर उठने का नाम नहीं लेते! नौज कोई तुम जैसा आदमी हो!

मिर्जा–क्या कहूँ, मीर साहब मानते ही न थे। बड़ी मुश्किल से पीछा छुड़ाकर आया हूँ।

बेग़म–क्या जैसे वह ख़ुद निखट्टू ही, वैसे ही सबको समझते हैं? उनके भी बाल बच्चे हैं या सबका सफाया कर डाला है!

मिर्जा–बड़ा लती आदमी है। जब आ जाता है, तब मजबूर होकर खेलना पड़ता है।

बेग़म–दुत्कार क्यों नहीं देते?

मिर्जा–बराबर का आदमी है, उम्र में, दर्ज़े में, मुझसे दो अंगुल ऊँचे। मुलाहिज़ा करना ही पड़ता है।

बेग़म–तो मैं ही दुत्कार देती हूँ। नाराज हो जाएँगे, हो जाएँ। कौन किसी की रोटियाँ चला देता है। रानी रूठेगी, अपना सुहाग लेंगी। हिरिया, बाहर से शतरंज उठा ला। मीर साहब से कहना, मियाँ अब न खेलेंगे, आप तशरीफ़ ले जाइये।

मिर्जा–हाँ-हाँ, कहीं ऐसा ग़ज़ब भी न कर ना! जलील करना चाहती हो क्या? ठहर हिरिया, कहाँ जाती है!

बेग़म–जाने क्यों नहीं देते? मेरे ही ख़ून पिये, जो उसे रोके। अच्छा, उसे रोका, मुझे रोको तो जानूँ।

यह कहकर बेग़म साहिबा झल्लायी हुयी दीवानखाने की तरफ़ चलीं। मिर्जा बेचारे का रंग उड़ गया। बीवी की मिन्नतें करने लगे–ख़ुदा के लिए, तुम्हें हज़रत हुसेन की क़सम। मेरी ही मैयत देखें, जो उधर जाएँ।'

लेकिन बेग़म ने एक न मानी। दीवानखाने के द्वार तक चली गईं। पर एकाएक पर पुरुष के सामने जाते हुए पाँव बँध गये। भीतर झाँका, संयोग से कमरा खाली था; मीर साहब ने दो मुहरे इधर-उधर कर दिये थे और अपनी सफ़ाई बताने के लिये बाहर टहल रहे थे। फिर क्या था, बेग़म ने अन्दर पहुँचकर बाज़ी उलट दी; मुहरे कुछ तख़्त के नीचे फेंक दिये, कुछ बाहर और किवाड़ अन्दर से बन्द करके कुंडी लगा दी। मीर साहब दरवाज़े पर तो थे ही, मुहरे बाहर फेंके जाते देखे, चूड़ियों की झनक भी कान में पड़ी। फिर दरवाज़ा बन्द हुआ, तो समझ गये बेग़म बिगड़ गईं। घर की राह ली।

मिर्जा ने कहा–तुमने ग़ज़ब किया।

बेग़म–अब, मीर साहब इधर आये तो खड़े-खड़े निकलवा दूँगी। इतनी लौ ख़ुदा से लगाते तो क्या ग़रीब हो जाते? आप तो शतरंज खेलें और मैं यहाँ चूल्हे चक्की की फ़िक्र में सिर खपाऊँ। बोलो, जाते हो हकीम के यहाँ कि अब भी ताम्मुल है।

मिर्जा घर से निकले तो हकीम के घर जाने के बदले मीर साहब के घर पहुँचे और सारा वृत्तांत कहा। मीर साहब बोले—मैंने तो जब मुहरे बाहर आते देखे तभी ताड़ गया। फ़ौरन भागा। बड़ी गुस्सेवर मालूम होती हैं। मगर आपने उन्हें यों सिर पर चढ़ा रखा है, यह मुनासिब नहीं। उन्हें इससे क्या मतलब कि आप बाहर क्या करते हैं। घर का इन्तज़ाम करना उनका काम है, दूसरी बातों से उन्हें क्या सरोकार?

मिर्जा—ख़ैर, यह तो बताइये, अब कहाँ जमाव होगा?

मीर—इसका क्या ग़म? इतना बड़ा घर पड़ा हुआ है? बस यहीं जमे।

मिर्जा—लेकिन बेग़म साहब को कैसे मनाऊँगा? जब घर पर बैठा रहता था तब तो वह इतना बिगड़ती थीं, यहाँ बैठक होगी तो शायद ज़िन्दा न छोड़ेंगी।

मीर—अजी बकने भी दीजिये, दो-चार रोज़ में आप ही ठीक हो जायेंगी। हाँ, आप इतना कीजिये कि आज से ज़रा तन जाइये!

2

मीर साहब की बेग़म किसी अज्ञात कारण से उनका घर से दूर रहना ही उपयुक्त समझती थीं। इसलिये वह उनके शतरंज प्रेम की कभी आलोचना न करती बल्कि कभी-कभी मीर साहब को देर हो जाती तो याद दिला देती थीं। इन कारणों से मीर साहब को भ्रम हो गया था कि मेरी स्त्री अत्यन्त विनयशील और गम्भीर है। लेकिन जब दीवानख़ाने में बिसात बिछने लगी और मीर साहब दिन भर घर में रहने लगे तो उन्हें बड़ा कष्ट होने लगा। उनकी स्वाधीनता में बाधा पड़ गयी। दिन भर दरवाज़े पर झाँकने को तरस जातीं।

उधर नौकरों में काना-फूसी होने लगी। अब तक दिन भर पड़े-पड़े मक्खियाँ मारा करते थे। घर में चाहे कोई आये, चाहे कोई जाये, इनसे कुछ मतलब न था। आठों पहर की धौंस हो गयी। कभी पान लाने का हुक़्म होता, कभी मिठाई लाने का और हुक्का तो किसी प्रेमी के हृदय की भाँति नित्य जलता ही रहता था। वे बेग़म साहिबा से जा-जाकर कहते—हुजूर, मियाँ की शतरंज तो हमारे जी का जंजाल हो गई! दिन भर दौड़ते-दौड़ते पैरों में छाले पड़ गये। यह भी कोई खेल है कि सुबह को बैठे तो शाम ही कर दी। घड़ी-आध घड़ी दिल-बहलाव के लिये खेल लेना बहुत है। ख़ैर, हमें तो कोई शिक़ायत नहीं, हुज़ूर के ग़ुलाम हैं, जो हुक़्म होगा बजा ही लायेंगे, मगर यह खेल मनहूस है। इसका खेलने वाला कभी पनपता नहीं, घर पर कोई-न-कोई आफत ज़रूर आती है। यहाँ तक कि इसके पीछे मुहल्ले के मुहल्ले तबाह होते देखे गये हैं। सारे मुहल्ले में यही चर्चा होती रहती है। हुज़ूर का नमक खाते हैं। अपने आका की बुराई सुन-सुनकर रंज होता है। मगर क्या करें? इस पर बेग़म साहिबा कहतीं—मैं तो ख़ुद इसको पसन्द नहीं करती, पर वह किसी की सुनते ही नहीं, क्या किया जाए?

मुहल्ले में भी दो-चार पुराने ज़माने के लोग थे। वे आपस में भाँति-भाँति के अमंगल की कल्पनाएँ करने लगे–अब खैरियत नहीं है। जब हमारे रईसों का यह हाल है, तो मुल्क का ख़ुदा ही हाफ़िज़। यह बादशाहत शतरंज के हाथों तबाह होगी, आसार बुरे हैं।

राज्य में हाहाकार मचा हुआ था। प्रजा दिन-दहाड़े लूटी जाती थी। कोई फ़रियाद सुनने वाला न था। देहातों की सारी दौलत लखनऊ में खिंची चली आती थी, और वह वेश्याओं में, भाँड़ो में और विलासता के अन्य अंगों की पूर्ति में उड़ जाती थी। अंग्रेज़ी कम्पनी का ऋण दिन-दिन बढ़ता जाता था। कमली दिन-दिन भीग कर भारी होती जाती थी। देश में सुव्यवस्था न होने के कारण वार्षिक कर भी न वसूल होता था। रेसिडेन्ट बार-बार चेतावनी देता था, पर यहाँ लोग विलासिता के नशे में चूर थे। किसी के कान में जूँ न रेंगती थी।

ख़ैर, मीर साहब के दीवानखाने में शतरंज होते महीने गुज़र गये। नये-नये नक्शे हल किये जाते, नये-नये बनाये जाते, नित नयी व्यूह रचना होती; कभी-कभी खेलते-खेलते भीड़ हो जाती। तू-तू, मैं-मैं तक की नौबत आ जाती। पर शीघ्र ही दोनों में मेल हो जाता। कभी-कभी ऐसा भी होता कि बाज़ी उठा दी जाती, मिर्जा जी रूठ कर अपने घर में जा बैठते। पर रातभर की निद्रा के साथ सारा मनोमालिन्य शान्त हो जाता था। प्रात:काल दोनों मित्र दीवानख़ाने में आ पहुँचते थे।

एक दिन दोनों मित्र बैठे शतरंज की दलदल में गोते लगा रहे थे कि इतने में घोड़े पर सवार एक बादशाही फ़ौज़ का अफ़सर मीर साहब का नाम पूछता हुआ आ पहुँचा। मीर साहब के होश उड़ गये। यह क्या बला सिर पर आयी? यह तलबी किस लिये हुई? अब ख़ैरियत नहीं नज़र आती! घर के दरवाज़े बन्द कर लिये। नौकर से बोले–"कह दो घर में नहीं हैं।"

सवार–"घर में नहीं, तो कहाँ हैं?"

नौकर–"यह मैं नहीं जानता। क्या काम है?"

सवार–"काम तुझे क्या बतालाऊँ? हुज़ूर से तलबी है, शायद फ़ौज के लिये कुछ सिपाही माँगे गये हैं। जागीरदारी है कि दिल्लगी?"

मोरचे पर जाना पड़ेगा तो आटे-दाल का भाव मालूम हो जाएगा।

नौकर–"अच्छा तो जाइए, कह दिया जाएगा।"

सवार–"कहने की बात नहीं। कल मैं ख़ुद आऊँगा। साथ ले जाने का हुक़्म हुआ है।"

सवार चला गया। मीर साहब की आत्मा काँप उठी। मिर्जा जी से बोले–"कहिए, जनाब, अब क्या होगा?"

मिर्जा–"बड़ी मुसीबत है। कहीं मेरी भी तलबी न हो।"

मीर–"कम्बख़्त कल आने को कह गया है।"

मिर्जा–"आफत है, और क्या! कहीं मोरचे पर जाना पड़ा तो बेमौत मरे।"

मीर–बस, यही एक तदबीर है कि घर पर मिलें ही नहीं। कल से गोमती पर कहीं वीराने में नक्शा जमे। वहाँ किसे ख़बर होगी? हजरत आकर लौट जाएँगे।

मिर्जा–"वल्लाह, आपको ख़ूब सूझी! इसके सिवा और कोई तदबीर नहीं है।"

इधर मीर साहब की बेग़म उस सवार से कह रही थीं–"तुमने ख़ूब धता बताया।"

उसने जवाब दिया–"ऐसे गावदियों को तो चुटकियों पर नचाता हूँ। इनकी सारी अक्ल और हिम्मत तो शतरंज ने चर ली। अब भूलकर भी घर न रहेंगे।"

3

दूसरे दिन से दोनों मित्र मुँह अँधेरे घर से निकल खड़े होते। बग़ल में एक छोटी-सी दरी दबाये, डिब्बे में गिलोरियाँ भरे, गोमती पार कर एक पुरानी वीरान मस्ज़िद में चले जाते, जिसे शायद नवाब आसफउद्दौला ने बनवाया था। रास्ते में तम्बाकू, चिलम और मदरिया ले लेते और मस्ज़िद में पहुँच, दरी बिछा, हुक्का भर शतरंज खेलने बैठ जाते थे। फिर उन्हें दीन-दुनिया की फ़िक्र न रहती थी। 'किस्त', 'शह' आदि दो-एक शब्दों के सिवा मुँह से और कोई वाक्य नहीं निकलता था। कोई योगी भी समाधि में इतना एकाग्र न होता। दोपहर को जब भूख मालूम होती तो दोनों मित्र किसी नानबाई की दुकान पर जाकर खाना खा आते और एक चिलम हुक्का पीकर फिर संग्राम क्षेत्र में डट जाते। कभी-कभी तो उन्हें भोजन का भी ख़याल न रहता था।

इधर देश की राजनीतिक दशा में भयंकर हलचल मची हुयी थी। लोग बाल-बच्चों को ले-ले कर देहातों में भाग रहे थे। पर हमारे दोनों खिलाड़ियों को इसकी ज़रा भी फ़िक्र न थी। वे घर से आते तो गलियों में होकर। डर था कि कहीं किसी बादशाही मुलाजिम की निगाह न पड़ जाए, नहीं तो बेकार में पकड़े जाएँ, हज़ारों रुपये सालाना की जागीर मुफ़्त में ही हजम करना चाहते थे।

एक दिन दोनों मित्र मस्ज़िद के खंडहर में बैठे हुए शतरंज खेल रहे थे। मिर्जा की बाज़ी कुछ कमज़ोर थी। मीर साहब को किश्त पर किश्त दे रहे थे। इतने में कम्पनी के सैनिक आते हुए दिखाई दिये। यह गोरों की फ़ौज थी, जो लखनऊ पर अधिकार जमाने के लिये आ रही थी।

मीर साहब–"अंग्रेज़ी फ़ौज आ रही है, ख़ुदा ख़ैर करे!"

मिर्जा–"आने दीजिए, किश्त बचाइए। लो यह किश्त!"

मीर–"तोपख़ाना भी है। कोई पाँच हज़ार आदमी होंगे, कैसे जवान हैं। लाल बंदरों से मुँह हैं। सूरत देखकर खौफ मालूम होता है।"

मिर्जा–"जनाब, हीले न कीजिए। ये चकमें किसी और को दीजिएगा–यह किश्त!"

मीर–"आप भी अजीब आदमी हैं। यहाँ तो शहर पर आफत आयी हुयी है और आपको किश्त की सूझी है। कुछ ख़बर है कि शहर घिर गया तो घर कैसे चलेंगे?"

मिर्जा–"जब घर चलने का वक़्त आयेगा तो देखी जायेगी–यह किश्त, बस अब की शह में मात है।"

फ़ौज निकल गयी। दस बजे का समय था। फिर बाज़ी बिछ गयी। मिर्जा बोले–आज खाने की कैसे ठहरेगी?

मीर–"अजी, आज तो रोज़ा है। क्या आपको भूख ज़्यादा मालूम होती है?"

मिर्जा–"जी नहीं, शहर में जाने क्या हो रहा है?"

मीर–"शहर में कुछ न हो रहा होगा। लोग खाना खा-खाकर आराम से सो रहे होंगे। हुज़ूर नवाब साहब भी ऐशगाह में होंगे।"

दोनों सज्जन फिर जो खेलने बैठे तो तीन बज गए। अब की मिर्जा की बाज़ी कमज़ोर थी। चार का गजर बज रहा था कि फ़ौज की वापसी की आहट मिली। नवाब वाजिदअली शाह पकड़ लिये गये थे, और सेना उन्हें किसी अज्ञात स्थान को लिये जा रही थी। शहर में न कोई हलचल थी, न मार-काट। एक बूँद भी खून नहीं गिरा था। आज तक किसी स्वाधीन देश के राजा की पराजय इतनी शान्ति से इस तरह ख़ून बहे बिना न हुयी होगी। यह अहिंसा न थी, जिस पर देवगण प्रसन्न होते हैं। यह कायरपन था, जिस पर बड़े-से-बड़े कायर आँसू बहाते हैं। अवध के विशाल देश का नवाब बन्दी बना चला जाता था और लखनऊ ऐश की नींद में मस्त था। यह राजनीतिक अधःपतन की चरम सीमा थी।

मिर्जा ने कहा–"हुज़ूर नवाब को ज़ालिमों नें क़ैद कर लिया है।"

मीर–"होगा, यह लीजिए शह!"

मिर्जा–"जनाब, ज़रा ठहरिए। इस वक़्त इधर तबीयत ठीक नहीं लगती। बेचारे नवाब साहब इस वक़्त ख़ून के आँसू रो रहे होंगे।"

मीर–"रोया ही चाहें, यह ऐश वहाँ कहाँ नसीब होगा? यह किश्त।"

मिर्जा–"किसी के दिन बराबर नहीं जाते। कितनी दर्दनाक हालत है।"

मीर–"हाँ, सो तो है ही, यह लो फिर किश्त! बस अब की किश्त में मात है। बच नहीं सकते।"

मिर्जा–"ख़ुदा की क़सम, आप बड़े बेदर्द हैं। इतना बड़ा हादसा देखकर भी आपको दुःख नहीं होता। हाय, ग़रीब वाजिदअली शाह!"

मीर–"पहले अपने बादशाह को तो बचाइए, फिर नवाब का मातम कीजिएगा। यह किश्त और मात! लाना हाथ!"

बादशाह को लिये हुए सेना सामने से निकल गयी। उनके जाते ही मिर्जा ने फिर बाज़ी बिछा ली। हार की चोट बुरी होती है। मीर ने कहा–आइए नवाब के मातम में मरसिया कह डालें। लेकिन मिर्जा की राजभक्ति अपनी हार के साथ लुप्त हो चुकी थी। वह हार का बदला चुकाने के लिये अधीर हो गए थे।

4

शाम हो गयी। खंडहर में चमगादड़ों ने चीखना शुरू किया। अबाबीलें आ-आकर अपने घोंसलों में चिपटीं। पर दोनों खिलाड़ी डटे हुए थे। मानो दोनों ख़ून के प्यासे सूरमा आपस में लड़ रहे हों। मिर्जा जी तीन बाज़ियाँ लगातार हार चुके थे; इस चौथी बाज़ी का भी रंग अच्छा न था। वह बार-बार जीतने का दृढ़-निश्चय कर सँभलकर खेलते थे लेकिन एक-न-एक चाल ऐसी बेढ़ब आ पड़ती थी, जिससे बाज़ी खराब हो जाती थी। हर बार हार के साथ प्रतिकार की भावना और उग्र होती जाती थी। उधर मीर साहब मारे उमंग के ग़ज़लें गाते थे, चुटकियाँ लेते थे, मानो कोई गुप्त धन पा गये हों। मिर्जा सुन-सुनकर झुँझलाते और हार की झेंप मिटाने के लिये उनकी दाद देते थे। ज्यों-ज्यों बाज़ी कमज़ोर पड़ती थी, धैर्य हाथ से निकलता जाता था। यहाँ तक कि वह बात-बात पर झुँझलाने लगे। 'जनाब' आप चाल न बदला कीजिए। यह क्या कि चाल चले और फिर उसे बदल दिया जाए। जो कुछ चलना है एक बार चल दीजिए। यह आप मुहरे पर ही क्यों हाथ रखे रहते हैं। मुहरे छोड़ दीजिए। जब तक आपको चाल न सूझे, मुहरा छुइए ही नहीं। आप एक-एक चाल आध-आध घंटे में चलते हैं। इसकी सनद नहीं। जिसे एक चाल चलने में पाँच मिनट से ज़्यादा लगें उसकी मात समझी जाए। फिर आपने चाल बदली? चुपके से मुहर वहीं रख दीजिए।

मीर साहब का फ़रज़ी पिटता था। बोले–मैंने चाल चली ही कब थी?

मिर्जा–आप चाल चल चुके हैं। मुहरा वहीं रख दीजिए, उसी घर में।

मीर–उसमें क्यों रखूँ? हाथ से मुहरा छोड़ा कब था?

मिर्जा–मुहरा आप क़यामत तक न छोड़ें, तो क्या चाल ही न होगी? फ़रज़ी पिटते देखा तो धाँधली करने लगे।

मीर–धाँधली आप करते हैं। हार-जीत तक़दीर से होती है। धाँधली करने से कोई नहीं जीतता।

मिर्जा–तो इस बाज़ी में आपकी मात हो गयी।

मीर–मुझे क्यों मात होने लगी?

मिर्जा–तो आप मुहरा उसी घर में रख दीजिए, जहाँ पहले रखा था।

मीर–वहाँ क्यों रखूँ? नहीं रखता।

मिर्जा–क्यों न रखिएगा? आपको रखना होगा।

तकरार बढ़ने लगी। दोनों अपनी-अपनी टेक पर अड़े थे। न यह दबता था, न वह। अप्रासंगिक बातें होने लगी। मिर्जा बोले–किसी ने खानदान में शतरंज खेली होती तब तो इसके क़ायदे जानते। वो तो हमेशा घास छीला किए, आप शतरंज क्या खेलिएगा? रियासत और ही चीज़ है। जागीर मिल जाने ही से कोई रईस नहीं हो जाता।

मीर–क्या! घास आपके अब्बाजान छीलते होंगे। यहाँ तो पीढ़ियों से शतरंज खेलते चले आते हैं?

मिर्जा–अजी जाइए भी, गाजीउद्दीन हैदर के यहाँ बावर्ची का काम करते-करते उम्र गुज़र गयी। आज रईस बनने चले हैं। रईस बनना कुछ दिल्लगी नहीं।

मीर–क्यों अपने बुज़ुर्गों के मुँह पर कालिख लगाते हो, वे बावर्ची का काम करते होंगे। यहाँ तो बादशाह के दस्तरख़्वान पर खाना खाते चले आये हैं।

मिर्जा–अरे चल चरकटे, बहुत बढ़कर बातें न कर!

मीर–ज़बान सँभालिए, वरना बुरा होगा। मैं ऐसी बातें सुनने का आदी नहीं। यहाँ तो किसी ने आँखें दिखायीं कि उसकी आँखें निकालीं। है हौसला?

मिर्जा–आप मेरा हौसला देखना चाहते हैं, तो फिर आइए, आज दो-दो हाथ हो जाए, इधर या उधर।

मीर–तो यहाँ तुमसे दबने वाला कौन है?

दोनों दोस्तों ने कमर से तलवारें निकाल लीं। नवाबी ज़माना था। सभी तलवार, पेशकब्ज, कटार वगैरह बाँधते थे। दोनों विलासी थे, पर कायर न थे। उनमें राजनीतिक भावों का अधःपतन हो गया था। बादशाह के लिये क्यों मरें? पर व्यक्तिगत वीरता का अभाव न था। दोनों ने पैंतरें बदले, तलवारें चमकीं, छपाछप की आवाज़ें आईं। दोनों जख़्मी होकर गिरे, दोनों ने वहीं तड़प-तड़प कर जाने दीं। अपने बादशाह के लिये जिनकी आँखों से एक बूँद आँसू न निकला, उन्होंने शतरंज के वज़ीर की रक्षा के लिये प्राण दे दिए।

अँधेरा हो चला था। बाज़ी बिछी हुयी थी। दोनों बादशाह अपने-अपने सिहांसन पर बैठे मानो इन वीरों की मृत्यु पर रो रहे थे। चारों तरफ़ सन्नाटा छाया हुआ था। खँडहर की टूटी हुयी मेहराबें, गिरी हुयी दीवारें और धूल-धूसरित मीनारें इन लाशों को देखती और सिर धुनती थीं।

❑

सद्गति

दुखी चमार द्वार पर झाड़ू लगा रहा था और उसकी पत्नी झुरिया, घर को गोबर से लीप रही थी। दोनों अपने-अपने काम से फ़ुरसत पा चुके तो चमारिन ने कहा–'तो जाके पंडित बाबा से कह आओ न! ऐसा न हो, कहीं चले जायें।'

दुखी–'हाँ जाता हूँ; लेकिन यह तो सोच, बैठेंगे किस चीज़ पर?'

झुरिया–'कहीं से खटिया न मिल जायेगी? ठकुराने से माँग लाना।'

दुखी–'तू तो कभी-कभी ऐसी बात कह देती है कि देह जल जाती है। ठकुराने वाले मुझे खटिया देंगे! आग तक तो घर से निकलती नहीं, खटिया देंगे! कैथाने में जाकर एक लोटा पानी माँगू तो न मिले। भला, खटिया कौन देगा! हमारे उपले, सेंठे, भूसा, लकड़ी थोड़े ही हैं कि जो चाहें उठा ले जायें। ला, अपनी खटोली धोकर रख दें। गर्मी के दिन तो हैं। उनके आते-आते सूख जायेगी।'

झुरिया–'वे हमारी खटोली पर बैठेंगे नहीं। देखते नहीं, कितने नेम-धरम से रहते हैं!'

दुखी ने ज़रा चिंतित होकर कहा–'हाँ, यह बात तो है। महुए के पत्ते तोड़कर एक पत्तल बना लूँ तो ठीक हो जाये। पत्तल में बड़े-बड़े आदमी खाते हैं, वह पवित्तर है। ला तो डंडा, पत्ते तोड़ लूँ।'

झुरिया–'पत्तल मैं बना लूँगी। तुम जाओ, लेकिन हाँ, उन्हें 'सीधा' भी तो देना होगा। अपनी थाली में रख दूँ?'

दुखी–'नहीं ऐसा ग़जब न करना, नहीं तो सीधा भी जाये और थाली भी फूटे! बाबा थाली उठाकर पटक देंगे। उनको बड़ी जल्दी किरोध चढ़ आता है। किरोध में पंडिताइन तक को छोड़ते नहीं, लड़के को ऐसा पीटा कि आज तक टूटा हाथ लिये फिरता है। पत्तल में सीधा भी देना, हाँ! मुदा तू छूना मत।' झूरी गोंड़ की लड़की को लेकर साह की दुकान से सब चीज़ें ले आना। सीधा भरपूर हो। सेर भर आटा, आधा सेर चावल, पाव भर दाल, आधा पाव घी, नोन, हल्दी और पत्तल में एक किनारे चार आने पैसे रख देना। गोंड़ की लड़की न मिले तो भुर्जिन के हाथ-पैर जोड़कर ले जाना। तू कुछ मत छूना, नहीं ग़जब हो जायेगा।'

इन बातों की ताकीद करके दुखी ने लकड़ी उठायी और घास का एक बड़ा-सा गट्ठा लेकर पंडितजी से अर्ज़ करने चला। खाली हाथ बाबाजी की सेवा में कैसे जाता। नज़राने के लिये उसके पास घास के सिवाय और क्या था! उसे खाली देखकर तो बाबा दूर ही से दुत्कारते।

2

पं. घासीराम ईश्वर के परम भक्त थे। नींद खुलते ही ईशोपासन में लग जाते। मुँह-हाथ धोते आठ बजते, तब असली पूजा शुरू होती, जिसका पहला भाग भंग की तैयारी थी। उसके बाद आधा घण्टे तक चन्दन रगड़ते, फिर आईने के सामने एक तिनके से माथे पर तिलक लगाते। चन्दन की दो रेखाओं के बीच में लाल रोरी की बिन्दी होती थी। फिर छाती पर, बाँहों पर चन्दन की गोल-गोल मुद्रिकाएँ बनाते। फिर ठाकुरजी की मूर्ति निकालकर उसे नहलाते, चन्दन लगाते, फूल चढ़ाते, आरती करते, घंटी बजाते। दस बजते-बजते वह पूजन से उठते और भंग छानकर बाहर आते। तब तक दो-चार जजमान द्वार पर आ जाते! ईशोपासन का तत्काल फल मिल जाता। वही उनकी खेती थी।

आज वह पूजन-गृह से निकले, तो देखा दुखी चमार घास का एक गट्ठा लिये बैठा है। दुखी उन्हें देखते ही उठ खड़ा हुआ और उन्हें साष्टांग दंडवत् करके हाथ बाँधकर खड़ा हो गया। यह तेजस्वी मूर्ति देखकर उसका हृदय श्रद्धा से परिपूर्ण हो गया! कितनी दिव्य मूर्ति थी। छोटा-सा गोलमटोल आदमी, चिकना सिर, फूले गाल, ब्रह्मतेज से प्रदीप्त आँखें। रोरी और चंदन देवताओं की प्रतिभा प्रदान कर रही थी। दुखी को देखकर श्रीमुख से बोले–'आज कैसे चला रे दुखिया?'

दुखी ने सिर झुकाकर कहा, बिटिया की सगाई कर रहा हूँ महाराज। कुछ साइत-सगुन विचारना है। कब मर्ज़ी होगी?'

घासी–'आज मुझे छुट्टी नहीं। हाँ साँझ तक आ जाऊँगा।'

दुखी–'नहीं महाराज, जल्दी मर्ज़ी हो जाये। सब सामान ठीक कर आया हूँ। यह घास कहाँ रख दूँ?'

घासी–'इसे गाय के सामने डाल दे और ज़रा झाड़ू लेकर द्वार तो साफ़ कर दे। यह बैठक भी कई दिन से लीपी नहीं गयी। उसे भी गोबर से लीप दे। तब तक मैं भोजन कर लूँ। फिर ज़रा आराम करके चलूँगा। हाँ, यह लकड़ी भी चीर देना। खलिहान में चार खाँची भूसा पड़ा है। उसे भी उठा लाना और भुसौली में रख देना।'

दुखी फ़ौरन हुक्म की तामील करने लगा। द्वार पर झाड़ू लगायी, बैठक को गोबर से लीपा। तब बारह बज गये। पंडितजी भोजन करने चले गये। दुखी ने सुबह से कुछ नहीं खाया था। उसे भी ज़ोर की भूख लगी; पर वहाँ खाने को क्या धरा था। घर यहाँ से मील भर था। वहाँ खाने चला जाये, तो पंडितजी बिगड़ जायें। बेचारे ने भूख दबाई

और लकड़ी फाड़ने लगा। लकड़ी की मोटी-सी गाँठ थी; जिस पर पहले कितने ही भक्तों ने अपना ज़ोर आज़मा लिया था। वह उसी दम-खम के साथ लोहे से लोहा लेने के लिये तैयार थी। दुखी घास छीलकर बाज़ार ले जाता था। लकड़ी चीरने का उसे अभ्यास न था। घास उसके खुरपे के सामने सिर झुका देती थी। यहाँ कस-कसकर कुल्हाड़ी का भरपूर हाथ लगाता; पर उस गाँठ पर निशान तक न पड़ता था। कुल्हाड़ी उचट जाती। पसीने में तर था, हाँफता था, थककर बैठ जाता था, फिर उठता था। हाथ उठाये न उठते थे, पाँव काँप रहे थे, कमर न सीधी होती थी, आँखों तले अँधेरा हो रहा था, सिर में चक्कर आ रहे थे, तितलियाँ उड़ रही थीं, फिर भी अपना काम किये जाता था। अगर एक चिलम तम्बाकू पीने को मिल जाती, तो शायद कुछ ताकत आती।

उसने सोचा, यहाँ चिलम और तम्बाकू कहाँ मिलेगी। बाह्मनों का पुरा है। बाह्मन लोग हम नीच जातों की तरह तम्बाकू थोड़े ही पीते हैं। सहसा उसे याद आया कि गाँव में एक गोंड़ भी रहता है। उसके यहाँ ज़रूर चिलम-तमाखू होगी। तुरंत उसके घर दौड़ा। ख़ैर मेहनत सुफल हुई। उसने तमाखू भी दी और चिलम भी दी; पर आग वहाँ न थी। दुखी ने कहा, आग की चिन्ता न करो भाई। मैं जाता हूँ, पंडितजी के घर से आग माँग लूँगा। वहाँ तो अभी रसोई बन रही थी। यह कहता हुआ वह दोनों चीज़ें लेकर चला आया और पंडितजी के घर में बरौठे के द्वार पर खड़ा होकर बोला, 'मालिक, रचिके आग मिल जाये, तो चिलम पी लें।'

पंडितजी भोजन कर रहे थे। पंडिताइन ने पूछा, 'यह कौन आदमी आग माँग रहा है?'

पंडित–'अरे वही ससुरा दुखिया चमार है। कहा है थोड़ी-सी लकड़ी चीर दे। आग तो है, दे दो।'

पंडिताइन ने भवें चढ़ाकर कहा, 'तुम्हें तो जैसे पोथी-पत्रों के फेर में धरम-करम किसी बात की सुधि ही नहीं रही। चमार हो, धोबी हो, पासी हो, मुँह उठाये घर में चला आये। हिन्दू का घर न हुआ, कोई सराय हुई। कह दो दाढ़ीजार से चला जाये, नहीं तो इस लुआठे से मुँह झुलस दूँगी। आग माँगने चले हैं।'

पंडितजी ने उन्हें समझाकर कहा, 'भीतर आ गया, तो क्या हुआ। तुम्हारी कोई चीज़ तो नहीं छुई। धरती पवित्र है। ज़रा-सी आग दे क्यों नहीं देती, काम तो हमारा ही कर रहा है। कोई लानिया यही लकड़ी फाड़ता, तो कम-से-कम चार आने लेता।'

पंडिताइन ने गरजकर कहा, 'वह घर में आया क्यों!'

पंडित ने हारकर कहा, 'ससुरे का अभाग था और क्या!'

पंडिताइन–'अच्छा, इस बखत तो आग दिये देती हूँ, लेकिन फिर जो इस तरह घर में आयेगा, तो उसका मुँह ही जला दूँगी।'

दुखी के कानों में इन बातों की भनक पड़ रही थी। पछता रहा था, नाहक आया। सच तो कहती हैं। पंडित के घर में चमार कैसे चला आये। बड़े पवित्तर होते हैं यह

लोग, तभी तो संसार पूजता है, तभी तो इतना मान है। भर-चमार थोड़े ही हैं। इसी गाँव में बूढ़ा हो गया; मगर मुझे इतनी अकल भी न आयी।

इसलिये जब पंडिताइन आग लेकर निकलीं, तो वह मानो स्वर्ग का वरदान पा गया। दोनों हाथ जोड़कर ज़मीन पर माथा टेकता हुआ बोला, 'पड़ाइन माता, मुझसे बड़ी भूल हुई कि घर में चला आया। चमार की अकल ही जो ठहरी। इतने मूरख न होते, तो लात क्यों खाते।'

पंडिताइन चिमटे से पकड़कर आग लाई थीं। पाँच हाथ की दूरी से घूँघट की आड़ से दुखी की तरफ़ आग फेंकी। आग की बड़ी-सी चिनगारी दुखी के सिर पर पड़ गयी। जल्दी से पीछे हटकर सिर के झोटे देने लगा। उसने मन में कहा, यह एक पवित्तर बाह्मन के घर को अपवित्तर करने का फल है। भगवान ने कितनी जल्दी फल दे दिया। इसी से तो संसार पंडितों से डरता है। और सबके रुपये मारे जाते हैं बाह्मन के रुपये भला कोई मार तो ले! घर भर का सत्यानाश हो जाये, पाँव गल-गलकर गिरने लगे। बाहर आकर उसने चिलम पी और फिर कुल्हाड़ी लेकर जुट गया। खट-खट की आवाज़ें आने लगीं। उस पर आग पड़ गयी, तो पंडिताइन को उस पर कुछ दया आ गयी। पंडितजी भोजन करके उठे, तो बोलीं–'इस चमरवा को भी कुछ खाने को दे दो, बेचारा कब से काम कर रहा है। भूखा होगा।'

पंडितजी ने इस प्रस्ताव को व्यावहारिक क्षेत्र से दूर समझकर पूछा, 'रोटियाँ हैं?'

पंडिताइन–'दो-चार बच जायेंगी।'

पंडित–'दो-चार रोटियों में क्या होगा? चमार है, कम-से-कम सेर भर चढ़ा जायेगा।'

पंडिताइन कानों पर हाथ रखकर बोलीं, 'अरे बाप रे! सेर भर! तो फिर रहने दो।'

पंडितजी ने अब शेर बनकर कहा, 'कुछ भूसी-चोकर हो तो आटे में मिलाकर दो ठो लिट्टा ठोंक दो। साले का पेट भर जायेगा। पतली रोटियों से इन नीचों का पेट नहीं भरता। इन्हें तो जुआर का लिट्टा चाहिये।'

पंडिताइन ने कहा, 'अब जाने भी दो, धूप में कौन मरे।'

3

दुखी ने चिलम पीकर फिर कुल्हाड़ी सँभाली। दम लेने से ज़रा हाथों में ताकत आ गयी थी। कोई आधा घण्टे तक फिर कुल्हाड़ी चलाता रहा। फिर बेदम होकर वहीं सिर पकड़ के बैठ गया।

इतने में वही गोंड़ आ गया। बोला, 'क्यों जान देते हो बूढ़े दादा, तुम्हारे फाड़े यह गाँठ न फटेगी। नाहक हलाकान होते हो।'

दुखी ने माथे का पसीना पोंछकर कहा, 'अभी गाड़ी भर भूसा ढोना है भाई!'

गोंड़–'कुछ खाने को मिला कि काम ही कराना जानते हैं। जाके माँगते क्यों नहीं?'

दुखी–'कैसी बात करते हो चिखुरी, बाह्मन की रोटी हमको पचेगी!'

गोंड़–'पचने को पच जायेगी, पहले मिले तो। मूँछों पर ताव देकर भोजन किया और आराम से सोये, तुम्हें लकड़ी फाड़ने का हुक़्म दे दिया। ज़मींदार भी कुछ खाने को देता है। हाक़िम भी बेगार लेता है, तो थोड़ी बहुत मज़ूरी देता है। यह उनसे भी बढ़ गये, उस पर धर्मात्मा बनते हैं।'

दुखी–'धीरे-धीरे बोलो भाई, कहीं सुन लें तो आफत आ जाये।'

यह कहकर दुखी फिर सँभल पड़ा और कुल्हाड़ी की चोट मारने लगा। चिखुरी को उस पर दया आयी। आकर कुल्हाड़ी उसके हाथ से छीन ली और कोई आधा घंटे ख़ूब कस-कसकर कुल्हाड़ी चलायी; पर गाँठ में एक दरार भी न पड़ी। तब उसने कुल्हाड़ी फेंक दी और यह कहकर चला गया, तुम्हारे फाड़े यह न फटेगी, जान भले निकल जाये।'

दुखी सोचने लगा, बाबा ने यह गाँठ कहाँ रख छोड़ी थी कि फाड़े नहीं फटती। कहीं दरार तक तो नहीं पड़ती। मैं कब तक इसे चीरता रहूँगा। अभी घर पर सौ काम पड़े हैं। कार-परोजन का घर है, एक-न-एक चीज़ घटी ही रहती है; पर इन्हें इसकी क्या चिन्ता। चलूँ जब तक भूसा ही उठा लाऊँ। कह दूँगा, बाबा, आज तो लकड़ी नहीं फटी, कल आकर फाड़ दूँगा।

उसने झौवा उठाया और भूसा ढोने लगा। खलिहान यहाँ से दो फरलाँग से कम न था। अगर झौवा ख़ूब भर-भर कर लाता तो काम जल्द ख़त्म हो जाता; फिर झौवे को उठाता कौन। अकेले भरा हुआ झौवा उससे न उठ सकता था। इसलिये थोड़ा-थोड़ा लाता था। चार बजे कहीं भूसा ख़त्म हुआ। पंडितजी की नींद भी खुली। मुँह-हाथ धोया, पान खाया और बाहर निकले। देखा, तो दुखी झौवा सिर पर रखे सो रहा है। ज़ोर से बोले–'अरे, दुखिया तू सो रहा है? लकड़ी तो अभी ज्यों की त्यों पड़ी हुई है। इतनी देर तू करता क्या रहा? मुट्ठी भर भूसा ढोने में संझा कर दी! उस पर सो रहा है। उठा ले कुल्हाड़ी और लकड़ी फाड़ डाल। तुझसे ज़रा-सी लकड़ी नहीं फटती। फिर साइत भी वैसी ही निकलेगी, मुझे दोष मत देना! इसी से कहा है कि नीच के घर में खाने को हुआ और उसकी आँख बदली।'

दुखी ने फिर कुल्हाड़ी उठायी। जो बातें पहले से सोच रखी थीं, वह सब भूल गयी। पेट पीठ में धँसा जाता था, आज सबेरे जलपान तक न किया था। अवकाश ही न मिला। उठना ही पहाड़ मालूम होता था। जी डूबा जाता था, पर दिल को समझाकर उठा। पंडित हैं, कहीं साइत ठीक न विचारें, तो फिर सत्यानाश ही हो जाये। जभी तो संसार में इतना मान है। साइत ही का तो सब खेल है। जिसे चाहे बिगाड़ दें। पंडितजी गाँठ के पास आकर खड़े हो गये और बढ़ावा देने लगे हाँ, मार कसके, और मार कसके मार, अबे ज़ोर से मार तेरे हाथ में तो जैसे दम ही नहीं है, लगा कसके, खड़ा सोचने क्या लगता है! हाँ बस फटा ही चाहती है! दे उसी दरार में!

दुखी अपने होश में न था। न-जाने कौन-सी गुप्तशक्ति उसके हाथों को चला रही थी। वह थकान, भूख, कमज़ोरी सब मानो भाग गयी। उसे अपने बाहुबल पर स्वयं आश्चर्य हो रहा था। एक-एक चोट वज्र की तरह पड़ती थी। आधा घण्टे तक वह इसी उन्माद की दशा में हाथ चलाता रहा, यहाँ तक कि लकड़ी बीच से फट गयी और दुखी के हाथ से कुल्हाड़ी छूटकर गिर पड़ी। इसके साथ वह भी चक्कर खाकर गिर पड़ा। भूखा, प्यासा, थका हुआ शरीर जवाब दे गया।

पंडितजी ने पुकारा, 'उठके दो-चार हाथ और लगा दे। पतली-पतली चौलियाँ हो जायें।'

दुखी न उठा। पंडितजी ने अब उसे दिक करना उचित न समझा। भीतर जाकर बूटी छानी, शौच गये, स्नान किया और पंडिताई बाना पहनकर बाहर निकले! दुखी अभी तक वहीं पड़ा हुआ था। ज़ोर से पुकारा–'अरे क्या पड़े ही रहोगे दुखी, चलो तुम्हारे ही घर चल रहा हूँ। सब सामान ठीक-ठीक है न? दुखी फिर भी न उठा।'

अब पंडितजी को कुछ शंका हुई। पास जाकर देखा, तो दुखी अकड़ा पड़ा हुआ था। बदहवास होकर भागे और पंडिताइन से बोले, 'दुखिया तो जैसे मर गया।'

पंडिताइन हकबकाकर बोलीं–'वह तो अभी लकड़ी चीर रहा था न?'

पंडित–'हाँ लकड़ी चीरते-चीरते मर गया। अब क्या होगा?'

पंडिताइन ने शान्त होकर कहा, 'होगा क्या, चमरौने में कहला भेजो मुर्दा उठा ले जायें।'

एक क्षण में गाँव भर में ख़बर हो गयी। पूरे में ब्राह्मनों की ही बस्ती थी। केवल एक घर गोंड़ का था। लोगों ने इधर का रास्ता छोड़ दिया। कुएँ का रास्ता उधर ही से था, पानी कैसे भरा जाये! चमार की लाश के पास से होकर पानी भरने कौन जाये। एक बुढ़िया ने पण्डितजी से कहा, अब मुर्दा फेंकवाते क्यों नहीं? कोई गाँव में पानी पियेगा या नहीं।

इधर गोंड़ ने चमरौने में जाकर सबसे कह दिया–ख़बरदार, मुर्दा उठाने मत जाना। अभी पुलिस की तहकीकात होगी। दिल्लगी है कि एक ग़रीब की जान ले ली। पंडितजी होंगे, तो अपने घर के होंगे। लाश उठाओगे तो तुम भी पकड़ जाओगे।

इसके बाद ही पंडितजी पहुँचे; पर चमरौने का कोई आदमी लाश उठा लाने को तैयार न हुआ, हाँ दुखी की स्त्री और कन्या दोनों हाय-हाय करती वहाँ चलीं और पंडितजी के द्वार पर आकर सिर पीट-पीटकर रोने लगीं। उनके साथ दस-पाँच और चमारिनें थीं। कोई रोती थी, कोई समझाती थी, पर चमार एक भी न था। पण्डितजी ने चमारों को बहुत धमकाया, समझाया, मिन्नत की; पर चमारों के दिल पर पुलिस का रोब छाया हुआ था, एक भी न मिनका। आख़िर निराश होकर लौट आये।

4

आधी रात तक रोना-पीटना जारी रहा। देवताओं का सोना मुश्किल हो गया। पर लाश उठाने कोई चमार न आया और ब्राह्मन चमार की लाश कैसे उठाते! भला ऐसा किसी शास्त्र-पुराण में लिखा है? कहीं कोई दिखा दे।

पंडिताइन ने झुँझलाकर कहा, 'इन डाइनों ने तो खोपड़ी चाट डाली। सबों का गला भी नहीं थकता। पंडित ने कहा, रोने दो चुड़ैलों को, कब तक रोयेंगी। जीता था, तो कोई बात न पूछता था। मर गया, तो कोलाहल मचाने के लिये सब-की-सब आ पहुँचीं।'

पंडिताइन–'चमार का रोना मनहूस है।'

पंडित–'हाँ, बहुत मनहूस।'

पंडिताइन–'अभी से दुर्गन्ध उठने लगी।'

पंडित–'चमार था ससुरा कि नहीं। साध-असाध किसी का विचार है इन सबों को।'

पंडिताइन–'इन सबों को घिन भी नहीं लगती।'

पंडित–'भ्रष्ट हैं सब।'

रात तो किसी तरह कटी; मगर सबेरे भी कोई चमार न आया। चमारिनें भी रो-पीटकर चली गयीं। दुर्गन्ध कुछ-कुछ फैलने लगी।

पंडितजी ने एक रस्सी निकाली। उसका फन्दा बनाकर मुरदे के पैर में डाला और फन्दे को खींचकर कस दिया। अभी कुछ-कुछ धुँधलका था। पंडितजी ने रस्सी पकड़कर लाश को घसीटना शुरू किया और गाँव के बाहर घसीट ले गये। वहाँ से आकर तुरन्त स्नान किया, दुर्गापाठ पढ़ा और घर में गंगाजल छिड़का।

उधर दुखी की लाश को खेत में गीदड़ और गिद्ध, कुत्ते और कौये नोच रहे थे। यही जीवन-पर्यन्त की भक्ति, सेवा और निष्ठा का पुरस्कार था।

❑

सवा सेर गेहूँ

किसी गाँव में शंकर नाम का एक कुरमी किसान रहता था। सीधा-सादा ग़रीब आदमी था, अपने काम-से-काम, न किसी के लेने में, न किसी के देने में। छक्का-पंजा न जानता था, छल-प्रपंच की उसे छूत भी न लगी थी, ठगे जाने की चिन्ता न थी, ठगविद्या न जानता था, भोजन मिला, खा लिया, न मिला, चबैने पर काट दी, चबैना भी न मिला, तो पानी पी लिया और राम का नाम लेकर सो रहा। किन्तु जब कोई अतिथि द्वार पर आ जाता था तो उसे इस निवृत्तिमार्ग का त्याग करना पड़ता था। विशेषकर जब साधु-महात्मा पदार्पण करते थे, तो उसे अनिवार्यतः सांसारिकता की शरण लेनी पड़ती थी। ख़ुद भूखा सो सकता था, पर साधु को कैसे भूखा सुलाता, भगवान के भक्त जो ठहरे!

एक दिन संध्या समय एक महात्मा ने आकर उसके द्वार पर डेरा जमाया। तेजस्वी मूर्ति थी, पीताम्बर गले में, जटा सिर पर, पीतल का कमंडल हाथ में, खड़ाऊँ पैर में, ऐनक आँखों पर, सम्पूर्ण वेष उन महात्माओं का-सा था जो रईसों के प्रासादों में तपस्या, हवागाड़ियों पर देवस्थानों की परिक्रमा और योग-सिद्धि प्राप्त करने के लिये रुचिकर भोजन करते हैं। घर में जौ का आटा था, वह उन्हें कैसे खिलाता। प्राचीनकाल में जौ का चाहे जो कुछ महत्त्व रहा हो, पर वर्तमान युग में जौ का भोजन सिद्ध पुरुषों के लिये दुष्पाच्य होता है। बड़ी चिन्ता हुई, महात्माजी को क्या खिलाऊँ। आख़िर निश्चय किया कि कहीं से गेहूँ का आटा उधार लाऊँ, पर गाँव-भर में गेहूँ का आटा न मिला। गाँव में सब मनुष्य-ही-मनुष्य थे, देवता एक भी न था, अतएव देवताओं का खाद्य पदार्थ कैसे मिलता। सौभाग्य से गाँव के विप्र महाराज के यहाँ थोड़ा-सा मिल गया। उनसे सवा सेर गेहूँ उधार लिया और स्त्री से कहा, कि पीस दे। महात्मा ने भोजन किया, लम्बी तानकर सोये। प्रातःकाल आशीर्वाद देकर अपनी राह ली।

विप्र महाराज साल में दो बार खलिहानी लिया करते थे। शंकर ने दिल में कहा, सवा सेर गेहूँ इन्हें क्या लौटाऊँ, पंसेरी बदले कुछ ज़्यादा खलिहानी दे दूँगा, यह भी समझ जायेंगे, मैं भी समझ जाऊँगा। चैत में जब विप्रजी पहुँचे तो उन्हें डेढ़ पंसेरी के लगभग गेहूँ दे दिया और अपने को उऋण समझकर उसकी कोई चरचा न की।

विप्रजी ने फिर कभी न माँगा। सरल शंकर को क्या मालूम था कि यह सवा सेर गेहूँ चुकाने के लिये मुझे दूसरा जन्म लेना पड़ेगा।

2

सात साल गुज़र गये। विप्रजी विप्र से महाजन हुये, शंकर किसान से मजूर हो गया। उसका छोटा भाई मंगल उससे अलग हो गया था। एक साथ रहकर दोनों किसान थे, अलग होकर मजूर हो गये थे। शंकर ने चाहा कि द्वेष की आग भड़कने न पाये, किन्तु परिस्थिति ने उसे विवश कर दिया। जिस दिन अलग-अलग चूल्हे जले, वह फूट-फूटकर रोया। आज से भाई-भाई शत्रु हो जायेंगे, एक रोयेगा, दूसरा हँसेगा, एक के घर मातम होगा तो दूसरे के घर गुलगुले पकेंगे, प्रेम का बंधन, खून का बंधन, दूध का बंधन आज टूटा जाता है। उसने भगीरथ परिश्रम से कुल-मर्यादा का वृक्ष लगाया था, उसे अपने रक्त से सींचा था, उसको जड़ से उखड़ता देखकर उसके हृदय के टुकड़े हुये जाते थे। सात दिनों तक उसने दाने की सूरत तक न देखी। दिन-भर जेठ की धूप में काम करता और रात को मुँह लपेटकर सो रहता। इस भीषण वेदना और दुस्सह कष्ट ने रक्त को जला दिया, मांस और मज्जा को घुला दिया। बीमार पड़ा तो महीनों खाट से न उठा। अब गुज़र-बसर कैसे हो?

पाँच बीघे के आधे रह गये, एक बैल रह गया, खेती क्या ख़ाक होती! अन्त में यहाँ तक नौबत आ पहुँची कि खेती केवल मर्यादा-रक्षा का साधन-मात्र रह गयी, जीविका का भार मजूरी पर आ पड़ा।

सात वर्ष बीत गये, एक दिन शंकर मजूरी करके लौटा, तो राह में विप्रजी ने टोककर कहा, 'शंकर, कल आकर के अपने बीज-बेंग का हिसाब कर ले। तेरे यहाँ साढ़े पाँच मन गेहूँ कबके बाकी पड़े हुये हैं और तू देने का नाम नहीं लेता, हजम करने का मन है क्या?'

शंकर ने चकित होकर कहा, 'मैंने तुमसे कब गेहूँ लिये थे, जो साढ़े पाँच मन हो गये? तुम भूलते हो, मेरे यहाँ किसी का छटाँक-भर न अनाज है,न एक पैसा उधार।'

विप्र–'इसी नीयत का तो यह फल भोग रहे हो कि खाने को नहीं जुड़ता।'

यह कहकर विप्रजी ने उस सवा सेर गेहूँ का ज़िक्र किया, जो आज के सात वर्ष पहले शंकर को दिये थे। शंकर सुनकर अवाक रह गया। ईश्वर मैंने इन्हें कितनी बार खलिहानी दी, इन्होंने मेरा कौन-सा काम किया? जब पोथी-पत्र देखने, साइत-सगुन विचारने द्वार पर आते थे, कुछ-न-कुछ 'दक्षिणा' ले ही जाते थे। इतना स्वार्थ! सवा सेर अनाज को अंडे की भाँति सेकर आज यह पिशाच खड़ा कर दिया, जो मुझे निगल जायेगा। इतने दिनों में एक बार भी कह देते तो मैं गेहूँ तौलकर दे देता, क्या इसी नीयत से चुप साध बैठे रहे? बोला, 'महाराज, नाम लेकर तो मैंने उतना अनाज नहीं दिया, पर कई बार खलिहानों में सेर-सेर, दो-दो सेर दिया है। अब आप आज साढ़े पाँच मन माँगते हैं, मैं कहाँ से दूँगा?'

विप्र–'लेखा जौ-जौ, बखसीस सौ-सौ, तुमने जो कुछ दिया होगा, उसका कोई हिसाब नहीं, चाहे एक की जगह चार पसेरी दे दो। तुम्हारे नाम बही में साढ़े पाँच मन लिखा हुआ है; जिससे चाहे हिसाब लगवा लो। दे दो तो तुम्हारा नाम छेक दूँ, नहीं तो और भी बढ़ता रहेगा।'

शंकर–'पाँडे, क्यों एक ग़रीब को सताते हो, मेरे खाने का ठिकाना नहीं, इतना गेहूँ किसके घर से लाऊँगा?'

विप्र–'जिसके घर से चाहे लाओ, मैं छटाँक-भर भी न छोड़ूँगा, यहाँ न दोगे, भगवान के घर तो दोगे।'

शंकर काँप उठा। हम पढ़े-लिखे आदमी होते तो कह देते, 'अच्छी बात है, ईश्वर के घर ही देंगे; वहाँ की तौल यहाँ से कुछ बड़ी तो न होगी। कम-से-कम इसका कोई प्रमाण हमारे पास नहीं, फिर उसकी क्या चिन्ता।' किन्तु शंकर इतना तार्किक, इतना व्यवहार-चतुर न था। एक तो ऋण–वह भी ब्राह्मण का–बही में नाम रह गया तो सीधे नरक में जाऊँगा, इस ख़याल ही से उसे रोमांच हो गया। बोला–'महाराज, तुम्हारा जितना होगा यहीं दूँगा, ईश्वर के यहाँ क्यों दूँ, इस जनम में तो ठोकर खा ही रहा हूँ, उस जनम के लिये क्यों काँटे बोऊँ? मगर यह कोई नियाव नहीं है। तुमने राई का पर्वत बना दिया, ब्राह्मण हो के तुम्हें ऐसा नहीं करना चाहिये था। उसी घड़ी तगादा करके ले लिया होता, तो आज मेरे सिर पर इतना बड़ा बोझ क्यों पड़ता। मैं तो दे दूँगा, लेकिन तुम्हें भगवान् के यहाँ जवाब देना पड़ेगा।'

विप्र–'वहाँ का डर तुम्हें होगा, मुझे क्यों होने लगा। वहाँ तो सब अपने ही भाई-बन्धु हैं। ऋषि-मुनि, सब तो ब्राह्मण ही हैं; देवता ब्राह्मण हैं, जो कुछ बने-बिगड़ेगी, सँभाल लेंगे। तो कब देते हो?'

शंकर–'मेरे पास रक्खा तो है नहीं, किसी से माँग-जाँचकर लाऊँगा, तभी न दूँगा!'

विप्र–'मैं यह न मानूँगा। सात साल हो गये, अब एक दिन का भी मुलाहिजा न करूँगा। गेहूँ नहीं दे सकते, तो दस्तावेज लिख दो।'

शंकर–'मुझे तो देना है, चाहे गेहूँ लो चाहे दस्तावेज लिखाओ; किस हिसाब से दाम रक्खोगे?'

विप्र–'बाज़ार-भाव पाँच सेर का है, तुम्हें सवा पाँच सेर का काट दूँगा।'

शंकर–'जब दे ही रहा हूँ तो बाज़ार-भाव काटूँगा, पाव-भर छुड़ाकर क्यों दोषी बनूँ।' हिसाब लगाया तो गेहूँ के दाम 60 रु. हुये। 60 रु. का दस्तावेज लिखा गया, 3 रु. सैकड़े सूद। साल-भर में न देने पर सूद की दर ढाई तीन रुपये सैकड़े। बारह आने का स्टाम्प, 1 रुपये दस्तावेज की तहरीर शंकर को ऊपर से देनी पड़ी।

गाँव भर ने विप्रजी की निन्दा की, लेकिन मुँह पर नहीं। महाजन से सभी का काम पड़ता है, उसके मुँह कौन आये।

3

शंकर ने साल भर तक कठिन तपस्या की। मियाद के पहले रुपये अदा करने का उसने व्रत-सा कर लिया। दोपहर को पहले भी चूल्हा न जलता था, चबैने पर बसर होती थी, अब वह भी बंद हुआ। केवल लड़के के लिये रात को रोटियाँ रख दी जातीं! पैसे रोज़ का तंबाकू पी जाता था, यही एक व्यसन था, जिसका वह कभी न त्याग कर सका था। अब वह व्यसन भी इस कठिन व्रत की भेंट हो गया। उसने चिलम पटक दी, हुक्का तोड़ दिया और तमाखू की हाँड़ी चूर-चूर कर डाली। कपड़े पहले भी त्याग की चरम-सीमा तक पहुँच चुके थे, अब वह प्रकृति की न्यूनतम रेखाओं में आबद्ध हो गये। शिशिर की अस्थिबेधक शीत को उसने आग तापकर काट दिया। इस संकल्प का फल आशा से बढ़कर निकला। साल के अन्त में उसके पास 60 रु. ज़मा हो गये। उसने समझा पंडितजी को इतने रुपये दे दूँगा और कहूँगा महाराज, बाकी रुपये भी जल्द ही आपके सामने हाज़िर करूँगा। 15 रु. की तो और बात है, क्या पंडितजी इतना भी न मानेंगे! उसने रुपये लिये और ले जाकर पंडितजी के चरण-कमलों पर अर्पण कर दिये। पंडितजी ने विस्मित होकर पूछा, 'किसी से उधार लिये क्या?'

शंकर–'नहीं महाराज, 'आपके असीस से अबकी मजूरी अच्छी मिली।'

विप्र–'लेकिन यह तो 60 रु. ही हैं!'

शंकर–'हाँ महाराज, इतने अभी ले लीजिये, बाकी मैं दो-तीन महीने में दे दूँगा, मुझे उरिन कर दीजिये।'

विप्र–'उरिन तो जभी होगे, जब मेरी कौड़ी-कौड़ी चुका दोगे। जाकर मेरे 15 रु. और लाओ।'

शंकर–'महाराज, इतनी दया करो; अब साँझ की रोटियों का भी ठिकाना नहीं है, गाँव में हूँ तो कभी-न-कभी दे ही दूँगा।'

विप्र–'मैं यह रोग नहीं पालता, न बहुत बातें करना जानता हूँ। अगर मेरे पूरे रुपये न मिलेंगे तो आज से 3 रु. सैकड़े का ब्याज लगेगा। अपने रुपये चाहे अपने घर में रक्खो, चाहे मेरे यहाँ छोड़ जाओ।'

शंकर–'अच्छा जितना लाया हूँ उतना रख लीजिये। मैं जाता हूँ, कहीं से 15 रु. और लाने की फ़िक्र करता हूँ।'

शंकर ने सारा गाँव छान मारा, मगर किसी ने रुपये न दिये, इसलिये नहीं कि उसका विश्वास न था, या किसी के पास रुपये न थे, बल्कि इसलिये कि पंडितजी के शिकार को छेड़ने की किसी की हिम्मत न थी।

4

क्रिया के पश्चात् प्रतिक्रिया नैसर्गिक नियम है। शंकर साल-भर तक तपस्या करने पर भी जब ऋण से मुक्त होने में सफल न हो सका तो उसका संयम निराशा के रूप

में परिणत हो गया। उसने समझ लिया कि जब इतना कष्ट सहने पर भी साल-भर में 60 रु. से अधिक न ज़मा कर सका, तो अब और कौन सा उपाय है, जिसके द्वारा इसके दूने रुपये ज़मा हों। जब सिर पर ऋण का बोझ ही लादना है तो क्या मन-भर का और क्या सवा मन का। उसका उत्साह क्षीण हो गया, मेहनत से घृणा हो गयी। आशा उत्साह की जननी है, आशा में तेज़ है, बल है, जीवन है। आशा ही संसार की संचालक शक्ति है।

शंकर आशाहीन होकर उदासीन हो गया। वह ज़रूरतें जिनको उसने साल-भर तक टाल रखा था, अब द्वार पर खड़ी होनेवाली भिखारिणी न थीं, बल्कि छाती पर सवार होनेवाली पिशाचनियाँ थीं, जो अपनी भेंट लिये बिना जान नहीं छोड़तीं। कपड़ों में चकत्तियों के लगने की भी एक सीमा होती है। अब शंकर को चिट्ठा मिलता तो वह रुपये ज़मा न करता, कभी कपड़े लाता,कभी खाने की कोई वस्तु। जहाँ पहले तमाखू ही पिया करता था, वहाँ अब गाँजे और चरस का चस्का भी लगा। उसे अब रुपये अदा करने की कोई चिन्ता न थी, मानो उसके ऊपर किसी का एक पैसा भी नहीं आता। पहले जूड़ी चढ़ी होती थी, पर वह काम करने अवश्य जाता था, अब काम पर न जाने के लिये बहाना खोजा करता।

इस भाँति तीन वर्ष निकल गये। विप्रजी महाराज ने एक बार भी तकाजा न किया। वह चतुर शिकारी की भाँति अचूक निशाना लगाना चाहते थे। पहले से शिकार को चौंकाना उनकी नीति के विरुद्ध था। एक दिन पंडितजी ने शंकर को बुलाकर हिसाब दिखाया। 60 रु. जो ज़मा थे वह मिनहा करने पर अब भी शंकर के जिम्मे 120 रु. निकले। शंकर–'इतने रुपये तो उसी जन्म में दूँगा, इस जन्म में नहीं हो सकते।'

विप्र–'मैं इसी जन्म में लूँगा। मूल न सही, सूद तो देना ही पड़ेगा।'

शंकर–'एक बैल है, वह ले लीजिये और मेरे पास रक्खा क्या है।'

विप्र–'मुझे बैल-बधिया लेकर क्या करना है। मुझे देने को तुम्हारे पास बहुत कुछ है।'

शंकर–'और क्या है महाराज?'

विप्र–'कुछ है, तुम तो हो। आख़िर तुम भी कहीं मजूरी करने जाते ही हो, मुझे भी खेती के लिये मजूर रखना ही पड़ता है। सूद में तुम हमारे यहाँ काम किया करो, जब सुभीता हो मूल को दे देना। सच तो यों है कि अब तुम किसी दूसरी जगह काम करने नहीं जा सकते, जब तक मेरे रुपये नहीं चुका दो। तुम्हारे पास कोई जायदाद नहीं है, इतनी बड़ी गठरी मैं किस एतबार पर छोड़ दूँ। कौन इसका जिम्मा लेगा कि तुम मुझे महीने-महीने सूद देते जाओगे। और कहीं कमाकर जब तुम मुझे सूद भी नहीं दे सकते, तो मूल की कौन कहे?'

शंकर–'महाराज, सूद में तो काम करूँगा और खाऊँगा क्या?'

विप्र–'तुम्हारी घरवाली है, लड़के हैं, क्या वे हाथ-पाँव कटाके बैठेंगे। रहा मैं, तुम्हें आधा सेर जौ रोज़ कलेवा के लिये दे दिया करूँगा। ओढ़ने को साल में एक कम्बल पा जाओगे, एक मिरजई भी बनवा दिया करूँगा और क्या चाहिये। यह सच है कि और लोग तुम्हें छह आने देते हैं, लेकिन मुझे ऐसी गरज नहीं है, मैं तो तुम्हें रुपये भरने के लिये रखता हूँ।'

शंकर ने कुछ देर तक गहरी चिन्ता में पड़े रहने के बाद कहा, 'महाराज यह तो जन्म-भर की गुलामी हुई।'

विप्र–'गुलामी समझो, चाहे मजूरी समझो। मैं अपने रुपये भराये बिना तुमको कभी न छोड़ूँगा। तुम भागोगे तो तुम्हारा लड़का भरेगा। हाँ, जब कोई न रहेगा, तब की बात दूसरी है।'

इस निर्णय की कहीं अपील न थी। मजूर की ज़मानत कौन करता, कहीं शरण न थी, भागकर कहाँ जाता, दूसरे दिन से उसने विप्रजी के यहाँ काम करना शुरू कर दिया। सवा सेर गेहूँ की बदौलत उम्र-भर के लिये गुलामी की बेड़ी पैरों में डालनी पड़ी। उस अभागे को अब अगर किसी विचार से संतोष होता था तो यह था कि वह मेरे पूर्व-जन्म का संस्कार है। स्त्री को वे काम करने पड़ते थे, जो उसने कभी न किये थे, बच्चे दानों को तरसते थे, लेकिन शंकर चुपचाप देखने के सिवा और कुछ न कर सकता था। वह गेहूँ के दाने किसी देवता के शाप की भाँति यावज्जीवन उसके सिर से न उतरे।

5

शंकर ने विप्रजी के यहाँ 20 वर्ष तक गुलामी करने के बाद इस दुस्सार संसार से प्रस्थान किया। 120 रु. अभी तक उसके सिर पर सवार थे। पंडितजी ने उस ग़रीब को ईश्वर के दरबार में कष्ट देना उचित न समझा, इतने अन्यायी, इतने निर्दयी न थे। उसके जवान बेटे की गरदन पकड़ी। आज तक वह विप्रजी के यहाँ काम करता है। उसका उद्धार कब होगा; होगा भी या नहीं, ईश्वर ही जाने।

पाठको! इस वृत्तांत को कपोल-कल्पित न समझिये। यह सत्य घटना है। ऐसे शंकरों और ऐसे विप्रों से दुनिया खाली नहीं है।

❑

माँगे की घड़ी

मेरी समझ में आज तक यह बात न आयी कि लोग ससुराल जाते हैं, तो इतना ठाट-बाट क्यों बनाते हैं। आख़िर इसका उद्देश्य क्या होता है? हम अगर लखपती हैं तो क्या, और रोटियों को मुहताज हैं तो क्या, विवाह तो हो ही चुका, अब इस ठाट का हमारे ऊपर क्या असर पड़ सकता है। विवाह के पहले तो उससे कुछ काम निकल सकता है। हमारी सम्पन्नता बातचीत पक्की करने में बहुत-कुछ सहायक हो सकती है। लेकिन जब विवाह हो गया, देवीजी हमारे घर का सारा रहस्य जान गयीं और निःसन्देह अपने माता-पिता से रो-रोकर अपने दुर्भाग्य की कथा भी कह सुनायी, तो हमारा यह ठाट हानि के सिवा लाभ नहीं पहुँचा सकता। फटेहालों देखकर, सम्भव है, हमारी सासजी को कुछ दया आ जाती और विदाई के बहाने कोई माकूल रक़म हमारे हाथ लग जाती। यह ठाट देखकर तो वह अवश्य ही समझेंगी कि अब इसका सितारा चमक उठा है, ज़रूर कहीं-न-कहीं से माल मार लाया है। उधर नाई और कहार इनाम के लिये बड़े-बड़े मुँह फैलायेंगे, वह अलग। देवीजी को भी भ्रम हो सकता है। मगर यह सब जानते और समझते हुये मैंने परसाल होली में ससुराल जाने के लिये बड़ी-बड़ी तैयारियाँ कीं। रेशमी अचकन ज़िन्दगी में कभी न पहनी थी, फ्लैक्स के बूटों का भी स्वप्न देखा करता था। अगर नकद रुपये देने का प्रश्न होता, तो शायद यह स्वप्न, स्वप्न ही रहता, पर एक दोस्त की कृपा से दोनों चीज़ें उधार मिल गयीं। चमड़े का सूटकेस एक मित्र से माँग लाया। दरी फट गयी थी और नयी दरी उधार मिल भी सकती थी; लेकिन बिछावन ले जाने की मैंने ज़रूरत न समझी। अब केवल रिस्टवाच की और कमी थी। यों तो दोस्तों में कितने ही के पास रिस्टवाच थी—मेरे सिवा ऐसे अभागे बहुत कम होंगे, जिनके पास रिस्टवाच न हो—लेकिन मैं सोने की घड़ी चाहता था और वह केवल दानू के पास थी। मगर दानू से मेरी बेतकल्लुफ़ी न थी। दानू रूखा आदमी था। मँगनी की चीज़ों का लेना और देना दोनों ही पाप समझता था। ईश्वर ने माना है, वह इस सिद्धान्त का पालन कर सकता है। मैं कैसे कर सकता हूँ। जानता था कि वह साफ़ इनकार करेगा, पर दिल न माना। खुशामद के बल पर मैंने अपने जीवन में बड़े-बड़े काम कर दिखाये हैं, इसी ख़ुशामद की बदौलत—आज महीने में 30 रुपये फटकारता हूँ। एक हज़ार ग्रेजुएटों

से कम उम्मीदवार न थे; लेकिन सब मुँह ताकते रह गये और बन्दा मूँछों पर ताव देता हुआ घर आया। जब इतना बड़ा पाला मार लिया, तो दो-चार दिन के लिये घड़ी माँग लाना कौन-सा बड़ा मुश्किल काम था। शाम को जाने की तैयारी थी। प्रातःकाल दानू के पास पहुँचा और उनके छोटे बच्चे को, जो बैठक के सामने सहन में खेल रहा था, गोद में उठाकर लगा भींच-भींचकर प्यार करने। दानू ने पहले तो मुझे आते देखकर ज़रा त्योरियाँ चढ़ायी थीं, लेकिन मेरा यह वात्सल्य देखकर कुछ नरम पड़े, उनके होंठों के किनारे ज़रा फैल गये। बोले-खेलने दो दुष्ट को, तुम्हारा कुरता मैला हुआ जाता है। मैं तो इसे कभी छूता भी नहीं।

मैंने कृत्रिम तिरस्कार का भाव दिखाकर कहा– मेरा कुरता मैला हो रहा है न, आप इसकी क्यों फ़िक्र करते हैं। वाह! ऐसा फूल-सा बालक और उसकी यह कदर। तुम-जैसों को तो ईश्वर नाहक सन्तान देता है। तुम्हें भारी मालूम होता है, तो लाओ मुझे दे दो।

यह कहकर मैंने बालक को कंधे पर बैठा लिया और सहन में कोई पन्द्रह मिनट तक उचकता फिरा। बालक खिलखिलाता था और मुझे दम न लेने देता था, यहाँ तक कि दानू ने उसे मेरे कन्धे से उतारकर ज़मीन पर बैठा दिया और बोले–कुछ पान-पत्ता तो लाया नहीं, उलटे सवारी कर बैठा। जा, अम्माँ से पान बनवा ला।

बालक मचल गया। मैंने उसे शान्त करने के लिये दानू को हलके हाथों दो-तीन धप जमाये और उनकी रिस्टवाच से सुसज्जित कलाई पकड़कर बोला–ले लो बेटा, इनकी घड़ी ले लो, यह बहुत मारा करते हैं तुम्हें। आप तो घड़ी लगाकर बैठे हैं और हमारे मुन्ने के पास नहीं।

मैंने चुपके से रिस्टवाच खोलकर बालक की बाँह में बाँध दी और तब उसे गोद में उठाकर बोला–भैया, अपनी घड़ी हमें दे दो।

सयाने बाप के बेटे भी सयाने होते हैं। बालक ने घड़ी को दूसरे हाथ से छिपाकर कहा–तुमको नयीं देंगे!

मगर मैंने अन्त में उसे फुसलाकर घड़ी ले ली। और अपनी कलाई पर बाँध ली। बालक पान लेने चला गया। दानू बाबू अपनी घड़ी के गुणों की प्रशंसा करने लगे–ऐसी सच्ची समय बतानेवाली घड़ी आज तक कम-से-कम मैंने नहीं देखी।

मैंने अनुमोदन किया–है भी तो स्विस!

दानू–अजी, स्विस होने से क्या होता है। लाखों स्विस-घड़ियाँ देख चुका हूँ। किसी को सरदी, किसी को जुकाम, किसी को गठिया, किसी को लकवा। जब देखिये, तब अस्पताल में पड़ी हैं। घड़ी की पहचान चाहिये और यह कोई आसान काम नहीं। कुछ लोग समझते हैं, बहुत दाम ख़र्च कर देने से अच्छी घड़ी मिल जाती है। मैं कहता हूँ तुम गधे हो। दाम ख़र्च करने से ईश्वर नहीं मिला करता। ईश्वर मिलता है ज्ञान से और घड़ी भी मिलती है ज्ञान से। फासेट साहब को तो जानते होंगे। बस, बन्दा ऐसों

ही की खोज में रहता है। एक दिन आकर बैठ गया। शराब की चाट थी। जेब में रुपये नदारद। मैंने 25 रुपये में यह घड़ी ले ली। इसको तीन साल होते हैं और आज तक एक मिनट का फ़र्क नहीं पड़ा। कोई इसके सौ आँकता है, कोई दो सौ, कोई साढ़े तीन सौ, कोई पौने पाँच सौ; मगर मैं कहता हूँ, तुम सब गधे हो, एक हज़ार के नीचे ऐसी घड़ी नहीं मिल सकती। पत्थर पर पटक दो, क्या मज़ाल कि बल भी आये।

मैं– तब तो यार, एक दिन के लिये मँगनी दे दो। बाहर जाना है। औरों को भी इसकी करामात सुनाऊँगा।

दानू– मँगनी तो तुम जानते हो, मैं कोई चीज़ नहीं देता। क्यों नहीं देता, इसकी कथा सुनाने बैठूँ, तो अलिफलैला की दास्तान हो जायें। उसका सारांश यह है कि मँगनी में चीज़ देना मित्रता की जड़ खोदना, मुरव्वत का गला घोंटना और अपने घर आग लगाना है। आप बहुत उत्सुक मालूम होते हैं, इसलिये दो-एक घटनाएँ सुना ही दूँ। आपको फ़ुरसत है न? हाँ, आज तो दफ़्तर बंद है, तो सुनिये। एक साहब लालटेनें मँगनी ले गये। लौटाने आये तो चिमनियाँ सब टूटी हुईं। पूछा, यह आपने क्या किया, तो बोले–'जैसी गयी थीं, वैसी आयीं। यह तो आपने नहीं कहा था कि इनके बदले नयी लालटेनें लूँगा। वाह साहब, वाह! यह अच्छा रोज़गार निकाला।' बताइये, क्या करता। एक दूसरे महाशय कालीन ले गये। बदले में एक फटी हुई दरी ले आये। पूछा, तो बोले–'साहब, आपको तो यह दरी मिल भी गयी, मैं किसके सामने जाकर रोऊँ, मेरी पाँच कालीनों का पता नहीं, कोई साहब सब समेट ले गये।' बताइये, उनसे क्या कहता? तबसे मैंने कान पकड़े कि अब किसी के साथ यह व्यवहार ही न करूँगा। सारा शहर मुझे बेमुरौवत, मक्खीचूस और जाने क्या-क्या कहता है, पर मैं परवाह नहीं करता। लेकिन आप बाहर जा रहे हैं और बहुत-से आदमियों से आपकी मुलाकात होगी। संभव है, कोई इस घड़ी का गाहक निकल आये, इसलिये आपके साथ इतनी सख़्ती न करूँगा। हाँ, इतनी अवश्य कहूँगा कि मैं इसे निकालना चाहता हूँ और आपसे मुझे सहायता मिलने की पूरी उम्मीद है। अब कोई दाम लगाये, तो मुझसे आकर कहियेगा।

मैं यहाँ से कलायी पर घड़ी बाँधकर चला, तो ज़मीन पर पाँव न पड़ते थे। घड़ी मिलने की इतनी खुशी न थी, जितनी एक मुड्ढ पर विजय पाने की। कैसा फाँसा है बचा को! वह समझते थे कि मैं ही बड़ा सयाना हूँ, यह नहीं जानते थे कि यहाँ उनके भी गुरुघंटाल हैं।

2

उसी दिन शाम को मैं ससुराल जा पहुँचा। अब वह गुत्थी खुली कि लोग क्यों ससुराल जाते वक़्त इतना ठाट करते हैं। घर में हलचल पड़ गयी। मुझ पर किसी की निगाह न थी। सभी मेरा साज-सामान देख रहे थे। कहार पानी लेकर दौड़ा, एक साला मिठाई की तश्तरी लाया, दूसरा पान की। नाइन झाँककर देख गयी और ससुरजी की

आँखों में तो ऐसा गर्व झलक रहा था, मानो संसार को उनके निर्वाचन-कौशल पर सिर झुकाना चाहिये। 30 रु. महीने का नौकर उस वक़्त ऐसी शान से बैठा हुआ था, जैसे बड़े बाबू दफ़्तर में बैठते हैं। कहार पंखा झल रहा था, नाइन पाँव धो रही थी, एक साला बिछावन बिछा रहा था, दूसरा धोती लिये खड़ा था कि मैं पाजामा उतारूँ। यह सब इसी ठाट की करामात थी।

रात को देवीजी ने पूछा– सब रुपये उड़ा आये कि कुछ बचा भी है?

मेरा सारा प्रेमोत्साह शिथिल पड़ गया, न क्षेम, न कुशल, न प्रेम की कोई बातचीत। बस, हाय रुपये! हाय रुपये! जी में आया कि इसी वक़्त उठकर चल दूँ। लेकिन ज़ब्त कर गया। बोला– मेरी आमदनी जो कुछ है, वह तो तुम्हें मालूम ही है।

'मैं क्या जानूँ, तुम्हारी क्या आमदनी है। कमाते होगे अपने लिये, मेरे लिये क्या करते हो? तुम्हें तो भगवान ने औरत बनाया होता, तो अच्छा होता। रात-दिन कंघी-चोटी किया करते। तुम नाहक मर्द बने। अपने शौक़-सिंगार से बचत ही नहीं, दूसरों की फ़िक्र क्या करोगे?'

मैंने झुँझलाकर कहा– क्या तुम्हारी यही इच्छा है कि इसी वक़्त चला जाऊँ?

देवीजी ने भी त्योरियाँ चढ़ाकर कहा– चले क्यों नहीं जाते, मैं तो तुम्हें बुलाने न गयी थी, या मेरे लिये कोई रोकड़ लाये हो?

मैंने चिंतित स्वर में कहा– तुम्हारी निगाह में प्रेम का कोई मूल्य नहीं। जो कुछ है, वह रोकड़ ही है?

देवीजी ने त्योरियाँ चढ़ाये हुये ही कहा– प्रेम अपने-आपसे करते होंगे, मुझसे तो नहीं करते।

'तुम्हें पहले तो यह शिकायत कभी न थी।'

'इससे यह तो तुमको मालूम ही हो गया कि मैं रोकड़ की परवा नहीं करती; लेकिन देखती हूँ कि ज्यों-ज्यों तुम्हारी दशा सुधर रही है, तुम्हारा हृदय भी बदल रहा है। इससे तो यही अच्छा था कि तुम्हारी वही दशा बनी रहती। तुम्हारे साथ उपवास कर सकती हूँ, फटे-चीथड़े पहनकर दिन काट सकती हूँ; लेकिन यह नहीं हो सकता कि तुम चैन करो और मैं मैके में परी भाग्य को रोया करूँ। मेरा प्रेम उतना सहनशील नहीं है।'

सालों और नौकरों ने मेरा जो आदर-सम्मान किया था, उसे देखकर मैं अपने ठाट पर फूला न समाया था। अब यहाँ मेरी जो अवहेलना हो रही थी, उसे देखकर मैं पछता रहा था कि व्यर्थ ही यह स्वाँग भरा। अगर साधारण कपड़े पहने, रोनी सूरत बनाये आता, तो बाहरवाले चाहे अनादर ही करते, लेकिन देवीजी तो प्रसन्न रहतीं; पर अब तो भूल हो गयी थी। देवीजी की बातों पर मैंने गौर किया, तो मुझे उनसे सहानुभूति हो गयी। यदि देवीजी पुरुष होतीं और मैं उनकी स्त्री, तो क्या मुझे यह

किसी तरह भी सह्य होता कि वह तो छैला बनी घूमें और मैं पिंजरे में बंद दाने और पानी को तरसूँ। चाहिये यह था कि देवीजी से सारा रहस्य कह सुनाता; पर आत्मगौरव ने इसे किसी तरह स्वीकार न किया। स्वाँग भरना सर्वथा अनुचित था, लेकिन परदा खोलना तो भीषण पाप था। आख़िर मैंने फिर उसी ख़ुशामद से काम लेने का निश्चय किया, जिसने इतने कठिन अवसरों पर मेरा साथ दिया था। प्रेम-पुलकित कंठ से बोला–प्रिये! सच कहता हूँ, मेरी दशा अब भी वही है; लेकिन तुम्हारे दर्शनों की इच्छा इतनी बलवती हो गयी थी कि उधार कपड़े लिये, यहाँ तक कि अभी सिलायी भी नहीं दी। फटेहाल आते संकोच होता था कि सबसे पहले तुमको दुःख होगा और तुम्हारे घरवाले भी दुःखी होंगे। अपनी दशा जो कुछ है, वह तो है ही, उसका ढिंढोरा पीटना तो और भी लज्जा की बात है।

देवीजी ने कुछ शान्त होकर कहा– तो उधार लिया?

'और नकद कहाँ धरा था?'

'घड़ी भी उधार ली?'

'हाँ, एक जान-पहचान की दुकान से ले ली।'

'कितने की है?'

बाहर किसी ने पूछा होता, तो मैंने 500 रु. से कौड़ी कम न बताया होता, लेकिन यहाँ मैंने 25 रु. बताया।

'तब तो बड़ी सस्ती मिल गयी।'

'और नहीं तो मैं फँसता ही क्यों?'

'इसे मुझे देते जाना।'

ऐसा जान पड़ा, मेरे शरीर में रक्त ही न रहा। सारे अवयव निस्पंद हो गये। इनकार करता हूँ, तो नहीं बचता; स्वीकार करता हूँ, तो भी नहीं बचता। आज प्रातःकाल यह घड़ी मँगनी पाकर मैं फूला न समाया था। इस समय वह ऐसी मालूम हुई, मानो कौड़ियाला कुंडली मारे बैठा हो, बोला–तुम्हारे लिये कोई अच्छी घड़ी ले लूँगा।

'जी नहीं, माफ़ कीजिये, आप ही अपने लिये दूसरी घड़ी ले लीजियेगा। मुझे तो यही अच्छी लगती है। कलाई पर बाँधे रहूँगी। जब-जब इस पर आँखें पड़ेंगी, तुम्हारी याद आयेगी। देखो, तुमने आज तक मुझे फूटी कौड़ी भी कभी नहीं दी। अब इनकार करोगे, तो फिर कोई चीज़ न माँगूगी।'

देवीजी के कोई चीज़ न माँगने से मुझे किसी विशेष हानि का भय न होना चाहिये था, बल्कि उनके इस विराग का स्वागत करना चाहिये था, पर न-जाने क्यों मैं डर गया। कोई ऐसी युक्ति सोचने लगा कि वह राज़ी हो जायें और घड़ी भी न देनी पड़े। बोला– घड़ी क्या चीज़ है, तुम्हारे लिये जान हाज़िर है, प्रिय! लाओ तुम्हारी कलाई पर बाँध दूँ, लेकिन बात यह है कि वक़्त का ठीक-ठीक अंदाज़ न होने से

कभी-कभी दफ़्तर पहुँचने में देर हो जाती है और व्यर्थ की फटकार सुननी पड़ती है। घड़ी तुम्हारी है, किन्तु जब तक दूसरी घड़ी न ले लूँ, इसे मेरे पास रहने दो। मैं बहुत जल्द कोई सस्ते दामों की घड़ी अपने लिये ले लूँगा और तुम्हारी घड़ी तुम्हारे पास भेज दूँगा। इसमें तो तुम्हें कोई आपत्ति न होगी।

देवीजी ने अपनी कलाई पर घड़ी बाँधते हुये कहा– राम जाने, तुम बड़े चकमेबाज़ हो, बातें बनाकर काम निकालना चाहते हो। यहाँ ऐसी कच्ची गोलियाँ नहीं खेली हैं। यहाँ से जाकर दो-चार दिन में दूसरी घड़ी ले लेना! दो-चार दिन ज़रा सबेरे दफ़्तर चले जाना।

अब मुझे और कुछ कहने का साहस नहीं हुआ। कलायी से घड़ी के जाते ही हृदय पर चिन्ता का पहाड़-सा बैठ गया। ससुराल में दो दिन रहा, पर उदास और चिन्तित। दानू बाबू को क्या जवाब दूँगा, यह प्रश्न किसी गुप्त वेदना की भाँति चित्त को मसोसता रहा।

3

घर पहुँचकर जब मैंने सजल नेत्र होकर दानू बाबू से कहा–'घड़ी तो कहीं खो गयी' तो खेद या सहानुभूति का एक शब्द भी मुँह से निकालने के बदले उन्होंने बड़ी निर्दयता से कहा– इसीलिये मैं तुम्हें घड़ी न देता था! आख़िर वही हुआ, जिसकी मुझे शंका थी। मेरे पास वह घड़ी तीन साल रही, एक दिन भी इधर-उधर न हुई। तुमने तीन दिन में वारा-न्यारा कर दिया। आख़िर कहाँ गये थे?

मैं तो डर रहा था कि दानू बाबू न-जाने कितनी घुड़कियाँ सुनायेंगे। उनकी यह क्षमाशीलता देखकर मेरी जान-में-जान आयी। बोला– ज़रा ससुराल चला गया था।

'तो भाभी को लिवा लाये?'

'जी, भाभी को लिवा लाता! अपनी गुज़र होती ही नहीं, भाभी को लिवा लाता?'

'आख़िर तुम इतना कमाते हो, वह क्या करते हो?'

'कमाता क्या हूँ अपना सिर? 30 रु. महीने का नौकर हूँ?

'तो तीसों ख़र्च कर डालते हो?'

'क्या 30 रु. मेरे लिये बहुत हैं?'

'जब तुम्हारी कुल आमदनी 30 रु. है, तो यह सब अपने ऊपर ख़र्च करने का तुम्हें अधिकार नहीं है। बीवी कब तक मैके में पड़ी रहेगी?'

'जब तक और तरक्की नहीं होती, तब तक मज़बूरी है! किस बिरते पर बुलाऊँ?'

'और तरक्की दो-चार साल न हो तो?'

'यह तो ईश्वर ही ने कहा है। इधर तो ऐसी आशा नहीं है।'

'शाबाश! तब तो तुम्हारी पीठ ठोकनी चाहिये। और कुछ काम क्यों नहीं करते? सुबह को क्या करते हो?'

'सारा वक़्त नहाने-धोने, खाने-पीने में निकल जाता है। फिर दोस्तों से मिलना-जुलना भी तो है।'

'तो भाई, तुम्हारा रोग असाध्य है। ऐसे आदमी के साथ मुझे लेश मात्र भी सहानुभूति नहीं हो सकती। आपको मालूम है, मेरी घड़ी 500 रु. की थी। सारे रुपये आपको देने होंगे। आप अपने वेतन में से 15 रु. महीना मेरे हवाले रखते जाइये। इस प्रकार ढाई साल में मेरे रुपये पट जायें तो ख़ूब जी खोलकर दोस्तों से मिलियेगा। समझ गये न? मैंने 40 रु. छोड़ दिये हैं, इससे अधिक रिआयत नहीं कर सकता।'

'15 रु. में मेरा गुज़र कैसे होगा?'

'गुज़र तो लोग 5 रु. में भी करते हैं और 500 रु. में भी। इसकी न चलाओ, अपनी सामर्थ्य देख लो।'

दानू बाबू ने जिस निष्ठुरता से ये बातें कीं, उससे मुझे विश्वास हो गया कि अब इनके सामने रोना-धोना व्यर्थ है। यह अपनी पूरी रक़म लिये बिना न मानेंगे। घड़ी अधिक-से-अधिक 200 रु. की थी। लेकिन इससे क्या होता है! उन्होंने तो पहले ही उसका दाम बता दिया था। अब उस विषय पर मीन-मेष विचार करने का मुझे साहस कैसे हो सकता था? क़िस्मत ठोककर घर आया। यह विवाह करने का मज़ा है! उस वक़्त कैसे प्रसन्न थे, मानो चारों पदार्थ मिले जा रहे थे। अब नानी के नाम को रोओ। घड़ी का शौक़ चर्राया था, उसका फल भोगो! न घड़ी बाँधकर जाते, तो ऐसी कौन-सी किरकिरी हुई जाती थी। मगर तब तुम किसकी सुनते थे? देखें 15 रु. में कैसे गुज़र करते हो। 30 रु. में तो तुम्हारा पूरा ही न पड़ता था, 15 रु. में तुम क्या भुना लोगे?

इन्हीं चिन्ताओं में पड़ा-पड़ा मैं सो गया। भोजन करने की भी सुधि न रही!

4

ज़रा सुन लीजिये कि 30 रु. में कैसे गुज़र करता था– 20 रु. तो होटल को देता था! 5 रु. नाश्ते का ख़र्च था और बाकी 5 रु. में पान, सिगरेट, कपड़े, जूते, सब कुछ! मैं कौन राजसी ठाट से रहता था, ऐसी कौन-सी फिज़ूलख़र्ची करता था कि अब ख़र्च में कमी करता। मगर दानू बाबू का क़र्ज़ तो चुकाना ही था। रोकर चुकाता या हँसकर। एक बार जी में आया कि ससुराल में जाकर घड़ी उठा लाऊँ, लेकिन दानू बाबू से कह चुका था घड़ी खो गयी। अब घड़ी लेकर आऊँगा, तो यह मुझे झूठा और लबाड़िया समझेंगे। मगर क्या मैं यह नहीं कह सकता कि मैंने समझा था कि घड़ी खो गयी, ससुराल गया तो उसका पता चल गया। मेरी बीवी ने उड़ा दी थी। हाँ, यह चाल अच्छी थी। लेकिन देवीजी से क्या बहाना करूँगा? उसे कितना दु:ख होगा। घड़ी पाकर कितनी खुश हो गयी थी! अब जाकर घड़ी छीन लाऊँ, तो शायद फिर मेरी सूरत भी न देखे। हाँ, यह हो सकता था कि दानू बाबू के पास जाकर रोता। मुझे विश्वास था कि आज क्रोध में उन्होंने चाहे कितनी ही निष्ठुरता दिखाई हो, लेकिन

दो-चार दिन के बाद जब उनका क्रोध शान्त हो जाये और मैं जाकर उनके सामने रोने लगूँ, तो उन्हें अवश्य दया आ जायेगी। बचपन की मित्रता हृदय से नहीं निकल सकती। लेकिन मैं इतना आत्मगौरव-शून्य न था और न हो सकता था।

मैं दूसरे ही दिन एक सस्ते होटल में उठ गया। यहाँ 12 रु. में ही प्रबंध हो गया। सुबह को दूध और चाय से नाश्ता करता था। अब छटाँक भर चनों पर बसर होने लगी। 12 रु. तो यों बचे। पान, सिगरेट आदि की मद में 3 रु. और कम किये। और महीने के अंत में साफ़ 15 रु. बचा लिये। यह विकट तपस्या थी। इंद्रियों का निर्दय दमन ही नहीं, पूरा संन्यास था। पर जब मैंने ये 15 रु. ले जाकर दानू बाबू के हाथ में रखे, तो ऐसा जान पड़ा, मानो मेरा मस्तक ऊँचा हो गया है। ऐसे गौरवपूर्ण आनंद का अनुभव मुझे जीवन में कभी न हुआ था।

दानू बाबू ने सहृदयता के स्वर में कहा– बचाये या किसी से माँग लाये?

'बचाया है भाई, माँगता किससे?'

'कोई तकलीफ़ तो नहीं हुई?'

'कुछ नहीं। अगर कुछ तकलीफ़ हुई भी, तो इस वक़्त भूल गयी।'

'सुबह को तो अब भी खाली रहते हो? आमदनी कुछ और बढ़ाने की फ़िक्र क्यों नहीं करते?'

'चाहता तो हूँ कि कोई काम मिल जाये तो कर लूँ; पर मिलता ही नहीं।'

यहाँ से लौटा, तो मुझे अपने हृदय में एक नवीन बल, एक विचित्र स्फूर्ति का अनुभव हो रहा था। अब तक जिन इच्छाओं को रोकना कष्टप्रद जान पड़ता था, अब उनकी ओर ध्यान भी न जाता था। जिस पान की दुकान को देखकर चित्त अधीर हो जाता था, उसके सामने से मैं सिर उठाये निकल जाता था, मानो अब मैं उस सतह से कुछ ऊँचा उठ गया हूँ; सिगरेट, चाय और चाट अब इनमें से किसी पर भी चित्त आकर्षित न होता था। प्रातःकाल भीगे हुये चने, दोनों जून रोटी और दाल। बस, इसके सिवा मेरे लिये और सभी चीज़ें त्याज्य थीं, सबसे बड़ी बात तो यह थी कि मुझे जीवन से विशेष रुचि हो गयी थी। मैं ज़िन्दगी से बेज़ार, मौत के मुँह का शिकार बनने का इच्छुक न था। मुझे ऐसा आभास होता था कि मैं जीवन में कुछ कर सकता हूँ।

एक मित्र ने एक दिन मुझसे पान खाने के लिये बड़ा आग्रह किया, पर मैंने न खाया। तब वह बोले– तुमने तो यार, पान छोड़कर कमाल कर दिया। मैं अनुमान ही न कर सकता था कि तुम पान छोड़ दोगे। हमें भी कोई तरकीब बताओ।

मैंने मुस्कराकर कहा– उसकी तरकीब यही है कि पान न खाओ।

'जी तो नहीं मानता।'

'आप ही मान जायेगा।'

'बिना सिगरेट पिये, तो मेरा पेट फूलने लगता है।'

'फूलने दो, आप पिचक जायेगा।'

'अच्छा तो लो, आज मैंने पान-सिगरेट छोड़ा।'

'तुम क्या छोड़ोगे? तुम नहीं छोड़ सकते।'

मैंने उनको उत्तेजित करने के लिये यह शंका की थी। इसका यथेष्ट प्रभाव पड़ा! वह दृढ़ता से बोले- तुम यदि छोड़ सकते हो, तो मैं भी छोड़ सकता हूँ। मैं तुमसे किसी बात में कम नहीं हूँ।

'अच्छी बात है, देखूँगा।'

'देख लेना।'

मैंने इन्हें आज तक पान या सिगरेट का सेवन करते नहीं देखा।

पाँचवें महीने मैं जब रुपये लेकर दानू बाबू के पास गया, सच मानो, वह टूटकर मेरे गले से लिपट गये! बोल- हो तो यार, तुम धुन के पक्के। मगर सच कहना, मुझे मन में कोसते तो नहीं?

मैंने हँसकर कहा- अब तो नहीं कोसता, मगर पहले ज़रूर कोसता था।

'अब क्यों इतनी कृपा करने लगे?'

'इसलिये कि मुझ जैसी स्थिति के आदमी को जिस तरह रहना चाहिये, वह तुमने सिखा दिया! मेरी आमदनी में आधा मेरी स्त्री का है। पर अब तक मैं उसका हिस्सा भी हड़प कर जाता था। अब मैं इस योग्य हो रहा हूँ कि उसका हिस्सा उसे दे दूँ, या स्त्री को अपने साथ रखूँ। तुमने मुझे बहुत अच्छा पाठ दे दिया।'

'अगर तुम्हारी आमदनी कुछ बढ़ जाये तो फिर उसी तरह रहने लगोगे!'

'नहीं, कदापि नहीं। अपनी स्त्री को बुला लूँगा।'

'अच्छा, तो खुश हो जाओ; तुम्हारी तरक्की हो गयी है।'

मैंने अविश्वास के भाव से कहा- मेरी तरक्की अभी क्या होगी? अभी मुझसे पहले के लोग पड़े नाक रगड़ रहे हैं?

'कहता हूँ, मान जाओ। मुझसे तुम्हारे बड़े बाबू कहते थे।'

मुझे अब भी विश्वास न आया। पर मारे कुतूहल के पेट में चूहे दौड़ रहे थे। उधर दानू बाबू अपने घर गये, इधर मैं बड़े बाबू के घर पहुँचा। बड़े बाबू बैठ अपनी बकरी दुह रहे थे। मुझे देखा, तो झेंपते हुये बोले- क्या करें भाई, आज ग्वाला नहीं आया, इसीलिये यह बला गले पड़ी। चलो, बैठो।

मैं कमरे में जा बैठा। बाबूजी भी कोई आध घंटे के बाद हाथ में गुड़गुड़ी लिये निकले और इधर-उधर की बातें करते रहे। आख़िर मुझसे न रहा गया, बोला- मैंने सुना है, मेरी कुछ तरक्की हो गयी है।

बड़े बाबू ने प्रसन्नमुख होकर कहा- हाँ भई, हुई तो है। तुमसे दानू बाबू ने कहा होगा।

'जी हाँ, अभी कहा है। मगर मेरा नंबर तो अभी नहीं आया, तरक्की कैसे हुई?'

'यह न पूछो, अफ़सरों की निगाह चाहिये, नंबर-संबर कौन देखता है।'

'लेकिन आख़िर मुझे किसकी जगह मिली? अभी कोई तरक्की का मौका भी तो नहीं।'

'कह दिया, भाई अफ़सर लोग सब कुछ कर सकते हैं। साहब एक दूसरी मद से तुम्हें 15 रु. महीना देना चाहते हैं। दानू बाबू ने साहब से कहा-सुना होगा।'

'किसी दूसरे का हक़ मारकर तो मुझे ये रुपये नहीं दिये जा रहे हैं?'

'नहीं, यह बात नहीं। मैं ख़ुदा क़सम इसे मंज़ूर न करता।'

महीना गुज़रा, मुझे 45 रु. मिले। मगर रजिस्टर में मेरे नाम के सामने वही 30 रु. लिखे थे। बड़े बाबू ने अकेले बुलाकर मुझे रुपये दिये और ताकीद कर दी कि किसी से कहना मत, नहीं दफ़्तर में बावेला मच जायेगा। साहब का हुक़्म है कि यह बात गुप्त रखी जाये।

मुझे संतोष हो गया कि किसी सहकारी का गला घोंटकर मुझे रुपये नहीं दिये जाये। खुश-खुश रुपये लिये सीधा दानू बाबू के पास पहुँचा। वह मेरी बाछें खिली देखकर बोले– मार लाये तरक्की, क्यों?

'हाँ यार, रुपये तो 15 मिले; लेकिन तरक्की नहीं हुई, किसी और मद से दिये जाने हैं।'

'तुम्हें रुपये से मतलब है, चाहे किसी मद से मिलें। तो अब बीवी को लेने जाओगे न?'

'नहीं, अभी नहीं।'

'तुमने तो कहा था, आमदनी बढ़ जायेगी, तो बीवी को लाऊँगा, अब क्या हो गया?'

'मैं सोचता हूँ, पहले रुपये पटा दूँ। अब से 30 रु. महीने देता जाऊँगा, साल भर में पूरे रुपये पट जायेंगे। तब मुक्त हो जाऊँगा।'

दानू बाबू की आँखें सजल हो गयी। मुझे आज अनुभव हुआ कि उनकी इस कठोर आकृति के नीचे कितना कोमल हृदय छिपा हुआ था। बोले– नहीं, अबकी मुझे कुछ मत दो। रेल का ख़र्च पड़ेगा, वह कहाँ से दोगे! जाकर अपनी स्त्री को ले आओ।

मैंने दुविधा में पड़कर कहा– यार, अभी न मज़बूर करो। शायद किश्त न अदा कर सकूँ तो?

दानू बाबू ने मेरा हाथ पकड़कर कहा– तो कोई हरज नहीं। सच्ची बात यह है कि मैं अपनी घड़ी के दाम पा चुका। मैंने तो उसके 25 रु. ही दिये थे। उस पर तीन साल काम ले चुका था। मुझे तुमसे कुछ न लेना चाहिये था। अपनी स्वार्थपरता पर लज्जित हूँ।

मेरी आँखें भी भर आयीं। जी में तो आया, घड़ी का सारा रहस्य कह सुनाऊँ, लेकिन ज़ब्त कर गया। गदगद कंठ से बोला– नहीं दानू बाबू, मुझे रुपये अदा कर लेने दो। आख़िर तुम उस घड़ी को चार-पाँच सौ में बेच लेते या नहीं? मेरे कारण तुम्हें इतना नुकसान क्यों हो?

'भाई, अब घड़ी की चर्चा न कहो। यह बताओ, कब जाओगे?'

'अरे, तो पहले रहने का तो ठीक कर लूँ।'

'तुम जाओ, मैं मकान का प्रबंध कर रखूँगा।'

'मगर मैं 5 रु. से ज़्यादा किराया न दे सकूँगा। शहर से ज़रा हटकर मकान सस्ता मिल जायेगा।'

'अच्छी बात है, मैं सब ठीक कर रखूँगा। किस गाड़ी से लौटोगे?'

'यह अभी क्या मालूम। विदाई का मामला है, साइत बने या न बने, या लोग एकाध दिन रोक ही लें। तुम इस झंझट में क्यों पड़ोगे? मैं दो-चार दिन में मकान ठीक करके चला जाऊँगा।'

'जी नहीं, आप आज जाइये और कल आइये।'

'तो उतरूँगा कहाँ?'

'मैं मकान ठीक कर लूँगा। मेरा आदमी तुम्हें स्टेशन पर मिलेगा।'

मैंने बहुत हीले-हवाले किये, पर उस भले आदमी ने एक न सुनी। उसी दिन मुझे ससुराल जाना पड़ा।

5

मुझे ससुराल में तीन दिन लग गये। चौथे दिन पत्नी के साथ चला। जी में डर रहा था कि कहीं दानू ने कोई आदमी न भेजा हो तो कहाँ उतरूँगा, कहाँ को जाऊँगा। आज चौथा दिन है। उन्हें इतनी क्या गरज पड़ी है कि बार-बार स्टेशन पर अपना आदमी भेजें। गाड़ी में सवार होते समय इरादा हुआ कि दानू को तार से अपने आने की सूचना दे दूँ। लेकिन बारह आने का ख़र्च था, इससे हिचक गया।

मगर जब गाड़ी बनारस पहुँची, तो देखता हूँ कि दानू बाबू स्वयं कोट-हैट लगाये, दो कुलियों के साथ खड़े हैं। मुझे देखते ही दौड़े और बोले– ससुराल की रोटियाँ बड़ी प्यारी लग रही थीं क्या? तीन दिन से रोज़ दौड़ रहा हूँ, जुरमाना देना पड़ेगा।

देवीजी सिर से पाँव तक चादर ओढ़े, गाड़ी से उतरकर प्लेटफार्म पर खड़ी हो गयी थीं। मैं चाहता था, जल्दी से गाड़ी में बैठकर यहाँ से चल दूँ। घड़ी उनकी कलाई पर बँधी हुई थी। मुझे डर लग रहा था कि कहीं उन्होंने हाथ बाहर निकाला और दानू की निगाह घड़ी पर गयी, तो बड़ी झेंप होगी। मगर तक़दीर का लिखा कौन टाल सकता है? मैं देवीजी से दानू बाबू की सज्जनता का ख़ूब बखान कर चुका था।

अब जो दानू उसके समीप आकर संदूक उठाने लगे, तो देवीजी ने दोनों हाथों से उन्हें नमस्कार किया। दानू ने उनकी कलाई पर घड़ी देख ली। उस वक़्त तो क्या बोलते; लेकिन ज्यों ही देवीजी को एक ताँगे पर बिठाकर हम दोनों दूसरे ताँगे पर बैठकर चले, दानू ने मुस्कराकर कहा– क्या घड़ी देवीजी ने छिपा दी थी?

मैंने शर्माते हुये कहा– नहीं यार, मैं ही दे आया था। दे क्या आया था, उन्होंने मुझसे छीन ली थी।

दानू ने मेरा तिरस्कार करके कहा– तो मुझसे झूठ क्यों बोले?

'फिर क्या करता?'

'अगर तुमने साफ़ कह दिया होता, तो शायद मैं इतना कमीना नहीं हूँ कि तुमसे उसका तावाना वसूल करता; लेकिन ख़ैर, ईश्वर का कोई काम मसलहत से खाली नहीं होता। तुम्हें कुछ दिनों ऐसी तपस्या की ज़रूरत थी।'

'मकान कहाँ ठीक किया है?'

'वहीं तो चल रहा हूँ।'

'क्या तुम्हारे घर के पास ही है? तब तो बड़ा मज़ा रहेगा।'

'हाँ, मेरे घर से मिला हुआ है, मगर बहुत सस्ता।'

दानू बाबू के द्वार पर दोनों ताँगे रुके। आदमियों ने दौड़कर असबाब उतारना शुरू किया। एक क्षण में दानू बाबू की देवीजी घर में से निकलकर ताँगे के पास आयीं और पत्नीजी को साथ ले गयीं। मालूम होता था, यह सारी बातें पहले ही से सधी-बधी थीं।

मैंने कहा– तो यह कहो कि हम तुम्हारे बिन-बुलाये मेहमान हैं।

'अब तुम अपनी मरजी का कोई मकान ढूँढ़ लेना। दस-पाँच दिन तो यहाँ रहो।'

लेकिन मुझे यह ज़बरदस्ती की मेहमानी अच्छी न लगी। मैंने तीसरे ही दिन एक मकान तलाश कर लिया। बिदा होते समय दानू ने 100 रु. लाकर मेरे सामने रख दिये और कहा– यह तुम्हारी अमानत है। लेते जाओ!

मैंने विस्मय से पूछा– मेरी अमानत कैसी?

दानू ने कहा– 15 रु. के हिसाब से 6 महीने के 90 रु. हुये और 90 रु. सूद।

मुझे दानू की यह सज्जनता बोझ के समान लगी। बोला– तो तुम घड़ी ले लेना चाहते हो?

'फिर घड़ी का ज़िक्र किया तुमने! उसका नाम मत लो।'

'तुम मुझे चारों ओर से दबाना चाहते हो।'

'हाँ, दबाना चाहता हूँ फिर? तुम्हें आदमी बना देना चाहता हूँ, नहीं तो उम्र भर तुम यहाँ होटल की रोटियाँ तोड़ते और तुम्हारी देवीजी वहाँ बैठी तुम्हारे नाम को रोतीं। कैसी शिक्षा दी है, इसका एहसान तो न मानोगे।'

'यों कहो, तो आप मेरे गुरु बने हुये थे?'

'जी हाँ, ऐसे गुरु की तुम्हें ज़रूरत थी।'

मुझे विवश होकर घड़ी का ज़िक्र करना पड़ा। डरते-डरते बोला–

'तो भाई घड़ी.... '

'फिर तुमने घड़ी का नाम लिया!'

'तुम खुद मुझे मजबूर कर रहे हो।'

'वह मेरी ओर से भावज को उपहार है।'

'और ये 100 रु. मुझे उपहार मिले हैं।'

'जी हाँ, यह इम्तहान में पास होने का इनाम है।'

'तब तो डबल उपहार लिया है।'

'तुम्हारी तक़दीर ही अच्छी है, क्या करूँ।'

मैं रुपये यों न लेता था, पर दानू ने मेरी जेब में डाल दिये। लेने पड़े। इन्हें मैंने सेविंग बैंक में ज़मा कर दिया। 10 रु. महीने पर मकान लिया था। 30 रु. महीने ख़र्च करता था। 5 रु. बचने लगे। अब मुझे मालूम हुआ कि दानू बाबू ने मुझे छह महीना तक यह तपस्या न कराई होती, तो सचमुच मैं न-जाने कितने दिनों तक देवीजी को मैके में पड़ा रहने देता। उसी तपस्या की बरकत थी कि आराम से ज़िन्दगी कट रही थी, ऊपर से कुछ-न-कुछ जना होता जाता था। मगर घड़ी का किस्सा मैंने आज तक देवीजी से नहीं कहा। पाँचवें महीने में मेरी तरक्की का नंबर आया। तरक्की का परवाना मिला। मैं सोच रहा था कि देखूँ, अबकी दूसरी मदवाले 15 रु. मिलते हैं या नहीं। पहली तारीख़ को वेतन मिला, वही 45 रु.। मैं एक क्षण खड़ा रहा कि शायद बड़े बाबू दूसरी मदवाले रुपये भी दें। जब और लोग अपने-अपने वेतन लेकर चले गये, तो बड़े बाबू बोले– क्या अभी लालच घेरे हुये है? अब और कुछ न मिलेगा।

मैंने लज्जित होकर कहा– जी नहीं, इस ख़याल से नहीं खड़ा हूँ। साहब ने इतने दिनों तक परवरिश की, यह क्या थोड़ा है। मगर कम-से-कम इतना तो बता दीजिये कि किस मद से यह रुपया दिया जाता था?

बड़े बाबू– पूछकर क्या करोगे?

'कुछ नहीं, यों ही जानने को जी चाहता है।'

'जाकर दानू बाबू से पूछो।'

'दफ़्तर का हाल दानू बाबू क्या जान सकते हैं?'

'नहीं, यह हाल वही जानते हैं।'

मैंने बाहर आकर एक ताँगा किया और दानू के पास पहुँचा। आज पूरे दस महीने के बाद मैंने ताँगा किराये पर किया। इस रहस्य को जानने के लिये मेरा

दम घुट रहा था। दिल में तय कर लिया था कि अगर बचा ने यह षड्यंत्र रचा होगा, तो बुरी तरह ख़बर लूँगा। आप बग़ीचे में टहल रहे थे। मुझे देखा तो घबराकर बोले– कुशल तो है, कहाँ से भागे आते हो?

मैंने कृत्रिम क्रोध दिखाकर कहा– मेरे यहाँ तो कुशल है; लेकिन तुम्हारी कुशल नहीं।

'क्यों भाई, क्या अपराध हुआ है?'

'आप बतलाइये कि पाँच महीने तक मुझे जो 15 रु. वेतन के ऊपर से मिलते थे, वह कहाँ से आते थे?'

'तुमने बड़े बाबू से नहीं पूछा? तुम्हारे दफ़्तर का हाल मैं क्या जानूँ।'

मैं आजकल दानू से बेतकल्लुफ़ हो गया था। बोला– देखो दानू, मुझसे उड़ोगे, तो अच्छा न होगा। क्यों नाहक ही मेरे हाथों पिटोगे।

'पीटना चाहो, तो पीट लो भाई, सैकड़ों ही बार पीटा है, एक बार और सही। बार पर से जो ढकेल दिया था, उसका निशान बना हुआ है, यह देखो।'

'तुम टाल रहे हो और मेरा दम घुट रहा है। सच बताओ, क्या बात थी?'

'बात-वात कुछ नहीं थी। मैं जानता था कि कितनी ही किफ़ायत करोगे, 30 रु. में तुम्हारा गुज़र न होगा। और न सही, दोनों वक़्त रोटियाँ तो हों। बस, इतनी बात है। अब इसके लिये जो चाहो, दंड दो।'

❑

निमंत्रण

पंडित मोटेराम शास्त्री ने अंदर जा कर अपने विशाल उदर पर हाथ फेरते हुए यह पद पंचम स्वर में गाया–

अजगर करे न चाकरी, पंछी करे न काम,
दास मलूका कह गए, सबके दाता राम!

सोना ने प्रफुल्लित हो कर पूछा–'कोई मीठी-ताज़ी खबर है क्या?'

शास्त्री जी ने पैंतरे बदल कर कहा–'मार लिया आज। ऐसा ताक कर मारा कि चारों खाने चित्त। सारे घर का नेवता! सारे घर का। वह बढ़-बढ़कर हाथ मारूँगा कि देखने वाले दंग रह जाएँगे। उधर महाराज अभी से अधीर हो रहे हैं।'

सोना–'कहीं पहले की भाँति अब की भी धोखा न हो। पक्का-पोढ़ा कर लिया है न?'

मोटेराम ने मूँछें ऐंठते हुए कहा, 'ऐसा असगुन मुँह से न निकालो। बड़े जप-तप के बाद यह शुभ दिन आया है। जो तैयारियाँ करनी हों, कर लो।'

सोना–'वह तो करूँगी ही। क्या इतना भी नहीं जानती? जन्म भर घास थोड़े ही खोदती रही हूँ; मगर है घर भर का न?'

मोटेराम–'अब और कैसे कहूँ? पूरे घर भर का है। इसका अर्थ समझ में न आया हो, तो मुझसे पूछो। विद्वानों की बात समझना सबका काम नहीं।' मगर उनकी बात सभी समझ लें, तो उनकी विद्वत्ता का महत्त्व ही क्या रहे; बताओ, क्या समझीं? मैं इस समय बहुत ही सरल भाषा में बोल रहा हूँ; मगर तुम नहीं समझ सकीं। बताओ, विद्वत्ता किसे कहते हैं? महत्त्व ही का अर्थ बताओ। घर भर का निमंत्रण देना क्या दिल्लगी है? हाँ, ऐसे अवसर पर विद्वान लोग राजनीति से काम लेते हैं और उसका वही आशय निकालते हैं, जो अपने अनुकूल हो। मुरादपुर की रानी साहब सात ब्राह्मणों को इच्छापूर्ण भोजन कराना चाहती हैं। कौन-कौन महाशय मेरे साथ जाएँगे, यह निर्णय करना मेरा काम है। अलगूराम शास्त्री, बेनीराम शास्त्री, छेदीराम शास्त्री, भवानीराम शास्त्री, फेंकूराम शास्त्री, मोटेराम शास्त्री आदि जब इतने आदमी अपने घर ही में हैं, तब बाहर कौन ब्राह्मणों को खोजने जाये।

सोना–'और सातवाँ कौन है?'

मोटे–'बुद्धि दौड़ाओ।'

सोना–'एक पत्तल घर लेते आना।'

मोटे–'फिर वही बात कही, जिसमें बदनामी हो। छिः छिः! पत्तल घर लाऊँ। उस पत्तल में वह स्वाद कहाँ जो जजमान के घर पर बैठ कर भोजन करने में है। सुनो, सातवें महाशय हैं, पंडित सोनाराम शास्त्री।'

सोना–'चलो, दिल्लगी करते हो। भला, मैं कैसे जाऊँगी?'

मोटे–'ऐसे ही कठिन अवसरों पर तो विद्या की आवश्यकता पड़ती है। विद्वान आदमी अवसर को अपना सेवक बना लेता है, मूर्ख अपने भाग्य को रोता है। सोनादेवी और सोनाराम शास्त्री में क्या अंतर है, जानती हो? केवल परिधान का। परिधान का अर्थ समझती हो? परिधान 'पहनाव' को कहते हैं। इसी साड़ी को मेरी तरह बाँध लो, मेरी मिरज़ई पहन लो, ऊपर से चादर ओढ़ लो। पगड़ी मैं बाँध दूँगा। फिर कौन पहचान सकता है?

सोना ने हँसकर कहा–'मुझे तो लाज लगेगी।'

मोटे–'तुम्हें करना ही क्या है? बातें तो हम करेंगे।'

सोना ने मन ही मन आनेवाले पदार्थों का आनंद ले कर कहा–'बड़ा मजा होगा!'

मोटे–'बस, अब विलम्ब न करो। तैयारी करो, चलो।'

सोना–'कितनी फंकी बना लूँ?'

मोटे–'यह मैं नहीं जानता। बस, यही आदर्श सामने रखो कि अधिक से अधिक लाभ हो।'

सहसा सोनादेवी को एक बात याद आ गयी। बोली, अच्छा, इन बिछुओं का क्या करूँगी?'

मोटेराम ने त्योरी चढ़ा कर कहा, 'इन्हें उठाकर रख देना और क्या करोगी?'

सोना–'हाँ जी, क्यों नहीं। उतार कर रख क्यों न दूँगी?'

मोटे–'तो क्या तुम्हारे बिछुए पहनने ही से मैं जी रहा हूँ? जीता हूँ पौष्टिक पदार्थों के सेवन से। तुम्हारे बिछुओं के पुण्य से नहीं जीता।'

सोना–'नहीं भाई, मैं बिछुए न उतारूँगी।'

मोटेराम ने सोच कर कहा–'अच्छा, पहने चलो, कोई हानि नहीं। गोवर्धनधारी यह बाधा भी हर लेंगे। बस, पाँव में बहुत-से कपड़े लपेट लेना। मैं कह दूँगा, इन पंडित जी को फीलपाँव हो गया। क्यों, कैसी सूझी?'

पंडिताइन ने पतिदेव को प्रशंसा-सूचक नेत्रों से देख कर कहा–'जन्म भर पढ़ा नहीं है?'

2

संध्या-समय पंडित जी ने पाँचों पुत्रों को बुलाया और उपदेश देने लगे, 'पुत्रों, कोई काम करने के पहले खूब सोच-समझ लेना चाहिए कि कैसा क्या होगा। मान लो, रानी साहब ने तुम लोगों का पता-ठिकाना पूछना आरम्भ किया, तो तुम लोग क्या उत्तर दोगे? यह तो महान् मूर्खता होगी कि तुम सब मेरा नाम लो। सोचो, कितने कलंक और लज्जा की बात होगी कि मुझ-जैसा विद्वान् केवल भोजन के लिए इतना बड़ा कुचक्र रचे। इसलिए तुम सब थोड़ी देर के लिए भूल जाओ कि मेरे पुत्र हो। कोई मेरा नाम न बतलाये। संसार में नामों की कमी नहीं, कोई अच्छा-सा नाम चुन कर बता देना। पिता का नाम बदल देने से कोई गाली नहीं लगती। यह कोई अपराध नहीं।'

अलगू–'आप ही बता दीजिए।'

मोटे–'अच्छी बात है, बहुत अच्छी बात है। हाँ, इतने महत्त्व का काम मुझे स्वयं करना चाहिए। अच्छा सुनो, अलगूराम के पिता का नाम है पंडित केशव पाँडे, खूब याद कर लो। बेनीराम के पिता का नाम पंडित मंगरू ओझा, खूब याद रखना। छेदीराम के पिता हैं पंडित दमड़ी तिवारी, भूलना नहीं। भवानी, तुम गंगू पाँडे बतलाना, खूब याद कर लो। अब रहे फेंकूराम, तुम बेटा बतलाना सेतूराम पाठक। हो गए सब! हो गया सबका नामकरण! अच्छा अब मैं परीक्षा लूँगा। होशियार रहना। बोलो अलगू, तुम्हारे पिता का क्या नाम है?'

अलगू–'पंडित केशव पाँडे।'

'बेनीराम, तुम बताओ।'

'दमड़ी तिवारी।'

छेदी.–'यह तो मेरे पिता का नाम है।'

बेनी.–'मैं तो भूल गया।'

मोटे–'भूल गए! पंडित के पुत्र हो कर तुम एक नाम भी नहीं याद कर सकते। बड़े दुःख की बात है। मुझे पाँचों नाम याद हैं, तुम्हें एक नाम भी याद नहीं? सुनो, तुम्हारे पिता का नाम है पंडित मँगरू ओझा।'

पंडित जी लड़कों की परीक्षा ले ही रहे थे कि उनके परम मित्र पंडित चिंतामणि ने द्वार पर आवाज़ दी। पंडित मोटेराम ऐसे घबराये कि सिर-पैर की सुधि न रही। लड़कों को भगाना ही चाहते थे कि पंडित चिंतामणि अंदर चले आये। दोनों सज्जनों में बचपन से गाढ़ी मैत्री थी। दोनों बहुधा साथ-साथ भोजन करने जाया करते थे, और यदि पंडित मोटेराम अव्वल रहते, तो पंडित चिंतामणि के द्वितीय पद में कोई बाधाक न हो सकता था; पर आज मोटेराम जी अपने मित्र को साथ नहीं ले जाना चाहते थे। उनको साथ ले जाना, अपने घरवालों में से किसी एक को छोड़ देना था और इतना महान् आत्मत्याग करने के लिए वे तैयार न थे।

चिंतामणि ने यह समारोह देखा, तो प्रसन्न हो कर बोले, 'क्यों भाई, अकेले ही अकेले! मालूम होता है, आज कहीं गहरा हाथ मारा है।'

मोटेराम ने मुँह लटका कर कहा, 'कैसी बातें करते हो, मित्र! ऐसा तो कभी नहीं हुआ कि मुझे कोई अवसर मिला हो और मैंने तुम्हें सूचना न दी हो। कदाचित् कुछ समय ही बदल गया, या किसी ग्रह का फेर है। कोई झूठ को भी नहीं बुलाता।'

पंडित चिंतामणि ने अविश्वास के भाव से कहा, 'कोई न कोई बात तो मित्र अवश्य है, नहीं तो ये बालक क्यों जमा हैं?'

मोटे–'तुम्हारी इन्हीं बातों पर मुझे क्रोध आता है। लड़कों की परीक्षा ले रहा हूँ। ब्राह्मण के लड़के हैं, चार अक्षर पढ़े बिना इनको कौन पूछेगा?'

चिंतामणि को अब भी विश्वास न आया। उन्होंने सोचा, लड़कों से ही इस बात का पता लग सकता है। फेंकूराम सबसे छोटा था। उसी से पूछा, क्या पढ़ रहे हो बेटा! हमें भी सुनाओ। मोटेराम ने फेंकूराम को बोलने का अवसर न दिया। डरे कि यह तो सारा भंडा फोड़ देगा। बोले–अभी यह क्या पढ़ेगा। दिन भर खेलता है। फेंकूराम इतना बड़ा अपराध अपने नन्हे-से सिर पर क्यों लेता। बाल-सुलभ गर्व से बोला–'हमको तो याद है, पंडित सेतूराम पाठक। हम याद भी कर लें, तिसपर भी कहते हैं, हरदम खेलता है!' यह कहते हुए रोना शुरू किया।

चिंतामणि ने बालक को गले लगा लिया और बोले, 'नहीं बेटा, तुमने अपना पाठ सुना दिया है। तुम खूब पढ़ते हो। यह सेतूराम पाठक कौन है, बेटा?'

मोटेराम ने बिगड़ कर कहा, 'तुम भी लड़कों की बातों में आते हो। सुन लिया होगा किसी का नाम। (फेंकू से) जा, बाहर खेल।'

चिंतामणि अपने मित्र की घबराहट देख कर समझ गए कि कोई न कोई रहस्य अवश्य है। बहुत दिमाग लड़ाने पर भी सेतूराम पाठक का आशय उनकी समझ में न आया। अपने परम मित्र की इस कुटिलता पर मन में दुखित होकर बोले, अच्छा, 'आप पाठ पढ़ाइये और परीक्षा लीजिए। मैं जाता हूँ। तुम इतने स्वार्थी हो, इसका मुझे गुमान तक न था। आज तुम्हारी मित्रता की परीक्षा हो गयी।'

पंडित चिंतामणि बाहर चले गए। मोटेरामजी के पास उन्हें मनाने के लिए समय न था। फिर परीक्षा लेने लगे।

सोना ने कहा–'मना लो, मना लो। रूठे जाते हैं। फिर परीक्षा लेना।'

मोटे–'जब कोई काम पड़ेगा, मना लूँगा। निमंत्रण की सूचना पाते ही इनका सारा क्रोध शान्त हो जाएगा! हाँ भवानी, तुम्हारे पिता का क्या नाम है, बोलो।'

भवानी.–'गंगू पाँडे।'

मोटे–'और तुम्हारे पिता का नाम, फेंकू?'

फेंकू–'बता तो दिया, उस पर कहते हैं, पढ़ता नहीं!'

मोटे–'हमें भी बता दो।'

फेंकू–'सेतूराम पाठक तो है।'

मोटे–'बहुत ठीक, हमारा लड़का बड़ा राजा है। आज तुम्हें अपने साथ बैठायेंगे और सबसे अच्छा माल तुम्हीं को खिलायेंगे।'

सोना–'हमें भी कोई नाम बता दो।'

मोटेराम ने रसिकता से मुसकरा कर कहा, 'तुम्हारा नाम है पंडित मोहनसरूप सुकुल।' सोनादेवी ने लजा कर सिर झुका दिया।

3

सोनादेवी तो लड़कों को कपड़े पहनाने लगीं। उधर फेंकू आनंद की उमंग में घर से बाहर निकला। पंडित चिंतामणि रूठ कर तो चले थे; पर कुतूहलवश अभी तक द्वार पर दुबके खड़े थे। इन बातों की भनक इतनी देर में उनके कानों में पड़ी, उससे यह तो ज्ञात हो गया कि कहीं निमंत्रण है; पर कहाँ है, कौन-कौन से लोग निमंत्रित हैं, यह ज्ञात न हुआ था। इतने में फेंकू बाहर निकला, तो उन्होंने उसे गोद में उठा लिया और बोले–कहाँ नेवता है, बेटा?

अपनी जान में तो उन्होंने बहुत धीरे से पूछा था; पर न जाने कैसे पंडित मोटेराम के कान में भनक पड़ गयी। तुरन्त बाहर निकल आये। देखा, तो चिंतामणि जी फेंकू को गोद में लिये कुछ पूछ रहे हैं। लपक कर लड़के का हाथ पकड़ लिया और चाहा कि उसे अपने मित्र की गोद से छीन लें; मगर चिंतामणि जी को अभी अपने प्रश्न का उत्तर न मिला था। अतएव वे लड़के का हाथ छुड़ा कर उसे लिये हुए अपने घर की ओर भागे। मोटेराम भी यह कहते हुए उनके पीछे दौड़े, 'उसे क्यों लिये जाते हो? धूर्त कहीं का, दुष्ट! चिंतामणि, मैं कहे देता हूँ, इसका नतीजा अच्छा न होगा; फिर कभी किसी निमंत्रण में न ले जाऊँगा। भला चाहते हो, तो उसे उतार दो...।' मगर चिंतामणि ने एक न सुनी। भागते ही चले गए। उनकी देह अभी सँभाल के बाहर न हुई थी; दौड़ सकते थे; मगर मोटेराम जी को एक-एक पग आगे बढ़ना दुस्तर हो रहा था। भैंसे की भाँति हाँफते थे और नाना प्रकार के विशेषणों का प्रयोग करते दुलकी चाल से चले जाते थे और यद्यपि प्रतिक्षण अंतर बढ़ता जाता था; और पीछा न छोड़ते थे। अच्छी घुड़दौड़ थी। नगर के दो महात्मा दौड़ते हुए ऐसे जान पड़ते थे, मानो दो गैंडे चिड़ियाघर से भाग आये हों। सैकड़ों आदमी तमाशा देखने लगे। कितने ही बालक उनके पीछे तालियाँ बजाते हुए दौड़े। कदाचित् यह दौड़ पंडित चिंतामणि के घर पर ही समाप्त होती; पर पंडित मोटेराम धोती के ढीली हो जाने के कारण उलझ कर गिर पड़े। चिंतामणि ने पीछे फिर कर यह दृश्य देखा, तो रुक गए और फेंकूराम से पूछा–'क्यों बेटा, कहाँ नेवता है?'

फेंकू–'बता दें, तो हमें मिठाई दोगे न?'

चिंता–'हाँ, दूँगा; बताओ।'

फेंकू–'रानी के यहाँ।'

चिंता–'कहाँ की रानी।'

फेंकू–'यह मैं नहीं जानता। कोई बड़ी रानी है।'

नगर में कई बड़ी-बड़ी रानियाँ थीं। पंडित जी ने सोचा, सभी रानियों के द्वार पर चक्कर लगाऊँगा। जहाँ भोज होगा, वहाँ कुछ भीड़-भाड़ होगी ही, पता चल जाएगा। यह निश्चय करके वे लौट पड़े। सहानुभूति प्रकट करने में अब कोई बाधा न थी। मोटेराम जी के पास आये, तो देखा कि वे पड़े कराह रहे हैं। उठने का नाम नहीं लेते। घबरा कर पूछा–'गिर कैसे पड़े मित्र, यहाँ कहीं गड्ढा भी तो नहीं है!'

मोटे–'तुमसे क्या मतलब! तुम लड़के को ले जाओ, जो कुछ पूछना चाहो, पूछो।'

चिंता–'मैं यह कपट-व्यवहार नहीं करता। दिल्लगी की थी, तुम बुरा मान गए। ले उठ तो बैठ राम का नाम लेके। मैं सच कहता हूँ, मैंने कुछ नहीं पूछा।'

मोटे–'चल झूठा।'

चिंता–'जनेऊ हाथ में ले कर कहता हूँ।'

मोटे–'तुम्हारी शपथ का विश्वास नहीं।'

चिंता–'तुम मुझे इतना धूर्त समझते हो?'

मोटे–'इससे कहीं अधिक। तुम गंगा में डूब कर शपथ खाओ, तो भी मुझे विश्वास न आये।'

चिंता–'दूसरा यह बात कहता, तो मूँछ उखाड़ लेता।'

मोटे–'तो फिर आ जाओ!'

चिंता–'पहले पंडिताइन से पूछ आओ।'

मोटेराम यह भस्मक व्यंग्य न सह सके। चट उठ बैठे और पंडित चिंतामणि का हाथ पकड़ लिया। दोनों मित्रों में मल्ल-युद्ध होने लगा। दोनों हनुमान जी की स्तुति कर रहे थे और इतने जोर से गरज-गरजकर मानो सिंह दहाड़ रहे हों। बस ऐसा जान पड़ता था, मानो दो पीपे आपस में टकरा रहे हों।'

मोटे–'महाबली विक्रम बजरंगी।'

चिंता–'भूत-पिशाच निकट नहिं आवे।'

मोटे–'जय-जय-जय हनुमान गोसाईं।'

चिंता–'प्रभु, रखिए लाज हमारी।'

मोटे–'(बिगड़कर) यह हनुमान-चालीसा में नहीं है।'

चिंता–'यह हमने स्वयं रचा है। क्या तुम्हारी तरह की यह रटंत विद्या है! जितना कहो, उतना रच दें।'

मोटे–'अबे, हम रचने पर आ जाएँ तो एक दिन में एक लाख स्तुतियाँ रच डालें; किन्तु इतना अवकाश किसे है।'

दोनों महात्मा अलग खड़े होकर अपने-अपने रचना-कौशल की डींगें मार रहे थे। मल्ल-युद्ध शास्त्रार्थ का रूप धारण करने लगा, जो विद्वानों के लिए उचित है! इतने में किसी ने चिंतामणि के घर जा कर कह दिया कि पंडित मोटेराम और चिंतामणि जी में बड़ी लड़ाई हो रही है। चिंतामणि जी तीन महिलाओं के स्वामी थे। कुलीन ब्राह्मण थे, पूरे बीस बिस्वे। उस पर विद्वान् भी उच्चकोटि के, दूर-दूर तक यजमानी थी। ऐसे पुरुषों को सब अधिकार है। कन्या के साथ-साथ जब प्रचुर दक्षिणा भी मिलती हो, तब कैसे इनकार किया जाए। इन तीनों महिलाओं का सारे मुहल्ले में आतंक छाया हुआ था। पंडित जी ने उनके नाम बहुत ही रसीले रखे थे। बड़ी स्त्री को 'अमिरती', मँझली को 'गुलाबजामुन' और छोटी को 'मोहनभोग' कहते थे; पर मुहल्ले वालों के लिए तीनों महिलाएँ त्रयताप से कम न थीं। घर में नित्य आँसुओं की नदी बहती रहती, खून की नदी तो पंडित जी ने भी कभी नहीं बहायी, अधिक से अधिक शब्दों की ही नदी बहायी थी; पर मजाल न थी कि बाहर का आदमी किसी को कुछ कह जाए। संकट के समय तीनों एक हो जाती थीं। यह पंडित जी के नीति-चातुर्य का सुफल था। ज्यों ही खबर मिली कि पंडित चिंतामणि पर संकट पड़ा हुआ है, तीनों त्रिदोष की भाँति कुपित होकर घर से निकलीं और उनमें जो अन्य दोनों-जैसी मोटी नहीं थी, सबसे पहले समरभूमि में जा पहुँची। पंडित मोटेराम जी ने उसे आते देखा, तो समझ गए कि अब कुशल नहीं। अपना हाथ छुड़ा कर बगटुट भागे, पीछे फिर कर भी न देखा। चिंतामणि जी ने बहुत ललकारा; पर मोटेराम के कदम न रुके।

चिंता–'अजी, भागे क्यों? ठहरो, कुछ मजा तो चखते जाओ।'

मोटे–'मैं हार गया, भाई, हार गया।'

चिंता–'अभी, कुछ दक्षिणा तो लेते जाओ।'

मोटेराम ने भागते हुए कहा–'दया करो, भाई, दया करो।'

आठ बजते-बजते पंडित मोटेराम ने स्नान और पूजा करके कहा, 'अब विलम्ब नहीं करना चाहिए, फंकी तैयार है न?

सोना–फंकी लिये तो कब से बैठी हूँ, तुम्हें तो जैसे किसी बात की सुधि ही नहीं रहती। रात को कौन देखता है कि कितनी देर तक पूजा करते हो।'

मोटे–'मैं तुमसे एक नहीं हज़ार बार कह चुका कि मेरे कामों में मत बोला करो। तुम नहीं समझ सकतीं कि मैंने इतना विलम्ब क्यों किया। तुम्हें ईश्वर ने इतनी बुद्धि ही नहीं दी। जल्दी जाने से अपमान होता है। जजमान समझता है, लोभी है, भुक्खड़ है। इसलिए चतुर लोग विलम्ब किया करते हैं, जिसमें यजमान समझे कि पंडित जी को इसकी सुधि ही नहीं है, भूल गए होंगे। बुलाने को आदमी भेजें। इस प्रकार जाने में जो मान-महत्त्व है, वह मरभुखों की तरह जाने में क्या कभी हो सकता है?

मैं बुलाने की प्रतीक्षा कर रहा हूँ। कोई न कोई आता ही होगा। लाओ थोड़ी फंकी। बालकों को खिला दी है न?'

सोना–'उन्हें तो मैंने साँझ ही को खिला दी थी।'

मोटे–'कोई सोया तो नहीं?'

सोना–'आज भला कौन सोयेगा? सब भूख-भूख चिल्ला रहे थे, तो मैंने एक पैसे का चबेना मँगवा दिया। सब के सब ऊपर बैठे खा रहे हैं। सुनते नहीं हो, मार-पीट हो रही है।'

मोटेराम ने दाँत पीस कर कहा, 'जी चाहता है कि तुम्हारी गरदन पकड़ कर ऐंठ दूँ। भला, इस बेला चबेना मँगाने का क्या काम था? चबेना खा लेंगे, तो वहाँ क्या तुम्हारा सिर खायेंगे? छिः छिः! जरा भी बुद्धि नहीं!'

सोना ने अपराध स्वीकार करते हुए कहा, 'हाँ, भूल तो हुई; पर सब के सब इतना कोलाहल मचाये हुए थे कि सुना नहीं जाता था।'

मोटे–'रोते ही थे न, रोने देती। रोने से उनका पेट न भरता; बल्कि और भूख खुल जाती।'

सहसा एक आदमी ने बाहर से आवाज़ दी, 'पंडित जी, महारानी बुला रही हैं और लोगों को ले कर जल्दी चलो।'

पंडित जी ने पत्नी की ओर गर्व से देख कर कहा, 'देखा, इसे निमंत्रण कहते हैं। अब तैयारी करनी चाहिए।'

बाहर आ कर पंडित जी ने उस आदमी से कहा, 'तुम एक क्षण और न आते, तो मैं कथा सुनाने चला गया होता। मुझे बिलकुल याद न थी। चलो, हम बहुत शीघ्र आते हैं।'

4

नौ बजते-बजते पंडित मोटेराम बाल-गोपाल सहित रानी साहब के द्वार पर जा पहुँचे। रानी बड़ी विशालकाय एवं तेजस्विनी महिला थीं। इस समय वे कारचोबीदार तकिया लगाये तख्त पर बैठी हुई थीं। दो आदमी हाथ बाँधे पीछे खड़े थे। बिजली का पंखा चल रहा था। पंडित जी को देखते ही रानी ने तख्त से उठ कर चरण-स्पर्श किया और इस बालक-मंडल को देखकर मुस्कराती हुई बोलीं, 'इन बच्चों को आप कहाँ से पकड़ लाये?'

मोटे–'करता क्या? सारा नगर छान मारा; किसी पंडित ने आना स्वीकार न किया। कोई किसी के यहाँ निमंत्रित है, कोई किसी के यहाँ। तब तो मैं बहुत चकराया। अंत में मैंने उनसे कहा, 'अच्छा, आप नहीं चलते तो हरि इच्छा; लेकिन ऐसा कीजिए कि मुझे लज्जित न होना पड़े। तब ज़बरदस्ती प्रत्येक के घर से जो बालक मिला, उसे पकड़ लाना पड़ा। क्यों फेंकूराम, तुम्हारे पिता जी का क्या नाम है?'

फेंकूराम ने गर्व से कहा, 'पंडित सेतूराम पाठक।'

रानी–'बालक तो बड़ा होनहार है।'

और बालकों को भी उत्कंठा हो रही थी कि हमारी भी परीक्षा ली जाए; लेकिन जब पंडित जी ने उनसे कोई प्रश्न न किया और उधर रानी ने फेंकूराम की प्रशंसा कर दी, तब तो वे अधीर हो उठे। भवानी बोला–'मेरे पिता का नाम है पंडित गंगू पाँडे।'

छेदी बोला–'मेरे पिता का नाम है दमड़ी तिवारी!'

बेनीराम ने कहा–'मेरे पिता का नाम है पंडित मँगरू ओझा।'

अलगूराम समझदार था। चुपचाप खड़ा रहा। रानी ने उससे पूछा–'तुम्हारे पिता का क्या नाम है, जी?'

अलगूराम को इस वक्त पिता का निर्दिष्ट नाम याद न आया। न यही सूझा कि कोई और नाम ले ले। हतबुद्धि-सा खड़ा रहा। पंडित मोटेराम ने जब उसकी ओर दाँत पीस कर देखा, तब रहा-सहा हवास भी गायब हो गया।

फेंकूराम ने कहा, 'हम बता दें। भैया भूल गए।'

रानी ने आश्चर्य से पूछा, 'क्या अपने पिता का नाम भूल गया? यह तो विचित्र बात देखी।'

मोटेराम ने अलगू के पास जाकर कहा–''के' से है।' अलगूराम बोल उठा–'केशव पाँडे।'

रानी–'तो अब तक क्यों चुप था?'

मोटे–'कुछ ऊँचा सुनता है, सरकार।'

रानी–'मैंने सामान तो बहुत-सा मँगवाया है। सब खराब होगा। लड़के क्या खायेंगे!'

मोटे–'सरकार इन्हें बालक न समझें। इनमें जो सबसे छोटा है, यह दो पत्तल खा कर उठेगा।'

5

जब सामने पत्तलें पड़ गयीं और भंडारी चाँदी की थालों में एक से एक उत्तम पदार्थ ला-ला कर परसने लगा, तब पंडित मोटेराम जी की आँखें खुल गयीं। उन्हें आये-दिन निमंत्रण मिलते रहते थे। पर ऐसे अनुपम पदार्थ कभी सामने न आये थे। घी की ऐसी सोंधी सुगन्ध उन्हें कभी न मिली थी। प्रत्येक वस्तु से केवड़े और गुलाब की लपटें उड़ रही थीं। घी टपक रहा था। पंडित जी ने सोचा, ऐसे पदार्थों से कभी पेट भर सकता है! मानों खा जाऊँ, फिर भी और खाने को जी चाहे। देवतागण इनसे उत्तम और कौन-से पदार्थ खाते होंगे? इनसे उत्तम पदार्थों की तो कल्पना भी नहीं हो सकती।

पंडित जी को इस वक्त अपने परममित्र पंडित चिंतामणि की याद आयी। अगर वे होते, तो रंग जम जाता। उनके बिना रंग फीका रहेगा। यहाँ दूसरा कौन है जिससे

लाग-डाग करूँ। लड़के दो-दो पत्तलों में चें बोल जाएँगे। सोना कुछ साथ देगी; मगर कब तक! चिंतामणि के बिना रंग न गठेगा। वे मुझे ललकारेंगे, मैं उन्हें ललकारूँगा। उस उमंग में पत्तलों की कौन गिनती। हमारी देखा-देखी लड़के भी डट जाएँगे। ओह, बड़ी भूल हो गयी। यह ख़याल मुझे पहले न आया। रानी साहब से कहूँ, बुरा तो न मानेंगी। उँह! जो कुछ हो, एक बार जोर तो लगाना ही चाहिए। तुरंत खड़े हो कर रानी साहब से बोले, 'सरकार! आज्ञा हो, तो कुछ कहूँ।'

रानी–'कहिए, कहिए महाराज, क्या किसी वस्तु की कमी है?'

मोटे–'नहीं सरकार, किसी बात की नहीं। ऐसे उत्तम पदार्थ तो मैंने कभी देखे भी न थे। सारे नगर में आपकी कीर्ति फैल जाएगी। मेरे एक परममित्र पंडित चिंतामणि जी हैं, आज्ञा हो तो उन्हें भी बुला लूँ। बड़े विद्वान् कर्मनिष्ठ ब्राह्मण हैं। उनके जोड़ का इस नगर में दूसरा नहीं है। मैं उन्हें निमंत्रण देना भूल गया। अभी सुधि आयी।'

रानी–'आपकी इच्छा हो, तो बुला लीजिए, मगर आने-जाने में देर होगी और भोजन परोस दिया गया है।'

मोटे–'मैं अभी आता हूँ, सरकार, दौड़ता हुआ जाऊँगा।'

रानी–'मेरी मोटर ले लीजिए।'

जब पंडितजी चलने को तैयार हुए, तब सोना ने कहा, 'तुम्हें आज क्या हो गया है, जी! उसे क्यों बुला रहे हो?'

मोटे–'कोई साथ देनेवाला भी तो चाहिए?'

सोना–'मैं क्या तुमसे दब जाती?'

पंडित जी ने मुस्करा कर कहा, 'तुम जानतीं नहीं, घर की बात और है; दंगल की बात और है। पुराना खिलाड़ी मैदान में जा कर जितना नाम करेगा, उतना नया पट्ठा नहीं कर सकता। वहाँ बल का काम नहीं, साहस का काम है। बस, यहाँ भी वही हाल समझो। झंडे गाड़ दूँगा। समझ लेना।'

सोना–'कहीं लड़के सो जाएँ तो?'

मोटे–'और भूख खुल जाएगी। जगा तो मैं लूँगा।'

सोना–'देख लेना, आज वह तुम्हें पछाड़ देगा। उसके पेट में तो शनीचर है।'

मोटे–'बुद्धि की सर्वत्र प्रधानता रहती है। यह न समझो कि भोजन करने की कोई विद्या ही नहीं। इसका भी एक शास्त्र है, जिसे मथुरा के शनिचरानंद महाराज ने रचा है। चतुर आदमी थोड़ी-सी जगह में गृहस्थी का सब सामान रख देता है। अनाड़ी बहुत-सी जगह में भी यही सोचता है कि कौन वस्तु कहाँ रखूँ। गँवार आदमी पहले से ही हबक-हबक कर खाने लगता है और चट एक लोटा पानी पी कर अफर जाता है। चतुर आदमी बड़ी सावधानी से खाता है, उसको कौर नीचे उतारने के लिए पानी की आवश्यकता नहीं पड़ती। देर तक भोजन करते रहने से वह सुपाच्य भी हो जाता है। चिंतामणि मेरे सामने क्या ठहरेगा।'

6

चिंतामणि जी अपने आँगन में उदास बैठे हुए थे। जिस प्राणी को वह अपना परमहितैषी समझते थे, जिसके लिए वे अपने प्राण तक देने को तैयार रहते थे, उसी ने आज उनके साथ बेवफाई की। बेवफाई ही नहीं की, उन्हें उठा कर दे मारा। पंडित मोटेराम के घर से तो कुछ जाता न था। अगर वे चिंतामणि जी को साथ ले जाते, तो क्या रानी साहब उन्हें दुत्कार देतीं? स्वार्थ के आगे कौन किसको पूछता है? उन अमूल्य पदार्थों की कल्पना करके चिंतामणि के मुँह से लार टपकी पड़ती थी। अब सामने पत्तर आ गयी होगी! अब थालों में अमिरतियाँ लिये भंडारी जी आये होंगे! ओहो! कितनी सुन्दर, कोमल, कुरकुरी, रसीली अमिरतियाँ होंगी! अब बेसन के लड्डू आये होंगे। ओहो, कितने सुडौल, मेवों से भरे हुए, घी से तरातर लड्डू होंगे, मुँह में रखते ही घुल जाते होंगे, जीभ भी न डुलानी पड़ती होगी। अहा! अब मोहनभोग आया होगा! हाय रे दुर्भाग्य! मैं यहाँ पड़ा सड़ रहा हूँ और वहाँ यह बहार! बड़े निर्दयी हो मोटेराम–'तुमसे इस निष्ठुरता की आशा न थी।'

अमिरतीदेवी बोलीं, 'तुम इतना दिल छोटा क्यों करते हो? पितृपक्ष तो आ ही रहा है, ऐसे-ऐसे न जाने कितने आयेंगे।'

चिंतामणि–'आज किसी अभागे का मुँह देखकर उठा था। लाओ तो पत्रा, देखूँ, कैसा मुहूर्त है। अब नहीं रहा जाता। सारा नगर छान डालूँगा, कहीं तो पता चलेगा, नासिका तो दाहिनी चल रही है।'

एकाएक मोटर की आवाज़ आयी। उसके प्रकाश से पंडित जी का सारा घर जगमगा उठा। वे खिड़की से झाँकने लगे, तो मोटेराम को मोटर से उतरते देखा। एक लम्बी साँस लेकर चारपाई पर गिर पड़े। मन में कहा कि दुष्ट भोजन करके अब यहाँ मुझसे बखान करने आया है। अमिरतीदेवी ने पूछा, 'कौन है डाढ़ीजार, इतनी रात को जगावत है?'

मोटे–'हम हैं हम! गाली न दो!'

अमिरती–'अरे दुर मुँहझौंसे, तैं कौन है! कहते हैं, हम हैं हम! को जाने तैं कौन है?'

मोटे–'अरे हमारी बोली नहीं पहचानती हो? खूब पहचान लो। हम हैं, तुम्हारे देवर।'

अमिरती–'ऐ दुर, तोरे मुँह में का लागे। तोर लहास उठे। हमार देवर बनत है, डाढ़ीजार।'

मोटे–'अरे हम हैं मोटेराम शास्त्री। क्या इतना भी नहीं पहचानती? चिंतामणि घर में हैं?'

अमिरती ने किवाड़ खोल दिया और तिरस्कार-भाव से बोली–'अरे तुम थे, तो नाम क्यों नहीं बताते थे? जब इतनी गालियाँ खा लीं, तो बोल निकला। क्या है, क्या?'

मोटे–'कुछ नहीं; चिंतामणि जी को शुभ-संवाद देने आया हूँ। रानी साहब ने उन्हें याद किया है।'

अमिरती–'भोजन के बाद बुला कर क्या करेंगी?'

मोटे–'अभी भोजन कहाँ हुआ है! मैंने जब इनकी विद्या, कर्मनिष्ठा, सद्विचार की प्रशंसा की, तब मुग्ध हो गयीं। मुझसे कहा कि उन्हें मोटर पर लाओ! क्या सो गए?'

चिंतामणि चारपाई पर पड़े-पड़े सुन रहे थे। जी में आता था, चल कर मोटेराम के चरणों पर गिर पड़ूँ। उनके विषय में अब तक जितने कुत्सित विचार उठे थे, सब लुप्त हो गए। ग्लानि का आविर्भाव हुआ। रोने लगे।

यह कहते हुए मोटेराम उनके सामने जा कर खड़े हो गए।

चिंता–'तब क्यों न ले गए? जब इतनी दुर्दशा कर लिये; तब आये। अभी तक पीठ में दर्द हो रहा है।'

मोटे–'अजी, वह तर-माल खिलाऊँगा कि सारा दर्द-वर्द भाग जाएगा, तुम्हारे यजमानों को भी ऐसे पदार्थ मयस्सर न हुए होंगे! आज तुम्हें बद कर पछाड़ूँगा?'

चिंता–'तुम बेचारे मुझे क्या पछाड़ोगे। सारे शहर में तो कोई ऐसा माई का लाल दिखायी नहीं देता। हमें शनीचर का इष्ट है।'

मोटे–'अजी, यहाँ बरसों तपस्या की है। भंडारे का भंडारा साफ कर दें और इच्छा ज्यों की त्यों बनी रहे। बस, यही समझ लो कि भोजन करके हम खड़े नहीं रह सकते। चलना तो दूसरी बात है। गाड़ी पर लद कर आते हैं।'

चिंता–'तो यह कौन बड़ी बात है। यहाँ तो टिकटी पर उठा कर लाये जाते हैं। ऐसी-ऐसी डकारें लेते हैं कि जान पड़ता है, बम-गोला छूट रहा है। एक बार खोपिया पुलिस ने बम-गोले के संदेह में घर की तलाशी तक ली।'

मोटे–'झूठ बोलते हो। कोई इस तरह नहीं डकार सकता।'

चिंता–'अच्छा, तो आ कर सुन लेना। डर कर भाग न जाओ, तो सही।' एक क्षण में दोनों मित्र मोटर पर बैठे और मोटर चली।

7

रास्ते में पंडित चिंतामणि को शंका हुई कि कहीं ऐसा न हो कि मैं पंडित मोटेराम का पिछलग्गू समझा जाऊँ और मेरा यथेष्ट सम्मान न हो। उधर पंडित मोटेराम को भी भय हुआ कि कहीं ये महाशय मेरे प्रतिद्वंद्वी न बन जाएँ और रानी साहब पर अपना रंग जमा लें।

दोनों अपने-अपने मंसूबे बाँधने लगे। ज्यों ही मोटर रानी के भवन में पहुँची दोनों महाशय उतरे। अब मोटेराम चाहते थे कि पहले मैं रानी के पास पहुँच जाऊँ और कह दूँ कि पंडित को ले आया, और चिंतामणि चाहते थे कि पहले मैं रानी के पास पहुँचूँ

और अपना रंग जमा दूँ। दोनों कदम बढ़ाने लगे। चिंतामणि हल्के होने के कारण जरा आगे बढ़ गए, तो पंडित मोटेराम दौड़ने लगे।

चिंतामणि भी दौड़ पड़े। घुड़दौड़-सी होने लगी। मालूम होता था कि दो गैंडे भागे जा रहे हैं। अंत में मोटेराम ने हाँफते हुए कहा, 'राजसभा में दौड़ते हुए जाना उचित नहीं।'

चिंता–'तो तुम धीरे-धीरे आओ न, दौड़ने को कौन कहता है।'

मोटे–'जरा रुक जाओ, मेरे पैर में काँटा गड़ गया है।'

चिंता–'तो निकाल लो, तब तक मैं चलता हूँ।'

मोटे–'मैं न कहता, तो रानी तुम्हें पूछती भी न!'

मोटेराम ने बहुत बहाने किये, पर चिंतामणि ने एक न सुना। भवन में पहुँचे। रानी साहब बैठी कुछ लिख रही थीं और रह-रहकर द्वार की ओर ताक लेती थीं कि सहसा पंडित चिंतामणि उनके सामने आ खड़े हुए और यों स्तुति करने लगे,

'हे हे यशोदे, तू बालकेशव, मुरारनामा...'

रानी–'क्या मतलब? अपना मतलब कहो?'

चिंता–'सरकार को आशीर्वाद देता हूँ सरकार ने इस दास चिंतामणि को निमंत्रित करके कितना अनुग्रसित (अनुगृहीत) किया है, उसका बखान शेषनाग अपनी सहस्त्र जिह्वा द्वारा भी नहीं कर सकते।'

रानी–'तुम्हारा ही नाम चिंतामणि है? वे कहाँ रह गए, पंडित मोटेराम शास्त्री?'

चिंता–'पीछे आ रहा है, सरकार। मेरे बराबर आ सकता है, भला! मेरा तो शिष्य है।'

रानी–'अच्छा, तो वे आपके शिष्य हैं!'

चिंता–'मैं अपने मुँह से अपनी बड़ाई नहीं करना चाहता सरकार! विद्वानों को नम्र होना चाहिए; पर जो यथार्थ है, वह तो संसार जानता है। सरकार, मैं किसी से वाद-विवाद नहीं करता; यह मेरा अनुशीलन (अभीष्ट) नहीं। मेरे शिष्य भी बहुधा मेरे गुरु बन जाते हैं; पर मैं किसी से कुछ नहीं कहता। जो सत्य है, वह सभी जानते हैं।'

इतने में पंडित मोटेराम भी गिरते-पड़ते हाँफते हुए आ पहुँचे और यह देख कर कि चिंतामणि भद्रता और सभ्यता की मूर्ति बने खड़े हैं, वे देवोपम शान्ति के साथ खड़े हो गए।

रानी–'पंडित चिंतामणि बड़े साधु प्रकृति एवं विद्वान् हैं। आप उनके शिष्य हैं, फिर भी वे आपको अपना शिष्य नहीं कहते हैं।'

मोटे–'सरकार, मैं इनका दासानुदास हूँ।'

चिंता–'जगतारिणी, मैं इनका चरण-रज हूँ।'

मोटे–'रिपुदलसंहारिणी, मैं इनके द्वार का कूकर हूँ।'

रानी–'आप दोनों सज्जन पूज्य हैं। एक से एक बढ़े हुए। चलिए, भोजन कीजिए।'

8

सोनारानी बैठी पंडित मोटेराम की राह देख रही थीं। पति की इस मित्र-भक्ति पर उन्हें बड़ा क्रोध आ रहा था। बड़े लड़कों के विषय में तो कोई चिंता न थी, लेकिन छोटे बच्चों के सो जाने का भय था। उन्हें किस्से-कहानियाँ सुना-सुना कर बहला रही थी कि भंडारी ने आकर कहा, 'महाराज चलो'। दोनों पंडित जी आसन पर बैठ गए। फिर क्या था, बच्चे कूद-कूद कर भोजनशाला में जा पहुँचे। देखा तो दोनों पंडित दो वीरों की भाँति आमने-सामने डटे बैठे हैं। दोनों अपना-अपना पुरुषार्थ दिखाने के लिए अधीर हो रहे थे।

चिंता-'भंडारी जी, तुम परोसने में बड़ा विलम्ब करते हो! क्या भीतर जा कर सोने लगते हो?'

भंडारी, 'चुपाई मारे बैठे रहो, जौन कुछ होई, सब आय जाई। घबड़ाये का नहीं होत। तुम्हारे सिवाय और कोई जिवैया नहीं बैठा है।'

मोटे-'भैया, भोजन करने के पहले कुछ देर सुगंध का स्वाद तो लो।'

चिंता-'अजी, सुगंध गया चूल्हे में, सुगंध देवता लोग लेते हैं। अपने लोग तो भोजन करते हैं।'

मोटे-'अच्छा बताओ, पहले किस चीज पर हाथ फेरोगे?'

चिंता-'मैं जाता हूँ भीतर से सब चीजें एक साथ लिये आता हूँ।'

मोटे-'धीरज धरो भैया, सब पदार्थों को आ जाने दो। ठाकुर जी का भोग तो लग जाए।'

चिंता-'तो बैठे क्यों हो, तब तक भोग ही लगाओ। एक बाधा तो मिटे। नहीं तो लाओ, मैं चटपट भोग लगा दूँ। व्यर्थ देर करोगे।'

इतने में रानी आ गयीं। चिंतामणि सावधान हो गए। रामायण की चौपाइयों का पाठ करने लगे।

'रहेउ एक दिन अवधि अधारा। समुझत मन दुख भयउ अपारा
कौशलेश दशरथ के जाये। हम पितु बचन मानि बन आये
उलटि पलटि लंका कपि जारी। कूद पड़ा तब सिंधु मझारी
जेहि पर जाकर सत्य सनेहू। सो तेहि मिले न कछु संदेहू
जामवंत के वचन सुहाये। सुनि हनुमान हृदय अति भाये'

पंडित मोटेराम ने देखा कि चिंतामणि का रंग जमता जाता है तो वे भी अपनी विद्वत्ता प्रकट करने को व्याकुल हो गए। बहुत दिमाग लड़ाया, पर कोई श्लोक, कोई मंत्र, कोई कविता याद न आयी तब उन्होंने सीधे-सीधे राम-नाम का पाठ आरंभ कर दिया-

'राम भज, राम भज, राम भज रे मन'–इन्होंने इतने ऊँचे स्वर से जाप करना शुरू किया कि चिंतामणि को भी अपना स्वर ऊँचा करना पड़ा। मोटेराम और जोर से गरजने लगे। इतने में भंडारी ने कहा–'महाराज, अब भोग लगाइये।' यह सुन कर उस प्रतिस्पर्धा का अंत हुआ। भोग की तैयारी हुई। बाल-वृंद सजग हो गया। किसी ने घंटा लिया, किसी ने घड़ियाल, किसी ने शंख, किसी ने करताल और चिंतामणि ने आरती उठा ली। मोटेराम मन में ऐंठ कर रह गए। रानी के समीप जाने का यह अवसर उनके हाथ से निकल गया।

पर यह किसे मालूम था कि विधि-वाम उधर कुछ और ही कुटिल-क्रीड़ा कर रहा है। आरती समाप्त हो गयी थी, भोजन शुरू होने को ही था कि एक कुत्ता न-जाने किधर से आ निकला। पंडित चिंतामणि के हाथ से लड्डू थाल में गिर पड़ा। पंडित मोटेराम अचकचा कर रह गए। सर्वनाश!

चिंतामणि ने मोटेराम से इशारे में कहा, 'अब क्या कहते हो, मित्र? कोई उपाय निकालो, यहाँ तो कमर टूट गयी।'

मोटेराम ने लम्बी साँस खींचकर कहा, 'अब क्या हो सकता है? यह ससुर आया किधर से?'

रानी पास ही खड़ी थीं, उन्होंने कहा, 'अरे, कुत्ता किधर से आ गया? यह रोज बँधा रहता था, आज कैसे छूट गया? अब तो रसोई भ्रष्ट हो गयी।'

चिंता–'सरकार, आचार्यों ने इस विषय में...'

मोटे–'कोई हर्ज नहीं है, सरकार, कोई हर्ज नहीं है!'

सोना–'भाग्य फूट गया। जोहत-जोहत आधी रात बीत गयी, तब ई विपत्ता फाट परी।'

चिंता–'सरकार स्वान के मुख में अमृत...'

मोटे–'तो अब आज्ञा हो तो चलें।'

रानी–'हाँ और क्या। मुझे बड़ा दुःख है कि इस कुत्ते ने आज इतना बड़ा अनर्थ कर डाला। तुम बड़े गुस्ताख हो गए, टामी। भंडारी, ये पत्तर उठा कर मेहतर को दे दो।'

चिंता–(सोना से)'छाती फटी जाती है।'

सोना को बालकों पर दया आयी। बेचारे इतनी देर देवोपम धैर्य के साथ बैठे थे। बस चलता, तो कुत्तों का गला घोंट देती। बोली–'लरकन का तो दोष नहीं परत है। इन्हें काहे नहीं खवाय देत कोऊ।'

चिंता–'मोटेराम महादुष्ट है। इसकी बुद्धि भ्रष्ट हो गयी है।'

सोना–'ऐसे तो बड़े विद्वान बने रहैं। अब काहे नाहीं बोलत बनत। मुँह में दही जम गया, जीभै नहीं खुलत है।'

चिंता–'सत्य कहता हूँ, रानी को चकमा दे देता। उस दुष्ट के मारे सब खेल बिगड़ गया। सारी अभिलाषाएँ मन में रह गयीं। ऐसे पदार्थ अब कहाँ मिल सकते हैं?

सोना—'सारी मनुसई निकल गयी। घर ही में गरजै के सेर हैं।'

रानी ने भंडारी को बुला कर कहा—'इन छोटे-छोटे तीनों बच्चों को खिला दो। ये बेचारे क्यों भूखों मरें। क्यों फेंकूराम, मिठाई खाओगे!'

फेंकू—'इसीलिए तो आये हैं।'

रानी—'कितनी मिठाई खाओगे?'

फेंकू—'बहुत-सी (हाथों से बताकर) इतनी!'

रानी—'अच्छी बात है। जितनी खाओगे उतनी मिलेगी; पर जो बात मैं पूछूँ, वह बतानी पड़ेगी। बताओगे न?'

फेंकू—'हाँ बताऊँगा, पूछिए!'

रानी—'झूठ बोले, तो एक मिठाई न मिलेगी। समझ गए।'

फेंकू—'मत दीजिएगा। मैं झूठ बोलूँगा ही नहीं।'

रानी—'अपने पिता का नाम बताओ।'

मोटे—'बालकों को हरदम सब बातें स्मरण नहीं रहतीं। उसने तो आते ही आते बता दिया था।'

रानी—'मैं फिर पूछती हूँ, इसमें आपकी क्या हानि है?'

चिंता—'नाम पूछने में कोई हर्ज नहीं।'

मोटे—'तुम चुप रहो चिंतामणि, नहीं तो ठीक न होगा। मेरे क्रोध को अभी तुम नहीं जानते। दबा बैठूँगा, तो रोते भागोगे।'

रानी—'आप तो व्यर्थ इतना क्रोध कर रहे हैं। बोलो फेंकूराम, चुप क्यों हो, फिर मिठाई न पाओगे।'

चिंता—'महारानी की इतनी दया-दृष्टि तुम्हारे ऊपर है, बता दो बेटा!'

मोटे—'चिंतामणि जी, मैं देख रहा हूँ, तुम्हारे अदिन आये हैं। वह नहीं बताता, तुम्हारा साझा, आये वहाँ से बड़े खैरख्वाह बन के।'

सोना—'अरे हाँ, लरकन से ई सब पँवारा से का मतलब। तुमका धरम परे मिठाई देव, न धरम परे न देव। ई का कि बाप का नाम बताओ तब मिठाई देव।'

फेंकूराम ने धीरे से कोई नाम लिया। इस पर पंडित जी ने उसे इतने जोर से डाँटा कि उसकी आधी बात मुँह में ही रह गयी।

रानी—'क्यों डाँटते हो, उसे बोलने क्यों नहीं देते? बोलो बेटा!'

मोटे—'आप हमें अपने द्वार पर बुला कर हमारा अपमान कर रही हैं।'

चिंता—'इसमें अपमान की तो कोई बात नहीं है, भाई!'

मोटे—'अब हम इस द्वार पर कभी न आयेंगे। यहाँ सत्पुरुषों का अपमान किया जाता है।'

अलगू—'कहिए तो मैं चिंतामणि को एक पटकन दूँ।'

मोटे–'नहीं बेटा, दुष्टों को परमात्मा स्वयं दंड देता है। चलो, यहाँ से चलें। अब भूल कर यहाँ न आयेंगे। खिलाना न पिलाना, द्वार पर बुला कर ब्राह्मणों का अपमान करना। तभी तो देश में आग लगी हुई है।'

चिंता–'मोटेराम, महारानी के सामने तुम्हें इतनी कटु बातें न करनी चाहिए।'

मोटे–'बस चुप ही रहना, नहीं तो सारा क्रोध तुम्हारे ही सिर जाएगा। माता-पिता का पता नहीं, ब्राह्मण बनने चले हैं। तुम्हें कौन कहता है ब्राह्मण?'

चिंता–'जो कुछ मन चाहे, कह लो। चन्द्रमा पर थूकने से थूक अपने ही मुँह पर पड़ता है। जब तुम धर्म का एक लक्षण नहीं जानते, तब तुमसे क्या बातें करूँ? ब्राह्मण को धैर्य रखना चाहिए।'

मोटे–'पेट के गुलाम हो। ठकुरसोहाती कर रहे हो कि एकाध पत्तल मिल जाए। यहाँ मर्यादा का पालन करते हैं!'

चिंता–'कह तो दिया भाई कि तुम बड़े, मैं छोटा, अब और क्या कहूँ। तुम सत्य कहते होगे, मैं ब्राह्मण नहीं शूद्र हूँ।'

रानी–'ऐसा न कहिए चिंतामणि जी।'

'इसका बदला न लिया तो कहना!' यह कहते हुए पंडित मोटेराम बालक-वृंद के साथ बाहर चले आये और भाग्य को कोसते हुए घर को चले। बार-बार पछता रहे थे कि दुष्ट चिंतामणि को क्यों बुला लाया।

सोना ने कहा, 'भंडा फूटत-फूटत बच गया। फेंकुआ नाँव बताय देता। काहे रे, अपने बाप के नाँव बताय देते!'

फेंकू–'और क्या। वे तो सच-सच पूछती थीं!'

मोटे–'चिंतामणि ने रंग जमा लिया, अब आनंद से भोजन करेगा।'

सोना–'तुम्हार एको विद्या काम न आयी। ऊँ तौन बाजी मार लैगा।'

मोटे–'मैं तो जानता हूँ, रानी ने जान-बूझ कर कुत्ते को बुला लिया।'

सोना–'मैं तो ओकरा मुँह देखत ताड़ गयी कि हमका पहचान गयी।'

इधर तो ये लोग पछताते चले जाते थे, उधर चिंतामणि की पाँचों अँगुली घी में थीं। आसन मारे भोजन कर रहे थे। रानी अपने हाथों से मिठाइयाँ परोस रही थीं; वार्त्तालाप भी होता जाता था।

रानी–'बड़ा धूर्त्त है? मैं बालकों को देखते ही समझ गयी। अपनी स्त्री को भेष बदल कर लाते उसे लज्जा न आयी।'

चिंता–'मुझे कोस रहे होंगे!'

रानी–'मुझसे उड़ने चला था। मैंने भी कहा था, बचा, तुमको ऐसी शिक्षा दूँगी कि उम्र भर याद करोगे। टामी को बुला लिया।'

चिंता–'सरकार की बुद्धि धन्य है!' ❑

बहिष्कार

पण्डित ज्ञानचंद्र ने गोविंदी क़ी ओर सतृष्ण नेत्रों से देख कर कहा—मुझे ऐसे निर्दयी प्राणियों से जरा भी सहानुभूति नहीं है। इस बर्बरता की भी कोई हद है कि जिसके साथ तीन वर्ष तक जीवन के सुख भोगे, उसे एक जरा-सी बात पर घर से निकाल दिया।

गोविंदी ने आँखें नीची करके पूछा—आखिर क्या बात हुई थी?

ज्ञान.—कुछ भी नहीं। ऐसी बातों में कोई बात होती है। शिकायत है कि कालिंदी ज़बान की तेज है। तीन साल तक ज़बान तेज न थी, आज ज़बान की तेज हो गयी। कुछ नहीं, कोई दूसरी चिड़िया नज़र आयी होगी। उसके लिए पिंजरे को खाली करना आवश्यक था। बस यह शिकायत निकल आयी। मेरा बस चले, तो ऐसे दुष्टों को गोली मार दूँ। मुझे कई बार कालिंदी से बातचीत करने का अवसर मिला है। मैंने ऐसी हँसमुख दूसरी नहीं ही देखी।

गोविंदी—तुमने सोमदत्त को समझाया नहीं।

ज्ञान—ऐसे लोग समझाने से नहीं मानते। यह लात का आदमी है, बातों की उसे क्या परवा? मेरा तो यह विचार है कि जिससे एक बार सम्बन्ध हो गया, फिर चाहे वह अच्छी हो या बुरी, उसके साथ जीवन भर निर्वाह करना चाहिए! मैं तो कहता हूँ, अगर स्त्री के कुल में कोई दोष भी निकल आये, तो क्षमा से काम लेना चाहिए।

गोविंदी ने कातर नेत्रों से देखकर कहा—ऐसे आदमी तो बहुत कम होते।

ज्ञान.—समझ ही में नहीं आता कि जिसके साथ इतने दिन हँसे-बोले, जिसके प्रेम की स्मृतियाँ हृदय के एक-एक अणु में समायी हुई हैं, उसे दर-दर ठोकरें खाने को कैसे छोड़ दिया। कम से कम इतना तो करना चाहिए था कि उसे किसी सुरक्षित स्थान पर पहुँचा देते और उसके निर्वाह का कोई प्रबंध कर देते। निर्दयी ने इस तरह घर से निकाला, जैसे कोई कुत्ते को निकाले। बेचारी गाँव के बाहर बैठी रो रही है। कौन कह सकता है, कहाँ जाएगी। शायद मायके भी कोई नहीं रहा। सोमदत्त के डर के मारे गाँव का कोई आदमी उसके पास भी नहीं आता। ऐसे बग्गड़ का क्या ठिकाना! जो आदमी स्त्री का न हुआ, वह दूसरे का क्या होगा। उसकी दशा देख कर मेरी आँखों में तो

आँसू भर आये। जी में तो आया, कहूँ, बहन, तुम मेरे घर चलो; मगर तब तो सोमदत्त मेरे प्राणों का ग्राहक हो जाता।

गोविंदी–तुम जरा जा कर एक बार फिर समझाओ। अगर वह किसी तरह न माने, तो कालिंदी को लेते आना।

ज्ञान–जाऊँ?

गोविंदी–हाँ, अवश्य जाओ; मगर सोमदत्त कुछ खरी-खोटी भी कहे, तो सुन लेना।

ज्ञानचंद्र ने गोविंदी को गले लगा कर कहा–तुम्हारे हृदय में बड़ी दया है, गोविंदी! लो जाता हूँ, अगर सोमदत्त ने न माना तो कालिंदी ही को लेता आऊँगा। अभी बहुत दूर न गयी होगी।

2

तीन वर्ष बीत गए। गोविंदी एक बच्चे की माँ हो गयी। कालिंदी अभी तक इसी घर में है। उसके पति ने दूसरा विवाह कर लिया है। गोविंदी और कालिंदी में बहनों का-सा प्रेम है। गोविंदी सदैव उसकी दिलजोई करती रहती है। वह इसकी कल्पना भी नहीं करती कि यह कोई गैर है और मेरी रोटियों पर पड़ी हुई है; लेकिन सोमदत्त को कालिंदी का यहाँ रहना एक आँख नहीं भाता। वह कोई कानूनी कार्रवाई करने की तो हिम्मत नहीं रखता। और इस परिस्थिति में कर ही क्या सकता है; लेकिन ज्ञानचंद्र का सिर नीचा करने के लिए अवसर खोजता रहता है।

संध्या का समय था। ग्रीष्म की उष्ण वायु अभी तक बिलकुल शांत नहीं हुई थी। गोविंदी गंगा-जल भरने गयी थी। और जल-तट की शीतल निर्जनता का आनंद उठा रही थी। सहसा उसे सोमदत्त आता हुआ दिखायी दिया। गोविंदी ने आँचल से मुँह छिपा लिया और कलसा ले कर चलने ही को थी कि सोमदत्त ने सामने आ कर कहा–जरा ठहरो, गोविंदी, तुमसे एक बात कहना है। तुमसे यह पूछना चाहता हूँ कि तुमसे कहूँ या ज्ञानू से?

गोविंदी ने धीरे से कहा–उन्हीं से कह दीजिए।

सोम–जी तो मेरा भी यही चाहता है; लेकिन तुम्हारी दीनता पर दया आती है। जिस दिन मैं ज्ञानचंद्र से यह बात कह दूँगा, तुम्हें इस घर से निकलना पड़ेगा। मैंने सारी बातों का पता लगा लिया है। तुम्हारा बाप कौन था; तुम्हारी माँ की क्या दशा हुई, यह सारी कथा जानता हूँ। क्या तुम समझती हो कि ज्ञानचंद्र यह कथा सुन कर तुम्हें अपने घर में रखेगा? उसके विचार कितने ही स्वाधीन हों; पर जीती मक्खी नहीं निगल सकता।

गोविंदी ने थर-थर काँपते हुए कहा–जब आप सारी बातें जानते हैं, तो मैं क्या कहूँ? आप जैसा उचित समझें करें; लेकिन मैंने तो आपके साथ कभी कोई बुराई नहीं की।

सोम.–तुम लोगों ने गाँव में मुझे कहीं मुँह दिखाने के योग्य नहीं रखा। तिस पर कहती हो, मैंने तुम्हारे साथ कोई बुराई नहीं की! तीन साल से कालिंदी को आश्रय दे कर मेरी आत्मा को जो कष्ट पहुँचाया है, वह मैं ही जानता हूँ। तीन साल से मैं इस फिक्र में था कि कैसे इस अपमान का दंड दूँ। अब वह अवसर पा कर उसे किसी तरह नहीं छोड़ सकता।

गोविंदी–अगर आपकी यही इच्छा है कि मैं यहाँ न रहूँ, तो मैं चली जाऊँगी, आज ही चली जाऊँगी; लेकिन उनसे आप कुछ न कहिए। आपके पैरों पड़ती हूँ।

सोम.–कहाँ चली जाओगी?

गोविंदी–और कहीं ठिकाना नहीं है, तो गंगा जी तो हैं।

सोम.–नहीं गोविंदी, मैं इतना निर्दयी नहीं हूँ। मैं केवल इतना चाहता हूँ कि तुम कालिंदी को अपने घर से निकाल दो और मैं कुछ नहीं चाहता। तीन दिन का समय देता हूँ, खूब सोच-विचार लो। अगर कालिंदी तीसरे दिन तुम्हारे घर से न निकली, तो तुम जानोगी।

सोमदत्त वहाँ से चला गया। गोविंदी कलसा लिये मूर्ति की भाँति खड़ी रह गयी। उसके सम्मुख कठिन समस्या आ खड़ी हुई थी, वह थी कालिंदी! घर में एक ही रह सकती थी। दोनों के लिए उस घर में स्थान न था। क्या कालिंदी के लिए वह अपना घर, अपना स्वर्ग त्याग देगी? कालिंदी अकेली है, पति ने उसे पहले ही छोड़ दिया है, वह जहाँ चाहे जा सकती है, पर वह अपने प्राणाधार और प्यारे बच्चे को छोड़ कर कहाँ जाएगी?

लेकिन कालिंदी से वह क्या कहेगी? जिसके साथ इतने दिनों तक बहनों की तरह रही, उसे क्या वह अपने घर से निकाल देगी? उसका बच्चा कालिंदी से कितना हिला हुआ था, कालिंदी उसे कितना चाहती थी? क्या उस परित्यक्ता दीना को वह अपने घर से निकाल देगी? इसके सिवा और उपाय ही क्या था? उसका जीवन अब एक स्वार्थी, दम्भी व्यक्ति की दया पर अवलम्बित था। क्या अपने पति के प्रेम पर वह भरोसा कर सकती थी! ज्ञानचंद्र सहृदय थे, उदार थे, विचारशील थे, दृढ़ थे, पर क्या उनका प्रेम अपमान, व्यंग्य और बहिष्कार जैसे आघातों को सहन कर सकता था!

3

उसी दिन से गोविंदी और कालिंदी में कुछ पार्थक्य-सा दिखायी देने लगा। दोनों अब बहुत कम साथ बैठतीं। कालिंदी पुकारती, बहन, आ कर खाना खा लो। गोविंदी कहती, तुम खा लो, मैं फिर खा लूँगी। पहले कालिंदी बालक को सारे दिन खिलाया करती थी, माँ के पास केवल दूध पीने जाता था। मगर अब गोविंदी हर दम उसे अपने ही पास रखती है। दोनों के बीच में कोई दीवार खड़ी हो गयी है।

कालिंदी बार-बार सोचती है, आजकल मुझसे यह क्यों रूठी हुई है? पर उसे कोई कारण नहीं दिखायी देता। उसे भय हो रहा है कि कदाचित् यह अब मुझे यहाँ नहीं रखना चाहती। इसी चिंता में वह गोते खाया करती है; किन्तु गोविंदी भी उससे कम चिंतित नहीं है। कालिंदी से वह स्नेह तोड़ना चाहती है; पर उसकी म्लान मूर्ति देख कर उसके हृदय के टुकड़े हो जाते हैं। उससे कुछ कह नहीं सकती। अवहेलना के शब्द मुँह से नहीं निकलते। कदाचित् उसे घर से जाते देख कर वह रो पड़ेगी। और ज़बरदस्ती रोक लेगी।

इसी हैस-बैस में तीन दिन गुजर गए। कालिंदी घर से न निकली। तीसरे दिन संध्या-समय सोमदत्त नदी के तट पर बड़ी देर तक खड़ा रहा। अंत में चारों ओर अँधेरा छा गया। फिर भी पीछे फिर-फिर कर जल-तट की ओर देखता जाता था! रात के दस बज गए हैं। अभी ज्ञानचंद्र घर नहीं आये। गोविंदी घबरा रही है। उन्हें इतनी देर तो कभी नहीं होती थी। आज इतनी देर कहाँ लगा रहे हैं? शंका से उसका हृदय काँप रहा है। सहसा मरदाने कमरे का द्वार खुलने की आवाज़ आयी! गोविंदी दौड़ी हुई बैठक में आयी; लेकिन पति का मुख देखते ही उसकी सारी देह शिथिल पड़ गयी, उस मुख पर हास्य था; पर उस हास्य में भाग्य-तिरस्कार झलक रहा था। विधि-वाम ने ऐसे सीधे-सादे मनुष्य को भी अपने क्रीड़ा-कौशल के लिए चुन लिया। क्या वह रहस्य रोने के योग्य था? रहस्य रोने की वस्तु नहीं, हँसने की वस्तु है।

ज्ञानचंद्र ने गोविंदी की ओर नहीं देखा। कपड़े उतार कर सावधनी से अलगनी पर रखे, जूता उतारा और फर्श पर बैठ कर एक पुस्तक के पन्ने उलटने लगा।

गोविंदी ने डरते-डरते कहा—आज इतनी देर कहाँ की? भोजन ठंडा हो रहा है।

ज्ञानचंद्र ने फर्श की ओर ताकते हुए कहा—तुम लोग भोजन कर लो, मैं एक मित्र के घर खा कर आया हूँ।

गोविंदी इसका आशय समझ गयी। एक क्षण के बाद फिर बोली—चलो, थोड़ा-सा ही खा लो।

ज्ञान.—अब बिलकुल भूख नहीं है।

गोविंदी—तो मैं भी जाकर सो रहती हूँ।

ज्ञानचंद्र ने अब गोविंदी की ओर देख कर कहा—क्यों? तुम क्यों न खाओगी? वह और कुछ न कह सकी। गला भर आया।

ज्ञानचंद्र ने समीप आ कर कहा—मैं सच कहता हूँ, गोविंदी, एक मित्र के घर भोजन कर आया हूँ। तुम जा कर खा लो।

4

गोविंदी पलँग पर पड़ी हुई चिंता, नैराश्य और विषाद के अपार सागर में गोते खा रही थी। यदि कालिंदी का उसने बहिष्कार कर दिया होता, तो आज उसे इस

विपत्ति का सामना न करना पड़ता; किन्तु यह अमानुषिक व्यवहार उसके लिए असाध्य था और इस दशा में भी उसे इसका दुःख न था। ज्ञानचंद्र की ओर से यों तिरस्कृत होने का भी उसे दुःख न था। जो ज्ञानचन्द्र नित्य धर्म और सज्जनता की डींगे मारा करता था, वही आज इसका इतनी निर्दयता से बहिष्कार करता हुआ जान पड़ता था, उस पर उसे लेशमात्र भी दुःख, क्रोध या द्वेष न था। उसके मन को केवल एक ही भावना आंदोलित कर रही थी। वह अब इस घर में कैसे रह सकती है। अब तक वह इस घर की स्वामिनी थी! इसलिए न कि वह अपने पति के प्रेम की स्वामिनी थी; पर अब वह प्रेम से वंचित हो गई थी। अब इस घर पर उसका क्या अधिकार था? वह अब अपने पति को मुँह ही कैसे दिखा सकती थी। वह जानती थी, ज्ञानचन्द्र अपने मुँह से उसके विरुद्ध एक शब्द भी न निकालेंगे; पर उसके विषय में ऐसी बातें जान कर क्या वह उससे प्रेम कर सकते थे? कदापि नहीं! इस वक्त न-जाने क्या समझ कर चुप रहे। सबेरे तूफान उठेगा। कितने ही विचारशील हों; पर अपने समाज से निकल जाना कौन पसन्द करेगा? स्त्रियों की संसार में कमी नहीं। मेरी जगह हजारों मिल जाएँगी। मेरी किसी को क्या परवा? अब यहाँ रहना बेहयाई है। आखिर कोई लाठी मार कर थोड़े ही निकाल देगा। हयादार के लिए आँख का इशारा बहुत है। मुँह से न कहें, मन की बात और भाव छिपे नहीं रहते; लेकिन मीठी निद्रा की गोद में सोये हुए शिशु को देख कर ममता ने उसके अशक्त हृदय को और भी कातर कर दिया। इस अपने प्राणों के आधार को वह कैसे छोड़ेगी?

शिशु को उसने गोद में उठा लिया और खड़ी रोती रही। तीन साल कितने आनंद से गुजरे। उसने समझा था कि इसी भाँति सारा जीवन कट जाएगा; लेकिन उसके भाग्य में इससे अधिक सुख भोगना लिखा ही न था।करुण वेदना में डूबे हुए ये शब्द उसके मुख से निकल आये, भगवान! अगर तुम्हें इस भाँति मेरी दुर्गति करनी थी, तो तीन साल पहले क्यों न की? उस वक्त यदि तुमने मेरे जीवन का अंत कर दिया होता, तो मैं तुम्हें धन्यवाद देती। तीन साल तक सौभाग्य के सुरम्य उद्यान में सौरभ, समीर और माधुर्य का आनन्द उठाने के बाद इस उद्यान ही को उजाड़ दिया। हा! जिन पौधों को उसने अपने प्रेम-जल से सींचा था, वे अब निर्मम दुर्भाग्य के पैरों-तले कितनी निष्ठुरता से कुचले जा रहे थे। ज्ञानचन्द्र के शील और स्नेह का स्मरण आया, तो वह रो पड़ी। मृदु स्मृतियाँ आ-आकर हृदय को मसोसने लगीं।

सहसा ज्ञानचन्द्र के आने से वह सँभल बैठी। कठोर से कठोर बातें सुनने के लिए उसने अपने हृदय को कड़ा कर लिया; किन्तु ज्ञानचन्द्र के मुख पर रोष का चिह्न भी न था। उन्होंने आश्चर्य से पूछा—क्या तुम अभी तक सोयी नहीं? जानती हो, कै बजे हैं? बारह से ऊपर हैं।

गोविंदी ने सहमते हुए कहा—तुम भी तो अभी नहीं सोये।

ज्ञान.–मैं न सोऊँ, तो तुम भी न सोओ? मैं न खाऊँ, तो तुम भी न खाओ? मैं बीमार पड़ूँ, तो तुम भी बीमार पड़ो? यह क्यों? मैं तो एक जन्मपत्री बना रहा था। कल देनी होगी। तुम क्या करती रहीं, बोलो?

इन शब्दों में कितना सरल स्नेह था! क्या तिरस्कार के भाव इतने ललित शब्दों में प्रकट हो सकते हैं? प्रवंचकता क्या इतनी निर्मल हो सकती है? शायद सोमदत्त ने अभी वज्र का प्रहार नहीं किया। अवकाश न मिला होगा; लेकिन ऐसा है, तो आज घर इतनी देर में क्यों आये? भोजन क्यों न किया, मुझसे बोले तक नहीं, आँखें लाल हो रही थीं। मेरी ओर आँख उठा कर देखा तक नहीं। क्या यह सम्भव है कि इनका क्रोध शांत हो गया हो? यह सम्भावना की चरम सीमा से भी बाहर है। तो क्या सोमदत्त को मुझ पर दया आ गयी? पत्थर पर दूब जमी? गोविंदी कुछ निश्चय न कर सकी, और जिस भाँति गृह-सुख विहीन पथिक वृक्ष की छाँह में भी आनन्द से पाँव फैला कर सोता है, उसकी अव्यवस्था ही उसे निश्चिंत बना देती है, उसी भाँति गोविंदी मानसिक व्यग्रता में भी स्वस्थ हो गयी। मुस्करा कर स्नेह-मृदुल स्वर में बोली–तुम्हारी ही राह तो देख रही थी।

यह कहते-कहते गोविंदी का गला भर आया। व्याध के जाल में फड़फड़ाती हुई चिड़िया क्या मीठे राग गा सकती है? ज्ञानचन्द्र ने चारपाई पर बैठ कर कहा–झूठी बात, रोज तो तुम अब तक सो जाए करती थीं।

5

एक सप्ताह बीत गया; पर ज्ञानचन्द्र ने गोविंदी से कुछ न पूछा, और न उनके बर्ताव ही से उनके मनोगत भावों का कुछ परिचय मिला। अगर उनके व्यवहारों में कोई नवीनता थी, तो यह कि वह पहले से भी ज्यादा स्नेहशील, निर्द्वन्द्व और प्रफुल्लवदन हो गए। गोविंदी का इतना आदर और मान उन्होंने कभी नहीं किया था। उनके प्रयत्नशील रहने पर भी गोविंदी उनके मनोभावों को ताड़ रही थी और उसका चित्त प्रतिक्षण शंका से चंचल और क्षुब्ध रहता था। अब उसे इसमें लेशमात्र भी संदेह नहीं था कि सोमदत्त ने आग लगा दी है। गीली लकड़ी में पड़ कर वह चिनगारी बुझ जाएगी, या जंगल की सूखी पत्तियाँ हाहाकार करके जल उठेंगी, यह कौन जान सकता है। लेकिन इस सप्ताह के गुजरते ही अग्नि का प्रकोप होने लगा।

ज्ञानचंद्र एक महाजन के मुनीम थे। उस महाजन ने कह दिया, मेरे यहाँ अब आपका काम नहीं। जीविका का दूसरा साधन यजमानी है। यजमान भी एक-एक करके उन्हें जवाब देने लगे। यहाँ तक कि उनके द्वार पर आना-जाना बन्द हो गया। आग सूखी पत्तियों में जला कर अब हरे वृक्ष के चारों ओर मँडराने लगी। पर ज्ञानचंद्र के मुख में गोविंदी के प्रति एक भी कटु, अमृदु शब्द न था। वह इस सामाजिक दंड की शायद कुछ परवा न करते, यदि दुर्भाग्यवश इसने उनकी जीविका के द्वार न बंद कर दिये होते।

गोविंदी सब कुछ समझती थी; पर संकोच के मारे कुछ न कह सकती थी। उसी के कारण उसके प्राणप्रिय पति की यह दशा हो रही है, यह उसके लिए डूब मरने की बात थी। पर, कैसे प्राणों का उत्सर्ग करे। कैसे जीवन-मोह से मुक्त हो। इस विपत्ति में स्वामी के प्रति उसके रोम-रोम से शुभ-कामनाओं की सरिता-सी बहती थी; पर मुँह से एक शब्द भी न निकलता था। भाग्य की सबसे निष्ठुर लीला उस दिन हुई, जब कालिंदी भी बिना कुछ कहे-सुने सोमदत्त के घर जा पहुँची। जिसके लिए यह सारी यातनाएँ झेलनी पड़ीं, उसी ने अन्त में बेवफाई की। ज्ञानचंद ने सुना, तो केवल मुस्करा दिये; पर गोविंदी इस कुटिल आघात को इतनी शांति से सहन न कर सकी। कालिंदी के प्रति उसके मुख से अप्रिय शब्द निकल ही आये। ज्ञानचन्द्र ने कहा–उसे व्यर्थ ही कोसती हो प्रिये, उसका कोई दोष नहीं। भगवान हमारी परीक्षा ले रहे हैं। इस वक्त धैर्य के सिवा हमें किसी से कोई आशा न रखनी चाहिए।

जिन भावों को गोविंदी कई दिनों से अंतस्तल में दबाती चली आती थी, वे धैर्य का बाँध टूटते ही बड़े वेग से बाहर निकल पड़े।

पति के सम्मुख अपराधियों की भाँति हाथ बाँध कर उसने कहा–स्वामी, मेरे ही कारण आपको यह सारे पापड़ बेलने पड़ रहे हैं। मैं ही आपके कुल की कलंकिनी हूँ। क्यों न मुझे किसी ऐसी जगह भेज दीजिए, जहाँ कोई मेरी सूरत तक न देखे। मैं आपसे सत्य कहती हूँ...।

ज्ञानचन्द्र ने गोविंदी को और कुछ न कहने दिया। उसे हृदय से लगा कर बोले–प्रिय, ऐसी बातों से मुझे दुखी न करो। तुम आज भी उतनी ही पवित्र हो, जितनी उस समय थीं, जब देवताओं के समक्ष मैंने आजीवन पत्नीव्रत लिया था, तब मुझसे तुम्हारा परिचय न था। अब तो मेरी देह और आत्मा का एक-एक परमाणु तुम्हारे अक्षय प्रेम से आलोकित हो रहा है। उपहास और निंदा की तो बात ही क्या है, दुर्दैव का कठोरतम आघात भी मेरे व्रत को भंग नहीं कर सकता। अगर डूबेंगे तो साथ-साथ डूबेंगे; तरेंगे तो साथ-साथ तरेंगे। मेरे जीवन का मुख्य कर्तव्य तुम्हारे प्रति है। संसार इसके पीछे बहुत पीछे है।

गोविंदी को जान पड़ा, उसके सम्मुख कोई देव-मूर्ति खड़ी है। स्वामी में इतनी श्रद्धा, इतनी भक्ति, उसे आज तक कभी न हुई थी। गर्व से उसका मस्तक ऊँचा हो गया और मुख पर स्वर्गीय आभा झलक पड़ी। उसने फिर कहने का साहस न किया।

सम्पन्नता अपमान और बहिष्कार को तुच्छ समझती है। उनके अभाव में ये बाधाएँ प्राणांतक हो जाती हैं। ज्ञानचन्द्र दिन के दिन घर में पड़े रहते। घर से बाहर निकलने का उन्हें साहस न होता था।

6

जब तक गोविंदी के पास गहने थे, तब तक भोजन की चिंता न थी। किन्तु जब यह आधार भी न रह गया, तो हालत और भी खराब हो गयी। कभी-कभी निराहार रह जाना पड़ता। अपनी व्यथा किससे कहें, कौन मित्र था? कौन अपना था?

गोविंदी पहले भी हृष्ट-पुष्ट न थी; पर अब तो अनाहार और अंतर्वेदना के कारण उसकी देह और भी जीर्ण हो गयी थी। पहले शिशु के लिए दूध मोल लिया करती थी। अब इसकी सामर्थ्य न थी। बालक दिन पर दिन दुर्बल होता जाता था। मालूम होता था, उसे सूखे का रोग हो गया है। दिन के दिन बच्चा खुर्रा खाट पर पड़ा माता को नैराश्य-दृष्टि से देखा करता। कदाचित् उसकी बाल-बुद्धि भी अवस्था को समझती थी। कभी किसी वस्तु के लिए हठ न करता। उसकी बालोचित सरलता, चंचलता और क्रीड़ाशीलता ने अब तक दीर्घ, आशाविहीन प्रतीक्षा का रूप धारण कर लिया था। माता-पिता उसकी दशा देख कर मन ही मन कुढ़-कुढ़ कर रह जाते थे।

संध्या का समय था। गोविंदी अँधेरे घर में बालक के सिरहाने चिंता में मग्न बैठी थी। आकाश पर बादल छाये हुए थे और हवा के झोंके उसके अर्धनग्न शरीर में शर के समान लगते थे। आज दिन भर बच्चे ने कुछ न खाया था। घर में कुछ था ही नहीं। क्षुधाग्नि से बालक छटपटा रहा था; पर या तो रोना न चाहता था, या उसमें रोने की शक्ति ही न थी। इतने में ज्ञानचंद्र तेली के यहाँ से तेल ले कर आ पहुँचे। दीपक जला। दीपक के क्षीण प्रकाश में माता ने बालक का मुख देखा; तो सहम उठी। बालक का मुख पीला पड़ गया था और पुतलियाँ ऊपर चढ़ गयी थीं। उसने घबराकर बालक को गोद में उठाया। देह ठण्डी थी। चिल्ला कर बोली—हे भगवान! मेरे बच्चे को क्या हो गया? ज्ञानचंद्र ने बालक के मुख की ओर देख कर एक ठण्डी साँस ली और बोले—ईश्वर, क्या सारी दया-दृष्टि हमारे ही ऊपर करोगे?

गोविंदी—हाय! मेरा लाल मारे भूख के शिथिल हो गया है। कोई ऐसा नहीं, जो इसे दो घूँट दूध पिला दे।

यह कह कर उसने बालक को पति की गोद में दे दिया और एक लुटिया ले कर कालिंदी के घर दूध माँगने चली। जिस कालिंदी ने आज छः महीने से इस घर की ओर ताका न था, उसी के द्वार पर दूध की भिक्षा माँगने जाते हुए उसे कितनी ग्लानि, कितना संकोच हो रहा था, वह भगवान के सिवा और कौन जान सकता है। यह वही बालक है, जिस पर एक दिन कालिंदी प्राण देती थी; पर उसकी ओर से अब उसने अपना हृदय इतना कठोर कर लिया था कि घर में कई गौएँ लगने पर भी एक चिल्लू दूध न भेजा। उसी की दया-भिक्षा माँगने आज, अँधेरी रात में, भीगती हुई गोविंदी दौड़ी जा रही है। माता! तेरे वात्सल्य को धन्य है!

कालिंदी दीपक लिये दालान में खड़ी गाय दुहा रही थी। पहले स्वामिनी बनने के लिए वह सौत से लड़ा करती थी। सेविका का पद उसे स्वीकार न था। अब सेविका का पद स्वीकार करके स्वामिनी बनी हुई थी। गोविंदी को देख कर तुरंत निकल आयी और विस्मय से बोली—क्या है बहन, पानी-बूँदी में कैसे चली आयी?

गोविंदी ने सकुचाते हुए कहा—लाला बहुत भूखा है, कालिंदी! आज दिन भर कुछ नहीं मिला। थोड़ा-सा दूध लेने आयी हूँ।

कालिंदी भीतर जाकर दूध का मटका लिये बाहर निकल आयी और बोली—जितना चाहो, ले लो गोविंदी! दूध की कौन कमी है। लाला तो अब चलता होगा! बहुत जी चाहता है कि जाकर उसे देख आऊँ। लेकिन जाने का हुकुम नहीं है। पेट पालना है, तो हुकुम मानना ही पड़ेगा। तुमने बतलाया ही नहीं, नहीं तो लाला के लिए दूध का तोड़ा थोड़ा है। मैं चली क्या आयी कि तुमने उसका मुँह देखने को तरसा डाला। मुझे कभी पूछता है?

यह कहते हुए कालिंदी ने दूध का मटका गोविंदी के हाथ में रख दिया। गोविंदी के आँखों से आँसू बहने लगे। कालिंदी इतनी दया करेगी, इसकी उसे आशा नहीं थी। अब उसे ज्ञान हुआ कि यह वही दयाशीला, सेवा-परायण रमणी है, जो पहले थी। लेशमात्र भी अन्तर न था। बोली—इतना दूध ले कर क्या करूँगी, बहन। इस लोटिया में डाल दो।

कालिंदी—दूध छोटे-बड़े सभी खाते हैं। ले जाओ, (धीरे) यह मत समझो कि मैं तुम्हारे घर से चली आयी, तो बिरानी हो गयी। भगवान की दया से अब यहाँ किसी बात की चिंता नहीं है। मुझसे कहने भर की देर है। हाँ, मैं आऊँगी नहीं। इससे लाचार हूँ। कल किसी बेला लाला को लेकर नदी किनारे आ जाना। देखने को बहुत जी चाहता है।

गोविंदी दूध की हाँड़ी लिये घर चली, गर्वपूर्ण आनन्द के मारे उसके पैर उड़े जाते थे। डयोढ़ी में पैर रखते ही बोली—जरा दीया दिखा देना, यहाँ कुछ सुझायी नहीं देता। ऐसा न हो कि दूध गिर पड़े। ज्ञानचंद्र ने दीपक दिखा दिया। गोविंदी ने बालक को अपनी गोद में लिटा कर कटोरी से दूध पिलाना चाहा! पर एक घूँट से अधिक दूध कंठ में न गया। बालक ने हिचकी ली और अपनी जीवन-लीला समाप्त कर दी।

करुण रोदन से घर गूँज उठा। सारी बस्ती के लोग चौंक पड़े; पर जब मालूम हो गया कि ज्ञानचंद्र के घर से आवाज़ आ रही है, तो कोई द्वार पर न आया। रात भर भग्न हृदय दम्पति रोते रहे। प्रातःकाल ज्ञानचंद ने शव उठा लिया और श्मशान की ओर चले। सैकड़ों आदमियों ने उन्हें जाते देखा; पर कोई समीप न आया।

7

कुल-मर्यादा संसार की सबसे उत्तम वस्तु है। उस पर प्राण तक न्योछावर कर दिये जाते हैं। ज्ञानचंद के हाथ से वह वस्तु निकल गयी, जिस पर उन्हें गौरव था। वह गर्व, वह आत्म-बल, वह तेज, जो परंपरा ने उनके हृदय में कूट-कूट कर भर दिया था, उसका कुछ अंश तो पहले ही मिट चुका था, बचा-खुचा पुत्र-शोक ने मिटा दिया। उन्हें विश्वास हो गया कि उनके अविचार का ईश्वर ने यह दंड दिया है। दुरवस्था, जीर्णता और मानसिक दुर्बलता सभी इस विश्वास को दृढ़ करती थीं। वह गोविंदी को अब भी निर्दोष समझते थे। उसके प्रति एक कटु शब्द उनके मुँह से न निकलता था,

न कोई कटु भाव ही उनके दिल में जगह पाता था। विधि की क्रूर-क्रीड़ा ही उनका सर्वनाश कर रही है; इसमें उन्हें लेशमात्र भी संदेह न था।

अब यह घर उन्हें फाड़े खाता था। घर के प्राण-से निकल गए थे। अब माता किसे गोद में ले कर चाँद मामा को बुलायेगी, किसे उबटन मलेगी, किसके लिए प्रातःकाल हलुवा पकायेगी। अब सब कुछ शून्य था, मालूम होता था कि उनके हृदय निकाल लिये गए हैं। अपमान, कष्ट, अनाहार, इन सारी विडंबनाओं के होते हुए भी बालक की बाल-क्रीड़ाओं में वे सब कुछ भूल जाते थे। उसके स्नेहमय लालन-पालन में ही अपना जीवन सार्थक समझते थे। अब चारों ओर अन्धकार था।

यदि ऐसे मनुष्य हैं, जिन्हें विपत्ति से उत्तेजना और साहस मिलता है, तो ऐसे भी मनुष्य हैं, जो आपत्ति-काल में कर्तव्यहीन, पुरुषार्थहीन और उद्यमहीन हो जाते हैं। ज्ञानचंद्र शिक्षित थे, योग्य थे। यदि शहर में जा कर दौड़-धूप करते, तो उन्हें कहीं न कहीं काम मिल जाता। वेतन कम ही सही, रोटियों को तो मुहताज न रहते; किंतु अविश्वास उन्हें घर से निकलने न देता था। कहाँ जाएँ, शहर में कौन जानता है? अगर दो-चार परिचित प्राणी हैं भी, तो उन्हें मेरी क्यों परवा होने लगी? फिर इस दशा में जाएँ कैसे? देह पर साबित कपड़े भी नहीं। जाने के पहले गोविंदी के लिए कुछ न कुछ प्रबंध करना आवश्यक था। उसका कोई सुभीता न था। इन्हीं चिंताओं में पड़े-पड़े उनके दिन कटते जाते थे। यहाँ तक कि उन्हें घर से बाहर निकलते ही बड़ा संकोच होता था। गोविंदी ही पर अन्नोपार्जन का भार था। बेचारी दिन को बच्चों के कपड़े सीती, रात को दूसरों के लिए आटा पीसती। ज्ञानचंद्र सब कुछ देखते थे और माथा ठोक कर रह जाते थे।

एक दिन भोजन करते हुए ज्ञानचंद्र ने आत्म-धिक्कार के भाव से मुस्करा कर कहा–मुझ-सा निर्लज्ज पुरुष भी संसार में दूसरा न होगा, जिसे स्त्री की कमाई खाते भी मौत नहीं आती!

गोविंदी ने भौं सिकोड़ कर कहा–तुम्हारे पैरों पड़ती हूँ, मेरे सामने ऐसी बातें मत किया करो। है तो यह सब मेरे ही कारण?

ज्ञान.–तुमने पूर्व जन्म में कोई बड़ा पाप किया था गोविंदी, जो मुझ-जैसे निखट्टू के पाले पड़ी। मेरे जीते ही तुम विधवा हो। धिक्कार है ऐसे जीवन को!

गोविंदी–तुम मेरा ही खून पियो, अगर फिर इस तरह की कोई बात मुँह से निकालो। तुम्हारी दासी बन कर मेरा जन्म सुफल हो गया। मैं इसे पूर्वजन्म की तपस्या का पुनीत फल समझती हूँ। दुःख-सुख किस पर नहीं आता। तुम्हें भगवान कुशल से रखें, यही मेरी अभिलाषा है।

ज्ञान.–भगवान तुम्हारी अभिलाषा पूर्ण करें! खूब चक्की पीसो।

गोविंदी–तुम्हारी बला से चक्की पीसती हूँ।

ज्ञान.–हाँ, हाँ, पीसो। मैं मना थोड़े करता हूँ। तुम न चक्की पीसोगी, तो यहाँ मूँछों पर ताव दे कर खायेगा कौन, अच्छा, आज दाल में घी भी है। ठीक है, अब मेरी चाँदी है, बेड़ा पार लग जाएगा। इसी गाँव में बड़े-बड़े उच्च-कुल की कन्याएँ हैं। अपने वस्त्राभूषण के सामने उन्हें और किसी की परवा नहीं। पति महाशय चाहे चोरी करके लायें, चाहे डाका मार कर लायें, उन्हें इसकी परवा नहीं। तुममें वह गुण नहीं है। तुम उच्च-कुल की कन्या नहीं हो। वाह री दुनिया! ऐसी पवित्र देवियों का तेरे यहाँ अनादर होता है! उन्हें कुल-कलंकिनी समझा जाता है! धन्य है तेरा व्यापार! तुमने कुछ और सुना? सोमदत्त ने मेरे असामियों को बहका दिया है कि लगान मत देना, देखें क्या करते हैं। बताओ, ज़मींदार को रकम कैसे चुकाऊँगा?

गोविंदी–मैं सोमदत्त से जा कर पूछती हूँ न? मना क्या करेंगे, कोई दिल्लगी है!

ज्ञान.–नहीं गोविंदी, तुम उस दुष्ट के पास मत जाना। मैं नहीं चाहता कि तुम्हारे ऊपर उसकी छाया भी पड़े। उसे खूब अत्याचार करने दो। मैं भी देख रहा हूँ कि भगवान कितने न्यायी हैं!

गोविंदी–तुम असामियों के पास क्यों नहीं जाते? हमारे घर न आयें, हमारा छुआ पानी न पियें या हमारे रुपये भी मार लेंगे?

ज्ञान.–वाह, इससे सरल तो कोई काम ही नहीं है। कह देंगे, हम रुपये दे चुके। सारा गाँव उसकी तरफ हो जाएगा। मैं तो अब गाँव भर का द्रोही हूँ न। आज खूब डट कर भोजन किया। अब मैं भी रईस हूँ, बिना हाथ-पैर हिलाये गुलछर्रे उड़ाता हूँ। सच कहता हूँ, तुम्हारी ओर से अब मैं निश्चिन्त हो गया। देश-विदेश भी चला जाऊँ, तो तुम अपना निर्वाह कर सकती हो।

गोविंदी–कहीं जाने का काम नहीं है।

ज्ञान.–तो यहाँ जाता ही कौन है। किसे कुत्ते ने काटा है, जो यह सेवा छोड़ कर मेहनत-मजूरी करने जाए। तुम सचमुच देवी हो, गोविंदी!

भोजन करके ज्ञानचंद्र बाहर निकले। गोविंदी भोजन करके कोठरी में आयी, तो ज्ञानचंद्र न थे। समझी, कहीं बाहर चले गए होंगे। आज पति की बातों से उसका चित्त कुछ प्रसन्न था। शायद अब वह नौकरी-चाकरी की खोज में कहीं जानेवाले हैं। यह आशा बँधा रही थी। हाँ उनकी व्यंगोक्तियों का भाव उसकी समझ ही में न आता था। ऐसी बातें वह कभी न करते थे। आज क्या सूझी!

कुछ कपड़े सीने थे। जाड़ों के दिन थे। गोविंदी धूप में बैठ कर सीने लगी। थोड़ी ही देर में शाम हो गयी। अभी तक ज्ञानचंद्र नहीं आये। तेल-बत्ती का समय आया, फिर भोजन की तैयारी करने लगी। कालिंदी थोड़ा-सा दूध दे गयी थी। गोविंदी को तो भूख न थी, अब वह एक ही बेला खाती थी। हाँ, ज्ञानचंद्र के लिए रोटियाँ सेंकनी थीं। सोचा, दूध है ही, दूध-रोटी खा लेंगे।

भोजन बना कर निकली ही थी कि सोमदत्त ने आँगन में आकर पूछा–कहाँ हैं ज्ञानू?

गोविंदी–कहीं गए हैं।

सोम.–कपड़े पहन कर गए हैं?

गोविंदी–हाँ; काली मिर्जई पहने थे।

सोम.–जूता भी पहने थे?

गोविंदी की छाती धाड़-धाड़ करने लगी। बोली–हाँ, जूता तो पहने थे। क्यों पूछते हो?

सोमदत्त ने जोर से हाथ मार कर कहा–हाय ज्ञानू! हाय!

गोविंदी घबरा कर बोली–क्या हुआ, दादा जी! हाय! बताते क्यों नहीं? हाय!

सोम.–अभी थाने से आ रहा हूँ। वहाँ उनकी लाश मिली है। रेल के नीचे दब गए! हाय ज्ञानू! मुझ हत्यारे को क्यों न मौत आ गयी? गोविंदी के मुँह से फिर कोई शब्द न निकला। अंतिम 'हाय' के साथ बहुत दिनों तक तड़पता हुआ प्राण-पक्षी उड़ गया। एक क्षण में गाँव की कितनी ही स्त्रियाँ जमा हो गयीं। सब कहती थीं, देवी थी! सती थी!

प्रातःकाल दो अर्थियाँ गाँव से निकलीं। एक पर रेशमी चुँदरी का कफन था, दूसरी पर रेशमी शाल का। गाँव के द्विजों में से केवल सोमदत्त साथ था। शेष गाँव के नीच जाति वाले आदमी थे। सोमदत्त ही ने दाह-क्रिया का प्रबंध किया था। वह रह-रह कर दोनों हाथों से अपनी छाती पीटता था और जोर-जोर से चिल्लाता था, हाय! हाय ज्ञानू!!

❑

ऐक्ट्रेस

रंगमंच का परदा गिर गया। तारा देवी ने शकुंतला का पार्ट खेलकर दर्शकों को मुग्ध कर दिया था। जिस वक्त वह शकुंतला के रूप में राजा दुष्यन्त के सम्मुख खड़ी ग्लानि, वेदना, और तिरस्कार से उत्तेजित भावों को आग्नेय शब्दों में प्रकट कर रही थी, दर्शक-वृन्द शिष्टता के नियमों की उपेक्षा करके मंच की ओर उन्मत्तों की भाँति दौड़ पड़े थे और तारादेवी का यशोगान करने लगे थे। कितने ही तो स्टेज पर चढ़ गए और तारादेवी के चरणों पर गिर पड़े। सारा स्टेज फूलों से पट गया, आभूषणों की वर्षा होने लगी। यदि उसी क्षण मेनका का विमान नीचे आ कर उसे उड़ा न ले जाता, तो कदाचित उस धक्कम-धक्के में दस-पाँच आदमियों की जान पर बन जाती। मैनेजर ने तुरन्त आकर दर्शकों को गुण-ग्राहकता का धन्यवाद दिया और वादा भी किया कि दूसरे दिन फिर वही तमाशा होगा। तब लोगों का मोहान्माद शांत हुआ। मगर एक युवक उस वक्त भी मंच पर खड़ा रहा। लम्बे कद का था, तेजस्वी मुद्रा, कुन्दन का-सा, देवताओं का-सा स्वरूप, गठी हुई देह, मुख से एक ज्योति-सी प्रस्फुटित हो रही थी। कोई राजकुमार मालूम होता था।

जब सारे दर्शकगण बाहर निकल गए, उसने मैनेजर से पूछा—क्या तारादेवी से एक क्षण के लिए मिल सकता हूँ?

मैनेजर ने उपेक्षा के भाव से कहा—हमारे यहाँ ऐसा नियम नहीं है।

युवक ने फिर पूछा—क्या आप मेरा कोई पत्र उसके पास भेज सकते हैं?

मैनेजर ने उसी उपेक्षा के भाव से कहा—जी नहीं। क्षमा कीजिएगा। यह हमारे नियमों के विरुद्ध है।

युवक ने और कुछ न कहा, निराश होकर स्टेज के नीचे उतर पड़ा और बाहर जाना ही चाहता था कि मैनेजर ने पूछा—जरा ठहर जाइये, आपका कार्ड?

युवक ने जेब से कागज़ का एक टुकड़ा निकाल कर कुछ लिखा और दे दिया। मैनेजर ने पुर्जे को उड़ती हुई निगाह से देखा—कुंवर निर्मलकान्त चौधरी ओ. बी. ई.। मैनेजर की कठोर मुद्रा कोमल हो गयी। कुंवर निर्मलकान्त—शहर के सबसे बड़े रईस और ताल्लुकेदार, साहित्य के उज्ज्वल रत्न, संगीत के सिद्धहस्त आचार्य, उच्च-कोटि

के विद्वान, आठ-दस लाख सालाना के नफेदार, जिनके दान से देश की कितनी ही संस्थाएँ चलती थीं–इस समय एक क्षुद्र प्रार्थी के रूप में खड़े थे। मैनेजर अपने उपेक्षा-भाव पर लज्जित हो गया। विनम्र शब्दों में बोला–क्षमा कीजिएगा, मुझसे बड़ा अपराध हुआ। मैं अभी तारादेवी के पास हुजूर का कार्ड लिए जाता हूँ।

कुँवर साहब ने उससे रुकने का इशारा करके कहा–नहीं, अब रहने ही दीजिए, मैं कल पाँच बजे आऊँगा। इस वक्त तारादेवी को कष्ट होगा। यह उनके विश्राम का समय है।

मैनेजर–मुझे विश्वास है कि वह आपकी खातिर इतना कष्ट सहर्ष सह लेंगी, मैं एक मिनट में आता हूँ।

किन्तु कुँवर साहब अपना परिचय देने के बाद अपनी आतुरता पर संयम का परदा डालने के लिए विवश थे। मैनेजर को सज्जनता का धन्यवाद दिया। और कल आने का वादा करके चले गए।

2

तारा एक साफ-सुथरे और सजे हुए कमरे में मेज के सामने किसी विचार में मग्न बैठी थी। रात का वह दृश्य उसकी आँखों के सामने नाच रहा था। ऐसे दिन जीवन में क्या बार-बार आते हैं? कितने मनुष्य उसके दर्शनों के लिए विकल हो रहे हैं? बस, एक-दूसरे पर फटे पड़ते थे। कितनों को उसने पैरों से ठुकरा दिया था–हाँ, ठुकरा दिया था। मगर उस समूह में केवल एक दिव्यमूर्ति अविचलित रूप से खड़ी थी। उसकी आँखों में कितना गम्भीर अनुराग था, कितना दृढ़ संकल्प! ऐसा जान पड़ता था मानों दोनों नेत्र उसके हृदय में चुभे जा रहे हों। आज फिर उस पुरुष के दर्शन होंगे या नहीं, कौन जानता है। लेकिन यदि आज उनके दर्शन हुए, तो तारा उनसे एक बार बातचीत किये बिना न जाने देगी।

यह सोचते हुए उसने आईने की ओर देखा, कमल का फूल-सा खिला था, कौन कह सकता था कि वह नव-विकसित पुष्प तैंतीस बसंतों की बहार देख चुका है। वह कांति, वह कोमलता, वह चपलता, वह माधुर्य किसी नवयौवना को लज्जित कर सकता था। तारा एक बार फिर हृदय में प्रेम दीपक जला बैठी। आज से बीस साल पहले एक बार उसको प्रेम का कटु अनुभव हुआ था। तब से वह एक प्रकार का वैधव्य-जीवन व्यतीत करती रही। कितने प्रेमियों ने अपना हृदय उसको भेंट करना चाहा था; पर उसने किसी की ओर आँख उठाकर भी न देखा था। उसे उनके प्रेम में कपट की गन्ध आती थी। मगर आह! आज उसका संयम उसके हाथ से निकल गया। एक बार फिर आज उसे हृदय में उसी मधुर वेदना का अनुभव हुआ, जो बीस साल पहले हुआ था। एक पुरुष का सौम्य स्वरूप उसकी आँखों में बस गया, हृदय पट पर खिंच गया। उसे वह किसी तरह भूल न सकती थी। उसी पुरुष को उसने मोटर पर

जाते देखा होता, तो कदाचित उधर ध्यान भी न करती। पर उसे अपने सम्मुख प्रेम का उपहार हाथ में लिए देखकर वह स्थिर न रह सकी।

सहसा दाई ने आकर कहा—बाई जी, रात की सब चीजें रखी हुई हैं, कहिए तो लाऊँ?

तारा ने कहा—नहीं, मेरे पास चीजें लाने की जरूरत नहीं; मगर ठहरो, क्या-क्या चीजें हैं।

'एक ढेर का ढेर तो लगा है बाई जी, कहाँ तक गिनाऊँ—अशर्फियाँ हैं, ब्रूचेज बाल के पिन, बटन, लाकेट, अँगूठियाँ सभी तो हैं। एक छोटे-से डिब्बे में एक सुन्दर हार है। मैंने आज तक वैसा हार नहीं देखा। सब संदूक में रख दिया है।'

'अच्छा, वह संदूक मेरे पास ला।' दाई ने सन्दूक लाकर मेज पर रख दिया। उधर एक लड़के ने एक पत्र लाकर तारा को दिया। तारा ने पत्र को उत्सुक नेत्रों से देखा—कुँवर निर्मलकान्त ओ.बी.ई.। लड़के से पूछा—यह पत्र किसने दिया। वह तो नहीं, जो रेशमी साफा बाँधे हुए थे?

लड़के ने केवल इतना कहा—मैनेजर साहब ने दिया है। और लपका हुआ बाहर चला गया।

संदूक में सबसे पहले डिब्बा नज़र आया। तारा ने उसे खोला तो सच्चे मोतियों का सुन्दर हार था। डिब्बे में एक तरफ एक कार्ड भी था। तारा ने लपक कर उसे निकाल लिया और पढ़ा—कुँवर निर्मलकान्त...। कार्ड उसके हाथ से छूट कर गिर पड़ा। वह झपट कर कुरसी से उठी और बड़े वेग से कई कमरों और बरामदों को पार करती मैनेजर के सामने आकर खड़ी हो गयीं। मैनेजर ने खड़े होकर उसका स्वागत किया और बोला—मैं रात की सफलता पर आपको बधाई देता हूँ।

तारा ने खड़े-खड़े पूछा—कुँवर निर्मलकांत क्या बाहर हैं? लड़का पत्र दे कर भाग गया। मैं उससे कुछ पूछ न सकी।

'कुँवर साहब का रुक्का तो रात ही तुम्हारे चले आने के बाद मिला था।'

'तो आपने उसी वक्त मेरे पास क्यों न भेज दिया?'

मैनेजर ने दबी ज़बान से कहा—मैंने समझा, तुम आराम कर रही होगी, कष्ट देना उचित न समझा। और भाई, साफ बात यह है कि मैं डर रहा था, कहीं कुँवर साहब को तुमसे मिला कर तुम्हें खो न बैठूँ। अगर मैं औरत होता, तो उसी वक्त उनके पीछे हो लेता। ऐसा देवरुप पुरुष मैंने आज तक नहीं देखा। वही जो रेशमी साफा बाँधे खड़े थे तुम्हारे सामने। तुमने भी तो देखा था।

तारा ने मानो अर्धनिद्रा की दशा में कहा—हाँ, देखा तो था—क्या यह फिर आयेंगे?

'हाँ, आज पाँच बजे शाम को। बड़े विद्वान आदमी हैं, और इस शहर के सबसे बड़े रईस।'

'आज मैं रिहर्सल में न आऊँगी।'

3

कुँवर साहब आ रहे होंगे। तारा आईने के सामने बैठी है और दाई उसका श्रृंगार कर रही है। श्रृंगार भी इस जमाने में एक विद्या है। पहले परिपाटी के अनुसार ही श्रृंगार किया जाता था। कवियों, चित्रकारों और रसिकों ने श्रृंगार की मर्यादा-सी बाँध दी थी। आँखों के लिए काजल लाजमी था, हाथों के लिए मेंहदी, पाँव के लिए महावर। एक-एक अंग एक-एक आभूषण के लिए निर्दिष्ट था। आज वह परिपाटी नहीं रही। आज प्रत्येक रमणी अपनी सुरुचि सुबुद्धि और तुलनात्मक भाव से श्रृंगार करती है। उसका सौंदर्य किस उपाय से आकर्षकता की सीमा पर पहुँच सकता है, यही उसका आदर्श होता हैं तारा इस कला में निपुण थी। वह पन्द्रह साल से इस कम्पनी में थी और यह समस्त जीवन उसने पुरुषों के हृदय से खेलने ही में व्यतीत किया था। किस चिवतन से, किस मुस्कान से, किस अँगड़ाई से, किस तरह केशों के बिखेर देने से दिलों का कत्लेआम हो जाता है; इस कला में कौन उससे बढ़ कर हो सकता था! आज उसने चुन-चुन कर आजमाये हुए तीर तरकस से निकाले, और जब अपने अस्त्रों से सज कर वह दीवानखाने में आयी, तो जान पड़ा मानों संसार का सारा माधुर्य उसकी बलाएँ ले रहा है। वह मेज के पास खड़ी होकर कुँवर साहब का कार्ड देख रही थी, उसके कान मोटर की आवाज़ की ओर लगे हुए थे। वह चाहती थी कि कुँवर साहब इसी वक्त आ जाएँ और उसे इसी अन्दाज़ से खड़े देखें। इसी अन्दाज़ से वह उसके अंग प्रत्यंगों की पूर्ण छवि देख सकते थे। उसने अपनी श्रृंगार कला से काल पर विजय पा ली थी। कौन कह सकता था कि यह चंचल नवयौवन उस अवस्था को पहुँच चुकी है, जब हृदय को शांति की इच्छा होती है, वह किसी आश्रम के लिए आतुर हो उठता है, और उसका अभिमान नम्रता के आगे सिर झुका देता है।

तारा देवी को बहुत इन्तज़ार न करना पड़ा। कुँवर साहब शायद मिलने के लिए उससे भी उत्सुक थे। दस ही मिनट के बाद उनकी मोटर की आवाज़ आयी। तारा सँभल गयी। एक क्षण में कुँवर साहब ने कमरे में प्रवेश किया। तारा शिष्टाचार के लिए हाथ मिलाना भी भूल गयी, प्रौढ़ावस्था में भी प्रेमी की उद्विग्नता और असावधानी कुछ कम नहीं होती। वह किसी सलज्जा युवती की भाँति सिर झुकाए खड़ी रही।

कुँवर साहब की निगाह आते ही उसकी गर्दन पर पड़ी। वह मोतियों का हार, जो उन्होंने रात को भेंट किया था, चमक रहा था। कुँवर साहब को इतना आनन्द और कभी न हुआ। उन्हें एक क्षण के लिए ऐसा जान पड़ा मानों उसके जीवन की सारी अभिलाषा पूरी हो गयी। बोले—मैंने आपको आज इतने सबेरे कष्ट दिया, क्षमा कीजिएगा। यह तो आपके आराम का समय होगा? तारा ने सिर से खिसकती हुई साड़ी को सँभाल कर कहा—इससे ज्यादा आराम और क्या हो सकता कि आपके

दर्शन हुए। मैं इस उपहार के लिए और क्या आपको मनों धन्यवाद देती हूँ। अब तो कभी-कभी मुलाकात होती रहेगी?

निर्मलकान्त ने मुस्कराकर कहा—कभी-कभी नहीं, रोज। आप चाहे मुझसे मिलना पसन्द न करें, पर एक बार इस डयोढ़ी पर सिर को झुका ही जाऊँगा।

तारा ने भी मुस्करा कर उत्तर दिया—उसी वक्त तक जब तक कि मनोरंजन की कोई नयी वस्तु नज़र न आ जाय! क्यों?

'मेरे लिए यह मनोरंजन का विषय नहीं, जिंदगी और मौत का सवाल है। हाँ, तुम इसे विनोद समझ सकती हो, मगर कोई पहवाह नहीं। तुम्हारे मनोरंजन के लिए मेरे प्राण भी निकल जायें, तो मैं अपना जीवन सफल समझूँगा।'

दोनों तरफ से इस प्रीति को निभाने के वादे हुए, फिर दोनों ने नाश्ता किया और कल भोज का न्योता दे कर कुँवर साहब विदा हुए।

4

एक महीना गुजर गया, कुँवर साहब दिन में कई-कई बार आते। उन्हें एक क्षण का वियोग भी असह्य था। कभी दोनों बजरे पर दरिया की सैर करते, कभी हरी-हरी घास पर पार्कों में बैठे बातें करते, कभी गाना-बजाना होता, नित्य नये प्रोग्राम बनते थे। सारे शहर में मशहूर था कि ताराबाई ने कुँवर साहब को फांस लिया और दोनों हाथों से सम्पत्ति लूट रही है। पर तारा के लिए कुँवर साहब का प्रेम ही एक ऐसी सम्पत्ति थी, जिसके सामने दुनिया-भर की दौलत देय थी। उन्हें अपने सामने देखकर उसे किसी वस्तु की इच्छा न होती थी।

मगर एक महीने तक इस प्रेम के बाज़ार में घूमने पर भी तारा को वह वस्तु न मिली, जिसके लिए उसकी आत्मा लोलुप हो रही थी। वह कुँवर साहब से प्रेम की, अपार और अतुल प्रेम की, सच्चे और निष्कपट प्रेम की बातें रोज सुनती थी, पर उसमें 'विवाह' का शब्द न आने पाता था, मानो प्यासे को बाज़ार में पानी छोड़कर और सब कुछ मिलता हो। ऐसे प्यासे को पानी के सिवा और किस चीज से तृप्ति हो सकती है? प्यास बुझाने के बाद, सम्भव है, और चीजों की तरफ उसकी रुचि हो, पर प्यासे के लिए तो पानी सबसे मूल्यवान पदार्थ है। वह जानती थी कि कुँवर साहब उसके इशारे पर प्राण तक दे देंगे, लेकिन विवाह की बात क्यों उनकी ज़बान से नहीं मिलती? क्या इस विषय का कोई पत्र लिख कर अपना आशय कह देना सम्भव था? फिर क्या वह उसको केवल विनोद की वस्तु बना कर रखना चाहते हैं? यह अपमान उससे न सहा जाएगा। कुँवर के एक इशारे पर वह आग में कूद सकती थी, पर यह अपमान उसके लिए असह्य था। किसी शौकीन रईस के साथ वह इससे कुछ दिन पहले शायद एक-दो महीने रह जाती और उसे नोच-खसोट कर अपनी राह लेती। किन्तु प्रेम का बदला प्रेम है, कुँवर साहब के साथ वह यह निर्लज्ज जीवन न व्यतीत कर सकती थी।

उधर कुँवर साहब के भाई बन्ध भी गाफिल न थे, वे किसी भाँति उन्हें ताराबाई के पंजे से छुड़ाना चाहते थे। कहीं कुँवर साहब का विवाह ठीक कर देना ही एक ऐसा उपाय था, जिससे सफल होने की आशा थी और यही उन लोगों ने किया। उन्हें यह भय तो न था कि कुँवर साहब इस ऐक्ट्रेस से विवाह करेंगे। हाँ, यह भय अवश्य था कि कही रियासत का कोई हिस्सा उसके नाम कर दें, या उसके आने वाले बच्चों को रियासत का मालिक बना दें। कुँवर साहब पर चारों ओर से दबाव पड़ने लगे। यहाँ तक कि योरोपियन अधिकारियों ने भी उन्हें विवाह कर लेने की सलाह दी। उस दिन संध्या समय कुँवर साहब ने ताराबाई के पास जाकर कहा–तारा, देखो, तुमसे एक बात कहता हूँ, इनकार न करना। तारा का हृदय उछलने लगा। बोली–कहिए, क्या बात है? ऐसी कौन वस्तु है, जिसे आपकी भेंट करके मैं अपने को धन्य समझूँ?

बात मुँह से निकलने की देर थी। तारा ने स्वीकार कर लिया और हर्षोन्माद की दशा में रोती हुई कुँवर साहब के पैरों पर गिर पड़ी।

5

एक क्षण के बाद तारा ने कहा–मैं तो निराश हो चली थी। आपने बड़ी लम्बी परीक्षा ली।

कुँवर साहब ने ज़बान दाँतों-तले दबाई, मानो कोई अनुचित बात सुन ली हो!

'यह बात नहीं है तारा! अगर मुझे विश्वास होता कि तुम मेरी याचना स्वीकार कर लोगी, तो कदाचित पहले ही दिन मैंने भिक्षा के लिए हाथ फैलाया होता, पर मैं अपने को तुम्हारे योग्य नहीं पाता था। तुम सदगुणों की खान हो, और मैं...मैं जो कुछ हूँ, वह तुम जानती ही हो। मैंने निश्चय कर लिया था कि उम्र भर तुम्हारी उपासना करता रहूँगा। शायद कभी प्रसन्न होकर तुम मुझे बिना माँगे ही वरदान दे दो। बस, यही मेरी अभिलाषा थी! मुझमें अगर कोई गुण है, तो यही कि मैं तुमसे प्रेम करता हूँ। जब तुम साहित्य या संगीत या धर्म पर अपने विचार प्रकट करने लगती हो, तो मैं दंग रह जाता हूँ और अपनी क्षुद्रता पर लज्जित हो जाता हूँ। तुम मेरे लिए सांसारिक नहीं, स्वर्गीय हो। मुझे आश्चर्य यही है कि इस समय मैं मारे ख़ुशी के पागल क्यों नहीं हो जाता।'

कुँवर साहब देर तक अपने दिल की बातें कहते रहे। उनकी वाणी कभी इतनी प्रगल्भ न हुई थी!

तारा सिर झुकाये सुनती थी, पर आनंद की जगह उसके मुख पर एक प्रकार का क्षोभ–लज्जा से मिला हुआ–अंकित हो रहा था। यह पुरुष इतना सरल हृदय, इतना निष्कपट है? इतना विनीत, इतना उदार!

सहसा कुँवर साहब ने पूछा–तो मेरे भाग्य किस किस दिन उदय होंगे, तारा? दया करके बहुत दिनों के लिए न टालना।

तारा ने कुँवर साहब की सरलता से परास्त होकर चिंतित स्वर में कहा—कानून का क्या कीजिएगा? कुँवर साहब ने तत्परता से उत्तर दिया—इस विषय में तुम निश्चंत रहो तारा, मैंने वकीलों से पूछ लिया है। एक कानून ऐसा है जिसके अनुसार हम और तुम एक प्रेम-सूत्र में बँध सकते हैं। उसे सिविल-मैरिज कहते हैं। बस, आज ही के दिन वह शुभ मुहूर्त आयेगा, क्यों?

तारा सिर झुकाये रही। बोल न सकी।

'मैं प्रातःकाल आ जाऊँगा। तैयार रहना।'

तारा सिर झुकाये रही। मुँह से एक शब्द न निकला।

कुँवर साहब चले गए, पर तारा वहीं मूर्ति की भाँति बैठी रही। पुरुषों के हृदय से क्रीड़ा करनेवाली चतुर नारी क्यों इतनी विमूढ़ हो गयी है!

6

विवाह का एक दिन और बाकी है। तारा को चारों ओर से बधाइयाँ मिल रही हैं। थिएटर के सभी स्त्री-पुरुषों ने अपनी सामर्थ्य के अनुसार उसे अच्छे-अच्छे उपहार दिये हैं, कुँवर साहब ने भी आभूषणों से सजा हुआ एक सिंगारदान भेंट किया हैं, उनके दो-चार अंतरंग मित्रों ने भाँति-भाँति के सौगात भेजे हैं; पर तारा के सुन्दर मुख पर हर्ष की रेखा भी नहीं नज़र आती। वह क्षुब्ध और उदास है। उसके मन में चार दिनों से निरंतर यही प्रश्न उठ रहा है—क्या कुँवर के साथ विश्वासघात करें? जिस प्रेम के देवता ने उसके लिए अपने कुल-मर्यादा को तिलांजलि दे दी, अपने बंधुजनों से नाता तोड़ा, जिसका हृदय हिमकण के समान निष्कलंक है, पर्वत के समान विशाल, उसी से कपट करे! नहीं, वह इतनी नीचता नहीं कर सकती, अपने जीवन में उसने कितने ही युवकों से प्रेम का अभिनय किया था, कितने ही प्रेम के मतवालों को वह सब्ज बाग दिखा चुकी थी, पर कभी उसके मन में ऐसी दुविधा न हुई थी, कभी उसके हृदय ने उसका तिरस्कार न किया था। क्या इसका कारण इसके सिवा कुछ और था कि ऐसा अनुराग उसे और कहीं न मिला था।

क्या वह कुँवर साहब का जीवन सुखी बना सकती है? हाँ, अवश्य। इस विषय में उसे लेशमात्र भी संदेह नहीं था। भक्ति के लिए ऐसी कौन-सी वस्तु है, जो असाध्य हो; पर क्या वह प्रकृति को धोखा दे सकती है। ढलते हुए सूर्य में मध्याह्न का-सा प्रकाश हो सकता है? असम्भव। वह स्फूर्ति, वह चपलता, वह विनोद, वह सरल छवि, वह तल्लीनता, वह त्याग, वह आत्मविश्वास वह कहाँ से लायेगी, जिसके सम्मिश्रण को यौवन कहते हैं? नहीं, वह कितना ही चाहे, पर कुँवर साहब के जीवन को सुखी नहीं बना सकतीं बूढ़ा बैल कभी जवान बछड़ों के साथ नहीं चल सकता।

आह! उसने यह नौबत ही क्यों आने दी? उसने क्यों कृत्रिम साधनों से, बनावटी सिंगार से कुँवर को धोखे में डाला? अब इतना सब कुछ हो जाने पर वह किस मुँह

से कहेगी कि मैं रंगी हुई गुड़िया हूँ, जवानी मुझसे कब की विदा हो चुकी, अब केवल उसका पद-चिह्न रह गया है।

रात के बारह बज गए थे। तारा मेज के सामने इन्हीं चिंताओं में मग्न बैठी हुई थी। मेज पर उपहारों के ढेर लगे हुए थे; पर वह किसी चीज की ओर आँख उठा कर भी न देखती थी। अभी चार दिन पहले वह इन्हीं चीजों पर प्राण देती थी, उसे हमेशा ऐसी चीजों की तलाश रहती थी, जो काल के चिह्नों को मिटा सकें, पर अब उन्हीं चीजों से उसे घृणा हो रही है। प्रेम सत्य है–और सत्य और मिथ्या, दोनों एक साथ नहीं रह सकते।

तारा ने सोचा–क्यों न यहाँ से कहीं भाग जाय? किसी ऐसी जगह चली जाय, जहाँ कोई उसे जानता भी न हो। कुछ दिनों के बाद जब कुँवर का विवाह हो जाय, तो वह फिर आकर उनसे मिले और यह सारा वृत्तांत उनसे कह सुनाए। इस समय कुंवर पर वज्रपात-सा होगा–हाय न-जाने उनकी दशा होगी; पर उसके लिए इसके सिवा और कोई मार्ग नहीं है। अब उनके दिन रो-रोकर कटेंगे, लेकिन उसे कितना ही दुःख क्यों न हो, वह अपने प्रियतम के साथ छल नहीं कर सकती। उसके लिए इस स्वर्गीय प्रेम की स्मृति, इसकी वेदना ही बहुत है। इससे अधिक उसका अधिकार नहीं।

दाई ने आकर कहा–बाई जी, चलिए कुछ थोड़ा-सा भोजन कर लीजिए अब तो बारह बज गए।

तारा ने कहा–नहीं, जरा भी भूख नहीं। तुम जाकर खा लो।

दाई–देखिए, मुझे भूल न जाइएगा। मैं भी आपके साथ चलूँगी।

तारा–अच्छे-अच्छे कपड़े बनवा रखे हैं न?

दाई–अरे बाई जी, मुझे अच्छे कपड़े लेकर क्या करना है? आप अपना कोई उतारा दे दीजिएगा।

दाई चली गई। तारा ने घड़ी की ओर देखा। सचमुच बारह बज गए थे। केवल छह घंटे और हैं। प्रातःकाल कुँवर साहब उसे विवाह-मंदिर में ले जाने के लिए आ जायेंगे। हाय! भगवान, जिस पदार्थ से तुमने इतने दिनों तक उसे वंचित रखा, वह आज क्यों सामने लाये? यह भी तुम्हारी क्रीड़ा हैं?

तारा ने एक सफेद साड़ी पहन ली। सारे आभूषण उतार कर रख दिये। गर्म पानी मौजूद था। साबुन और पानी से मुँह धोया और आईने के सम्मुख जा कर खड़ी हो गयी–कहाँ थी वह छवि, वह ज्योति, जो आँखों को लुभा लेती थी! रूप वही था, पर क्रांति कहाँ? अब भी वह यौवन का स्वांग भर सकती है?

तारा को अब वहाँ एक क्षण भी और रहना कठिन हो गया। मेज पर फैले हुए आभूषण और विलास की सामग्रियाँ मानों उसे काटने लगी। यह कृत्रिम जीवन असह्य हो उठा, खस की टटियों और बिजली के पंखों से सजा हुआ शीतल भवन उसे भट्टी के समान तपाने लगा।

उसने सोचा—कहाँ भाग कर जाऊँ। रेल से भागती हूँ, तो भागने ना पाऊँगी। सबेरे ही कुँवर साहब के आदमी छूटेंगे और चारों तरफ मेरी तलाश होने लगेगी। वह ऐसे रास्ते से जाएगी, जिधर किसी का ख़याल भी न जाय।

तारा का हृदय इस समय गर्व से छलका पड़ता था। वह दुःखी न थी, निराश न थी। फिर कुँवर साहब से मिलेगी, किंतु वह निस्वार्थ संयोग होगा। प्रेम के बनाये हुए कर्तव्य मार्ग पर चल रही है, फिर दुःख क्यों हो और निराश क्यों हो?

सहसा उसे ख़याल आया—ऐसा न हो, कुँवर साहब उसे वहाँ न पा कर शोक-विह्वलता की दशा में अनर्थ कर बैठें। इस कल्पना से उसके रोंगटे खड़े हो गए। एक क्षण के के लिए उसका मन कातर हो उठा। फिर वह मेज पर जा बैठी, और यह पत्र लिखने लगी—

प्रियतम, मुझे क्षमा करना। मैं अपने को तुम्हारी दासी बनने के योग्य नहीं पाती। तुमने मुझे प्रेम का वह स्वरूप दिखा दिया, जिसकी इस जीवन में मैं आशा न कर सकती थी। मेरे लिए इतना ही बहुत है। मैं जब जीऊँगी, तुम्हारे प्रेम में मग्न रहूँगी। मुझे ऐसा जान पड़ रहा है कि प्रेम की स्मृति में प्रेम के भोग से कही अधिक माधुर्य और आनन्द है। मैं फिर आऊँगी, फिर तुम्हारे दर्शन करुँगी; लेकिन उसी दशा में जब तुम विवाह कर लोगे। यही मेरे लौटने की शर्त है। मेरे प्राणों के प्राण, मुझसे नाराज न होना। ये आभूषण जो तुमने मेरे लिए भेजे थे, अपनी ओर से नववधू के लिए छोड़े जाती हूँ। केवल वह मोतियों का हार, जो तुम्हारे प्रेम का पहला उपहार है, अपने साथ लिये जाती हूँ। तुमसे हाथ जोड़कर कहती हूँ, मेरी तलाश न करना। मैं तुम्हारी हूँ और सदा तुम्हारी रहूँगी.....।

तुम्हारी,
तारा

यह पत्र लिखकर तारा ने मेज पर रख दिया, मोतियों का हार गले में डाला और बाहर निकल आयी। थिएटर हाल से संगीत की ध्वनि आ रही थी। एक क्षण के लिए उसके पैर बँध गए। पन्द्रह वर्षों का पुराना सम्बन्ध आज टूट रहा था। सहसा उसने मैनेजर को आते देखा। उसका कलेजा धक् से हो गया। वह बड़ी तेजी से लपककर दीवार की आड़ में खड़ी हो गयी। ज्यों ही मैनेजर निकल गया, वह अहाते के बाहर आयी और कुछ दूर गलियों में चलने के बाद उसने गंगा का रास्ता पकड़ा।

गंगा-तट पर सन्नाटा छाया हुआ था। दस-पाँच साधु-बैरागी धूनियों के सामने लेटे थे। दस-पाँच यात्री कम्बल जमीन पर बिछाये सो रहे थे। गंगा किसी विशाल सर्प की भांति रेंगती चली जाती थी। एक छोटी-सी नौका किनारे पर लगी हुई थी। मल्लाहा नौका में बैठा हुआ था।

तारा ने मल्लाहा को पुकारा—ओ माँझी, उस पार नाव ले चलेगा?

माँझी ने जवाब दिया—इतनी रात गए नाव न जाई।

मगर दूनी मजदूरी की बात सुनकर उसे डाँड़ उठाया और नाव को खोलता हुआ बोला–सरकार, उस पार कहाँ जैहैं?

'उस पार एक गाँव में जाना है।'

'मुदा इतनी रात गए कौनों सवारी-सिकारी न मिली।'

'कोई हर्ज नहीं, तुम मुझे उस पार पहुँचा दो।'

माँझी ने नाव खोल दी। तारा उस पार जा बैठी और नौका मंद गति से चलने लगी, मानों जीव स्वप्न-साम्राज्य में विचर रहा हो।

इसी समय एकादशी का चाँद, पृथ्वी से उस पार, अपनी उज्ज्वल नौका खेता हुआ निकला और व्योम-सागर को पार करने लगा।

❑

रानी सारन्धा

अँधेरी रात के सन्नाटे में धसान नदी चट्टानों से टकराती हुई ऐसी सुहावनी मालूम होती थी जैसे घुमुर-घुमुर करती हुई चक्कियाँ। नदी के दाहिने तट पर एक टीला है। उस पर एक पुराना दुर्ग बना हुआ है जिसको जंगली वृक्षों ने घेर रखा है। टीले के पूर्व की ओर छोटा-सा गाँव है। यह गढ़ी और गाँव दोनों एक बुंदेला सरकार के कीर्ति-चिह्न हैं। शताब्दियाँ व्यतीत हो गयीं, बुंदेलखंड में कितने ही राज्यों का उदय और अस्त हुआ, मुसलमान आये और बुंदेला राजा उठे और गिरे-कोई गाँव, कोई इलाका ऐसा न था जो इन दुरवस्थाओं से पीड़ित न हो मगर इस दुर्ग पर किसी शत्रु की विजय-पताका न लहरायी और इस गाँव में किसी विद्रोह का भी पदार्पण न हुआ। यह उसका सौभाग्य था।

अनिरुद्धसिंह वीर राजपूत था। वह जमाना ही ऐसा था जब मनुष्यमात्र को अपने बाहुबल और पराक्रम ही का भरोसा था। एक ओर मुसलमान सेनाएँ पैर जमाये खड़ी रहती थीं दूसरी ओर बलवान राजा अपने निर्बल भाइयों का गला घोंटने पर तत्पर रहते थे। अनिरुद्धसिंह के पास सवारों और पियादों का एक छोटा-सा मगर सजीव दल था। इससे वह अपने कुल और मर्यादा की रक्षा किया करता था। उसे कभी चैन से बैठना नसीब न होता था। तीन वर्ष पहले उसका विवाह शीतला देवी से हुआ था मगर अनिरुद्ध विहार के दिन और विलास की रातें पहाड़ों में काटता था और शीतला उसकी जान की खैर मनाने में। वह कितनी बार पति से अनुरोध कर चुकी थी कितनी बार उसके पैरों पर गिरकर रोई थी कि तुम मेरी आँखों से दूर न हो मुझे हरिद्वार ले चलो मुझे तुम्हारे साथ वनवास अच्छा है, यह वियोग अब नहीं सहा जाता। उसने प्यार से कहा, ज़िद से कहा विनय की मगर अनिरुद्ध बुंदेला था। शीतला अपने किसी हथियार से उसे परास्त न कर सकी।

2

अँधेरी रात थी। सारी दुनिया सोती थी तारे आकाश में जागते थे। शीतला देवी पलंग पर पड़ी करवटें बदल रही थीं और उसकी ननद सारन्धा फर्श पर बैठी मधुर स्वर से गाती थी–

"बिनु रघुवीर कटत नहीं रैन..."

शीतला ने कहा—जी न जलाओ। क्या तुम्हें भी नींद नहीं आती?

सारन्धा—तुम्हें लोरी सुना रही हूँ।

शीतला—मेरी आँखों से तो नींद लोप हो गयी।

सारन्धा—किसी को ढूँढ़ने गयी होगी।

इतने में द्वार खुला और एक गठे हुए बदन के रूपवान पुरुष ने भीतर प्रवेश किया। वह अनिरुद्ध था। उसके कपड़े भीगे हुए थे और बदन पर कोई हथियार न था। शीतला चारपाई से उतर कर ज़मीन पर बैठ गयी।

सारन्धा ने पूछा—भैया यह कपड़े भीगे क्यों हैं?

अनिरुद्ध—नदी तैर कर आया हूँ।

सारन्धा—हथियार क्या हुए?

अनिरुद्ध—छिन गये।

सारन्धा—और साथ के आदमी?

अनिरुद्ध—सबने वीरगति पायी।

शीतला ने दबी ज़बान से कहा—ईश्वर ने ही कुशल किया। मगर सारन्धा के तेवरों पर बल पड़ गये और मुखमण्डल गर्व से सतेज हो गया। बोली—भैया तुमने कुल की मर्यादा खो दी। ऐसा कभी न हुआ था।

सारन्धा भाई पर जान देती थी। उसके मुँह से यह धिक्कार सुनकर अनिरुद्ध लज्जा और खेद से विकल हो गया। वह वीराग्नि जिसे क्षण भर के लिए अनुराग ने दबा लिया था फिर ज्वलंत हो गयी। वह उलटे पाँव लौटा और यह कहकर बाहर चला गया कि सारन्धा तुमने मुझे सदैव के लिए सचेत कर दिया। यह बात मुझे कभी न भूलेगी।

अँधेरी रात थी। आकाश—मण्डल में तारों का प्रकाश बहुत धुँधला था। अनिरुद्ध किले से बाहर निकला। पल भर में नदी के उस पार जा पहुँचा और फिर अन्धकार में लुप्त हो गया। शीतला उसके पीछे—पीछे किले की दीवारों तक आयी मगर जब अनिरुद्ध छलाँग मार कर बाहर कूद पड़ा तो वह विरहिणी चट्टान पर बैठकर रोने लगी।

इतने में सारन्धा भी वहीं आ पहुँची। शीतला ने नागिन की तरह बलखाकर कहा—मर्यादा इतनी प्यारी है?

सारन्धा—हाँ।

शीतला—अपना पति होता तो हृदय में छिपा लेती।

सारन्धा—ना छाती में छुरा चुभा देती।

शीतला ने ऐंठकर कहा—चोली में छिपाती फिरोगी मेरी बात गिरह में बाँध लो।

सारन्धा—जिस दिन ऐसा होगा मैं भी अपना वचन पूरा कर दिखाऊँगी।

इस घटना के तीन महीने पीछे अनिरुद्ध महरौनी को जीत करके लौटा और साल भर पीछे सारन्धा का विवाह ओरछा के राजा चम्पतराय से हो गया मगर उस दिन की बातें दोनों महिलाओं के हृदय-स्थल में काँटे की तरह खटकती रहीं।

3

राजा चम्पतराय बड़े प्रतिभाशाली पुरुष थे। सारी बुन्देला जाति उनके नाम पर जान देती थी और उनके प्रभुत्व को मानती थी। गद्दी पर बैठते ही उन्होंने मुगल बादशाहों को कर देना बन्द कर दिया और वे अपने बाहुबल से राज्य-विस्तार करने लगे। मुसलमानों की सेनाएँ बार-बार उन पर हमले करती थीं पर हार कर लौट जाती थीं।

यही समय था कि जब अनिरुद्ध ने सारन्धा का चम्पतराय से विवाह कर दिया। सारन्धा ने मुँहमाँगी मुराद पायी। उसकी यह अभिलाषा कि मेरा पति बुन्देला जाति का कुल-तिलक हो, पूरी हुई। यद्यपि राजा के रनिवास में पाँच रनियाँ थीं मगर उन्हें शीघ्र ही मालूम हो गया कि वह देवी जो हृदय में मेरी पूजा करती है, सारन्धा है।

परन्तु कुछ ऐसी घटनाएँ हुईं कि चम्पतराय को मुगल बादशाह का आश्रित होना पड़ा। वे अपना राज्य अपने भाई पहाड़सिंह को सौंपकर देहली चले गये। यह शाहजहाँ के शासन-काल का अन्तिम भाग था। शाहजादा दारा शिकोह राजकीय कार्यों को सँभालते थे। युवराज की आँखों में शील था और चित्त में उदारता। उन्होंने चम्पतराय की वीरता की कथाएँ सुनी थीं इसलिए उनका बहुत आदर-सम्मान किया और कालपी की बहुमूल्य जागीर उनको भेंट की जिसकी आमदनी नौ लाख थी। यह पहला अवसर था कि चम्पतराय को आये-दिन के लड़ाई-झगड़े से निवृत्ति मिली और उसके साथ ही भोग-विलास का प्राबल्य हुआ। रात-दिन आमोद-प्रमोद की चर्चा रहने लगी। राजा विलास में डूबे, रानियाँ जड़ाऊ गहनों पर रीझीं मगर सारन्धा इन दिनों बहुत उदास और संकुचित रहती—वह इन रहस्यों से दूर-दूर रहती। ये नृत्य और गान की सभाएँ उसे सूनी प्रतीत होतीं।

एक दिन चम्पतराय ने सारन्धा से कहा—सारन तुम उदास क्यों रहती हो? मैं तुम्हें कभी हँसते नहीं देखता। क्या मुझसे नाराज हो?

सारन्धा की आँखों में जल भर आया। बोली—स्वामीजी आप क्यों ऐसा विचार करते हैं जहाँ आप प्रसन्न हैं वहाँ मैं भी खुश हूँ।

चम्पतराय—मैं जब से यहाँ आया हूँ, मैंने तुम्हारे मुखकमल पर कभी मनोहारिणी मुस्कराहट नहीं देखी। तुमने कभी अपने हाथों से मुझे बीड़ा नहीं खिलाया। कभी मेरी पाग नहीं सँवारी। कभी मेरे शरीर पर शस्त्र न सजाये। कहीं प्रेमलता मुरझाने तो नहीं लगी?

सारन्धा—प्राणनाथ आप मुझसे ऐसी बात पूछते हैं जिसका उत्तर मेरे पास नहीं है। यथार्थ में इन दिनों मेरा चित्त उदास रहता है। मैं बहुत चाहती हूँ कि खुश रहूँ मगर बोझ-सा हृदय पर धरा रहता है।

चम्पतराय स्वयं आनन्द में मग्न थे। इसलिए उनके विचार में सारन्धा को असन्तुष्ट रहने का कोई उचित कारण नहीं हो सकता था। वे भौंहें सिकोड़ कर बोले–मुझे तुम्हारे उदास रहने का कोई विशेष कारण नहीं मालूम होता। ओरछे में कौन-सा सुख था जो यहाँ नहीं है?

सारन्धा का चेहरा लाल हो गया। बोली–मैं कुछ कहूँ आप नाराज तो न होंगे।

चम्पतराय–नहीं शौक से कहो।

सारन्धा–ओरछे में मैं एक राजा की रानी थी। यहाँ मैं एक जागीरदार की चेरी हूँ। ओरछे में वह थी जो अवध में कौशल्या थीं। यहाँ मैं बादशाह के एक सेवक की स्त्री हूँ। जिस बादशाह के सामने आज आप आदर से सिर झुकाते हैं वह कल आपके नाम से काँपता था। रानी से चेरी होकर भी प्रसन्नचित्त होना मेरे वश में नहीं है। आपने यह पद और ये विलास की सामग्रियाँ बड़े महँगे दामों मोल ली हैं।

चम्पतराय के नेत्रों पर से एक पर्दा-सा हट गया। वे अब तक सारन्धा की आत्मिक उच्चता को न जानते थे। जैसे बे-माँ-बाप का बालक माँ की चर्चा सुनकर रोने लगता है उसी तरह ओरछे की याद से चम्पतराय की आँखें सजल हो गयीं। उन्होंने आदरयुक्त अनुराग के साथ सारन्धा को हृदय से लगा लिया।

आज से उन्हें फिर उसी उजड़ी बस्ती की फिक्र हुई जहाँ से धन और कीर्ति की अभिलाषाएँ खींच लाई थीं।

4

माँ अपने खोये हुए बालक को पाकर निहाल हो जाती है। चम्पतराय के आने से बुन्देलखण्ड निहाल हो गया। ओरछे के भाग जागे। नौबतें बजने लगीं और फिर सारन्धा के कमलनेत्रों में जातीय अभिमान का आभास दिखाई देने लगा!

यहाँ रहते-रहते महीनों बीत गये। इस बीच में शाहजहाँ बीमार पड़ा। पहले से ईर्ष्या की अग्नि दहक रही थी। यह खबर सुनते ही ज्वाला प्रचण्ड हुई। संग्राम की तैयारियाँ होने लगीं। शाहजादे मुराद और मुहीउद्दीन अपने-अपने दल सजाकर दक्खिन से चले। वर्षा के दिन थे। उर्वर भूमि रंग-बिरंग के रूप भर कर अपने सौन्दर्य को दिखाती थी।

मुराद और मुहीउद्दीन उमंगों से भरे हुए कदम बढ़ाते चले आ रहे थे। यहाँ तक की धौलपुर के निकट चम्बल के तट पर आ पहुँचे परन्तु यहाँ उन्होंने बादशाही सेना को अपने शुभागमन के निमित्त तैयार पाया।

शाहजादे अब बड़ी चिंता में पड़े। सामने अगम्य नदी लहरें मार रही थी किसी योगी के त्याग के सदृश। विवश होकर चम्पतराय के पास संदेश भेजा कि खुदा के लिए आकर हमारी डूबती हुई नाव को पार लगाइये।

राजा ने भवन में जा कर सारन्धा से पूछा–इसका क्या उत्तर दूँ?

सारन्धा–आपको मदद करनी होगी।

चम्पतराय–उनकी मदद करना दारा शिकोह से वैर लेना है।

सारन्धा–यह सत्य है परन्तु हाथ फैलाने की मर्यादा भी तो निभानी चाहिए।

चम्पतराय–प्रिये तुमने सोचकर जवाब नहीं दिया।

सारन्धा–प्राणनाथ मैं अच्छी तरह जानती हूँ कि यह मार्ग कठिन है। और अब हमें अपने योद्धाओं का रक्त पानी के समान बहाना पड़ेगा परंतु हम अपना रक्त बहायेंगे और चम्बल की लहरों को लाल कर देंगे। विश्वास रखिये कि जब तक नदी की धारा बहती रहेगी वह हमारे वीरों की कीर्तिगान करती रहेगी। जब तक बुन्देलों का एक भी नामलेवा रहेगा ये रक्तबिन्दु उसके माथे पर केशर का तिलक बन कर चमकेंगे।

वायुमण्डल में मेघराज की सेनाएँ उमड़ रही थीं। ओरछे के किले से बुन्देलों की एक काली घटा उठी और वेग के साथ चम्बल की तरफ चली। प्रत्येक सिपाही वीर–रस से झूम रहा था। सारन्धा ने दोनों राजकुमारों को गले से लगा लिया और राजा को पान का बीड़ा देकर कहा–बुन्देलों की लाज अब तुम्हारे हाथ है।

आज उसका एक-एक अंग मुस्करा रहा है और हृदय हुलसित है। बुन्देलों की यह सेना देखकर शाहजादे फूले न समाये। राजा वहाँ की अंगुल-अंगुल भूमि से परिचित थे। उन्होंने बुन्देलों को तो एक आड़ में छिपा दिया और वे शाहजादों की फौज को सजा कर नदी के किनारे-किनारे पश्चिम की ओर चले। दारा शिकोह को भ्रम हुआ कि शत्रु किसी अन्य घाट से नदी उतरना चाहता है। उन्होंने घाट पर से मोर्चे हटा लिये। घाट में बैठे हुए बुन्देले उसी ताक में थे। बाहर निकल पड़े और उन्होंने तुरन्त ही नदी में घोड़े डाल दिये। चम्पतराय ने शाहजादा दारा शिकोह को भुलावा देकर अपनी फौज घुमा दी और वह बुन्देलों के पीछे चलता हुआ उसे पार उतार लाया। इस कठिन चाल में सात घण्टों का विलम्ब हुआ परन्तु जा कर देखा तो सात सौ बुन्देलों की लाशें तड़प रही थीं।

राजा को देखते ही बुन्देलों की हिम्मत बँध गयी। शाहजादों की सेना ने भी अल्लाहो अकबर की ध्वनि के साथ धावा किया। बादशाही सेना में हलचल पड़ गयी। उनकी पंक्तियाँ छिन्न-भिन्न हो गयीं। हाथोंहाथ लड़ाई होने लगी। यहाँ तक कि शाम हो गयी। रणभूमि रुधिर से लाल हो गयी और आकाश में अँधेरा हो गया। घमासान की मार हो रही थी। बादशाही सेना शाहजादों को दबाये आती थी। अकस्मात् पश्चिम से फिर बुन्देलों की एक लहर उठी और इस वेग से बादशाही सेना की पुश्त पर टकरायी कि उसके कदम उखड़ गये। जीता हुआ मैदान हाथ से निकल गया। लोगों को कुतूहल था कि यह दैवी सहायता कहाँ से आयी। सरल स्वभाव के लोगों की धारणा थी कि यह फतह के फरिश्ते हैं। शाहजादों की मदद के लिए आये हैं परन्तु जब राजा चम्पतराय निकट गये तो सारन्धा ने घोड़े से उतर कर उनके पैरों पर सिर झुका दिया। राजा को असीम आनन्द हुआ। यह सारन्धा थी।

समर-भूमि का दृश्य इस समय अत्यन्त दुःखमय था। थोड़ी देर पहले जहाँ सजे हुए वीरों के दल थे वहाँ अब बेजान लाशें तड़प रही थीं। मनुष्य ने अपने स्वार्थ के लिए अनादि काल से ही भाइयों की हत्या की है।

अब विजयी सेना लूट पर टूट पड़ी। पहले मर्द मर्दों से लड़ते थे। वह वीरता और पराक्रम का चित्र था। यह नीचता और दुर्बलता की ग्लानिप्रद तसवीर थी। उस समय मनुष्य पशु बना हुआ था अब वह पशु से भी बढ़ गया था।

इस नोच-खसोट में लोगों को बादशाही सेना के सेनापति वली बहादुर खाँ की लाश दिखायी दी। उसके निकट उसका घोड़ा खड़ा हुआ अपनी दुम से मक्खियाँ उड़ा रहा था। राजा को घोड़ों का शौक था। देखते ही वह उस पर मोहित हो गया। यह इराकी जाति का अति सुन्दर घोड़ा था। एक-एक अंग साँचे में ढला हुआ। सिंह की-सी छाती। चीते की-सी कमर। उसका यह प्रेम और स्वामिभक्ति देखकर लोगों को बड़ा कुतूहल हुआ। राजा ने हुक्म दिया–खबरदार! इस प्रेमी पर कोई हथियार न चलाये। इसे जीता पकड़ लो। यह मेरे अस्तबल की शोभा बढ़ायेगा। जो इसे मेरे पास ले आयेगा उसे धन से निहाल कर दूँगा।

योद्धागण चारों ओर से लपके परन्तु किसी को साहस न होता था कि उसके निकट जा सके। कोई चुमकार रहा था। कोई फन्दे में फँसाने की फिक्र में था पर कोई उपाय सफल न होता था। वहाँ सिपाहियों का मेला-सा लगा हुआ था।

तब सारन्धा अपने खेमे से निकली और निर्भय होकर घोड़े के पास चली गयी। उसकी आँखों में प्रेम का प्रकाश था, छल का नहीं। घोड़े ने सिर झुका दिया। रानी ने उसकी गर्दन पर हाथ रखा और वह उसकी पीठ सहलाने लगी। घोड़े ने उसके अंचल में मुँह छिपा लिया। रानी उसकी रास पकड़ कर खेमे की ओर चली। घोड़ा इस तरह चुपचाप उसके पीछे चला मानो सदैव से उसका सेवक है।

पर बहुत अच्छा होता कि घोड़े ने सारन्धा से भी निष्ठुरता की होती। यह सुन्दर घोड़ा आगे चल कर इस राज-परिवार के निमित्त स्वर्णजटित मृग साबित हुआ।

5

संसार एक रण-क्षेत्र है। इस मैदान में उसी सेनापति को विजयलाभ होता है जो अवसर को पहचानता है। वह अवसर पर जितने उत्साह से आगे बढ़ता है उतने ही उत्साह से आपत्ति के समय पीछे हट जाता है। वह वीर पुरुष राष्ट्र का निर्माता होता है और इतिहास उसके नाम पर यश के फूलों की वर्षा करता है।

पर इस मैदान में कभी-कभी ऐसे सिपाही भी जाते हैं जो अवसर पर कदम बढ़ाना जानते हैं लेकिन संकट में पीछे हटाना नहीं जानते। ये रणवीर पुरुष विजय को नीति की भेंट कर देते हैं। वे अपनी सेना का नाम मिटा देंगे किन्तु जहाँ एक बार पहुँच गये हैं वहाँ से कदम पीछे न हटायेंगे। उनमें कोई विरला ही संसार-क्षेत्र में विजय

प्राप्त करता है किंतु प्रायः उसकी हार विजय से भी अधिक गौरवात्मक होती है। अगर अनुभवशील सेनापति राष्ट्रों की नींव डालता है तो आन पर जान देनेवाला, मुँह न मोड़नेवाला सिपाही राष्ट्र के भावों को उच्च करता है और उसके हृदय पर नैतिक गौरव को अंकित कर देता है। उसे इस कार्यक्षेत्र में चाहे सफलता न हो किन्तु जब किसी वाक्य या सभा में उसका नाम ज़बान पर आ जाता है, श्रोतागण एक स्वर से उसके कीर्ति-गौरव को प्रतिध्वनित कर देते हैं। सारन्धा आन पर जान देनेवालों में थी।

शाहजादा मुहीउद्दीन चम्बल के किनारे से आगरे की ओर चला तो सौभाग्य उसके सिर पर मोर्छल हिलाता था। जब वह आगरे पहुँचा तो विजयदेवी ने उसके लिए सिंहासन सजा दिया।

औरंगजेब गुणज्ञ था। उसने बादशाही अफसरों के अपराध क्षमा कर दिये। उनके राज्यपद लौटा दिये और राजा चम्पतराय को उसके बहुमूल्य कृत्यों के उपलक्ष्य में बारह हजारी मनसब प्रदान किया। ओरछा से बनारस और बनारस से जमुना तक उसकी जागीर नियत की गयी। बुन्देला राजा फिर राजसेवक बना। वह फिर सुख–विलास में डूबा और रानी सारन्धा फिर पराधीनता के शोक से घुलने लगी।

वली बहादुर खाँ बड़ा वाक्‌चतुर मनुष्य था। उसकी मृदुता ने शीघ्र ही उसे बादशाह आलमगीर का विश्वासपात्र बना दिया। उस पर राजसभा में सम्मान की दृष्टि पड़ने लगी।

खाँ साहब के मन में अपने घोड़े के हाथ से निकल जाने का बड़ा शोक था।

एक दिन कुँवर छत्रसाल उसी घोड़े पर सवार होकर सैर को गया था। वह खाँ साहब के महल की तरफ जा निकला। वली बहादुर ऐसे ही अवसर की ताक में था। उसने तुरन्त अपने सेवकों को इशारा किया। राजकुमार अकेला क्या करता। पाँव-पाँव घर आया और उसने सारन्धा से सब समाचार बयान किया। रानी का चेहरा तमतमा गया। बोली मुझे इसका शोक नहीं कि घोड़ा हाथ से गया। शोक इसका है कि तू उसे खो कर जीता क्यों लौटा? क्या तेरे शरीर में बुंदेलों का रक्त नहीं है? घोड़ा न मिलता न सही किन्तु तुझे दिखा देना चाहिए था कि एक बुन्देला बालक से उसका घोड़ा छीन लेना हँसी नहीं है।

यह कहकर उसने अपने पच्चीस योद्धाओं को तैयार होने की आज्ञा दी। स्वयं अस्त्र धारण किये और योद्धाओं के साथ वली बहादुर खाँ के निवास-स्थान पर जा पहुँची। खाँ साहब उसी घोड़े पर सवार होकर दरबार चले गये थे। सारन्धा दरबार की तरफ चली और एक क्षण में किसी वेगवती नदी के सदृश बादशाही दरबार के सामने जा पहुँची। यह कैफियत देखते ही दरबार में हलचल मच गयी। अधिकारी वर्ग इधर-उधर से आकर जमा हो गये। आलमगीर भी सहन में निकल आये। लोग अपनी-अपनी तलवारें सँभालने लगे और चारों तरफ शोर मच गया। कितने ही नेत्रों ने इसी दरबार में अमरसिंह की तलवार की चमक देखी थी। उन्हें वही घटना फिर याद आ गयी।

सारन्धा ने उच्च स्वर से कहा–खाँ साहब बड़ी लज्जा की बात है, आपने वही वीरता जो चम्बल के तट पर दिखानी चाहिए थी, आज एक अबोध बालक के सम्मुख दिखायी है। क्या यह उचित था कि आप उससे घोड़ा छीन लेते?

वली बहादुर खाँ की आँखों से अग्नि-ज्वाला निकल रही थी। वे कड़ी आवाज़ से बोले–किसी गैर को क्या मजाल है कि मेरी चीज अपने काम में लाये?

रानी–वह आपकी चीज नहीं मेरी है। मैंने उसे रणभूमि में पाया है और उस पर मेरा अधिकार है। क्या रणनीति की इतनी मोटी बात भी आप नहीं जानते?

खाँ साहब–वह घोड़ा मैं नहीं दे सकता। उसके बदले में सारा अस्तबल आपकी नज़र है।

रानी–मैं अपना घोड़ा लूँगी।

खाँ साहब–मैं उसके बराबर जवाहरात दे सकता हूँ परन्तु घोड़ा नहीं दे सकता!

रानी–तो फिर इसका निश्चय तलवार से होगा। बुन्देला योद्धाओं ने तलवारें सौंत लीं और निकट था कि दरबार की भूमि रक्त से प्लावित हो जाय। बादशाह आलमगीर ने बीच में आकर कहा–रानी साहबा, आप सिपाहियों को रोकें। घोड़ा आपको मिल जायगा परन्तु इसका मूल्य बहुत देना पड़ेगा।

रानी–मैं उसके लिए अपना सर्वस्व खोने को तैयार हूँ।

बादशाह–जागीर और मनसब भी!

रानी–जागीर और मनसब कोई चीज नहीं।

बादशाह–अपना राज्य भी?

रानी–हाँ, राज्य भी।

बादशाह–एक घोड़े के लिए?

रानी–नहीं, उस पदार्थ के लिए जो संसार में सबसे अधिक मूल्यवान है।

बादशाह–वह क्या है?

रानी–अपनी आन।

इस भाँति रानी ने अपने घोड़े के लिए अपनी विस्तृत जागीर, उच्च राज और राज-सम्मान सब हाथ से खोया और केवल इतना ही नहीं भविष्य के लिए काँटे बोये। इस घड़ी से अन्त दशा तक चम्पतराय को शान्ति न मिली।

6

राजा चम्पतराय ने फिर ओरछे के किले में पदार्पण किया। उन्हें मनसब और जागीर के हाथ से निकल जाने का अत्यन्त शोक हुआ किन्तु उन्होंने अपने मुँह से शिकायत का एक शब्द भी नहीं निकाला। वे सारन्धा के स्वभाव को भली-भाँति जानते थे। शिकायत इस समय उसके आत्मगौरव पर कुठार का काम करती।

कुछ दिन यहाँ शान्तिपूर्वक व्यतीत हुए लेकिन बादशाह सारन्धा की कठोर बात भूला न था। वह क्षमा करना जानता ही न था। ज्यों ही भाइयों की ओर से निश्चिन्त हुआ वैसे ही उसने एक बड़ी सेना चम्पतराय का गर्व चूर्ण करने के लिए भेजी और बाईस अनुभवशील सरदार इस मुहीम पर नियुक्त किये। शुभकरण बुन्देला बादशाह का सूबेदार था। वह चम्पतराय का बचपन का मित्र और सहपाठी था। उसने चम्पतराय को परास्त करने का बीड़ा उठाया। और भी कितने ही बुन्देला सरदार राजा से विमुख होकर बादशाही सूबेदार से आ मिले। एक घोर संग्राम हुआ। भाइयों की तलवारें रक्त से लाल हुईं। यद्यपि इस समर में राजा को विजय प्राप्त हुई लेकिन उसकी शक्ति सदा के लिए क्षीण हो गयी। निकटवर्ती बुन्देला राजा जो चम्पतराय के बाहुबल थे, बादशाह के कृपाकांक्षी बन बैठे। साथियों में कुछ तो काम आये, कुछ दगा कर गये। यहाँ तक कि निज सम्बन्धियों ने भी आँखें चुरा लीं परन्तु इन कठिनाइयों में भी चम्पतराय ने हिम्मत नहीं हारी। धीरज को न छोड़ा। उन्होंने ओरछा छोड़ दिया और वह तीन वर्ष तक बुंदेलखंड के सघन पर्वतों पर छिपे फिरते रहे। बादशाही सेनाएँ शिकारी जानवरों की भाँति सारे देश में मँडरा रही थीं। आये-दिन राजा का किसी न किसी से सामना हो जाता था। सारन्धा सदैव उनके साथ रहती और उनका साहस बढ़ाया करती। बड़ी-बड़ी आपत्तियों में जबकि धैर्य लुप्त हो जाता और आशा साथ छोड़ देती—आत्मरक्षा का धर्म उसे सँभाले रहता है। तीन साल के बाद अंत में बादशाह के सूबेदारों ने आलमगीर को सूचना दी कि इस शेर का शिकार आपके सिवाय और किसी से न होगा। उत्तर आया कि सेना को हटा लो और घेरा उठा लो। राजा ने समझा संकट से निवृत्ति हुई पर वह बात शीघ्र ही भ्रमात्मक सिद्ध हो गयी।

7

तीन सप्ताह से बादशाही सेना ने ओरछा घेर रखा है। जिस तरह कठोर वचन हृदय को छेद डालते हैं उसी तरह तोपों के गोलों ने दीवारों को छेद डाला है। किले में 20 हज़ार आदमी घिरे हुए हैं लेकिन उनमें आधे से अधिक स्त्रियाँ और उनसे कुछ ही कम बालक हैं। मर्दों की संख्या दिनोंदिन न्यून होती जाती है। आने-जाने के मार्ग चारों तरफ से बंद हैं। हवा का भी गुजर नहीं। रसद का सामान बहुत कम रह गया है। स्त्रियाँ पुरुषों और बालकों को जीवित रखने के लिए आप उपवास करती हैं। लोग बहुत हताश हो रहे हैं। औरतें सूर्य नारायण की ओर हाथ उठा-उठाकर शत्रु को कोसती हैं। बालकवृन्द मारे क्रोध के दीवार की आड़ से उन पर पत्थर फेंकते हैं जो मुश्किल से दीवार के उस पार जा पाते हैं। राजा चम्पतराय स्वयं ज्वर से पीड़ित हैं। उन्होंने कई दिन से चारपाई नहीं छोड़ी। उन्हें देखकर लोगों को कुछ ढाढ़स होता था लेकिन उनकी बीमारी से सारे किले में नैराश्य छाया हुआ है।

राजा ने सारन्धा से कहा—आज शत्रु जरूर किले में घुस आयेंगे।

सारन्धा—ईश्वर न करे कि इन आँखों से वह दिन देखना पड़े।

राजा–मुझे बड़ी चिंता इन अनाथ स्त्रियों और बालकों की है। गेहूँ के साथ यह घुन भी पिस जायेंगे।

सारन्धा–हम लोग यहाँ से निकल जाएँ तो कैसा?

राजा–इन अनाथों को छोड़ कर।

सारन्धा–इस समय इन्हें छोड़ देने में ही कुशल है। हम न होंगे तो शत्रु इन पर कुछ दया ही करेंगे।

राजा–नहीं यह लोग मुझसे न छोड़े जाएँगे। मर्दों ने अपनी जान हमारी सेवा में अर्पण कर दी है। उनकी स्त्रियों और बच्चों को मैं कदापि नहीं छोड़ सकता।

सारन्धा–लेकिन यहाँ रह कर हम उनकी कुछ मदद भी तो नहीं कर सकते?

राजा–उनके साथ प्राण तो दे सकते हैं। मैं उनकी रक्षा में अपनी जान लड़ा दूँगा। उनके लिए बादशाही सेना की खुशामद करूँगा। कारावास की कठिनाइयाँ सहूँगा किन्तु इस संकट में उन्हें छोड़ नहीं सकता।

सारन्धा ने लज्जित होकर सिर झुका लिया और सोचने लगी निस्संदेह प्रिय साथियों को आग की आँच में छोड़ कर अपनी जान बचाना घोर नीचता है! मैं ऐसी स्वार्थान्ध क्यों हो गयी हूँ लेकिन एकाएक विचार उत्पन्न हुआ। बोली–यदि आपको विश्वास हो जाय कि इन आदमियों के साथ कोई अन्याय न किया जायगा तब तो आपको चलने में कोई बाधा न होगी?

राजा–(सोचकर) कौन विश्वास दिलायेगा?

सारन्धा–बादशाह के सेनापति का प्रतिज्ञा-पत्र।

राजा–हाँ, तब मैं सानन्द चलूँगा।

सारन्धा विचार-सागर में डूबी। बादशाह के सेनापति से क्योंकर यह प्रतिज्ञा कराऊँ? कौन यह प्रस्ताव लेकर वहाँ जायगा और निर्दयी ऐसी प्रतिज्ञा करने ही क्यों लगे? उन्हें तो अपनी विजय की पूरी आशा है। मेरे यहाँ ऐसा नीति–कुशल वाक्पटु, चतुर कौन है जो इस दुस्तर कार्य को सिद्ध करे? छत्रसाल चाहे तो कर सकता है। उसमें ये सब गुण मौजूद हैं।

इस तरह मन में निश्चय करके रानी ने छत्रसाल को बुलाया। यह उसके चारों पुत्रों में बुद्धिमान और साहसी था। रानी उससे सबसे अधिक प्यार करती थीं। जब छत्रसाल ने आकर रानी को प्रणाम किया तो उनके कमलनेत्र सजल हो गये और हृदय से दीर्घ निःश्वास निकल गया।

छत्रसाल–माता मेरे लिए क्या आज्ञा है?

रानी–आज लड़ाई का क्या ढंग है?

छत्रसाल–हमारे पचास योद्धा अब तक काम आ चुके हैं।

रानी–बुन्देलों की लाज अब ईश्वर के हाथ है।

छत्रसाल—हम आज रात को छापा मारेंगे।

रानी ने संक्षेप में अपना प्रस्ताव छत्रसाल के सामने उपस्थित किया और कहा—यह काम किसे सौंपा जाय?

छत्रसाल—मुझको।

'तुम इसे पूरा कर दिखाओगे?'

'हाँ मुझे पूर्ण विश्वास है।'

'अच्छा जाओ परमात्मा तुम्हारा मनोरथ पूरा करे।'

छत्रसाल जब चला तो रानी ने उसे हृदय से लगा लिया और तब आकाश की ओर दोनों हाथ उठाकर कहा—दयानिधि मैंने अपना तरुण और होनहार पुत्र बुन्देलों की आन के आगे भेंट कर दिया। अब इस आन को निभाना तुम्हारा काम है। मैंने बड़ी मूल्यवान् वस्तु अर्पित की है, इसे स्वीकार करो।

8

दूसरे दिन प्रातःकाल सारन्धा स्नान करके थाल में पूजा की सामग्री लिये मन्दिर को चली। उसका चेहरा पीला पड़ गया था और आँखों तले अँधेरा छाया जाता था। वह मंदिर के द्वार पर पहुँची थी कि उसके थाल में बाहर से आकर एक तीर गिरा। तीर की नोक पर एक कागज का पुरजा लिपटा हुआ था। सारन्धा ने थाल मंदिर के चबूतरे पर रख दिया और पुर्जे को खोलकर देखा तो आनन्द से चेहरा खिल गया लेकिन यह आनन्द क्षणभर का था। हाय! इस पुर्जे के लिए मैंने अपना प्रिय पुत्र हाथ से खो दिया है। कागज के टुकड़े को इतने महँगे दामों किसने लिया होगा?

मन्दिर से लौटकर सारन्धा राजा चम्पतराय के पास गयी और बोली—प्राणनाथ आपने जो वचन दिया था उसे पूरा कीजिये। राजा ने चौंक कर पूछा, तुमने अपना वादा पूरा कर दिया? रानी ने वह प्रतिज्ञा-पत्र राजा को दे दिया। चम्पतराय ने उसे गौर से देखा फिर बोले—अब मैं चलूँगा और ईश्वर ने चाहा तो एक बार फिर शत्रुओं की खबर लूँगा। लेकिन सारन सच बताओ इस पत्र के लिए क्या देना पड़ा है?

रानी ने कुंठित स्वर से कहा—बहुत कुछ।

राजा—सुनूँ।

रानी—एक जवान पुत्र।

राजा को बाण-सा लग गया। पूछा—कौन? अंगदराय?

रानी—नहीं।

राजा—रत्नसिंह?

रानी—नहीं।

राजा—छत्रसाल?

रानी—हाँ।

जैसे कोई पक्षी गोली खाकर परों को फड़फड़ाता है और तब बेदम होकर गिर पड़ता है उसी भाँति चम्पतराय पलंग से उछले और फिर अचेत होकर गिर पड़े। छत्रसाल उनका परम प्रिय पुत्र था। उनके भविष्य की सारी कामनाएँ उसी पर अवलम्बित थीं। जब चेत हुआ तब बोले सारन तुमने बुरा किया।

अँधेरी रात थी। रानी सारन्धा घोड़े पर सवार चम्पतराय को पालकी में बैठाये किले के गुप्त मार्ग से निकली जाती थी। आज से बहुत काल पहले एक दिन ऐसी ही अँधेरी दु:खमयी रात्रि थी। तब सारन्धा ने शीतलादेवी को कुछ कठोर वचन कहे थे। शीतलादेवी ने उस समय जो भविष्यवाणी की थी वह आज पूरी हुई। क्या सारन्धा ने उसका जो उत्तर दिया था वह भी पूरा होकर रहेगा?

9

मध्याह्न था। सूर्यनारायण सिर पर आकर अग्नि की वर्षा कर रहे थे। शरीर को झुलसाने वाली प्रचण्ड प्रखर वायु वन और पर्वत में आग लगाती फिरती थी। ऐसा विदित होता था मानो अग्निदेव की समस्त सेना गरजती हुई चली आ रही है। गगनमण्डल इस भय से काँप रहा था। रानी सारन्धा घोड़े पर सवार चम्पतराय को लिये पश्चिम की तरफ चली जाती थी। ओरछा दस कोस पीछे छूट चुका था और प्रतिक्षण यह अनुमान स्थिर होता जाता था कि अब हम भय के क्षेत्र से बाहर निकल आये। राजा पालकी में अचेत पड़े हुए थे और कहार पसीने में सराबोर थे। पालकी के पीछे पाँच सवार घोड़ा बढ़ाये चले आते थे प्यास के मारे सबका बुरा हाल था। तालू सूखा जाता था। किसी वृक्ष की छाँह और कुएँ की तलाश में आँखें चारों ओर दौड़ रही थीं।

अचानक सारन्धा ने पीछे की तरफ फिर कर देखा तो उसे सवारों का एक दल आता हुआ दिखायी दिया। उसका माथा ठनका कि अब कुशल नहीं है। यह लोग अवश्य हमारे शत्रु हैं। फिर विचार हुआ कि शायद मेरे राजकुमार अपने आदमियों को लिये हमारी सहायता को आ रहे हैं। नैराश्य में भी आशा साथ नहीं छोड़ती। कई मिनट तक वह इसी आशा और भय की अवस्था में रही। यहाँ तक कि वह दल निकट आ गया और सिपाहियों के वस्त्र साफ नज़र आने लगे। रानी ने एक ठण्डी साँस ली उसका शरीर तृणवत् काँपने लगा। यह बादशाही सेना के लोग थे।

सारन्धा ने कहारों से कहा—डोली रोक लो। बुन्देला सिपाहियों ने भी तलवारें खींच लीं। राजा की अवस्था बहुत शोचनीय थी किन्तु जैसे दबी हुई आग हवा लगते ही प्रदीप्त हो जाती है उसी प्रकार इस संकट का ज्ञान होते ही उनके जर्जर शरीर में वीरात्मा चमक उठी। वे पालकी का पर्दा उठाकर बाहर निकल आये। धनुष-बाण हाथ में ले लिया किन्तु वह धनुष जो उनके हाथ में इन्द्र का वज्र बन जाता था इस

समय जरा भी न झुका। सिर में चक्कर आया पैर थर्राये और वे धरती पर गिर पड़े। भावी अमंगल की सूचना मिल गयी। उस पंखरहित पक्षी के सदृश जो साँप को अपनी तरफ आते देखकर ऊपर को उचकता और फिर गिर पड़ता है राजा चम्पतराय फिर सँभल उठे और फिर गिर पड़े। सारन्धा ने उन्हें सँभालकर बैठाया और रो कर बोलने की चेष्टा की परन्तु मुँह से केवल इतना निकला–प्राणनाथ! इसके आगे मुँह से एक शब्द भी न निकल सका। आन पर मरने वाली सारन्धा इस समय साधारण स्त्रियों की भाँति शक्तिहीन हो गयी लेकिन एक अंश तक यह निर्बलता स्त्री जाति की शोभा है।

चम्पतराय बोले–सारन, देखो, हमारा एक वीर ज़मीन पर गिरा। शोक! जिस आपत्ति से यावज्जीवन डरता रहा उसने इस अन्तिम समय में आ घेरा। मेरी आँखों के सामने शत्रु तुम्हारे कोमल शरीर में हाथ लगायेंगे और मैं जगह से हिल भी न सकूँगा। हाय! मृत्यु तू कब आयेगी! यह कहते-कहते उन्हें एक विचार आया। तलवार की तरफ हाथ बढ़ाया मगर हाथों में दम न था। तब सारन्धा से बोले–प्रिये तुमने कितने ही अवसरों पर मेरी आन निभायी है।

इतना सुनते ही सारन्धा के मुरझाये हुए मुख पर लाली दौड़ गयी। आँसू सूख गये। इस आशा में कि मैं पति के कुछ काम आ सकती हूँ उसके हृदय में बल का संचार कर दिया। वह राजा की ओर विश्वासोत्पादक भाव से देखकर बोली–ईश्वर ने चाहा तो मरते दम तक निभाऊँगी।

रानी ने समझा राजा मुझे प्राण देने का संकेत कर रहे हैं।

चम्पतराय–तुमने मेरी बात कभी नहीं टाली।

सारन्धा–मरते दम तक न टालूँगी।

राजा–यह मेरी अन्तिम याचना है। इसे अस्वीकार न करना।

सारन्धा ने तलवार को निकाल कर अपने वक्षस्थल पर रख लिया और कहा–यह आपकी आज्ञा नहीं है। मेरी हार्दिक अभिलाषा है कि मरूँ तो यह मस्तक आपके पद-कमलों पर हो।

चम्पतराय–तुमने मेरा मतलब नहीं समझा। क्या तुम मुझे इसलिए शत्रुओं के हाथ में छोड़ जाओगी कि मैं बेड़ियाँ पहने हुए दिल्ली की गलियों में निन्दा का पात्र बनूँ?

रानी ने जिज्ञासा की दृष्टि से राजा को देखा। वह उनका मतलब न समझी।

राजा–मैं तुमसे एक वरदान माँगता हूँ।

रानी–सहर्ष माँगिए।

राजा–यह मेरी अन्तिम प्रार्थना है। जो कुछ कहूँगा करोगी

रानी–सिर के बल करूँगी।

राजा–देखो तुमने वचन दिया है। इनकार न करना।

रानी–(काँपकर) आपके कहने की देर है।

राजा–अपनी तलवार मेरी छाती में चुभा दो।

रानी के हृदय पर वज्रपात-सा हो गया। बोली–जीवननाथ! इसके आगे वह और कुछ न बोल सकी। आँखों में नैराश्य छा गया।

राजा–मैं बेड़ियाँ पहनने के लिए जीवित रहना नहीं चाहता।

रानी–मुझसे यह कैसे होगा?

पाँचवाँ और अन्तिम सिपाही धरती पर गिरा। राजा ने झुँझला कर कहा–इसी जीवन पर आन निभाने का गर्व था।

बादशाह के सिपाही राजा की तरफ लपके। राजा ने नैराश्यपूर्ण भाव से रानी की ओर देखा। रानी क्षण भर अनिश्चित रूप से खड़ी रही लेकिन संकट में हमारी निश्चयात्मक शक्ति बलवान हो जाती है। निकट था कि सिपाही लोग राजा को पकड़ लें कि सारन्धा ने दामिनी की भाँति लपक कर तलवार राजा के हृदय में चुभा दी।

प्रेम की नाव प्रेम के सागर में डूब गयी। राजा के हृदय से रुधिर की धारा निकल रही थी पर चेहरे पर शान्ति छाई हुई थी।

कैसा हृदय है! वह स्त्री जो अपने पति पर प्राण देती थी आज उसकी प्राणघातिका है! जिस हृदय से आलिंगित होकर उसने यौवनसुख लूटा जो हृदय उसकी अभिलाषाओं का केन्द्र था जो हृदय उसके अभिमान का पोषक था उसी हृदय को सारन्धा की तलवार छेद रही है। किसी स्त्री की तलवार से ऐसा काम हुआ है?

आह! आत्माभिमान का कैसा विषादमय अंत है। उदयपुर और मारवाड़ के इतिहास में भी आत्मगौरव की ऐसी घटनाएँ नहीं मिलतीं।

बादशाही सिपाही सारन्धा का यह साहस और धैर्य देखकर दंग रह गये।

सरदार ने आगे बढ़कर कहा रानी साहिबा खुदा गवाह है हम सब आपके गुलाम हैं। आपका जो हुक्म हो उसे ब-सरो-चश्म बजा लायेंगे।

सारन्धा ने कहा–अगर हमारे पुत्रों में से कोई जीवित हो तो ये दोनों लाशें उसे सौंप देना।

यह कहकर उसने वही तलवार अपने हृदय में चुभा ली। जब वह अचेत होकर धरती पर गिरी तो उसका सिर राजा चम्पतराय की छाती पर था।

❑

मृत्यु के पीछे

बाबू ईश्वरचंद्र को समाचारपत्रों में लेख लिखने की चाट उन्हीं दिनों पड़ी, जब वे विद्याभ्यास कर रहे थे। नित्य नये विषयों की चिंता में लीन रहते। पत्रों में अपना नाम देखकर उन्हें उससे कहीं ज्यादा खुशी होती थी, जितनी परीक्षाओं में उत्तीर्ण होने या कक्षा में उच्च स्थान प्राप्त करने से हो सकती थी। वह अपने कालेज के गरम-दल के नेता थे। समाचारपत्रों में परीक्षापत्रों की जटिलता या अध्यापकों के अनुचित व्यवहार की शिकायत का भार उन्हीं के सिर था। इससे उन्हें कालेज में प्रतिनिधित्व का काम मिल गया। प्रतिरोध के प्रत्येक अवसर पर उन्हीं के नाम नेतृत्व की गोटी पड़ जाती थी। उन्हें विश्वास हो गया कि मैं इस परिमित क्षेत्र से निकल कर संसार के विस्तृत क्षेत्र में अधिक सफल हो सकता हूँ। सार्वजनिक जीवन को वह अपना भाग्य समझ बैठे थे। कुछ ऐसा संयोग हुआ कि अभी एम.ए. परीक्षार्थियों में उनका नाम निकलने भी न पाया था कि गौरव के सम्पादक महोदय ने वानप्रस्थ लेने की ठानी और पत्रिका का भार ईश्वरचंद्र दत्त के सिर पर रखने का निश्चय किया। बाबू जी को यह समाचार मिला, तो उछल पड़े। धन्य भाग्य कि मैं इस सम्मानित पद के योग्य समझा गया! इसमें संदेह नहीं कि वह इस दायित्व के गुरुत्व से भली-भाँति परिचित थे, लेकिन कीर्तिलाभ के प्रेम ने उन्हें बाधक परिस्थितियों का सामना करने पर उद्यत कर दिया। वह इस व्यवसाय में स्वातंत्र्य आत्मगौरव अनुशीलन और दायित्व की मात्र को बढ़ाना चाहते थे। भारतीय पत्रों को पश्चिम के आदर्श पर चलाने के इच्छुक थे। इन इरादों के पूरा करने का सुअवसर हाथ आया। वे प्रेमोल्लास से उत्तेजित होकर नाली में कूद पड़े।

2

ईश्वरचंद्र की पत्नी एक ऊँचे और धनाढ्य कुल की लड़की थी और वह ऐसे कुलों की मर्यादाप्रियता तथा मिथ्या गौरवप्रेम से सम्पन्न थी। यह समाचार पाकर डरी की पति महाशय कहीं इस झंझट में फँस कर कानून से मुँह न मोड़ लें। लेकिन जब बाबू साहब ने आश्वासन दिया कि यह कार्य उनके कानून के अभ्यास में बाधक न होगा, तो कुछ न बोली।

लेकिन ईश्वरचंद्र को बहुत जल्द मालूम हो गया कि पत्र सम्पादन एक बहुत ही ईर्ष्यायुक्त कार्य है, जो चित्त की समग्र वृत्तियों का अपहरण कर लेता है। उन्होंने इसे मनोरंजन का एक साधन और ख्यातिलाभ का एक यंत्र समझा था। उसके द्वारा जाति की कुछ सेवा करना चाहते थे। उससे द्रव्योपार्जन का विचार तक न किया था। लेकिन नौका में बैठकर उन्हें अनुभव हुआ कि यात्रा उतनी सुखद नहीं है, जितनी समझी थी। लेखों के संशोधन परिवर्धन और परिवर्तन लेखकगण से पत्र-व्यवहार और चित्ताकर्षक विषयों की खोज और सहयोगियों से आगे बढ़ जाने की चिंता में उन्हें कानून का अध्ययन करने का अवकाश ही न मिलता था। सुबह को किताबें खोलकर बैठते कि 100 पृष्ठ समाप्त किये बिना कदापि न उठूँगा, किन्तु ज्योंही डाक का पुलिंदा आ जाता, वे अधीर होकर उस पर टूट पड़ते, किताब खुली की खुली रह जाती थी। बार-बार संकल्प करते कि अब नियमित रूप से पुस्तकावलोकन करूँगा और एक निर्दिष्ट समय से अधिक सम्पादनकार्य में न लगाऊँगा। लेकिन पत्रिकाओं का बंडल सामने आते ही दिल काबू के बाहर हो जाता। पत्रों के नोक-झोंक पत्रिकाओं के तर्क-वितर्क, आलोचना-प्रत्यालोचना, कवियों के काव्यचमत्कार, लेखकों का रचनाकौशल इत्यादि सभी बातें उन पर जादू का काम करतीं। इस पर छपाई की कठिनाइयाँ ग्राहक-संख्या बढ़ाने की चिंता और पत्रिका को सर्वांग-सुंदर बनाने की आकांक्षा और भी प्राणों को संकट में डाले रहती थी। कभी-कभी उन्हें खेद होता कि व्यर्थ ही इस झमेले में पड़ा यहाँ तक कि परीक्षा के दिन सिर पर आ गये और वे इसके लिए बिलकुल तैयार न थे। वे उसमें सम्मिलित न हुए। मन को समझाया कि अभी इस काम का श्रीगणेश है, इसी कारण यह सब बाधाएँ उपस्थित होती हैं। अगले वर्ष यह काम एक सुव्यवस्थित रूप में आ जायगा और तब मैं निश्चिंत होकर परीक्षा में बैठूँगा! पास कर लेना क्या कठिन है। ऐसे बुद्धू पास हो जाते हैं, जो एक सीधा-सा लेख भी नहीं लिख सकते, तो क्या मैं ही रह जाऊँगा? मानकी ने उनकी यह बातें सुनीं, तो खूब दिल के फफोले फोड़े—मैं तो जानती थी कि यह धुन तुम्हें मटियामेट कर देगी। इसलिए बार-बार रोकती थी, लेकिन तुमने मेरी एक न सुनी। आप तो डूबे ही मुझे भी ले डूबे। उनके पूज्य पिता भी बिगड़े हितैषियों ने भी समझाया—अभी इस काम को कुछ दिनों के लिए स्थगित कर दो। कानून में उत्तीर्ण होकर निर्द्वंद्व देशोद्धार में प्रवृत्त हो जाना। लेकिन ईश्वरचंद्र एक बार मैदान में आकर भागना निंद्य समझते थे। हाँ, उन्होंने दृढ़ प्रतिज्ञा की कि दूसरे साल परीक्षा के लिए तन-मन से तैयारी करूँगा।

अतएव नये वर्ष के पदार्पण करते ही उन्होंने कानून की पुस्तकें संग्रह कीं पाठ्यक्रम निश्चित किया, रोजनामचा लिखने लगे और अपने चंचल और बहानेबाज चित्त को चारों ओर से जकड़ा मगर चटपटे पदार्थों का आस्वादन करने के बाद सरल भोजन कब रुचिकर होता है! कानून में वे घातें कहाँ? वह उन्माद कहाँ? वे चोटें कहाँ? वह उत्तेजना कहाँ? वह हलचल कहाँ! बाबू साहब अब नित्य एक खोयी हुई दशा में रहते। जब तक अपने इच्छानुकूल काम करते थे, चौबीस घंटों में घंटे-दो घंटे

कानून भी देख लिया करते थे। इस नशे ने मानसिक शक्तियों को शिथिल कर दिया। स्नायु निर्जीव हो गये। उन्हें ज्ञात होने लगा कि अब तैं कानून के लायक नहीं रहा और इस ज्ञान ने कानून के प्रति उदासीनता का रूप धारण किया। मन में संतोषवृत्ति का प्रादुर्भाव हुआ। प्रारब्ध और पूर्वसंस्कार के सिद्धांतों की शरण लेने लगे।

एक दिन मानकी ने कहा–यह क्या बात है? क्या कानून से फिर जी उचाट हुआ?

ईश्वरचंद्र ने दुस्साहसपूर्ण भाव से उत्तर दिया–हाँ, भई, मेरा जी उससे भागता है।

मानकी ने व्यंग्य से कहा–बहुत कठिन है।

ईश्वरचंद्र–कठिन नहीं है और कठिन भी होता तो मैं उससे डरने वाला न था, लेकिन मुझे वकालत का पेशा ही पतित प्रतीत होता है। ज्यों-ज्यों वकीलों की आंतरिक दशा का ज्ञान होता है, मुझे उस पेशे से घृणा होती जाती है। इसी शहर में सैकड़ों वकील और बैरिस्टर पड़े हुए हैं, लेकिन एक व्यक्ति भी ऐसा नहीं, जिसके हृदय में दया हो, जो स्वार्थपरता के हाथों बिक न गया हो। छल और धूर्तता इस पेशे का मूल तत्त्व है। इसके बिना किसी तरह निर्वाह नहीं। अगर कोई महाशय जातीय आंदोलन में शरीक भी होते हैं, तो स्वार्थसिद्धि करने के लिए अपना ढोल पीटने के लिए। हम लोगों का समग्र जीवन वासना-भक्ति पर अर्पित हो जाता है। दुर्भाग्य से हमारे देश का शिक्षित समुदाय इसी दरगाह का मुजावर होता जाता है और यही कारण है कि हमारी जातीय संस्थाओं की श्रीवृद्धि नहीं होती। जिस काम में हमारा दिल न हो, हम केवल ख्याति और स्वार्थ-लाभ के लिए उसके कर्णधार बने हुए हों, वह कभी नहीं हो सकता। वर्तमान सामाजिक व्यवस्था का अन्याय है, जिसने इस पेशे को इतना उच्च स्थान प्रदान कर दिया है। यह विदेशी सभ्यता का निकृष्टतम स्वरूप है कि देश का बुद्धिबल स्वयं धनोपार्जन न करके दूसरों की पैदा की हुई दौलत पर चैन करता, शहद की मक्खी न बन कर चींटी बनना, अपने जीवन का लक्ष्य समझता है।

मानकी चिढ़ कर बोली–पहले तुम वकीलों की इतनी निंदा न करते थे!

ईश्वरचंद्र ने उत्तर दिया–तब अनुभव न था। बाहरी टीमटाम ने वशीकरण कर दिया था।

मानकी–क्या जाने तुम्हें पत्रों से क्यों इतना प्रेम है, मैं जिसे देखती हूँ, उन्हें अपनी कठिनाइयों का रोना रोते हुए पाती हूँ। कोई अपने ग्राहकों से नये ग्राहक बनाने का अनुरोध करता है, कोई चंदा न वसूल होने की शिकायत करता है। बता दो कि कोई उच्च शिक्षा प्राप्त मनुष्य कभी इस पेशे में आया है। जिसे कुछ नहीं सूझती, जिसके पास न कोई सनद हो, न कोई डिग्री, वही पत्र निकाल बैठता है और भूखों मरने की अपेक्षा रूखी रोटियों पर ही संतोष करता है। लोग विलायत जाते हैं, वहाँ कोई डाक्टरी पढ़ता है, कोई इंजीनियरी कोई सिविल सर्विस, लेकिन आज तक न सुना कि कोई एडीटरी का काम सीखने गया। क्यों सीखे किसी को क्या पड़ी है कि जीवन की

महत्त्वाकांक्षाओं को खाक में मिला कर त्याग और विराग में उम्र काटे? हाँ, जिनको सनक सवार हो गयी हो उनकी बात निराली है।

ईश्वरचंद्र–जीवन का उद्देश्य केवल धन-संचय करना ही नहीं है।

मानकी–अभी तुमने वकीलों की निंदा करते हुए कहा, यह लोग दूसरों की कमाई खाकर मोटे होते हैं। पत्र चलानेवाले भी तो दूसरों की ही कमाई खाते हैं।

ईश्वरचंद्र ने बगलें झाँकते हुए कहा–हम लोग दूसरों की कमाई खाते हैं, तो दूसरों पर जान भी देते हैं। वकीलों की भाँति किसी को लूटते नहीं।

मानकी–यह तुम्हारी हठधर्मी है। वकील भी तो अपने मुवक्किलों के लिए जान लड़ा देते हैं। उनकी कमाई भी उतनी ही है, जितनी पत्रवालों की। अंतर केवल इतना है कि एक की कमाई पहाड़ी होता है, दूसरे की बरसाती नाला। एक में नित्य जलप्रवाह होता है, दूसरे में नित्य धूल उड़ा करती है। बहुत हुआ तो बरसात में घड़ी-दो घड़ी के लिए पानी आ गया।

ईश्वर–पहले तो मैं यही नहीं मानता कि वकीलों की कमाई हलाल है और यह मान भी लूँ, तो यह किसी तरह नहीं मान सकता कि सभी वकील फूलों की सेज पर सोते हैं। अपना-अपना भाग्य सभी जगह है। कितने ही वकील हैं, जो झूठी गवाहियाँ देकर पेट पालते हैं। इस देश में समाचारपत्रों का प्रचार अभी बहुत कम है, इसी कारण पत्रसंचालकों की आर्थिक दशा अच्छी नहीं है। यूरोप और अमरीका में पत्र चलाकर लोग करोड़पति हो गये हैं। इस समय संसार के सभी समुन्नत देशों के सूत्रधार या तो समाचारपत्रों के सम्पादक और लेखक हैं या पत्रों के स्वामी। ऐसे कितने ही अरबपति हैं, जिन्होंने अपनी सम्पत्ति की नींव पत्रों पर ही खड़ी की थी...

ईश्वरचंद्र सिद्ध करना चाहते थे कि धन ख्याति और सम्मान प्राप्त करने का पत्र-संचालन से उत्तम और कोई साधन नहीं है और सबसे बड़ी बात तो यह है कि इस जीवन में सत्य और न्याय की रक्षा करने के सच्चे अवसर मिलते हैं, परंतु मानकी पर इस वक्तृता का जरा भी असर न हुआ। स्थूल दृष्टि को दूर की चीजें साफ नहीं दीखतीं। मानकी के सामने सफल सम्पादक का कोई उदाहरण न था।

3

16 वर्ष गुजर गये। ईश्वरचंद्र ने सम्पादकीय जगत् में खूब नाम पैदा किया, जातीय आन्दोलनों में अग्रसर हुए पुस्तकें लिखीं, एक दैनिक पत्र निकाला अधिकारियों के भी सम्मानपात्र हुए। बड़ा लड़का बी. ए. में जा पहुँचा, छोटे लड़के नीचे के दरजों में थे। एक लड़की का विवाह भी एक धनसम्पन्न कुल में किया है। विदित यही होता था कि उनका जीवन बड़ा ही सुखमय है, मगर उनकी आर्थिक दशा अब भी संतोषजनक न थी। खर्च आमदनी से बढ़ा हुआ था। घर की कई हज़ार की जायदाद हाथ से निकल गयी, इस पर बैंक का कुछ न कुछ देना सिर पर सवार रहता था।

बाज़ार में भी उनकी साख न थी। कभी–कभी तो यहाँ तक नौबत आ जाती कि उन्हें बाज़ार का रास्ता छोड़ना पड़ता। अब वह अक्सर अपनी युवावस्था की अदूरदर्शिता पर अफसोस करते थे। जातीय सेवा का भाव अब भी उनके हृदय में तरंगें मारता था, लेकिन वह देखते थे कि काम तो मैं तय करता हूँ और यश वकीलों और सेठों के हिस्सों में आ जाता था। उनकी गिनती अभी तक छुटभैयों में थी। यद्यपि सारा नगर जानता था कि यहाँ के सार्वजनिक जीवन के प्राण वही हैं, पर यह भाव कभी व्यक्त न होता था। इन्हीं कारणों से ईश्वरचंद्र को सम्पादन कार्य से अरुचि होती थी। दिनोंदिन उत्साह क्षीण होता जाता था, लेकिन इस ज़ाल से निकलने का कोई उपाय न सूझता था। उनकी रचना में सजीवता न थी, न लेखनी में शक्ति। उनके पत्र और पत्रिका दोनों ही से उदासीनता का भाव झलकता था। उन्होंने सारा भार सहायकों पर छोड़ दिया था, खुद बहुत कम काम करते थे। हाँ, दोनों पत्रों की जड़ जम चुकी थी, इसलिए ग्राहक-संख्या कम न होने पाती थी। वे अपने नाम पर चलते थे।

लेकिन इस संघर्ष और संग्राम के काल में उदासीनता का निर्वाह कहाँ। गौरव ने प्रतियोगी खड़े कर दिये जिनके नवीन उत्साह ने गौरव से बाजी मार ली। उसका बाज़ार ठंडा होने लगा। नये प्रतियोगियों का जनता ने बड़े हर्ष से स्वागत किया। उनकी उन्नति होने लगी। यद्यपि उनके सिद्धांत भी वही, लेखक भी वही, विषय भी वही थे, लेकिन आगंतुकों ने उन्हीं पुरानी बातों में नयी जान डाल दी। उनका उत्साह देख ईश्वरचंद्र को भी जोश आया कि एक बार फिर अपनी रुकी हुई गाड़ी में जोर लगायें, लेकिन न अपने में सामर्थ्य थी, न कोई हाथ बँटानेवाला नज़र आता था। इधर-उधर निराश नेत्रों से देखकर हतोत्साह हो जाते थे। हा! मैंने अपना सारा जीवन सार्वजनिक कार्यों में व्यतीत किया, खेत को बोया, सींचा, दिन को दिन और रात को रात न समझा, धूप में जला, पानी में भीगा और इतने परिश्रम के बाद जब फसल काटने के दिन आये, तो मुझमें हँसिया पकड़ने का भी बूता नहीं। दूसरे लोग जिनका उस समय कहीं पता न था, अनाज काट–काट कर खलिहान भरे लेते हैं और मैं खड़ा मुँह ताकता हूँ। उन्हें पूरा विश्वास था कि अगर कोई उत्साहशील युवक मेरा शरीक हो जाता, तो गौरव अब भी अपने प्रतिद्वंद्वियों को परास्त कर सकता। सभ्य-समाज में उनकी धाक जमी हुई थी, परिस्थिति उनके अनुकूल थी। जरूरत केवल ताजे खून की थी। उन्हें अपने बड़े लड़के से ज्यादा उपयुक्त इस काम के लिए और कोई न दीखता था। उसकी रुचि भी इस काम की ओर थी, पर मानकी के भय से वह इस विचार को ज़बान पर न ला सके थे। इसी चिंता में दो साल गुजर गये और यहाँ तक नौबत पहुँची कि या तो गौरव का टाट उलट दिया जाय या इसे पुनः अपने स्थान पर पहुँचाने के लिए कटिबद्ध हुआ जाय। ईश्वरचंद्र ने इसके पुनरुद्धार के लिए अंतिम उद्योग करने का दृढ़ निश्चय कर लिया। इसके सिवा और कोई उपाय न था। यह पत्रिका उनके जीवन का सर्वस्व थी। इससे उनके जीवन और मृत्यु का सम्बन्ध था। उसको बंद करने की वह कल्पना भी न कर

सकते थे। यद्यपि उनका स्वास्थ्य अच्छा न था, पर प्राणरक्षा की स्वाभाविक इच्छा ने उन्हें अपना सब कुछ अपनी पत्रिका पर न्योछावर करने को उद्यत कर दिया। फिर दिन के दिन लिखने-पढ़ने में रत रहने लगे। एक क्षण के लिए भी सिर न उठाते। गौरव के लेखों में फिर सजीवता का उद्भव हुआ, विद्वज्जनों में फिर उसकी चर्चा होने लगी, सहयोगियों ने फिर उसके लेखों को उद्धृत करना शुरू किया, पत्रिकाओं में फिर उसकी प्रशंसासूचक आलोचनाएँ निकलने लगीं। पुराने उस्ताद की ललकार फिर अखाड़े में गूँजने लगी।

लेकिन पत्रिका के पुनः संस्कार के साथ उनका शरीर और भी जर्जर होने लगा। हदृयरोग के लक्षण दिखाई देने लगे। रक्त की न्यूनता से मुख पर पीलापन छा गया। ऐसी दशा में वह सुबह से शाम तक अपने काम में तल्लीन रहते धन और श्रम का संग्राम छिड़ा हुआ था। ईश्वरचंद्र की सदय प्रकृति ने उन्हें श्रम का सपक्षी बना दिया था। धनवादियों का खंडन और प्रतिवाद करते हुए उनके खून में गरमी आ जाती थी, शब्दों से चिनगारियाँ निकलने लगती थीं, यद्यपि यह चिनगारियाँ केंद्रस्थ गरमी को छिन्न किये देती थीं।

एक दिन रात के दस बज गये थे। सरदी खूब पड़ रही थी। मानकी दबे पैर उनके कमरे में आयी। दीपक की ज्योति में उनके मुख का पीलापन और भी स्पष्ट हो गया था। वह हाथ में कलम लिये किसी विचार में मग्न थे। मानकी के आने की उन्हें भी आहट न मिली। मानकी एक क्षण तक उन्हें वेदना-युक्त नेत्रों से ताकती रही। तब बोली अब तो यह पोथा बंद करो। आधी रात होने को आयी। खाना पानी हुआ जाता है।

ईश्वरचंद्र ने चौंक कर सिर उठाया और बोले—क्यों, क्या आधी रात हो गयी? नहीं, अभी मुश्किल से दस बजे होंगे। मुझे अभी जरा भी भूख नहीं है।

मानकी—कुछ थोड़ा-सा खा लो न।

ईश्वर—एक ग्रास भी नहीं। मुझे इसी समय अपना लेख समाप्त करना है।

मानकी—मैं देखती हूँ, तुम्हारी दशा दिन-दिन बिगड़ती जाती है। दवा क्यों नहीं करते? जान खपा कर थोड़े ही काम किया जाता है?

ईश्वर—अपनी जान को देखूँ या इस घोर संग्राम को देखूँ जिसने समस्त देश में हलचल मचा रखी है। हजारों-लाखों जानों की हिमायत में एक जान न भी रहे तो क्या चिंता?

मानकी—कोई सुयोग्य सहायक क्यों नहीं रख लेते?

ईश्वरचंद्र ने ठंडी साँस लेकर कहा—बहुत खोजता हूँ, पर कोई नहीं मिलता। एक विचार कई दिनों से मेरे मन में उठ रहा है, अगर तुम धैर्य से सुनना चाहो तो कहूँ।

मानकी—कहो सुनूँगी। मानने लायक होगी, तो मानूँगी क्यों नहीं?

ईश्वरचंद्र—मैं चाहता हूँ कि कृष्णचंद्र को अपने काम में शरीक कर लूँ। अब तो वह एम.ए. भी हो गया। इस पेशे से उसे रुचि भी है। मालूम होता है कि ईश्वर ने उसे इसी काम के लिए बनाया है।

मानकी ने अवहेलना-भाव से कहा—क्या अपने साथ उसे भी ले डूबने का इरादा है? घर की सेवा करनेवाला भी कोई चाहिए कि सब देश की ही सेवा करेंगे?

ईश्वर—कृष्णचंद्र यहाँ किसी से बुरा न रहेगा।

मानकी—क्षमा कीजिए। बाज आयी। वह कोई दूसरा काम करेगा, जहाँ चार पैसे मिलें। यह घर-फूँक काम आप ही को मुबारक रहे।

ईश्वर—वकालत में भेजोगी, पर देख लेना पछताना पड़ेगा। कृष्णचंद्र उस पेशे के लिए सर्वथा अयोग्य है।

मानकी—वह चाहे मजूरी करे, पर इस काम में न डालूँगी।

ईश्वर—तुमने मुझे देखकर समझ लिया कि इस काम में घाटा ही घाटा है। पर इसी देश में ऐसे भाग्यवान लोग मौजूद हैं, जो पत्रों की बदौलत धन और कीर्ति से मालामाल हो रहे हैं।

मानकी—इस काम में तो अगर कंचन भी बरसे तो मैं उसे न आने दूँ। सारा जीवन वैराग्य में कट गया। अब कुछ दिन भोग भी करना चाहती हूँ।

यह जाति का सच्चा सेवक अंत को जातीय कष्टों के साथ रोग के कष्टों को न सह सका। इस वार्तालाप के बाद मुश्किल से नौ महीने गुजरे थे कि ईश्वरचंद्र ने संसार से प्रस्थान किया। उनका सारा जीवन सत्य के पोषण न्याय की रक्षा और प्रजा-कष्टों के विरोध में कटा था। अपने सिद्धांतों के पालन में उन्हें कितनी ही बार अधिकारियों की तीव्र दृष्टि का भाजन बनना पड़ा था, कितनी ही बार जनता का अविश्वास यहाँ तक कि मित्रों की अवहेलना भी सहनी पड़ी थी, पर उन्होंने अपनी आत्मा का कभी हनन नहीं किया। आत्मा के गौरव के सामने धन को कुछ न समझा।

इस शोक समाचार के फैलते ही सारे शहर में कुहराम मच गया। बाज़ार बंद हो गये, शोक के जलसे होने लगे, सहयोगी पत्रों ने प्रतिद्वंद्विता के भाव को त्याग दिया, चारों ओर से एक ध्वनि आती थी कि देश से एक स्वतंत्र सत्यवादी और विचारशील सम्पादक तथा एक निर्भीक त्यागी देशभक्त उठ गया और उसका स्थान चिरकाल तक खाली रहेगा। ईश्वरचंद्र इतने बहुजनप्रिय हैं, इसका उनके घरवालों को ध्यान भी न था। उनका शव निकला तो सारा शहर गण्य-अगण्य अर्थी के साथ था। उनके स्मारक बनने लगे। कहीं छात्रवृत्तियाँ दी गयीं, कहीं उनके चित्र बनवाये गये पर सबसे अधिक महत्त्वशील वह मूर्ति थी, जो श्रमजीवियों की ओर से प्रतिष्ठित हुई थी।

मानकी को अपने पतिदेव का लोकसम्मान देखकर सुखमय कुतूहल होता था। उसे अब खेद होता था कि मैंने उनके दिव्य गुणों को न पहचाना उनके पवित्र भावों और

उच्च विचारों की कद्र न की। सारा नगर उनके लिए शोक मना रहा है। उनकी लेखनी ने अवश्य इनके ऐसे उपकार किये हैं, जिन्हें ये भूल नहीं सकते और मैं अंत तक उनका मार्ग-कंटक बनी रही सदैव तृष्णा के वश उनका दिल दुखाती रही। उन्होंने मुझे सोने में मढ़ दिया होता, एक भव्य भवन बनवाया होता या कोई जायदाद पैदा कर ली होती, तो मैं खुश होती, अपना धन्य भाग्य समझती। लेकिन तब देश में कौन उनके लिए आँसू बहाता? कौन उनका यश गाता, यहीं एक से एक धनिक पुरुष पड़े हुए हैं। वे दुनिया से चले जाते हैं और किसी को खबर भी नहीं होती। सुनती हूँ, पतिदेव के नाम से छात्रों को वृत्ति दी जाएगी। जो लड़के वृत्ति पाकर विद्या-लाभ करेंगे, वे मरते दम तक उनकी आत्मा को आशीर्वाद देंगे। शोक! मैंने उनके आत्मत्याग का मर्म न जाना। स्वार्थ ने मेरी आँखों पर पर्दा डाल दिया था।

मानकी के हृदय में ज्यों-ज्यों ये भावनाएँ जागृत होती थीं, उसे पति में श्रद्धा बढ़ती जाती थी। वह गौरवशीला स्त्री थी। इस कीर्तिगान और जनसम्मान से उसका मस्तिष्क ऊँचा हो जाता था। इसके उपरांत अब उसकी आर्थिक दशा पहले की-सी चिंताजनक न थी। कृष्णचंद्र के असाधारण अध्यवसाय और बुद्धिबल ने उनकी वकालत को चमका दिया था। वह जातीय कामों में अवश्य भाग लेते थे, पत्रों में यथाशक्ति लेख भी लिखते थे, इस काम से उन्हें विशेष प्रेम था। लेकिन मानकी हमेशा इन कामों से दूर रखने की चेष्टा करती थी। कृष्णचंद्र अपने ऊपर जब्र करते थे। माँ का दिल दुखाना उन्हें मंजूर न था।

ईश्वरचंद्र की पहली बरसी थी। शाम को ब्रह्मभोज हुआ। आधी रात तक गरीबों को खाना दिया गया। प्रातःकाल मानकी अपनी सेजगाड़ी पर बैठकर गंगा नहाने गयी। यह उसकी चिरसंचित अभिलाषा थी, जो अब पुत्र की मातृभक्ति ने पूरी कर दी थी। यह उधर से लौट रही थी कि उसके कानों में बैंड की आवाज़ आयी और एक क्षण के बाद एक जुलूस सामने आता हुआ दिखायी दिया। पहले कोतल घोड़ों की माला थी, उसके बाद अश्वारोही स्वयंसेवकों की सेना। उसके पीछे सैकड़ों सवारीगाड़ियाँ थीं। सबसे पीछे एक सजे हुए रथ पर किसी देवता की मूर्ति थी। कितने ही आदमी इस विमान को खींच रहे थे। मानकी सोचने लगी—यह किस देवता का विमान है? न तो रामलीला के ही दिन हैं, न रथयात्रा के! सहसा उसका दिल जोर से उछल पड़ा। यह ईश्वरचंद्र की मूर्ति थी, जो श्रमजीवियों की ओर से बनवायी गयी थी और लोग उसे बड़े मैदान में स्थापित करने के लिए लिये जाते थे। वही स्वरूप था, वही वस्त्र, वही मुखाकृति। मूर्तिकार ने विलक्षण कौशल दिखाया था। मानकी का हृदय बाँसों उछलने लगा। उत्कंठा हुई कि परदे से निकल कर इस जुलूस के सम्मुख पति के चरणों पर गिर पड़ूँ। पत्थर की मूर्ति मानव-शरीर से अधिक श्रद्धास्पद होती है। किंतु कौन मुँह लेकर मूर्ति के सामने जाऊँ उसकी आत्मा ने कभी उसका इतना तिरस्कार न किया था। मेरी धनलिप्सा उनके पैरों की बेड़ी न बनती, तो वह न जाने किस सम्मान पद पर पहुँचते। मेरे कारण उन्हें कितना क्षोभ हुआ! घरवालों की सहानुभूति बाहरवालों

के सम्मान से कहीं उत्साहजनक होती है। मैं इन्हें क्या कुछ न बना सकती थी, पर कभी उभरने न दिया। स्वामी जी मुझे क्षमा करो मैं तुम्हारी अपराधिनी हूँ, मैंने तुम्हारे पवित्र भावों की हत्या की है, मैंने तुम्हारी आत्मा को दुःखी किया है। मैंने बाज को पिंजड़े में बन्द करके रखा था। शोक!

सारे दिन मानकी को वही पश्चात्ताप होता रहा। शाम को उससे न रहा गया। वह अपनी कहारिन को लेकर पैदल उस देवता के दर्शन को चली, जिसकी आत्मा को उसने दुःख पहुँचाया था!

संध्या का समय था। आकाश पर लालिमा छायी थी। अस्ताचल की ओर कुछ बादल भी हो आये थे। सूर्यदेव कभी मेघपट में छिप जाते थे, कभी बाहर निकल आते थे। इस धूप-छाँह में ईश्वरचंद्र की मूर्ति दूर से कभी प्रभात की भाँति प्रसन्नमुख और कभी संध्या की भाँति मलिन देख पड़ती थी। मानकी उसके निकट गयी पर उसके मुख की ओर न देख सकी। उन आँखों में करुण-वेदना थी। मानकी को ऐसा मालूम हुआ, मानो वह मेरी ओर तिरस्कारपूर्ण भाव से देख रही है। उसकी आँखों से ग्लानि और लज्जा के आँसू बहने लगे। वह मूर्ति के चरणों पर गिर पड़ी और मुँह ढाँप कर रोने लगी। मन के भाव द्रवित हो गये।

वह घर आयी तो नौ बज गये थे। कृष्ण उसे देखकर बोले—अम्माँ आज आप इस वक्त कहाँ गयी थीं।

मानकी ने हर्ष से कहा—गयी थी तुम्हारे बाबू जी की प्रतिमा के दर्शन करने। ऐसा मालूम होता है, वही साक्षात् खड़े हैं।

कृष्ण—जयपुर से बन कर आयी है।

मानकी—पहले तो लोग उनका इतना आदर न करते थे?

कृष्ण—उनका सारा जीवन सत्य और न्याय की वकालत में गुजरा है। ऐसे ही महात्माओं की पूजा होती है।

मानकी—लेकिन उन्होंने वकालत कब की?

कृष्ण—हाँ, यह वकालत नहीं की, जो मैं और मेरे हजारों भाई कर रहे हैं, जिससे न्याय और धर्म का खून हो रहा है। उनकी वकालत उच्चकोटि की थी।

मानकी—अगर ऐसा है तो तुम भी वही वकालत क्यों नहीं करते?

कृष्ण—बहुत कठिन है। दुनिया का जंजाल अपने सिर लीजिए दूसरों के लिए रोइए दीनों की रक्षा के लिए लट्ठ लिये फिरिए और इस कष्ट अपमान और यंत्रणा का पुरस्कार क्या है, अपनी जीवनाभिलाषाओं की हत्या।

मानकी—लेकिन यश तो होता है।

कृष्ण—हाँ, यश होता है। लोग आशीर्वाद देते हैं।

मानकी–जब इतना यश मिलता है तो तुम भी वही काम करो। हम लोग उस पवित्र आत्मा की और कुछ सेवा नहीं कर सकते, तो उसी वाटिका को चलाते जाएँ, जो उन्होंने अपने जीवन में इतने उत्सर्ग और भक्ति से लगायी। इससे उनकी आत्मा को शांति होगी। कृष्णचन्द्र ने माता को श्रद्धामय नेत्रों से देखकर कहा–करूँ तो मगर संभव है, तब यह टीम-टाम न निभ सके। शायद फिर वही पहले की-सी दशा हो जाय।

मानकी–कोई हरज नहीं। संसार में यश तो होगा, आज तो अगर धन की देवी भी मेरे सामने आये, तो मैं आँखें न नीची करूँ।

❑

आप-बीती

प्रायः अधिकांश साहित्य-सेवियों के जीवन में एक ऐसा समय आता है, जब पाठकगण उनके पास श्रद्धा-पूर्ण पत्र भेजने लगते हैं। कोई उनकी रचना-शैली की प्रशंसा करता है, कोई उनके सद्विचारों पर मुग्ध हो जाता है। लेखक को भी कुछ दिनों से यह सौभाग्य प्राप्त है। ऐसे पत्रों को पढ़कर उसका हृदय कितना गद्गद हो जाता है, इसे किसी साहित्य-सेवी ही से पूछना चाहिए। अपने फटे कंबल पर बैठा हुआ वह गर्व और आत्मगौरव की लहरों में डूब जाता है। भूल जाता है कि रात को गीली लकड़ी से भोजन पकाने के कारण सिर में कितना दर्द हो रहा था, खटमलों और मच्छरों ने रात भर कैसे नींद हराम कर दी थी। मैं भी कुछ हूँ, यह अहंकार उसे एक क्षण के लिए उन्मत्त बना देता है। पिछले साल सावन के महीने में मुझे एक ऐसा ही पत्र मिला। उसमें मेरी क्षुद्र रचनाओं की दिल खोलकर दाद दी गयी थी।

पत्र-प्रेषक महोदय स्वयं एक अच्छे कवि थे। मैं उनकी कविताएँ पत्रिकाओं में अक्सर देखा करता था। यह पत्र पढ़कर फूला न समाया। उसी वक्त जवाब लिखने बैठा। उस तरंग में जो कुछ लिख गया, इस समय याद नहीं। इतना जरूर याद है कि पत्र आदि से अंत तक प्रेम के उद्गारों से भरा हुआ था। मैंने कभी कविता नहीं की और न कोई गद्य-काव्य ही लिखा पर भाषा को जितना सँवार सकता था, उतना सँवारा। यहाँ तक कि जब पत्र समाप्त करके दुबारा पढ़ा तो कविता का आनंद आया। सारा पत्र भाव-लालित्य से परिपूर्ण था। पाँचवें दिन कवि महोदय का दूसरा पत्र आ पहुँचा। वह पहले पत्र से भी कहीं अधिक मर्मस्पर्शी था। प्यारे भैया! कहकर मुझे सम्बोधित किया गया था मेरी रचनाओं की सूची और प्रकाशकों के नाम-ठिकाने पूछे गये थे। अंत में यह शुभ समाचार है कि मेरी पत्नी जी को आपके ऊपर बड़ी श्रद्धा है। वह बड़े प्रेम से आपकी रचनाओं को पढ़ती हैं। वही पूछ रही हैं कि आपका विवाह कहाँ हुआ है। आपकी संतानें कितनी हैं तथा आपका कोई फोटो भी है? हो तो कृपया भेज दीजिए। मेरी जन्म-भूमि और वंशावली का पता भी पूछा गया था। इस पत्र विशेषतः उसके अंतिम समाचार ने मुझे पुलकित कर दिया।

यह पहला ही अवसर था कि मुझे किसी महिला के मुख से, चाहे वह प्रतिनिधि द्वारा ही क्यों न हो, अपनी प्रशंसा सुनने का सौभाग्य प्राप्त हुआ। गरूर का नशा छा गया। धन्य है भगवान! अब रमणियाँ भी मेरे कृत्य की सराहना करने लगीं! मैंने तुरंत उत्तर लिखा। जितने कर्णप्रिय शब्द मेरी स्मृति के कोष में थे, सब खर्च कर दिये। मैत्री और बंधुत्व से सारा पत्र भरा हुआ था। अपनी वंशावली का वर्णन किया। कदाचित् मेरे पूर्वजों का ऐसा कीर्ति-गान किसी भाट ने भी न किया होगा। मेरे दादा एक ज़मींदार के कारिंदे थे, मैंने उन्हें एक बड़ी रियासत का मैनेजर बतलाया। अपने पिता को जो एक दफ्तर में क्लर्क थे, उस दफ्तर का प्रधानाध्यक्ष बना दिया। और काश्तकारी को ज़मींदारी बना देना तो साधारण बात थी। अपनी रचनाओं की संख्या तो न बढ़ा सका पर उनके महत्त्व आदर और प्रचार का उल्लेख ऐसे शब्दों में किया, जो नम्रता की ओट में अपने गर्व को छिपाते हैं। कौन नहीं जानता कि बहुधा तुच्छ का अर्थ उससे विपरीत होता है और दीन के माने कुछ और ही समझे जाते हैं। स्पष्ट से अपनी बड़ाई करना उच्छृंखलता है, मगर सांकेतिक शब्दों से आप इसी काम को बड़ी आसानी से पूरा कर सकते हैं। खैर, मेरा पत्र समाप्त हो गया और तत्क्षण लेटरबक्स के पेट में पहुँच गया।

इसके बाद दो सप्ताह तक कोई पत्र न आया। मैंने उस पत्र में अपनी गृहिणी की ओर से भी दो-चार समयोचित बातें लिख दी थीं। आशा थी, घनिष्ठता और भी घनिष्ठ होगी। कहीं कविता में मेरी प्रशंसा हो जाय, तो क्या पूछना! फिर तो साहित्य-संसार में मैं ही नजर आऊँ! इस चुप्पी से कुछ निराशा होने लगी; लेकिन इस डर से कि कहीं कवि जी मुझे मतलबी अथवा सेंटिमैंटल न समझ लें, कोई पत्र न लिख सका।

आश्विन का महीना था और तीसरा पहर। रामलीला की धूम मची हुई थी। मैं अपने एक मित्र के घर चला गया था। ताश की बाजी हो रही थी। सहसा एक महाशय मेरा नाम पूछते हुए आये और मेरे पास की कुरसी पर बैठ गये। मेरा उनसे कभी का परिचय न था। सोच रहा था, यह कौन आदमी है और यहाँ कैसे आया? यार लोग उन महाशय की ओर देखकर आपस में इशारेबाजियाँ कर रहे थे। उनके आकार-प्रकार में कुछ नवीनता अवश्य थी। श्यामवर्ण नाटा डील मुख पर चेचक के दाग नंगा सिर बाल सँवारे हुए, सिर्फ सादी कमीज, गले में फूलों की एक माला पैर में फुल-बूट और हाथ में एक मोटी-सी पुस्तक!

मैंने विस्मित होकर नाम पूछा।

उत्तर मिला—मुझे उमापतिनारायण कहते हैं।

मैं उठकर उनके गले से लिपट गया। यह वही कवि महोदय थे, जिनके कई प्रेम-पत्र मुझे मिल चुके थे। कुशल-समाचार पूछा। पान-इलायची से खातिर की।

फिर पूछा—आपका आना कैसे हुआ।

उन्होंने कहा—मकान पर चलिए, तो सब वृत्तांत कहूँगा। मैं आपके घर गया था। वहाँ मालूम हुआ, आप यहाँ हैं। पूछता हुआ चला आया।

मैं उमापति जी के साथ घर चलने को उठ खड़ा हुआ! जब वह कमरे के बाहर निकल गये, तो मेरे मित्र ने पूछा—यह कौन साहब हैं?

मैं—मेरे एक नये दोस्त हैं।

मित्र—जरा इनसे होशियार रहिएगा। मुझे तो उचक्के-से मालूम होते हैं।

मैं—आपका अनुमान गलत है। आप हमेशा आदमी को उसकी सजधज से परखा करते हैं। पर मनुष्य कपड़ों में नहीं, हृदय में रहता है।

मित्र—खैर, ये रहस्य की बातें तो आप जानें; मैं आपको आगाह किये देता हूँ।

मैंने इसका कुछ जवाब नहीं दिया। उमापति जी के साथ घर पर आया। बाज़ार से भोजन मँगवाया। फिर बातें होने लगीं। उन्होंने मुझे अपनी कई कविताएँ सुनायी। स्वर बहुत सरस और मधुर था।

कविताएँ तो मेरी समझ में खाक न आयीं, पर मैंने तारीफों के पुल बाँध दिये। झूम-झूम कर वाह वाह करने लगा; जैसे मुझसे बढ़ कर कोई काव्य रसिक संसार में न होगा। संध्या को हम रामलीला देखने गये। लौटकर उन्हें फिर भोजन कराया। अब उन्होंने अपना वृत्तांत सुनाना शुरू किया। इस समय वह अपनी पत्नी को लेने के लिए कानपुर जा रहे हैं। उसका मकान कानपुर ही में है। उनका विचार है कि एक मासिक पत्रिका निकालें। उनकी कविताओं के लिए एक प्रकाशक 1,000 रु. देता है, पर उनकी इच्छा तो यह है कि उन्हें पहले पत्रिका में क्रमशः निकाल कर फिर अपनी ही लागत से पुस्तकाकार छपवायें। कानपुर में उनकी ज़मींदारी भी है; पर वह साहित्यिक जीवन व्यतीत करना चाहते हैं। ज़मींदारी से उन्हें घृणा है। उनकी स्त्री एक कन्या-विद्यालय में प्रधानाध्यापिका है। आधी रात तक बातें होती रहीं। अब उनमें से अधिकांश याद नहीं हैं। हाँ! इतना याद है कि हम दोनों ने मिलकर अपने भावी जीवन का एक कार्यक्रम तैयार कर लिया था। मैं अपने भाग्य को सराहता था कि भगवान् ने बैठे-बैठाये ऐसा सच्चा मित्र भेज दिया। आधी रात बीत गयी तो सोये। उन्हें दूसरे दिन 8 बजे की गाड़ी से जाना था। मैं जब सो कर उठा तब 7 बज चुके थे। उमापति जी हाथ-मुँह धोये तैयार बैठे थे। बोले—अब आज्ञा दीजिए; लौटते समय इधर ही से जाऊँगा। इस समय आपको कुछ कष्ट दे रहा हूँ। क्षमा कीजिएगा। मैं कल चला, तो प्रातःकाल के 4 बजे थे। दो बजे रात से पड़ा जाग रहा था कि कहीं नींद न आ जाये। बल्कि यों समझिए कि सारी रात जागना पड़ा; क्योंकि चलने की चिंता लगी हुई थी। गाड़ी में बैठा तो झपकियाँ आने लगीं। कोट उतार कर रख दिया और लेट गया, तुरंत नींद आ गयी। मुगलसराय में नींद खुली। कोट गायब! नीचे-ऊपर चारों तरफ देखा, कहीं पता नहीं। समझ गया, किसी महाशय ने उड़ा दिया। सोने की सज़ा मिल गयी। कोट में 50 रु. खर्च के

लिए रखे थे, वे भी उसके साथ उड़ गये। आप मुझे 50 रु. दें। पत्नी को मैके से लाना है; कुछ कपड़े वगैरह ले जाने पड़ेंगे। फिर ससुराल में सैकड़ों तरह के नेग-जोग लगने हैं। कदम-कदम पर रुपये खर्च होते हैं। न खर्च कीजिए तो हँसी हो। मैं इधर से लौटूँगा तो देता जाऊँगा।

मैं बड़े संकोच में पड़ गया। एक बार पहले भी धोखा खा चुका था। तुरंत भ्रम हुआ, कहीं अबकी फिर वही दशा न हो। लेकिन शीघ्र ही मन के इस अविश्वास पर लज्जित हुआ। संसार में सभी मनुष्य एक-से नहीं होते। यह बेचारे इतने सज्जन हैं। इस समय संकट में पड़ गये हैं। और मिथ्या संदेह में पड़ा हुआ हूँ। घर में आकर पत्नी से कहा—तुम्हारे पास कुछ रुपये तो नहीं हैं?

स्त्री—क्या करोगे?

मैं—मेरे मित्र जो कल आये हैं, उनके रुपये किसी ने गाड़ी में चुरा लिये। उन्हें बीवी को बिदा कराने ससुराल जाना है। लौटती बार देते जाएँगे।

पत्नी ने व्यंग्य करके कहा—तुम्हारे यहाँ जितने मित्र आते हैं, सब तुम्हें ठगने ही आते हैं, सभी संकट में पड़े रहते हैं। मेरे पास रुपये नहीं हैं।

मैंने खुशामद करते हुए कहा—लाओ दे दो बेचारे तैयार खड़े हैं। गाड़ी छूट जाएगी।

स्त्री—कह दो, इस समय घर में रुपये नहीं हैं।

मैं—यह कह देना आसान नहीं है। इसका अर्थ तो यह है कि मैं दरिद्र ही नहीं मित्र-हीन भी हूँ। नहीं, तो क्या मेरे लिए 50 रु. का इंतज़ाम न हो सकता। उमापति को कभी विश्वास न आयेगा कि मेरे पास रुपये नहीं हैं। इससे तो कहीं अच्छा हो कि साफ-साफ यह कह दिया जाय कि हमको आप पर भरोसा नहीं है, हम आपको रुपये नहीं दे सकते। कम से कम अपना पर्दा तो ढका रह जायगा।

श्रीमती ने झुँझलाकर संदूक की कुंजी मेरे आगे फेंक दी और कहा—तुम्हें जितना बहस करना आता है, उतना कहीं आदमियों को परखना आता तो अब तक आदमी हो गये होते! ले जाओ, दे दो। किसी तरह तुम्हारी मरजाद तो बनी रहे। लेकिन उधार समझ कर मत दो, यह समझ लो कि पानी में फेंके देते हैं।

मुझे आम खाने से काम था, पेड़ गिनने से नहीं। चुपके से रुपये निकाले और लाकर उमापति को दे दिये। फिर लौटती बार आकर रुपये दे जाने का आश्वासन देकर वह चल दिये।

सातवें दिन शाम को वह घर से लौट आये। उनकी पत्नी और पुत्री भी साथ थीं। मेरी पत्नी ने शक्कर और दही खिलाकर उनका स्वागत किया। मुँह-दिखायी के 20 रु. दिये। उनकी पुत्री को भी मिठाई खाने को 2 रु. दिये। मैंने समझा था, उमापति आते ही आते मेरे रुपये गिनने लगेंगे; लेकिन उन्होंने पहर रात गये तक रुपयों का नाम भी नहीं लिया। जब मैं घर में सोने गया, तो बीवी से कहा—इन्होंने तो रुपये नहीं दिये जी!

पत्नी ने व्यंग्य से हँसकर कहा—तो क्या सचमुच तुम्हें आशा थी कि वह आते ही आते तुम्हारे हाथ में रुपये रख देंगे? मैंने तो तुमसे पहले ही कह दिया था कि फिर पाने की आशा से रुपये मत दो। यही समझ लो कि किसी मित्र को सहायतार्थ दे दिये। लेकिन तुम भी विचित्र आदमी हो।

मैं लज्जित और चुप हो रहा। उमापति जी दो दिन रहे। मेरी पत्नी उनका यथोचित आदर-सत्कार करती रही। लेकिन मुझे उतना संतोष न था। मैं समझता था, इन्होंने मुझे धोखा दिया।

तीसरे दिन प्रातःकाल वह चलने को तैयार हुए। मुझे अब भी आशा थी कि वह रुपये देकर जायेंगे। लेकिन जब उनकी नयी, रामकहानी सुनी तो सन्नाटे में आ गया। वह अपना बिस्तर बाँधते हुए बोले—बड़ा ही खेद है कि मैं अबकी बार आपके रुपये न दे सका। बात यह है कि मकान पर पिता जी से भेंट ही नहीं हुई। वह तहसील-वसूल करने गाँव चले गये थे। और मुझे इतना अवकाश न था कि गाँव तक जाता। रेल का रास्ता नहीं है। बैलगाड़ियों पर जाना पड़ता है। इसीलिए मैं एक दिन मकान पर रहकर ससुराल चला गया। वहाँ सब रुपये खर्च हो गये। बिदाई के रुपये न मिल जाते तो यहाँ तक आना कठिन था। अब मेरे पास रेल का किराया तक नहीं है। आप मुझे 25 रु. और दे दें। मैं वहाँ जाते ही भेज दूँगा। मेरे पास इक्के तक का किराया नहीं है।

जी में तो आया कि टका-सा जवाब दे दूँ; पर इतनी अशिष्टता न हो सकी। फिर पत्नी के पास गया और रुपये माँगे। अबकी उन्होंने बिना कुछ कहे—सुने रुपये निकाल कर मेरे हवाले कर दिये। मैंने उदासीन भाव से रुपये उमापति जी को दिये। जब उनकी पुत्री और अर्धांगिनी जीने से उतर गयीं, तो उन्होंने बिस्तर उठाया और मुझे प्रणाम किया। मैंने बैठे-बैठे सर हिलाकर जवाब दिया। उन्हें सड़क तक पहुँचाने भी न गया।

एक सप्ताह के बाद उमापति जी ने लिखा—मैं कार्यवश बरार जा रहा हूँ। लौट कर रुपये भेजूँगा।

15 दिन के बाद एक पत्र लिख कर कुशल-समाचार पूछे। कोई उत्तर न आया। 15 दिन के बाद फिर रुपयों का तकाजा किया। उसका भी कुछ जवाब न मिला। एक महीने के बाद फिर तकाजा किया। उसका भी यही हाल! एक रजिस्टरी पत्र भेजा। वह पहुँच गया इसमें संदेह नहीं; लेकिन जवाब उसका भी न आया। समझ गया, समझदार जोरू ने जो कुछ कहा था, वह अक्षरशः सत्य था! निराश होकर चुप हो रहा।

इन पत्रों की मैंने पत्नी से चर्चा भी नहीं की और न उसी ने कुछ इस बारे में पूछा।

2

इस कपट-व्यवहार का मुझ पर वही असर पड़ा, जो साधारणतः स्वाभाविक रूप से पड़ना चाहिए। कोई ऊँची और पवित्र आत्मा इस छल पर भी अटल रह सकती थी। उसे यह समझ कर संतोष हो सकता था कि मैंने अपने कर्तव्य को पूरा कर

दिया। यदि ऋणी ने ऋण नहीं चुकाया तो मेरा क्या अपराध। पर मैं इतना उदार नहीं हूँ। यहाँ तो महीनों सिर खपाता हूँ, कलम घिसता हूँ, तब जा कर नगद-नारायण के दर्शन होते हैं।

इसी महीने की बात है। मेरे यंत्रलय में एक नया कंपोजीटर बिहार-प्रांत से आया। काम में चतुर जान पड़ता था। मैंने उसे 15 रु. मासिक पर नौकर रख लिया। पहले किसी अँग्रेजी स्कूल में पढ़ता था। असहयोग के कारण पढ़ना छोड़ बैठा था। घरवालों ने किसी प्रकार की सहायता देने से इनकार किया। विवश होकर उसने जीविका के लिए यह पेशा अख्तियार कर लिया। कोई 17-18 वर्ष की उम्र थी। स्वभाव में गंभीरता थी। बातचीत बहुत सलीके से करता था। यहाँ आने के तीसरे दिन बुखार आने लगा। दो-चार दिन तो ज्यों-त्यों करके काटे; लेकिन जब बुखार न छूटा तो घबरा गया। घर की याद आयी। और कुछ न सही, घरवाले क्या दवा-दरपन भी न करेंगे। मेरे पास आकर बोला—महाशय, मैं बीमार हो गया हूँ। आप कुछ रुपये दे दें तो घर चला जाऊँ। वहाँ जाते ही रुपयों का प्रबंध करके भेज दूँगा। वह वास्तव में बीमार था। मैं उससे भली-भाँति परिचित था। यह भी जानता था कि यहाँ रहकर वह कभी स्वास्थ्य-लाभ नहीं कर सकता। उसे सचमुच सहायता की जरूरत थी। पर मुझे शंका हुई कि कहीं यह भी रुपये हजम न कर जाय। जब एक विचारशील, सुयोग्य, विद्वान् पुरुष धोखा दे सकता है, तो ऐसे अर्द्धशिक्षित नवयुवक से कैसे यह आशा की जाय कि वह अपने वचन का पालन करेगा?

मैं कई मिनट तक घोर संकट में पड़ा रहा। अंत में बोला—भई मुझे तुम्हारी दशा पर बहुत दुःख है। मगर मैं इस समय कुछ न कर सकूँगा। बिलकुल खाली हाथ हूँ। खेद है।

यह कोरा जवाब सुनकर उसकी आँखों से आँसू गिरने लगे। वह बोला—आप चाहें तो कुछ न कुछ प्रबंध अवश्य कर सकते हैं। मैं जाते ही आपके रुपये भेज दूँगा।

मैंने दिल में कहा—यहाँ तुम्हारी नीयत साफ है, लेकिन घर पहुँच कर भी यही नीयत रहेगी इसका क्या प्रमाण है? नीयत साफ रहने पर भी मेरे रुपये दे सकोगे या नहीं, यह कौन जाने कम से कम तुमसे वसूल करने का मेरे पास कोई साधन नहीं है। प्रकट में कहा—इसमें मुझे कोई संदेह नहीं है, लेकिन खेद है कि मेरे पास रुपये नहीं हैं। हाँ, तुम्हारी जितनी तनख़्वाह निकलती हो, वह ले सकते हो।

उसने कुछ जवाब नहीं दिया, किंकर्तव्यविमूढ़ की तरह एक बार आकाश की ओर देखा और चला गया। मेरे हृदय में कठिन वेदना हुई। अपनी स्वार्थपरता पर ग्लानि हुई। पर अंत को मैंने जो निश्चय किया था उसी पर स्थिर रहा। इस विचार से मन को संतोष हो गया कि मैं ऐसा कहाँ का धनी हूँ जो यों रुपये पानी में फेंकता फिरूँ।

यह है उस कपट का परिणाम, जो मेरे कवि मित्र ने मेरे साथ किया।

मालूम नहीं आगे चल कर इस निर्बलता का क्या कुफल निकलता, पर सौभाग्य से उसकी नौबत न आयी। ईश्वर को मुझे इस अपयश से बचाना मंजूर था। जब वह

आँखों में आँसू-भरे मेरे पास से चला तो कार्यालय के एक क्लर्क, पं. पृथ्वीनाथ से उसकी भेंट हो गयी। पंडित जी ने उससे हाल पूछा। पूरा वृत्तांत सुन लेने पर बिना किसी आगा-पीछा के उन्होंने 15 रु. निकाल कर उसे दे दिये। ये रुपये उन्हें कार्यालय के मुनीम से उधार लेने पड़े। मुझे यह हाल मालूम हुआ, तो हृदय के ऊपर से एक बोझ-सा उतर गया। अब वह बेचारा मजे से अपने घर पहुँच जायगा। यह संतोष मुफ्त ही में प्राप्त हो गया। कुछ अपनी नीचता पर लज्जा भी आयी। मैं लंबे-लंबे लेखों में दया मनुष्यता और सद्व्यवहार का उपदेश किया करता था; पर अवसर पड़ने पर साफ जान बचा कर निकल गया! और यह बेचारा क्लर्क, जो मेरे लेखों का भक्त था, इतना उदार और दयाशील निकला! गुरु गुड़ ही रहे, चेला शक्कर हो गये। खैर, उसमें भी एक व्यंग्य-पूर्ण संतोष था कि मेरे उपदेशों का असर मुझ पर न हुआ; न सही दूसरों पर तो हुआ! चिराग के तले अँधेरा रहा तो क्या हुआ, उसका प्रकाश तो फैल रहा है! पर कहीं बेचारे को रुपये न मिले (और शायद ही मिलें, इसकी बहुत कम आशा है) तो खूब छकेंगे। हजरत को आड़े हाथों लूँगा। किंतु मेरी यह अभिलाषा न पूरी हुई। पाँचवें दिन रुपये आ गये। ऐसी और आँखें खोल देनेवाली यातना मुझे और कभी नहीं मिली थी। खैरियत यही थी कि मैंने इस घटना की चर्चा स्त्री से नहीं की थी; नहीं तो मुझे घर में रहना भी मुश्किल हो जाता।

3

उपर्युक्त वृत्तांत लिख कर मैंने एक पत्रिका में भेज दिया। मेरा उद्देश्य केवल यह था कि जनता के सामने कपट-व्यवहार के कुपरिणाम का एक दृश्य रखूँ। मुझे स्वप्न में भी आशा न थी कोई प्रत्यक्ष फल निकलेगा। इसी से जब चौथे दिन अनायास मेरे पास 75 रु. का मनीआर्डर पहुँचा, तो मेरे आनंद की सीमा न रही। प्रेषक वही महाशय थे—उमापति। कूपन पर केवल क्षमा लिखा हुआ था। मैंने रुपये ले जाकर पत्नी के हाथों में रख दिये और कूपन दिखलाया।

उसने अनमने भाव से कहा—इन्हें ले जाकर यत्न से अपने संदूक में रखो। तुम ऐसे लोभी प्रकृति के मनुष्य हो, यह मुझे आज ज्ञात हुआ। थोड़े-से रुपयों के लिए किसी के पीछे पंजे झाड़ कर पड़ जाना सज्जनता नहीं है। जब कोई शिक्षित और विनयशील मनुष्य अपने वचन का पालन न करे, तो यही समझना चाहिए कि वह विवश है। विवश मनुष्य को बार-बार तकाजों से लज्जित करना भलमनसी नहीं है। कोई मनुष्य जिसका सर्वथा नैतिक पतन नहीं हो गया है, यथाशक्ति किसी को धोखा नहीं देता। इन रुपयों को मैं तब तक अपने पास नहीं रखूँगी जब तक उमापति का कोई पत्र नहीं आ जायगा कि क्यों रुपये भेजने में इतना विलंब हुआ।

पर इस समय मैं ऐसी उदार बातें सुनने को तैयार न था। डूबा हुआ धन मिल गया, इसकी खुशी से फूला नहीं समाता था।

❑

जुलूस

पूर्ण स्वराज्य का जुलूस निकल रहा था। कुछ युवक, कुछ बूढ़े, कुछ बालक झंड़ियाँ और झंडे लिये वंदेमातरम् गाते हुए माल के सामने से निकले। दोनों तरफ़ दर्शकों की दीवारें खड़ी थीं, मानो उन्हें इस लक्ष्य से कोई सरोकार नहीं हैं, मानो यह कोई तमाशा है और उनका काम केवल खड़े-खड़े देखना है। शंभूनाथ ने दूकान की पटरी पर खड़े होकर अपने पड़ोसी दीनदयाल से कहा—सब के सब काल के मुँह में जा रहे हैं। आगे सवारों का दल मार-मार भगा देगा।

दीनदयाल ने कहा—महात्मा जी भी सठिया गये हैं। जुलूस निकालने से स्वराज्य मिल जाता तो अब तक कब का मिल गया होता। और जुलूस में हैं कौन लोग, देखो—लौंडे, लफंगे, सिरफिरे। शहर का कोई बड़ा आदमी नहीं। मैकू चिट्टियों और स्लीपरों की माला गरदन में लटकाये खड़ा था। इन दोनों सेठों की बातें सुनकर हँसा।

शंभू ने पूछा—क्यों हँसे मैकू? आज रंग चोखा मालूम होता है।

मैकू-हँसा इस बात पर, जो तुमने कही कि कोई बड़ा आदमी जुलूस में नहीं है। बड़े आदमी क्यों जुलूस में आने लगे, उन्हें इस राज में कौन आराम नहीं है? बँगलों और महलों में रहते हैं, मोटरों पर घूमते हैं, साहबों के साथ दावतें खाते हैं, कौन तकलीफ है! मर तो हम लोग रहे हैं, जिन्हें रोटियों का ठिकाना नहीं। इस बखत कोई टेनिस खेलता होगा, कोई चाय पीता होगा, कोई ग्रामोफोन लिए गाना सुनता होगा, कोई पारिक की सैर करता होगा, यहाँ आये पुलिस के कोड़े खाने के लिए? तुमने भी भली कही?

शंभू—तुम यह सब बातें क्या समझोगे मैकू, जिस काम में चार बड़े आदमी अगुआ होते हैं उसकी सरकार पर भी धाक बैठ जाती है। लौंडों-लफंगों का गोल भला हाकिमों की निगाह में क्या जँचेगा?

मैकू ने ऐसी दृष्टि से देखा, जो कह रही थी—इन बातों के समझने का ठीका कुछ तुम्हीं ने नहीं लिया है और बोला—बड़े आदमी को तो हमी लोग बनाते-बिगाड़ते हैं या कोई और? कितने ही लोग जिन्हें कोई पूछता भी न था, हमारे ही बनाये बड़े आदमी बन गये और अब मोटरों पर निकलते हैं और हमें नीच समझते हैं। यह लोगों की तक़दीर

की खूबी है कि जिसकी जरा बढ़ती हुई और उसने हमसे आँखें फेरीं। हमारा बड़ा आदमी तो वही है, जो लँगोटी बाँधे नंगे पाँव घूमता है, जो हमारी दशा को सुधारने के लिए अपनी जान हथेली पर लिये फिरता है। और हमें किसी बड़े आदमी की परवाह नहीं है। सच पूछो, तो इन बड़े आदमियों ने ही हमारी मिट्टी खराब कर रखी है। इन्हें सरकार ने कोई अच्छी-सी जगह दे दी, बस उसका दम भरने लगे।

दीनदयाल—नया दारोगा बड़ा जल्लाद है। चौरास्ते पर पहुँचते ही हंटर लेकर पिल पड़ेगा। फिर देखना, सब कैसे दुम दबाकर भागते हैं। मज़ा आयेगा।

जुलूस स्वाधीनता के नशे में चूर चौरास्ते पर पहुँचा, तो देखा, आगे सवारों और सिपाहियों का एक दस्ता रास्ता रोके खड़ा है।

सहसा दारोगा बीरबल सिंह घोड़ा बढ़ाकर जुलूस के सामने आ गये और बोले—तुम लोगों को आगे जाने का हुक्म नहीं है।

जुलूस के बूढ़े नेता इब्राहिम अली ने आगे बढ़कर कहा—मैं आपको इत्मीनान दिलाता हूँ, किसी किस्म का दंगा-फसाद न होगा। हम दूकानें लूटने या मोटरें तोड़ने नहीं निकले हैं। हमारा मकसद इससे कहीं ऊँचा है।

बीरबल—मुझे यह हुक्म है कि जुलूस यहाँ से आगे न जाने पाये।

इब्राहिम—आप अपने अफ़सरों से जरा पूछ न लें।

बीरबल—मैं इसकी कोई जरूरत नहीं समझता।

इब्राहिम—तो हम लोग यहीं बैठते हैं। जब आप लोग चले जाएँगे तो हम निकल जाएँगे।

बीरबल—यहाँ खड़े होने का भी हुक्म नहीं है। तुमको वापस जाना पड़ेगा।

इब्राहिम ने गंभीर भाव से कहा—वापस तो हम न जायेंगे। आपको या किसी को भी, हमें रोकने का कोई हक नहीं। आप अपने सवारों, संगीनों और बंदूकों के जोर से हमें रोकना चाहते हैं, रोक लीजिए, मगर आप हमें लौटा नहीं सकते। न जाने वह दिन कब आयेगा, जब हमारे भाई-बंद ऐसे हुक्मों की तामील करने से साफ इन्कार कर देंगे, जिनकी मंशा महज कौम को गुलामी की जंजीरों में जकड़े रखना है।

बीरबल ग्रेजुएट था। उसका बाप सुपरिंटेंडेंट पुलिस था। उसकी नस-नस में रोब भरा हुआ था। अफ़सरों की दृष्टि में उसका बड़ा सम्मान था। खासा गोरा चिट्टा, नीली आँखों और भूरे बालों वाला तेजस्वी पुरुष था। शायद जिस वक्त वह कोट पहनकर ऊपर से हैट लगा लेता, तो वह भूल जाता था कि मैं भी यहाँ का रहनेवाला हूँ। शायद वह अपने को राज्य करनेवाली जाति का अंग समझने लगता था; मगर इब्राहिम के शब्दों में जो तिरस्कार भरा हुआ था, उसने जरा देर के लिए उसे लज्जित कर दिया। पर मुआमला नाजुक था। जुलूस को रास्ता दे देता है, तो जवाब तलब हो जायेगा; वहीं खड़ा रहने देता है, तो यह सब न जाने कब तक खड़े रहें। इस संकट में पड़ा हुआ

था कि उसने डी. एस. पी. को घोड़े पर आते देखा। अब सोच-विचार का समय न था। यही मौका था कारगुजारी दिखाने का। उसने कमर से बेटन निकाल लिया और घोड़े को एड़ लगाकर जुलूस पर चढ़ाने लगा। उसे देखते ही और सवारों ने भी घोड़ों को जुलूस पर चढ़ाना शुरू कर दिया। इब्राहिम दारोगा के घोड़े के सामने खड़ा था। उसके सिर पर एक बेटन ऐसे जोर से पड़ा कि उसकी आँखें तिलमिला गयीं। खड़ा न रह सका। सिर पकड़कर बैठ गया। उसी वक्त दारोगा जी के घोड़े ने दोनों पाँव उठाये और जमीन पर बैठा हुआ इब्राहिम उसकी टापों के नीचे आ गया। जुलूस अभी तक शांत खड़ा था। इब्राहिम को गिरते देखकर कई आदमी उसे उठाने के लिए लपके; मगर कोई आगे न बढ़ सका।

उधर सवारों के डंडे बड़ी निर्दयता से पड़ रहे थे। लोग हाथों पर डंडों को रोकते थे और अविचलित रूप से खड़े थे। हिंसा के भावों में प्रभावित न हो जाना उसके लिए प्रतिक्षण कठिन होता जाता था। जब आघात और अपमान ही सहना है, तो फिर हम भी इस दीवार को पार करने की क्यों न चेष्टा करें? लोगों को ख़याल आया शहर के लाखों आदमियों की निगाहें हमारी तरफ़ लगी हुई हैं। यहाँ से यह झंडा लेकर हम लौट जाएँ, तो फिर किस मुँह से आज़ादी का नाम लेंगे; मगर प्राण-रक्षा के लिए भागने का किसी को ध्यान भी न आता था। यह पेट के भक्तों, किराये के टट्टुओं का दल न था। यह स्वाधीनता के सच्चे स्वयंसेवकों का, आज़ादी के दीवानों का संगठित दल था-अपनी जिम्मेदारियों को खूब समझता था। कितने ही के सिरों से खून जारी था, कितने ही के हाथ जख्मी हो गये थे। एक हल्ले में यह लोग सवारों की सफों को चीर सकते थे, मगर पैरों में बेड़ियाँ पड़ी हुई थीं-सिद्धान्त की, धर्म की, आदर्श की। दस-बारह मिनट तक यों ही डंडों की बौछार होती रही और लोग शांत खड़े रहे।

2

इस मार-धाड़ की खबर एक क्षण में बाज़ार में जा पहुँची। इब्राहिम घोड़े से कुचल गये, कई आदमी जख्मी हो गये, कई के हाथ टूट गये; मगर न वे लोग पीछे फिरते हैं और न पुलिस उन्हें आगे जाने देती है।

मैकू ने उत्तेजित होकर कहा-अब तो भाई, यहाँ नहीं रहा जाता। मैं भी चलता हूँ।

दीनदयाल ने कहा-हम भी चलते हैं भाई, देखी जाएगी।

शंभू एक मिनट तक मौन खड़ा रहा। एकाएक उसने भी दूकान बढ़ायी और बोला-एक दिन तो मरना ही है, जो कुछ होना है, हो। आखिर वे लोग सभी के लिए तो जान दे रहे हैं। देखते-देखते अधिकांश दूकानें बंद हो गयीं। वह लोग, जो दस मिनट पहले तमाशा देख रहे थे, इधर-उधर से दौड़ पड़े और हजारों आदमियों का एक विराट दल घटनास्थल की ओर चला। यह उन्मत्त, हिंसामद से भरे हुए मनुष्यों का समूह था, जिसे सिद्धांत और आदर्श की परवाह न थी। जो मरने के लिए ही नहीं, मारने के लिए भी तैयार थे। कितनों ही के हाथों में लाठियाँ थीं, कितने ही

जेबों में पत्थर भरे हुए थे। न कोई किसी से कुछ बोलता था, न पूछता था। बस, सब-के-सब मन में एक दृढ़ संकल्प किये लपके चले जा रहे थे, मानो कोई घटा उमड़ी चली आती हो।

इस दल को दूर से देखते ही सवारों में कुछ हलचल पड़ी। बीरबल सिंह के चेहरे पर हवाइयाँ उड़ने लगीं। डी. एस. पी. ने अपनी मोटर बढ़ायी। शांति और अहिंसा के व्रतधारियों पर डंडे बरसाना और बात थी, एक उन्मत्त दल से मुकाबला करना दूसरी बात। सवार और सिपाही पीछे खिसक गये।

इब्राहिम की पीठ पर घोड़े ने टाप रख दी। वह अचेत जमीन पर पड़े थे। इन आदमियों का शोरगुल सुनकर आप ही आप उनकी आँखें खुल गयीं। एक युवक को इशारे से बुलाकर कहा—क्यों कैलाश, क्या कुछ लोग शहर से आ रहे हैं?

कैलाश ने उस बढ़ती हुई घटा की ओर देखकर कहा—जी हाँ, हजारों आदमी हैं।

इब्राहिम—तो अब खैरियत नहीं है। झंडा लौटा दो। हमें फौरन लौट चलना चाहिए, नहीं तूफान मच जायगा। हमें अपने भाइयों से लड़ाई नहीं करनी है। फौरन लौट चलो। यह कहते हुए उन्होंने उठने की चेष्टा की, मगर उठ न सके।

इशारे की देर थी। संगठित सेना की भाँति लोग हुक्म पाते ही पीछे फिर गये। झंडियों के बाँसों, साफों और रूमालों से चटपट एक स्ट्रेचर तैयार हो गया। इब्राहिम को लोगों ने उस पर लिटा दिया और पीछे फिरे। मगर क्या वह परास्त हो गये थे? अगर कुछ लोगों को उन्हें परास्त मानने में ही संतोष हो तो हो, लेकिन वास्तव में उन्होंने एक युगांतकारी विजय प्राप्त की थी। वे जानते थे, हमारा संघर्ष अपने ही भाइयों से है, जिनके हित परिस्थितियों के कारण हमारे हितों से भिन्न हैं। हमें उनसे वैर नहीं करना है। फिर, वह यह भी नहीं चाहते कि शहर में लूट और दंगे का बाज़ार गर्म हो जाय और हमारे धर्मयुद्ध का अंत लूटी हुई दूकानें, फूटे हुए सिर हों, उनकी विजय का सबसे उज्ज्वल चिह्न यह था कि उन्होंने जनता की सहानुभूति प्राप्त कर ली थी। वही लोग, जो पहले उन पर हँसते थे; उनका धैर्य और साहस देखकर उनकी सहायता के लिए निकल पड़े थे। मनोवृत्ति का यह परिवर्तन ही हमारी असली विजय है। हमें किसी से लड़ाई करने की जरूरत नहीं, हमारा उद्देश्य केवल जनता की सहानुभूति प्राप्त करना है, उसकी मनोवृत्तियों को बदल देना है। जिस दिन हम इस लक्ष्य पर पहुँच जायेंगे, उसी दिन स्वराज्य सूर्य उदय होगा।

3

तीन दिन गुजर गये थे। बीरबल सिंह अपने कमरे में बैठे चाय पी रहे थे। और उनकी पत्नी मिट्ठन बाई शिशु को गोद में लिये सामने खड़ी थीं।

बीरबल सिंह ने कहा—मैं क्या करता उस वक्त। पीछे डी. एस. पी. खड़ा था। अगर उन्हें रास्ता दे देता तो अपनी जान मुसीबत में फँसती।

मिट्ठन बाई ने सिर हिलाकर कहा–तुम कम से कम इतना तो कर ही सकते थे कि उन पर डंडे न चलाने देते। तुम्हारा काम आदमियों पर डंडे चलाना है? तुम ज्यादा से ज्यादा उन्हें रोक सकते थे। कल को तुम्हें अपराधियों को बेंत लगाने का काम दिया जाय, तो शायद तुम्हें बड़ा आनंद आयेगा, क्यों?

बीरबल सिंह ने खिसियाकर कहा–तुम तो बात नहीं समझती हो!

मिट्ठन बाई–मैं खूब समझती हूँ। डी. एस. पी. पीछे खड़ा था। तुमने सोचा होगा, ऐसी कारगुजारी दिखाने का अवसर शायद फिर कभी मिले या न मिले। क्या तुम समझते हो, उस दल में कोई भला आदमी न था? उसमें कितने आदमी ऐसे थे, जो तुम्हारे जैसों को नौकर रख सकते हैं। विद्या में तो शायद अधिकांश तुमसे बढ़े हुए होंगे। मगर तुम उन पर डंडे चला रहे थे और उन्हें घोड़े से कुचल रहे थे, वाह री जवाँमर्दी!

बीरबल सिंह ने बेहयाई की हँसी के साथ कहा–डी. एस. पी. ने मेरा नाम नोट कर लिया है। सच!

दारोगा जी ने समझा था कि यह सूचना देकर वह मिट्ठन बाई को खुश कर देंगे। सज्जनता और भलमनसी आदि ऊपर की बातें हैं, दिल से नहीं, ज़बान से कही जाती हैं। स्वार्थ दिल की गहराइयों में बैठा होता है। वह गम्भीर विचार का विषय है।

मगर मिट्ठन बाई के मुख पर हर्ष की कोई रेखा न नज़र आयी, ऊपर की बातें शायद गहराइयों तक पहुँच गयी थीं! बोलीं–जरूर कर लिया होगा और शायद तुम्हें जल्दी तरक्की भी मिल जाय। मगर बेगुनाहों के खून से हाथ रंगकर तरक्की पायी, तो क्या पायी! यह तुम्हारी कारगुजारी का इनाम नहीं, तुम्हारे देशद्रोह की कीमत है। तुम्हारी कारगुजारी का इनाम तो तब मिलेगा, जब तुम किसी खूनी को खोज निकालोगे, किसी डूबते हुए आदमी को बचा लोगे।

एकाएक एक सिपाही ने बरामदे में खड़े होकर कहा–हुजूर, यह लिफाफा लाया हूँ। बीरबल सिंह ने बाहर निकलकर लिफाफा ले लिया और भीतर की सरकारी चिट्ठी निकालकर पढ़ने लगे। पढ़कर उसे मेज़ पर रख दिया।

मिट्ठन ने पूछा–क्या तरक्की का परवाना आ गया?

बीरबल सिंह ने झेंपकर कहा–तुम तो बनाती हो! आज फिर कोई जुलूस निकलनेवाला है। मुझे उसके साथ रहने का हुक्म हुआ है।

मिट्ठन–फिर तो तुम्हारी चाँदी है, तैयार हो जाओ। आज फिर वैसे ही शिकार मिलेंगे। खूब बढ़-बढ़कर हाथ दिखलाना! डी. एस. पी. भी जरूर आयेंगे। अबकी तुम इंसपेक्टर हो जाओगे। सच!

बीरबल सिंह ने माथा सिकोड़कर कहा–कभी-कभी तुम बे-सिर-पैर की बातें करने लगती हो। मान लो, मैं जाकर चुपचाप खड़ा रहूँ, तो क्या नतीजा होगा। मैं नालायक समझा जाऊँगा और मेरी जगह कोई दूसरा आदमी भेज दिया जायगा। कहीं

शुबहा हो गया कि मुझे स्वराज्यवादियों से सहानुभूति है, तो कहीं का न रहूँगा। अगर बर्ख़ास्त भी न हुआ तो लैन की हाजिरी तो हो ही जाएगी। आदमी जिस दुनिया में रहता है, उसी का चलन देखकर काम करता है। मैं बुद्धिमान न सही; पर इतना जानता हूँ कि ये लोग देश और जाति का उद्धार करने के लिए ही कोशिश कर रहे हैं। यह भी जानता हूँ कि सरकार इस ख़याल को कुचल डालना चाहती है। ऐसा गधा नहीं हूँ कि ग़ुलामी की ज़िंदगी पर गर्व करूँ; लेकिन परिस्थिति से मजबूर हूँ।

बाजे की आवाज़ कानों में आयी। बीरबल सिंह ने बाहर जाकर पूछा। मालूम हुआ स्वराज्य वालों का जुलूस आ रहा है। चटपट वर्दी पहनी, साफा बाँधा और जेब में पिस्तौल रखकर बाहर आये। एक क्षण में घोड़ा तैयार हो गया। कांस्टेबल पहले ही से तैयार बैठे थे। सब लोग डबल मार्च करते हुए जुलूस की तरफ़ चले।

ये लोग डबल मार्च करते हुए कोई पंद्रह मिनट में जुलूस के सामने पहुँच गये। इन लोगों को देखते ही अगणित कंठों से 'वंदेमातरम्' की एक ध्वनि निकली, मानो मेघमंडल में गर्जन का शब्द हुआ हो, फिर सन्नाटा छा गया। उस जुलूस में और इस जुलूस में कितना अंतर था! वह स्वराज्य के उत्सव का जुलूस था, यह एक शहीद के मातम का। तीन दिन के भीषण ज्वर और वेदना के बाद आज उस जीवन का अंत हो गया, जिसने कभी पद की लालसा नहीं की, कभी अधिकार के सामने सिर नहीं झुकाया। उन्होंने मरते समय वसीयत की थी कि मेरी लाश को गंगा में नहलाकर दफन किया जाय और मेरे मजार पर स्वराज्य का झंडा खड़ा किया जाय। उनके मरने का समाचार फैलते ही सारे शहर पर मातम का पर्दा-सा पड़ गया। जो सुनता था, एक बार इस तरह चौंक पड़ता था, जैसे उसे गोली लग गयी हो और तुरंत उनके दर्शनों के लिए भागता था। सारे बाज़ार बंद हो गये, इक्कों और तांगों का कहीं पता न था, जैसे शहर लुट गया हो। देखते-देखते सारा शहर उमड़ पड़ा। जिस वक्त जनाजा उठा, लाख-सवा लाख आदमी साथ थे। कोई आँख ऐसी न थी, जो आँसुओं से लाल न हो।

बीरबल सिंह अपने कांस्टेबलों और सवारों को पाँच-पाँच गज के फासले पर जुलूस के साथ चलने का हुक्म देकर खुद पीछे चले गये। पिछली सफों में कोई पचास गज तक महिलाएँ थीं। दारोगा ने उनकी तरफ़ ताका। पहली ही कतार में मिट्ठन बाई नज़र आयी। बीरबल को विश्वास न आया। फिर ध्यान से देखा, वही थी। मिट्ठन ने उनकी तरफ़ एक बार देखा और आँखें फेर लीं, पर उसकी एक चितवन में कुछ ऐसा धिक्कार, कुछ ऐसी लज्जा, कुछ ऐसी व्यथा, कुछ ऐसी घृणा भरी हुई थी कि बीरबल सिंह की देह में सिर से पाँव तक सनसनी-सी दौड़ गयी। वह अपनी दृष्टि में कभी इतने हल्के, इतने दुर्बल, इतने जलील न हुए थे।

सहसा एक युवती ने दारोगा जी की तरफ़ देखकर कहा—कोतवाल साहब, कहीं हम लोगों पर डंडे न चला दीजिएगा। आपको देखकर भय हो रहा है!

दूसरी बोली—आप ही के कोई भाई तो थे, जिन्होंने उस माल के चौरस्ते पर इस पुरुष पर आघात किये थे।

मिट्ठन ने कहा—आपके कोई भाई न थे, आप खुद थे।

बीसियों ही मुँहों से आवाज़ें निकलीं—अच्छा, यह वही महाशय हैं? महाशय आपको नमस्कार है। यह आप ही की कृपा का फल है कि आज हम भी आपके डंडे के दर्शन के लिए आ खड़ी हुई हैं!

बीरबल ने मिट्ठन बाई की ओर आँखों का भाला चलाया; पर मुँह से कुछ न बोले। एक तीसरी महिला ने फिर कहा—हम एक जलसा करके आपको जयमाल पहनायेंगे और आपका यशोगान करेंगे।

चौथी ने कहा—आप बिलकुल अँगरेज़ मालूम होते हैं, जभी इतने गोरे हैं!

एक बुढ़िया ने आँखें चढ़ाकर कहा—मेरी कोख में ऐसा बालक जन्मा होता, तो उसकी गर्दन मरोड़ देती!

एक युवती ने उसका तिरस्कार करके कहा—आप भी खूब कहती हैं, माता जी, कुत्ते तक तो नमक का हक अदा करते हैं, यह तो आदमी हैं!

बुढ़िया ने झल्लाकर कहा—पेट के गुलाम, हाय पेट, हाय पेट!

इस पर कई स्त्रियों ने बुढ़िया को आड़े हाथों ले लिया और वह बेचारी लज्जित होकर बोली—अरे, मैं कुछ कहती थोड़े ही हूँ। मगर ऐसा आदमी भी क्या, जो स्वार्थ के पीछे अंधा हो जाय।

बीरबल सिंह अब और न सुन सके। घोड़ा बढ़ाकर जुलूस से कई गज पीछे चले गये। मर्द लज्जित करता है, तो हमें क्रोध आता है; स्त्रियाँ लज्जित करती हैं, तो ग्लानि उत्पन्न होती है। बीरबल सिंह की इस वक्त इतनी हिम्मत न थी कि फिर उन महिलाओं के सामने जाते। अपने अफ़सरों पर क्रोध आया। मुझी को बार-बार क्यों इन कामों पर तैनात किया जाता है? और लोग भी तो हैं, उन्हें क्यों नहीं लाया जाता? क्या मैं ही सबसे गया-बीता हूँ। क्या मैं ही सबसे भावशून्य हूँ।

मिट्ठी इस वक्त मुझे दिल में कितना कायर और नीच समझ रही होगी! शायद इस वक्त मुझे कोई मार डाले, तो वह ज़बान भी न खोलेगी। शायद मन में प्रसन्न होगी कि अच्छा हुआ। अभी कोई जाकर साहब से कह दे कि बीरबल सिंह की स्त्री जुलूस में निकली थी, तो कहीं का न रहूँ! मिट्ठी जानती है, समझती है, फिर भी निकल खड़ी हुई। मुझसे पूछा तक नहीं। कोई फिक्र नहीं है न, जभी ये बातें सूझती हैं, यहाँ सभी बेफिक्र हैं, कालेजों और स्कूलों के लड़के, मजदूर, पेशेवर इन्हें क्या चिंता? मरन तो हम लोगों की है, जिनके बाल-बच्चे हैं और कुल-मर्यादा का ध्यान है। सब की सब मेरी तरफ़ कैसा घूर रही थीं, मानो खा जाएंगी।

जुलूस शहर की मुख्य सड़कों से गुजरता हुआ चला जा रहा था। दोनों ओर छतों पर, छज्जों पर, जँगलों पर, वृक्षों पर दर्शकों की दीवारें-सी खड़ी थीं। बीरबल सिंह को आज उनके चेहरों पर एक नयी स्फूर्ति, एक नया उत्साह, एक नया गर्व झलकता

हुआ मालूम होता था। स्फूर्ति थी वृक्षों के चेहरे पर, उत्साह युवकों के और गर्व रमणियों के। यह स्वराज्य के पथ पर चलने का उल्लास था। अब उनको यात्रा का लक्ष्य अज्ञात न था, पथभ्रष्टों की भाँति इधर-उधर भटकना न था, दलितों की भाँति सिर झुकाकर रोना न था। स्वाधीनता का सुनहला शिखर सुदूर आकाश में चमक रहा था। ऐसा जान पड़ता था कि लोगों को बीच के नालों और जंगलों की परवाह नहीं है। सब उस सुनहले लक्ष्य पर पहुँचने के लिए उत्सुक हो रहे हैं।

ग्यारह बजते-बजते जुलूस नदी के किनारे जा पहुँचा, जनाजा उतारा गया और लोग शव को गंगा-स्नान कराने के लिए चले। उसके शीतल, शांत, पीले मस्तक पर लाठी की चोट साफ नज़र आ रही थी। रक्त जमकर काला हो गया था। सिर के बड़े-बड़े बाल खून जम जाने से किसी चित्रकार की तूलिका की भाँति चिमट गये थे। कई हजार आदमी इस शहीद के अंतिम दर्शनों के लिए मंडल बाँधकर खड़े हो गये। बीरबल सिंह पीछे घोड़े पर सवार खड़े थे। लाठी की चोट उन्हें भी नज़र आयी। उनकी आत्मा ने जोर से धिक्कारा। वह शव की ओर न ताक सके। मुँह फेर लिया। जिस मनुष्य के दर्शनों के लिए, जिनके चरणों की रज मस्तक पर लगाने के लिए लाखों आदमी विकल हो रहे हैं, उसका मैंने इतना अपमान किया। उनकी आत्मा इस समय स्वीकार कर रही थी कि उस निर्दय प्रहार में कर्तव्य के भाव का लेश भी न था—केवल स्वार्थ था, कारगुजारी दिखाने की हवस और अफ़सरों को खुश करने की लिप्सा थी। हजारों आँखें क्रोध से भरी हुई उनकी ओर देख रही थीं; पर वह सामने ताकने का साहस न कर सकते थे।

एक कांस्टेबल ने आकर प्रशंसा की—हुजूर का हाथ गहरा पड़ा था। अभी तक खोपड़ी खुली हुई है। सबकी आँखें खुल गयीं।

बीरबल ने उपेक्षा की—मैं इसे अपनी जवाँमर्दी नहीं, अपना कमीनापन समझता हूँ।

कांस्टेबल ने फिर खुशामद की—बड़ा सरकश आदमी था हुजूर!

बीरबल ने तीव्र भाव से कहा—चुप रहो! जानते भी हो, सरकश किसे कहते हैं? सरकश वे कहलाते हैं, जो डाके मारते हैं, चोरी करते हैं, खून करते हैं। उन्हें सरकश नहीं कहते जो देश की भलाई के लिए अपनी जान हथेली पर लिये फिरते हों। हमारी बदनसीबी है कि जिनकी मदद करनी चाहिए उनका विरोध कर रहे हैं। यह घमंड करने और खुश होने की बात नहीं है, शर्म करने और रोने की बात है।

स्नान समाप्त हुआ। जुलूस यहाँ से फिर रवाना हुआ।

4

शव को जब खाक के नीचे सुलाकर लोग लौटने लगे तो दो बज रहे थे। मिट्ठन बाई स्त्रियों के साथ-साथ कुछ दूर तक तो आयी, पर क्वीन्सपार्क में आकर ठिठक गयी। घर जाने की इच्छा न हुई। वह जीर्ण, आहत, रक्तरंजित शव, मानो उसके अंतस्तल

में बैठा उसे धिक्कार रहा था। पति से उसका मन इतना विरक्त हो गया था कि अब उसे धिक्कारने की भी उसकी इच्छा न थी। ऐसे स्वार्थी मनुष्य पर भय के सिवा और किसी चीज़ का असर हो सकता है, इसका उसे विश्वास ही न था।

वह बड़ी देर तक पार्क में घास पर बैठी सोचती रही, पर अपने कर्तव्य का कुछ निश्चय न कर सकी। मैके जा सकती थी, किन्तु वहाँ से महीने-दो महीने में फिर इसी घर आना पड़ेगा। नहीं, मैं किसी की आश्रित न बनूँगी। क्या मैं अपने गुजर-बसर को भी नहीं कमा सकती? उसने स्वयं भाँति-भाँति की कठिनाइयों की कल्पना की; पर आज उसकी आत्मा में न जाने इतना बल कहाँ से आ गया। इन कल्पनाओं को ध्यान में लाना ही उसे अपनी कमजोरी मालूम हुई।

सहसा उसे इब्राहिम अली की वृद्धा विधवा का ख़याल आया। उसने सुना था, उनके लड़के-बाले नहीं हैं। बेचारी बैठी रो रही होंगी। कोई तसल्ली देने वाला भी पास न होगा। वह उनके मकान की ओर चली। पता उसने पहले ही अपने साथ की औरतों से पूछ लिया था। वह दिल में सोचती जाती थी—मैं उनसे कैसे मिलूँगी, उनसे क्या कहूँगी, उन्हें किन शब्दों में समझाऊँगी। इन्हीं विचारों में डूबी हुई वह इब्राहिम अली के घर पर पहुँच गयी। मकान एक गली में था, साफ-सुथरा; लेकिन द्वार पर हसरत बरस रही थी। उसने धड़कते हुए हृदय से अंदर कदम रखा। सामने बरामदे में एक खाट पर वह वृद्धा बैठी हुई थी, जिसके पति ने आज स्वाधीनता की वेदी पर अपना बलिदान दिया था। उसके सामने सादे कपड़े पहने एक युवक खड़ा, आँखों में आँसू भरे वृद्धा से बातें कर रहा था। मिट्ठन उस युवक को देखकर चौंक पड़ी—वह बीरबल सिंह थे।

उसने क्रोधमय आश्चर्य से पूछा—तुम यहाँ कैसे आये?

बीरबल सिंह ने कहा—उसी तरह जैसे तुम आयीं। अपने अपराध क्षमा कराने आया हूँ! मिट्ठन के गोरे मुखड़े पर आज गर्व, उल्लास और प्रेम की जो उज्ज्वल विभूति नज़र आयी, वह अकथनीय थी! ऐसा जान पड़ा, मानो उसके जन्म-जन्मांतर के क्लेश मिट गये हैं, वह चिंता और माया के बंधनों से मुक्त हो गयी है।

❑

पंच परमेश्वर

जुम्मन शेख अलगू चौधरी में गाढ़ी मित्रता थी। साझे में खेती होती थी। कुछ लेन-देन में भी साझा था। एक को दूसरे पर अटल विश्वास था। जुम्मन जब हज करने गये थे, तब अपना घर अलगू को सौंप गये थे, और अलगू जब कभी बाहर जाते, तो जुम्मन पर अपना घर छोड़ देते थे। उनमें न खान-पान का व्यवहार था, न धर्म का नाता; केवल विचार मिलते थे। मित्रता का मूलमंत्र भी यही है।

इस मित्रता का जन्म उसी समय हुआ, जब दोनों मित्र बालक ही थे, और जुम्मन के पूज्य पिता, जुमराती, उन्हें शिक्षा प्रदान करते थे। अलगू ने गुरु जी की बहुत सेवा की थी, खूब प्याले धोये। उनका हुक्का एक क्षण के लिए भी विश्राम न लेने पाता था, क्योंकि प्रत्येक चिलम अलगू को आध घंटे तक किताबों से अलग कर देती थी। अलगू के पिता पुराने विचारों के मनुष्य थे। उन्हें शिक्षा की अपेक्षा गुरु की सेवा-शुश्रूषा पर अधिक विश्वास था। वह कहते थे कि विद्या पढ़ने से नहीं आती; जो कुछ होता है, गुरु के आशीर्वाद से। बस, गुरु जी की कृपा-दृष्टि चाहिए। अतएव यदि अलगू पर जुमराती शेख के आशीर्वाद अथवा सत्संग का कुछ फल न हुआ, तो यह मानकर संतोष कर लेना कि विद्योपार्जन में मैंने यथाशक्ति कोई बात उठा नहीं रखी, विद्या उसके भाग्य ही में न थी, तो कैसे आती?

मगर जुमराती शेख स्वयं आशीर्वाद के कायल न थे। उन्हें अपने सोटे पर अधिक भरोसा था, और उसी सोटे के प्रताप से आस-पास के गाँवों में जुम्मन की पूजा होती थी। उनके लिखे हुए रेहननामे या बैनामे पर कचहरी का मुहर्रिर भी कदम न उठा सकता था। हल्के का डाकिया, कांस्टेबल और तहसील का चपरासी-सब उनकी कृपा की आकांक्षा रखते थे। अतएव अलगू का मान उनके धन के कारण था, तो जुम्मन शेख अपनी अनमोल विद्या से ही सबके आदरपात्र बने थे।

2

जुम्मन शेख की एक बूढ़ी खाला (मौसी) थी। उसके पास कुछ थोड़ी-सी मिलकियत थी; परन्तु उसके निकट संबंधियों में कोई न था। जुम्मन ने लम्बे-चौड़े

वादे करके वह मिलकियत अपने नाम लिखवा ली थी। जब तक दानपत्र की रजिस्ट्री न हुई थी, तब तक खालाजान का खूब आदर-सत्कार किया गया; उन्हें खूब स्वादिष्ट पदार्थ खिलाये गये। हलवे-पुलाव की वर्षा-सी की गयी; पर रजिस्ट्री की मोहर ने इन खातिरदारियों पर भी मानों मुहर लगा दी। जुम्मन की पत्नी करीमन रोटियों के साथ कड़वी बातों के कुछ तेज, तीखे सालन भी देने लगी। जुम्मन शेख भी निठुर हो गये। अब बेचारी खालाजान को प्रायः नित्य ही ऐसी बातें सुननी पड़ती थी।

बुढ़िया न जाने कब तक जियेगी। दो-तीन बीघे ऊसर क्या दे दिया, मानों मोल ले लिया है! बघारी दाल के बिना रोटियाँ नहीं उतरतीं! जितना रुपया इसके पेट में झोंक चुके, उतने से तो अब तक गाँव मोल ले लेते। कुछ दिन खालाजान ने सुना और सहा; पर जब न सहा गया तब जुम्मन से शिकायत की। जुम्मन ने स्थानीय कर्मचारी-गृहस्वांमी-के प्रबंध देना उचित न समझा। कुछ दिन तक दिन तक और यों ही रो-धोकर काम चलता रहा। अन्त में एक दिन खाला ने जुम्मन से कहा—बेटा! तुम्हारे साथ मेरा निर्वाह न होगा। तुम मुझे रुपये दे दिया करो, मैं अपना पका-खा लूँगी।

जुम्मन ने धृष्टता के साथ उत्तर दिया—रुपये क्या यहाँ फलते हैं?

खाला ने नम्रता से कहा—मुझे कुछ रूखा-सूखा चाहिए भी कि नहीं?

जुम्मन ने गम्भीर स्वर से जवाब दिया—तो कोई यह थोड़े ही समझा था कि तू मौत से लड़कर आयी हो?

खाला बिगड़ गयीं, उन्होंने पंचायत करने की धमकी दी। जुम्मन हँसे, जिस तरह कोई शिकारी हिरन को जाली की तरफ़ जाते देखकर मन ही मन हँसता है। वह बोले—हाँ, जरूर पंचायत करो। फ़ैसला हो जाय। मुझे भी यह रात-दिन की खटखट पसंद नहीं।

पंचायत में किसकी जीत होगी, इस विषय में जुम्मन को कुछ भी संदेह न था। आस-पास के गाँवों में ऐसा कौन था, उसके अनुग्रहों का ऋणी न हो; ऐसा कौन था, जो उसको शत्रु बनाने का साहस कर सके? किसमें इतना बल था, जो उसका सामना कर सके? आसमान के फरिश्ते तो पंचायत करने आवेंगे ही नहीं।

3

इसके बाद क़ई दिन तक बूढ़ी खाला हाथ में एक लकड़ी लिये आस-पास के गाँवों में दौड़ती रहीं। कमर झुककर कमान हो गयी थी। एक-एक पग चलना दूभर था; मगर बात आ पड़ी थी। उसका निर्णय करना जरूरी था। बिरला ही कोई भला आदमी होगा, जिसके समाने बुढ़िया ने दुःख के आँसू न बहाये हों। किसी ने तो यों ही ऊपरी मन से हूँ-हाँ करके टाल दिया, और किसी ने इस अन्याय पर जमाने को गालियाँ दीं। कहा-क़ब्र में पाँव जटके हुए हैं, आज मरे, कल दूसरा दिन, पर हवस नहीं मानती। अब तुम्हें क्या चाहिए? रोटी खाओ और अल्लाह का

नाम लो। तुम्हें अब खेती-बारी से क्या काम है? कुछ ऐसे सज्जन भी थे, जिन्हें हास्य-रस के रसास्वादन का अच्छा अवसर मिला। झुकी हुई कमर, पोपला मुँह, सन के-से बाल इतनी सामग्री एकत्र हों, तब हँसी क्यों न आवे? ऐसे न्यायप्रिय, दयालु, दीन-वत्सल पुरुष बहुत कम थे, जिन्होंने इस अबला के दुखड़े को गौर से सुना हो और उसको सांत्वना दी हो। चारों ओर से घूम-घामकर बेचारी अलगू चौधरी के पास आयी। लाठी पटक दी और दम लेकर बोली–बेटा, तुम भी दम भर के लिये मेरी पंचायत में चले आना।

अलगू–मुझे बुलाकर क्या करोगी? कई गाँव के आदमी तो आवेंगे ही।

खाला–अपनी विपद तो सबके आगे रो आयी। अब आने न आने का अख़्तियार उनको है।

अलगू–यों आने को आ जाऊँगा; मगर पंचायत में मुँह न खोलूँगा।

खाला–क्यों बेटा?

अलगू–अब इसका कया जवाब दूँ? अपनी खुशी। जुम्मन मेरा पुराना मित्र है। उससे बिगाड़ नहीं कर सकता।

खाला–बेटा, क्या बिगाड़ के डर से ईमान की बात न कहोगे?

हमारे सोये हुए धर्म-ज्ञान की सारी सम्पत्ति लुट जाय, तो उसे खबर नहीं होता, परन्तु ललकार सुनकर वह सचेत हो जाता है। फिर उसे कोई जीत नहीं सकता। अलगू इस सवाल का काई उत्तर न दे सका, पर उसके हृदय में ये शब्द गूँज रहे थे-

क्या बिगाड़ के डर से ईमान की बात न कहोगे?

4

संध्या समय एक पेड़ के नीचे पंचायत बैठी। शेख जुम्मन ने पहले से ही फर्श बिछा रखा था। उन्होंने पान, इलायची, हुक्के-तम्बाकू आदि का प्रबन्ध भी किया था। हाँ, वह स्वयं अलबत्ता अलगू चौधरी के साथ जरा दूर पर बैठे जब पंचायत में कोई आ जाता था, तब दबे हुए सलाम से उसका स्वागत करते थे। जब सूर्य अस्त हो गया और चिड़ियों की कलरवयुक्त पंचायत पेड़ों पर बैठी, तब यहाँ भी पंचायत शुरू हुई। फर्श की एक-एक अंगुल जमीन भर गयी; पर अधिकांश दर्शक ही थे। निमंत्रित महाशयों में से केवल वे ही लोग पधारे थे, जिन्हें जुम्मन से अपनी कुछ कसर निकालनी थी। एक कोने में आग सुलग रही थी। नाई ताबड़तोड़ चिलम भर रहा था। यह निर्णय करना असम्भव था कि सुलगते हुए उपलों से अधिक धुआँ निकलता था या चिलम के दमों से। लड़के इधर-उधर दौड़ रहे थे। कोई आपस में गाली-गलौज करते और कोई रोते थे। चारों तरफ़ कोलाहल मच रहा था। गाँव के कुत्ते इस जमाव को भोज समझकर झुंड के झुंड जमा हो गए थे।

पंच लोग बैठ गये, तो बूढ़ी खाला ने उनसे विनती की–

'पंचों, आज तीन साल हुए, मैंने अपनी सारी जायदाद अपने भानजे जुम्मन के नाम लिख दी थी। इसे आप लोग जानते ही होंगे। जुम्मन ने मुझे ता-हयात रोटी-कपड़ा देना कबूल किया। साल-भर तो मैंने इसके साथ रो-धोकर काटा। पर अब रात-दिन का रोना नहीं सहा जाता। मुझे न पेट की रोटी मिलती है न तन का कपड़ा। बेकस बेवा हूँ। कचहरी दरबार नहीं कर सकती। तुम्हारे सिवा और किसको अपना दुःख सुनाऊँ? तुम लोग जो राह निकाल दो, उसी राह पर चलूँ। अगर मुझमें कोई ऐब देखो, तो मेरे मुँह पर थप्पड़ मारो। जुम्मन में बुराई देखो, तो उसे समझाओ, क्यों एक बेकस की आह लेता है! मैं पंचों का हुक्म सिर-माथे पर चढ़ाऊँगी।'

रामधन मिश्र, जिनके कई असामियों को जुम्मन ने अपने गाँव में बसा लिया था, बोले–जुम्मन मियाँ किसे पंच बदते हो? अभी से इसका निपटारा कर लो। फिर जो कुछ पंच कहेंगे, वही मानना पड़ेगा।

जुम्मन को इस समय सदस्यों में विशेषकर वे ही लोग दीख पड़े, जिनसे किसी न किसी कारण उनका वैमनस्य था। जुम्मन बोले–पंचों का हुक्म अल्लाह का हुक्म है। खालाजान जिसे चाहें, उसे बदें। मुझे कोई उज्र नहीं।

खाला ने चिल्लाकर कहा–अरे अल्लाह के बन्दे! पंचों का नाम क्यों नहीं बता देता? कुछ मुझे भी तो मालूम हो।

जुम्मन ने क्रोध से कहा–इस वक्त मेरा मुँह न खुलवाओ। तुम्हारी बन पड़ी है, जिसे चाहो, पंच बदो।

खालाजान जुम्मन के आक्षेप को समझ गयीं, वह बोली–बेटा, ख़ुदा से डरो। पंच न किसी के दोस्त होते हैं, ने किसी के दुश्मन। कैसी बात कहते हो! और तुम्हारा किसी पर विश्वास न हो, तो जाने दो; अलगू चौधरी को तो मानते हो, लो, मैं उन्हीं को सरपंच बदती हूँ।

जुम्मन शेख आनंद से फूल उठे, परन्तु भावों को छिपाकर बोले–अलगू ही सही, मेरे लिए जैसे रामधन वैसे अलगू।

अलगू इस झमेले में फँसना नहीं चाहते थे। वे कन्नी काटने लगे। बोले–खाला, तुम जानती हो कि मेरी जुम्मन से गाढ़ी दोस्ती है।

खाला ने गम्भीर स्वर में कहा–'बेटा, दोस्ती के लिए कोई अपना ईमान नहीं बेचना। पंच के दिल में ख़ुदा बसता है। पंचों के मुँह से जो बात निकलती है, वह ख़ुदा की तरफ़ से निकलती है।'

अलगू चौधरी सरपंच हुए रामधन मिश्र और जुम्मन के दूसरे विरोधियों ने बुढ़िया को मन में बहुत कोसा।

अलगू चौधरी बोले–शेख जुम्मन! हम और तुम पुराने दोस्त हैं! जब काम पड़ा, तुमने हमारी मदद की है और हम भी जो कुछ बन पड़ा, तुम्हारी सेवा करते रहे हैं;

मगर इस समय तुम और बुढ़ी खाला, दोनों हमारी निगाह में बराबर हो। तुमको पंचों से जो कुछ अर्ज करनी हो, करो।

जुम्मन को पूरा विश्वास था कि अब बाजी मेरी है। अलग यह सब दिखावे की बातें कर रहा है। अतएव शांत-चित्त होकर बोले–पंचों, तीन साल हुए खालाजान ने अपनी जायदाद मेरे नाम हिब्बा कर दी थी। मैंने उन्हें ता-हयात खाना-कपड़ा देना कबूल किया था। ख़ुदा गवाह है, आज तक मैंने खालाजान को कोई तकलीफ नहीं दी। मैं उन्हें अपनी माँ के समान समझता हूँ। उनकी खिदमत करना मेरा फर्ज है; मगर औरतों में जरा अनबन रहती है, उसमें मेरा क्या बस है? खालाजान मुझसे माहवार खर्च अलग माँगती है। जायदाद जितनी है; वह पंचों से छिपी नहीं। उससे इतना मुनाफा नहीं होता है कि माहवार खर्च दे सकूँ। इसके अलावा हिब्बानामे में माहवार खर्च का कोई जिक्र नहीं। नहीं तो मैं भूलकर भी इस झमेले में न पड़ता। बस, मुझे यही कहना है। आइंदा पंचों का अख़्तियार है, जो फ़ैसला चाहें, करे।

अलगू चौधरी को हमेशा कचहरी से काम पड़ता था। अतएव वह पूरा कानूनी आदमी था। उसने जुम्मन से जिरह शुरू की। एक-एक प्रश्न जुम्मन के हृदय पर हथौड़ी की चोट की तरह पड़ता था। रामधन मिश्र इस प्रश्नों पर मुग्ध हुए जाते थे। जुम्मन चकित थे कि अलगू को क्या हो गया। अभी यह अलगू मेरे साथ बैठा हुआ कैसी-कैसी बातें कर रहा था! इतनी ही देर में ऐसी कायापलट हो गयी कि मेरी जड़ खोदने पर तुला हुआ है। न मालूम कब की कसर यह निकाल रहा है? क्या इतने दिनों की दोस्ती कुछ भी काम न आवेगी?

जुम्मन शेख तो इसी संकल्प-विकल्प में पड़े हुए थे कि इतने में अलगू ने फ़ैसला सुनाया–

जुम्मन शेख! पंचों ने इस मामले पर विचार किया। उन्हें यह नीति संगत मालूम होता है कि खालाजान को माहवार खर्च दिया जाय। हमारा विचार है कि खाला की जायदाद से इतना मुनाफा अवश्य होता है कि माहवार खर्च दिया जा सके। बस, यही हमारा फ़ैसला है। अगर जुम्मन को खर्च देना मंजूर न हो, तो हिब्बानामा रद्द समझा जाय। यह फ़ैसला सुनते ही जुम्मन सन्नाटे में आ गये। जो अपना मित्र हो, वह शत्रु का व्यवहार करे और गले पर छुरी फेरे, इसे समय के हेर-फेर के सिवा और क्या कहें? जिस पर पूरा भरोसा था, उसने समय पड़ने पर धोखा दिया। ऐसे ही अवसरों पर झूठे-सच्चे मित्रों की परीक्षा की जाती है। यही कलियुग की दोस्ती है। अगर लोग ऐसे कपटी-धोखेबाज न होते, तो देश में आपत्तियों का प्रकोप क्यों होता? यह हैजा-प्लेग आदि व्याधियाँ दुष्कर्मों के ही दंड हैं। मगर रामधन मिश्र और अन्य पंच अलगू चौधरी की इस नीति-परायणता को प्रशंसा जी खोलकर कर रहे थे। वे कहते थे–इसका नाम पंचायत है! दूध का दूध और पानी का पानी कर दिया। दोस्ती, दोस्ती की जगह है, किन्तु धर्म का पालन करना मुख्य है। ऐसे ही सत्यवादियों के बल पर पृथ्वी ठहरी है, नहीं तो वह कब की रसातल को चली जाती।

इस फैसले ने अलगू और जुम्मन की दोस्ती की जड़ हिला दी। अब वे साथ-साथ बातें करते नहीं दिखायी देते। इतना पुराना मित्रता-रूपी वृक्ष सत्य का एक झोंका भी न सह सका। सचमुच वह बालू की ही जमीन पर खड़ा था।

उनमें अब शिष्टाचार का अधिक व्यवहार होने लगा। एक दूसरे की आवभगत ज्यादा करने लगा। वे मिलते-जुलते थे, मगर उसी तरह जैसे तलवार से ढाल मिलती है।

जुम्मन के चित्त में मित्र की कुटिलता आठों पहर खटका करती थी। उसे हर घड़ी यही चिंता रहती थी कि किसी तरह बदला लेने का अवसर मिले।

5

अच्छे कामों की सिद्धि में बड़ी देर लगती है; पर बुरे कामों की सिद्धि में यह बात नहीं होती; जुम्मन को भी बदला लेने का अवसर जल्द ही मिल गया। पिछले साल अलगू चौधरी बटेसर से बैलों की एक बहुत अच्छी गोई मोल लाये थे। बैल पछाहीं जाति के सुंदर, बड़े-बड़े सीगोंवाले थे। महीनों तक आस-पास के गाँव के लोग दर्शन करते रहे। दैवयोग से जुम्मन की पंचायत के एक महीने के बाद इस जोड़ी का एक बैल मर गया। जुम्मन ने दोस्तों से कहा—यह दग़ाबाज़ी की सज़ा है। इन्सान सब्र भले ही कर जाय, पर ख़ुदा नेक-बद सब देखता है। अलगू को संदेह हुआ कि जुम्मन ने बैल को विष दिला दिया है। चौधराइन ने भी जुम्मन पर ही इस दुर्घटना का दोषारोपण किया उसने कहा—जुम्मन ने कुछ कर-करा दिया है। चौधराइन और करीमन में इस विषय पर एक दिन खुब ही वाद-विवाद हुआ दोनों देवियों ने शब्द-बाहुल्य की नदी बहा दी। व्यंगय, वक्तोक्ति अन्योक्ति और उपमा आदि अलंकारों में बातें हुईं। जुम्मन ने किसी तरह शांति स्थापित की। उन्होंने अपनी पत्नी को डाँट-डपट कर समझा दिया। वह उसे उस रणभूमि से हटा भी ले गये। उधर अलगू चौधरी ने समझाने-बुझाने का काम अपने तर्क-पूर्ण सोंटे से लिया।

अब अकेला बैल किस काम का? उसका जोड़ बहुत ढूँढ़ा गया, पर न मिला। निदान यह सलाह ठहरी कि इसे बेच डालना चाहिए। गाँव में एक समझू साहू थे, वह इक्का-गाड़ी हाँकते थे। गाँव के गुड़-घी लादकर मंडी ले जाते, मंडी से तेल, नमक भर लाते, और गाँव में बेचते। इस बैल पर उनका मन लहराया। उन्होंने सोचा, यह बैल हाथ लगे तो दिन-भर में बेखटके तीन खेप हों। आज-कल तो एक ही खेप में लाले पड़े रहते हैं। बैल देखा, गाड़ी में दौड़ाया, बाल-भौरी की पहचान करायी, मोल-तोल किया और उसे लाकर द्वार पर बाँध ही दिया। एक महीने में दाम चुकाने का वादा ठहरा। चौधरी को भी गरज थी ही, घाटे की परवाह न की।

समझू साहू ने नया बैल पाया, तो लगे उसे रगेदने। वह दिन में तीन-तीन, चार-चार खेपें करने लगे। न चारे की फिक्र थी, न पानी की, बस खेपों से काम था। मंडी ले गये, वहाँ कुछ सूखा भूसा सामने डाल दिया। बेचारा जानवर अभी दम भी न लेने पाया था कि फिर जोत दिया। अलगू चौधरी के घर था तो चैन की बंशी बजती थी।

बैलराम छठे-छमाहे कभी बहली में जोते जाते थे। खूब उछलते-कूदते और कोसों तक दौड़ते चले जाते थे। वहाँ बैलराम का रातिब था, साफ पानी, दली हुई अरहर की दाल और भूसे के साथ खली, और यही नहीं, कभी-कभी घी का स्वाद भी चखने को मिल जाता था। शाम-सबेरे एक आदमी खरहरे करता, पोंछता और सहलाता था। कहाँ वह सुख-चैन, कहाँ यह आठों पहर कही खपत। महीने-भर ही में वह पिस-सा गया। इक्के का यह जुआ देखते ही उसका लहू सूख जाता था। एक-एक पग चलना दूभर था। हड्डियाँ निकल आयी थी; पर था वह पानीदार, मार की बरदाश्त न थी।

एक दिन चौथी खेप में साहू जी ने दूना बोझ लादा। दिन-भर का थका जानवर, पैर न उठते थे। पर साहू जी कोड़े फटकारने लगे। बस, फिर क्या था, बैल कलेजा तोड़ कर चला। कुछ दूर दौड़ा और चाहा कि जरा दम ले लूँ; पर साहू जी को जल्द पहुँचने की फिक्र थी; अतएव उन्होंने कई कोड़े बड़ी निर्दयता से फटकारे। बैल ने एक बार फिर जोर लगाया; पर अबकी बार शक्ति ने जवाब दे दिया। वह धरती पर गिर पड़ा, और ऐसा गिरा कि फिर न उठा। साहू जी ने बहुत पीटा, टाँग पकड़कर खींचा, नथनों में लकड़ी ठूँस दी; पर कहीं मृतक भी उठ सकता है? तब साहू जी को कुछ शक हुआ। उन्होंने बैल को गौर से देखा, खोलकर अलग किया; और सोचने लगे कि गाड़ी कैसे घर पहुँचे। बहुत चीखे-चिल्लाये; पर देहात का रास्ता बच्चों की आँख की तरह साँझ होते ही बंद हो जाता है। कोई नज़र न आया। आस-पास कोई गाँव भी न था। मारे क्रोध के उन्होंने मरे हुए बैल पर और दुर्रे लगाये और कोसने लगे-अभागे। तुझे मरना ही था, तो घर पहुँचकर मरता! ससुरा बीच रास्ते ही में मर रहा। अब गाड़ी कौन खींचे? इस तरह साहू जी खूब जले-भुने। कई बोरे गुड़ और कई पीपे घी उन्होंने बेचे थे, दो-ढाई सौ रुपये कमर में बंधे थे। इसके सिवा गाड़ी पर कई बोरे नमक थे; अतएव छोड़कर जा भी न सकते थे। लाचार बेचारे गाड़ी पर ही लेट गये। वहीं रतजगा करने की ठान ली। चिलम पी गया। फिर हुक्का पिया। इस तरह साहू जी आधी रात तक नींद को बहलाते रहें। अपनी जान में तो वह जागते ही रहे; पर पौ फटते ही जो नींद टूटी और कमर पर हाथ रखा, तो थैली गायब! घबराकर इधर-उधर देखा तो कई कनस्तर तेल भी नदारत! अफसोस में बेचारे ने सिर पीट लिया और पछाड़ खाने लगा। प्रातःकाल रोते-बिलखते घर पहुँचे। सहुआइन ने जब यह बूरी सुनावनी सुनी, तब पहले तो रोयीं, फिर अलगू चौधरी को गालियाँ देने लगी—निगोड़े ने ऐसा कुलच्छनी बैल दिया कि जन्म-भर की कमाई लुट गयी।

इस घटना को हुए कई महीने बीत गए। अलगू जब अपने बैल के दाम माँगते तब साहू और सहुआइन, दोनों ही झल्लाये हुए कुत्ते की तरह चढ़ बैठते और अंड-बंड बकने लगते—वाह! यहाँ तो सारे जन्म की कमाई लुट गई, सत्यानाश हो गया, इन्हें दामों की पड़ी है। मुर्दा बैल दिया था, उस पर दाम माँगने चले हैं! आँखों में धूल झोंक दी, सत्यानाशी बैल गले बाँध दिया, हमें निरा पोंगा ही समझ लिया है! हम भी बनिये के बच्चे है, ऐसे बुद्धू कहीं और होंगे। पहले जाकर किसी गड़हे में मुँह धो

आओ, तब दाम लेना। न जी मानता हो, तो हमारा बैल खोल ले जाओ। महीना भर के बदले दो महीना जोत लो। और क्या लोगे?

चौधरी के अशुभचिंतकों की कमी न थी। ऐसे अवसरों पर वे भी एकत्र हो जाते और साहू जी के बराने की पुष्टि करते। परन्तु डेढ़ सौ रुपये से इस तरह हाथ धो लेना आसान न था। एक बार वह भी गरम पड़े। साहू जी बिगड़कर लाठी ढूँढ़ने घर चले गए। अब सहुआइन ने मैदान लिया। प्रश्नोत्तर होते-होते हाथापाई की नौबत आ पहुँची। सहुआइन ने घर में घुसकर किवाड़ बन्द कर लिए। शोरगुल सुनकर गाँव के भलेमानस घर से निकाला। वह परामर्श देने लगे कि इस तरह से काम न चलेगा। पंचायत कर लो। कुछ तय हो जाय, उसे स्वीकार कर लो। साहू जी राजी हो गए। अलगू ने भी हामी भर ली।

6

पंचायत की तैयारियाँ होने लगीं। दोनों पक्षों ने अपने-अपने दल बनाने शुरू किए। इसके बाद तीसरे दिन उसी वृक्ष के नीचे पंचायत बैठी। वही संध्या का समय था। खेतों में कौए पंचायत कर रहे थे। विवादग्रस्त विषय था यह कि मटर की फलियों पर उनका कोई स्वत्व है या नहीं, और जब तक यह प्रश्न हल न हो जाय, तब तक वे रखवाले की पुकार पर अपनी अप्रसन्नता प्रकट करना आवश्यकता समझते थे। पेड़ की डालियों पर बैठी शुक-मंडली में वह प्रश्न छिड़ा हुआ था कि मनुष्यों को उन्हें वेसुरौवत कहने का क्या अधिकार है, जब उन्हें स्वयं अपने मित्रों से दंगा करने में भी संकोच नहीं होता।

पंचायत बैठ गई, तो रामधन मिश्र ने कहा–अब देरी क्या है? पंचों का चुनाव हो जाना चाहिए। बोलो चौधरी; किस-किस को पंच बदते हो।

अलगू ने दीन भाव से कहा–समझू साहू ही चुन लें।

समझू खड़े हुए और कड़ककर बोले–मेरी ओर से जुम्मन शेख।

जुम्मन का नाम सुनते ही अलगू चौधरी का कलेजा धक्-धक् करने लगा, मानों किसी ने अचानक थप्पड़ मार दिया हो। रामधन अलगू के मित्र थे। वह बात को ताड़ गए। पूछा–क्यों चौधरी तुम्हें कोई उज्र तो नहीं। चौधरी ने निराश होकर कहा–नहीं, मुझे क्या उज्र होगा?

अपने उत्तरदायित्व का ज्ञान बहुधा हमारे संकुचित व्यवहारों का सुधारक होता है। जब हम राह भूलकर भटकने लगते हैं तब यही ज्ञान हमारा विश्वसनीय पथ-प्रदर्शक बन जाता है।

पत्र-संपादक अपनी शांति कुटी में बैठा हुआ कितनी धृष्टता और स्वतंत्रता के साथ अपनी प्रबल लेखनी से मंत्रिमंडल पर आक्रमण करता है: परंतु ऐसे अवसर आते हैं, जब वह स्वयं मंत्रिमंडल में सम्मिलित होता है। मंडल के भवन में पग धरते ही

उसकी लेखनी कितनी मर्मज्ञ, कितनी विचारशील, कितनी न्याय-परायण हो जाती है। इसका कारण उत्तर-दायित्व का ज्ञान है। नवयुवक युवावस्था में कितना उद्दंड रहता है। माता-पिता उसकी ओर से कितने चिंतित रहते है! वे उसे कुल-कलंक समझते हैं परन्तु थोड़ी ही समय में परिवार का बोझ सिर पर पड़ते ही वह अव्यवस्थित-चित्त उन्मत्त युवक कितना धैर्यशील, कैसा शांतचित्त हो जाता है, यह भी उत्तरदायित्व के ज्ञान का फल है।

जुम्मन शेख के मन में भी सरपंच का उच्च स्थान ग्रहण करते ही अपनी जिम्मेदारी का भाव पैदा हुआ। उसने सोचा, मैं इस वक्त न्याय और धर्म के सर्वोच्च आसन पर बैठा हूँ। मेरे मुँह से इस समय जो कुछ निकलेगा, वह देववाणी के सदृश है—और देववाणी में मेरे मनोविकारों का कदापि समावेश न होना चाहिए। मुझे सत्य से जौ भर भी टलना उचित नहीं!

पंचों ने दोनों पक्षों से सवाल-जवाब करने शुरू किए। बहुत देर तक दोनों दल अपने-अपने पक्ष का समर्थन करते रहे। इस विषय में तो सब सहमत थे कि समझू को बैल का मूल्य देना चाहिए। परन्तु वो महाशय इस कारण रियायत करना चाहते थे कि बैल के मर जाने से समझू को हानि हुई। उसके प्रतिकूल दो सभ्य मूल के अतिरिक्त समझू को दंड भी देना चाहते थे, जिससे फिर किसी को पशुओं के साथ ऐसी निर्दयता करने का साहस न हो। अन्त में जुम्मन ने फ़ैसला सुनाया—

'अलगू चौधरी और समझू साहू। पंचों ने तुम्हारे मामले पर अच्छी तरह विचार किया। समझू को उचित है कि बैल का पूरा दाम दें। जिस वक्त उन्होंने बैल लिया, उसे कोई बीमारी न थी। अगर उसी समय दाम दे दिए जाते, तो आज समझू उसे फेर लेने का आग्रह न करते। बैल की मृत्यु केवल इस कारण हुई कि उससे बड़ा कठिन परिश्रम लिया गया और उसके दाने-चारे का कोई प्रबंध न किया गया।'

रामधन मिश्र बोले—समझू ने बैल को जान-बूझ कर मारा है, अतएव उससे दंड लेना चाहिए।

जुम्मन बोले—यह दूसरा सवाल है। हमको इससे कोई मतलब नहीं!

झगड़ू साहू ने कहा—समझू के साथ कुछ रियायत होनी चाहिए।

जुम्मन बोले—यह अलगू चौधरी की इच्छा पर निर्भर है। यह रियायत करें, तो उनकी भलमनसी।

अलगू चौधरी फूले न समाए। उठ खड़े हुए और जोर से बोले—पंच-परमेश्वर की जय!

इसके साथ ही चारों ओर से प्रतिध्वनि हुई—पंच परमेश्वर की जय! यह मनुष्य का काम नहीं, पंच में परमेश्वर वास करते हैं, यह उन्हीं की महिमा है। पंच के सामने खोटे को कौन खरा कह सकता है?

थोड़ी देर बाद जुम्मन अलगू के पास आए और उनके गले लिपटकर बोले–भैया, जब से तुमने मेरी पंचायत की तब से मैं तुम्हारा प्राण-घातक शत्रु बन गया था; पर आज मुझे ज्ञात हुआ कि पंच के पद पर बैठकर न कोई किसी का दोस्त है, न दुश्मन। न्याय के सिवा उसे और कुछ नहीं सूझता। आज मुझे विश्वास हो गया कि पंच की ज़बान से ख़ुदा बोलता है। अलगू रोने लगे। इस पानी से दोनों के दिलों का मैल धुल गया। मित्रता की मुरझाई हुई लता फिर हरी हो गई।

❑

शंखनाद

भानु चौधरी अपने गाँव के मुखिया थे। गाँव में उनका बड़ा मान था। दारोगा जी उन्हें टाट बिना जमीन पर न बैठने देते। मुखिया साहब की ऐसी धाक बँधी हुई थी कि उनकी मरजी बिना गाँव में एक पत्ता भी नहीं हिल सकता था। कोई घटना, चाहे वह सास-बहू का विवाद हो, चाहे मेंड़ या खेत का झगड़ा, चौधरी साहब के शासनाधिकार को पूर्णरूप से सचेत करने के लिए काफी थी, वह तुरंत घटनास्थल पर जा पहुँचते, तहकीकात होने लगती, गवाह और सबूत के सिवा किसी अभियोग को सफलता सहित चलाने में जिन बातों की जरूरत होती है, उन सब पर विचार होता और चौधरी जी के दरबार से फ़ैसला हो जाता। किसी को अदालत जाने की जरूरत न पड़ती। हाँ, इस कष्ट के लिए चौधरी साहब कुछ फीस जरूर लेते थे। यदि किसी अवसर पर फीस मिलने में असुविधा के कारण उन्हें धीरज से काम लेना पड़ता तो गाँव में आफत मच जाती थी; क्योंकि उनके धीरज और दारोगा जी के क्रोध में कोई घनिष्ठ संबंध था। सारांश यह कि चौधरी से उनके दोस्त-दुश्मन सभी चौकन्ने रहते थे।

2

चौधरी महाशय के तीन सुयोग्य पुत्र थे। बड़े लड़के बितान एक सुशिक्षित मनुष्य थे। डाकिये के रजिस्टर पर दस्तख़त कर लेते थे। बड़े अनुभवी, बड़े मर्मज्ञ, बड़े नीति-कुशल। मिर्जई की जगह कमीज पहनते, कभी-कभी सिगरेट भी पीते, जिससे उनका गौरव बढ़ता था। यद्यपि उनके ये दुर्व्यसन बूढ़े चौधरी को नापसंद थे, पर बेचारे विवश थे; क्योंकि अदालत और कानून के मामले बितान के हाथों में थे। वह कानून का पुतला था। कानून की दफाएँ उसकी ज़बान पर रखी रहती थीं। गवाह गढ़ने में वह पूरा उस्ताद था। मझले लड़के शान चौधरी कृषि-विभाग के अधिकारी थे। बुद्धि के मंद; लेकिन शरीर से बड़े परिश्रमी। जहाँ घास न जमती हो, वहाँ केसर जमा दें। तीसरे लड़के का नाम गुमान था। वह बड़ा रसिक, साथ ही उद्दंड भी था। मुहर्रम में ढोल इतने जोरों से बजाता कि कान के पर्दे फट जाते। मछली फँसाने का बड़ा शौक़ीन था। बड़ा रँगीला जवान था। खँजड़ी बजा-बजाकर जब वह मीठे स्वर से

ख़याल गाता, तो रंग जम जाता। उसे दंगल का ऐसा शौक़ था कि कोसों तक धावा मारता; पर घरवाले कुछ ऐसे शुष्क थे कि उसके इन व्यसनों से तनिक भी सहानुभूति न रखते थे। पिता और भाइयों ने तो उसे ऊसर खेत समझ रखा था। घुड़की-धमकी, शिक्षा और उपदेश, स्नेह और विनय, किसी का उस पर कुछ भी असर न हुआ। हाँ, भावजें अभी तक उसकी ओर से निराश न हुई थीं। वे अभी तक उसे कड़वी दवाइयाँ पिलाये जाती थीं; पर आलस्य वह राज रोग है जिसका रोगी कभी नहीं सँभलता। ऐसा कोई बिरला ही दिन जाता होगा कि बाँके गुमान को भावजों के कटु वाक्य न सुनने पड़ते हों। ये विषैले स्वर कभी-कभी उसके कठोर हृदय में चुभ जाते; किन्तु यह घाव रात भर से अधिक न रहता। भोर होते ही थकान के साथ ही यह पीड़ा भी शांत हो जाती। तड़का हुआ, उसने हाथ-मुँह धोया, बंशी उठायी और तालाब की ओर चल खड़ा हुआ। भावजें फूलों की वर्षा किया करतीं; बूढ़े चौधरी पैंतरे बदलते रहते और भाई लोग तीखी निगाह से देखा करते, पर अपनी धुन का पूरा बाँका गुमान उन लोगों के बीच से इस तह अकड़ता चला जाता, जैसे कोई मस्त हाथी कुत्तों के बीच से निकल जाता है। उसे सुमार्ग पर लाने के लिए क्या-क्या उपाय नहीं किये गये। बाप समझाता–बेटा ऐसी राह चलो जिसमें तुम्हें भी पैसे मिलें और गृहस्थी का भी निर्वाह हो। भाइयों के भरोसे कब तक रहोगे? मैं पका आम हूँ–आज टपक पड़ा या कल। फिर तुम्हारा निबाह कैसे होगा? भाई बात भी न पूछेंगे; भावजों का रंग देख ही रहे हो। तुम्हारे भी लड़के-बाले हैं, उनका भार कैसे सँभालोगे? खेती में जी न लगे, कहो कांस्टिबली में भरती करा दूँ? बाँका गुमान खड़ा-खड़ा यह सब सुनता, लेकिन पत्थर का देवता था, कभी न पसीजता। इन महाशय के अत्याचार का दंड उनकी स्त्री बेचारी को भोगना पड़ता था। मेहनत के घर के जितने काम होते, वे उसी के सिर थोपे जाते। उपले पाथती, कुएँ से पानी लाती, आटा पीसती और तिस पर भी जेठानियाँ सीधे मुँह बात न करतीं, वाक्य-बाणों से छेदा करतीं। एक बार जब वह पति से कई दिन रूठी रही, तो बाँके गुमान कुछ नर्म हुए। बाप से जाकर बोले–मुझे कोई दूकान खोलवा दीजिए। चौधरी ने परमात्मा को धन्यवाद दिया। फूले न समाये। कई सौ रुपये लगाकर कपड़े की दूकान खुलवा दी। गुमान के भाग जगे। तनजेब के चुन्नटदार कुरते बनवाये, मलमल का साफा धानी रंग में रँगवाया। सौदा बिके या न बिके, उसे लाभ ही होना था! दूकान खुली हुई है, दस-पाँच गाढ़े मित्र जमे हुए हैं, चरस की दम और ख़याल की तानें उड़ रही हैं-

'चल झटपट री, जमुना-तट री, खड़ो नटखट री।'

इस तरह तीन महीने चैन से कटे। बाँके गुमान ने खूब दिल खोलकर अरमान निकाले, यहाँ तक कि सारी लागत लाभ हो गयी। टाट के टुकड़े के सिवा और कुछ न बचा। बूढ़े चौधरी कुएँ में गिरने चले, भावजों ने घोर आन्दोलन मचाया–अरे राम! हमारे बच्चे और हम चीथड़ों को तरसें, गाढ़े का एक कुरता भी नसीब न हो, और इतनी बड़ी

दूकानइस निखट्टू का कफन बन गयी। अब कौन मुँह दिखायेगा? कौन मुँह लेकर घर में पैर रखेगा? किंतु बाँके गुमान के तेवर जरा भी मैले न हुए। वही मुँह लिये वह फिर घर आया और फिर वही पुरानी चाल चलने लगा। कानूनदाँ बितान उनके ये ठाट-बाट देखकर जल जाता। मैं सारे दिन पसीना बहाऊँ, मुझे नैनसुख का कुरता भी न मिले, यह अपाहिज सारे दिन चारपाई तोड़े और यों बन-ठन कर निकले? ऐसे वस्त्र तो शायद मुझे अपने ब्याह में भी न मिले होंगे। मीठे शान के हृदय में भी कुछ ऐसे ही विचार उठते थे। अंत में यह जलन न सही गयी, और अग्नि भड़की, तो एक दिन कानूनदाँ बितान की पत्नी गुमान के सारे कपड़े उठा लायी और उन पर मिट्टी का तेल उँड़ेलकर आग लगा दी। ज्वाला उठी, सारे कपड़े देखते-देखते जल कर राख हो गये। गुमान रोते थे। दोनों भाई खड़े तमाशा देखते थे। बूढ़े चौधरी ने यह दृश्य देखा, और सिर पीट लिया। यह द्वेषाग्नि है। घर को जलाकर तब बुझेगी।

3

यह ज्वाला तो थोड़ी देर में शांत हो गयी, परंतु हृदय की आग ज्यों की त्यों दहकती रही। अंत में एक दिन बूढ़े चौधरी ने घर के सब मेम्बरों को एकत्र किया और इस गूढ़ विषय पर विचार करने लगे कि बेड़ा कैसे पार हो। बितान से बोले–बेटा, तुमने आज देखा कि बात ही बात में सैकड़ों रुपयों पर पानी फिर गया। अब इस तरह निर्वाह होना असम्भव है। तुम समझदार हो, मुक़दमे-मामले करते हो, कोई ऐसी राह निकालो कि घर डूबने से बचे। मैं तो यह चाहता था कि जब तक चोला रहे, सबको समेटे रहूँ, मगर भगवान् के मन में कुछ और ही है।

बितान की नीतिकुशलता अपनी चतुर सहगामिनी के सामने लुप्त हो जाती थी। वह अभी उसका उत्तर सोच ही रहे थे कि श्रीमती जी बोल उठीं–दादा जी! अब समझाने-बुझाने से काम न चलेगा, सहते-सहते हमारा कलेजा पक गया। बेटे की जितनी पीर बाप को होगी, भाइयों को उतनी क्या, उसकी आधी भी नहीं हो सकती। मैं तो साफ कहती हूँ–गुमान का तुम्हारी कमाई में हक है, उन्हें कंचन के कौर खिलाओ और चाँदी के हिंडोले में झुलाओ। हममें न इतना बूता है, न इतना कलेजा। हम अपनी झोंपड़ी अलग बना लेंगे। हाँ, जो कुछ हमारा हो, वह हमको मिलना चाहिए। बाँट-बखरा कर दीजिए। बला से चार आदमी हँसेंगे, अब कहाँ तक दुनिया की लाज ढोवें?

नीतिज्ञ बितान पर इस प्रबल वक्तृता का जो असर हुआ, वह उनके विकसित और प्रमुदित चेहरे से झलक रहा था। उनमें स्वयं इतना साहस न था कि इस प्रस्ताव को इतनी स्पष्टता से व्यक्त कर सकते। नीतिज्ञ महाशय गंभीरता से बोले–जायदाद मुश्तरका, मन्कूला या गैरमन्कूला, आपके हीन-हयात तकसीम की जा सकती है, इसकी नजीरें मौजूद हैं। ज़मींदार को साकितुलमिल्कियत करने का कोई इस्तहकाक नहीं है।

अब मंदबुद्धि शान की बारी आयी, पर बेचारा किसान, बैलों के पीछे आँखें बंद करके चलनेवाला, ऐसे गूढ़ विषय पर कैसे मुँह खोलता। दुविधा में पड़ा हुआ था।

तब उसकी सत्यवक्ता धर्मपत्नी ने अपनी जेठानी का अनुसरण कर यह कठिन कार्य सम्पन्न किया। बोली–बड़ी बहन ने जो कुछ कहा, उसके सिवा और दूसरा उपाय नहीं। कोई तो कलेजा तोड़-तोड़कर कमाये मगर पैसे-पैसे को तरसे, तन ढाँकने को वस्त्र तक न मिले, और कोई सुख की नींद सोये, हाथ बढ़ा-बढ़ा के खाय! ऐसी अंधेर नगरी में अब हमारा निबाह न होगा।

शान चौधरी ने भी इस प्रस्ताव का मुक्तकंठ से अनुमोदन किया। अब बूढ़े चौधरी गुमान से बोले–क्यों बेटा, तुम्हें भी यही मंजूर है? अभी कुछ नहीं बिगड़ा। यह आग अब भी बुझ सकती है। काम सबको प्यारा है, चाम किसी को नहीं। बोलो, क्या कहते हो? कुछ काम-धंधा करोगे या अभी आँखें नहीं खुलीं?

गुमान में धैर्य की कमी न थी। बातों को इस कान से सुनकर उस कान से उड़ा देना उसका नित्य-कर्म था। किंतु भाइयों की इस जन-मुरीदी पर उसे क्रोध आ गया। बोला–भाइयों की जो इच्छा है, वही मेरे मन में भी लगी हुई है। मैं भी इस जंजाल से भागना चाहता हूँ। मुझसे न मजूरी हुई, न होगी। जिसके भाग्य में चक्की पीसना बदा हो, वह पीसे! मेरे भाग्य में चैन करना लिखा है, मैं क्यों अपना सिर ओखली में दूँ? मैं तो किसी से काम करने को नहीं कहता। आप लोग क्यों मेरे पीछे पड़े हुए हैं। अपनी-अपनी फिक्र कीजिए। मुझे आध सेर आटे की कमी नहीं है।

इस तरह की सभाएँ कितनी ही बार हो चुकी थीं, परंतु इस देश की सामाजिक और राजनीतिक सभाओं की तरह इसमें भी कोई प्रयोजन सिद्ध नहीं होता था। दो-तीन दिन गुमान ने घर पर खाना नहीं खाया। जतनसिंह ठाकुर शौक़ीन आदमी थे, उन्हीं की चौपाल में पड़ा रहता। अंत में बूढ़े चौधरी गये और मना के लाये। अब फिर वह पुरानी गाड़ी अड़ती, मचलती, हिलती चलने लगी।

4

पांडे के घर के चूहों की तरह, चौधरी के घर में बच्चे भी सयाने थे। उनके लिए घोड़े मिट्टी के घोड़े और नावें कागज़ की नावें थीं। फलों के विषय में उनका ज्ञान असीम था, गूलर और जंगली बेर के सिवा कोई ऐसा फल न था, जिसे वे बीमारियों का घर न समझते हों, लेकिन गुरदीन के खोंचे में ऐसा प्रबल आकर्षण था कि उसकी ललकार सुनते ही उनका सारा ज्ञान व्यर्थ हो जाता था। साधारण बच्चों की तरह यदि सोते भी हों, तो चौंक पड़ते थे। गुरदीन उस गाँव में साप्ताहिक फेरे लगाता था। उसके शुभागमन की प्रतीक्षा और आकांक्षा में कितने ही बालकों को बिना किंडरगार्टन की रंगीन गोलियों के ही, संख्याएँ और दिनों के नाम याद हो गये थे। गुरदीन बूढ़ा-सा, मैला-कुचैला आदमी था; किंतु आस-पास में उसका नाम उपद्रवी लड़कों के लिए हनुमान-मंत्र से कम न था। उसकी आवाज़ सुनते ही उसके खोंचे पर लड़कों का ऐसा धावा होता कि मक्खियों की असंख्य सेना को भी रण-स्थल से भागना पड़ता था। और जहाँ बच्चों के लिए मिठाइयाँ थीं, वहाँ गुरदीन के पास माताओं के लिए इससे

भी ज्यादा मीठी बातें थीं। माँ कितना ही मना करती रहे, बार-बार पैसा न रहने का बहाना करे पर गुरदीन चटपट मिठाइयों का दोना बच्चों के हाथ में रख ही देता और स्नेहपूर्ण भाव से कहता—बहू जी, पैसों की कोई चिन्ता न करो, फिर मिलते रहेंगे, कहीं भागे थोड़े ही जाते हैं। नारायण ने तुमको बच्चे दिये हैं, तो मुझे भी उनकी न्योछावर मिल जाती है, उन्हीं की बदौलत मेरे बाल-बच्चे भी जीते हैं। अभी क्या, ईश्वर इनका मौर तो दिखावे, फिर देखना कैसा ठनगन करता हूँ।

गुरदीन का यह व्यवहार चाहे वाणिज्य-नियमों के प्रतिकूल ही क्यों न हो, चाहे 'नौ नगद सही, तेरह उधार नहीं' वाली कहावत अनुभवसिद्ध ही क्यों न हो, किंतु मिष्टभाषी गुरदीन को कभी अपने इस व्यवहार पर पछताने या उसमें संशोधन करने की जरूरत नहीं हुई।

मंगल का शुभ दिन था। बच्चे बड़ी बेचैनी से अपने दरवाज़ों पर खड़े गुरदीन की राह देख रहे थे। कई उत्साही लड़के पेड़ों पर चढ़ गये और कोई-कोई अनुराग से विवश होकर गाँव के बाहर निकल गये थे। सूर्य भगवान् अपना सुनहला थाल लिए पूरब से पश्चिम जा पहुँचे थे, इतने में ही गुरदीन आता हुआ दिखायी दिया। लड़कों ने दौड़कर उसका दामन पकड़ा और आपस में खींचातानी होने लगी। कोई कहता था मेरे घर चलो; कोई अपने घर का न्योता देता था। सबसे पहले भानु चौधरी का मकान पड़ा। गुरदीन ने अपना खोंचा उतार दिया। मिठाइयों की लूट शुरू हो गयी। बालकों और स्त्रियों का ठट्ठ लग गया। हर्ष और विषाद, संतोष और लोभ, ईर्ष्या और क्षोभ, द्वेष और जलन की नाट्यशाला सज गयी। कानूनदाँ बितान की पत्नी अपने तीनों लड़कों को लिये हुए निकली। शान की पत्नी भी अपने दोनों लड़कों के साथ उपस्थित हुई। गुरदीन ने मीठी बातें करनी शुरू कीं। पैसे झोली में रखे, धेले की मिठाई दी और धेले का आशीर्वाद। लड़के दोने लिए उछलते-कूदते घर में दाखिल हुए। अगर सारे गाँव में कोई ऐसा बालक था जिसने गुरदीन की उदारता से लाभ उठाया हो, तो वह बाँके गुमान का लड़का धान था।

यह कठिन था कि बालक धान अपने भाइयों-बहनों को हँस-हँस और उछल-उछलकर मिठाइयाँ खाते देखकर सब्र कर जाय! उस पर तुर्रा यह कि वे उसे मिठाइयाँ दिखा-दिखाकर ललचाते और चिढ़ाते थे। बेचारा धान चीखता और अपनी माता का आँचल पकड़-पकड़कर दरवाज़े की तरफ़ खींचता था; पर वह अबला क्या करे। उसका हृदय बच्चे के लिए ऐंठ-ऐंठकर रह जाता था। उसके पास एक पैसा भी नहीं था। अपने दुर्भाग्य पर, जेठानियों की निष्ठुरता पर और सबसे ज्यादा अपने पति के निखट्टूपन पर कुढ़-कुढ़ कर रह जाती थी। अपना आदमी ऐसा निकम्मा न होता, तो क्यों दूसरों का मुँह देखना पड़ता, क्यों दूसरों के धक्के खाने पड़ते? उसने धान को गोद में उठा लिया और प्यार से दिलासा देने लगी—बेटा, रोओ मत, अबकी गुरदीन आवेगा तो तुम्हें बहुत-सी मिठाई ले दूँगी, मैं इससे अच्छी मिठाई बाज़ार से

मँगवा दूँगी, तुम कितनी मिठाई खाओगे! यह कहते-कहते उसकी आँखें भर आयीं। आह! यह मनहूस मंगल आज ही फिर आवेगा, और फिर ये ही बहाने करने पड़ेंगे! हाय, अपना प्यारा बच्चा धेले की मिठाई को तरसे और घर में किसी का पत्थर-सा कलेजा न पसीजे! वह बेचारी तो इन चिंताओं में डूबी हुई थी और धान किसी तरह चुप ही न होता था। जब कुछ वश न चला, तो माँ की गोद से जमीन पर उतरकर लोटने लगा और रो-रोकर दुनिया सिर पर उठा ली। माँ ने बहुत बहलाया, फुसलाया, यहाँ तक कि उसे बच्चे के इस हठ पर क्रोध भी आ गया। मानव हृदय के रहस्य कभी समझ में नहीं आते। कहाँ तो बच्चे को प्यार से चिपटाती थी, ऐसी झल्लायी कि उसे दो-तीन थप्पड़ जोर से लगाये और घुड़ककर बोली–चुप रह अभागे! तेरा ही मुँह मिठाई खाने का है? अपने दिन को नहीं रोता, मिठाई खाने चला है?

बाँका गुमान अपनी कोठरी के द्वार पर बैठा हुआ यह कौतुक बड़े ध्यान से देख रहा था। वह इस बच्चे को बहुत चाहता था। इस वक्त के थप्पड़ उसके हृदय में तेज भाले के समान लगे और चुभ गये। शायद उनका अभिप्राय भी यही था। धुनिया रुई को धुनने के लिए ताँत पर चोट लगाता है।

जिस तरह पत्थर और पानी में आग छिपी रहती है, उसी तरह मनुष्य के हृदय में भी, चाहे वह कैसा ही क्रूर और कठोर क्यों न हो, उत्कृष्ट और कोमल भाव छिपे रहते हैं। गुमान की आँखें भर आयीं। आँसू की बूँदें बहुधा हमारे हृदय की मलिनता को उज्ज्वल कर देती हैं। गुमान सचेत हो गया। उसने जाकर बच्चे को गोद में उठा लिया और अपनी पत्नी से करुणोत्पादक स्वर में बोला–बच्चे पर इतना क्रोध क्यों करती हो? तुम्हारा दोषी मैं हूँ, मुझको जो दंड चाहो, दो। परमात्मा ने चाहा तो कल से लोग इस घर में मेरा और मेरे बाल-बच्चों का भी आदर करेंगे। तुमने आज मुझे सदा के लिए इस तरह जगा दिया, मानो मेरे कानों में शंखनाद कर मुझे कर्म-पथ में प्रवेश का उपदेश दिया हो।

❑

बेटी का धन

बेतवा नदी दो ऊँचे कगारों के बीच इस तरह मुँह छिपाये हुए थी जैसे निर्मल हृदयों में साहस और उत्साह की मद्धम ज्योति छिपी रहती है। इसके एक कगार पर एक छोटा-सा गाँव बसा है, जो अपने भग्न जातीय चिह्नों के लिए बहुत ही प्रसिद्ध है। जातीय गाथाओं और चिह्नों पर मर मिटनेवाले लोग इस भावनस्थान पर बड़े प्रेम और श्रद्धा के साथ आते और गाँव का बूढ़ा केवट सुक्खू चौधरी उन्हें उसकी परिक्रमा कराता और रानी के महल, राजा का दरबार और कुँवर की बैठक के मिटे हुए चिह्नों को दिखाता। वह एक उच्छ्वास लेकर रुँधे हुए गले से कहता, महाशय! एक वह समय था कि केवटों को मछलियों के इनाम में अशर्फियाँ मिलती थीं। कहार महल में झाड़ूँ देते हुए अशर्फियाँ बटोर ले जाते थे। बेतवा नदी रोज चढ़ कर महाराज के चरण छूने आती थी। यह प्रताप और यह तेज था, परन्तु आज इसकी यह दशा है। इन सुन्दर उक्तियों पर किसी का विश्वास जमाना चौधरी के वश की बात न थी, पर सुननेवाले उसकी सहृदयता तथा अनुराग के ज़रूर कायल हो जाते थे।

सुक्खू चौधरी उदार पुरुष थे, परन्तु जितना बड़ा मुँह था, उतना बड़ा ग्रास न था। तीन लड़के, तीन बहुएँ और कई पौत्र-पौत्रियाँ थीं। लड़की केवल एक गंगाजली थी, जिसका अभी तक गौना नहीं हुआ था। चौधरी की यह सबसे पिछली संतान थी। स्त्री के मर जाने पर उसने इसको बकरी का दूध पिला-पिला कर पाला था। परिवार में खानेवाले तो इतने थे, पर खेती सिर्फ एक हल की होती थी। ज्यों-त्यों कर निर्वाह होता था, परन्तु सुक्खू की वृद्धावस्था और पुरातत्त्व ज्ञान ने उसे गाँव में वह मान और प्रतिष्ठा प्रदान कर रक्खी थी, जिसे देखकर झगड़ू साहु भीतर ही भीतर जलते थे। सुक्खू जब गाँववालों के समक्ष, हाकिमों से हाथ फेंक-फेंक कर बातें करने लगता और खंडहरों को घुमा-फिरा कर दिखाने लगता था तो झगड़ू साहु जो चपरासियों के धक्के खाने के डर से करीब नहीं फटकते थे, तड़प-तड़प कर रह जाते थे। अतः वे सदा इस शुभ अवसर की प्रतीक्षा करते रहते थे, जब सुक्खू पर अपने धन द्वारा प्रभुत्व जमा सकें।

2

इस गाँव के ज़मींदार ठाकुर जीतनसिंह थे, जिनकी बेगार के मारे गाँववालों का नाकों दम था। उस साल जब जिला मजिस्ट्रेट का दौरा हुआ और वह यहाँ के पुरातन चिह्नों की सैर करने के लिए पधारे, तो सुक्खू चौधरी ने दबी ज़बान से

अपने गाँववालों की दुःख-कहानी उन्हें सुनायी। हाकिमों से वार्तालाप करने में उसे तनिक भी भय न होता था। सुक्खू चौधरी को खूब मालूम था कि जीतनसिंह से रार मचाना सिंह के मुँह में सिर देना है। किंतु जब गाँववाले कहते थे कि चौधरी तुम्हारी ऐसे-ऐसे हाकिमों से मिताई है और हम लोगों को रात-दिन रोते कटता है, तो फिर तुम्हारी यह मित्रता किस दिन काम आवेगी। परोपकाराय सताम् विभूतयः। तब सुक्खू का मिजाज़ आसमान पर चढ़ जाता था। घड़ी भर के लिए वह जीतनसिंह को भूल जाता था। मजिस्ट्रेट ने जीतनसिंह से इसका उत्तर माँगा। उधर झगड़ू साहु ने चौधरी के इस साहसपूर्ण स्वामीद्रोह की रिपोर्ट जीतनसिंह को दी। ठाकुर साहब जलकर आग हो गये। अपने कारिंदे से बकाया लगान की बही माँगी। संयोगवश चौधरी के जिम्मे इस साल का कुछ लगान बाकी था। कुछ तो पैदावार कम हुई, उस पर गंगाजली का ब्याह करना पड़ा। छोटी बहू नथ की रट लगाये हुए थी; वह बनवानी पड़ी। इन सब खर्चों ने हाथ बिलकुल खाली कर दिया था। लगान के लिए कुछ अधिक चिंता नहीं थी। वह इस अभिमान में भूला हुआ था कि जिस ज़बान में हाकिमों को प्रसन्न करने की शक्ति है, क्या वह ठाकुर साहब को अपना लक्ष्य न बना सकेगी? बूढ़े चौधरी इधर तो अपने गर्व में निश्चिंत थे और उधर उन पर बकाया लगान की नालिश ठुक गयी। सम्मन आ पहुँचा। दूसरे दिन पेशी की तारीख़ पड़ गयी। चौधरी को अपना जादू चलाने का अवसर न मिला।

जिन लोगों के बढ़ावे में आकर सुक्खू ने ठाकुर से छेड़छाड़ की थी, उनका दर्शन मिलना दुर्लभ हो गया। ठाकुर साहब के सहने और प्यादे गाँव में चील की तरह मँडराने लगे। उनके भय से किसी को चौधरी की परछाईं काटने का साहस न होता था। कचहरी वहाँ से तीन मील पर थी। बरसात के दिन, रास्ते में ठौर-ठौर पानी, उमड़ी हुई नदियाँ, रास्ता कच्चा, बैलगाड़ी का निबाह नहीं, पैरों में बल नहीं, अतः अदमपैरवी में मुकदमे का एकतरफ़ा फ़ैसला हो गया।

3

कुर्की का नोटिस पहुँचा तो चौधरी के हाथ-पाँव फूल गये। सारी चतुराई भूल गयी। चुपचाप अपनी खाट पर पड़ा-पड़ा नदी की ओर ताकता और अपने मन में कहता, क्या मेरे जीते जी घर मिट्टी में मिल जाएगा। मेरे इन बैलों की सुंदर जोड़ी के गले में आह! क्या दूसरों का जुआ पड़ेगा? यह सोचते-सोचते उसकी आँखें भर आतीं। वह बैलों से लिपट कर रोने लगा, परंतु बैलों की आँखों से क्यों आँसू जारी थे? वे नाँद में मुँह क्यों नहीं डालते थे? क्या उनके हृदय पर भी अपने स्वामी के दुःख की चोट पहुँच रही थी!

फिर वह अपने झोपड़े को विकल नयनों से निहार कर देखता। और मन में सोचता, क्या हमको इस घर से निकलना पड़ेगा? यह पूर्वजों की निशानी क्या हमारे जीते जी छिन जाएगी?

कुछ लोग परीक्षा में दृढ़ रहते हैं और कुछ लोग इसकी हलकी आँच भी नहीं सह सकते। चौधरी अपनी खाट पर उदास पड़े घंटों अपने कुलदेव महावीर और महादेव को मनाया करता और उनका गुण गाया करता। उसकी चिंतादग्ध आत्मा को और कोई सहारा न था।

इसमें कोई संदेह न था कि चौधरी की तीनों बहुओं के पास गहने थे, पर स्त्री का गहना ऊख का रस है, जो पेरने ही से निकलता है। चौधरी जाति का ओछा पर स्वभाव का ऊँचा था। उसे ऐसी नीच बात बहुओं से कहते संकोच होता था। कदाचित् यह नीच विचार उसके हृदय में उत्पन्न ही नहीं हुआ था, किंतु तीनों बेटे यदि जरा भी बुद्धि से काम लेते तो बूढ़े को देवताओं की शरण लेने की आवश्यकता न होती। परंतु यहाँ तो बात ही निराली थी। बड़े लड़के को घाट के काम से फुरसत न थी। बाकी दो लड़के इस जटिल प्रश्न को विचित्र रूप से हल करने के मंसूबे बाँध रहे थे।

मँझले झींगुर ने मुँह बना कर कहा—उँह! इस गाँव में क्या धरा है। जहाँ ही कमाऊँगा, वहीं खाऊँगा पर जीतनसिंह की मूँछें एक-एक करके चुन लूँगा।

छोटे फक्कड़ ऐंठ कर बोले—मूँछें तुम चुन लेना! नाक मैं उड़ा दूँगा। नकटा बना घूमेगा।

इस पर दोनों खूब हँसे और मछली मारने चल दिये।

इस गाँव में एक बूढ़े ब्राह्मण भी रहते थे। मंदिर में पूजा करते और नित्य अपने यजमानों को दर्शन देने नदी पार जाते, पर खेवे के पैसे न देते। तीसरे दिन वह ज़मींदार के गुप्तचरों की आँख बचाकर सुक्खू के पास आये और सहानुभूति के स्वर में बोले—चौधरी! कल ही तक मियाद है और तुम अभी तक पड़े-पड़े सो रहे हो। क्यों नहीं घर की चीज़ ढूँढ़-ढाँढ़ कर किसी और जगह भेज देते? न हो समधियाने पठवा दो। जो कुछ बच रहे, वही सही। घर की मिट्टी खोद कर थोड़े ही कोई ले जाएगा।

चौधरी लेटा था, उठ बैठा और आकाश की ओर निहार कर बोला—जो कुछ उसकी इच्छा है, वह होगा। मुझसे यह जाल न होगा।

इधर कई दिन की निरंतर भक्ति और उपासना के कारण चौधरी का मन शुद्ध और पवित्र हो गया था। उसे छल-प्रपंच से घृणा हो गयी थी। पंडित जी जो इस काम में सिद्धहस्त थे, लज्जित हो गये।

परंतु चौधरी के घर के अन्य लोगों को ईश्वरेच्छा पर इतना भरोसा न था। धीरे-धीरे घर के बर्तन-भाँड़े खिसकाये जाते थे। अनाज का एक दाना भी घर में न रहने पाया। रात को नाव लदी हुई जाती और उधर से खाली लौटती थी। तीन दिन तक घर में चूल्हा न जला। बूढ़े चौधरी के मुँह में अन्न की कौन कहे पानी की एक बूँद भी न पड़ी। स्त्रियाँ भाड़ से चने भुना कर चबातीं, और लड़के मछलियाँ भून-भून कर उड़ाते। परंतु बूढ़े की इस एकादशी में यदि कोई शरीक था तो वह

उसकी बेटी गंगाजली थी। यह बेचारी अपने बूढ़े बाप को चारपाई पर निर्जल छटपटाते देख बिलख-बिलख कर रोती।

लड़कों को अपने माता-पिता से वह प्रेम नहीं होता जो लड़कियों को होता है। गंगाजली इस सोच-विचार में मग्न रहती थी कि दादा की किस भाँति सहायता करूँ। यदि हम सब भाई-बहन मिलकर जीतनसिंह के पास जाकर दया-भिक्षा की प्रार्थना करें तो वे अवश्य मान जाएँगे; परंतु दादा को कब यह स्वीकार होगा। वह यदि एक दिन बड़े साहब के पास चले जाएँ तो सब-कुछ बात की बात में बन जाय। किंतु उनकी तो जैसे बुद्धि ही मारी गयी है। इसी उधेड़बुन में उसे एक उपाय सूझ पड़ा, कुम्हलाया हुआ मुखारविंद खिल उठा।

पुजारी जी सुक्खू चौधरी के पास से उठकर चले गये थे और चौधरी उच्च स्वर से अपने सोये हुए देवताओं को पुकार-पुकार कर बुला रहे थे। निदान गंगाजली उनके पास जाकर खड़ी हो गयी। चौधरी ने उसे देखकर विस्मित स्वर में पूछा, क्यों बेटी? इतनी रात गये क्यों बाहर आयी?

गंगाजली ने कहा—बाहर रहना तो भाग्य में लिखा है, घर में कैसे रहूँ।

सुक्खू ने जोर से हाँक लगायी—कहाँ गये तुम कृष्णमुरारी, मेरे दुःख हरो।

गंगाजली खड़ी थी, बैठ गयी और धीरे से बोली—भजन गाते तो आज तीन दिन हो गये। घर बचाने का भी कुछ उपाय सोचा कि इसे यों ही मिट्टी में मिला दोगे? हम लोगों को क्या पेड़ तले रखोगे?

चौधरी ने व्यथित स्वर से कहा—बेटी, मुझे तो कोई उपाय नहीं सूझता। भगवान् जो चाहेंगे, होगा। वेग चलो गिरधर गोपाल, काहे विलम्ब करो।

गंगाजली ने कहा—मैंने एक उपाय सोचा है, कहो तो कहूँ।

चौधरी उठकर बैठ गये और पूछा—कौन उपाय है बेटी?

गंगाजली ने कहा—मेरे गहने झगडू साहु के यहाँ गिरों रख दो। मैंने जोड़ लिया है। देने भर के रुपये हो जाएँगे।

चौधरी ने ठंडी साँस लेकर कहा—बेटी! तुमको मुझसे यह बात कहते लाज नहीं आती। वेद-शास्त्र में मुझे तुम्हारे गाँव के कुएँ का पानी पीना भी मना है। तुम्हारी ड्योढ़ी में भी पैर रखने का निषेध है। क्या तुम मुझे नरक में ढकेलना चाहती हो?

गंगाजली उत्तर के लिए पहले ही से तैयार थी। बोली—मैं अपने गहने तुम्हें दिये थोड़े ही देती हूँ। इस समय लेकर काम चलाओ, चैत में छुड़ा देना। चौधरी ने कड़क कर कहा यह मुझसे न होगा।

गंगाजली उत्तेजित होकर बोली—तुमसे यह न होगा तो मैं आप ही जाऊँगी, मुझसे घर की यह दुर्दशा नहीं देखी जाती।

चौधरी ने झुँझला कर कहा—बिरादरी में कौन मुँह दिखाऊँगा?

गंगाजली ने चिढ़ कर कहा–बिरादरी में कौन ढिंढोरा पीटने जाता है।

चौधरी ने फ़ैसला सुनाया–जगहँसाई के लिए मैं अपना धर्म न बिगाड़ूँगा।

गंगाजली बिगड़कर बोली–मेरी बात नहीं मानोगे तो तुम्हारे ऊपर मेरी हत्या पड़ेगी। मैं आज ही इस बेतवा नदी में कूद पड़ूँगी। तुमसे चाहे घर में आग लगते देखा जाय, पर मुझसे तो न देखा जाएगा।

चौधरी ने ठंडी साँस लेकर कातर स्वर में कहा–बेटी, मेरा धर्म नाश मत करो। यदि ऐसा ही है तो अपनी किसी भावज के गहने माँग कर लाओ।

गंगाजली ने गम्भीर स्वर में कहा–भावजों से कौन अपना मुँह नोचवाने जाएगा। उनको फिकर होती तो क्या मुँह में दही जमा था, कहतीं नहीं।

चौधरी निरुत्तर हो गये। गंगाजली घर में जाकर गहनों की पिटारी लायी और एक-एक करके सब गहने चौधरी के अँगोछे में बाँध दिये।

चौधरी ने आँखों में आँसू भर कर कहा–हाय राम, इस शरीर की क्या गति लिखी है! यह कहकर उठे। बहुत सम्हालने पर भी आँखों में आँसू न छिपे।

4

रात का समय था। बेतवा नदी के किनारे-किनारे मार्ग को छोड़कर सुक्खू चौधरी गहनों की गठरी काँख में दबाये इस तरह चुपके-चुपके चल रहे थे, मानो पाप की गठरी लिये जाते हैं। जब वह झगड़ू साहु के मकान के पास पहुँचे तो ठहर गये, आँखें खूब साफ कीं, जिससे किसी को यह न बोध हो कि चौधरी रोता था।

झगड़ू साहु धागे की कमानी की एक मोटी ऐनक लगाये बहीखाता फैलाये हुक्का पी रहे थे, और दीपक के धुँधले प्रकाश में उन अक्षरों को पढ़ने की व्यर्थ चेष्टा में लगे थे जिनमें स्याही की किफायत की गयी थी। बार-बार ऐनक को साफ करते और आँख मलते, पर चिराग की बत्ती उकसाना या दोहरी बत्ती लगाना शायद इसलिए उचित नहीं समझते थे कि तेल का अपव्यय होगा। इसी समय सुक्खू चौधरी ने आकर कहा–जयराम जी।

झगड़ू साहु ने देखा। पहचान कर बोले–जयराम चौधरी! कहो मुकदमे में क्या हुआ? यह लेन-देन बड़े झंझट का काम है। दिन-भर सिर उठाने की छुट्टी नहीं मिलती।

चौधरी ने पोटली को खूब सावधानी से छिपाकर लापरवाही के साथ कहा–अभी तक तो कुछ नहीं हुआ। कल इजरायडिगरी होनेवाली है। ठाकुर साहब ने न जाने कब का बैर निकाला है। हमको दो-तीन दिन की भी मुहलत होती तो डिगरी न जारी होने पाती। छोटे साहब और बड़े साहब दोनों हमको अच्छी तरह जानते हैं। अभी इसी साल मैंने उनसे नदी किनारे घंटों बातें कीं, किंतु एक तो बरसात के दिन, दूसरे एक दिन की भी मुहलत नहीं, क्या करता! इस समय मुझे रुपयों की चिंता है।

झगड़ू साहु ने विस्मित होकर पूछा—तुमको रुपयों की चिंता! घर में भरा है, वह किस दिन काम आवेगा। झगड़ू साहु ने यह व्यंग्यबाण नहीं छोड़ा था। वास्तव में उन्हें और सारे गाँव को विश्वास था कि चौधरी के घर में लक्ष्मी महारानी का अखंड राज्य है।

चौधरी का रंग बदलने लगा। बोले—साहु जी! रुपया होता तो किस बात की चिंता थी? तुमसे कौन छिपाव है। आज तीन दिन से घर में चूल्हा नहीं जला, रोना-पीटना पड़ा है। अब तो तुम्हारे बसाये बसूँगा। ठाकुर साहब ने तो उजाड़ने में कोई कसर न छोड़ी।

झगड़ू साहु जीतनसिंह को खुश रखना ज़रूर चाहते थे, पर साथ ही चौधरी को भी नाखुश करना मंजूर न था। यदि सूद-दर-सूद छोड़ कर मूल तथा ब्याज सहज वसूल हो जाय तो उन्हें चौधरी पर मुफ्त का एहसान लादने में कोई आपत्ति न थी। यदि चौधरी के अफसरों की जान-पहचान के कारण साहु जी का टैक्स से गला छूट जाय, जो अनेक उपाय करने अहलकारों की मुट्ठी गरम करने पर भी नित्य प्रति उनकी तोंद की तरह बढ़ता ही जा रहा था तो क्या पूछना! बोले—क्या कहें चौधरी जी, खर्च के मारे आजकल हम भी तबाह हैं। लहने वसूल नहीं होते। टैक्स का रुपया देना पड़ा। हाथ बिलकुल खाली हो गया। तुम्हें कितना रुपया चाहिए?

चौधरी ने कहा—सौ रुपये की डिगरी है। खर्च-बर्च मिला कर दो सौ के लगभग समझो।

झगड़ू अब अपने दाँव खेलने लगे। पूछा—तुम्हारे लड़कों ने तुम्हारी कुछ भी मदद न की। वह सब भी तो कुछ-न-कुछ कमाते ही हैं।

साहु जी का यह निशाना ठीक पड़ा लड़कों ने लापरवाही से चौधरी के मन में जो कुत्सित भाव भरे थे, वह सजीव हो गये। बोले—भाई, लड़के किसी काम के होते तो यह दिन क्यों देखना पड़ता। उन्हें तो अपने भोग-विलास से मतलब। घर-गृहस्थी का बोझ तो मेरे सिर पर है। मैं इसे जैसे चाहूँ, सँभालूँ उनसे कुछ सरोकार नहीं, मरते दम भी गला नहीं छूटता। मरूँगा तो सब खाल में भूसा भरा कर रख छोड़ेंगे। 'गृह कारज नाना जंजाला।'

झगड़ू ने तीसरा तीर मारा—क्या बहुओं से भी कुछ न बन पड़ा।

चौधरी ने उत्तर दिया—बहू-बेटे सब अपनी-अपनी मौज में मस्त हैं। मैं तीन दिन तक द्वार पर बिना अन्न-जल के पड़ा था, किसी ने बात भी नहीं पूछी। कहाँ की सलाह, कहाँ की बातचीत। बहुओं के पास रुपये न हों, पर गहने तो हैं और वे भी मेरे बनाये हुए। इस दुर्दिन के समय यदि दो-दो थान उतार देतीं तो क्या मैं छुड़ा न देता? सदा यही दिन थोड़े ही रहेंगे।

झगड़ू समझ गये कि यह महज ज़बान का सौदा है और वह ज़बान का सौदा भूलकर भी न करते थे। बोले—तुम्हारे घर के लोग भी अनूठे हैं। क्या इतना भी नहीं जानते कि बूढ़ा रुपये कहाँ से लावेगा? अब समय बदल गया। या तो कुछ जायदाद

लिखो या गहने गिरों रखो तब जाकर रुपया मिले। इसके बिना रुपये कहाँ। इसमें भी जायदाद में सैकड़ों बखेड़े पड़े हैं। सुभीता गिरों रखने में ही है। हाँ, तो जब घरवालों को कोई इसकी फिक्र नहीं तो तुम क्यों व्यर्थ जान देते हो। यही न होगा कि लोग हँसेंगे सो यह लाज कहाँ तक निबाहोगे?

चौधरी ने अत्यन्त विनीत होकर कहा–साहु जी, यह लाज तो मारे डालती है। तुमसे क्या छिपा है। एक वह दिन था कि हमारे दादा-बाबा महाराज की सवारी के साथ चलते थे, अब एक दिन यह कि घर-घर की दीवार तक बिकने की नौबत आ गयी है। कहीं मुँह दिखाने को भी जी नहीं चाहता। यह लो गहनों की पोटली। यदि लोकलाज न होती तो इसे लेकर कभी यहाँ न आता, परन्तु यह अधर्म इसी लाज निबाहने के कारण करना पड़ा है।

झगड़ू साहु ने आश्चर्य में होकर पूछा–यह गहने किसके हैं? चौधरी ने सिर झुका कर बड़ी कठिनता से कहा–मेरी बेटी गंगाजली के। झगड़ू साहु स्तम्भित हो गये। बोले–अरे! राम-राम!

चौधरी ने कातर स्वर में कहा–डूब मरने को जी चाहता है।

झगड़ू ने बड़ी धार्मिकता के साथ स्थिर होकर कहा–शास्त्र में बेटी के गाँव का पेड़ देखना मना है।

चौधरी ने दीर्घ निःश्वास छोड़ कर करुण स्वर में कहा–न जाने नारायण कब मौत देंगे। भाई की तीन लड़कियाँ ब्याहीं। कभी भूल कर भी उनके द्वार का मुँह नहीं देखा। परमात्मा ने अब तक तो टेक निबाही है, पर अब न जाने मिट्टी की क्या दुर्दशा होने वाली है।

झगड़ू साहु 'लेखा जौ-जौ बखशीश सौ-सौ' के सिद्धांत पर चलते थे। सूद की एक कौड़ी भी छोड़ना उनके लिए हराम था। यदि एक महीने का एक दिन भी लग जाता तो पूरे महीने का सूद वसूल कर लेते। परन्तु नवरात्र में नित्य दुर्गा-पाठ करवाते थे। पितृपक्ष में रोज ब्राह्मणों को सीधा बाँटते थे। बनियों की धर्म में बड़ी निष्ठा होती है। यदि कोई दीन ब्राह्मण लड़की ब्याहने के लिए उनके सामने हाथ पसारता तो वह खाली हाथ न लौटता, भीख माँगने वाले ब्राह्मणों को चाहे वह कितने ही संडे-मुसंडे हों, उनके दरवाज़े पर फटकार नहीं सुननी पड़ती थी। उनके धर्म-शास्त्र में कन्या के गाँव के कुएँ का पानी पीने से प्यासा मर जाना अच्छा है। वह स्वयं इस सिद्धांत के भक्त थे और इस सिद्धांत के अन्य पक्षपाती उनके लिए महामान्य देवता थे। वे पिघल गये। मन में सोचा, यह मनुष्य तो कभी ओछे विचारों को मन में नहीं लाया।

निर्दय काल की ठोकर से अधर्म मार्ग पर उतर आया है, तो उसके धर्म की रक्षा करना हमारा कर्तव्य-धर्म है। यह विचार मन में आते ही झगड़ू साहु गद्दी से मसनद के सहारे उठ बैठे और दृढ़ स्वर से कहा–वही परमात्मा जिसने अब तक तुम्हारी टेक निबाही है, अब भी निबाहेंगे। लड़की के गहने लड़की को दे दो। लड़की जैसी

तुम्हारी है वैसी मेरी भी है। यह लो रुपये। आज काम चलाओ। जब हाथ में रुपये आ जाएँ, दे देना।

चौधरी पर इस सहानुभूति का गहरा असर पड़ा। वह जोर-जोर से रोने लगा। उसे अपने भावों की धुन में कृष्ण भगवान् की मोहिनी मूर्ति सामने विराजमान दिखायी दी। वही झगड़ू जो सारे गाँव में बदनाम था, जिसकी उसने खुद कई बार हाकिमों से शिकायत की थी, आज साक्षात् देवता जान पड़ता था। रुँधे हुए कंठ से गद्‌गद हो बोला–झगड़ू, तुमने इस समय मेरी बात, मेरी लाज, मेरा धर्म, कहाँ तक कहूँ, मेरा सब-कुछ रख लिया। मेरी डूबती नाव पार लगा दी। कृष्ण मुरारी तुम्हारे इस उपकार का फल देंगे और मैं तो तुम्हारा गुण जब तक जीऊँगा, गाता रहूँगा।

❑

बूढ़ी काकी

1

बुढ़ापा बहुधा बचपन का पुनरागमन हुआ करता है। जिह्वा-स्वाद के सिवा और कोई चेष्टा शेष न थी और न अपने कष्टों की ओर आकर्षित करने का, रोने के अतिरिक्त कोई दूसरा सहारा ही। समस्त इन्द्रियाँ, नेत्र, हाथ और पैर जवाब दे चुके थे। पृथ्वी पर पड़ी रहतीं और घर वाले कोई बात उनकी इच्छा के प्रतिकूल करते, भोजन का समय टल जाता या उसका परिमाण पूर्ण न होता अथवा बाज़ार से कोई वस्तु आती और न मिलती तो ये रोने लगती थीं। उनका रोना-सिसकना साधारण रोना न था, वे गला फाड़-फाड़कर रोती थीं।

उनके पतिदेव को स्वर्ग सिधारे कालांतर हो चुका था। बेटे तरुण हो-होकर चल बसे थे। अब एक भतीजे के अलावा और कोई न था। उसी भतीजे के नाम उन्होंने अपनी सारी सम्पत्ति लिख दी। भतीजे ने सारी सम्पत्ति लिखाते समय खूब लम्बे-चौड़े वादे किए, किन्तु वे सब वादे केवल कुली-डिपो के दलालों के दिखाए हुए सब्जबाग थे। यद्यपि उस सम्पत्ति की वार्षिक आय डेढ़-दो सौ रुपए से कम न थी तथापि बूढ़ी काकी को पेट भर भोजन भी कठिनाई से मिलता था। इसमें उनके भतीजे पंडित बुद्धिराम का अपराध था अथवा उनकी अर्धांगिनी श्रीमती रूपा का, इसका निर्णय करना सहज नहीं। बुद्धिराम स्वभाव के सज्जन थे, किंतु उसी समय तक जब कि उनके कोष पर आँच न आए। रूपा स्वभाव से तीव्र थी सही, पर ईश्वर से डरती थी। अतएव बूढ़ी काकी को उसकी तीव्रता उतनी न खलती थी जितनी बुद्धिराम की भलमनसाहत।

बुद्धिराम को कभी-कभी अपने अत्याचार का खेद होता था। विचारते कि इसी सम्पत्ति के कारण मैं इस समय भलामानुष बना बैठा हूँ। यदि भौतिक आश्वासन और सूखी सहानुभूति से स्थिति में सुधार हो सकता हो, उन्हें कदाचित् कोई आपत्ति न होती, परन्तु विशेष व्यय का भय उनकी सुचेष्टा को दबाए रखता था। यहाँ तक कि यदि द्वार पर कोई भला आदमी बैठा होता और बूढ़ी काकी उस समय अपना राग अलापने लगतीं तो वह आग हो जाते और घर में आकर उन्हें जोर से डाँटते। लड़कों को बुड्ढों से स्वाभाविक विद्वेष होता ही है और फिर जब माता-पिता का

यह रंग देखते तो वे बूढ़ी काकी को और सताया करते। कोई चुटकी काटकर भागता, कोई इन पर पानी की कुल्ली कर देता। काकी चीख मारकर रोतीं परन्तु यह बात प्रसिद्ध थी कि वह केवल खाने के लिए रोती हैं, अतएव उनके संताप और आर्तनाद पर कोई ध्यान नहीं देता था। हाँ, काकी क्रोधातुर होकर बच्चों को गालियाँ देने लगतीं तो रूपा घटनास्थल पर आ पहुँचती। इस भय से काकी अपनी जिह्वा कृपाण का कदाचित् ही प्रयोग करती थीं, यद्यपि उपद्रव-शान्ति का यह उपाय रोने से कहीं अधिक उपयुक्त था।

सम्पूर्ण परिवार में यदि काकी से किसी को अनुराग था, तो वह बुद्धिराम की छोटी लड़की लाडली थी। लाडली अपने दोनों भाइयों के भय से अपने हिस्से की मिठाई-चबैना बूढ़ी काकी के पास बैठकर खाया करती थी। यही उसका रक्षागार था और यद्यपि काकी की शरण उनकी लोलुपता के कारण बहुत महगी पड़ती थी, तथापि भाइयों के अन्याय से सुरक्षा कहीं सुलभ थी तो बस यहीं। इसी स्वार्थानुकूलता ने उन दोनों में सहानुभूति का आरोपण कर दिया था।

2

रात का समय था। बुद्धिराम के द्वार पर शहनाई बज रही थी और गाँव के बच्चों का झुंड विस्मयपूर्ण नेत्रों से गाने का रसास्वादन कर रहा था। चारपाइयों पर मेहमान विश्राम करते हुए नाइयों से मुक्कियाँ लगवा रहे थे। समीप खड़ा भाट विरुदावली सुना रहा था और कुछ भावज्ञ मेहमानों की 'वाह, वाह' पर ऐसा खुश हो रहा था मानो इस 'वाह-वाह' का यथार्थ में वही अधिकारी है। दो-एक अँग्रेज़ी पढ़े हुए नवयुवक इन व्यवहारों से उदासीन थे। वे इस गँवार मंडली में बोलना अथवा सम्मिलित होना अपनी प्रतिष्ठा के प्रतिकूल समझते थे।

आज बुद्धिराम के बड़े लड़के मुखराम का तिलक आया है। यह उसी का उत्सव है। घर के भीतर स्त्रियाँ गा रही थीं और रूपा मेहमानों के लिए भोजन में व्यस्त थी। भट्टियों पर कड़ाह चढ़ रहे थे। एक में पूड़ियाँ-कचौड़ियाँ निकल रही थीं, दूसरे में अन्य पकवान बनते थे। एक बड़े हंडे में मसालेदार तरकारी पक रही थी। घी और मसाले की क्षुधावर्धक सुगंधि चारों ओर फैली हुई थी। बूढ़ी काकी अपनी कोठरी में शोकमय विचार की भाँति बैठी हुई थीं। यह स्वाद मिश्रित सुगंधि उन्हें बेचैन कर रही थी। वे मन-ही-मन विचार कर रही थीं, संभवतः मुझे पूड़ियाँ न मिलेंगीं। इतनी देर हो गई, कोई भोजन लेकर नहीं आया। मालूम होता है, सब लोग भोजन कर चुके हैं। मेरे लिए कुछ न बचा। यह सोचकर उन्हें रोना आया, परन्तु अपशकुन के भय से वह रो न सकीं।

'आहा... कैसी सुगंधि है? अब मुझे कौन पूछता है। जब रोटियों के ही लाले पड़े हैं, तब ऐसे भाग्य कहाँ कि भरपेट पूड़ियाँ मिलें?' यह विचार कर उन्हें रोना आया, कलेजे में हूक-सी उठने लगी। परंतु रूपा के भय से उन्होंने फिर मौन धारण कर लिया।

बूढ़ी काकी देर तक इन्हीं दुखदायक विचारों में डूबी रहीं। घी और मसालों की सुगंधि रह-रहकर मन को आपे से बाहर किए देती थी। मुँह में पानी भर-भर आता था। पूड़ियों का स्वाद स्मरण करके हृदय में गुदगुदी होने लगती थी। किसे पुकारूँ, आज लाडली बेटी भी नहीं आई। दोनों छोकरे सदा दिक दिया करते हैं। आज उनका भी कहीं पता नहीं। कुछ मालूम तो होता कि क्या बन रहा है।

बूढ़ी काकी की कल्पना में पूड़ियों की तसवीर नाचने लगी। खूब लाल-लाल, फूली-फूली, नरम-नरम होंगी। रूपा ने भली-भाँति भोजन किया होगा। कचौड़ियों में अजवाइन और इलायची की महक आ रही होगी। एक पूड़ी मिलती तो जरा हाथ में लेकर देखती। क्यों न चलकर कड़ाह के सामने ही बैठूँ। पूड़ियाँ छन-छनकर तैयार होंगी। कड़ाह से गरम-गरम निकालकर थाल में रखी जाती होंगी। फूल हम घर में भी सूँघ सकते हैं, परन्तु वाटिका में कुछ और बात होती है। इस प्रकार निर्णय करके बूढ़ी काकी उकड़ूँ बैठकर हाथों के बल सरकती हुई बड़ी कठिनाई से चौखट से उतरीं और धीरे-धीरे रेंगती हुई कड़ाह के पास जा बैठीं। यहाँ आने पर उन्हें उतना ही धैर्य हुआ जितना भूखे कुत्ते को खाने वाले के सम्मुख बैठने में होता है।

रूपा उस समय कार्यभार से उद्विग्न हो रही थी। कभी इस कोठे में जाती, कभी उस कोठे में, कभी कड़ाह के पास जाती, कभी भंडार में जाती। किसी ने बाहर से आकर कहा–'महाराज ठंडई माँग रहे हैं।' ठंडई देने लगी। इतने में फिर किसी ने आकर कहा–'भाट आया है, उसे कुछ दे दो।' भाट के लिए सीधा निकाल रही थी कि एक तीसरे आदमी ने आकर पूछा–'अभी भोजन तैयार होने में कितना विलम्ब है? जरा ढोल, मजीरा उतार दो।' बेचारी अकेली स्त्री दौड़ते-दौड़ते व्याकुल हो रही थी, झुँझलाती थी, कुढ़ती थी, परन्तु क्रोध प्रकट करने का अवसर न पाती थी। भय होता, कहीं पड़ोसिनें यह न कहने लगें कि इतने में उबल पड़ीं। प्यास से स्वयं कंठ सूख रहा था। गर्मी के मारे फुँकी जाती थी, परन्तु इतना अवकाश न था कि जरा पानी पी ले अथवा पंखा लेकर झले। यह भी खटका था कि जरा आँख हटी और चीज़ों की लूट मची। इस अवस्था में उसने बूढ़ी काकी को कड़ाह के पास बैठी देखा तो जल गई। क्रोध न रुक सका। इसका भी ध्यान न रहा कि पड़ोसिनें बैठी हुई हैं, मन में क्या कहेंगीं। पुरुषों में लोग सुनेंगे तो क्या कहेंगे। जिस प्रकार मेंढक केंचुए पर झपटता है, उसी प्रकार वह बूढ़ी काकी पर झपटी और उन्हें दोनों हाथों से झटक कर बोली–ऐसे पेट में आग लगे, पेट है या भाड़? कोठरी में बैठते हुए क्या दम घुटता था? अभी मेहमानों ने नहीं खाया, भगवान को भोग नहीं लगा, तब तक धैर्य न हो सका? आकर छाती पर संवार हो गई। जल जाए ऐसी जीभ। दिन-भर खाती न होती तो जाने किसकी हांडी में मुँह डालती? गाँव देखेगा तो कहेगा कि बुढ़िया भरपेट खाने को नहीं पाती तभी तो इस तरह मुँह बाए फिरती है। डायन न मरे न मांचा छोड़े। नाम बेचने पर लगी है। नाक कटवा कर दम लेगी। इतना ठूँसती है न जाने कहाँ भस्म हो जाता है। भला चाहती हो तो जाकर कोठरी में बैठो, जब घर के लोग खाने लगेंगे,

तब तुम्हें भी मिलेगा। तुम कोई देवी नहीं हो कि चाहे किसी के मुँह में पानी न जाए, परन्तु तुम्हारी पूजा पहले ही हो जाए।

बूढ़ी काकी ने सिर उठाया, न रोईं न बोलीं। चुपचाप रेंगती हुई अपनी कोठरी में चली गईं। आवाज़ ऐसी कठोर थी कि हृदय और मस्तिष्क की सम्पूर्ण शक्तियाँ, सम्पूर्ण विचार और सम्पूर्ण भार उसी ओर आकर्षित हो गए थे। नदी में जब कगार का कोई वृहद खंड कटकर गिरता है तो आस-पास का जल समूह चारों ओर से उसी स्थान को पूरा करने के लिए दौड़ता है।

3

भोजन तैयार हो गया है। आँगन में पत्तलें पड़ गईं, मेहमान खाने लगे। स्त्रियों ने जेवनार-गीत गाना आरम्भ कर दिया। मेहमानों के नाई और सेवकगण भी उसी मंडली के साथ, किंतु कुछ हटकर भोजन करने बैठे थे, परन्तु सभ्यतानुसार जब तक सब-के-सब खा न चुकें कोई उठ नहीं सकता था। दो-एक मेहमान जो कुछ पढ़े-लिखे थे, सेवकों के दीर्घाहार पर झुँझला रहे थे। वे इस बंधन को व्यर्थ और बेकार की बात समझते थे।

बूढ़ी काकी अपनी कोठरी में जाकर पश्चाताप कर रही थी कि मैं कहाँ-से-कहाँ आ गई। उन्हें रूपा पर क्रोध नहीं था। अपनी जल्दबाजी पर दुख था। सच ही तो है, जब तक मेहमान लोग भोजन न कर चुकेंगे, घर वाले कैसे खाएँगे। मुझ से इतनी देर भी न रहा गया। सबके सामने पानी उतर गया। अब जब तक कोई बुलाने नहीं आएगा, न जाऊँगी।

मन-ही-मन इस प्रकार का विचार कर वह बुलाने की प्रतीक्षा करने लगीं। परन्तु घी की रुचिकर सुवास बड़ी धैर्य-परीक्षक प्रतीत हो रही थी। उन्हें एक-एक पल एक-एक युग के समान मालूम होता था। अब पत्तल बिछ गई होगी। अब मेहमान आ गए होंगे। लोग हाथ पैर धो रहे हैं, नाई पानी दे रहा है। मालूम होता है लोग खाने बैठ गए। जेवनार गाया जा रहा है, यह विचार कर वह मन को बहलाने के लिए लेट गईं। धीरे-धीरे एक गीत गुनगुनाने लगीं। उन्हें मालूम हुआ कि मुझे गाते देर हो गई। क्या इतनी देर तक लोग भोजन कर ही रहे होंगे। किसी की आवाज़ सुनाई नहीं देती। अवश्य ही लोग खा-पीकर चले गए। मुझे कोई बुलाने नहीं आया है। रूपा चिढ़ गई है, क्या जाने न बुलाए। सोचती हो कि आप ही आवेंगीं, वह कोई मेहमान तो नहीं, जो उन्हें बुलाऊँ। बूढ़ी काकी चलने को तैयार हुईं। यह विश्वास कि एक मिनट में पूड़ियाँ और मसालेदार तरकारियाँ सामने आएँगी, उनकी स्वादेन्द्रियों को गुदगुदाने लगा। उन्होंने मन में तरह-तरह के मंसूबे बाँधे पहले तरकारी से पूड़ियाँ खाऊँगी, फिर दही और शक्कर से, कचौरियाँ रायते के साथ मजेदार मालूम होंगी। चाहे कोई बुरा माने चाहे भला, मैं तो माँग-माँगकर खाऊंगी। यही न लोग कहेंगे कि इन्हें विचार नहीं? कहा करें, इतने दिन के बाद पूड़ियाँ मिल रही हैं तो मुँह झूठा करके थोड़े ही उठ जाऊँगी।

वह उकड़ूँ बैठकर सरकते हुए आँगन में आईं। परन्तु हाय दुर्भाग्य! अभिलाषा ने अपने पुराने स्वभाव के अनुसार समय की मिथ्या कल्पना की थी। मेहमान-मंडली अभी बैठी हुई थी। कोई खाकर उंगलियाँ चाटता था, कोई तिरछे नेत्रों से देखता था कि और लोग अभी खा रहे हैं या नहीं। कोई इस चिंता में था कि पत्तल पर पूड़ियाँ छूटी जाती हैं, किसी तरह इन्हें भीतर रख लेता। कोई दही खाकर चटकारता था, परन्तु दूसरा दोना माँगते संकोच करता था कि इतने में बूढ़ी काकी रेंगती हुई उनके बीच में आ पहुँची। कई आदमी चौंककर उठ खड़े हुए। पुकारने लगे—अरे, यह बुढ़िया कौन है? यहाँ कहाँ से आ गई? देखो, किसी को छू न दे।

पंडित बुद्धिराम काकी को देखते ही क्रोध से तिलमिला गए। पूड़ियों का थाल लिए खड़े थे। थाल को ज़मीन पर पटक दिया और जिस प्रकार निर्दयी महाजन अपने किसी बेइमान और भगोड़े कर्जदार को देखते ही उसका टेंटुआ पकड़ लेता है उसी तरह लपक कर उन्होंने काकी के दोनों हाथ पकड़े और घसीटते हुए लाकर उन्हें अँधेरी कोठरी में धम से पटक दिया। आशारूपी वाटिका लू के एक झोंके में विनष्ट हो गई।

मेहमानों ने भोजन किया। घरवालों ने भोजन किया। बाजे वाले, धोबी, चमार भी भोजन कर चुके, परन्तु बूढ़ी काकी को किसी ने न पूछा। बुद्धिराम और रूपा दोनों ही बूढ़ी काकी को उनकी निर्लज्जता के लिए दंड देने का निश्चय कर चुके थे। उनके बुढ़ापे पर, दीनता पर, हत्ज्ञान पर किसी को करुणा न आई थी। अकेली लाडली उनके लिए कुढ़ रही थी।

लाडली को काकी से अत्यंत प्रेम था। बेचारी भोली लड़की थी। बाल-विनोद और चंचलता की उसमें गंध तक न थी। दोनों बार जब उसके माता-पिता ने काकी को निर्दयता से घसीटा तो लाडली का हृदय ऐंठ कर रह गया। वह झुँझला रही थी कि हम लोग काकी को क्यों बहुत-सी पूड़ियाँ नहीं देते। क्या मेहमान सब-की-सब खा जाएँगे? और यदि काकी ने मेहमानों से पहले खा लिया तो क्या बिगड़ जाएगा? वह काकी के पास जाकर उन्हें धैर्य देना चाहती थी, परन्तु माता के भय से न जाती थी। उसने अपने हिस्से की पूड़ियाँ बिलकुल न खाईं थीं। अपनी गुड़ियाँ की पिटारी में बन्द कर रखी थीं। उन पूड़ियों को काकी के पास ले जाना चाहती थी। उसका हृदय अधीर हो रहा था। बूढ़ी काकी मेरी बात सुनते ही उठ बैठेंगीं, पूड़ियाँ देखकर कैसी प्रसन्न होंगी! मुझे खूब प्यार करेंगी।

4

रात को ग्यारह बज गए थे। रूपा आँगन में पड़ी सो रही थी। लाडली की आँखों में नींद न आती थी। काकी को पूड़ियाँ खिलाने की खुशी उसे सोने न देती थी। उसने गुड़ियों की पिटारी सामने रखी थी। जब विश्वास हो गया कि अम्मा सो रही हैं, तो वह चुपके से उठी और विचारने लगी, कैसे चलूँ। चारों ओर अँधेरा था। केवल चूल्हों में आग चमक रही थी और चूल्हों के पास एक कुत्ता लेटा हुआ था। लाडली की

दृष्टि सामने वाले नीम पर गई। उसे मालूम हुआ कि उस पर हनुमान जी बैठे हुए हैं। उनकी पूँछ, उनकी गदा, वह स्पष्ट दिखलाई दे रही है। मारे भय के उसने आँखें बंद कर लीं। इतने में कुत्ता उठ बैठा, लाडली को ढाढ़स हुआ। कई सोए हुए मनुष्यों के बदले एक भागता हुआ कुत्ता उसके लिए अधिक धैर्य का कारण हुआ। उसने पिटारी उठाई और बूढ़ी काकी की कोठरी की ओर चली।

5

बूढ़ी काकी को केवल इतना स्मरण था कि किसी ने मेरे हाथ पकड़कर घसीटे, फिर ऐसा मालूम हुआ कि जैसे कोई पहाड़ पर उड़ाए लिए जाता है। उनके पैर बार-बार पत्थरों से टकराए तब किसी ने उन्हें पहाड़ पर से पटका, वे मूर्छित हो गईं।

जब वे सचेत हुईं तो किसी की जरा भी आहट न मिलती थी। समझी कि सब लोग खा-पीकर सो गए और उनके साथ मेरी तकदीर भी सो गई। रात कैसे कटेगी? राम! क्या खाऊँ? पेट में अग्नि धधक रही है। हा! किसी ने मेरी सुधि न ली। क्या मेरा पेट काटने से धन जुड़ जाएगा? इन लोगों को इतनी भी दया नहीं आती कि न जाने बुढ़िया कब मर जाए? उसका जी क्यों दुखावें? मैं पेट की रोटियाँ ही खाती हूँ कि और कुछ? इस पर यह हाल। मैं अंधी, अपाहिज ठहरी, न कुछ सुनूँ, न बूझूँ। यदि आँगन में चली गई तो क्या बुद्धिराम से इतना कहते न बनता था कि काकी अभी लोग खाना खा रहे हैं फिर आना। मुझे घसीटा, पटका। उन्हीं पूड़ियों के लिए रूपा ने सबके सामने गालियाँ दीं। उन्हीं पूड़ियों के लिए इतनी दुर्गति करने पर भी उनका पत्थर का कलेजा न पसीजा। सबको खिलाया, मेरी बात तक न पूछी। जब तब ही न दीं, तब अब क्या देंगे? यह विचार कर काकी निराशामय संतोष के साथ लेट गई। ग्लानि से गला भर-भर आता था, परन्तु मेहमानों के भय से रोती न थीं। सहसा कानों में आवाज़ आई–'काकी उठो, मैं पूड़ियाँ लाई हूँ।' काकी ने लाडली की बोली पहचानी। चटपट उठ बैठीं। दोनों हाथों से लाडली को टटोला और उसे गोद में बिठा लिया। लाडली ने पूड़ियाँ निकालकर दीं।

काकी ने पूछा–क्या तुम्हारी अम्मा ने दी है?

लाडली ने कहा–नहीं, यह मेरे हिस्से की हैं।

काकी पूड़ियों पर टूट पड़ीं। पाँच मिनट में पिटारी खाली हो गई। लाडली ने पूछा–काकी पेट भर गया?

जैसे थोड़ी-सी वर्षा ठंडक के स्थान पर और भी गर्मी पैदा कर देती है उस भाँति इन थोड़ी पूड़ियों ने काकी की क्षुधा और इच्छा को और उत्तेजित कर दिया था। बोलीं–नहीं बेटी, जाकर अम्मा से और माँग लाओ।

लाड़ली ने कहा–अम्मा सोती हैं, जगाऊँगी तो मारेंगीं।

काकी ने पिटारी को फिर टटोला। उसमें कुछ खुर्चन गिरी थी। बार-बार होंठ चाटती थीं, चटखारे भरती थीं।

हृदय मसोस रहा था कि और पूड़ियाँ कैसे पाऊँ। संतोष-सेतु जब टूट जाता है, तब इच्छा का बहाव अपरिमित हो जाता है। मतवालों को मद का स्मरण करना उन्हें मदांध बनाता है। काकी का अधीर मन इच्छाओं के प्रबल प्रवाह में बह गया। उचित और अनुचित का विचार जाता रहा। वे कुछ देर तक उस इच्छा को रोकती रहीं। सहसा लाडली से बोलीं–मेरा हाथ पकड़कर वहाँ ले चलो, जहाँ मेहमानों ने बैठकर भोजन किया है।

लाडली उनका अभिप्राय समझ न सकी। उसने काकी का हाथ पकड़ा और ले जाकर झूठे पत्तलों के पास बिठा दिया। दीन, क्षुधातुर, हत् ज्ञान बुढ़िया पत्तलों से पूड़ियों के टुकड़े चुन-चुनकर भक्षण करने लगी। ओह... दही कितना स्वादिष्ट था, कचौड़ियाँ कितनी सलोनी, खस्ता कितने सुकोमल। काकी बुद्धिहीन होते हुए भी इतना जानती थीं कि मैं वह काम कर रही हूँ, जो मुझे कदापि न करना चाहिए। मैं दूसरों की झूठी पत्तल चाट रही हूँ। परन्तु बुढ़ापा तृष्णा रोग का अंतिम समय है, जब सम्पूर्ण इच्छाएँ एक ही केन्द्र पर आ लगती हैं। बूढ़ी काकी में यह केन्द्र उनकी स्वादेन्द्रिय थी।

ठीक उसी समय रूपा की आँख खुली। उसे मालूम हुआ कि लाडली मेरे पास नहीं है। वह चौंकी, चारपाई के इधर-उधर ताकने लगी कि कहीं नीचे तो नहीं गिर पड़ी। उसे वहाँ न पाकर वह उठी तो क्या देखती है कि लाडली जूठे पत्तलों के पास चुपचाप खड़ी है और बूढ़ी काकी पत्तलों पर से पूड़ियों के टुकड़े उठा-उठाकर खा रही है। रूपा का हृदय सन्न हो गया। किसी गाय की गरदन पर छुरी चलते देखकर जो अवस्था उसकी होती, वही उस समय हुई। एक ब्राह्मणी दूसरों की झूठी पत्तल टटोले, इससे अधिक शोकमय दृश्य असंभव था। पूड़ियों के कुछ ग्रासों के लिए उसकी चचेरी सास ऐसा निष्कृष्ट कर्म कर रही है। यह वह दृश्य था, जिसे देखकर देखने वालों के हृदय काँप उठते हैं। ऐसा प्रतीत होता मानो ज़मीन रुक गई, आसमान चक्कर खा रहा है। संसार पर कोई आपत्ति आने वाली है। रूपा को क्रोध न आया। शोक के सम्मुख क्रोध कहाँ? करुणा और भय से उसकी आँखें भर आईं। इस अधर्म का भागी कौन है? उसने सच्चे हृदय से गगन मंडल की ओर हाथ उठाकर कहा–परमात्मा, मेरे बच्चों पर दया करो। इस अधर्म का दंड मुझे मत दो, नहीं तो मेरा सत्यानाश हो जाएगा।

रूपा को अपनी स्वार्थपरता और अन्याय इस प्रकार प्रत्यक्ष रूप में कभी न दिख पड़े थे। वह सोचने लगी–हाय! कितनी निर्दय हूँ। जिसकी सम्पति से मुझे दो सौ रुपया आय हो रही है, उसकी यह दुर्गति। और मेरे कारण। हे दयामय भगवान! मुझसे बड़ी भारी चूक हुई है, मुझे क्षमा करो। आज मेरे बेटे का तिलक था। सैकड़ों मनुष्यों ने भोजन पाया। मैं उनके इशारों की दासी बनी रही। अपने नाम के लिए सैकड़ों रुपए व्यय कर दिए, परन्तु जिसकी बदौलत हजारों रुपए खाए, उसे इस उत्सव में भी भरपेट भोजन न दे सकी। केवल इसी कारण तो, वह वृद्धा असहाय है।

रूपा ने दिया जलाया, अपने भंडार का द्वार खोला और एक थाली में सम्पूर्ण सामग्रियाँ सजाकर बूढ़ी काकी की ओर चली।

आधी रात जा चुकी थी, आकाश पर तारों के थाल सजे हुए थे और उन पर बैठे हुए देवगण स्वर्गीय पदार्थ सजा रहे थे, परन्तु उसमें किसी को वह परमानंद प्राप्त न हो सकता था, जो बूढ़ी काकी को अपने सम्मुख थाल देखकर प्राप्त हुआ। रूपा ने कंठारुद्ध स्वर में कहा–काकी उठो, भोजन कर लो। मुझसे आज बड़ी भूल हुई, उसका बुरा न मानना। परमात्मा से प्रार्थना कर दो कि वह मेरा अपराध क्षमा कर दें।

भोले-भाले बच्चों की भाँति, जो मिठाइयाँ पाकर मार और तिरस्कार सब भूल जाते हैं, बूढ़ी काकी वैसे ही सब भुलाकर बैठी हुई खाना खा रही थी। उनके एक-एक रोंए से सच्ची सदिच्छाएँ निकल रही थीं और रूपा बैठी स्वर्गीय दृश्य का आनन्द लेने में निमग्न थी।

❑

गुप्त धन

बाबू हरिदास का ईंटों का पजावा शहर से मिला हुआ था। आसपास के देहातों से सैकड़ों स्त्री-पुरुष, लड़के नित्य आते और पजावे से ईंट सिर पर उठाकर ऊपर कतारों से सजाते। एक आदमी पजावे के पास एक टोकरी में कौड़ियाँ लिए बैठा रहता था। मजदूरों को ईंटों की संख्या के हिसाब से कौड़ियाँ बाँटता। ईंटें जितनी ही ज्यादा होतीं उतनी ही ज्यादा कौड़ियाँ मिलतीं। इस लोभ में बहुत से मजदूर बूते के बाहर काम करते। वृद्धों और बालकों को ईंटों के बोझ से अकड़े हुए देखना बहुत करुणाजनक दृश्य था। कभी-कभी बाबू हरिदास स्वंय आकर कौड़ीवाले के पास बैठ जाते और ईंटें लादने को प्रोत्साहित करते। यह दृश्य तब और भी दारुण हो जाता था जब ईंटों की कोई असाधारण आवश्यकता आ पड़ती। उसमें मजूरी दूनी कर दी जाती और मजूर लोग अपनी सामर्थ्य से दूनी ईंटें लेकर चलते। एक-एक पग उठाना कठिन हो जाता। उन्हें सिर से पैर तक पसीने में डूबे पजावे की राख चढ़ाये ईंटों का एक पहाड़ सिर पर रखे, बोझ से दबे देखकर ऐसा जान पड़ता था मानो लोभ का भूत उन्हें ज़मीन पर पटक कर उनके सिर पर सवार हो गया है। सबसे करुण दशा एक छोटे लड़के की थी जो सदैव अपनी अवस्था के लड़कों से दुगनी ईंटें उठाता और सारे दिन अविश्रांत परिश्रम और धैर्य के साथ अपने काम में लगा रहता। उसके मुख पर ऐसी दीनता छायी रहती थी, उसका शरीर इतना कृश और दुर्बल था कि उसे देखकर दया आ जाती थी। और लड़के बनिये की दुकान से गुड़ लाकर खाते, कोई सड़क पर जानेवाले इक्कों और हवागाड़ियों की बहार देखता और कोई व्यक्तिगत संग्राम में अपनी जिह्वा और बाहु के जौहर दिखाता, लेकिन इस गरीब लड़के को अपने काम से काम था। उसमें लड़कपन की न चंचलता थी, न शरारत, न खिलाड़ीपन, यहाँ तक कि उसके ओंठों पर कभी हँसी भी न आती थी। बाबू हरिदास को उसकी दशा पर दया आती। कभी-कभी कौड़ीवाले को इशारा करते कि उसे हिसाब से अधिक कौड़ियाँ दे दो। कभी-कभी वे उसे कुछ खाने को दे देते।

एक दिन उन्होंने उस लड़के को बुला कर अपने पास बैठाया और उसका समाचार पूछने लगे। ज्ञात हुआ कि उसका घर पास ही के गाँव में है। घर में एक वृद्धा माता

के सिवा कोई नहीं है और वह वृद्धा भी किसी पुराने रोग से ग्रस्त रहती है। घर का सारा भार इसी लड़के के सिर था। कोई उसे रोटियाँ बना कर देने वाला भी न था। शाम को जाता तो अपने हाथों से रोटियाँ बनाता और अपनी माँ को खिलाता था। जाति का ठाकुर था। किसी समय उसका कुल धन-धान्य सम्पन्न था। लेन-देन होता था और शक्कर का कारखाना चलता था। कुछ ज़मीन भी थी किन्तु भाइयों की स्पर्धा और विद्वेष ने उसे इतनी हीनावस्था को पहुँचा दिया कि अब रोटियों के लाले थे। लड़के का नाम मगनसिंह था।

हरिदास ने पूछा–गाँववाले तुम्हारी कुछ मदद नहीं करते?

मगन–वाह, उनका वश चले तो मुझे मार डालें। सब समझते हैं कि मेरे घर में रुपये गड़े हैं।

हरिदास ने उत्सुकता से पूछा–पुराना घराना है, कुछ-न-कुछ तो होगा ही। तुम्हारी माँ ने इस विषय में तुमसे कुछ नहीं कहा?

मगन–बाबूजी नहीं, एक पैसा भी नहीं। रुपये होते तो अम्मा इतनी तकलीफ़ क्यों उठातीं।

2

बाबू हरिदास मगनसिंह से इतने प्रसन्न हुए कि मजूरों की श्रेणी से उठाकर अपने नौकरों में रख लिया। उसे कौड़ियाँ बाँटने का काम दिया और पजावे में मुंशीजी को ताकीद कर दी कि इसे कुछ पढ़ना-लिखना सिखाइए। अनाथ के भाग्य जाग उठे।

मगनसिंह बड़ा कर्तव्यशील और चतुर लड़का था। उसे कभी देर न होती, कभी नागा न होता। थोड़े ही दिनों में उसने बाबू साहब का विश्वास प्राप्त कर लिया। लिखने-पढ़ने में भी कुशल हो गया।

बरसात के दिन थे। पजावे में पानी भरा हुआ था। कारबार बंद था। मगनसिंह तीन दिनों से गैरहाजिर था। हरिदास को चिंता हुई, क्या बात है, कहीं बीमार तो नहीं हो गया, कोई दुर्घटना तो नहीं हो गयी? कई आदमियों से पूछताछ की, पर कुछ पता न चला! चौथे दिन पूछते-पूछते मगनसिंह के घर पहुँचे। घर क्या था पुरानी समृद्धि का ध्वंसावशेष मात्र था। उनकी आवाज़ सुनते ही मगनसिंह बाहर निकल आया। हरिदास ने पूछा–कई दिन से आये क्यों नहीं, माता का क्या हाल है?

मगनसिंह ने अवरुद्ध कंठ से उत्तर दिया–अम्मा आजकल बहुत बीमार है, कहती है अब न बचूँगी। कई बार आपको बुलाने के लिए मुझसे कह चुकी है, पर मैं संकोच के मारे आपके पास न आता था। अब आप सौभाग्य से आ गये हैं तो जरा चलकर उसे देख लीजिए। उसकी लालसा भी पूरी हो जाय।

हरिदास भीतर गये। सारा घर भौतिक निस्सारता का परिचायक था। सुर्खी, कंकड़, ईंटों के ढेर चारों ओर पड़े हुए थे। विनाश का प्रत्यक्ष स्वरूप था। केवल दो कोठरियाँ

गुजर करने लायक थीं। मगनसिंह ने एक कोठरी की ओर उन्हें इशारे से बताया। हरिदास भीतर गये तो देखा कि वृद्धा एक सड़े हुए काठ के टुकड़े पर पड़ी कराह रही है।

उनकी आहट पाते ही आँखें खोलीं और अनुमान से पहचान गयी, बोली–आप आ गये, बड़ी दया की। आपके दर्शनों की बड़ी अभिलाषा थी, मेरे अनाथ बालक के नाथ अब आप ही हैं। जैसे आपने अब तक उसकी रक्षा की है, वह निगाह उस पर सदैव बनाये रखिएगा। मेरी विपत्ति के दिन पूरे हो गये। इस मिट्टी को पार लगा दीजिएगा। एक दिन घर में लक्ष्मी का वास था। अदिन आये तो उंन्होंने भी आँखें फेर लीं। पुरखों ने इसी दिन के लिए कुछ थाती धरती माता को सौंप दी थी। उसका बीजक बड़े यत्न से रखा था; पर बहुत दिनों से उसका कहीं पता न लगता था। मगन के पिता ने बहुत खोजा पर न पा सके, नहीं तो हमारी दशा इतनी हीन न होती। आज तीन दिन हुए मुझे वह बीजक आप ही आप रद्दी कागज़ों में मिल गया। तब से उसे छिपाकर रखे हुए हूँ, मगन बाहर है। मेरे सिरहाने जो संदूक रखी है, उसी में वह बीजक है। उसमें सब बातें लिखी हैं। उसी से ठिकाने का भी पता चलेगा। अवसर मिले तो उसे खुदवा डालिएगा। मगन को दे दीजिएगा। यही कहने के लिए आपको बार-बार बुलवाती थी। आपके सिवा मुझे किसी पर विश्वास न था। संसार से धर्म उठ गया। किसकी नीयत पर भरोसा किया जाय।

3

हरिदास ने बीजक का समाचार किसी से न कहा। नीयत बिगड़ गयी। दूध में मक्खी पड़ गयी। बीजक से ज्ञात हुआ कि धन उस घर से 500 डग पश्चिम की ओर एक मंदिर के चबूतरे के नीचे है।

हरिदास धन को भोगना चाहते थे, पर इस तरह कि किसी को कानों-कान खबर न हो। काम कष्ट-साध्य था। नाम पर धब्बा लगने की प्रबल आशंका थी, जो संसार में सबसे बड़ी यंत्रणा है। कितनी घोर नीचता थी। जिस अनाथ की रक्षा की, जिसे बच्चे की भाँति पाला, उसके साथ विश्वासघात! कई दिनों तक आत्म-वेदना की पीड़ा सहते रहे। अंत में कुतर्कों ने विवेक को परास्त कर दिया। मैंने कभी धर्म का परित्याग नहीं किया और न कभी करूँगा। क्या कोई ऐसा प्राणी भी है जो जीवन में एक बार भी विचलित न हुआ हो। यदि है तो वह मनुष्य नहीं, देवता है। मैं मनुष्य हूँ। मुझे देवताओं की पंक्ति में बैठने का दावा नहीं है।

मन को समझाना बच्चे को फुसलाना है। हरिदास साँझ को सैर करने के लिए घर से निकल जाते। जब चारों ओर सन्नाटा छा जाता तो मंदिर के चबूतरे पर आ बैठते और एक कुदाली से उसे खोदते। दिन में दो-एक बार इधर-उधर ताक-झाँक करते कि कोई चबूतरे के पास खड़ा तो नहीं है। रात की निस्तब्धता में उन्हें अकेले बैठे ईंटों को हटाते हुए उतना ही भय होता था, जितना किसी भ्रष्ट वैष्णव को आमिष भोजन से होता है।

चबूतरा लम्बा-चौड़ा था। उसे खोदते एक महीना लग गया और अभी आधी मंजिल भी तय न हुई। इन दिनों उनकी दशा उस पुरुष की-सी थी, जो कोई मंत्र जगा रहा हो। चित्त पर चंचलता छायी रहती। आँखों की ज्योति तीव्र हो गयी थी। बहुत गुम-सुम रहते, मानो ध्यान में हों। किसी से बातचीत न करते, अगर कोई छेड़कर बात करता तो झुँझला पड़ते। पजावे की ओर बहुत कम जाते। विचारशील पुरुष थे। आत्मा बार-बार इस कुटिल व्यापार से भागती, निश्चय करते कि अब चबूतरे की ओर न जाऊँगा, पर संध्या होते ही उन पर एक नशा-सा छा जाता, बुद्धि-विवेक का अपहरण हो जाता। जैसे कुत्ता मार खाकर थोड़ी देर के बाद टुकड़े की लालच में जा बैठता है, वही दशा उनकी थी। यहाँ तक कि दूसरा मास भी व्यतीत हुआ।

अमावस की रात थी। हरिदास मलिन हृदय में बैठी हुई कालिमा की भाँति चबूतरे पर बैठे हुए थे। आज चबूतरा खुद जाएगा। जरा देर तक और मेहनत करनी पड़ेगी। कोई चिंता नहीं। घर में लोग चिंतित हो रहे होंगे। पर अभी निश्चित हुआ जाता है कि चबूतरे के नीचे क्या है। पत्थर का तहखाना निकल आया तो समझ जाऊँगा कि धन अवश्य होगा। तहखाना न मिले तो मालूम हो जाएगा कि सब धोखा ही धोखा है। कहीं सचमुच तहखाना न मिले तो बड़ी दिल्लगी हो। मुफ्त में उल्लू बनूँ। पर नहीं, कुदाली खट-खट बोल रही है। हाँ, पत्थर की चट्टान है। उन्होंने टटोल कर देखा। भ्रम दूर हो गया। चट्टान थी। तहखाना मिल गया; लेकिन हरिदास खुशी से उछले-कूदे नहीं।

आज वे लौटे तो सिर में दर्द था। समझे थकान है। लेकिन यह थकान नींद से न गयी। रात को ही उन्हें जोर से बुखार हो गया। तीन दिन तक ज्वर में पड़े रहे। किसी दवा से फायदा न हुआ।

इस रुग्णावस्था में हरिदास को बार-बार भ्रम होता था—कहीं यह मेरी तृष्णा का दंड तो नहीं है। जी में आता था, मगनसिंह को बीजक दे दूँ और क्षमा की याचना करूँ; पर भंडाफोड़ होने का भय मुँह बंद कर देता था। न जाने ईसा के अनुयायी अपने पादरियों के सम्मुख कैसे अपने जीवन भर के पापों की कथा सुनाया करते थे।

4

हरिदास की मृत्यु के पीछे यह बीजक उनके सुपुत्र प्रभुदास के हाथ लगा। बीजक मगनसिंह के पुरखों का लिखा हुआ है, इसमें लेशमात्र भी संदेह न था। लेकिन उन्होंने सोचा पिताजी ने कुछ सोच कर ही इस मार्ग पर पग रखा होगा। वे कितने नीतिपरायण, कितने सत्यवादी पुरुष थे। उनकी नीयत पर कभी किसी को संदेह नहीं हुआ। जब उन्होंने इस आचार को घृणित नहीं समझा तो मेरी क्या गिनती है। कहीं यह धन हाथ आ जाय तो कितने सुख से जीवन व्यतीत हो। शहर के रईसों को दिखा दूँ कि धन का सदुपयोग क्योंकर होना चाहिए। बड़े-बड़ों का सिर नीचा कर दूँ। कोई आँखें न मिला सके। इरादा पक्का हो गया।

शाम होते ही वे घर से बाहर निकले। वही समय था, वही चौकन्नी आँखें थीं और वही तेज कुदाली थी। ऐसा ज्ञात होता था मानो हरिदास की आत्मा इस नये भेष में अपना काम कर रही है।

चबूतरे का धरातल पहले ही खुद चुका था। अब संगीन तहखाना था, जोड़ों को हटाना कठिन था। पुराने जमाने का पक्का मसाला था; कुल्हाड़ी उचट-उचट कर लौट आती थी। कई दिनों में ऊपर की दरारें खुलीं, लेकिन चट्टानें जरा भी न हिलीं। तब वह लोहे की छड़ से काम लेने लगे, लेकिन कई दिनों तक जोर लगाने पर भी चट्टानें न खिसकीं। सब-कुछ अपने ही हाथों करना था। किसी से सहायता न मिल सकती थी। यहाँ तक कि फिर वही अमावस्या की रात आयी! प्रभुदास को जोर लगाते बारह बज गये और चट्टानें भाग्यरेखाओं की भाँति अटल थीं पर आज इस समस्या को हल करना आवश्यक था। कहीं तहखाने पर किसी की निगाह पड़ जाय तो मेरे मन की लालसा मन ही में रह जाय।

वह चट्टान पर बैठकर सोचने लगे क्या करूँ, बुद्धि कुछ काम नहीं करती। सहसा उन्हें एक युक्ति सूझी, क्यों न बारूद से काम लूँ? इतने अधीर हो रहे थे कि कल पर इस काम को न छोड़ सके। सीधे बाज़ार की तरफ़ चले, दो मील का रास्ता हवा की तरह तय किया। पर वहाँ पहुँचे तो दुकानें बन्द हो चुकी थीं। आतिशबाज हीले करने लगा। बारूद इस समय नहीं मिल सकती। सरकारी हुक्म नहीं है। तुम कौन हो? इस वक्त बारूद लेकर क्या करोगे? न भैया; कोई वारदात हो जाय तो मुफ्त में बँधा-बँधा फिरूँ, तुम्हें कौन पूछेगा?

प्रभुदास की शांति-वृत्ति कभी इतनी कठिन परीक्षा में न पड़ी थी। वे अंत तक अनुनय-विनय ही करते रहे, यहाँ तक कि मुद्राओं की सुरीली झंकार ने उसे वशीभूत कर लिया। प्रभुदास यहाँ से चले तो धरती पर पाँव न पड़ते थे।

रात के दो बजे थे। प्रभुदास मंदिर के पास पहुँचे। चट्टानों की दराजों में बारूद रख पलीता लगा दिया और दूर भागे। एक क्षण में बड़े जोर का धमाका हुआ। चट्टान उड़ गयी। अँधेरा गार सामने था, मानो कोई पिशाच उन्हें निगल जाने के लिए मुँह खोले हुए है।

5

प्रभात का समय था। प्रभुदास अपने कमरे में लेटे हुए थे। सामने लोहे के संदूक में दस हजार पुरानी मुहरें रखी हुई थीं। उनकी माता सिरहाने बैठी पंखा झल रही थीं। प्रभुदास ज्वर की ज्वाला से जल रहे थे। करवटें बदलते थे, कराहते थे, हाथ-पाँव पटकते थे; पर आँखें लोहे के संदूक की ओर लगी हुई थीं। इसी में उनके जीवन की आशाएँ बन्द थीं।

मगनसिंह अब पजावे का मुंशी था। इसी घर में रहता था। आकर बोला पजावे चलिएगा? गाड़ी तैयार कराऊँ?

प्रभुदास ने उसके मुख की ओर क्षमा-याचना की दृष्टि से देखा और बोले नहीं, मैं आज न चलूँगा, तबीयत अच्छी नहीं है। तुम भी मत जाओ।

मगनसिंह उनकी दशा देखकर डाक्टर को बुलाने चला।

दस बजते-बजते प्रभुदास का मुख पीला पड़ गया। आँखें लाल हो गयीं। माता ने उसकी ओर देखा तो शोक से विह्वल हो गयीं। बाबू हरिदास की अंतिम दशा उनकी आँखों में फिर गयी। जान पड़ता था, यह उसी शोक घटना की पुनरावृत्ति है! यह देवताओं की मनौतियाँ मना रही थीं, किंतु प्रभुदास की आँखें उसी लोहे के संदूक की ओर लगी हुई थीं, जिस पर उन्होंने अपनी आत्मा अर्पण कर दी थी।

उनकी स्त्री आकर उनके पैताने बैठ गयी और बिलख-बिलख कर रोने लगी। प्रभुदास की आँखों से भी आँसू बह रहे थे, पर वे आँखें उसी लोहे के संदूक की ओर निराशापूर्ण भाव से देख रही थीं।

डाक्टर ने आकर देखा, दवा दी और चला गया, पर दवा का असर उल्टा हुआ। प्रभुदास के हाथ-पाँव सर्द हो गये, मुख निस्तेज हो गया, हृदय की गति मंद पड़ गयी, पर आँखें सन्दूक की ओर से न हटीं।

मोहल्ले के लोग जमा हो गये। पिता और पुत्र के स्वभाव और चरित्र पर टिप्पणियाँ होने लगीं। दोनों शील और विनय के पुतले थे। किसी को भूल कर भी कड़ी बात न कही। प्रभुदास का सम्पूर्ण शरीर ठंडा हो गया था। प्राण था तो केवल आँखों में। वे अब भी उसी लोहे के सन्दूक की ओर सतृष्ण भाव से देख रही थीं।

घर में कोहराम मचा हुआ था। दोनों महिलाएँ पछाड़ें खा-खाकर गिरती थीं। मोहल्ले की स्त्रियाँ उन्हें समझाती थीं। अन्य मित्रगण आँखों पर रूमाल जमाये हुए थे। जवानी की मौत संसार का सबसे करुण, सबसे अस्वाभाविक और भयंकर दृश्य है। यह वज्राघात है, विधाता की निर्दय लीला है। प्रभुदास का सारा शरीर प्राणहीन हो गया था, पर आँखें जीवित थीं। वे अब भी उसी संदूक की ओर लगी हुई थीं। जीवन ने तृष्णा का रूप धारण कर लिया था। साँस निकलती है, पर आस नहीं निकलती।

इतने में मगनसिंह आकर खड़ा हो गया। प्रभुदास की निगाह उस पर पड़ी। ऐसा जान पड़ा मानो उनके शरीर में फिर रक्त का संचार हुआ। अंगों में स्फूर्ति के चिह्न दिखायी दिये। इशारे से अपने मुँह के निकट बुलाया, उसके कान में कुछ कहा—एक बार लोहे के सन्दूक की ओर इशारा किया और आँखें उलट गयीं, प्राण निकल गये।

❑

नमक का दारोगा

जब नमक का नया विभाग बना और ईश्वरप्रदत्त वस्तु के व्यवहार करने का निषेध हो गया तो लोग चोरी-छिपे इसका व्यापार करने लगे। अनेक प्रकार के छल-प्रपंचों का सूत्रपात हुआ, कोई घूस से काम निकालता था, कोई चालाकी से। अधिकारियों के पौ-बारह थे। पटवारीगिरी का सर्वसम्मानित पद छोड़-छोड़कर लोग इस विभाग की बरकंदाजी करते थे। इसके दारोगा पद के लिए तो वकीलों का भी जी ललचाता था।

यह वह समय था, जब अँग्रेज़ी शिक्षा और ईसाई मत को लोग एक ही वस्तु समझते थे। फारसी का प्राबल्य था। प्रेम की कथाएँ और शृंगार रस के काव्य पढ़कर फारसीदाँ लोग सर्वोच्च पदों पर नियुक्त हो जाया करते थे।

मुंशी वंशीधर भी जुलेखा की विरह-कथा समाप्त करके सीरी और फरहाद के प्रेम-वृत्तांत को नल और नील की लड़ाई और अमेरिका के आविष्कार से अधिक महत्त्व की बातें समझते हुए रोजगार की खोज में निकले।

उनके पिता एक अनुभवी पुरुष थे। समझाने लगे, 'बेटा! घर की दुर्दशा देख रहे हो। ऋण के बोझ से दबे हुए हैं। लड़कियाँ हैं, वे घास-फूस की तरह बढ़ती चली जाती हैं। मैं कगारे पर का वृक्ष हो रहा हूँ, न मालूम कब गिर पड़ूँ! अब तुम्हीं घर के मालिक-मुख्तार हो।

'नौकरी में ओहदे की ओर ध्यान मत देना, यह तो पीर का मजार है। निगाह चढ़ावे और चादर पर रखनी चाहिए। ऐसा काम ढूँढ़ना जहाँ कुछ ऊपरी आय हो। मासिक वेतन तो पूर्णमासी का चाँद है, जो एक दिन दिखाई देता है और घटते-घटते लुप्त हो जाता है। ऊपरी आय बहता हुआ स्रोत है जिससे सदैव प्यास बुझती है। वेतन मनुष्य देता है, इसी से उसमें वृद्धि नहीं होती। ऊपरी आमदनी ईश्वर देता है, इसी से उसकी बरकत होती है, तुम स्वयं विद्वान हो, तुम्हें क्या समझाऊँ।

'इस विषय में विवेक की बड़ी आवश्यकता है। मनुष्य को देखो, उसकी आवश्यकता को देखो और अवसर को देखो, उसके उपरांत जो उचित समझो, करो। गरज वाले आदमी के साथ कठोरता करने में लाभ ही लाभ है। लेकिन बेगरज को दाँव पर पाना जरा कठिन है। इन बातों को निगाह में बाँध लो। यह मेरी जन्म भर की कमाई है।'

इस उपदेश के बाद पिताजी ने आशीर्वाद दिया। वंशीधर आज्ञाकारी पुत्र थे। ये बातें ध्यान से सुनीं और तब घर से चल खड़े हुए। इस विस्तृत संसार में उनके लिए धैर्य अपना मित्र, बुद्धि अपनी पथप्रदर्शक और आत्मावलम्बन ही अपना सहायक था। लेकिन अच्छे शकुन से चले थे, जाते ही जाते नमक विभाग के दारोगा पद पर प्रतिष्ठित हो गए। वेतन अच्छा और ऊपरी आय का तो ठिकाना ही न था। वृद्ध मुंशीजी को सुख-संवाद मिला तो फूले न समाए। महाजन कुछ नरम पड़े, कलवार की आशालता लहलहाई। पड़ोसियों के हृदय में शूल उठने लगे।

जाड़े के दिन थे और रात का समय। नमक के सिपाही, चौकीदार नशे में मस्त थे। मुंशी वंशीधर को यहाँ आए अभी छह महीनों से अधिक न हुए थे, लेकिन इस थोड़े समय में ही उन्होंने अपनी कार्यकुशलता और उत्तम आचार से अफसरों को मोहित कर लिया था। अफसर लोग उन पर बहुत विश्वास करने लगे।

नमक के दफ़्तर से एक मील पूर्व की ओर जमुना बहती थी, उस पर नावों का एक पुल बना हुआ था। दारोगाजी किवाड़ बंद किए मीठी नींद सो रहे थे। अचानक आँख खुली तो नदी के प्रवाह की जगह गाड़ियों की गड़गड़ाहट तथा मल्लाहों का कोलाहल सुनाई दिया। उठ बैठे।

इतनी रात गए गाड़ियाँ क्यों नदी के पार जाती हैं? अवश्य कुछ न कुछ गोलमाल है। तर्क ने भ्रम को पुष्ट किया। वरदी पहनी, तमंचा जेब में रखा और बात की बात में घोड़ा बढ़ाए हुए पुल पर आ पहुँचे। गाड़ियों की एक लम्बी कतार पुल के पार जाती देखी। डाँटकर पूछा, 'किसकी गाड़ियाँ हैं।'

थोड़ी देर तक सन्नाटा रहा। आदमियों में कुछ कानाफूसी हुई तब आगे वाले ने कहा–'पंडित अलोपीदीन की।'

'कौन पंडित अलोपीदीन?'

'दातागंज के।'

मुंशी वंशीधर चौंके। पंडित अलोपीदीन इस इलाके के सबसे प्रतिष्ठित ज़मींदार थे। लाखों रुपए का लेन-देन करते थे, इधर छोटे से बड़े कौन ऐसे थे जो उनके ऋणी न हों। व्यापार भी बड़ा लम्बा-चौड़ा था। बड़े चलते-पुरजे आदमी थे। अँग्रेज़ अफसर उनके इलाके में शिकार खेलने आते और उनके मेहमान होते। बारहों मास सदाव्रत चलता था।

मुंशी ने पूछा, 'गाड़ियाँ कहाँ जाएँगी?' उत्तर मिला, 'कानपुर।' लेकिन इस प्रश्न पर कि इनमें क्या है, सन्नाटा छा गया। दारोगा साहब का संदेह और भी बढ़ा। कुछ देर तक उत्तर की बाट देखकर वह जोर से बोले–'क्या तुम सब गूँगे हो गए हो? हम पूछते हैं इनमें क्या लदा है?'

जब इस बार भी कोई उत्तर न मिला तो उन्होंने घोड़े को एक गाड़ी से मिलाकर बोरे को टटोला। भ्रम दूर हो गया। यह नमक के डेले थे।

3

पंडित अलोपीदीन अपने सजीले रथ पर सवार, कुछ सोते, कुछ जागते चले आते थे। अचानक कई गाड़ीवानों ने घबराए हुए आकर जगाया और बोले–'महाराज! दारोगा ने गाड़ियाँ रोक दी हैं और घाट पर खड़े आपको बुलाते हैं।'

पंडित अलोपीदीन का लक्ष्मीजी पर अखंड विश्वास था। वह कहा करते थे कि संसार का तो कहना ही क्या, स्वर्ग में भी लक्ष्मी का ही राज्य है। उनका यह कहना यथार्थ ही था। न्याय और नीति सब लक्ष्मी के ही खिलौने हैं, इन्हें वह जैसे चाहती हैं, नचाती हैं। लेटे ही लेटे गर्व से बोले–चलो हम आते हैं। यह कहकर पंडितजी ने बड़ी निश्चिंतता से पान के बीड़े लगाकर खाए। फिर लिहाफ ओढ़े हुए दारोगा के पास आकर बोले–'बाबूजी आशीर्वाद! कहिए, हमसे ऐसा कौन सा अपराध हुआ कि गाड़ियाँ रोक दी गईं। हम ब्राह्मणों पर तो आपकी कृपा-दृष्टि रहनी चाहिए।'

वंशीधर रुखाई से बोले–'सरकारी हुक्म।'

पं. अलोपीदीन ने हँसकर कहा–'हम सरकारी हुक्म को नहीं जानते और न सरकार को। हमारे सरकार तो आप ही हैं। हमारा और आपका तो घर का मामला है, हम कभी आपसे बाहर हो सकते हैं? आपने व्यर्थ का कष्ट उठाया। यह हो नहीं सकता कि इधर से जाएँ और इस घाट के देवता को भेंट न चढ़ावें। मैं तो आपकी सेवा में स्वयं ही आ रहा था। वंशीधर पर ऐश्वर्य की मोहिनी वंशी का कुछ प्रभाव न पड़ा। ईमानदारी की नई उमंग थी। कड़ककर बोले–'हम उन नमकहरामों में नहीं है, जो कौड़ियों पर अपना ईमान बेचते फिरते हैं। आप इस समय हिरासत में हैं। आपको कायदे के अनुसार चालान होगा। बस, मुझे अधिक बातों की फुर्सत नहीं है। जमादार बदलूसिंह! तुम इन्हें हिरासत में ले चलो, मैं हुक्म देता हूँ।'

पं. अलोपीदीन स्तम्भित हो गए। गाड़ीवानों में हलचल मच गई। पंडितजी के जीवन में कदाचित यह पहला ही अवसर था कि पंडितजी को ऐसी कठोर बातें सुननी पड़ीं। बदलूसिंह आगे बढ़ा, किन्तु रोब के मारे यह साहस न हुआ कि उनका हाथ पकड़ सके। पंडितजी ने धर्म को धन का ऐसा निरादर करते कभी न देखा था। विचार किया कि यह अभी उद्दंड लड़का है। माया-मोह के जाल में अभी नहीं पड़ा। अल्हड़ है, झिझकता है। बहुत दीनभाव से बोले–'बाबू साहब, ऐसा न कीजिए, हम मिट जाएँगे। इज्जत धूल में मिल जाएगी। हमारा अपमान करने से आपके हाथ क्या आएगा। हम किसी तरह आपसे बाहर थोड़े ही हैं।'

वंशीधर ने कठोर स्वर में कहा–'हम ऐसी बातें नहीं सुनना चाहते।'

अलोपीदीन ने जिस सहारे को चट्टान समझ रखा था, वह पैरों के नीचे खिसकता हुआ मालूम हुआ। स्वाभिमान और धन-ऐश्वर्य की कड़ी चोट लगी। किन्तु अभी तक धन की सांख्यिक शक्ति का पूरा भरोसा था। अपने मुख्तार से बोले–'लालाजी, एक हजार के नोट बाबू साहब की भेंट करो, आप इस समय भूखे सिंह हो रहे हैं।'

वंशीधर ने गरम होकर कहा–'एक हजार नहीं, एक लाख भी मुझे सच्चे मार्ग से नहीं हटा सकते।'

धर्म की इस बुद्धिहीन दृढ़ता और देव-दुर्लभ त्याग पर मन बहुत झुँझलाया। अब दोनों शक्तियों में संग्राम होने लगा। धन ने उछल-उछलकर आक्रमण करने शुरू किए। एक से पाँच, पाँच से दस, दस से पंद्रह और पंद्रह से बीस हजार तक नौबत पहुँची, किन्तु धर्म अलौकिक वीरता के साथ बहुसंख्यक सेना के सम्मुख अकेला पर्वत की भाँति अटल, अविचलित खड़ा था।

अलोपीदीन निराश होकर बोले–'अब इससे अधिक मेरा साहस नहीं। आगे आपको अधिकार है।'

वंशीधर ने अपने जमादार को ललकारा। बदलूसिंह मन में दारोगाजी को गालियाँ देता हुआ पंडित अलोपीदीन की ओर बढ़ा।

पंडितजी घबराकर दो-तीन कदम पीछे हट गए। अत्यंत दीनता से बोले–'बाबू साहब, ईश्वर के लिए मुझ पर दया कीजिए, मैं पच्चीस हजार पर निपटारा करने का तैयार हूँ।'

'असम्भव बात है।'

'तीस हजार पर?'

'किसी तरह भी सम्भव नहीं।'

'क्या चालीस हजार पर भी नहीं।'

'चालीस हजार नहीं, चालीस लाख पर भी असम्भव है।'

'बदलूसिंह, इस आदमी को हिरासत में ले लो। अब मैं एक शब्द भी नहीं सुनना चाहता।'

धर्म ने धन को पैरों तले कुचल डाला। अलोपीदीन ने एक हृष्ट-पुष्ट मनुष्य को हथकड़ियाँ लिए हुए अपनी तरफ़ आते देखा। चारों ओर निराश और कातर दृष्टि से देखने लगे। इसके बाद मूर्छित होकर गिर पड़े।

4

दुनिया सोती थी पर दुनिया की जीभ जागती थी। सवेरे देखिए तो बालक-वृद्ध सबके मुँह से यही बात सुनाई देती थी। जिसे देखिए वही पंडितजी के इस व्यवहार पर टीका-टिप्पणी कर रहा था, निंदा की बौछारें हो रही थीं, मानो संसार से अब पापी का पाप कट गया।

पानी को दूध के नाम से बेचने वाला ग्वाला, कल्पित रोजनामचे भरने वाले अधिकारी वर्ग, रेल में बिना टिकट सफ़र करने वाले बाबू लोग, जाली दस्तावेज़ बनाने वाले सेठ और साकार यह सब के सब देवताओं की भाँति गर्दनें चला रहे थे।

जब दूसरे दिन पंडित अलोपीदीन अभियुक्त होकर कांस्टेबलों के साथ, हाथों में हथकड़ियाँ, हृदय में ग्लानि और क्षोभ भरे, लज्जा से गर्दन झुकाए अदालत की तरफ़

चले तो सारे शहर में हलचल मच गई। मेलों में कदाचित आँखें इतनी व्यग्र न होती होंगी। भीड़ के मारे छत और दीवार में कोई भेद न रहा।

किंतु अदालत में पहुँचने की देर थी। पं. अलोपीदीन इस अगाध वन के सिंह थे। अधिकारी वर्ग उनके भक्त, अमले उनके सेवक, वकील-मुख्तार उनके आज्ञा पालक और अर्दली, चपरासी तथा चौकीदार तो उनके बिना मोल के गुलाम थे।

उन्हें देखते ही लोग चारों तरफ़ से दौड़े। सभी लोग विस्मित हो रहे थे। इसलिए नहीं कि अलोपीदीन ने यह कर्म किया, बल्कि इसलिए कि वह कानून के पंजे में कैसे आए? ऐसा मनुष्य जिसके पास असाध्य साधन करने वाला धन और अनन्य वाचालता हो, वह क्यों कानून के पंजे में आए? प्रत्येक मनुष्य उनसे सहानुभूति प्रकट करता था। बड़ी तत्परता से इस आक्रमण को रोकने के निमित्त वकीलों की एक सेना तैयार की गई। न्याय के मैदान में धर्म और धन में युद्ध ठन गया। वंशीधर चुपचाप खड़े थे। उनके पास सत्य के सिवा न कोई बल था, न स्पष्ट भाषण के अतिरिक्त कोई शस्त्र। गवाह थे, किंतु लोभ से डाँवाडोल।

यहाँ तक कि मुंशीजी को न्याय भी अपनी ओर से कुछ खिंचा हुआ दीख पड़ता था। वह न्याय का दरबार था, परंतु उसके कर्मचारियों पर पक्षपात का नशा छाया हुआ था। किंतु पक्षपात और न्याय का क्या मेल? जहाँ पक्षपात हो, वहाँ न्याय की कल्पना नहीं की जा सकती। मुकदमा शीघ्र ही समाप्त हो गया।

डिप्टी मजिस्ट्रेट ने अपनी तजवीज़ में लिखा, पं. अलोपीदीन के विरुद्ध दिए गए प्रमाण निर्मूल और भ्रमात्मक हैं। वह एक बड़े भारी आदमी हैं। यह बात कल्पना के बाहर है कि उन्होंने थोड़े लाभ के लिए ऐसा दुस्साहस किया हो। यद्यपि नमक के दारोगा मुंशी वंशीधर का अधिक दोष नहीं है, लेकिन यह बड़े खेद की बात है कि उसकी उद्दंडता और विचारहीनता के कारण एक भलेमानुस को कष्ट झेलना पड़ा। हम प्रसन्न हैं कि वह अपने काम में सजग और सचेत रहता है, किंतु नमक के मुकदमे की बढ़ी हुई नमक से हलाली ने उसके विवेक और बुद्धि को भ्रष्ट कर दिया। भविष्य में उसे होशियार रहना चाहिए।

वकीलों ने यह फ़ैसला सुना और उछल पड़े। पं. अलोपीदीन मुस्कराते हुए बाहर निकले। स्वजन बाँधवों ने रुपए की लूट की। उदारता का सागर उमड़ पड़ा। उसकी लहरों ने अदालत की नींव तक हिला दी।

जब वंशीधर बाहर निकले तो चारों ओर उनके ऊपर व्यंग्यबाणों की वर्षा होने लगी। चपरासियों ने झुक-झुककर सलाम किए। किंतु इस समय एक कटु वाक्य, एक-एक संकेत उनकी गर्वाग्नि को प्रज्ज्वलित कर रहा था।

कदाचित इस मुकदमे में सफल होकर वह इस तरह अकड़ते हुए न चलते। आज उन्हें संसार का एक खेदजनक विचित्र अनुभव हुआ। न्याय और विद्वत्ता, लंबी-चौड़ी उपाधियाँ, बड़ी-बड़ी दाढ़ियाँ, ढीले चोगे एक भी सच्चे आदर का पात्र नहीं है। वंशीधर ने धन से बैर मोल लिया था, उसका मूल्य चुकाना अनिवार्य था। कठिनता से एक सप्ताह बीता होगा कि मुअत्तली का परवाना आ पहुँचा। कार्य-परायणता का

दंड मिला। बेचारे भग्न हृदय, शोक और खेद से व्यथित घर को चले। बूढ़े मुंशीजी तो पहले ही से कुड़कुड़ा रहे थे कि चलते-चलते इस लड़के को समझाया था, लेकिन इसने एक न सुनी। सब मनमानी करता है। हम तो कलवार और कसाई के तगादे सहें, बुढ़ापे में भगत बनकर बैठें और वहाँ बस वही सूखी तनख़्वाह! हमने भी तो नौकरी की है और कोई ओहदेदार नहीं थे। लेकिन काम किया, दिल खोलकर किया और आप ईमानदार बनने चले हैं। घर में चाहे अँधेरा हो, मस्जिद में अवश्य दिया जलाएँगे। खेद ऐसी समझ पर! पढ़ना-लिखना सब अकारथ गया।

इसके थोड़े ही दिनों बाद, जब मुंशी वंशीधर इस दुरावस्था में घर पहुँचे और बूढ़े पिताजी ने समाचार सुना तो सिर पीट लिया। बोले–'जी चाहता है कि तुम्हारा और अपना सिर फोड़ लूँ।' बहुत देर तक पछता-पछताकर हाथ मलते रहे। क्रोध में कुछ कठोर बातें भी कहीं और यदि वंशीधर वहाँ से टल न जाता तो अवश्य ही यह क्रोध विकट रूप धारण करता। वृद्ध माता को भी दुःख हुआ। जगन्नाथ और रामेश्वर यात्रा की कामनाएँ मिट्टी में मिल गईं। पत्नी ने कई दिनों तक सीधे मुँह बात तक नहीं की।

इसी प्रकार एक सप्ताह बीत गया। सांध्य का समय था। बूढ़े मुंशीजी बैठे-बैठे राम नाम की माला जप रहे थे। इसी समय उनके द्वार पर सजा हुआ रथ आकर रुका। हरे और गुलाबी परदे, पछहिए बैलों की जोड़ी, उनकी गर्दन में नीले धागे, सींग पीतल से जड़े हुए। कई नौकर लाठियाँ कंधों पर रखे साथ थे।

मुंशीजी अगवानी को दौड़े। देखा तो पंडित अलोपीदीन हैं। झुककर दंडवत् की और लल्लो-चप्पो की बातें करने लगे–'हमारा भाग्य उदय हुआ, जो आपके चरण इस द्वार पर आए। आप हमारे पूज्य देवता हैं, आपको कौन सा मुँह दिखावें, मुँह में तो कालिख लगी हुई है। किंतु क्या करें, लड़का अभागा कपूत है, नहीं तो आपसे क्या मुँह छिपाना पड़ता? ईश्वर निस्संतान चाहे रक्खे पर ऐसी संतान न दे।'

अलोपीदीन ने कहा–'नहीं भाई साहब, ऐसा न कहिए।'

मुंशीजी ने चकित होकर कहा–'ऐसी संतान को और क्या कहें?'

अलोपीदीन ने वात्सल्यपूर्ण स्वर में कहा–'कुलतिलक और पुरुखों की कीर्ति उज्ज्वल करने वाले संसार में ऐसे कितने धर्मपरायण मनुष्य हैं जो धर्म पर अपना सब-कुछ अर्पण कर सकें!'

पं. अलोपीदीन ने वंशीधर से कहा–'दारोगाजी, इसे खुशामद न समझिए, खुशामद करने के लिए मुझे इतना कष्ट उठाने की ज़रूरत न थी। उस रात को आपने अपने अधिकार-बल से अपनी हिरासत में लिया था, किंतु आज मैं स्वेच्छा से आपकी हिरासत में आया हूँ। मैंने हजारों रईस और अमीर देखे, हजारों उच्च पदाधिकारियों से काम पड़ा किंतु परास्त किया तो आपने। मैंने सबको अपना और अपने धन का गुलाम बनाकर छोड़ दिया। मुझे आज्ञा दीजिए कि आपसे कुछ विनय करूँ।'

वंशीधर ने अलोपीदीन को आते देखा तो उठकर सत्कार किया, किंतु स्वाभिमान सहित। समझ गए कि यह महाशय मुझे लज्जित करने और जलाने आए हैं। क्षमा-प्रार्थना

की चेष्टा नहीं की, वरन् उन्हें अपने पिता की यह ठकुरसुहाती की बात असह्य सी प्रतीत हुई। पर पंडितजी की बातें सुनी तो मन की मैल मिट गई।

पंडितजी की ओर उड़ती हुई दृष्टि से देखा। सद्भाव झलक रहा था। गर्व ने अब लज्जा के सामने सिर झुका दिया। शर्माते हुए बोले–'यह आपकी उदारता है जो ऐसा कहते हैं। मुझसे जो कुछ अविनय हुई है, उसे क्षमा कीजिए। मैं धर्म की बेड़ी में जकड़ा हुआ था, नहीं तो वैसे मैं आपका दास हूँ। जो आज्ञा होगी वह मेरे सिर-माथे पर।'

अलोपीदीन ने विनीत भाव से कहा–'नदी तट पर आपने मेरी प्रार्थना नहीं स्वीकार की थी, किंतु आज स्वीकार करनी पड़ेगी।'

वंशीधर बोले–'मैं किस योग्य हूँ, किंतु जो कुछ सेवा मुझसे हो सकती है, उसमें त्रुटि न होगी।'

अलोपीदीन ने एक स्टाम्प लगा हुआ पत्र निकाला और उसे वंशीधर के सामने रखकर बोले–'इस पद को स्वीकार कीजिए और अपने हस्ताक्षर कर दीजिए। मैं ब्राह्मण हूँ, जब तक यह सवाल पूरा न कीजिएगा, द्वार से न हटूँगा।'

मुंशी वंशीधर ने उस कागज़ को पढ़ा तो कृतज्ञता से आँखों में आँसू भर आए। पं. अलोपीदीन ने उनको अपनी सारी जायदाद का स्थायी मैनेजर नियत किया था। छह हजार वार्षिक वेतन के अतिरिक्त रोजाना खर्च अलग, सवारी के लिए घोड़ा, रहने को बँगला, नौकर-चाकर मुफ्त। कम्पित स्वर में बोले–'पंडितजी मुझमें इतनी सामर्थ्य नहीं है कि आपकी उदारता की प्रशंसा कर सकूँ! किंतु ऐसे उच्च पद के योग्य नहीं हूँ।'

अलोपीदीन हँसकर बोले–'मुझे इस समय एक अयोग्य मनुष्य की ही ज़रूरत है।'

वंशीधर ने गंभीर भाव से कहा–'यों मैं आपका दास हूँ। आप जैसे कीर्तिवान, सज्जन पुरुष की सेवा करना मेरे लिए सौभाग्य की बात है। किंतु मुझमें न विद्या है, न बुद्धि, न वह स्वभाव जो इन त्रुटियों की पूर्ति कर देता है। ऐसे महान कार्य के लिए एक बड़े मर्मज्ञ अनुभवी मनुष्य की ज़रूरत है।'

अलोपीदीन ने कलमदान से कलम निकाली और उसे वंशीधर के हाथ में देकर बोले–'न मुझे विद्वत्ता की चाह है, न अनुभव की, न मर्मज्ञता की, न कार्यकुशलता की। इन गुणों के महत्त्व को खूब पा चुका हूँ। अब सौभाग्य और सुअवसर ने मुझे वह मोती दे दिया जिसके सामने योग्यता और विद्वत्ता की चमक फीकी पड़ जाती है। यह कलम लीजिए, अधिक सोच-विचार न कीजिए, दस्तखत कर दीजिए। परमात्मा से यही प्रार्थना है कि वह आपको सदैव वही नदी के किनारे वाला, बेमुरौवत, उद्दंड, कठोर परंतु धर्मनिष्ठ दारोगा बनाए रखे।'

वंशीधर की आँखें डबडबा आईं। हृदय के संकुचित पात्र में इतना एहसान न समा सका। एक बार फिर पंडितजी की ओर भक्ति और श्रद्धा की दृष्टि से देखा और काँपते हुए हाथ से मैनेजरी के कागज़ पर हस्ताक्षर कर दिए।

अलोपीदीन ने प्रफुल्लित होकर उन्हें गले लगा लिया।

❑

रामलीला

इधर एक मुद्दत से रामलीला देखने नहीं गया। बंदरों के भद्दे चेहरे लगाये, आधी टाँगों का पाजामा और काले रंग का ऊँचा कुरता पहने आदमियों को दौड़ते, हू-हू करते देख कर अब हँसी आती है; मजा नहीं आता। काशी की लीला जगद्विख्यात है। सुना है, लोग दूर-दूर से देखने आते हैं। मैं भी बड़े शौक से गया; पर मुझे तो वहाँ की लीला और किसी बज्र देहात की लीला में कोई अंतर न दिखायी दिया। हाँ, रामनगर की लीला में कुछ साज-सामान अच्छे हैं। राक्षसों और बंदरों के चेहरे पीतल के हैं, गदाएँ भी पीतल की हैं; कदाचित् नवासी भ्राताओं के मुकुट सच्चे काम के हों; लेकिन साज-सामान के सिवा वहाँ भी वही हू-हू के सिवा और कुछ नहीं। फिर भी लाखों आदमियों की भीड़ लगी रहती।

लेकिन एक जमाना वह था, जब मुझे भी रामलीला में आनंद आता था। आनंद तो बहुत हलका-सा शब्द है। वह आनंद उन्माद से कम न था। संयोगवश उन दिनों मेरे घर से बहुत थोड़ी दूर पर रामलीला का मैदान था; और जिस घर में लीला-पात्रों का रूप-रंग भरा जाता था, वह तो मेरे घर से बिलकुल मिला हुआ था। दो बजे दिन से पात्रों की सजावट होने लगती थी। मैं दोपहर ही से वहाँ जा बैठता, और जिस उत्साह से दौड़-दौड़ कर छोटे-मोटे काम करता, उस उत्साह से तो आज अपनी पेंशन लेने भी नहीं जाता। एक कोठरी में राजकुमारी का श्रृंगार होता था। उनकी देह में रामरज पीस कर पोती जाती; मुँह पर पाउडर लगाया जाता और पाउडर के ऊपर लाल, हरे, नीले रंग की बुँदकियाँ लगायी जाती थीं। सारा माथा, भौंहें, गाल, ठोड़ी बुँदकियों से रच उठती थीं। एक ही आदमी इस काम में कुशल था। वही बारी-बारी से तीनों पात्रों का श्रृंगार करता था। रंग की प्यालियों में पानी लाना, रामरज पीसना, पंखा झलना मेरा काम था। जब इन तैयारियों के बाद विमान निकलता, तो उस पर रामचन्द्र जी के पीछे बैठ कर मुझे जो उल्लास, जो गर्व, जो रोमांच होता था वह अब लाट साहब के दरबार में कुरसी पर बैठ कर भी नहीं होता। एक बार जब होम-मेम्बर साहब ने व्यवस्थापक-सभा में मेरे लिए एक प्रस्ताव का अनुमोदन किया था, उस वक्त मुझे कुछ उसी तरह का उल्लास, गर्व और रोमांच हुआ था। हाँ, एक बार जब

मेरा ज्येष्ठ पुत्र नायब-तहसीलदारी में नामजद हुआ, तब भी ऐसी ही तरंगें मन में उठी थीं; पर इनमें और उस बाल-विह्वलता में बड़ा अंतर है। तब ऐसा मालूम होता था कि मैं स्वर्ग में बैठा हूँ।

निषाद-नौका-लीला का दिन था। मैं दो-चार लड़कों के बहकाने में आकर गुल्ली-डंडा खेलने लगा था। आज शृंगार देखने न गया। विमान भी निकला; पर मैंने खेलना न छोड़ा। मुझे अपना दाँव लेना था। अपना दाँव छोड़ने के लिए उससे कहीं बढ़कर आत्मत्याग की जरूरत थी, जितना मैं कर सकता था। अगर दाँव देना होता तो मैं कब का भाग खड़ा होता; लेकिन पदाने में कुछ और ही बात होती है। खैर, दाँव पूरा हुआ। अगर मैं चाहता, तो धाँधाली करके दस-पाँच मिनट और पदा सकता था, इसकी काफी गुंजाइश थी, लेकिन अब इसका मौका न था। मैं सीधे नाले की तरफ दौड़ा। विमान जलतट पर पहुँच चुका था। मैंने दूर से देखा, मल्लाह किश्ती लिये आ रहा है। दौड़ा, लेकिन आदमियों की भीड़ में दौड़ना कठिन था। आखिर जब मैं भीड़ हटाता, प्राण-पण से आगे बढ़ता घाट पर पहुँचा, तो निषाद अपनी नौका खोल चुका था। रामचन्द्र पर मेरी कितनी श्रद्धा थी! अपने पाठ की चिंता न करके उन्हें पढ़ा दिया करता था, जिसमें वह फेल न हो जाएँ। मुझसे उम्र ज्यादा होने पर भी वह नीची कक्षा में पढ़ते थे। लेकिन वही रामचंद्र नौका पर बैठे इस तरह मुँह फेरे चले जाते थे, मानो मुझसे जान-पहचान ही नहीं। नकल में भी असल की कुछ न कुछ बू आ ही जाती है। भक्तों पर जिनकी निगाह सदा ही तीखी रही है, वह मुझे क्यों उबारते? मैं विकल हो कर उस बछड़े की भाँति कूदने लगा, जिसकी गरदन पर पहली बार जुआ रखा गया हो। कभी लपक कर नाले की ओर जाता, कभी किसी सहायक की खोज में पीछे की तरफ दौड़ता, पर सब के सब अपनी धुन में मस्त थे; मेरी चीख-पुकार किसी के कानों तक न पहुँची। तब से बड़ी-बड़ी विपत्तियाँ झेलीं; पर उस समय जितना दुःख हुआ, उतना फिर कभी न हुआ।

मैंने निश्चय किया था कि अब रामचंद्र से न कभी बोलूँगा, न कभी खाने की कोई चीज ही दूँगा; लेकिन ज्यों ही नाले को पार करके वह पुल की ओर लौटे; मैं दौड़ कर विमान पर चढ़ गया, और ऐसा खुश हुआ, मानो कोई बात ही न हुई थी।

2

रामलीला समाप्त हो गयी थी। राजगद्दी होनेवाली थी; पर न जाने क्यों देर हो रही थी। शायद चंदा कम वसूल हुआ था। रामचंद्र की इन दिनों कोई बात भी न पूछता था। न घर ही जाने की छुट्टी मिलती थी, न भोजन का ही प्रबंध होता था। चौधरी साहब के यहाँ से एक सीधा कोई तीन बजे दिन को मिलता था। बाकी सारे दिन कोई पानी को नहीं पूछता। लेकिन मेरी श्रद्धा अभी तक ज्यों की त्यों थी। मेरी दृष्टि में अब भी रामचंद्र ही थे। घर पर मुझे खाने को कोई चीज मिलती, वह ले कर रामचंद्र को दे आता। उन्हें खिलाने में मुझे जितना आनंद मिलता था, उतना आप

खा जाने में कभी न मिलता। कोई मिठाई या फल पाते ही मैं बेतहाशा चौपाल की ओर दौड़ता। अगर रामचंद्र वहाँ न मिलते तो उन्हें चारों ओर तलाश करता, और जब तक वह चीज उन्हें न खिला लेता, मुझे चैन न आता था।

खैर, राजगद्दी का दिन आया। रामलीला के मैदान में एक बड़ा-सा शामियाना ताना गया। उसकी खूब सजावट की गयी। वेश्याओं के दल भी आ पहुँचे। शाम को रामचंद्र की सवारी निकली, और प्रत्येक द्वार पर उनकी आरती उतारी गयी। श्रद्धानुसार किसी ने रुपये दिये, किसी ने पैसे। मेरे पिता पुलिस के आदमी थे; इसलिए उन्होंने बिना कुछ दिये ही आरती उतारी। उस वक्त मुझे जितनी लज्जा आयी, उसे बयान नहीं कर सकता। मेरे पास उस वक्त संयोग से एक रुपया था। मेरे मामा जी दशहरे के पहले आये थे और मुझे एक रुपया दे गए थे। उस रुपये को मैंने रख छोड़ा था। दशहरे के दिन भी उसे खर्च न कर सका। मैंने तुरंत वह रुपया ला कर आरती की थाली में डाल दिया। पिता जी मेरी ओर कुपित नेत्रों से देख कर रह गए। उन्होंने कुछ कहा तो नहीं; लेकिन मुँह ऐसा बना लिया, जिससे प्रकट होता था कि मेरी इस धृष्टता से उनके रोब में बट्टा लग गया।

रात के दस बजते-बजते यह परिक्रमा पूरी हुई। आरती की थाली रुपयों और पैसों से भरी हुई थी। ठीक तो नहीं कह सकता; मगर अब ऐसा अनुमान होता है कि चार-पाँच सौ रुपयों से कम न थे। चौधरी साहब इनसे कुछ ज्यादा ही खर्च कर चुके थे। उन्हें इसकी बड़ी फिक्र हुई कि किसी तरह कम से कम दो सौ रुपये और वसूल हो जाएँ और इसकी सबसे अच्छी तरकीब उन्हें यही मालूम हुई कि वेश्याओं द्वारा महफिल में वसूली हो। जब लोग आ कर बैठ जाएँ, और महफिल का रंग जम जाए, तो आबादीजान रसिकजनों की कलाइयाँ पकड़-पकड़ कर ऐसे हाव-भाव दिखायें कि लोग शरमाते-शरमाते भी कुछ न कुछ दे ही मरें। आबादीजान और चौधरी साहब में सलाह होने लगी। मैं संयोग से उन दोनों प्राणियों की बातें सुन रहा था। चौधरी साहब ने समझा होगा यह लौंडा क्या मतलब समझेगा। पर यहाँ ईश्वर की दया से अक्ल के पुतले थे। सारी दास्तान समझ में आती जाती थी।

चौधरी–सुनो आबादीजान, यह तुम्हारी ज्यादती है। हमारा और तुम्हारा कोई पहला साबिका तो है नहीं। ईश्वर ने चाहा, तो यहाँ हमेशा तुम्हारा आना-जाना लगा रहेगा। अब की चन्दा बहुत कम आया, नहीं तो मैं तुमसे इतना इसरार न करता।

आबादी–आप मुझसे भी ज़मींदारी चालें चलते हैं, क्यों, मगर यहाँ हुजूर की दाल न गलेगी। वाह! रुपयें तो मैं वसूल करूँ, और मूँछों पर ताव आप दें। कमाई का अच्छा ढंग निकाला है। इस कमाई से तो वाकई आप थोड़े दिनों में राजा हो जाएँगे। उसके सामने ज़मींदारी झक मारेगी! बस, कल ही से एक चकला खोल दीजिए! खुदा की कसम, मालामाल हो जाइएगा।

चौधरी–तुम दिल्लगी करती हो और यहाँ काफिया तंग हो रहा है।

आबादी–तो आप भी तो मुझी से उस्तादी करते हैं। यहाँ आप-जैसे काँइयों को रोज उँगलियों पर नचाती हूँ।

चौधरी–आखिर तुम्हारी मंशा क्या है?

आबादी–जो कुछ वसूल करूँ, उसमें आधा मेरा, आधा आपका। लाइए, हाथ मारिए।

चौधरी–यही सही।

आबादी–अच्छा, तो पहले मेरे सौ रुपये गिन दीजिए। पीछे से आप अलसेट करने लगेंगे।

चौधरी–वाह! वह भी लोगी और यह भी।

आबादी–अच्छा! तो क्या आप समझते थे कि अपनी उजरत छोड़ दूँगी? वाहरी आपकी समझ! खूब; क्यों न हो। दीवाना बकारे दरवेश हुशियार!

चौधरी–तो क्या तुमने दोहरी फीस लेने की ठानी है?

आबादी–अगर आपको सौ दफे गरज हो, तो। वरना मेरे सौ रुपये तो कहीं गए ही नहीं। मुझे क्या कुत्तों ने काटा है, जो लोगों की जेब में हाथ डालती फिरूँ?

चौधरी की एक न चली। आबादी के सामने दबना पड़ा। नाच शुरू हुआ। आबादीजान बला की शोख औरत थी। एक तो कमसिन, उस पर हसीन। और उसकी अदाएँ तो इस गजब की थीं कि मेरी तबीयत भी मस्त हुई जाती थी। आदमियों के पहचानने का गुण भी उसमें कुछ कम न था। जिसके सामने बैठ गयी, उससे कुछ न कुछ ले ही लिया। पाँच रुपये से कम तो शायद ही किसी ने दिये हों। पिता जी के सामने भी वह बैठी। मैं मारे शर्म के गड़ गया। जब उसने उनकी कलाई पकड़ी, तब तो मैं सहम उठा। मुझे यकीन था कि पिता जी उसका हाथ झटक देंगे और शायद दुत्कार भी दें, किंतु यह क्या हो रहा है! ईश्वर! मेरी आँखें धोखा तो नहीं खा रही हैं! पिता जी मूँछों में हँस रहे हैं। ऐसी मृदु-हँसी उनके चेहरे पर मैंने कभी नहीं देखी थी। उनकी आँखों से अनुराग टपका पड़ता था। उनका एक-एक रोम पुलकित हो रहा था; मगर ईश्वर ने मेरी लाज रख ली। वह देखो, उन्होंने धीरे से आबादी के कोमल हाथों से अपनी कलाई छुड़ा ली। अरे! यह फिर क्या हुआ? आबादी तो उनके गले में बाँहें डाले देती है। अब पिता जी उसे जरूर पीटेंगे। चुड़ैल को जरा भी शर्म नहीं।

एक महाशय ने मुस्करा कर कहा, यहाँ तुम्हारी दाल न गलेगी, आबादीजान! और दरवाज़ा देखो।

बात तो इन महाशय ने मेरे मन की कही, और बहुत ही उचित कही; लेकिन न-जाने क्यों पिता जी ने उसकी ओर कुपित नेत्रों से देखा, और मूँछों पर ताव दिया। मुँह से तो वह कुछ न बोले; पर उनके मुख की आकृति चिल्ला कर सरोष शब्दों में कह रही थी, 'तू बनिया, मुझे समझता क्या है? यहाँ ऐसे अवसर पर जान तक निसार करने को तैयार हैं। रुपये की हकीकत ही क्या! तेरा जी चाहे, आजमा ले। तुझसे दूनी रकम न दे डालूँ, तो मुँह न दिखाऊँ!'

महान् आश्चर्य! घोर अनर्थ! अरे! ज़मीन तू फट क्यों नहीं जाती? आकाश, तू फट क्यों नहीं पड़ता? अरे! मुझे मौत क्यों नहीं आ जाती! पिता जी जेब में हाथ डाल रहे हैं। वह कोई चीज निकाली, और सेठ जी को दिखा कर आबादीजान को दे डाली। आह! यह तो अशर्फी है। चारों ओर तालियाँ बजने लगीं। सेठ जी उल्लू बन गए या पिता जी ने मुँह की खायी, इसका निश्चय मैं नहीं कर सकता। मैंने केवल इतना देखा कि पिता जी ने एक अशर्फी निकाल कर आबादीजान को दी। उनकी आँखों में इस समय इतना गर्वयुक्त उल्लास था मानो उन्होंने हातिम की कब्र पर लात मारी हो।

यही पिता जी हैं, जिन्होंने मुझे आरती में एक रुपया डालते देख कर मेरी ओर इस तरह से देखा था, मानो मुझे फाड़ ही खायेंगे। मेरे उस परमोचित व्यवहार से उनके रोब में फर्क आता था, और इस समय इस घृणित, कुत्सित और निंदित व्यापार पर गर्व और आनन्द से फूले न समाते थे। आबादीजान ने एक मनोहर मुस्कान के साथ पिता जी को सलाम किया और आगे बढ़ी; मगर मुझसे वहाँ न बैठा गया। मारे शर्म के मेरा मस्तक झुका जाता था; अगर मेरी आँखों-देखी बात न होती, तो मुझे इस पर कभी एतबार न होता। मैं बाहर जो कुछ देखता-सुनता था, उसकी रिपोर्ट अम्माँ से ज़रूर करता था। पर इस मामले को मैंने उनसे छिपा रखा। मैं जानता था, उन्हें यह बात सुन कर बड़ा दुःख होगा।

रात भर गाना होता रहा। तबले की धमक मेरे कानों में आ रही थी। जी चाहता था, चल कर देखूँ; पर साहस न होता था। मैं किसी को मुँह कैसे दिखाऊँगा? कहीं किसी ने पिता जी का जिक्र छेड़ दिया, तो मैं क्या करूँगा?

प्रातःकाल रामचन्द्र की बिदाई होनेवाली थी। मैं चारपाई से उठते ही आँखें मलता हुआ चौपाल की ओर भागा? डर रहा था कि कहीं रामचन्द्र चले न गए हों। पहुँचा, तो देखा, तवायफों की सवारियाँ जाने को तैयार हैं। बीसों आदमी हसरतनाक मुँह बनाये उन्हें घेरे खड़े हैं। मैंने उनकी ओर आँख तक न उठायी। सीधा रामचन्द्र के पास पहुँचा। लक्ष्मण और सीता बैठे रो रहे थे; और रामचन्द्र खड़े काँधो पर लुटिया-डोर डाले उन्हें समझा रहे थे।

मेरे सिवा वहाँ और कोई न था। मैंने कुंठित स्वर से रामचन्द्र से पूछा, 'क्या तुम्हारी बिदाई हो गयी?'

रामचन्द्र—हाँ, हो तो गयी। हमारी बिदाई ही क्या? चौधरी साहब ने कह दिया, जाओ, चले जाते हैं।

'क्या रुपया और कपड़े नहीं मिले?'

'अभी नहीं मिले। चौधरी साहब कहते हैं, इस वक्त बचत में रुपये नहीं हैं। फिर आ कर ले जाना।

'कुछ नहीं मिला?'

'एक पैसा भी नहीं। कहते हैं, कुछ बचत नहीं हुई। मैंने सोचा था, कुछ रुपये मिल जाएँगे तो पढ़ने की किताबें ले लूँगा! सो कुछ न मिला। राह-खर्च भी नहीं दिया। कहते हैं, कौन दूर है, पैदल चले जाओ!'

मुझे ऐसा क्रोध आया कि चल कर चौधरी को खूब आड़े हाथों लूँ। वेश्याओं के लिए रुपये, सवारियाँ सब कुछ; पर बेचारे रामचन्द्र और उनके साथियों के लिए कुछ भी नहीं! जिन लोगों ने रात को आबादीजान पर दस-दस, बीस-बीस रुपये न्योछावर किये थे, उनके पास क्या इनके लिए दो-दो, चार-चार आने पैसे भी नहीं। पिता जी ने भी तो आबादीजान को एक अशर्फी दी थी। देखूँ इनके नाम पर क्या देते हैं! मैं दौड़ा हुआ पिता जी के पास गया। वह कहीं तफतीश पर जाने को तैयार खड़े थे। मुझे देख कर बोले, कहाँ घूम रहे हो? पढ़ने के वक्त तुम्हें घूमने की सूझती है?

मैंने कहा, गया था चौपाल। रामचन्द्र बिदा हो रहे थे। उन्हें चौधरी साहब ने कुछ नहीं दिया।

'तो तुम्हें इसकी क्या फिक्र पड़ी है?'

'वह जाएँगे कैसे? पास राह-खर्च भी तो नहीं है।'

'क्या कुछ खर्च भी नहीं दिया? यह चौधरी साहब की बेइंसाफी है।'

'आप अगर दो रुपया दे दें, तो मैं उन्हें दे आऊँ। इतने में शायद वह घर पहुँच जाएँ।'

पिता जी ने तीव्र दृष्टि से देख कर कहा, जाओ, अपनी किताब देखो, मेरे पास रुपये नहीं हैं।

यह कह कर वह घोड़े पर सवार हो गए। उसी दिन से पिता जी पर से मेरी श्रद्धा उठ गयी। मैंने फिर कभी उनकी डाँट-डपट की परवा नहीं की। मेरा दिल कहता, आपको मुझको उपदेश देने का कोई अधिकार नहीं है। मुझे उनकी सूरत से चिढ़ हो गयी। वह जो कहते, मैं ठीक उसका उल्टा करता। यद्यपि इसमें मेरी हानि हुई; लेकिन मेरा अंतःकरण उस समय विप्लवकारी विचारों से भरा हुआ था। मेरे पास दो आने पैसे पड़े हुए थे। मैंने पैसे उठा लिये और जा कर शरमाते-शरमाते रामचन्द्र को दे दिये। उन पैसों को देख कर रामचन्द्र को जितना हर्ष हुआ, वह मेरे लिए आशातीत था। टूट पड़े, मानो प्यासे को पानी मिल गया। यही दो आने पैसे ले कर तीनों मूर्तियाँ बिदा हुई! केवल मैं ही उनके साथ कस्बे के बाहर तक पहुँचाने आया।

उन्हें बिदा करके लौटा, तो मेरी आँखें सजल थीं; पर हृदय आनंद से उमड़ा हुआ था।

❑

आभूषण

आभूषणों की निंदा करना हमारा उद्देश्य नहीं है। हम असहयोग का उत्पीड़न सह सकते हैं, पर ललनाओं के निर्दय घातक वाक्बाणों को नहीं ओढ़ सकते। तो भी इतना अवश्य कहेंगे कि इस तृष्णा की पूर्ति के लिए जितना त्याग किया जाता है, उसका सदुपयोग करने से महान् पद प्राप्त हो सकता है।

यद्यपि हमने किसी रूप-हीना महिला को आभूषणों की सजावट से रूपवती होते नहीं देखा, तथापि हम यह भी मान लेते हैं कि रूप के लिए आभूषणों की उतनी ही जरूरत है, जितनी घर के लिए दीपक की। किन्तु शारीरिक शोभा के लिए हम तन को कितना मलिन चित्त को कितना अशांत और आत्मा को कितना कलुषित बना लेते हैं, इसका हमें कदाचित् ज्ञान ही नहीं होता। इस दीपक की ज्योति में आँखें धुँधली हो जाती हैं। यह चमक-दमक कितनी ईर्ष्या कितने द्वेष कितनी प्रतिस्पर्धा कितनी दुश्चिंता और कितनी दुराशा का कारण है, इसकी केवल कल्पना से ही रोंगटे खड़े हो जाते हैं। इन्हें भूषण नहीं दूषण कहना अधिक उपयुक्त है। नहीं तो यह कब हो सकता था कि कोई नववधू पति के घर आने के तीसरे दिन अपने पति से कहती कि मेरे पिता ने तुम्हारे पल्ले बाँध कर मुझे तो कुएँ में ढकेल दिया। शीतला आज अपने गाँव के ताल्लुकेदार कुँवर सुरेशसिंह की नवविवाहिता वधू को देखने गयी थी। उसके सामने ही वह मंत्रमुग्ध-सी हो गयी। बहू के रूप-लावण्य पर नहीं, उसके आभूषणों की जगमगाहट पर उसकी टकटकी लगी रही। और वह जब से लौट कर घर आयी, उसकी छाती पर साँप लोटता रहा। अंत को ज्यों ही उसका पति आया, वह उस पर बरस पड़ी और दिल में भरा हुआ गुबार पूर्वोक्त शब्दों में निकल पड़ा। शीतला के पति का नाम विमलसिंह था। उनके पुरखे किसी जमाने में इलाकेदार थे। इस गाँव पर भी उन्हीं का सोलहों आने अधिकार था। लेकिन अब इस घर की दशा हीन हो गयी है। सुरेशसिंह के पिता ज़मींदारी के काम में दक्ष थे। विमलसिंह का सब इलाका किसी न किसी प्रकार से उनके हाथ आ गया। विमल के पास सवारी का टट्टू भी न था उसे दिन में दो बार भोजन भी मुश्किल से मिलता था। उधर सुरेश के पास हाथी मोटर

और कई घोड़े थे दस-पाँच बाहर के आदमी नित्य द्वार पर पड़े रहते थे। पर इतनी विषमता होने पर भी दोनों में भाईचारा निभाया जाता था। शादी-ब्याह में मुंडन-छेदन में परस्पर आना-जाना होता रहता था। सुरेश विद्याप्रेमी थे। हिंदुस्तान में ऊँची शिक्षा समाप्त करके वह यूरोप चले गये और सब लोगों की शंकाओं के विपरीत वहाँ से आर्य-सभ्यता के परम भक्त बन कर लौटे। वहाँ के जड़वाद कृत्रिम भोगलिप्सा और अमानुषिक मदांधता ने उनकी आँखें खोल दी थीं। पहले वह घरवालों के बहुत जोर देने पर भी विवाह करने को राजी नहीं हुए थे। लड़की से पूर्व-परिचय हुए बिना प्रणय नहीं कर सकते थे। पर यूरोप से लौटने पर उनके वैवाहिक विचारों में बहुत बड़ा परिवर्तन हो गया। उन्होंने उसी पहले की कन्या से बिना उसके आचार-विचार जाने हुए विवाह कर लिया। अब वह विवाह को प्रेम का बंधन नहीं धर्म का बंधन समझते थे। उसी सौभाग्यवती वधू को देखने के लिए आज शीतला अपनी सास के साथ सुरेश के घर गयी थी। उसी के आभूषणों की छटा देखकर वह मर्माहत-सी हो गयी है। विमल ने व्यथित होकर कहा–तो माता-पिता से कहा होता, सुरेश से ब्याह कर देते। वह तुम्हें गहनों से लाद सकते थे।

शीतला–तो गाली क्यों देते हो?

विमल–गाली नहीं देता बात कहता हूँ। तुम जैसी सुंदरी को उन्होंने नाहक मेरे साथ ब्याहा।

शीतला–लजाते तो हो नहीं, उलटे और ताने देते हो।

विमल–भाग्य मेरे वश में नहीं है। इतना पढ़ा भी नहीं हूँ कि कोई बड़ी नौकरी करके रुपये कमाऊँ।

शीतला–यह क्यों नहीं कहते कि प्रेम ही नहीं है। प्रेम हो तो कंचन बरसने लगे।

विमल–तुम्हें गहनों से बहुत प्रेम है?

शीतला–सभी को होता है। मुझे भी है।

विमल–अपने को अभागिनी समझती हो?

शीतला–हूँ ही, समझना कैसा? नहीं तो क्या दूसरे को देखकर तरसना पड़ता?

विमल–गहने बनवा दूँ तो अपने को भाग्यवती समझने लगोगी?

शीतला–(चिढ़कर) तुम तो इस तरह पूछ रहे हो, जैसे सुनार दरवाज़े पर बैठा है!

विमल–नहीं, सच कहता हूँ बनवा दूँगा। हाँ कुछ दिन सबर करना पड़ेगा।

2

समर्थ पुरुषों को बात लग जाती है तो प्राण ले लेते हैं। सामर्थ्यहीन पुरुष अपनी ही जान पर खेल जाता है। विमलसिंह ने घर से निकल जाने की ठानी। निश्चय किया या तो इसे गहनों से ही लाद दूँगा या वैधव्य-शोक से। या तो आभूषण ही पहनेगी या सेंदुर को भी तरसेगी।

दिन भर वह चिंता में डूबा पड़ा रहा। शीतला को उसने प्रेम से संतुष्ट करना चाहा था। आज अनुभव हुआ कि नारी का हृदय प्रेमपाश से नहीं बँधता कंचन के पाश ही से बँध सकता है। पहर रात जाते-जाते वह घर से चल खड़ा हुआ। पीछे फिरकर कभी न देखा। ज्ञान से जागे हुए विराग में चाहे मोह का संस्कार हो पर नैराश्य से जागा हुआ विराग अचल होता है। प्रकाश में इधर की वस्तुओं को देखकर मन विचलित हो सकता है। पर अंधकार में किसका साहस है, जो लीक से जौ भर हट सके।

विमल के पास विद्या न थी, कला-कौशल भी न था। उसे केवल अपने कठिन परिश्रम और कठिन आत्म-त्याग ही का आधार था। वह पहले कलकत्ते गया। वहाँ कुछ दिन तक एक सेठ की अगवानी करता रहा। वहाँ जो सुन पाया कि रंगून में मजदूरी अच्छी मिलती है, तो वह रंगून जा पहुँचा और बंदर पर माल चढ़ाने-उतारने का काम करने लगा।

कुछ तो कठिन श्रम कुछ खाने-पीने के असंयम और कुछ जलवायु की खराबी के कारण वह बीमार हो गया। शरीर दुर्बल हो गया मुख की कांति जाती रही, फिर भी उससे ज्यादा मेहनती मजदूर बंदर पर दूसरा न था। और मजदूर थे, पर यह मजदूर तपस्वी था। मन में जो कुछ ठान लिया था, उसे पूरा करना उसके जीवन का एकमात्र उद्देश्य था।

उसने घर को अपना कोई समाचार न भेजा। अपने मन से तर्क किया, घर में मेरा कौन हित है? गहनों के सामने मुझे कौन पूछता है? उसकी बुद्धि यह रहस्य समझने में असमर्थ थी कि आभूषणों की लालसा रहने पर भी प्रणय का पालन किया जा सकता है। और मजदूर प्रातःकाल सेरों मिठाई खाकर जलपान करते थे। दिन भर दम-दम भर पर गाँजे-चरस और तमाखू के दम लगाते थे। अवकाश पाते तो बाज़ार की सैर करते थे। कितनों ही को शराब का भी शौक था। पैसों के बदले रुपये कमाते थे, तो पैसों की जगह रुपये खर्च भी कर डालते थे। किसी की देह पर साबुत कपड़े न थे, पर विमल उन गिनती के दो-चार मजदूरों में था, जो संयम से रहते थे, जिनके जीवन का उद्देश्य खा-पीकर मर जाने के सिवा कुछ और भी था। थोड़े ही दिनों में उसके पास थोड़ी-सी संपत्ति हो गयी। धन के साथ और मजदूरों पर दबाव भी बढ़ने लगा। यह प्रायः सभी जानते थे कि विमल जाति का कुलीन ठाकुर है। सब ठाकुर ही कहकर उसे पुकारते थे। संयम और आचार सम्मान-सिद्धि के मंत्र हैं। विमल मजदूरों का नेता और महाजन हो गया।

विमल को रंगून में काम करते हुए तीन वर्ष हो चुके थे। संध्या हो गयी थी। वह कई मजदूरों के साथ समुद्र के किनारे बैठा बातें कर रहा था।

एक मजदूर ने कहा-यहाँ की सभी स्त्रियाँ निष्ठुर होती हैं। बेचारा झींगुर 10 बरस से उसी बर्मी स्त्री के साथ रहता था। कोई अपनी ब्याही जोरू से भी इतना प्रेम न करता होगा। उस पर इतना विश्वास करता था कि जो कुछ कमाता, सो उसके हाथ में रख देता था। तीन लड़के थे। अभी कल तक दोनों साथ-साथ खाकर लेटे थे। न

कोई लड़ाई, न बात, न चीत। रात को औरत न जाने कहाँ चली गयी। लड़कों को छोड़ गयी। बेचारा झींगुर रो रहा है। सबसे बड़ी मुश्किल तो छोटे बच्चे की है। अभी कुल छह महीने का है। कैसे जियेगा! भगवान् ही जानें।

विमलसिंह ने गंभीर भाव से कहा–गहने बनवाता था कि नहीं?

मजदूर–रुपये-पैसे तो औरत ही के हाथ में थे। गहने बनवाती उसका हाथ कौन पकड़ता?

दूसरे मजदूर ने कहा–गहनों से तो लदी हुई थी। जिधर से निकल जाती थी, छम्–छम् की आवाज़ से कान भर जाते थे।

विमल–जब गहने बनवाने पर भी निठुराई की तो यही कहना पड़ेगा कि यह जाति ही बेवफा होती है।

इतने में एक आदमी आकर विमलसिंह से बोला–चौधरी अभी मुझे एक सिपाही मिला था। वह तुम्हारा नाम गाँव और बाप का नाम पूछ रहा था। कोई बाबू सुरेशसिंह हैं।

विमल ने सशंक होकर कहा–हाँ, हैं तो। मेरे गाँव के इलाकेदार और बिरादरी के भाई हैं।

आदमी–उन्होंने थाने में कोई नोटिस छपवाया है कि जो विमलसिंह का पता लगावेगा उसे 1000 रुपये का इनाम मिलेगा।

विमल–तो तुमने सिपाही को सब ठीक-ठीक बता दिया?

आदमी–चौधरी मैं कोई गँवार हूँ क्या? समझ गया कुछ दाल में काला है; नहीं तो कोई इतने रुपये क्यों खरच करता। मैंने कह दिया कि उनका नाम विमलसिंह नहीं जसोदा पाँडे है। बाप का नाम सुक्खू बताया और घर जिला झाँसी में। पूछने लगा यहाँ कितने दिन से रहता है? मैंने कहा, कोई दस साल से। तब कुछ सोचकर चला गया। सुरेश बाबू से तुमसे कोई अदावत है क्या चौधरी?

विमल–अदावत तो नहीं थी, मगर कौन जाने उनकी नीयत बिगड़ गयी हो। मुझ पर कोई अपराध लगाकर मेरी जगह-जमीन पर हाथ बढ़ाना चाहते हों। तुमने बड़ा अच्छा किया कि सिपाही को उड़नझाँई बतायी।

आदमी–मुझसे कहता था कि ठीक-ठीक बता दो तो 50 रु. तुम्हें भी दिला दूँ। मैंने सोचा–आप तो हजार की गठरी मारेगा और मुझे 50 रु. दिलाने को कहता है। फटकार बता दी।

एक मजदूर–मगर जो 200 रु. देने को कहता तो तुम सब ठीक–ठीक नाम–ठि. काना बता देते। (क्यों धत् तेरे लालची की!)

आदमी–(लज्जित होकर) 200 रु. नहीं 2,000 रु. भी देता तो न बताता। मुझे ऐसा विश्वासघात करनेवाला मत समझो। जब जी चाहे, परख लो।

मजदूरों में यों वाद-विवाद होता ही रहा, विमल आकर अपनी कोठरी में लेट गया। वह सोचने लगा–अब क्या करूँ? जब सुरेश जैसे सज्जन की नीयत बदल गयी, तो अब किसका भरोसा करूँ! नहीं अब बिना घर गये काम नहीं चलेगा। कुछ दिन और न गया तो फिर कहीं का न हूँगा। दो साल और रह जाता तो पास में पूरे 5,000 रु. हो जाते। शीतला की इच्छा कुछ पूरी हो जाती। अभी तो सब मिलाकर 3,000 रु. ही होंगे। इतने में उसकी अभिलाषा न पूरी होगी। खैर अभी चलूँ, छह महीने में फिर लौट आऊँगा। अपनी जायदाद तो बच जाएगी। नहीं छह महीने तक रहने का क्या है। जाने-आने का एक महीना लग जायगा। घर में 15 दिन से ज्यादा न रहूँगा। वहाँ कौन पूछता है, आऊँ या रहूँ, मरूँ या जिऊँ वहाँ तो गहनों से प्रेम है।

इस तरह मन में निश्चय करके वह दूसरे दिन रंगून से चल पड़ा।

संसार कहता है कि गुण के सामने रूप की कोई हस्ती नहीं। हमारे नीतिशास्त्र के आचार्यों का भी यही कथन है, पर वास्तव में यह कितना भ्रममूलक है! कुँवर सुरेशसिंह की नववधू मंगलाकुमारी गृहकार्य में निपुण पति के इशारे पर प्राण देनेवाली अत्यंत विचारशीला मधुरभाषिणी और धर्म-भीरु स्त्री थी, पर सौंदर्यविहीन होने के कारण पति की आँखों में काँटे के समान खटकती थी। सुरेशसिंह बात-बात पर उस पर झुँझलाते पर घड़ी भर में पश्चात्ताप के वशीभूत होकर उससे क्षमा माँगते, किंतु दूसरे ही दिन वही कुत्सित व्यापार शुरू हो जाता। विपत्ति यह थी कि उनके आचरण अन्य रईसों की भाँति भ्रष्ट न थे। वह दाम्पत्य जीवन ही में आनंद सुख शांति विश्वास प्रायः सभी ऐहिक और पारमार्थिक उद्देश्य पूरा करना चाहते थे। और दाम्पत्य सुख से वंचित होकर उन्हें अपना समस्त जीवन नीरस स्वाद-हीन और कुंठित जान पड़ता था। फल यह हुआ कि मंगला को अपने ऊपर विश्वास न रहा। वह अपने मन से कोई काम करते हुए डरती कि स्वामी नाराज होंगे। स्वामी को खुश रखने के लिए अपनी भूलों को छिपाती बहाने करती झूठ बोलती। नौकरों को अपराध लगा कर आत्मरक्षा करना चाहती। पति को प्रसन्न रखने के लिए उसने अपने गुणों की अपनी आत्मा की अवहेलना की पर उठने के बदले वह पति की नज़रों से गिरती ही गयी। नित्य नये शृंगार करती पर लक्ष्य से दूर होती जाती थी। पति की एक मधुर मुस्कान के लिए उनके अधरों के एक मीठे शब्द के लिए उसका प्यासा हृदय तड़प-तड़प कर रह जाता था। लावण्य-विहीन स्त्री वह भिक्षुक नहीं है, जो चंगुल भर आटे से संतुष्ट हो जाय। वह भी पति का सम्पूर्ण अखंड प्रेम चाहती है और कदाचित् सुन्दरियों से अधिक, क्योंकि वह इसके लिए असाधारण प्रयत्न और अनुष्ठान करती है। मंगला इस प्रयत्न में निष्फल होकर और भी संतप्त होती थी।

धीरे-धीरे पति पर से उसकी श्रद्धा उठने लगी। उसने तर्क किया कि ऐसे क्रूर हृदय-शून्य कल्पनाहीन मनुष्य से, मैं भी उसी का-सा व्यवहार करूँगी। जो पुरुष रूप का भक्त है, वह प्रेम-भक्ति के योग्य नहीं। इस प्रत्याघात ने समस्या और भी जटिल कर दी।

मगर मंगला की केवल अपनी रूपहीनता ही का रोना न था। शीतला का अनुपम रूपलालित्य भी उसकी कामनाओं का बाधक था, बल्कि यह उसकी आशालताओं पर पड़नेवाला तुषार था। मंगला सुन्दरी न सही पर पति पर जान देती थी। जो अपने को चाहे उससे हम विमुख नहीं हो सकते। प्रेम की शक्ति अपार है, पर शीतला की मूर्ति सुरेश के हृदय-द्वार पर बैठी हुई मंगला को अंदर न जाने देती थी, चाहे वह कितना ही वेष बदल कर आवे। सुरेश इस मूर्ति को हटाने की चेष्टा करते थे, उसे बलात् निकाल देना चाहते थे किंतु सौंदर्य का आधिपत्य धन के आधिपत्य से कम दुर्निवार नहीं होता। जिस दिन शीतला इस घर में मंगला का मुख देखने आयी थी, उसी दिन सुरेश की आँखों ने उसकी मनोहर छवि की एक झलक देख ली थी। वह एक झलक मानो एक क्षणिक क्रिया थी, जिसने एक ही धावे में समस्त हृदय-राज्य को जीत लिया उस पर अपना आधिपत्य जमा लिया।

सुरेश एकांत में बैठे हुए शीतला के चित्र को मंगला से मिलाते यह निश्चय करने के लिए कि उनमें क्या अंतर है? एक क्यों मन को खींचती है, दूसरी क्यों उसे हटाती है पर उसके मन का यह खिंचाव केवल एक चित्रकार या कवि का रसास्वादन-मात्र था। वह पवित्र और वासनाओं से रहित था। वह मूर्ति केवल उसके मनोरंजन की सामग्री-मात्र थी। यह अपने मन को बहुत समझाते संकल्प करते कि अब मंगला को प्रसन्न रखूँगा। यदि वह सुन्दर नहीं है, तो उसका क्या दोष? पर उनका यह सब प्रयास मंगला के सम्मुख जाते ही विफल हो जाता था। वह बड़ी सूक्ष्म दृष्टि से मंगला के मन के बदलते हुए भावों को देखते थे, पर एक पक्षाघात-पीड़ित मनुष्य की भाँति घी के घड़े को लुढ़कते देखकर भी रोकने का कोई उपाय न कर सकते थे। परिणाम क्या होगा यह सोचने का उन्हें साहस ही न होता था। पर जब मंगला ने अंत को बात-बात में उनकी तीव्र आलोचना करना शुरू कर दिया, वह उनसे उच्छृङ्खलता का व्यवहार करने लगी तो उसके प्रति उनका वह उतना सौहार्द भी विलुप्त हो गया घर में आना-जाना छोड़ दिया।

एक दिन संध्या के समय बड़ी गरमी थी। पंखा झलने से आग और भी दहकती थी। कोई सैर करने बगीचों में भी न जाता था। पसीने की भाँति शरीर से सारी स्फूर्ति बह गयी थी जो जहाँ था, वहीं मुर्दा-सा पड़ा था। आग से सेंके हुए मृदंग की भाँति लोगों के स्वर कर्कश हो गये थे। साधारण बातचीत में भी लोग उत्तेजित हो जाते थे, जैसे साधारण संघर्षण से वन के वृक्ष जल उठते हैं। सुरेशसिंह कभी चार कदम टहलते थे, फिर हाँफ कर बैठ जाते थे। नौकरों पर झुँझला रहे थे कि जल्द-जल्द छिड़काव क्यों नहीं करते। सहसा उन्हें अंदर से गाने की आवाज सुनायी दी। चौंके फिर क्रोध आया। मधुर गान कानों को अप्रिय जान पड़ा। यह क्या बेवक्त की शहनाई है! यहाँ गरमी के मारे दम निकल रहा है और इन सबको गाने की सूझी है! मंगला ने बुलाया होगा और क्या। लोग नाहक कहते हैं कि स्त्रियों का जीवन का आधार प्रेम है। उनके जीवन का आधार वही भोजन-निद्रा, राग-रंग, आमोद-प्रमोद है, जो समस्त प्राणियों

का है। घंटे भर तो सुन चुका। यह गीत कभी बंद भी होगा या नहीं। सब व्यर्थ में गला फाड़-फाड़ कर चिल्ला रही हैं।

अंत को न रहा गया। जनानखाने में आकर बोले—यह तुम लोगों ने क्या काँव-काँव मचा रखी है, यह गाने-बजाने का कौन-सा समय है, बाहर बैठना मुश्किल हो गया!

सन्नाटा छा गया। जैसे शोरगुल मचानेवाले बालकों में मास्टर पहुँच जाय। सभी ने सिर झुका लिये और सिमट गयीं।

मंगला तुरंत उठकर सामने वाले कमरे में चली गयी। पति को बुलाया और आहिस्ते से बोली—क्यों इतना बिगड़ रहे हो?

'मैं इस वक्त गाना नहीं सुनना चाहता।'

'तुम्हें सुनाता ही कौन है? क्या मेरे कानों पर भी तुम्हारा अधिकार है?'

'फजूल की बमचख...'

'तुमसे मतलब?'

'मैं अपने घर में यह कोलाहल न मचने दूँगा?'

'तो मेरा घर कहीं और है?'

सुरेशसिंह इसका उत्तर न देकर बोले—इन सबसे कह दो फिर किसी वक्त आयें।

मंगला—इसलिए कि तुम्हें इनका आना अच्छा नहीं लगता?

हाँ, इसीलिए।

तुम क्या सदा वही करते हो, जो मुझे अच्छा लगे? तुम्हारे यहाँ मित्र आते है, हँसी-ठट्ठे की आवाज़ अंदर सुनायी देती है। मैं कभी नहीं कहती कि इन लोगों का आना बंद कर दो। तुम मेरे कामों में दस्तंदाजी क्यों करते हो?

सुरेश ने तेज़ होकर कहा—इसलिए कि मैं घर का स्वामी हूँ।

मंगला—तुम बाहर के स्वामी हो यहाँ मेरा अधिकार है।

सुरेश—क्यों व्यर्थ की बक-बक करती हो, मुझे चिढ़ाने से क्या मिलेगा?

मंगला जरा देर चुपचाप खड़ी रही। वह पति के मनोगत भावों की मीमांसा कर रही थी। फिर बोली—अच्छी बात है। जब इस घर में मेरा कोई अधिकार नहीं, तो न रहूँगी। अब तक भ्रम में थी। आज तुमने वह भ्रम मिटा दिया। मेरा इस घर पर अधि कार कभी नहीं था। जिस स्त्री का पति के हृदय पर अधिकार नहीं, उसका उसकी सम्पत्ति पर भी कोई अधिकार नहीं हो सकता।

सुरेश ने लज्जित होकर कहा—बात का बतंगड़ क्यों बनाती हो! मेरा यह मतलब न था। कुछ का कुछ समझ गयी।

मंगला—मन की बात आदमी के मुँह से अनायास ही निकल जाती है। सावधान होकर हम अपने भावों को छिपा लेते हैं!

सुरेश को अपनी असज्जनता पर दुःख तो हुआ, पर इस भय से कि मैं इसे जितना ही मनाऊँगा, उतना ही यह और जली-कटी सुनायेगी उसे वहीं छोड़ कर बाहर चले आये।

प्रातःकाल ठंडी हवा चल रही थी। सुरेश खुमारी में पड़े हुए स्वप्न देख रहे थे कि मंगला सामने से चली जा रही है। चौंक पड़े। देखा द्वार पर सचमुच मंगला खड़ी है। घर की नौकरानियाँ आँचल से आँखें पोंछ रही हैं। कई नौकर आस-पास खड़े हैं। सभी की आँखें सजल और मुख उदास हैं। मानो बहू विदा हो रही है।

सुरेश समझ गये कि मंगला को कल की बात लग गयी। पर उन्होंने उठकर कुछ पूछने की मनाने की या समझाने की चेष्टा नहीं की। यह मेरा अपमान कर रही है, मेरा सिर नीचा कर रही है। जहाँ चाहे जाय। मुझसे कोई मतलब नहीं। यों बिना कुछ पूछे-गाछे चले जाने का अर्थ यह है कि मैं इसका कोई नहीं। फिर मैं इसे रोकनेवाला कौन!

वह यों ही जड़वत् पड़े रहे और मंगला चली गयी। उनकी तरफ मुँह उठाकर भी न ताका।

3

मंगला पाँव-पैदल चली जा रही थी। एक बड़े ताल्लुकेदार की औरत के लिए यह मामूली बात न थी। हर किसी को हिम्मत न पड़ती थी कि उससे कुछ कहे। पुरुष उसकी राह छोड़ कर किनारे खड़े हो जाते थे। नारियाँ द्वार पर खड़ी करुण-कौतूहल से देखती थीं और आँखों से कहती थीं—हा, निर्दयी पुरुष! इतना भी न हो सका कि एक डोला पर तो बैठा देता!

इस गाँव से निकल कर उस गाँव में पहुँची, जहाँ शीतला रहती थी। शीतला सुनते ही द्वार पर आकर खड़ी हो गयी और मंगला से बोली—बहन, जरा आकर दम ले लो।

मंगला ने अंदर जा कर देखा, तो मकान जगह-जगह से गिरा हुआ था। दालान में एक वृद्धा खाट पर पड़ी थी। चारों ओर दरिद्रता के चिह्न दिखायी देते थे।

शीतला ने पूछा—यह क्या हुआ?

मंगला—जो भाग्य में लिखा था।

शीतला—कुँवर जी ने कुछ कहा-सुना था?

मंगला—मुँह से कुछ न कहने पर भी तो मन की बात छिपी नहीं रहती।

शीतला—अरे तो क्या अब यहाँ तक नौबत आ गयी?

दुःख की अंतिम दशा संकोचहीन होती है। मंगला ने कहा—चाहती तो अब भी पड़ी रहती। उसी घर में जीवन कट जाता। पर जहाँ प्रेम नहीं, पूछ नहीं, मान नहीं, वहाँ अब नहीं रह सकती।

शीतला—तुम्हारा मैका कहाँ है?

मंगला—मैके कौन मुँह लेकर जाऊँगी?

शीतला—तब कहाँ जाओगी?

मंगला—ईश्वर के दरबार में। पूछूँगी कि तुमने मुझे सुन्दरता क्यों नहीं दी बदसूरत क्यों बनाया बहन स्त्री के लिए इससे अधिक दुर्भाग्य की बात नहीं कि वह रूपहीन हो। शायद पहले जनम की पिशाचिनियाँ ही बदसूरत औरतें होती हैं। रूप से प्रेम मिलता है और प्रेम से दुर्लभ कोई वस्तु नहीं है।

यह कहकर मंगला उठ खड़ी हुई। शीतला ने उसे रोका नहीं। सोचा—इसे क्या खिलाऊँगी। आज तो चूल्हा जलने की भी कोई आशा नहीं।

उसके जाने के बाद वह देर तक बैठी सोचती रही, मैं कैसी अभागिन हूँ। जिस प्रेम को न पाकर यह बेचारी जीवन को त्याग रही है, उसी प्रेम को मैंने पाँव से ठुकरा दिया। इसे जेवर की क्या कमी थी? क्या ये सारे जड़ाऊ जेवर इसे सुखी रख सके? इसने उन्हें पाँव से ठुकरा दिया। उन्हीं आभूषणों के लिए मैंने अपना सर्वस्व खो दिया। हा! न जाने वह (विमलसिंह) कहाँ हैं, किस दशा में हैं!

अपनी लालसा को तृष्णा को वह कितनी ही बार धिक्कार चुकी थी। मंगला की दशा देखकर आज उसे आभूषणों से घृणा हो गयी।

विमल को घर छोड़े दो साल हो गये थे। शीतला को अब उनके बारे में भाँति-भाँति की शंकाएँ होने लगी थीं। आठों पहर उसके चित्त में ग्लानि और क्षोभ की आग सुलगा करती थी।

देहात के छोटे-मोटे, जमींदारों का काम डाँट-डपट, छीन-झपट ही से चला करता है। विमल की खेती बेगार में होती थी। उसके जाने के बाद सारे खेत परती रह गये। कोई जोतनेवाला न मिला। इस ख़याल से साझे पर भी किसी ने न जोता कि बीच में कहीं विमलसिंह आ गये, तो साझेदार को अँगूठा दिखा देंगे। असामियों ने लगान न दिया। शीतला ने महाजन से रुपये उधार लेकर काम चलाया। दूसरे वर्ष भी यही कैफियत रही। अबकी महाजन ने रुपये नहीं दिये। शीतला के गहनों के सिर गयी। दूसरा साल समाप्त होते-होते घर की सब लेई-पूँजी निकल गयी। फाके होने लगे। बूढ़ी सास, छोटा देवर, ननद और आप-चार प्राणियों का खर्च था। नात—हित भी आते ही रहते थे। उस पर यह और मुसीबत हुई कि मैके में एक फौज़दारी हो गयी। पिता और बड़े भाई उसमें फँस गये। दो छोटे भाई एक बहन और माता चार प्राणी और सर पर आ डटे। गाड़ी पहले मुश्किल से चलती थी, जब जमीन में धँस गयी।

प्रातःकाल से कलह आरंभ हो जाता। समधिन समधिन से साले बहनोई से गुथ जाते। कभी तो अन्न के अभाव से भोजन ही न बनता कभी भोजन बनने पर भी गाली-गलौज के कारण खाने की नौबत न आती। लड़के दूसरों के खेतों में जा कर

गन्ने और मटर खाते बुढ़िया दूसरों के घर जा कर अपना दुखड़ा रोती और ठकुरसोहाती करती, पुरुष की अनुपस्थिति में स्त्री के मैकेवालों का प्राधान्य हो जाता है। इस संग्राम में प्रायः विजयपताका मैकेवालों ही के हाथ में रहती है। किसी भाँति घर अनाज आ जाता, तो उसे पीसे कौन? शीतला की माँ कहती चार दिन के लिए आयी हूँ, तो क्या चक्की चलाऊँ? सास कहती खाने की बेर तो बिल्ली की तरह लपकेंगी, पीसते क्यों जान निकलती है? विवश होकर शीतला को अकेले पीसना पड़ता। भोजन के समय वह महाभारत मचता कि पड़ोसवाले तंग आ जाते। शीतला कभी माँ के पैरों पड़ती, कभी सास के चरण पकड़ती, लेकिन दोनों ही उसे झिड़क देतीं। माँ कहती तूने यहाँ बुलाकर हमारा पानी उतार लिया। सास कहती मेरी छाती पर सौत ला कर बैठा दी, अब बातें बनाती है? इस घोर विवाद में शीतला अपना विरह-शोक भूल गयी। सारी अमंगल शंकाएँ इस विरोधाग्नि में शांत हो गयीं। बस अब यही चिंता थी कि इस दशा से छुटकारा कैसे हो? माँ और सास दोनों ही का यमराज के सिवा और कोई ठिकाना न था, पर यमराज उनका स्वागत करने के लिए बहुत उत्सुक नहीं जान पड़ते थे। सैकड़ों उपाय सोचती पर उस पथिक की भाँति, जो दिन भर चल कर भी अपने द्वार ही पर खड़ा हो। उसकी सोचने की शक्ति निश्चल हो गयी थी। चारों तरफ निगाहें दौड़ाती कि कहीं कोई शरण का स्थान है? पर कहीं निगाह न जमती।

एक दिन वह इसी नैराश्य की अवस्था में द्वार पर खड़ी थी। मुसीबत में चित्त की उद्विग्नता में इंतज़ार में द्वार से हमें प्रेम हो जाता है। सहसा उसने बाबू सुरेशसिंह को सामने से घोड़े पर जाते देखा। उनकी आँखें उसकी ओर फिरीं। आँखें मिल गयीं। वह झिझक कर पीछे हट गयी। किवाड़ें बंद कर लिये। कुँवर साहब आगे बढ़ गये। शीतला को खेद हुआ कि उन्होंने मुझे देख लिया। मेरे सिर पर साड़ी फटी हुई थी, चारों तरफ उसमें पैबंद लगे हुए थे। वह अपने मन में न जाने क्या कहते होंगे?

कुँवर साहब को गाँववालों से विमलसिंह के परिवार के कष्टों की खबर मिली थी। वह गुप्त रूप से उनकी कुछ सहायता करना चाहते थे। पर शीतला को देखते ही संकोच ने उन्हें ऐसा दबाया कि द्वार पर एक क्षण भी न रुक सके। मंगला के गृहत्याग के तीन महीने पीछे आज वह पहली बार घर से निकले थे। मारे शर्म के बाहर बैठना छोड़ दिया था।

इसमें संदेह नहीं कि कुँवर साहब मन में शीतला के रूप-रस का आस्वादन करते थे। मंगला के जाने के बाद उनके हृदय में एक विचित्र दुष्कामना जाग उठी। क्या किसी उपाय से यह सुंदरी मेरी नहीं हो सकती? विमल का मुद्दत से पता नहीं। बहुत सम्भव है कि वह अब संसार में न हो। किंतु वह इस दुष्कल्पना को विचार से दबाते रहते थे। शीतला की विपत्ति की कथा सुनकर भी वह उसकी सहायता करते हुए डरते थे। कौन जाने वासना यही वेष धर कर मेरे विचार और विवेक पर कुठाराघात करना चाहती हो। अंत को लालसा की कपट-लीला उन्हें भुलावा दे

ही गयी। वह शीतला के घर उसका हालचाल पूछने गये। मन में तर्क किया–यह कितना घोर अन्याय है कि एक अबला ऐसे संकट में हो और मैं उसकी बात भी न पूछूँ? पर वहाँ से लौटे तो बुद्धि और विवेक की रस्सियाँ टूट गयी थीं और नौका मोह-वासना के अपार सागर में डुबकियाँ खा रही थी। आह! यह मनोहर छवि! यह अनुपम सौंदर्य!

एक क्षण में उन्मत्तों की भाँति बकने लगे–यह प्राण और यह शरीर तेरी भेंट करता हूँ। संसार हँसेगा, हँसे। महापाप है, हो। कोई चिंता नहीं। इस स्वर्गीय आनंद से मैं अपने को वंचित नहीं कर सकता, वह मुझसे भाग नहीं सकती। इस हृदय को छाती से निकाल कर उसके पैरों पर रख दूँगा। विमल मर गया। नहीं मरा तो अब मरेगा पाप क्या है? पता नहीं। कमल कितना कोमल कितना प्रफुल्ल, कितना ललित है? क्या उसके अधरों....

अकस्मात् वह ठिठक गये, जैसे कोई भूली हुई बात याद आ जाय। मनुष्य में बुद्धि के अंतर्गत एक अज्ञात बुद्धि होती है। जैसे रणक्षेत्र में हिम्मत हार कर भागनेवाले सैनिकों को किसी गुप्त स्थान से आनेवाली कुमक सँभाल लेती है, वैसे ही इस अज्ञात बुद्धि ने सुरेश को सचेत कर दिया। वह सँभल गये। ग्लानि से उनकी आँखें भर आयीं। वह कई मिनट तक किसी दंडित कैदी की भाँति क्षुब्ध खड़े सोचते रहे। फिर विजय-ध्वनि से कह उठे–कितना सरल है। इस विकार के हाथी को सिंह से नहीं, चिंउटी से मारूँगा। शीतला को एक बार बहन कह देने से ही यह सब विकार शांत हो जायगा। शीतला! बहन! मैं तेरा भाई हूँ!

उसी क्षण उन्होंने शीतला को पत्र लिखा–बहन, तुमने इतने कष्ट झेले पर मुझे खबर तक न दी! मैं कोई गैर न था। मुझे इसका दुःख है। खैर, अब ईश्वर ने चाहा, तो तुम्हें कष्ट न होगा। इस पत्र के साथ उन्होंने अनाज और रुपये भेजे।

शीतला ने उत्तर दिया–भैया, क्षमा करो जब तक जिऊँगी, तुम्हारा यश गाऊँगी। तुमने मेरी डूबती नाव पार लगा दी।

4

कई महीने बीत गये। संध्या का समय था। शीतला अपनी मैना को चारा चुगा रही थी। उसे सुरेश नैपाल से उसी के वास्ते लाये थे। इतने में सुरेश आकर आँगन में बैठ गये।

शीतला ने पूछा–कहाँ से आते हो भैया?

सुरेश–गया था जरा थाने। कुछ पता नहीं चला। रंगून में पहले कुछ पता मिला था। बाद को मालूम हुआ कि वह कोई और आदमी है। क्या करूँ इनाम और बढ़ा दूँ?

शीतला–तुम्हारे पास रुपये बढ़े हैं, फूँको। उनकी इच्छा होगी तो आप ही आवेंगे।

सुरेश–एक बात पूछूँ, बताओगी? किस बात पर तुमसे रूठे थे?

शीतला—कुछ नहीं मैंने यही कहा कि मुझे गहने बनवा दो। कहने लगे मेरे पास है क्या मैंने कहा (लजाकर) तो ब्याह क्यों किया बस बातों ही बातों में तकरार हो गयी।

इतने में शीतला की सास आ गयी। सुरेश ने शीतला की माँ और भाइयों को उनके घर पहुँचा दिया था, इसलिए यहाँ अब शांति थी। सास ने बहू की बात सुन ली थी। कर्कश स्वर से बोली—बेटा, तुमसे क्या परदा है। यह महारानी देखने ही को गुलाब की फूल है अन्दर सब काँटे हैं। यह अपने बनाव—सिंगार के आगे विमल की बात ही न पूछती थी। बेचारा इस पर जान देता था, पर इसका मुँह ही न सीधा होता था। प्रेम तो इसे छू नहीं गया। अन्त को उसे देश से निकाल कर इसने दम लिया।

शीतला ने रुष्ट होकर कहा—क्या वही अनोखे धन कमाने घर से निकले हैं? देश-विदेश जाना मरदों का काम ही है।

सुरेश—यूरोप में तो धनभोग के सिवा स्त्री-पुरुष में कोई सम्बन्ध ही नहीं होता। बहन ने यूरोप में जन्म लिया होता तो हीरे-जवाहिर से जगमगाती होती। शीतला अब तुम ईश्वर से यही कहना कि सुंदरता देते हो, तो यूरोप में जन्म दो।

शीतला ने व्यथित होकर कहा—जिनके भाग्य में लिखा है, वे यहीं सोने से लदी हुई हैं। मेरी भाँति सभी के करम थोड़े ही फूट गये हैं!

सुरेशसिंह को ऐसा जान पड़ा कि शीतला की मुखकांति मलिन हो गयी है। पतिवियोग में भी गहनों के लिए इतनी लालायित है! बोले—अच्छा, मैं तुम्हें गहने बनवा दूँगा।

यह वाक्य कुछ अपमानसूचक स्वर में कहा गया था; पर शीतला की आँखें आनन्द से सजल हो आयीं, कंठ गद्गद हो गया। उसके हृदय—नेत्रों के सामने मंगला के रत्न-जटित आभूषणों का चित्र खिंच गया। उसने कृतज्ञतापूर्ण दृष्टि से सुरेश को देखा। मुँह से कुछ न बोली पर उसका प्रत्येक अंग कह रहा था—मैं तुम्हारी हूँ!

5

कोयल आम की डालियों पर बैठकर, मछली शीतल निर्मल जल में क्रीड़ा करके और मृग-शावक विस्तृत हरियालियों में छलाँगें भर कर इतने प्रसन्न नहीं होते, जितना मंगला के आभूषणों को पहन कर शीतला प्रसन्न हो रही है। उसके पैर जमीन पर नहीं पड़ते। वह दिन भर आईने के सामने खड़ी रहती है, कभी केशों को सँवारती है, कभी सुरमा लगाती है। कुहरा फट गया है और निर्मल स्वच्छ चाँदनी निकल आयी है। वह घर का एक तिनका भी नहीं उठाती। उसके स्वभाव में एक विचित्र गर्व का संचार हो गया है।

लेकिन श्रृंगार क्या है? सोयी हुई काम-वासना को जगाने का घोर नाद उद्दीपन का मंत्र। शीतला जब नख-शिख से सज कर बैठती है, तो उसे प्रबल इच्छा होती है कि मुझे कोई देखे। वह द्वार पर आकर खड़ी हो जाती है। गाँव की स्त्रियों की

प्रशंसा से उसे संतोष नहीं होता। गाँव के पुरुषों को वह श्रृंगाररस–विहीन समझती है। इसलिए सुरेशसिंह को बुलाती है। पहले वह दिन में एक बार आ जाते थे, अब शीतला के बहुत अनुनय-विनय करने पर भी नहीं आते।

पहर रात गयी थी। घरों के दीपक बुझ चुके थे। शीतला के घर में दीपक जल रहा था। उसने कुँवर साहब के बगीचे से बेले के फूल मँगवाये थे और बैठी हार गूँथ रही थी–अपने लिए नहीं सुरेश के लिए। प्रेम के सिवा एहसान का बदला देने के लिए उसके पास और था ही क्या?

एकाएक कुत्तों के भूँकने की आवाज़ सुनायी दी और दम भर में विमलसिंह ने मकान के अंदर कदम रखा। उनके एक हाथ में संदूक था दूसरे हाथ में एक गठरी। शरीर दुर्बल कपड़े मैले दाढ़ी के बाल बढ़े हुए मुख पीला जैसे कोई कैदी जेल से निकल कर आया हो। दीपक का प्रकाश देखकर वह शीतला के कमरे की तरफ चले। मैना पिंजरे में तड़फड़ाने लगी। शीतला ने चौंक कर सिर उठाया। घबराकर बोली, 'कौन?' फिर पहचान गयी। तुरंत फूलों को एक कपड़े से छिपा दिया। उठ खड़ी हुई और सिर झुकाकर पूछा–इतनी जल्दी सुध ली?

विमल ने कुछ जवाब न दिया। विस्मित हो-होकर कभी शीतला को देखता और कभी घर को मानो किसी नये संसार में पहुँच गया है। यह वह अध-खिला फूल न था, जिसकी पंखुड़ियाँ अनुकूल जलवायु न पाकर सिमट गयी थीं। यह पूर्ण विकसित कुसुम था–ओस के जल-कणों से जगमगाता और वायु के झोंकों से लहराता हुआ। विमल उसकी सुंदरता पर पहले भी मुग्ध था पर यह ज्योति वह अग्निज्वाला थी, जिससे हृदय में ताप और आँखों में जलन होती थी। ये आभूषण, ये वस्त्र, यह सजावट! उसके सिर में एक चक्कर-सा आ गया। जमीन पर बैठ गया। इस सूर्यमुखी के सामने बैठते हुए उसे लज्जा आती थी। शीतला अभी तक स्तंभित खड़ी थी। वह पानी लाने नहीं दौड़ी, उसने पति के चरण नहीं धोये, उसको पंखा तक नहीं झला। हतबुद्धि-सी हो गयी थी। उसने कल्पनाओं की कैसी सुरम्य वाटिका लगाई थी! उस पर तुषार पड़ गया। वास्तव में इस मलिनवदन अर्ध-नग्न पुरुष से उसे घृणा हो रही थी। यह घर का ज़मींदार विमल न था। वह मजदूर हो गया था। मोटा काम मुखाकृति पर असर डाले बिना नहीं रहता। मजदूर सुंदर वस्त्रों में भी मजदूर ही रहता है।

सहसा विमल की माँ चौंकी। शीतला के कमरे में आयी, तो विमल को देखते ही मातृ-स्नेह से विह्वल होकर उसे छाती से लगा लिया। विमल ने उसके चरणों पर सिर रखा। उसकी आँखों से आँसुओं की गरम-गरम बूँदें निकल रही थीं। माँ पुलकित हो रही थी। मुख से बात न निकलती थी!

एक क्षण में विमल ने कहा–अम्माँ!

कंठ-ध्वनि ने उसका आशय प्रकट कर दिया।

माँ ने प्रश्न समझ कर कहा–नहीं बेटा, यह बात नहीं है।

विमल–यह देखता क्या हूँ?

माँ–स्वभाव ही ऐसा है, तो कोई क्या करे?

विमल–सुरेश ने मेरा हुलिया क्यों लिखाया था?

माँ–तुम्हारी खोज लेने के लिए। उन्होंने दया न की होती, तो आज घर में किसी को जीता न पाते।

विमल–बहुत अच्छा होता।

शीतला ने ताने से कहा–अपनी ओर से तुमने सबको मार ही डाला था। फूलों की सेज नहीं बिछा गये थे!

विमल–अब तो फूलों की सेज ही बिछी हुई देखता हूँ।

शीतला–तुम किसी के भाग्य के विधाता हो?

विमलसिंह उठकर क्रोध से काँपता हुआ बोला–अम्माँ मुझे यहाँ से ले चलो। मैं इस पिशाचिनी का मुँह नहीं देखना चाहता। मेरी आँखों में खून उतरता चला आता है। मैंने इस कुल-कलंकिनी के लिए तीन साल तक जो कठिन तपस्या की है उससे ईश्वर मिल जाता पर इसे न पा सका!

यह कहकर वह कमरे से निकल आया और माँ के कमरे में लेट रहा। माँ ने तुरंत उसका मुँह और हाथ-पैर धुलाये। वह चूल्हा जला कर पूरियाँ पकाने लगी। साथ-साथ घर की विपत्ति-कथा भी कहती जाती थी। विमल के हृदय में सुरेश के प्रति जो विरोधाग्नि प्रज्वलित हो रही थी वह शांत हो गयी लेकिन हृदय-दाह ने रक्त-दाह का रूप धारण किया। जोर का बुखार चढ़ आया। लंबी यात्रा की थकान और कष्ट तो था ही बरसों के कठिन श्रम और तप के बाद यह मानसिक संताप और भी दुस्सह हो गया।

सारी रात वह अचेत पड़ा रहा। माँ बैठी पंखा झलती और रोती थी। दूसरे दिन भी वह बेहोश पड़ा रहा। शीतला उसके पास एक क्षण के लिए भी न आयी। इन्होंने मुझे कौन-से सोने के कौर खिला दिये हैं जो इनकी धौंस सहूँ यहाँ तो जैसे कंता घर रहे वैसे रहे विदेश। किसी की फूटी कौड़ी नहीं जानती। बहुत ताव दिखाकर तो गये थे? क्या लाद लाये?

संध्या के समय सुरेश को खबर मिली। तुरंत दौड़े हुए आये। आज दो महीने के बाद उन्होंने उस घर में कदम रखा। विमल ने आँखें खोलीं पहचान गया। आँखों से आँसू बहने लगे। सुरेश के मुखारविन्द पर दया की ज्योति झलक रही थी। विमल ने उसके बारे में जो अनुचित संदेह किया था, उसके लिए वह अपने को धिक्कार रहा था।

शीतला ने ज्यों ही सुना कि सुरेशसिंह आये हैं, तुरंत शीशे के सामने गयी। केश छिटका लिये और बिपत की मूर्ति बनी हुई विमल के कमरे में आयी। कहाँ तो विमल की आँखें बंद थीं, मूर्च्छित-सा पड़ा था, कहाँ शीतला के आते ही आँखें खुल गयीं।

अग्निमय नेत्रों से उसकी ओर देखकर बोला–अभी आयी है? आज के तीसरे दिन आना। कुँवर साहब से उस दिन फिर भेंट हो जाएगी।

शीतला उलटे पाँव चली गयी। सुरेश पर घड़ों पानी पड़ गया। मन में सोचा, कितना रूप-लावण्य है; पर कितना विषाक्त! हृदय की जगह केवल श्रृंगार-लालसा!

आतंक बढ़ता गया। सुरेश ने डाक्टर बुलवाये पर मृत्यु-देव ने किसी की न मानी। उनका हृदय पाषाण है। किसी भाँति नहीं पसीजता। कोई अपना हृदय निकाल कर रख दे, आँसुओं की नदी बहा दे, पर उन्हें दया नहीं आती। बसे हुए घर को उजाड़ना, लहराती हुई खेती को सुखाना उनका काम है। और उनकी निर्दयता कितनी विनोदमय है! यह नित्य नये रूप बदलते रहते हैं। कभी दामिनी बन जाते हैं, तो कभी पुण्य-माला। कभी सिंह बन जाते हैं, तो कभी सियार। कभी अग्नि के रूप में दिखायी देते हैं, तो कभी जल के रूप में।

तीसरे दिन पिछली रात को विमल की मानसिक पीड़ा और हृदय-ताप का अंत हो गया। चोर दिन को कभी चोरी नहीं करता। यम के दूत प्राय: रात ही को सबकी नज़र बचा कर आते हैं और प्राण-रत्न को चुरा ले जाते हैं। आकाश के फूल मुरझाये हुए थे। वृक्षसमूह स्थिर थे पर शोक में मग्न सिर झुकाये हुए। रात शोक का बाह्य रूप है। रात मृत्यु का क्रीड़ा-क्षेत्र है। उसी समय विमल के घर से आर्तनाद सुनायी दिया–वह नाद जिसे सुनने के लिए मृत्यु-देव विकल रहते हैं।

शीतला चौंक पड़ी और घबरायी हुई मरण-शय्या की ओर चली। उसने मृतदेह पर निगाह डाली और भयभीत होकर एक पग पीछे हट गयी। उसे जान पड़ा विमलसिंह उसकी ओर अत्यंत तीव्र दृष्टि से देख रहे हैं। बुझे हुए दीपक में उसे भयंकर ज्योति दिखायी पड़ी। वह मारे भय के वहाँ ठहर न सकी। द्वार से निकल ही रही थी कि सुरेशसिंह से भेंट हो गयी। कातर स्वर में बोली–मुझे यहाँ डर लगता है। उसने चाहा कि रोती हुई इनके पैरों पर गिर पड़ूँ पर वह अलग हट गये।

6

जब किसी पथिक को चलते-चलते ज्ञात होता है कि मैं रास्ता भूल गया हूँ, तो वह सीधे रास्ते पर आने के लिए बड़े वेग से चलता है! झुँझलाता है कि मैं इतना असावधान क्यों हो गया? सुरेश भी अब शांति-मार्ग पर आने के लिए विकल हो गये। मंगला की स्नेहमयी सेवाएँ याद आने लगीं। हृदय में वास्तविक सौंदर्योपासना का भाव उदय हुआ। उसमें कितना प्रेम कितना त्याग कितनी क्षमा थी! उसकी अतुल पति-भक्ति को याद करके कभी-कभी वह तड़प जाते। आह! मैंने घोर अत्याचार किया। ऐसे उज्ज्वल रत्न का आदर न किया। मैं यों ही जड़वत् पड़ा रहा और मेरे सामने ही लक्ष्मी घर से निकल गयी! मंगला ने चलते-चलते शीतला से जो बातें कहीं वे उन्हें मालूम थीं पर उन बातों पर विश्वास न होता था। मंगला शांत प्रकृति की थी। वह इतनी उद्दंडता नहीं कर सकती। उसमें क्षमा थी, वह इतना विद्वेष नहीं कर सकती।

उनका मन कहता था कि वह जीती है और कुशल से है। उसके मैकेवालों को कई पत्र लिखे पर वहाँ व्यंग्य और कटुवाक्यों के सिवा और क्या रखा था, अंत को उन्होंने लिखा—अब उस रत्न की खोज में स्वयं जाता हूँ। या तो लेकर ही आऊँगा या कहीं मुँह में कालिख लगा कर डूब मरूँगा।

इस पत्र का उत्तर आया—अच्छी बात है, जाइए पर यहाँ से होते हुए जाइएगा। यहाँ से भी कोई आपके साथ चला जायगा।

सुरेशसिंह को इन शब्दों में आशा की झलक दिखायी दी। उसी दिन प्रस्थान कर दिया। किसी को साथ नहीं लिया।

ससुराल में किसी ने उनका प्रेममय स्वागत नहीं किया। सभी के मुँह फूले हुए थे। ससुर जी ने तो उन्हें पति-धर्म पर एक लम्बा उपदेश दिया।

रात को जब वह भोजन करके लेटे तो छोटी साली आकर बैठ गयी और मुस्कराकर बोली—जीजा जी कोई सुंदरी अपने रूपहीन पुरुष को छोड़ दे उसका अपमान करे तो आप उसे क्या कहेंगे?

सुरेश—(गंभीर स्वर से) कुटिला!

साली—और ऐसे पुरुष को जो अपनी रूपहीन स्त्री को त्याग दे?

सुरेश—पशु!

साली—और जो पुरुष विद्वान् हो?

सुरेश—पिशाच!

साली—(हँसकर) तो मैं भागती हूँ। मुझे आपसे डर लगता है।

सुरेश—पिशाचों का प्रायश्चित्त भी तो स्वीकार हो जाता है।

साली—शर्त यह है कि प्रायश्चित्त सच्चा हो।

सुरेश—यह तो वह अंतर्यामी ही जान सकते हैं।

साली—सच्चा होगा तो उसका फल भी अवश्य मिलेगा। मगर दीदी को लेकर इधर ही से लौटिएगा।

सुरेश की आशा-नौका फिर डगमगायी। गिड़गिड़ा कर बोले—प्रभा, ईश्वर के लिए मुझ पर दया करो। मैं बहुत दुःखी हूँ। साल भर से ऐसा कोई दिन नहीं गया कि मैं रो कर न सोया हूँ।

प्रभा ने उठकर कहा—अपने किये का क्या इलाज? जाती हूँ, आराम कीजिए।

एक क्षण में मंगला की माता आकर बैठ गयी और बोली—बेटा, तुमने तो बहुत पढ़ा-लिखा है, देश-विदेश घूम आये हो, सुंदर बनने की कोई दवा कहीं नहीं देखी?

सुरेश ने विनयपूर्वक कहा—माता जी, अब ईश्वर के लिए और लज्जित न कीजिए।

माता–तुमने तो मेरी प्यारी बेटी के प्राण ले लिये! मैं क्या तुम्हें लज्जित करने से भी गयी? जी में तो था कि ऐसी-ऐसी सुनाऊँगी कि तुम भी याद करोगे; पर मेहमान हो, क्या जलाऊँ? आराम करो।

सुरेश आशा और भय की दशा में पड़े करवटें बदल रहे थे कि एकाएक द्वार पर किसी ने धीरे से कहा–जाती क्यों नहीं, जागते तो हैं? किसी ने जवाब दिया–लाज आती है।

सुरेश ने आवाज़ पहचानी। प्यासे को पानी मिल गया। एक क्षण में मंगला उनके सम्मुख आयी और सिर झुका कर खड़ी हो गयी। सुरेश को उसके मुख पर एक अनूठी छवि दिखायी दी, जैसे कोई रोगी स्वास्थ्य-लाभ कर चुका हो।

रूप वही था पर आँखें और थीं।

❑

शान्ति

जब मैं ससुराल आई, तो बिलकुल फूहड़ थी। न पहनने-ओढ़ने का सलीका, न बातचीत करने का ढंग। सिर उठाकर किसी से बातचीत न कर सकती थीं। आँखें अपने आप झपक जाती थीं। किसी के सामने जाते शर्म आती, स्त्रियों तक के सामने बिना घूँघट के झिझक होती थी। मैं कुछ हिन्दी पढ़ी हुई थी; पर उपन्यास, नाटक आदि के पढ़ने में आनन्द न आता था। फुर्सत मिलने पर रामायण पढ़ती। उसमें मेरा मन बहुत लगता था। मैं उसे मनुष्य-कृत नहीं समझती थी। मुझे पूरा-पूरा विश्वास था कि उसे किसी देवता ने स्वयं रचा होगा। मैं मनुष्यों को इतना बुद्धिमान और सहृदय नहीं समझती थी। मैं दिन भर घर का कोई न कोई काम करती रहती। और कोई काम न रहता तो चर्खे पर सूत कातती। अपनी बूढ़ी सास से थर-थर काँपती थी। एक दिन दाल में नमक अधिक हो गया। ससुर जी ने भोजन के समय सिर्फ इतना ही कहा–'नमक जरा अंदाज़ से डाला करो।' इतना सुनते ही हृदय काँपने लगा। मानो मुझे इससे अधिक कोई वेदना नहीं पहुँचाई जा सकती थी।

लेकिन मेरा यह फूहड़पन मेरे बाबूजी (पतिदेव) को पसन्द न आता था। वह वकील थे। उन्होंने शिक्षा की ऊँची से ऊँची डिगरियाँ पायी थीं। वह मुझ पर प्रेम अवश्य करते थे; पर उस प्रेम में दया की मात्रा अधिक होती थी। स्त्रियों के रहन-स. हन और शिक्षा के सम्बन्ध में उनके विचार बहुत ही उदार थे; वह मुझे उन विचारों से बहुत नीचे देखकर कदाचित् मन ही मन खिन्न होते थे; परन्तु उसमें मेरा कोई अपराध न देखकर हमारे रस्म-रिवाज पर झुँझलाते थे। उन्हें मेरे साथ बैठकर बातचीत करने में जरा आनन्द न आता। सोने आते, तो कोई न कोई अँग्रेज़ी पुस्तक साथ लाते, और नींद न आने तक पढ़ा करते। जो कभी मैं पूछ बैठती कि क्या पढ़ते हो, तो मेरी ओर करूण दृष्टि से देखकर उत्तर देते-तुम्हें क्या बतलाऊँ, यह आसकर वाइल्ड की सर्वश्रेष्ठ रचना है। मैं अपनी अयोग्यता पर बहुत लज्जित थी। अपने को धिक्कारती, मैं ऐसे विद्वान पुरुष के योग्य नहीं हूँ। मुझे किसी उजड्ड के घर पड़ना था। बाबूजी मुझे निरादर की दृष्टि से नहीं देखते थे, यही मेरे लिए सौभाग्य की बात थी।

एक दिन संध्या समय मैं रामायण पढ़ रही थी। भरत जी रामचंद्र जी की खोज में निकले थे। उनका करूण विलाप पढ़कर मेरा हृदय गदगद् हो रहा था। नेत्रों से अश्रुधारा बह रही थी। हृदय उमड़ आता था। सहसा बाबू जी कमरे में आयें। मैंने पुस्तक तुरंत बन्द कर दीं। उनके सामने मैं अपने फूहड़पन को भरसक प्रकट न होने देती थी। लेकिन उन्होंने पुस्तक देख ली; और पूछा–रामायण है न?

मैंने अपराधियों की भाँति सिर झुकाकर कहा–हाँ, जरा देख रही थी।

बाबू जी–इसमें शक नहीं कि पुस्तक बहुत ही अच्छी, भावों से भरी हुई है; लेकिन जैसा अँग्रेज़ या फ्रांसीसी लेखक लिखते हैं–तुम्हारी समझ में तो न आवेगा, लेकिन कहने में क्या हरज है, योरोप में आजकल 'स्वाभाविकता' (Realism) का जमाना है। वे लोग मनोभावों के उत्थान और पतन का ऐसा वास्तविक वर्णन करते हैं कि पढ़कर आश्चर्य होता है। हमारे यहाँ कवियों को पग-पग पर धर्म तथा नीति का ध्यान रखना पड़ता है, इसलिए कभी-कभी उनके भावों में अस्वाभाविकता आ जाती है, और यही त्रुटि तुलसीदास में भी है।

मेरी समझ में उस समय कुछ भी न आया। बोली– मेरे लिए तो यही बहुत है, अँग्रेज़ी पुस्तकें कैसे समझूँ।

बाबू जी–कोई कठिन बात नहीं। एक घंटे भी रोज पढ़ो, तो थोड़े ही समय में काफी योग्यता प्राप्त कर सकती हो; पर तुमने तो मानो मेरी बातें न मानने की सौगंध ही खा ली है। कितना समझाया कि मुझसे शर्म करने की आवश्यकता नहीं, पर तुम्हारे ऊपर असर न पड़ा। कितना कहता हूँ कि जरा सफाई से रहा करो, परमात्मा सुन्दरता देता है तो चाहता है कि उसका शृंगार भी होता रहे; लेकिन जान पड़ता है, तुम्हारी दृष्टि में उसका कुछ भी मूल्य नहीं! या शायद तुम समझती हो कि मेरे जैसे कुरूप मनुष्य के लिए तुम चाहे जैसा भी रहो, आवश्यकता से अधिक अच्छी हो। यह अत्याचार मेरे ऊपर है। तुम मुझे ठोंक-पीटकर वैराग्य सिखाना चाहती हो। जब मैं दिन-रात मेहनत करके कमाता हूँ तो स्वभावतः मेरी यह इच्छा होती है कि उस द्रव्य का सबसे उत्तम व्यय हो। परन्तु तुम्हारा फूहड़पन और पुराने विचार मेरे सारे परिश्रम पर पानी फेर देते है। स्त्रियाँ केवल भोजन बनाने, बच्चे पालने, पति सेवा करने और एकादशी व्रत रखने के लिए नहीं है, उनके जीवन का लक्ष्य इससे बहुत ऊँचा है। वे मनुष्यों के समस्त सामाजिक और मानसिक विषयों में समान रूप से भाग लेने की अधिकारिणी हैं। उन्हें भी मनुष्यों की भाँति स्वतंत्र रहने का अधिकार प्राप्त है। मुझे तुम्हारी यह बंदी-दशा देखकर बड़ा कष्ट होता है। स्त्री-पुरुष की अर्द्धांगिनी मानी गई है; लेकिन तुम मेरी मानसिक और सामाजिक, किसी आवश्यकता को पूरा नहीं कर सकतीं। मेरा और तुम्हारा धर्म अलग, आचार-विचार अलग, आमोद-प्रमोद के विषय अलग। जीवन के किसी कार्य में मुझे तुमसे किसी प्रकार की सहायता नहीं मिल सकती। तुम स्वयं विचार सकती हो कि ऐसी दशा में मेरी ज़िंदगी कैसी बुरी तरह कट रही है।

बाबू जी का कहना बिलकुल यथार्थ था। मैं उनके गले में एक जंजीर की भाँति पड़ी हुई थी। उस दिन से मैंने उन्हीं के कहें अनुसार चलने की दृढ़ प्रतिज्ञा करली, अपने देवता को किस भाँति अप्रसन्न करती?

2

यह तो कैसे कहूँ कि मुझे पहनने-ओढ़ने से प्रेम न था, और उतना ही था, जितना दूसरी स्त्रियों को होता है। जब बालक और वृद्ध तक श्रृंगार पसंद करते है, तो मैं युवती ठहरी। मन भीतर ही भीतर मचल कर रह जाता था। मेरे मायके में मोटा खाने और मोटा पहनने की चाल थी। मेरी माँ और दादी हाथों से सूत कातती थीं; और जुलाहे से उसी सूत के कपड़े बुनवा लिए जाते थे। बाहर से बहुत कम कपड़े आते थे। में जरा महीन कपड़ा पहनना चाहतीं या श्रृंगार की रुची दिखाती तो अम्माँ फौरन टोकतीं और समझाती कि बहुत बनाव-संवार भले घर की लड़कियों को शोभा नहीं देता। ऐसी आदत अच्छी नहीं। यदि कभी वह मुझे दर्पण के सामने देख लेती, तो झिड़कने लगती; परन्तु अब बाबूजी की ज़िद से मेरी यह झिझक जाती रही। सास और ननदें मेरे बनाव- श्रृंगार पर नाक-भौं सिकोड़ती; पर मुझे अब उनकी परवाह न थी। बाबूजी की प्रेम-परिपूर्ण दृष्टि के लिए मैं झिड़कियाँ भी सह सकती थी। अब उनके और मेरे विचारों में समानता आती जाती थी। वह अधिक प्रसन्नचित्त जान पड़ते थे। वह मेरे लिए फैसनेबुल साड़ियाँ, सुंदर जाकटें, चमकते हुए जूते और कामदार स्लीपरें लाया करते; पर मैं इन वस्तुओं को धारण कर किसी के सामने न निकलती, ये वस्त्र केवल बाबू जी के ही सामने पहनने के लिए रखे थे। मुझे इस प्रकार बनी-ठनी देखकर उन्हें बड़ी प्रसन्नता होती थी। स्त्री अपने पति की प्रसन्नता के लिए क्या नहीं कर सकती। अब घर के काम-काज से मेरा अधिक समय बनाव- श्रृंगार तथा पुस्तकावलोकन में ही बीतने लगा। पुस्तकों से मुझे प्रेम होने लगा था।

यद्यपि अभी तक मैं अपने सास-ससुर का लिहाज करती थी, उनके सामने बूट और गाउन पहनकर निकलने का मुझे साहस न होता था, पर मुझे उनकी शिक्षा-पूर्ण बातें न भाँति थी। मैं सोचती, जब मेरा पति सैकड़ों रूपये महीने कमाता है तो घर में चेरी बनकर क्यों रहूँ? यों अपनी इच्छा से चाहे जितना काम करूँ, पर वे लोग मुझे आज्ञा देने वाले कौन होते हैं? मुझमें आत्माभिमान की मात्रा बढ़ने लगी। यदि अम्माँ मुझे कोई काम करने को कहतीं, तो मैं अदबदाकर टाल जाती। एक दिन उन्होंने कहा-सबेरे के जलपान के लिए कुछ दालमोट बना लो। मैं बात अनसुनी कर गयी। अम्माँ ने कुछ देर तक मेरी राह देखी; पर जब मैं अपने कमरे से न निकली तो उन्हें गुस्सा हो आया। वह बड़ी ही चिड़चिड़ी प्रकृति की थी। तनिक-सी बात पर तुनक जाती थीं। उन्हें अपनी प्रतिष्ठा का इतना अभिमान था कि मुझे बिलकुल लौंडी समझती थीं। हाँ, अपनी पुत्रियों से सदैव नम्रता से पेश आतीं; बल्कि मैं तो यह कहूँगी कि उन्हें सिर

चढ़ा रखा था। वह क्रोध में भरी हुई मेरे कमरे के द्वार पर आकर बोलीं—तुमसे मैंने दाल-मोट बनाने को कहा था, बनाया?

मैं कुछ रुष्ट होकर बोली—अभी फुर्सत नहीं मिली।

अम्माँ—तो तुम्हारी जान में दिन-भर पड़े रहना ही बड़ा काम है! यह आजकल तुम्हें हो क्या गया है? किस घमंड में हो? क्या यह सोचती हो कि मेरा पति कमाता है, तो मैं काम क्यों करूँ? इस घमंड में न भूलना! तुम्हारा पति लाख कमाये; लेकिन घर में राज मेरा ही रहेगा। आज वह चार पैसे कमाने लगा है, तो तुम्हें मालकिन बनने की हवस हो रही है; लेकिन उसे पालने-पोसने तुम नहीं आयी थी, मैंने ही उसे पढ़ा-लिखाकर इस योग्य बनाया है। वाह! कल की छोकरी और अभी से यह गुमान।

मैं रोने लगी। मुँह से एक बात न निकली। बाबू जी उस समय ऊपर कमरे में बैठे कुछ पढ़ रहे थे। ये बातें उन्होंने सुनीं। उन्हें कष्ट हुआ। रात को जब वह घर आये तो बोले—देखा तुमने आज अम्माँ का क्रोध? यही अत्याचार है, जिससे स्त्रियों को अपनी ज़िंदगी पहाड़ मालूम होने लगती है। इन बातों से हृदय में कितनी वेदना होती है, इसका जानना असम्भव है। जीवन भार हो जाता है, हृदय जर्जर हो जाता है और मनुष्य की आत्मोन्नति उसी प्रकार रूक जाती है जैसे जल, प्रकाश और वायु के बिना पौधे सूख जाते है। हमारे घरों में यह बड़ा अँधेर है। अब मैं उनका पुत्र ही ठहरा। उनके सामने मुँह नहीं खोल सकूँगा। मेरे ऊपर उनका बहुत बड़ा अधिकार है। अतएव उनके विरुद्ध एक शब्द भी कहना मेरे लिये लज्जा की बात होगी, और यही बंधन तुम्हारे लिए भी है। यदि तुमने उनकी बातें चुपचाप न सुन ली होतीं, तो मुझे बहुत ही दुःख होता। कदाचित् मैं विष खा लेता। ऐसी दशा में दो ही बातें सम्भव है, या तो सदैव उनकी घुड़कियों-झिड़कियों को सहे जाओ, या अपने लिए कोई दूसरा रास्ता ढूँढ़ो। अब इस बात की आशा करना कि अम्माँ के स्वभाव में कोई परिवर्तन होगा, बिलकुल भ्रम है। बोलो, तुम्हें क्या स्वीकार है।

मैंने डरते डरते कहा—आपकी जो आज्ञा हो, वह करें। अब कभी न पढ़ूँ-लिखूँगी, और जो कुछ वह कहेंगी वही करूँगी। यदि वह इसी में प्रसन्न हैं तो यही सही। मुझे पढ़-लिखकर क्या करना है?

बाबूजी—पर यह मैं नहीं चाहता। अम्माँ ने आज आरम्भ किया है। अब रोज बढ़ती ही जाएँगी। मैं तुम्हें जितनी ही सभ्य तथा विचार-शील बनाने की चेष्टा करूँगा, उतना ही उन्हें बुरा लगेगा, और उनका गुस्सा तुम्हीं पर उतरेगा। उन्हें पता नहीं जिस आब-हवा में उन्होंने अपनी ज़िंदगी बितायी है, वह अब नहीं रही। विचार-स्वातंय और समयानुकूलता उनकी दृष्टि में अधर्म से कम नहीं। मैंने यह उपाय सोचा है कि किसी दूसरे शहर में चलकर अपना अड्डा जमाऊँ। मेरी वकालत भी यहाँ नहीं चलती; इसलिए किसी बहाने की भी आवश्यकता न पड़ेगी।

मैं इस तजबीज के विरुद्ध कुछ न बोली। यद्यपि मुझे अकेले रहने से भय लगता था, तथापि वहाँ स्वतन्त्र रहने की आशा ने मन को प्रफुल्लित कर दिया।

3

उसी दिन से अम्माँ ने मुझसे बोलना छोड़ दिया। महरियों, पड़ोसिनों और ननदों के आगे मेरा परिहास किया करतीं। यह मुझे बहुत बुरा मालूम होता था। इसके पहले यदि वह कुछ भली-बुरी बातें कह लेतीं, तो मुझे स्वीकार था। मेरे हृदय से उनकी मान-मर्यादा घटने लगी। किसी मनुष्य पर इस प्रकार कटाक्ष करना उसके हृदय से अपने आदर को मिटने के समान है। मेरे ऊपर सबसे गुरुतर दोषारोपण यह था कि मैंने बाबू जी पर कोई मोहन मंत्र फुक दिया है, वह मेरे इशारों पर चलते है; पर यथार्थ में बात उल्टी ही थी।

भाद्र मास था। जन्माष्टमी का त्यौहार आया था। घर में सब लोगों ने व्रत रखा। मैंने भी सदैव की भाँति व्रत रखा। ठाकुर जी का जन्म रात को बारह बजे होने वाला था, हम सब बैठी गाती-बजाती थी। बाबू जी इन असभ्य व्यवहारों के बिलकुल विरुद्ध थे। वह होली के दिन रंग भी खेलते, गाने बजाने की तो बात ही अलग। रात को एक बजे जब मैं उनके कमरे में गयी, तो मुझे समझाने लगे-इस प्रकार शरीर को कष्ट देने से क्या लाभ? कृष्ण महापुरुष अवश्य थे, और उनकी पूजा करना हमारा कर्तव्य है: पर इस गाने-बजाने से क्या फायदा? इस ढोंग का नाम धर्म नहीं है। धर्म का सम्बन्ध सच्चाई ओर ईमान से है, दिखावे से नहीं।

बाबू जी स्वयं इसी मार्ग का अनुकरण करते थे। वह भगवदगीता की अत्यंत प्रशंसा करते पर उसका पाठ कभी न करते थे। उपनिषदों की प्रशंसा में उनके मुख से मानों पुष्प-बष्टि होने लगती थी; पर मैंने उन्हें कभी कोई उपनिषद् पढ़ते नहीं देखा। वह हिंदू धर्म के गूढ़ तत्त्व ज्ञान पर लट्टू थे, पर उसे समयानुकूल नहीं समझते थे। विशेषकर वेदांत को तो भारत की अवनति का मूल कारण समझते थे। वह कहा करते कि इसी वेदांत ने हमको चौपट कर दिया; हम दुनिया के पदार्थों को तुच्छ समझने लगे, जिसका फल अब तक भुगत रहे हैं। अब उन्नति का समय है। चुपचाप बैठे रहने से निर्वाह नहीं। संतोष ने ही भारत को गारत कर दिया।

उस समय उनको उत्तर देने की शक्ति मुझमें कहाँ थी? हाँ, अब जान पड़ता है यह यूरोपियन सभ्यता के चक्कर में पड़े हुए थे। अब वह स्वयं ऐसी बातें नहीं करते, वह जोश अब ठंडा हो चला है।

4

इसके कुछ दिन बाद हम इलाहाबाद चले आये। बाबू जी ने पहले ही एक दो-मंजिला मकान ले रखा था-सब तरह से सजा-सजाया। हमारे यहाँ पाँच नौकर थे-दो स्त्रियाँ, दो पुरुष और एक महाराज। अब मैं घर के कुल काम-काज से छुट्टी पा गयी। कभी जी घबराता तो कोई उपन्यास लेकर पढ़ने लगती।

यहाँ फूल और पीतल के बर्तन बहुत कम थे। चीनी की रकाबियाँ और प्याले आलमारियों में सजे रखे थे। भोजन मेज पर आता था। बाबू जी बड़े चाव से भोजन करते। मुझे पहले कुछ शरम आती थी; लेकिन धीरे-धीरे मैं भी मेज ही पर भोजन करने लगी। हमारे पास एक सुन्दर टमटम भी थी। अब हम पैदल बिलकुल न चलते। बाबू जी कहते—यही फैशन है!

बाबू जी की आमदनी अभी बहुत कम थी। भली-भाँति खर्च भी न चलता था। कभी-कभी मैं उन्हें चिंताकुल देखती तो समझाती कि जब आय इतनी कम है तो व्यय इतना क्यों बढ़ा रखा है? कोई छोटा—सा मकान ले लो। दो नौकरों से भी काम चल सकता है। लेकिन बाबू जी मेरी बातों पर हँस देते और कहते—मैं अपनी दरिद्रता का ढिंढोरा अपने-आप क्यों पीटूँ? दरिद्रता प्रकट करना दरिद्र होने से अधिक दु:खदायी होता है। भूल जाओ कि हम लोग निर्धन है, फिर लक्ष्मी हमारे पास आप दौड़ी आयेगी। खर्च बढ़ना, आवश्यकताओं का अधिक होना ही द्रव्योपार्जन की पहली सीढ़ी हैं इससे हमारी गुप्त शक्ति विकसित हो जाती हैं। और हम उन कष्टों को झेलते हुए आगे पग धरने के योग्य होते हैं। संतोष दरिद्रता का दूसरा नाम है।

अस्तु, हम लोगों का खर्च दिन—दिन बढ़ता ही जाता था। हम लोग सप्ताह में तीन बार थियेटर जरूर देखने जाते। सप्ताह में एक बार मित्रों को भोजन अवश्य ही दिया जाता। अब मुझे सूझने लगा कि जीवन का लक्ष्य सुख भोग ही है। ईश्वर को हमारी उपासना की इच्छा नहीं। उसने हमको उत्तम-उत्तम वस्तुएँ भोगने के लिए ही दी हैं उसको भोगना ही उसकी सर्वोत्तम आराधना है। एक ईसाई लेडी मुझे पढ़ाने तथा गाना सिखाने आने लगी। घर में एक पियानो भी आ गया। इन्हीं आनन्दों में फँसकर मैं रामायण और भक्तमाल को भूल गयी। ये पुस्तकें मुझे अप्रिय लगने लगीं। देवताओं से विश्वास उठ गया।

धीरे-धीरे यहाँ के बड़े लोगों से स्नेह और सम्बन्ध बढ़ने लगा। यह एक बिलकुल नयी सोसाइटी थीं, इसके रहन-सहन, आहार-व्यवहार और आचार-विचार मेरे लिए सर्वथा अनोखे थे। मैं इस सोसायटी में उसे जान पड़ती, जैसे मोरों में कौआ। इन लेडियों की बातचीत कभी थियेटर और घुड़दौड़ के विषय में होती, कभी टेनिस, समाचार-पत्रों और अच्छे-अच्छे लेखकों के लेखों पर। उनके चातुर्य, बुद्धि की तीव्रता फुर्ती और चपलता पर मुझे अचंभा होता। ऐसा मालूम होता कि वे ज्ञान और प्रकाश की पुतलियाँ हैं। वे बिना घूँघट बाहर निकलतीं। मैं उनके साहस पर चकित रह जाती। मुझे भी कभी-कभी अपने साथ ले जाने की चेष्टा करती, लेकिन मैं लज्जावश न जा सकती। मैं उन लेडियों को भी उदास या चिंतित न पाती। मिस्टर दास बहुत बीमार थे। परन्तु मिसेज दास के माथे पर चिन्ता का चिह्न तक न था। मिस्टर बागड़ी नैनीताल में तपेदिक का इलाज करा रहे थे, पर मिसेज बागड़ी नित्य टेनिस खेलने जाती थीं। इस अवस्था में मेरी क्या दशा होती मैं ही जानती हूँ।

इन लेडियों की रीति नीति में एक आकर्षण-शक्ति थी, जो मुझे खींचे लिए जाती थी। मैं उन्हें सदैव आमोद-प्रमोद के लिए उत्सुक देखती और मेरा भी जी चाहता कि उन्हीं की भाँति मैं भी निस्संकोच हो जाती। उनका अँग्रेज़ी वार्तालाप सुन मुझे मालूम होता कि ये देवियाँ हैं। मैं अपनी इन त्रुटियों की पूर्ति के लिए प्रयत्न किया करती थीं।

इसी बीच में मुझे एक खेदजनक अनुभव होने लगा। यद्यपि बाबूजी पहले से मेरा अधिक आदर करते, मुझे सदैव 'डियर-डार्लिंग' कहकर पुकारते थे, तथापि मुझे उनकी बातों में एक प्रकार की बनावट मालूम होती थीं। ऐसा प्रतीत होता, मानों ये बातें उनके हृदय से नहीं, केवल मुख से निकलती है। उनके स्नेह ओर प्यार में हार्दिक भावों की जगह अलंकार ज्यादा होता था; किन्तु और भी अचम्भे की बात यह थी कि अब मुझे बाबू जी पर वह पहले की-सी श्रद्धा न रही। अब उनकी सिर की पीड़ा से मेरे हृदय में पीड़ा न होती थी। मुझमें आत्मगौरव का आविर्भाव होने लगा था। अब मैं अपना बनाव-शृंगार इसलिए करती थी कि संसार में सह भी मेरा कर्तव्य है; इसलिए नहीं कि मैं किसी एक पुरुष की व्रतधारिणी हूँ। अब मुझे भी अपनी सुन्दरता पर गर्व होने लगा था। मैं अब किसी दूसरे के लिए नहीं, अपने लिए जीती थीं। त्याग तथा सेवा का भाव मेरे हृदय से लुप्त होने लग था।

मैं अब भी परदा करती थी; परन्तु हृदय अपनी सुन्दरता की सराहना सुनने के लिए व्याकुल रहता था। एक दिन मिस्टर दास तथा और भी अनेक सभ्य-गण बाबू जी के साथ बैठे थे। मेरे और उसके बीच में केवल एक परदे की आड़ थी। बाबू जी मेरी इस झिझक से बहुत ही लज्जित थे। इसे वह अपनी सभ्यता में कला धब्बा समझते थे। कदाचित् यह दिखाना चाहते कि मेरी स्त्री इसलिए परदे में नहीं है कि वह रूप तथा वस्त्राभूषणों में किसी से कम है बल्कि इसलिए कि अभी उसे लज्जा आती है। वह मुझे किसी बहाने से बार-बार परदे के निकट बुलाते; जिसमें अनेक उनके मित्र मेरी सुन्दरता और वस्त्राभूषण देख लें। अन्त में कुछ दिन बाद मेरी झिझक गायब हो गयी। इलाहाबाद आने के पूरे दो वर्ष बाद मैं बाबू जी के साथ बिना परदे के सैर करने लगी। सैर के बाद टेनिस की नौबत आयीं अन्त में मैंने क्लब में जाकर दम लिया। पहले यह टेनिस और क्लब मुझे तमाशा-सा मालूम होता था, मानों वे लोग व्यायाम के लिए नहीं, बल्कि फैशन के लिए टेनिस खेलने आते थे। वे कभी न भूलते थे कि हम टेनिस खेल रहे है। उनके प्रत्येक काम में, झुकने में, दौड़ने में, उचकने में एक कृत्रिमता होती थी, जिससे यह प्रतीत होता था कि इस खेल का प्रयोजन कसरत नहीं केवल दिखावा है।

क्लब में इससे विचित्र अवस्था थी। वह पूरा स्वांग था, भद्दा और बेजोड़। लोग अँग्रेज़ी के चुने हुए शब्दों का प्रयोग करते थे, जिसमें कोई सार न होता था। स्त्रियों की वह फूहड़ निर्लज्जता और पुरुषों की वह भाव-शून्य स्त्री-पूजा मुझे भी न भाती थी। चारों ओर अँग्रेज़ी चाल-ढाल की हास्यजनक नकल थीं। परन्तु क्रमशः मैं भी वह रंग पकड़ने और उन्हीं का अनुकरण करने लगी। अब मुझे अनुभव हुआ कि इस

प्रदर्शन-लोलुपता में कितनी शक्ति है। मैं अब नित्य नये श्रृंगार करती, नित्य नया रूप भरती, केवल इस लिए कि क्लब में सबकी आँखों में चुभ जाऊँ! अब मुझे बाबू जी के सेवा सत्कार से अधिक अपने बनाव-श्रृंगार की धुन रहती थी। यहाँ तक कि यह शौक़ एक नशा-सा बन गया। इतना ही नहीं, लोगों से अपने सौंदर्य की प्रशंसा सुनकर मुझे एक अभिमान-मिश्रित आनंद का अनुभव होने लगा। मेरी लज्जाशीलता की सीमाएँ विस्तृत हो गयी। वह दृष्टिपात जो कभी मेरे शरीर के प्रत्येक रूह को खड़ा कर देता और वह हास्यकटाक्ष, जो कभी मुझे विष खा लेने को प्रस्तुत कर देता, उनसे अब मुझे एक उन्माद पूर्ण हर्ष होता था, परन्तु जब कभी में अपनी अवस्था पर आंतरिक दृष्टि डालती तो मुझे बड़ी घबराहट होती थी। यह नाव किस घाट लगेगी? कभी-कभी इरादा करती कि क्लब न जाऊँगी; परन्तु समय आते ही फिर तैयार हो जाती। मैं अपने वश में न थी। मेरी सत्कल्पनाएँ निर्बल हो गयी थीं।

5

दो वर्ष और बीत गये और अब बाबू जी के स्वभाव में एक विचित्र परिवर्तन होने लगा। वह उदास और चिंतित रहने लगे। मुझसे बहुत कम बोलते। ऐसा जान पड़ता कि इन्हें कठिन चिंता ने घेर रखा है, या कोई बीमारी हो गयी है। मुँह बिलकुल सुखा रहता था। तनिक-तनिक सी बात पर नौकरों से झल्लाने लगते, और बाहर बहुत कम जाते। अभी एक ही मास पहले वह सौ काम छोड़कर क्लब अवश्य जाते थे, वहाँ गये बिना उन्हें चैन न पड़ती थी; अब अधिकतर अपने कमरे में आराम-कुर्सी पर लेटे हुए समाचार-पत्र और पुस्तकें देखा करते थे। मेरी समझ में न आता कि बात क्या है।

एक दिन उन्हें बड़े जोर का बुखार आया, दिन-भर बेहोश रहे, परंतु मुझे उनके पास बैठने में अंकुश-सा लगता था। मेरा जी एक उपन्यास में लगा हुआ था। उनके पास जाती थी और पलभर में फिर लौट आती। टेनिस का समय आया, तो दुविधा में पड़ गयी कि जाऊँ या न जाऊँ। देर तक मन में यह संग्राम होता रहा अन्त को मैंने यह निर्णय किया कि मेरे यहाँ रहने से वह कुछ अच्छे तो हो नहीं जाएँगे, इससे मेरा यहाँ बैठा रहना बिलकुल निरर्थक है। मैंने बढ़िया वस्त्र पहने, और रैकेट लेकर क्लब घर जा पहुँची। वहाँ मैंने मिसेज दास और मिसेज बागची से बाबू जी की दशा बतलायी, और सजल नेत्र चुपचाप बैठी रही। जब सब लोग कोर्ट में जाने लगे और मिस्टर दास ने मुझसे चलने को कहा तो मैं ठंडी आह भरकर कोर्ट में जा पहुँची और खेलने लगी।

आज से तीन वर्ष पूर्व बाबू जी को इसी प्रकार बुखार आ गया था। मैं रात भर उन्हें पंखा झलती रही थी; हृदय व्याकुल था और यही चाहता था कि इनके बदले मुझे बुखार आ जाय, परन्तु वह उठ बैठें। पर अब हृदय तो स्नेह-शून्य हो गया था, दिखावा अधिक था। अकेले रोने की मुझमें क्षमता न रह गयी थी। मैं सदैव की भाँति रात को नौ बजे लौटी। बाबू जी का जी कुछ अच्छा जान पड़ा। उन्होंने मुझे केवल

दबी दृष्टि से देखा और करवट बदल ली; परन्तु मैं लेटी, तो मेरा हृदय मुझे अपनी स्वार्थपरता और प्रमोदासक्ति पर धिक्कारता।

मैं अब अँग्रेज़ी उपन्यासों को समझने लगी। हमारी बातचीत अधिक उत्कृष्ट और आलोचनात्मक होती थी। हमारा सभ्यता का आदर्श अब बहुत ही उच्च हो गया। हमको अब अपनी मित्र मण्डली से बाहर दूसरों से मिलने–जुलने में संकोच होता था। हम अपने से छोटी श्रेणी के लोगों से बोलने में अपना अपमान समझते थे। नौकरों को अपना नौकर समझते थे, और बस। हम उनके निजी मामलों से कुछ मतलब न था। हम उनसे अलग रहकर उनके ऊपर अपना जोर जमाये रखना चाहते थे। हमारी इच्छा यह थी कि वह हम लोगों को साहब समझें। हिंदुस्तानी स्त्रियों को देखकर मुझे उनसे घृणा होती थी, उनमें शिष्टता न थी। खैर!

बाबू जी का जी दूसरे दिन भी न सँभला। मैं क्लब न गयी। परन्तु जब लगातार तीन दिन तक उन्हें बुखार आता गया और मिसेज दास ने बार-बार एक नर्स बुलाने का आदेश किया, तो मैं सहमत हो गयी। उस दिन से रोगी की सेवा-सुश्रूषा से छुट्टी पाकर बड़ा हर्ष हुआ। यद्यपि दो दिन मैं क्लब न गयी थी, परंतु मेरा जी वहीं लगा रहता था, बल्कि अपने भीरूतापूर्ण त्याग पर क्रोध भी आता था।

6

एक दिन तीसरे पहर मैं कुर्सी पर लेटी हुई अँग्रेज़ी पुस्तक पढ़ रही थी। अचानक मन में यह विचार उठा कि बाबू जी का बुखार असाध्य हो जाय तो? पर इस विचार से लेश–मात्र भी दुःख न हुआ। मैं इस शोकमय कल्पना का मन ही मन आनंद उठाने लगी। मिसेज दास, मिसेज नायडू, मिसेज श्रीवास्तव, मिस खरे, मिसेज शरगर अवश्य ही मातमपूर्सी करने आवेगीं। उन्हें देखते ही मैं सजल नेत्र हो उठूँगी, और कहूँगी–बहनों! मैं लूट गयी। हाय मैं लुट गयी। अब मेरा जीवन अँधेरी रात के भयावह वन या श्मशान के दीपक के समान है, परंतु मेरी अवस्था पर दुःख न प्रकट करो। मुझ पर जो पड़ेगी, उसे मैं उस महान् आत्म के मोक्ष के विचार से सह लूँगी।

मैंने इस प्रकार मन में एक शोकपूर्ण व्याख्यान की रचना कर डाली। यहाँ तक कि अपने उस वस्त्र के विषय में भी निश्चय कर लिया, जो मृतक के साथ श्मशान जाते समय पहनूँगी।

इस घटना की शहर भर में चर्चा हो जायेगी। सारे कैन्टोमेंट के लोग मुझे संवेदना के पत्र भेजेंगे। तब में उनका उत्तर समाचार पत्रों में प्रकाशित करा दूँगी कि मैं प्रत्येक शोक–पत्र का उत्तर देने में असमर्थ हूँ। हृदय के टुकड़े-टुकड़े हो गए है, उसे रोने के सिवा और किसी काम के लिए समय नहीं है। मैं इस हमदर्दी के लिए उन लोगों की कृतज्ञ हूँ, और उनसे विनय-पूर्वक निवेदन करती हूँ कि वे मृतक की आत्मा की सदगति के निमित्त ईश्वर से प्रार्थना करें।

मैं इन्हीं विचारों में डूब हुई थी कि नर्स ने आकर कहा–आपको साहब याद करते हैं। यह मेरे क्लब जाने का समय था। मुझे उनका बुलाना अखर गया, लेकिन एक मास हो गया था। वह अत्यन्त दुर्बल हो रहे थे। उन्होंने मेरी और विनयपूर्ण दृष्टि से देखा। उसमें आँसू भरे हुए थे। मुझे उन पर दया आयी। बैठ गयी, और ढाढ़स देते हुए बोली–क्या करूँ? कोई दूसरा डॉक्टर बुलाऊँ?

बाबू जी आँखें नीची करके अत्यंत करूण भाव से बोले–यहाँ कभी नहीं अच्छा हो सकता, मुझे अम्माँ के पास पहुँचा दो।

मैंने कहा–क्या आप समझते हैं कि वहाँ आपकी चिकित्सा यहाँ से अच्छी होगी?

बाबू जी बोले–क्या जाने क्यों मेरा जी अम्माँ के दर्शनों को लालायित हो रहा है। मुझे ऐसा मालूम होता है कि में वहाँ बिना दवा-दर्पण के भी अच्छा हो जाऊँगा।

मैं–यह आपका केवल विचार मात्र है।

बाबू जी–शायद ऐसा ही हो। लेकिन मेरी विनय स्वीकार करो। मैं इस रोग से नहीं इस जीवन से ही दुःखित हूँ। मैंने अचरज से उनकी ओर देखा!

बाबू जी फिर बोले–हाँ, इस ज़िंदगी से तंग आ गया हूँ! मैं अब समझ रहा हूँ, मैं जिस स्वच्छ, लहराते, हुए निर्मल जल की ओर दौड़ा जा रहा था, वह मरूभूमि है। मैं इस प्रकार जीवन के बाहरी रूप पर लट्टू हो रहा था; परंतु अब मुझे उसकी आंतरिक अवस्थाओं का बोध हो रहा है! इन चार वर्षों में माने इस उपवन में खूब भ्रमण किया, और उसे आदि से अंत तक संकटमय पाया। यहाँ न तो हृदय को शांति है, न आत्मिक आनंद। यह एक उन्मत्त, अशांतिमय, स्वार्थ-पूर्ण, विलाप-युक्त जीवन है। यहाँ न नीति है; न धर्म, न सहानुभूति, न सहृदयता। परमात्मा के लिए मुझे इस अग्नि से बचाओ। यदि और कोई उपाय न हो तो अम्माँ को एक पत्र ही लिख दो। वह अवश्य यहाँ आयेगी। अपने अभागे पुत्र का दुःख उनसे न देखा जाएगा। उन्हें इस सोसाइटी की हवा अभी नहीं लगी, वह आयेगी। उनकी वह ममतापूर्ण दृष्टि, वह स्नेहपूर्ण सुश्रूषा मेरे लिए सौ औषधियों का काम करेगी। उनके मुख पर वह ज्योति प्रकाशमान होगी, जिसके लिए मेरे नेत्र तरस रहे हैं। उनके हृदय में स्नेह है, विश्वास है। यदि उनकी गोद में मैं मर भी जाऊँ तो मेरी आत्मा को शांति मिलेगी।

मैं समझी कि यह बुखार की बक-झक हैं। नर्स से कहा–जरा इनका टेम्परेचर तो लो, मैं अभी डॉक्टर के पास जाती हूँ। मेरा हृदय एक अज्ञात भय से काँपते लगा। नर्स ने थर्मामीटर निकाला; परन्तु ज्यों ही वह बाबू जी के समीप गयी, उन्होंने उसके हाथ से वह यंत्र छीनकर पृथ्वी पर पटक दिया। उसके टुकड़े-टुकड़े हो गये। फिर मेरी ओर एक अवहेलनापूर्ण दृष्टि से देखकर कहा–साफ-साफ क्यों नहीं कहती हो कि मैं क्लब-घर जाती हूँ, जिसके लिए तुमने ये वस्त्र धारण किये हैं और गाउन पहनी हो। खैर, घूमती हुई यदि डॉक्टर के पास जाना, तो कह देना कि यहाँ टेम्परेचर उस बिंदु पर पहुँच चुका है, जहाँ आग लग जाती है।

मैं और भी अधिक भयभीत हो गयी। हृदय में एक करूण चिंता का संचार होने लगा। गला भर आया। बाबूजी ने नेत्र मूँद लिये थे और उनकी साँस वेग से चल रही थी। मैं द्वार की ओर चली कि किसी को डॉक्टर के पास भेजूँ। यह फटकार सुनकर स्वयं कैसे जाती। इतने में बाबू जी उठ बैठे और विनीत भाव से बोले–श्यामा! मैं तुमसे कुछ कहना चाहता हूँ। बात दो सप्ताह से मन में थी: पर साहस न हुआ। आज मैंने निश्चय कर लिया है कि कह ही डालूँ। में अब फिर अपने घर जाकर वही पहले की सी ज़िंदगी बिताना चाहता हूँ। मुझे अब इस जीवन से घृणा हो गयी है, ओर यही मेरी बीमारी का मुख्य कारण हैं। मुझे शारीरिक नहीं मानसिक कष्ट हैं। मैं फिर तुम्हें वही पहले की सी सलज्ज, नीचा सिर करके चलनेवाली, पूजा करनेवाली, रामायण पढ़नेवाली, घर का काम–काज करनेवाली, चरखा कातनेवाली, ईश्वर से डरनेवाली, पति–श्रद्धा से परिपूर्ण स्त्री देखना चाहता हूँ। मैं विश्वास करता हूँ, तुम मुझे निराश न करोगी। तुमको सोलहों आना अपनी बनाना और सोलहों आने तुम्हारा बनना चाहता हूँ। मैं अब समझ गया कि उसी सादे पवित्र जीवन में वास्तविक सुख है। बोलो, स्वीकार है? तुमने सदैव मेरी आज्ञाओं का पालन किया है, इस समय निराश न करना; नहीं तो इस कष्ट और शोक का न जाने कितना भयंकर परिणाम हो।

मैं सहसा कोई उत्तर न दे सकी। मन में सोचने लगी–इस स्वतंत्र जीवन में कितना सुख था? ये मजे वहाँ कहाँ? क्या इतने दिन स्वतंत्र वायु में विचरण करने के पश्चात फिर उसी पिंजड़े में जाऊँ? वही लौंडी बनकर रहूँ? क्यों इन्होंने मुझे वर्षों स्वतंत्रता का पाठ पढ़ाया, वर्षों देवताओं की, रामायण की पूजा–पाठ की, व्रत–उपवास की बुराई की, हँसी उड़ायी? अब जब मैं उन बातों को भूल गयीं, उन्हें मिथ्या समझने लगी, तो फिर मुझे उसी अंधकूप में ढकेलना चाहते हैं। मैं तो इन्हीं की इच्छा के अनुसार चलती हूँ, फिर मेरा अपराध क्या है? लेकिन बाबूजी के मुख पर एक ऐसा दीनता–पूर्ण विवशता थी कि मैं प्रत्यक्ष अस्वीकार न कर सकी। बोली–आखिर यहाँ क्या कष्ट है? मैं उनके विचारों की तह तक पहुँचना चाहती थीं।

बाबूजी फिर उठ बैठे और मेरी ओर कठोर दृष्टि से देखकर बोला–बहुत ही अच्छा होता कि तुम इस प्रश्न को मुझसे पूछने के बदले अपने ही हृदय से पूछ लेती। क्या अब मैं तुम्हारे लिए वही हूँ, जो आज से तीन वर्ष पहले था। जब मैं तुमसे अधिक शिक्षा प्राप्त, अधिक बुद्धिमान, अधिक जानकार होकर तुम्हारे लिए वह नहीं रहा, जो पहले था–तुमने चाहे इसका अनुभव न किया हो, परन्तु मैं स्वयं कर रहा हूँ–तो मैं अनुमान करूँ कि उन्हीं भावों ने तुम्हें स्खलित न किया होगा? नहीं, बल्कि प्रत्यक्ष चिह्न देख पड़ते है कि तुम्हारे हृदय पर उन भावों का और भी अधिक प्रभाव पड़ा है। तुमने अपने को ऊपरी बनाव–चुनाव ओर विलास के भँवर में डाल दिया, और तुम्हें उसकी लेशमात्र भी सुधि नहीं हैं। अब मुझे पूर्ण विश्वास हो गया कि सभ्यता, स्वेच्छाचारिता का भूत स्त्रियों के कोमल हृदय पर बड़ी सुगमता से कब्जा कर सकता है। क्या अब से तीन वर्ष पूर्व भी तुम्हें यह साहस हो सकता था कि मुझे इस दशा में छोड़कर किसी पड़ोसिन के यहाँ गाने–बजाने चली जाती? मैं बिछौने पर रहता, और तुम किसी के घर जाकर कलोलें करती। स्त्रियों का हृदय आधिक्य–प्रिय होता

हैं; परन्तु इस नवीन आधिक्य के बदले मुझे वह पुराना आधिक्य कहीं ज्यादा पसन्द हैं। उस आधिक्य का फल आत्मिक एवं शारीरिक अभ्युदय ओर हृदय की पवित्रता और स्वेच्छाचार। उस समय यदि तुम इस प्रकार मिस्टर दास के सम्मुख हँसती-बोलती, तो मैं या तो तुम्हें मार डालता, या स्वयं विष-पान कर लेता। परन्तु बेहयाई ऐसे जीवन का प्रधान तत्त्व है। मैं सब कुछ स्वयं देखता ओर सहता हूँ। कदाचित् सह भी जाता यदि इस बीमारी ने मुझे सचेत न कर दिया होता। अब यदि तुम यहाँ बैठी भी रहो, तो मुझे संतोष न होगा, क्योंकि मुझे यह विचार दुःखित करता रहेगा कि तुम्हारा हृदय यहाँ नहीं हैं। मैंने अपने को उस इन्द्रजाल से निकालने का निश्चय कर लिया है, जहाँ धन का नाम मान है, इंद्रिया लिप्सा का सभ्यता और भ्रष्टता का विचार स्वातंय। बोलो, मेरा प्रस्ताव स्वीकार है?

मेरे हृदय पर वज्रपात-सा हो गया। बाबूजी का अभिप्राय पूर्णतया हृदयंगम हो गया। अभी हृदय में कुछ पुरानी लज्जा बाकी थी। यह यंत्रणा असह्य हो गयी। लज्जित हो उठी। अंतरात्मा ने कहा–अवश्य! मैं अब वह नहीं हूँ, जो पहले थी। उस समय मैं इनको अपना इष्टदेव मानती थी, इनकी आज्ञा शिरोधार्य थी; पर अब वह मेरी दृष्टि में एक साधारण मनुष्य हैं। मिस्टर दास का चित्र मेरे नेत्रों के सामने खिंच गया। कल मेरे हृदय पर इस दुरात्मा की बातों का कैसा नशा छा गया था, यह सोचते ही नेत्र लज्जा से झुक गये। बाबूजी की आंतरिक अवस्था उनके मुखड़े ही से प्रकाशमान हो रही थी। स्वार्थ और विलास-लिप्सा के विचार मेरे हृदय से दूर हो गये। उनके बदले ये शब्द् ज्वलंत अक्षरों में लिखे हुए नज़र आये–तूने फैशन और वस्त्राभूषणों में अवश्य उन्नति की है, तुझमें अपने स्वार्थों का ज्ञान हो आया है, तुझमें जीवन के सुख भोगने की योग्यता अधिक हो गयी है, तू अब अधिक गर्विणी, दृढ़हृदय और शिक्षा-सम्पन्न भी हो गयी; लेकिन तेरे आत्मिक बल का विनाश हो गया, क्योंकि तू अपने कर्तव्य को भूल गयी।

मैं दोनों हाथ जोड़कर बाबूजी के चरणों पर गिर पड़ी। कंठ रूँध गया, एक शब्द भी मुँह से न निकला, अश्रुधारा बह चली। अब मैं फिर अपने घर पर आ गयी हूँ। अम्माँ जी अब मेरा अधिक सम्मान करती हैं, बाबूजी संतुष्ट दीख पड़ते हैं। वह अब स्वयं प्रतिदिन संध्यावंदन करते हैं।

मिसेज दास के पत्र कभी कभी आते हैं, वह इलाहाबादी सोसाइटी के नवीन समाचारों से भरे होते हैं। मिस्टर दास और मिस भाटिया से संबंध में कलुषिक बातें उड़ रही है। मैं इन पत्रों का उत्तर तो देती हूँ, परन्तु चाहती हूँ कि वह अब न आते तो अच्छा होता। वह मुझे उन दिनों की याद दिलाते हैं, जिन्हें मैं भूल जाना चाहती हूँ।

कल बाबूजी ने बहुत-सी पुरानी पोथियाँ अग्निदेव को अर्पण कीं। उनमें ऑस्कर वाइल्ड की कई पुस्तकें थीं। वह अब अँग्रेज़ी पुस्तकें बहुत कम पढ़ते हैं। उन्हें कार्लाइल, रस्किन और एमरसन के सिवा और कोई पुस्तक पढ़ते मैं नहीं देखती। मुझे तो अपनी रामायण ओर महाभारत में फिर वही आनन्द प्राप्त होने लगा है। चरखा अब पहले के अधिक चलाती हूँ, क्योंकि इस बीच चरखे ने खूब प्रचार पा लिया है।

❑

बलिदान

मनुष्य की आर्थिक अवस्था का सबसे ज्यादा असर उसके नाम पर पड़ता है। मौजे बेला के मँगरू ठाकुर जब से कान्सटेबल हो गए हैं, इनका नाम मंगल. सिंह हो गया है। अब उन्हें कोई मंगरू कहने का साहस नहीं कर सकता। कल्लू अहीर ने जब से हलके के थानेदार साहब से मित्रता कर ली है और गाँव का मुखिया हो गया है, उसका नाम कालिकादीन हो गया है। अब उसे कल्लू कहें तो आँखें लाल-पीली करता है। इसी प्रकार हरखचन्द्र कुरमी अब हरखू हो गया है। आज से बीस साल पहले उसके यहाँ शक्कर बनती थी, कई हल की खेती होती थी और कारोबार खूब फैला हुआ था। लेकिन विदेशी शक्कर की आमदनी ने उसे मटियामेट कर दिया। धीर-धीरे कारखाना टूट गया, ज़मीन टूट गई, ग्राहक टूट गए और वह भी टूट गया। सत्तर वर्ष का बूढ़ा, जो तकियेदार माचे पर बैठा हुआ नारियल पिया करता, अब सिर पर टोकरी लिये खाद फेंकने जाता है। परन्तु उसके मुख पर अब भी एक प्रकार की गंभीरता, बातचीत में अब भी एक प्रकार की अकड़, चाल-ढाल से अब भी एक प्रकार का स्वाभिमान भरा हुआ है। इस पर काल की गति का प्रभाव नहीं पड़ा। रस्सी जल गई, पर बल नहीं टूटा। भले दिन मनुष्य के चरित्र पर सदैव के लिए अपना चिह्न छोड़ जाते हैं। हरखू के पास अब केवल पाँच बीघा ज़मीन है, केवल दो बैल हैं। एक ही हल की खेती होती है।

लेकिन पंचायतों में, आपस की कलह में, उसकी सम्मति अब भी सम्मान की दृष्टि से देखी जाती है। वह जो बात कहता है, बेलाग कहता है और गाँव के अनपढ़ उनके सामने मुँह नहीं खोल सकते। हरखू ने अपने जीवन में कभी दवा नहीं खायी थी। वह बीमार ज़रूर पड़ता, कुआँर मास में मलेरिया से कभी न बचता था। लेकिन दस-पाँच दिन में वह बिना दवा खाए ही चंगा हो जाता था। इस वर्ष कार्तिक में बीमार पड़ा और यह समझकर कि अच्छा तो ही जाऊँगा, उसने कुछ परवाह न की। परन्तु अब की ज्वर मौत का परवाना लेकर चला था। एक सप्ताह बीता, दूसरा सप्ताह बीता, पूरा महीना बीत गया, पर हरखू चारपाई से न उठा। अब उसे दवा की ज़रूरत मालूम हुई। उसका लड़का गिरधारी कभी नीम की सीखे पिलाता, कभी गुर्च का सत, कभी गदापूरना की जड़। पर इन औषधियों से कोई फायदा न होता था। हरखू को विश्वास हो गया कि अब संसार से चलने के दिन आ गए।

एक दिन मंगलसिंह उसे देखने गए। बेचारा टूटी खाट पर पड़ा राम नाम जप रहा था। मंगलसिंह ने कहा–बाबा, बिना दवा खाए अच्छे न होंगे; कुनैन क्यों नहीं खाते? हरखू ने उदासीन भाव से कहा–तो लेते आना।

दूसरे दिन कालिकादीन ने आकर कहा–बाबा, दो-चार दिन कोई दवा खा लो। अब तुम्हारी जवानी की देह थोड़े है कि बिना दवा-दर्पण के अच्छे हो जाओगे।

हरखू ने उसी मंद भाव से कहा–तो लेते आना। लेकिन रोगी को देख आना एक बात है, दवा लाकर देना उसे दूसरी बात है। पहली बात शिष्टाचार से होती है, दूसरी सच्ची समवेदना से। न मंगलसिंह ने खबर ली, न कालिकादीन ने, न किसी तीसरे ही ने। हरखू दालान में खाट पर पड़ा रहता। मंगल सिंह कभी नज़र आ जाते तो कहता–भैया, वह दवा नहीं लाए?

मंगलसिंह कतराकर निकल जाते। कालिकादीन दिखाई देते, तो उनसे भी यही प्रश्न करता। लेकिन वह भी नज़र बचा जाते। या तो उसे सूझता ही नहीं था कि दवा पैसों के बिना नहीं आती, या वह पैसों को भी जान से प्रिय समझता था, अथवा जीवन से निराश हो गया था। उसने कभी दवा के दाम की बात नहीं की। दवा न आयी। उसकी दशा दिनोंदिन बिगड़ती गई। यहाँ तक कि पाँच महीने कष्ट भोगने के बाद उसने ठीक होली के दिन शरीर त्याग दिया। गिरधारी ने उसका शव बड़ी धूमधाम के साथ निकाला! क्रियाकर्म बड़े हौसले से किया। कई गाँव के ब्राह्मणों को निमंत्रित किया।

बेला में होली न मनायी गई, न अबीर न गुलाल उड़ी, न डफली बजी, न भंग की नालियाँ बहीं। कुछ लोग मन में हरखू को कोसते ज़रूर थे कि इस बुड्ढ़े को आज ही मरना था; दो-चार दिन बाद मरता।

लेकिन इतना निर्लज्ज कोई न था कि शोक में आनंद मनाता। वह शरीर नहीं था, जहाँ कोई किसी के काम में शरीक नहीं होता, जहाँ पड़ोसी को रोने-पीटने की आवाज़ हमारे कानों तक नहीं पहुँचती।

2

हरखू के खेत गाँववालों की नज़र पर चढ़े हुए थे। पाँचों बीघा ज़मीन कुएँ के निकट, खाद-पाँस से लदी हुई मेंड-बाँध से ठीक थी। उनमें तीन-तीन फसलें पैदा होती थीं। हरखू के मरते ही उन पर चारों ओर से धावे होने लगे। गिरधारी तो क्रिया-कर्म में फँसा हुआ था। उधर गाँव के मनचले किसान लाला ओंकारनाथ को चैन न लेने देते थे, नज़राने की बड़ी-बड़ी रकमें पेश हो रही थीं। कोई साल-भर का लगान देने पर तैयार था, कोई नज़राने की दूनी रकम का दस्तावेज़ लिखने पर तुला हुआ था। लेकिन ओंकारनाथ सबको टालते रहते थे। उनका विचार था कि गिरधारी के बाप ने खेतों को बीस वर्ष तक जोता है, इसलिए गिरधारी का हक सबसे ज्यादा है। वह अगर दूसरों से कम भी नज़राना दे, तो खेत उसी को देने चाहिए। अस्तु, जब गिरधारी क्रिया-कर्म से निवृत्त हो गया और उससे पूछा–खेती के बारे में क्या कहते हो?

गिरधारी ने रोकर कहा—सरकार, इन्हीं खेतों ही का तो आसरा है, जोतूँगा नहीं तो क्या करूँगा।

ओंकारनाथ—नहीं, ज़रूर जोतो खेत तुम्हारे हैं। मैं तुमसे छोड़ने को नहीं कहता। हरखू ने उसे बीस साल तक जोता। उन पर तुम्हारा हक है। लेकिन तुम देखते हो, अब ज़मीन की दर कितनी बढ़ गई है। तुम आठ रुपये बीघे पर जोतते थे, मुझे दस रुपये मिल रहे हैं और नज़राने के सौ अलग। तुम्हारे साथ रियासत करके लगान वही रखता हूँ, पर नज़राने के रुपये तुम्हें देने पड़ेंगे।

गिरधारी—सरकार, मेरे घर में तो इस समय रोटियों का भी ठिकाना नहीं है। इतने रुपये कहाँ से लाऊँगा? जो कुछ जमा-जथा थी, दादा के काम में उठ गई। अनाज खलिहान में है। लेकिन दादा के बीमार हो जाने से उपज भी अच्छी नहीं हुई। रुपये कहाँ से लाऊँ?

ओंकरानाथ—यह सच है, लेकिन मैं इससे ज्यादा रिआयत नहीं कर सकता।

गिरधारी—नहीं सरकार! ऐसा न कहिए। नहीं तो हम बिना मारे मर जाएँगे। आप बड़े होकर कहते हैं, तो मैं बैल-बछिया बेचकर पचास रुपया ला सकता हूँ। इससे बेशी की हिम्मत मेरी नहीं पड़ती।

ओंकारनाथ चिढ़कर बोले—तुम समझते होगे कि हम ये रुपये लेकर अपने घर में रख लेते हैं और चैन की बंशी बजाते हैं। लेकिन हमारे ऊपर जो कुछ गुजरती है, हम भी जानते हैं। कहीं यह चंदा, कहीं वह चंदा; कहीं यह नज़र, कहीं वह नज़र, कहीं यह इनाम, कहीं वह इनाम। इनके मारे कचूमर निकल जाता है। बड़े दिन में सैकड़ों रुपये डालियों में उड़ जाते हैं। जिसे डाली न दो, वही मुँह फुलाता है। जिन चीज़ों के लिए लड़के तरसकर रह जाते हैं, उन्हें बाहर से मँगवाकर डालियाँ सजाता हूँ। उस पर कभी कानूनगों आ गए, कभी तहसीलदार, कभी डिप्टी साहब का लश्कर आ गया। सब मेरे मेहमान होते हैं। अगर न करूँ तो नक्कू बनूँ और सबकी आँखों में काँटा बन जाऊँ। साल में हजार बारह सौ मोदी को इसी रसद-खुराक के मद में देने पड़ते हैं। यह सब कहाँ से आएँ? बस, यही जी चाहता है कि छोड़कर चला जाऊँ। लेकिन हमें परमात्मा ने इसलिए बनाया है कि एक से रुपया सताकर लें और दूसरे को रो-रोकर दें, यही हमारा काम है। तुम्हारे साथ इतनी रियासत कर रहा हूँ। मगर तुम इतनी रियासत पर भी खुश नहीं होते तो हरि इच्छा। नज़राने में एक पैसे की भी रिआयत न होगी। अगर एक हफ्ते के अंदर रुपए दाखिल करोगे तो खेत जोतने पाओगे, नहीं तो नहीं। मैं कोई दूसरा प्रबंध कर दूँगा।

3

लेकिन सुभागी यों चुपचाप बैठनेवाली स्त्री न थी। वह क्रोध से भरी हुई कालिकादीन के घर गयी। और उसकी स्त्री को खूब लथेड़ा—कल का बानी आज का सेठ, खेत जोतने चले हैं। देखें, कौन मेरे खेत में हल ले जाता है? अपना और उसका लहू एक कर दूँ। पड़ोसिन ने उसका पक्ष लिया, तो क्या गरीबों को कुचलते

फिरेंगे? सुभागी ने समझा, मैंने मैदान मार लिया। उसका चित्त बहुत शांत हो गया। किन्तु वही वायु, जो पानी में लहरे पैदा करती हैं, वृक्षों को जड़ से उखाड़ डालती है। सुभागी तो पड़ोसियों की पंचायत में अपने दुखड़े रोती और कालिकादीन की स्त्री से छेड़-छेड़ लड़ती।

इधर गिरधारी अपने द्वार पर बैठा हुआ सोचता, अब मेरा क्या हाल होगा? अब यह जीवन कैसे कटेगा? ये लड़के किसके द्वार पर जाएँगे? मजदूरी का विचार करते ही उसका हृदय व्याकुल हो जाता। इतने दिनों तक स्वाधीनता और सम्मान को सुख भोगने के बाद अधम चाकरी की शरण लेने के बदले वह मर जाना अच्छा समझता था। वह अब तक गृहस्थ था, उसकी गणना गाँव के भले आदमियों में थी, उसे गाँव के मामले में बोलने का अधिकार था। उसके घर में धन न था, पर मान था। नाई, कुम्हार, पुरोहित, भाट, चौकीदार ये सब उसका मुँह ताकते थे। अब यह मर्यादा कहाँ? अब कौन उसकी बात पूछेगा? कौन उसके द्वार आएगा? अब उसे किसी के बराबर बैठने का, किसी के बीच में बोलने का हक नहीं रहा। अब उसे पेट के लिए दूसरों की गुलामी करनी पड़ेगी। अब पहर रात रहे, कौन बैलों को नाँद में लगाएगा। वह दिन अब कहाँ, जब गीत गाकर हल चलाता था। चोटी का पसीना एड़ी तक आता था, पर जरा भी थकावट न आती थी। अपने लहलहाते हुए खेत को देखकर फूला न समाता था। खलिहान में अनाज का ढेर सामने रखे हुए अपने को राजा समझता था। अब अनाज को टोकरे भर-भरकर कौन लाएगा? अब खेती कहाँ? बखार कहाँ?

यही सोचते-सोचते गिरधारी की आँखों से आँसू की झड़ी लग जाती थी। गाँव के दो-चार सज्जन, जो कालिकादीन से जलते थे, कभी-कभी गिरधारी को तसल्ली देने आया करते थे, पर वह उनसे भी खुलकर न बोलता। उसे मालूम होता था कि मैं सबकी नज़रों में गिर गया हूँ।

अगर कोई समझता था कि तुमने क्रिया-कर्म में व्यर्थ इतने रुपये उड़ा दिये, तो उसे बहुत दुःख होता। वह अपने उस काम पर जरा भी न पछताता। मेरे भाग्य में जो कुछ लिखा है वह होगा, पर दादा के ऋण से तो उऋण हो गया; उन्होंने अपनी ज़िंदगी में चार को खिलाकर खाया। क्या मरने के पीछे उन्हें पिंडे-पानी को तरसाता?

इस प्रकार तीन मास बीत गए और आषाढ़ आ पहुँचा। आकाश में घटाएँ आयीं, पानी गिरा, किसान हल-जुए ठीक करने लगे। बढ़ई हलों की मरम्मत करने लगा। गिरधारी पागल की तरह कभी घर के भीतर जाता, कभी बाहर जाता, अपने हलों को निकाल देखता, इसकी मुठिया टूट गई है, इसकी फाल ढीली हो गई है, जुए में सैला नहीं है। देखते-देखते वह एक क्षण अपने को भूल गया। दौड़ा हुआ बढ़ई के यहाँ गया और बोला—रज्जू, मेरे हाल भी बिगड़े हुए है, चलो बना दो। रज्जू ने उसकी ओर करुण-भाव से देखा और अपना काम करने लगा। गिरधारी को होश आ गया, नींद से चौंक पड़ा, ग्लानि से उसका सिर झुक गया, आँखें भर आयीं। चुपचाप घर चला आया।

गाँव में चारों ओर हलचल मची हुई थी। कोई सन के बीज खोजता फिरता था, कोई ज़मींदार के चौपाल से धान के बीज लिये आता था, कहीं सलाह होती, किस खेत में क्या बोना चाहिए। गिरधारी ये बातें सुनता और जलहीन मछली की तरह तड़पता था।

एक दिन संध्या समय गिरधारी खड़ा अपने बैलों को खुजला रहा था कि मंगलसिंह आये और इधर-उधर की बातें करके बोले–गोई को बाँधकर कब तक खिलाओगे? निकाल क्यों नहीं देते?

गिरधारी ने मलिन भाव से कहा–हाँ, कोई ग्राहक आये तो निकाल दूँ।

मंगलसिंह–एक ग्राहक तो हमीं हैं, हमीं को दे दो।

गिरधारी अभी कुछ उत्तर न देने पाया था कि तुलसी बनिया आया और गरजकर बोला–गिरधारी! तुम्हें रुपये देने हैं कि नहीं, वैसा कहो। तीन महीने से हील-हवाला करते चले आते हो। अब कौन खेती करते हो कि तुम्हारी फसल को अगोरे बैठ रहें?

गिरधारी ने दीनता से कहा–साह, जैसे इतने दिनों माने हो, आज और मान जाओ। कल तुम्हारी एक-एक कौड़ी चुका दूँगा।

मंगल और तुलसी के इशारों से बातें की और तुलसी भुनभुनाता हुआ चला गया। तब गिरधारी मंगलसिंह से बोला–तुम इन्हें ले लो, तो घर-के-घर ही में रह जाऊँ। कभी-कभी आँख से देख तो लिया करूँगा।

मंगलसिंह–मुझे अभी तो कोई ऐसा काम नहीं, लेकिन घर पर सलाह करूँगा।

गिरधारी–मुझे तुलसी के रुपये देने हैं, नहीं तो खिलाने को तो भूसा है।

मंगलसिंह–यह बड़ा बदमाश है, कहीं नालिश न कर दे।

सरल हृदय गिरधारी धमकी में आ गया। कार्यकुशल मंगलसिंह को सस्ता सौदा करने का अच्छा सुअवसर मिला। 80 रुपये की जोड़ी 60 रुपये में ठीक कर ली।

गिरधारी ने अब तक बैलों को न जाने किस आशा से बाँधकर खिलाया था। आज आशा का वह कल्पित सूत्र भी टूट गया। मंगलसिंह गिरधारी की खाट पर बैठे रुपये गिन रहे थे और गिरधारी बैलों के पास विषादमय नेत्रों से उनके मुँह की ओर ताक रहा था। आह! ये मेरे खेतों के कमाने वाले, मेरे जीवन के आधार, मेरे अन्नदाता, मेरी मान-मर्यादा की रक्षा करने वाले, जिनके लिए पहर रात से उठकर छांटी काटता था, जिनके खली-दाने की चिन्ता अपने खाने से ज्यादा रहती थी, जिनके लिए सारा दिन-भर हरियाली उखाड़ा करता था, ये मेरी आशा की दो आँखें, मेरे इरादे के दो तारे, मेरे अच्छे दिनों के दो चिह्न, मेरे दो हाथ, अब मुझसे विदा हो रहे हैं।

जब मंगलसिंह ने रुपये गिनकर रख दिए और बैलों को ले चले, तब गिरधारी उनके कंधों पर सिर रखकर खूब फूट-फूटकर रोया। जैसे कन्या मायके से विदा होते समय माँ-बाप के पैरों को नहीं छोड़ती, उसी तरह गिरधारी इन बैलों को न छोड़ता था। सुभागी भी दालान में पड़ी रो रही थी और छोटा लड़का मंगलसिंह को एक बाँस की छड़ी से मार रहा था!

रात को गिरधारी ने कुछ नहीं खाया। चारपाई पर पड़ा रहा। प्रातःकाल सुभागी चिलम भरकर ले गयी, तो वह चारपाई पर न था। उसने समझा, कहीं गये होंगे। लेकिन जब दो-तीन घड़ी दिन चढ़ आया और वह न लौटा, तो उसने रोना-धोना शुरू किया। गाँव के लोग जमा हो गए, चारों ओर खोज होने लगी, पर गिरधारी का पता न चला।

4

गिरधारी उदास और निराश होकर घर आया। 100 रुपये का प्रबंध करना उसके काबू के बाहर था। सोचने लगा, अगर दोनों बैल बेच दूँ तो खेत ही लेकर क्या करूँगा? घर बेचूँ तो यहाँ लेने वाला ही कौन है? और फिर बाप दादों का नाम डूबता है। चार-पाँच पेड़ हैं, लेकिन उन्हें बेचकर 25 रुपये या 30 रुपये से अधिक न मिलेंगे। उधार लूँ तो देता कौन है? अभी बनिये के 50 रुपये सिर पर चढ़े हैं। वह एक पैसा भी न देगा। घर में गहने भी तो नहीं हैं, नहीं उन्हीं को बेचता। ले देकर एक हँसली बनवायी थी, वह भी बनिये के घर पड़ी हुई है। साल-भर हो गया, छुड़ाने की नौबत न आयी। गिरधारी और उसकी स्त्री सुभागी दोनों ही इसी चिंता में पड़े रहते, लेकिन कोई उपाय न सूझता था। गिरधारी को खाना-पीना अच्छा न लगता, रात को नींद न आती। खेतों के निकलने का ध्यान आते ही उसके हृदय में हूक-सी उठने लगती। हाय! वह भूमि जिसे हमने वर्षों जोता, जिसे खाद से पाटा, जिसमें मेड़ें रखीं, जिसकी मेड़ें बनायी, उसका मजा अब दूसरा उठाएगा।

वे खेत गिरधारी के जीवन का अंश हो गए थे। उनकी एक-एक अंगुल भूमि उसके रक्त में रँगी हुई थी। उनके एक-एक परमाणु उसके पसीने से तर हो रहा था।

उनके नाम उसकी जिह्वा पर उसी तरह आते थे, जिस तरह अपने तीनों बच्चों के। कोई चौबीसो था, कोई बाईसो था, कोई नालबेला, कोई तलैयावाला। इन नामों के स्मरण होते ही खेतों का चित्र उसकी आँखों के सामने खिंच जाता था। वह इन खेतों की चर्चा इस, तरह करता, मानो वे सजीव हैं। मानो उसके भले-बुरे के साथी हैं। उसके जीवन की सारी आशाएँ, सारी इच्छाएँ, सारे मनसूबे, सारी मिठाइयाँ, सारे हवाई किले, इन्हीं खेतों पर अवलम्बित थे।

इनके बिना वह जीवन की कल्पना ही नहीं कर सकता था। और वे ही सब हाथ से निकले जाते हैं। वह घबराकर घर से निकल जाता और घंटों खेतों की मेड़ों पर बैठा हुआ रोता, मानो उनसे विदा हो रहा है। इस तरह एक सप्ताह बीत गया और गिरधारी रुपये का कोई बंदोबस्त न कर सका। आठवें दिन उसे मालूम हुआ कि कालिकादीन ने 100 रुपये नज़राने देकर 10 रुपये बीघे पर खेत ले लिये। गिरधारी ने एक ठंडी साँस ली। एक क्षण के बाद वह अपने दादा का नाम लेकर बिलख-बिलखकर रोने लगा। उस दिन घर में चूल्हा नहीं जला। ऐसा मालूम होता था, मानो हरखू आज ही मरा है।

संध्या हो गई थी। अँधेरा छा रहा था। सुभागी ने दिया जलाकर गिरधारी के सिरहाने रख दिया था और बैठी द्वार की ओर तार रही थी कि सहसा उसे पैरों की

आहट मालूम हुई। सुभागी का हृदय धड़क उठा। वह दौड़कर बाहर आयी इधर-उधर ताकने लगी। उसने देखा कि गिरधारी बैलों की नाँद के पास सिर झुकाएँ खड़ा है।

सुभागी बोल उठी–घर आओ, वहाँ खड़े क्या कर रहे हो, आज सारे दिन कहाँ रहे?

यह कहते हुए वह गिरधारी की ओर चली। गिरधारी ने कुछ उत्तर न दिया। वह पीछे हटने लगा और थोड़ी दूर जाकर गायब हो गया। सुभागी चिल्लायी और मूर्च्छित होकर गिर पड़ी।

दूसरे दिन कालिकादीन हल लेकर अपने नए खेत पर पहुँचे, अभी कुछ अँधेरा था। वह बैलों को हल में लगा रहे थे कि यकायक उन्होंने देखा कि गिरधारी खेत की मेड़ पर खड़ा है। वही मिर्जई, वही पगड़ी, वही सोंटा।

कालिकादीन ने कहा–अरे गिरधारी! मरदे आदमी, तुम यहाँ खड़े हो, और बेचारी सुभागी हैरान हो रही है। कहाँ से आ रहे हो?

यह कहते हुए बैलों को छोड़कर गिरधारी की ओर चले। गिरधारी पीछे हटने लगा और पीछेवाले कुएँ में कूँद पड़ा। कालिकादीन ने चीख मारी और हल-बैल वहीं छोड़कर भागा। सारे गाँव में शोर मच गया, लोग नाना प्रकार की कल्पनाएँ करने लगे! कालिकादीन को गिरधारी वाले खेतों में जाने की हिम्मत न पड़ी।

गिरधारी को गायब हुए छः महीने बीत चुके हैं। उसका बड़ा लड़का अब एक ईंट के भट्ठे पर काम करता है और 20 रुपये महीना घर आता है। अब वह कमीज और अँग्रेज़ी जूता पहनता है, घर में दोनों जून तरकारी पकती है और जौ के बदले गेहूँ खाया जाता है, लेकिन गाँव में उसका कुछ भी आदर नहीं। अब वह मजूर है। सुभागी अब पराये गाँव में आये कुत्ते की भाँति दबकती फिरती है। वह अब पंचायत में भी नहीं बैठती, वह अब मजदूर की माँ है।

कालिकादीन ने गिरधारी के खेतों से इस्तीफा दे दिया है, क्योंकि गिरधारी अभी तक अपने खेतों के चारों तरफ़ मँडराया करता है। अँधेरा होते ही वह मेंड़ पर आकर बैठ जाता है और कभी-कभी रात को उधर से उसके रोने की आवाज़ सुनाई देती है। वह किसी से बोलता नहीं, किसी को छेड़ता नहीं। उसे केवल अपने खेतों को देखकर संतोष होता है। दीया जलने के बाद उधर का रास्ता बंद हो जाता है।

लाला ओंकारनाथ बहुत चाहते हैं कि ये खेत उठ जाएँ, लेकिन गाँव के लोग उन खेतों का नाम लेते डरते हैं।

❑

परीक्षा

नादिरशाह की सेना ने दिल्ली में क़त्लेआम कर रखा है। गलियों में ख़ून की नदियाँ बह रही हैं। चारों तरफ़ हाहाकार मचा हुआ है। बाज़ार बंद हैं। दिल्ली के लोग घरों के द्वार बंद किये जान की ख़ैर मना रहे हैं। किसी की जान सलामत नहीं है। कहीं घरों में आग लगी हुयी है, कहीं बाज़ार लुट रहा है; कोई किसी की फ़रियाद नहीं सुनता। रईसों की बेग़में महलों से निकाली जा रही हैं और उनकी बेहुरमती की जाती है। ईरानी सिपाहियों की रक्तपिपासा किसी तरह नहीं बुझती। मानव हृदय की क्रूरता, कठोरता और पैशाचिकता अपना विकरालतम रूप धारण किये हुए हैं। इसी समय नादिरशाह ने बादशाही महल में प्रवेश किया।

दिल्ली उन दिनों भोगविलास की केंद्र बनी हुयी थी। सजावट और तकल्लुफ के सामानों से रईसों के भवन भरे रहते थे। स्त्रियों को बनाव-सिंगार के सिवा कोई काम न था। पुरुषों को सुख-भोग के सिवा और कोई चिन्ता न थी। राजनीति का स्थान शेरो-शायरी ने ले लिया था। समस्त प्रान्तों से धन खिंच-खिंचकर दिल्ली आता था और पानी की भाँति बहाया जाता था। वेश्याओं की चाँदी थी। कहीं तीतरों के जोड़ होते थे, कहीं बटेरों और बुलबुलों की पालियाँ ठनती थीं। सारा नगर विलास-निद्रा में मग्न था। नादिरशाह शाही महल में पहुँचा तो वहाँ का सामान देखकर उसकी आँखें खुल गयीं। उसका जन्म दरिद्र-घर में हुआ था। उसका समस्त जीवन रणभूमि में ही कटा था। भोगविलास का उसे चसका न लगा था। कहाँ रणक्षेत्र के कष्ट और कहाँ यह सुख-साम्राज्य। जिधर आँख उठती थी, उधर से हटने का नाम न लेती थी।

संध्या हो गयी थी। नादिरशाह अपने सरदारों के साथ महल की सैर करता और अपनी पसंद की चीज़ों को बटोरता हुआ दीवाने-खास में आकर कारचोबी मसनद पर बैठ गया, सरदारों को वहाँ से चले जाने का हुक़्म दे दिया, अपने सब हथियार खोलकर रख दिये और महल में दरोगा को बुलाकर हुक़्म दिया—मैं शाही बेग़मों का नाच देखना चाहता हूँ। तुम इसी वक़्त उनको सुंदर वस्त्राभूषणों से सजाकर मेरे सामने लाओ। ख़बरदार, ज़रा भी देर न हो! मैं कोई उज्र या इनकार नहीं सुन सकता।

2

दारोगा ने यह नादिरशाही हुक्म सुना तो होश उड़ गये। वह महिलाएँ जिन पर कभी सूर्य की दृष्टि भी नहीं पड़ी, कैसे इस मज़लिस में आएँगी! नाचने का तो कहना ही क्या! शाही बेग़मों का इतना अपमान कभी न हुआ था। हा नरपिशाच! दिल्ली को ख़ून से रँगकर भी तेरा चित्त शान्त नहीं हुआ! मगर नादिरशाह के सम्मुख एक शब्द भी ज़बान से निकालना अग्नि के मुख में कूदना था। सिर झुकाकर आदाब बजा लाया और आकर रनिवास में सब बेग़मों को नादिरशाही हुक्म सुना दिया; उसके साथ ही यह इत्तला भी दे दी कि ज़रा भी ताम्मुल न हो, नादिरशाह कोई उज्र या हीला न सुनेगा! शाही खानदान पर इतनी बड़ी विपत्ति कभी नहीं पड़ी; पर इस समय विजयी बादशाह की आज्ञा को शिरोधार्य करने के सिवा प्राण-रक्षा का अन्य कोई उपाय नहीं था।

बेग़मों ने यह आज्ञा सुनी तो हतबुद्धि-सी हो गयीं। सारे रनिवास में मातम-सा छा गया। वह चहल-पहल गायब हो गयी। सैकड़ों हृदयों से इस अत्याचारी के प्रति एक शाप निकल गया। किसी ने आकाश की ओर सहायतायाचक लोचनों से देखा, किसी ने ख़ुदा और रसूल को सुमिरन किया; पर ऐसी एक महिला भी न थी, जिसकी निगाह कटार या तलवार की तरफ़ गयी हो। यद्यपि इनमें कितनी ही बेग़मों के नसों में राजपूतानियों का रक्त प्रवाहित हो रहा था; पर इंद्रियलिप्सा ने 'जौहर' की पुरानी आग ठंडी कर दी थी। सुखभोग की लालसा आत्म-सम्मान का सर्वनाश कर देती है। आपस में सलाह करके मर्यादा की रक्षा का कोई उपाय सोचने की मुहलत न थी। एक-एक पल भाग्य का निर्णय कर रहा था।

हताश होकर सभी ललनाओं ने पापी के सम्मुख जाने का निश्चय किया। आँखों से आँसू जारी थे, दिलों से आहें निकल रही थीं; पर रत्न-जटित आभूषण पहने जा रहे थे, अश्रु-सिंचित नेत्रों में सुरमा लगाया जा रहा था और शोक-व्यथित हृदयों पर सुगंध का लेप किया जा रहा था। कोई केश गूँथती थी, कोई माँगों में मोतियाँ पिरोती थी। एक भी ऐसे पक्के इरादे की स्त्री न थी, जो ईश्वर पर अथवा अपनी टेक पर, इस आज्ञा का उल्लंघन करने का साहस कर सके।

एक घंटा भी न गुज़रने पाया था कि बेग़मात पूरे-के-पूरे आभूषणों से जगमगाती, अपने मुख की कान्ति से बेलें और गुलाब की कलियों को लजाती, सुगंध की लपटें उड़ाती, छमछम करती हुयी दीवाने-खास में आकर नादिरशाह के सामने खड़ी हो गयीं।

3

नादिरशाह ने एक बार कनखियों से परियों के इस दल को देखा और तब मसनद की टेक लगाकर लेट गया। अपनी तलवार और कटार सामने रख दीं। एक क्षण में उसकी आँखें झपकने लगीं। उसने एक अँगड़ाई ली और करवट बदल ली। ज़रा देर में उसके खर्राटों की आवाज़ें सुनायी देने लगीं। ऐसा जान पड़ा कि वह गहरी निद्रा

में मग्न हो गया है। आध घंटे तक वह पड़ा सोता रहा और बेग़में ज्यों-की-त्यों सिर नीचा किये दीवार के चित्रों की भाँति खड़ी रहीं। उनमें दो-एक महिलाएँ जो ढीठ थीं, घूँघट की ओट से नादिरशाह को देख भी रही थीं और आपस में दबी ज़बान में कानाफूसी कर रही थीं-कैसा भयंकर स्वरूप है! कितनी रणोन्मत्त आँखें हैं! कितना भारी शरीर है! आदमी काहे को है, देव है!

सहसा नादिरशाह की आँखें खुल गयीं। परियों का दल पूर्ववत् खड़ा था। उसे जागते देखकर बेग़मों ने सिर नीचे कर लिये और अंग समेटकर भेड़ों की भाँति एक-दूसरे से मिल गयीं। सबके दिल धड़क रहे थे कि अब यह ज़ालिम नाचने-गाने को कहेगा, तब कैसे क्या होगा! ख़ुदा इस ज़ालिम से समझे! मगर नाचा तो न जायगा। चाहे जान ही क्यों न जाए। इससे ज़्यादा ज़िल्लत अब न सही जायेगी।

सहसा नादिरशाह कठोर शब्दों में बोला-ऐ ख़ुदा की बंदियों, मैंने तुम्हारा इम्तहान लेने के लिये बुलाया था और अफ़सोस के साथ कहना पड़ता है कि तुम्हारी निसबत मेरा जो गुमान था, वह हर्फ़-ब-हर्फ़ सच निकला। जब किसी कौम की औरतों में ग़ैरत नहीं रहती तो वह कौम मुरदा हो जाती है।

देखना चाहता था कि तुम लोगों में अभी कुछ ग़ैरत बाकी है या नहीं। इसलिये मैंने तुम्हें यहाँ बुलाया था। मैं तुम्हारी बेहुरमती नहीं करना चाहता था। मैं इतना ऐश का बंदा नहीं हूँ, वरना आज भेड़ों के गल्ले चराता होता। न इतना हवसपरस्त हूँ, वरना आज फारस में सरोद और सितार की ताने सुनता होता, जिसका मज़ा मैं हिंदुस्तानी गाने से कहीं ज़्यादा उठा सकता हूँ। मुझे सिर्फ तुम्हारा इम्तहान लेना था। मुझे यह देखकर सच्चा मलाल हो रहा है कि तुममें ग़ैरत का जौहर बाकी न रहा। क्या यह मुमकिन न था कि तुम मेरे हुक़्म को पैरों तले कुचल देतीं? जब तुम यहाँ आ गयीं तो मैंने तुम्हें एक और मौका दिया। मैंने नींद का बहाना किया। क्या यह मुमकिन न था कि तुममें से कोई ख़ुदा की बंदी इस कटार को उठाकर मेरे जिग़र में चुभा देती। मैं क़लामेपाक की क़सम खाकर कहता हूँ कि तुम में से किसी को कटार पर हाथ रखते देखकर मुझे बेहद ख़ुशी होती, मैं उन नाज़ुक हाथों के सामने गरदन झुका देता! पर अफ़सोस है कि आज तैमूरी खानदान की एक बेटी भी यहाँ ऐसी नहीं निकली, जो अपनी हुरमत बिगाड़ने पर हाथ उठाती! अब यह सल्तनत ज़िंदा नहीं रह सकती। इसकी हस्ती के दिन गिने हुए हैं। इसका निशान बहुत जल्द दुनिया से मिट जाएगा। तुम लोग जाओ और हो सके तो अब भी सल्तनत को बचाओ वरना इसी तरह हवस की गुलामी करते हुए दुनिया से रुख़सत हो जाओगी।

❑

अभिलाषा

कल पड़ोस में बड़ी हलचल मची। एक पानवाला अपनी स्त्री को मार रहा था। वह बेचारी बैठी रो रही थी, पर उस निर्दयी को उस पर लेशमात्र भी दया न आती थी। आख़िर स्त्री को भी क्रोध आ गया। उसने खड़े होकर कहा, बस, अब मारोगे, तो ठीक न होगा। आज से मेरा तुझसे कोई संबंध नहीं। मैं भीख माँगूँगी, पर तेरे घर न आऊँगी। यह कहकर उसने अपनी एक पुरानी साड़ी उठाई और घर से निकल पड़ी। पुरुष काठ के उल्लू की तरह खड़ा देखता रहा। स्त्री कुछ दूर चलकर फिर लौटी और दुकान की संदूकची खोलकर कुछ पैसे निकाले। शायद अभी तक उसे ममता थी; पर उस निर्दय ने तुरन्त उसका हाथ पकड़कर पैसे छीन लिये। हाय-री हृदयहीनता! अबला स्त्री के प्रति पुरुष का यह अत्याचार! एक दिन इसी स्त्री पर उसने प्राण दिये होंगे, उसका मुँह जोहता रहा होगा; पर आज इतना निष्ठुर हो गया है, मानो कभी की जान-पहचान ही नहीं। स्त्री ने पैसे रख दिये और बिना कहे-सुने चली गयी। कौन जाने कहाँ! मैं अपने कमरे की खिड़की से घंटों देखती रही कि शायद वह फिर लौटे या शायद पानवाला ही उसे मनाने जाये; पर दो में से एक बात भी न हुई। आज मुझे स्त्री की सच्ची दशा का पहली बार ज्ञान हुआ।

यह दुकान दोनों की थी। पुरुष तो मटरगश्ती किया करता था, स्त्री रात-दिन बैठी सती होती थी। दस-ग्यारह बजे रात तक मैं उसे दुकान पर बैठी देखती थी। प्रातःकाल नींद खुलती, तब भी उसे बैठी पाती। नोच-खसोट, काट-कपट जितना पुरुष करता था, उससे कुछ अधिक ही स्त्री करती थी। पर पुरुष सबकुछ है, स्त्री कुछ नहीं! पुरुष जब चाहे उसे निकाल बाहर कर सकता है!

इस समस्या पर मेरा चित्त इतना अशान्त हो गया कि नींद आँखों से भाग गयी। बारह बज गये और मैं बैठी रही। आकाश पर निर्मल चाँदनी छिटकी हुई थी। निशानाथ अपने रत्न-जटित सिंहासन पर गर्व से फूले बैठे थे। बादल के छोटे-छोटे टुकड़े धीरे-धीरे चंद्रमा के समीप आते थे और फिर विकृत रूप में पृथक् हो जाते थे, मानो श्वेतवसना सुन्दरियाँ उसके हाथों दलित और अपमानित होकर रुदन करती हुई चली जा रही हों। इस कल्पना ने मुझे इतना विकल किया कि मैंने खिड़की

बंद कर दी और पलंग पर आ बैठी। मेरे प्रियतम निद्रा में मग्न थे। उनका तेजमय मुखमंडल इस समय मुझे कुछ चंद्रमा से ही मिलता-जुलता मालूम हुआ। वही सुहास छवि थी, जिससे मेरे नेत्र तृप्त हो जाते थे। वही विशाल वक्ष था, जिस पर सिर रखकर मैं अपने अन्तस्तल में एक कोमल, मधुर कंपन का अनुभव करती थी। वही सुदृढ़ बाँहें थीं, जो मेरे गले में पड़ जाती थीं, तो मेरे हृदय में आनंद की हिलोरें-सी उठने लगती थीं। पर आज कितने दिन हुये, मैंने उस मुख पर हँसी की उज्ज्वल रेखा नहीं देखी, न देखने को चित्त व्याकुल ही हुआ। कितने दिन हुये, मैंने उस वक्ष पर सिर नहीं रखा और न वह बाँहें मेरे गले में पड़ीं। क्यों? क्या मैं कुछ और हो गयी, या पतिदेव ही कुछ और हो गये।

अभी कुछ बहुत दिन भी तो नहीं बीते, कुल पाँच साल हुये हैं, कुल पाँच साल, जब पतिदेव ने विकसित नेत्रों और लालायित अधरों से मेरा स्वागत किया था। मैं लज्जा से गर्दन झुकाये हुये थी। हृदय में कितनी प्रबल उत्कंठा हो रही थी कि उनकी मुख-छवि देख लूँ; पर लज्जावश सिर न उठा सकती। आख़िर एक बार मैंने हिम्मत करके आँखें उठाईं और यद्यपि दृष्टि आधे रास्ते से ही लौट आयी, तो भी उस अर्ध-दर्शन से मुझे जो आनंद मिला, क्या उसे कभी भूल सकती हूँ। वह चित्र अब भी मेरे हृदय-पट पर खिंचा हुआ है। जब कभी उसका स्मरण आ जाता है, हृदय पुलकित हो उठता है। उस आनंद-स्मृति में अब भी वही गुदगुदी, वही सनसनी है! लेकिन अब रात-दिन उस छवि के दर्शन करती हूँ। उषाकाल, प्रातःकाल, मध्याह्नकाल, संध्याकाल, निशाकाल आठों पहर उसको देखती हूँ; पर हृदय में गुदगुदी नहीं होती। वह मेरे सामने खड़े मुझसे बातें किया करते हैं। मैं क्रोशिये की ओर देखती रहती हूँ। जब वह घर से निकलते थे, तो मैं द्वार पर आकर खड़ी हो जाती थी। और, जब वह पीछे फिरकर मुस्करा देते थे तो मुझे मानो स्वर्ग का राज्य मिल जाता था। मैं तीसरे पहर कोठे पर चढ़ जाती थी और उनके आने की बाट जोहने लगती थी। उनको दूर से आते देखकर मैं उन्मत्त-सी होकर नीचे आती और द्वार पर जाकर उनका अभिवादन करती। पर अब मुझे यह भी नहीं मालूम होता कि वह कब जाते और कब आते हैं। जब बाहर का द्वार बंद हो जाता है, तो समझ जाती हूँ कि वह चले गये, जब द्वार खुलने की आवाज़ आती है, तो समझ जाती हूँ कि आ गये। समझ में नहीं आता कि मैं ही कुछ और हो गयी या पतिदेव ही कुछ और हो गये।

तब वह घर में बहुत न आते थे। जब उनकी आवाज़ कानों में आ जाती तो मेरी देह में बिजली-सी दौड़ जाती थी। उनकी छोटी-छोटी बातों, छोटे-छोटे कामों को भी मैं अनुरक्त, मुग्ध नेत्रों से देखा करती थी। वह जब छोटे लाला को गोद में उठाकर प्यार करते थे, जब टामी का सिर थपथपाकर उसे लिटा देते थे, जब बूढ़ी भक्तिन को चिढ़ाकर बाहर भाग जाते थे, जब बाल्टियों में पानी भर-भर पौधों को सींचते थे, तब ये आँखें उसी ओर लगी रहती थीं। पर अब वह सारे दिन घर में रहते हैं, मेरे सामने हँसते हैं, बोलते हैं, मुझे ख़बर भी नहीं होती। न-जाने क्यों?

तब किसी दिन उन्होंने फूलों का एक गुलदस्ता मेरे हाथ में रख दिया था और मुस्कराये थे। वह प्रणय का उपहार पाकर मैं फूली न समायी थी। केवल थोड़े-से फूल और पत्तियाँ थीं; पर उन्हें देखने से मेरी आँखें किसी भाँति तृप्त ही न होती थीं। कुछ देर हाथ में लिये रही, फिर अपनी मेज पर फूलदान में रख दिया। कोई काम करती होती, तो बार-बार आकर उस गुलदस्ते को देख जाती। कितनी बार उसे आँखों से लगाया, कितनी बार उसे चूमा! कोई एक लाख रुपये भी देता, तो उसे न देती। उसकी एक-एक पंखुड़ी मेरे लिये एक-एक रत्न थी। जब वह मुरझा गया, तो मैंने उसे उठाकर अपने बक्स में रख दिया था। तब से उन्होंने मुझे हज़ारों चीज़ें उपहार में दी हैं एक-से-एक रत्नजटित आभूषण हैं, एक-से-एक बहुमूल्य वस्त्र हैं और गुलद. स्ते तो प्राय: नित्य ही लाते हैं; लेकिन इन चीज़ों को पाकर वह उल्लास नहीं होता। मैं उन चीज़ों को पहनकर आईने में अपना रूप देखती हूँ और गर्व से फूल उठती हूँ। अपनी हमजोलियों को दिखाकर अपना गौरव और उनकी ईर्ष्या बढ़ाती हूँ। बस!

अभी थोड़े ही दिन हुये हैं, उन्होंने मुझे चन्द्रहार दिया है। जो इसे देखता है, मोहित हो जाता है। मैं भी उसकी बनावट और सजावट पर मुग्ध हूँ। मैंने अपना संदूक खोला और उस गुलदस्ते को निकाल लाई। आह! उसे हाथ में लेते ही मेरी एक-एक नस में बिजली दौड़ गयी। हृदय के सारे तार कंपित हो गये। वह सूखी हुई पंखुड़ियाँ, जो अब पीले रंग की हो गयी थीं, बोलती हुई मालूम होती थीं। उसके सूखे, मुरझाये हुये मुखों के अस्फुटित, कंपित, अनुराग में डूबे शब्द साँय-साँय करके निकलते हुये जान पड़ते थे; किन्तु वह रत्नजटित, कान्ति से दमकता हुआ हार स्वर्ण और पत्थरों का एक समूह था, जिसमें प्राण न थे, संज्ञा न थी, मर्म न था। मैंने फिर गुलदस्ते को चूमा, कंठ से लगाया, आर्द्र नेत्रों से सींचा और फिर संदूक में रख आयी। आभूषणों से भरा हुआ संदूक भी उस एक स्मृति-चिह्न के सामने तुच्छ था। यह क्या रहस्य था?

फिर मुझे उनके एक पुराने पत्र की याद आ गयी। उसे उन्होंने कॉलेज से मेरे पास भेजा था। उसे पढ़कर मेरे हृदय में जो आनन्द हुआ था, जो तूफ़ान उठा था, आँखों से जो नदी बही थी, क्या उसे कभी भूल सकती हूँ।

उस पत्र को मैंने अपनी सोहाग की पिटारी में रख दिया था। इस समय उस पत्र को पढ़ने की प्रबल इच्छा हुई। मैंने पिटारी से वह पत्र निकाला। उसे स्पर्श करते ही मेरे हाथ काँपने लगे, हृदय में धड़कन होने लगी। मैं कितनी देर उसे हाथ में लिये खड़ी रही, कह नहीं सकती। मुझे ऐसा मालूम हुआ कि मैं फिर वही हो गयी हूँ, जो पत्र पाते समय थी। उस पत्र में क्या प्रेम के कवित्तमय उद्‌गार थे? क्या प्रेम की साहित्यिक विवेचना थी? क्या वियोग-व्यथा का करुण क्रंदन था? उसमें तो प्रेम का एक शब्द भी न था।

लिखा था, कामिनी! तुमने आठ दिनों से कोई पत्र नहीं लिखा। क्यों नहीं लिखा? अगर तुम मुझे पत्र न लिखोगी, तो मैं होली की छुट्टियों में घर न आऊँगा, इतना

समझ लो। आख़िर तुम सारे दिन क्या करती हो! मेरे उपन्यासों की आलमारी खोल ली है क्या? आपने मेरी आलमारी क्यों खोली? समझती होगी, मैं पत्र न लिखूँगी तो बचा ख़ूब रोएँगे और हैरान होंगे। यहाँ इसकी परवाह नहीं। नौ बजे रात को सोता हूँ, तो आठ बजे उठता हूँ। कोई चिन्ता है, तो यही कि फेल न हो जाऊँ। अगर फेल हुआ तो तुम जानोगी।

कितना सरल, भोले-भाले हृदय से निकला हुआ, निष्कपट मानपूर्ण आग्रह और आतंक से पत्र भरा हुआ था, मानो उसका सारा उत्तरदायित्व मेरे ही ऊपर था। ऐसी ध मकी क्या अब भी वह मुझे दे सकते हैं? कभी नहीं। ऐसी धमकी वही दे सकता है, जो न मिल सकने की व्यथा को जानता हो, उसका अनुभव करता हो। पतिदेव अब जानते हैं, इस धमकी का मुझ पर कोई असर न होगा, मैं हँसूँगी और आराम से सोऊँगी, क्योंकि मैं जानती हूँ, वह अवश्य आयेंगे और उनके लिये ठिकाना ही कहाँ है? जा ही कहाँ सकते हैं? तब से उन्होंने मेरे पास कितने पत्र लिखे हैं। दो-दिन को भी बाहर जाते हैं, तो ज़रूर एक पत्र भेजते हैं, और जब दस-पाँच दिन को जाते हैं, तो नित्य प्रति एक पत्र आता है। पत्रों में प्रेम के चुने हुये शब्द, चुने हुये वाक्य, चुने हुये संबोधन भरे होते हैं। मैं उन्हें पढ़ती हूँ और एक ठंडी साँस लेकर रख देती हूँ। हाय! वह हृदय कहाँ गया? प्रेम के इन निर्जीव भावशून्य कृत्रिम शब्दों में वह अभिन्नता कहाँ है, वह रस कहाँ है, वह उन्माद कहाँ है, वह क्रोध कहाँ है? वह झुँझलाहट कहाँ है? उनमें मेरा मन कोई वस्तु खोजता है कोई अज्ञात, अव्यक्त, अलक्षित वस्तु पर वह नहीं मिलती। उनमें सुगंध भरी होती है, पत्रों के काग़ज़ आर्ट-पेपर को मात करते हैं; पर उनका यह सारा बनाव-सँवार किसी गतयौवना नायिका के बनाव-सिंगार के सदृश ही लगता है, कभी-कभी तो मैं पत्रों को खोलती भी नहीं। मैं जानती हूँ, उनमें क्या लिखा होगा।

उन्हीं दिनों की बात है, मैंने तीज का व्रत किया था। मैंने देवी के सम्मुख सिर झुकाकर वन्दना की थी, देवी मैं तुमसे केवल एक वरदान माँगती हूँ। हम दोनों प्राणियों में कभी विच्छेद न हो, और मुझे कोई अभिलाषा नहीं, मैं संसार की और कोई वस्तु नहीं चाहती। तब से चार साल हो गये हैं और हममें एक दिन के लिये भी विच्छेद नहीं हुआ। मैंने तो केवल एक वरदान माँगा था। देवी ने वरदानों का भंडार ही मुझे सौंप दिया। पर आज मुझे देवी के दर्शन हों, तो मैं उनसे कहूँ, तुम अपने सारे वरदान ले लो; मैं इनमें से एक भी नहीं चाहती। मैं फिर वही दिन देखना चाहती हूँ, जब हृदय में प्रेम की अभिलाषा थी। तुमने सबकुछ देकर मुझे उस अतुल सुख से वंचित कर दिया, जो अभिलाषा में था। मैं अबकी देवी से वह दिन दिखाने की प्रार्थना करूँ, जब मैं किसी निर्जन जलतट और सघन वन में अपने प्रियतम को ढूँढ़ती फिरूँ। नदी की लहरों से कहूँ, मेरे प्रियतम को तुमने देखा है? वृक्षों से पूछूँ, मेरे प्रियतम कहाँ गये? क्या वह सुख मुझे कभी प्राप्त न होगा? उसी समय मन्द, शीतल पवन चलने लगी। मैं खिड़की के बाहर सिर निकाले खड़ी थी। पवन के झोंके से मेरे केश की लटें बिखरने लगीं। मुझे ऐसा आभास हुआ, मानो मेरे प्रियतम वायु के इन उच्छ्वासों

में हैं। फिर मैंने आकाश की ओर देखा। चाँद की किरणें चाँदी के जगमगाते तारों की भाँति आँखों से आँखमिचौनी-सी खेल रही थीं। आँखें बन्द करते समय सामने आ जातीं; पर आँखें खोलते ही अदृश्य हो जाती थीं। मुझे उस समय ऐसा आभास हुआ कि मेरे प्रियतम उन्हीं जगमगाते तारों पर बैठे आकाश से उतर रहे हैं। उसी समय किसी ने गाया–

अनोखे-से नेही के त्याग,
निराले पीड़ा के संसार!
कहाँ होते हो अंतर्धान,
लटा करके सोने-सा प्यार!

'लुटा करके सोने-सा प्यार', यह पद मेरे मर्मस्थल को तीर की भाँति छेदता हुआ कहाँ चला गया, नहीं जानती। मेरे रोयें खड़े हो गये। आँखों से आँसुओं की झड़ी लग गयी। ऐसा मालूम हुआ, जैसे कोई मेरे प्रियतम को मेरे हृदय से निकाले लिये जाता है। मैं ज़ोर से चिल्ला पड़ी। उसी समय पतिदेव की नींद टूट गयी।'

वह मेरे पास आकर बोले, 'क्या अभी तुम चिल्लाई थीं? अरे! तुम रो रही हो? क्या बात है? कोई स्वप्न तो नहीं देखा?'

मैंने सिसकते हुये कहा, 'रोऊँ न, तो क्या हँसूँ?'

स्वामी ने मेरा हाथ पकड़कर कहा, 'क्यों, रोने का कोई कारण है, या यों ही रोना चाहती हो?'

'क्या मेरे रोने का कारण तुम नहीं जानते?'

'मैं तुम्हारे दिल की बात कैसे जान सकता हूँ?'

'तुमने जानने की चेष्टा कभी की है?'

'मुझे इसका सान-गुमान भी न था कि तुम्हारे रोने का कोई कारण हो सकता है।'

'तुमने तो बहुत कुछ पढ़ा है, क्या तुम भी ऐसी बात कह सकते हो?'

स्वामी ने विस्मय में पड़कर कहा, 'तुम तो पहेलियाँ बुझवाती हो?'

'क्यों, क्या तुम कभी नहीं रोते?'

'मैं क्यों रोने लगा।'

'तुम्हें अब कोई अभिलाषा नहीं है?'

'मेरी सबसे बड़ी अभिलाषा पूरी हो गयी। अब मैं और कुछ नहीं चाहता।'

यह कहते हुये पतिदेव मुस्कराये और मुझे गले से लिपटा लेने को बढ़े। उनकी यह हृदयहीनता इस समय मुझे बहुत बुरी लगी। मैंने उन्हें हाथों से पीछे हटाकर कहा, मैं इस स्वाँग को प्रेम नहीं समझती। जो कभी रो नहीं सकता, वह प्रेम नहीं कर सकता। रुदन और प्रेम, दोनों एक ही रेत से निकलते हैं।

अनोखे-से नेही के त्याग
निराले पीड़ा के संसार!
कहाँ होते हो अंतर्धान
लुटा करके सोने-सा प्यार!

पतिदेव की वह मुस्कराहट लुप्त हो गयी। मैंने उन्हें एक बार काँपते देखा। ऐसा जान पड़ा, उन्हें रोमांच हो रहा है। सहसा उनका दाहिना हाथ उठकर उनकी छाती तक गया। उन्होंने लम्बी साँस ली और उनकी आँखों से आँसू की बूँदें निकलकर गालों पर आ गयीं। तुरंत मैंने रोते हुये उनकी छाती पर सिर रख दिया और उस परम सुख का अनुभव किया, जिसके लिये कितने दिनों से मेरा हृदय तड़प रहा था। आज फिर मुझे पतिदेव का हृदय धड़कता हुआ सुनायी दिया, आज उनके स्पर्श में फिर स्फूर्ति का ज्ञान हुआ।

अभी तक उस पद के शब्द मेरे हृदय में गूँज रहे थे–

'कहाँ होते हो अंतर्धान,
लुटा करके सोने-सा प्यार!'

(महादेवी वर्मा की कविता का एक पद)

❑ ❑ ❑

www.ingramcontent.com/pod-product-compliance
Lightning Source LLC
LaVergne TN
LVHW090308051026
849518LV00005B/1694
* 9 7 8 9 3 6 7 9 3 5 4 7 7 *